U0907937

太阳王与海妖

[美] 冯达 · N. 麦金泰尔 – 著
王金 – 译

THE MOON AND THE SUN

Vonda N. McIntyre

天地出版社 | TIANDI PRESS

图书在版编目（CIP）数据

太阳王与海妖 /（美）冯达・N. 麦金泰尔著；王金译 .—成都：天地出版社，2019.3
ISBN 978-7-5455-4122-9

Ⅰ . ①太… Ⅱ . ①冯…②王… Ⅲ . ①长篇小说—美国—现代Ⅳ . ① I712.45

中国版本图书馆 CIP 数据核字（2018）第 199111 号

太阳王与海妖

TAIYANGWANG YU HAIYAO

出品人　杨　政
著　者　［美］冯达・N.麦金泰尔
译　者　王　金
责任编辑　陈文龙
封面设计　今亮后声
内文排版　思想工社
责任印制　葛红梅

出版发行　天地出版社
（成都市槐树街2号　邮政编码：610014）
网　址　http://www.tiandiph.com
http://www.天地出版社.com
电子邮箱　tiandicbs@vip.163.com
经　销　新华文轩出版传媒股份有限公司

印　刷　天津文林印务有限公司
版　次　2019年3月第1版
印　次　2019年3月第1次印刷
成品尺寸　145mm×210mm　1/32
印　张　19.25
字　数　447千
定　价　65.00元
书　号　ISBN 978-7-5455-4122-9

咨询电话：（028）87734639（总编室）
购书热线：（010）67693207（市场部）

本版图书凡印刷、装订错误，可及时向我社发行部调换

序 章

仲夏日，天空碧蓝如洗，一眼望不到尽头。太阳高悬空中，发出炽热的光芒。

靠近岸边的海水蓝得发绿，向远处延伸则变成了一望无际的深蓝。突然，一艘船出现在了浅海区，打破了海面的平静，向远方驶去。

这艘大型三桅帆船是国王派出的旗舰。船上人员各司其职，船长声如洪钟，大声地发号施令，船员依令行事，不敢有丝毫懈怠，一切都那么井井有条。升起了满帆的大船缓缓前进，不时发出咯吱咯吱的声音。空中，路易十四国王的旗帜随风飘扬，上面写着他的座右铭“高于一切”。船头的前桅中帆上还刻着国王的纹章：放射着金色光芒的太阳。

驶出了暗礁密布的浅滩后，大船开始全速前进，海水拍打着船舷，激起阵阵浪花。船头的海妖雕像迎来了海水的洗涤，发出了夺目的光彩。在阳光的照耀下，它的爪间和两条尾巴处还出现了彩虹，和太阳王的光辉交相呼应。

伊夫斯·克鲁瓦手扶船舷，目光灼灼地注视着前方，搜寻着他的猎物。太阳的正下方就是北回归线，他眯着眼，向太阳的方向看去。猎物会在那里吗？海面上风平浪静，天空中又烈日炎炎，待在甲板上的滋味可不好受。更别说一头黑发的伊夫斯还穿着黑色的教士袍，汗水早已湿透了他的袍子，可是他丝毫不以为意。热带海洋的风光令这名年轻的基督教徒目眩神摇。

“怪兽出现了！”瞭望员突然叫了起来。

伊夫斯连忙向他指示的方向看去，不过由于距离太远，阳光过于耀眼，什么也没看到。大船劈开波浪极速前进，发出阵阵轰鸣。

“在那里！”

船的正前方出现了一团漩涡，类似海豚的生物正在其中翻腾。

一种动听的旋律从漩涡内传来。这绝对不是海豚发出的声音！听着天籁之音，水手们都安静了下来。船上陷入了一片死寂之中。

伊夫斯一动不动地站在那里，内心却澎湃不已。他一直坚信猎物就在这里，而他的苦苦追寻也终于有了回报。如今胜利在望，他一定要保持冷静。

“撒网！”德莱斯船长发令了，他洪亮的嗓门盖过了歌声，“动起来，兔崽子们！”

水手们纷纷行动起来，对他们来说，船长才是最恐怖的存在，比什么海妖、魔鬼都要可怕得多。他们摇动绞盘，在船舷一侧垂下渔网，做好了准备。不知是谁还骂了一句脏话。

漩涡中的生物仍然在嬉戏，对即将到来的危险毫不知情。它们在水中交尾缠绵，激起了阵阵浪花。处在欢愉之中的海妖们还唱起了动听的歌。

随着船离漩涡越来越近，伊夫斯发现自己几乎快要压抑不住内心的激动，于是就低下头，闭上眼睛虔诚地祷告起来。

耳边回响着渔网和船舷碰撞的声音，还有船长的大声咒骂，当然，伊夫斯自动屏蔽了后者。在整个旅途中，他对任何亵渎神明的话语都充耳不闻。

船已经离目标非常近了，伊夫斯睁开眼，冷静地观察着他的猎物。和一百年前某个部落留下的记录相比，它们的数量变少了、体型变小了、颜色也没那么鲜艳。

大船直接冲向了正在交配的海妖。一切都如伊夫斯所料，处在欢愉之中的海妖们丧失了警惕，等袭击到来时它们才发现自己已然无路可逃。

海妖的歌声戛然而止，取而代之的是绝望的悲鸣。通常，动物在被捕获时会因为震惊和恐惧而发出嚎叫。不过在伊夫斯看来，海妖只是因为感到了疼痛才惨叫的。

那边，船长还在骂骂咧咧地发号施令，指挥水手们收网。困在网中的海妖不停地挣扎，撞击着船舷，发出沉闷的响声。

终于，海妖被拉出了水面，它们黑色的腹部在阳光下闪烁着光芒。

“放信鸽！”伊夫斯的声音很平稳。

“这里离陆地太远了。”信鸽掌管官的学徒小声说道，“它们飞不了那么远的。”笼子里的鸽子拍打着翅膀，发出咕咕的声音。

“放！”伊夫斯丝毫不为所动。如果这批鸽子到不了法国，那就再放一波。

“遵命，神父大人。”

十二只鸽子腾空而起，直冲蓝天。伊夫斯向远方望去，一只鸽子扑腾着翅膀，飞得更高了。它脚上的信囊在太阳的照射下，反射着银光，似乎也在昭告着伊夫斯的胜利。

第1章

铺满了鹅卵石的石板路上，一列车队浩浩荡荡而来。勒阿弗尔的百姓纷纷拥来，挤在路边，争先恐后地想要一睹王室风采。车队里的五十辆马车依次缓缓驶过，年轻的贵族戴着宽大的羽毛帽，骑着高头大马，精神抖擞地护卫在四周。平民百姓何曾见过这番气派，他们一边高呼国王万岁，一边目不转睛地注视着贵族们精致的服饰和华美的车厢，艳羡不已。

玛莉·约瑟芬·克鲁瓦一直梦想能骑着马，威风凛凛地走在这样的队列中。可惜她的梦想只实现了一半：此刻她就在这队列中，不过却是坐在马车里。她所乘坐的这辆马车豪华度仅次于国王的那辆，车厢里的乘客个个身份尊贵。坐在她对面的是奥尔良公爵夫妇。奥尔良公爵是国王的弟弟，又被尊称为殿下，他的妻子则被称为夫人。他们的女儿夏洛特就坐在玛莉的身边。

玛莉的另一侧是公爵的朋友洛林骑士。洛林骑士英俊潇洒，气度不凡，可此刻他正懒洋洋地躺在座椅上。从凡尔赛到勒阿弗尔，旅途漫漫，洛林已经无聊透了。夏洛特——不对，应该是夏洛特小姐，玛莉在心里默默地提醒自己——此番入宫谒见，自己作为小姐的侍女，千万不能有失体统，成为别人的笑柄。这时，夏洛特小姐把头探出车厢，四处张望，兴奋之情丝毫不亚于玛莉。洛林骑士愈发慵懒，把自己的一双大长腿向斜上方伸去，直接就横在了玛莉的脚前。

车厢外尘土飞扬，嘈杂不堪，空气中还带着海水的腥气，不过公爵夫人还是坚持要卷起窗帘，打开窗户。她不喜欢待在密闭的空间里，对新鲜空气情有独钟，这一点也甚合玛莉心意。公爵夫人虽已年逾四十，但还经常和国王一起打猎。聊天中，她透露出可能会带玛莉去骑马的意思。

公爵穿着天鹅绒做成的袍子，袍子上还绣着金色的蕾丝，他显然不太待见窗外的“新鲜空气”。只见他捏着一块丝绸手帕，使劲拍打着袖口和蕾丝边上的灰尘，生怕被污浊之气弄脏了身子。为了对付难闻的味道，他还取出随身携带的香盒，放在鼻子下嗅着。马车离海边越来越近，空气中弥漫着死鱼和海草的腥气，到最后连玛莉都快要吐了，后悔自己没能带个香盒在身边。

车队的速度渐渐放缓了。玛莉能够清楚地听到车夫的吆喝声和清脆的马蹄声。街道上到处都是平民，他们挤在车队的旁边，拍打着车厢，叫喊着，乞求着。

“克鲁瓦，快看这里！”夏洛特指着前方让玛莉看。玛莉向外看去，贪婪地注视着外面的一切，想要把队列中的各个细节都铭记于心。街道两边站满了衣衫褴褛的人，他们一边赞美国王，一边乞求施舍。

这时玛莉注意到一个骑士。虽然人群汹涌，但是他却颇有一番我自岿然不动的气势。这个骑士身材瘦小，看上去年纪不大，可能也就是一个小侍者。玛莉这样想着，却突然发现骑士居然身着金丝蓝衣，这是只有国王最亲密的随从才会拥有的打扮呀！原来他是国王的亲信。想到自己居然把他当成了小侍者，玛莉脸红了，有些不好意思。

穷人们自然不会放过眼前的贵人。他们聚集在骑士的身边，拉扯着他的袖子，拽着他的马镫，苦苦哀求。骑士并没有生气，也没有用鞭子驱赶人群，而是按照国王的旨意，拿出硬币，递给身边的穷人，并不断向远处抛撒。年老的妇女、瘸腿的男人、脏兮兮的孩子……各色人等包围了他，在大街上形成了一个声势浩大的漩涡，如同勒阿弗尔海港里的水一样肮脏。

“那是谁？”玛莉问道。

“吕西安·巴朗东，克雷蒂安伯爵，你不认识他吗？”夏洛特小姐回答。

“不认识……”玛莉有些迟疑，她可没有资格评论克雷蒂安伯爵。

“就是他代表国王把我哥哥派去远征的。之前我也一直没机会和他见面。”

“虽然他一个夏天都不在，但陛下还是很器重他啊。”公爵补充道。

人群越聚越多，马车终于完全停了下来。窗外飘来了汗臭和鱼腥味混合在一起的恶臭。守卫们大声嚷嚷着，试图驱散人群。

“回去我一定要把车厢外再涂一遍，只是可惜那些镀金了。”公爵抱怨道，满脸的不耐烦。

“我们的好陛下呀，真是亲民，还给他们赏赐。”洛林说着大笑了起来，“不过没关系，克雷蒂安伯爵会骑着战马把这群贱民通通踩翻。”

玛莉被洛林的揶揄逗乐了，可是转念一想，却觉得有些不安，克雷蒂安伯爵看上去如此年轻，他能驯服一匹战马?

她不禁替克雷蒂安伯爵发起愁来，可是环顾四周，大家都很轻松，没人显出担心的样子。车队里其他侍臣都骑着战马，而克雷蒂安伯爵骑着的那匹灰马，几乎和他本人一样瘦小。

“哎呀，他的马太小了！他们会把他拉下来的！”玛莉叫道。

“别担心，”夏洛特凑过来，拍了拍她的手臂，小声说道，“好好看着，克雷蒂安伯爵可不是那种会轻易落马的人，能把他拽下马来的人可能还没出生呢！”

克雷蒂安伯爵碰了碰他的羽毛帽，向群众致意，回应他的是群众的欢呼和鞠躬。他的小灰马昂首阔步，精神抖擞，十分顺利地从人群中穿了过去。在欢呼声中，克雷蒂安伯爵跟在国王后面继续前行。一队火枪兵过来分开人群，公爵的车队和护卫紧随克雷蒂安伯爵其后。

这时队伍里又出现了一队衣着光鲜的贵族，夏洛特的哥哥沙特尔公爵就在其中。他骑着一匹枣红色的大马，经过公爵的车窗前时，他勒住了马，镀金的马具在阳光下闪闪发光。沙特尔公爵本人也是气度非凡，他戴着宽大的羽毛帽，身着丝绒外套，佩剑上还镶嵌着珠宝。远征归来后，他的嘴唇上方长出了一层稀疏的小胡子，和国王年轻时一模一样。

公爵夫人看着儿子，露出了微笑，夏洛特也一个劲地向哥哥挥手。沙特尔公爵笑了起来，他摘下帽子，也不下马，就在马背上给家人鞠了一躬。他的脖子上松散地围着一条围巾，围巾的一端被随便地塞进了扣眼里。

“哥哥能平安归来，真是太好了！”夏洛特说道。

“看他的那副打扮，成何体统！”公爵夫人则有些不满。尽管她从巴拉丁（隶属于德国）到法国已经二十多年了，还是带着点德国口音。她摇了摇头，叹了口气，语气中尽是慈爱：“怪不得把礼数也全忘光了。既然回来了，就得按照宫廷的规矩来。”

“好啦好啦，毕竟打了胜仗，让他先好好享受下胜利的滋味吧。”公爵安抚自己的妻子，“再说，下一次出征也不知道要等到什么时候了。”

“那正好，在家里待着多好，多安全。”

“不去打仗，哪来的荣誉？”

“老兄啊，荣誉这事可不会由你我做主。国王的侄子、弟弟说了都不算，只有他老人家本人才能决定。”洛林靠向公爵，把手搭在了公爵戴着戒指的手上。

“够了，注意你的言辞，不可对国王不敬！”公爵夫人出声制止。

洛林又缩回了自己的座位。尽管他穿着柔软的天鹅绒外套，玛莉仍能感受到他坚实的手臂正挨着自己的肩膀。

“这话你也说过吧，夫人。我想，这也是你我之间唯一能达成的共识。”

车厢外又出现了一位衣着华丽的贵人：缅因公爵，国王的私生子。公爵夫人轻蔑地扫了他一眼，哼了一声，转过身去，不再看他。缅因公爵不以为意，大笑着，纵马向前而去。

“真是浪费了一匹好马！”公爵夫人不再理睬洛林，自己小声嘀咕着，“贱种凭什么配好马？”

公爵和洛林对视一眼，会心地大笑起来。

沙特尔紧跟在缅因的后面。他们曾在战场上并肩作战，如今又一同载誉归来。沙特尔有一双野性的眼睛，看上去颇有几分放荡不羁。缅因身体上的残疾也没那么明显了，有着那样一张英俊的脸庞，谁又会注意到他的驼背呢？国王早已认可了这个儿子，只有公爵夫人还耿耿于怀，念念不忘缅因私生子的身份。

国王的孙子们骑着花斑小马随后而来。这三个小男孩用脚后跟踢着马肚子，催促着马儿快点走，想要跟上他们的沙特尔表兄和缅因叔叔。

“待在阴凉里。”公爵告诫，“小心晒坏了你的身子！”

“但是……”

“还有你的裙子，那么贵重可别晒坏了！”公爵夫人补充道。

“好吧。”

听闻此言，玛莉·约瑟芬也躲进了阴凉中，她可不想弄坏了自己的裙子。虽然这条黄色的丝绸裙是夏洛特小姐丢掉不要的，但却是自己穿过的最好的一条。她小心翼翼地抚平了裙子上的皱褶，又理了理裙子的层次，露出了漂亮的银色衬裙。

“还有你，玛莉·约瑟芬·克鲁瓦，”公爵继续说道，“你看你都黑成什么样了，快和休伦人（北美印第安人，肤色黝黑）有得一拼了。和曼特农夫人比起来，你才是名副其实的小黑炭呀。你抢走了曼特农夫人的绰号，她一定跟你没完！”

洛林咯咯地笑了起来。公爵夫人却皱了皱眉头。

“那个老女人才不会这样想呢。她只关心她侯爵夫人的头衔，还真把自己当成了土生土长的曼特农人，糊弄谁呢！”公爵夫人语气中颇有些不屑。

“可是，夫人……”玛莉想替曼特农夫人辩解两句。当初她从马提尼克的修道院出来后，直接就来了法国，遇到了曼特农夫人。尽管当时她已经二十岁了，早就过了在学校读书的年龄，曼特尔夫人还是给了她一个宝贵的机会，让她在圣西尔的一所学校里教算术。和玛莉一样，曼特农夫人也来自马提尼克，到法国时也同样是穷困潦倒。她如此关照玛莉，可能也是在玛莉身上看到了自己当年的影子吧。

曼特农夫人在马提尼克岛上也曾生活潦倒，贫困不堪。所以她经常用自己的例子劝慰那些出身高贵却家道中落的女孩子们，只要她们能像自己一样虔诚和顺从，国王就会给她们提供嫁妆送她们出嫁，这样她们就能够脱离苦海，过上幸福的生活。

“我给你的护肤霜，你用了吗？”公爵瞟了玛莉一眼，打断了她。公爵的肤色本已十分白皙，他还在脸上扑了粉。再加上，他的脸颊和嘴角旁边长着一些痣，衬托得扑过粉的面庞更加白嫩。“虽说那是世界上最好的护肤霜，不过如果你非要去骑马，待在太阳底下，也没用。”

“爸爸，别说啦！玛莉·约瑟芬的皮肤已经比她刚来那会儿要好很多了。”夏洛特小姐连忙替玛莉解了围。

“那是，多亏了我的护肤霜。”公爵念念不忘他的护肤霜。

“这也没什么。骑马并不是个丢人的爱好，我也曾经很喜欢呢。只可惜现在王宫上下已经没了骑马的风气，国王陛下为此也还十分惋惜呢。不过我还是一如既往地喜欢骑马，现在又加了一个小克鲁瓦。对了，玛莉，刚才你想说什么呢？”公爵夫人问道。

“没什么，夫人。”玛莉·约瑟芬礼貌地回答。她很庆幸刚才公爵打断了自己。在公爵夫人面前给曼特农夫人说好话可不是什么明智之举。宫廷有风险，讲话需谨慎。

“吁！”车夫突然叫了一声，勒住了马。马车猛地停了下来，在惯性的作用下，玛莉·约瑟芬的身体向前冲去，差点从座位上摔下去。她的膝盖撞到了洛林骑士的大长腿，不过后者并未生气，而是十分绅士地把她扶了起来，帮助她坐回原位。马车恢复了平稳之后，洛林还扶着她。两人的腿挨在了一起。洛林冲她笑了笑，玛莉突然间有些心神荡漾，不过她还是保持镇定，也报之以礼貌的微笑，然后就低下了头，不敢再看洛林。对刚才那一瞬间的恍惚，她有些羞愧。不过这也不能怪她，洛林骑士的魅力真是太大了。虽然今年他已经五十五岁了，和国王同岁，看上去却仍然十分英俊。和国王一样，他也戴着一头长长的黑色假发，眼睛如湖水一样碧蓝清敞。玛莉向后面缩了缩，给他腾出更多的空间。洛林扭了扭身子，换了一个舒服的姿势，把腿压在了玛莉的脚上。

“洛林骑士，注意你的形象！”公爵夫人抗议道，“你就这样四仰八叉地躺在我面前？”

公爵拍了拍洛林的膝盖，开始打圆场：“亲爱的，看在我的面子上，让他躺着吧！我们的马车太小，他的腿又长……”

“那我还太胖了呢，也没见我多占一个位置呀。”公爵夫人不依不饶。

洛林坐直了身子，他的假发顶到了车厢的顶部。

“请原谅我的无礼。”他拿起了自己的羽毛帽，打开车门，走了出去。羽毛帽上的白鹭毛扫过了玛莉·约瑟芬的腰。

公爵急忙追了出去。

这两人下车后，车里顿时宽敞起来。玛莉·约瑟芬转向公爵夫人和夏洛特小姐：“回凡尔赛时，我会和伊夫斯一起骑马，这样车上就不挤了。”

“亲爱的，这不是挤不挤的问题。”公爵夫人也起身下车。公爵扶着公爵夫人，洛林则搀扶着夏洛特，帮她们下车。玛莉想着很快就能见到哥哥了，也急急忙忙地要下车。没想到，洛林还在车厢外等着她，很绅士地伸手过来扶她。她只是一个小小的侍女，没想到洛林骑士居然能如此平等地对待自己。玛莉羞红了脸，既高兴又有些不好意思。她之前和哥哥住在一起，平常所做的不过就是料理家务、读书、帮助哥哥做实验，生活一直波澜不惊，何曾遇到像今天这样尴尬的场面！

下了马车后，玛莉站到了公爵夫人的旁边。街道上尘土飞扬，空气中弥漫着难闻的气息。不过公爵夫人丝毫不受影响，她站在那里，看上去雍容华贵，气度不凡。没办法，国王坚持要亲自到海边迎接凯旋的远征队伍，作为王室的一员，公爵夫人自然也要随行。虽然路途辛苦，车马劳顿，她也没有半句怨言。

玛莉·约瑟芬暗自发笑。在旁人眼里，公爵夫人谨言慎行，从不抱怨。谁又知道，私下里她发了多少牢骚呢？

公爵碰了碰洛林的胳膊肘，后者随即走上前来，想要站在公爵身边，不过公爵夫人并没有要让开的意思，仍然牢牢地占据着公爵身边的位置。这时，沙特尔公爵也骑马赶到。他纵身下马，把马缰扔给仆人，走到妹妹的身边，挽住了她的胳膊。

玛莉·约瑟芬对着他行了个屈膝礼，然后就退到了后面。她身份卑微，在人群中她必须找好自己的位置，不得逾越。

“玛莉·约瑟芬·克鲁瓦，你也过来吧！洛林骑士可以和你一起。”公爵夫人突然对玛莉说道。

“夫人，这……”

“自从我嫁到法国，二十多年过去了，一直都没有机会再见见我的家人。思念之苦，我再清楚不过了。你的哥哥就在前面，你难道不想马上见到他吗？快和我们一起去吧。”公爵夫人的语气意外地和善。

公爵夫人如此善解人意，玛莉虽然心有疑惑，但仍然十分感激。她弯下腰来亲吻了夫人的裙角。洛林站在她的身边，也向公爵和夫人微微鞠了一躬。不过接下来他做的一件事让玛莉大为吃惊，他居然没有亲吻公爵夫人的手背，而是转向玛莉，亲吻了她的手背！玛莉还处在震惊之中，洛林骑士就已经向她伸出了手，脸上还带着迷人而又神秘的微笑。

玛莉挽住了洛林骑士的胳膊。她，一个小小的婢女，居然能站在王家的仪仗队中，身旁是王宫中最帅气的骑士。玛莉浑身轻飘飘的，如同在做梦一般。

前方，车夫也勒停了国王的马车，停在了队伍的最前列，车厢前的马踢踏着发出响亮的嘶鸣。在太阳的照射下，车门闪闪发光。拉车的这八匹马俊秀异常，毛色雪白，身上还有硬币般大小的斑点。此等好马，自然也来历非凡。它们是外国皇帝送来的种马所育之后代，国王的孙子们骑的小花斑马也是此类品种。

“克鲁瓦，小心点，这些马身上有猎豹的血统，会吃人的！”在穿过队列时，洛林骑士轻声对玛莉说道。玛莉离国王的马车太近了，她甚至都能闻到马儿身上刺鼻的汗味。这些汗味和空气中的鱼腥味混在一起，形成了一股奇特的味道。

“先生，这不可能！豹子怎么能和马生活在一起呢？”

“你没听说过狮鹫（半鹰半狮的怪兽）吗？”洛林问道。

“这个世界确实有很多未知的生物，但是它们都是大自然的产物……”玛莉并不认同洛林的观点。

“那喀迈拉（狮头、羊身、蛇尾的喷火妖怪）呢？”洛林继续说道。

“像那种半鹰半狮的生物是不存在的！”玛莉坚持自己的看法。

“那还有海妖呢？”洛林继续发问。

“半人半妖的生物也不存在。”玛莉继续反驳。

“哈，我忘了，你也学过炼金术，和你哥哥一样！”

“不是炼金术，先生，我哥哥研究的是自然哲学！”

“所以你研究的才是炼金术。你会魔法，对不对？所以你才如此美丽。”

“不是这样的，先生！我们俩都不会魔法！我哥哥研究自然哲学，我呢，稍微懂一点数学。”玛莉急了。

洛林笑了：“我没觉得有什么不同啊！”玛莉本来还想继续解释，告诉他什么是自然哲学家。自然哲学家既不关心长生不老，也不研究点石成金，和炼金术士完全不同。不过洛林并没有要和她继续探讨的意思，他耸了耸肩，岔开了话题：“嗯，是我理解错了。数学就是算数吗？这可不是女孩子该会的东西啊。如果我会算数的话，我那堆债务可得让我头疼了。”他弯下腰在玛莉的耳边低语道，“再说，你这么美，谁又能想起你还会做研究呢？”

玛莉的脸一下就红了：“自从哥哥离开马提尼克后，我也没机会再和他一起做实验了。”也没机会再研究数学了，玛莉心里暗想，有些遗憾。

年轻的贵族们纷纷下马，他们的父亲母亲和姐妹也从车厢里走了出来。人群中有各方公爵、外国王子和宫廷侍臣。所有人都衣着华丽，按照身份高低依次站好，准备欢迎国王。

在国王车厢的旁边，吕西安也从他的小灰马背上一跃而下。作为国王亲兵中的一员，他和同伴一样，也是剑不离身，腰带上还悬挂着一柄短小的匕首。吕西安身着金丝蓝衣——国王宠臣的标志——打扮得却和别人略有不同。他没有在脖子间围上绸带或者蕾丝，而是戴着一条不太正式的司坦克围巾，围巾的一头扎到了扣眼里。他也留着小胡子，看上去像是远征在外的将士。沙特尔公爵还沉浸在凯旋的喜悦中，所以保留着自己的小胡子，而其他侍臣早已把胡须剃得干干净净，和国王保持一致。吕西安则没有模仿国王。他不像国王那样戴着黑色的假发，也没有把头发披散下来，而是把他长长的假发扎了起来，放在身后，看上去更像是战场上的将军。虽然作为国王的宠臣，他可以不用刻意打扮，但这种装扮看上去真的很可笑，玛莉心中默默地吐槽了一番。

吕西安扶着一根乌木制的手杖，对着身边的男仆们做了个手势。这六个人立刻行动起来，在码头上铺了一条金丝红毯，这样国王下车后就不会踩到污秽之物。

其余的侍臣们分列在红毯的两边，都对吕西安艳羡不已，羡慕国王对他的宠爱，羡慕他能和国王如此亲近。不过他们并没有显露自己的嫉妒之心，而是堆起笑容，等待着国王的出现。

玛莉·约瑟芬突然发现自己离国王的车厢只有几人之隔，而这几人的关系也十分微妙。离国王车厢最近的这几人自然是他的直系亲属。公爵夫人则越过缅因和他妻子，占据了离车厢更近的位置。在她的眼中，公爵是国王的亲弟弟，自然比国王的私生子要有分量得多，即使这个私生子已经得到了国王的认可。

吕西安招呼了一声，四个轿夫迅速抬来了国王的御辇，另外一些人则抬来了曼特农夫人的坐轿。

一切就绪之后，吕西安打开了车门。国王走了出来，向欢呼的人群致意。

玛莉·约瑟芬的心狂跳了起来。她距离国王只有一门之隔！虽然打开的车门遮住了她的视线，但她还是依稀瞥到了国王深棕色的衣袖、白色的羽帽以及厚厚的红色鞋底。

突然一个衣衫褴褛的平民冲到了前排，大叫道："给我面包！你收了我们那么多税，我们怎么活啊！"

国王的护卫纵马向前，向这个冒犯了国王的人发出警告。他的伙伴见势不妙，赶紧把他往回拉。他消失在了人群中，只留下一些含混不清的咒骂。突发的尴尬场面对国王并没有半分影响。贵族们见国王尚且如此镇定，也都定下心来。所有人都表现得好像刚才那件事从未发生。

国王脚不沾地，直接就上了坐轿。

曼特农夫人紧随其后，上了第二个轿子。她今日并未盛装打扮，只穿了一件黑色的长袍，头发也只是简单梳理了一下，但仍然美得动人心魄。曼特农夫人的美貌与智慧世人皆知，当年连国王也拜倒在她的石榴裙下，和她秘密举办了婚礼。不过，也有人说她其实只是国王的情妇，公爵夫人就对这一说法笃信不疑。所以玛莉一直很想知道，公爵夫人会不会去讨好曼特农夫人。不过曼特农夫人想必也不会在意，因为在她的眼里只有上帝和国王，而在国王的臣子中，她也只关心缅因公爵，简直就把缅因公爵当成了自己的亲儿子。

在吕西安的引领下，轿夫抬着国王的坐轿向码头进发。地面上虽然铺上了地毯，但仍然不太平坦，吕西安走起来颇有些费劲，他的手杖敲打着地毯，发出沉闷的声音。

曼特农夫人的坐轿则候在一边。作为国王的妻子，她的地位相当于侯爵，所以在队列中她只能和侯爵比肩而行。

分列在红毯两列的臣子们纷纷转过身来，跟在国王的后面，走在最前面的是青年丧偶的王太子——国王的亲生子，也是其唯一的合法继承人。王太子的三个儿子勃艮第公爵、安茹公爵和贝里公爵紧随其后。

公爵和公爵夫人、沙特尔公爵和夏洛特小姐、洛林骑士和玛莉也依次加入了队列。所有人都严格按照地位高低依次前行，只有玛莉除外。站在这群贵族当中，她的心里五味杂陈，既对公爵夫人心怀感激，又对自己坏了规矩深感愧疚。尤其是在她经过缅因公爵时，发现后者正目光灼灼地盯着她，这让她愈发地感到不安。

在海港的那头，远征船已经缓缓驶入了码头。船上，水手们正摇动着绳索降帆。在阳光的照射下，还在微微晃动的太阳神战马发出耀眼的光芒，似乎活了过来，向岸边奔腾而来。

海港里风平浪静，一丝清风偶尔吹过，船上国王的旗帜随风抖动了几下，很快又没精打采地垂了下来。岸上，水手们正在卸货：有成箱成箱的仪器装备、包裹，还有一个捆扎得很严实的人形包裹。这些都是伊夫斯随身携带的东西。

伊夫斯率先放下了踏板。玛莉·约瑟芬一眼就认出了他。分别时，伊夫斯还是一个衣着朴素的懵懂少年，而现在，他身着黑色长袍，看上去英俊潇洒，气度不凡，俨然已经变成了一个成熟的男人。玛莉真想穿过人群，不顾一切地跑到伊夫斯的跟前。不过，多年的宫廷生活早已磨炼出她沉稳的心性，她按捺住了激动的心情。

六个水手扛着扁担，晃晃悠悠地走上了踏板。扁担下方悬挂着一个镀金大盆。伊夫斯和船长跟在水手们的后面，他们用手按住金盆的边缘，防止金盆过度晃动。走上码头后，伊夫斯都没松手，还在小心翼翼地保护着金盆。

就在这时，所有人都听到了一种独特的声音，旋律如此美妙，令人难以忘怀。玛莉被突如其来的歌声惊到了，脚下一趔趄，差点摔了一跤。没有国王的命令，在场的臣子就算吃了熊心豹子胆也不敢唱歌，所以这美妙的歌声只能来自船上的某人，而且是通晓异域歌曲的人。

伊夫斯走上前来，把手伸进金盆之中，歌声戛然而止，取而代之的是愤怒的咆哮声。

这边，队列中的臣子们聚集在国王坐轿的两侧。玛莉突然发现，公爵夫人站到了自己的身边，还握起了她的手。

“你的哥哥能平安归来，这就是最大的喜讯啊！”公爵夫人在玛莉·约瑟芬的耳边小声说道。

“是啊，平平安安的，真好！”玛莉·约瑟芬也小声地回应公爵夫人。

伊夫斯带领着水手们来到了国王的面前。他们停在了红毯的前面，等候国王的号召。

“克鲁瓦神父。”吕西安开口说道。

“克雷蒂安伯爵。”伊夫斯有礼貌地回应道。

他们互相鞠躬致意。伊夫斯谦逊的态度里带着难以掩饰的骄傲，毕竟这是属于他的胜利。整个凡尔赛宫的贵族都出动了，站在这肮脏的码头上就是为了迎接他的凯旋。玛莉·约瑟芬微笑了起来，哥哥是国王最信赖的自然哲学家和探险家，她打心眼里为哥哥感到自豪。她注意到伊夫斯向人群中看了过来，心里暗暗祈祷哥哥能注意到她。他应该也会冲她微笑吧？看到她居然能出现在这群贵族中，他会不会很惊讶呢？

可惜，伊夫斯的视线很快就掠过了她，并未有片刻停留，这让玛莉有些小小的失落。公爵夫人拉着玛莉·约瑟芬挤上前去，希望能看得更清楚些。

这时歌声又响了起来。起初声音很小，几不可闻，然后越来越大，最终变成了愤怒和绝望的惨叫。玛莉·约瑟芬不禁有些胆寒。

与此同时，金盆开始剧烈地晃动起来。里面的生物显然正在剧烈挣扎，溅出的水花洒到了伊夫斯和水手们的身上。水手们看上去有些害怕。

吕西安打开了轿门，国王从里面探出身来。众人纷纷向其行礼：男士们摘下了帽子，鞠躬致意；女士们则行屈膝礼致意。玛莉·约瑟芬也微微屈膝，她的丝绸裙发出了沙沙的声音。水手们也忙不迭地想向国王鞠躬，不过他们没必要这么做，因为此时他们正抬着金盆，可以免于礼节。金盆里的生物又发出了凄惨的叫声，金盆由于剧烈的震动已略微有些倾斜，盆边露出了几缕黑绿色的毛发。

“它还活着？”路易十四国王开口了。

“是的，陛下。”伊夫斯恭敬地回答道。

伊夫斯将盖在金盆之上湿漉漉的帆布掀开。盆里的怪物扑腾着，溅出的水花弄湿了国王精致的丝绸外套。他连忙退后，拿出一块香盒捂住了鼻子。伊夫斯立刻又把帆布盖了回去。

国王转向船长，满意地说道：“不错，吾心甚悦。”

国王坐回了轿子。吕西安替他关上轿门，轿夫们随即抬起轿子，迈着整齐划一的小碎步迅速离开了码头。众人纷纷鞠躬，恭送国王离去。玛莉·约瑟芬也行了一个屈膝礼。

吕西安递给船长一个沉甸甸的小皮袋，向伊夫斯点点头，然后跟随国王的御辇离开了。

船长欣喜若狂。他打开了国王赏赐的皮袋，掏出里面的金币，乐得合不拢嘴。国王赏赐给他的是一把“金路易”。这是国王发行的有纪念意义的金币，对于一个小小的船长来说，算得上是一笔大财富了。

“谢陛下！”船长激动万分，对着国王的轿子大声谢恩。“也感谢您，陛下的奴婢！”

这句话在贵族大臣中引起了一阵骚动。洛林骑士笑出了声，他凑到公爵的身边，和公爵咬起了耳朵。公爵也被逗乐了，不过他并不想失礼，于是就抬起手，用香盒和袖子遮住了脸。

吕西安还未走远。显然他也听到了船长对他的称呼，不过他并未回头，也并未停下脚步。他的手杖敲打在毯子上，发出沉闷的声音。

伊夫斯一把抓住船长的胳膊，阻止他再继续说下去：“他是尊贵的吕西安·巴朗东殿下，国王亲自册封的克雷蒂安伯爵！”

“怎么可能？”船长摇了摇头，大笑起来，“克鲁瓦神父，我看你是被太阳晒傻了吧！”他向伊夫斯微微鞠躬，“不过这次行程真是收获颇丰啊，下次有活别忘了叫我，刀山火海，在所不辞！”说完，他就迈开大步，向自己的船走去。

公爵夫人用手肘撞了玛莉·约瑟芬一下，示意她上前：“还不快去！”

玛莉优雅地向夫人行了一个屈膝礼，提起裙角，向伊夫斯飞奔而去。她跑啊跑，可是伊夫斯还是连正眼都不看她一下。

她的心沉了下去，不由自主地放慢了脚步。他怎么了？是不高兴了吗？他把我一个人丢在这里，我还没埋怨他呢！他居然还生我的气？一时间，玛莉心乱如麻，就这样晕乎乎地走到了伊夫斯的面前。

“伊夫斯？”她试探着叫了一声。

伊夫斯的视线落在了她的身上。“玛莉·约瑟芬！”他的语气里充满了惊喜。

伊夫斯的表情变得柔和起来。前一秒钟他还是那个不苟言笑的神父，后一秒钟他就变成了一个慈爱的兄长。

他三步并作两步，一下就跑到了妹妹的身前，抱起她在原地旋转了起来。玛莉快乐得快要飞了起来，有那么一瞬间玛莉感觉自己又变成了当年那个总是黏着哥哥的小女孩。她紧紧地抱住了哥哥，把头埋在了他的怀里。

“玛莉，我亲爱的玛莉！你已经长成个大姑娘了，我都快认不出你了！”伊夫斯喃喃地说道。

玛莉有太多的话想和伊夫斯说，千言万语涌上心头，可是一时却又无从说起。伊夫斯把她放下来，仔细端详着她。玛莉抬起头，也报之以微笑。伊夫斯裸露在外的皮肤被晒成了好看的古铜色，面色却变得愈发的白皙。他没有像那些贵族一样戴着假发，而是披散着头发，黑色的发丝一缕一缕地散落在额前。玛莉·约瑟芬梳了一个当下最为流行的方当伊高发型。她把自己金红色的头发用丝带高高绑起，只在耳畔垂下几缕鬈发。

和玛莉一样，伊夫斯的眼睛也很漂亮，犹如一潭幽深的湖水，深不见底。

“哥哥，你看上去很有精神呀，看来这次出海也没那么艰苦呢。”

“不，海上的生活还是很可怕的。不过，要做的事情也很多，我也没空去担心。”

伊夫斯搂着玛莉，回到了金盆的旁边。盆子里的怪物仍然在挣扎嚎叫。

“走，去码头！”伊夫斯给水手们下了命令。

听到命令，水手们立刻动身。他们印有文身的胳膊被绳索勒出了深深的印子。玛莉很想看看盆里的怪物，不过却被金盆上的帆布阻挡了视线。算了，既然哥哥在这里，今后有的是机会看呢。她这样想着，一边搂紧了伊夫斯的腰，缩进他的怀里。

那边贵族大臣们还站在原地，他们给运送金盆的队伍让出一条道来。每个人都对金盆里的怪兽充满了好奇，迫切希望能看它的真面目。

伊夫斯经过时，所有的贵族都向他致意。

伊夫斯有些吃惊，一时间有些不知所措。玛莉·约瑟芬顿感不妙，哥哥从小就是个书呆子，对于礼节一事向来没什么概念。她正准备要戳戳他的肋骨——伊夫斯是个怕痒的人——提醒他要回礼，却惊喜地发现伊夫斯已经行动了起来。他弯下腰，恭恭敬敬地向公爵和公爵夫人鞠了一躬，礼貌而又得体。

玛莉·约瑟芬也向公爵行了一个屈膝礼，然后亲吻了公爵夫人的衣角。胖胖的公爵夫人微笑着点了点头，对她的表现颇为赞许。

伊夫斯对着其余的王室成员又鞠了一躬。他继续前行，对站在两边的大臣们点头致意，动作十分优雅。

走到一半时，他们看到了一顶轿子——曼特农夫人的轿子。轿子的窗门紧闭，连帘子都拉了下来，仿佛和外界隔绝了一样。可怜的曼特农夫人，她虽然对海怪毫无兴趣，可还是得陪着国王从凡尔赛一路奔波来到勒阿弗尔。

“要是我也能和你一起出海该多好啊！我也想亲眼看看那些海怪！”玛莉·约瑟芬对哥哥说道。

“那可不行！一路上，我们风餐露宿，历经艰辛，还遇到了飓风，差点就回不来了。你要是在船上，水手们一定会怪罪于你。在他们看来，女人和海怪一样都是不祥之物。”

“居然还有这种迷信，真蠢！”玛莉·约瑟芬摇了摇头。她也是坐船从马提尼克岛来到了凡尔赛，虽然旅途有些辛苦，但也很开心。

“你真不应该出来，修道院的生活更适合你。”

玛莉·约瑟芬有些恼怒。他对修道院的生活一无所知，凭什么就作出这样的结论？自己待在那里是多么的寂寞和痛苦，他都知道吗？

“我无时无刻不在思念你，担心你！”

“在海上的那段日子，只要一想起你，我脑海中就会响起你创作的那些小调。现在你还在写歌吗？”

“我那些歌就是写着玩的，王宫里可不缺像我这样的人。不过，既然你想听，我就写。”

“玛莉·约瑟芬，你知道吗？在船上，我也经常会想起你，想象你的模样！不过我真没想到今天你会打扮成这样！”

“你喜欢我这件裙子吗？”

“不，你穿得太不得体了。”

“才不是！”玛莉抗议道。她刚穿上这条裙子的时候，也觉得领口太低，腰被勒得快要断掉一般，但那时她还是个初入宫廷的小姑娘，又懂得些什么呢？

“你不应该穿得如此华丽，别忘了自己的身份地位。”

“我已经不是当年那个乡下来的女孩了，而是夏洛特小姐的侍女，而你又是国王宠信的自然哲学家。今非昔比，难道我不该穿好一点吗？”

“这也是我想问你的，在学校里教算术不好吗？为什么要离开呢？”

“我真待不下去了。你知道吗？那里所有的老师都要戴上面纱！”

伊夫斯奇怪地看了她一眼，有些困惑：“这不是很好吗？”

玛莉正想要好好反驳一下他，却发现国王已经准备起驾离开。路易十四回到了自己的车厢里。所有人都鞠躬致意，目送着国王的马车在侍卫的簇拥下驶离了码头。衣衫褴褛的平民尾随在国王的马车后面，乞求、咒骂、欢呼的声音混合在一起，不绝于耳。

玛莉·约瑟芬四下张望，希望能看到洛林骑士的身影，可惜他已经回到了公爵的马车上。其余的王公贵族们也紧随国王的步伐，或者坐进了马车，或者上马，打道回府。

一阵喧闹之后，码头又恢复了宁静。留在码头上的只剩下吕西安、几个卫兵、信鸽掌管官、运货马车和一辆普通的马车。

信鸽掌管官急急忙忙地找到了自己的学徒，后者正吃力地和搬运行李的人一起卸货。小学徒卸下了一堆柳条编织的笼子，大多数都已经空了，信鸽掌管官则把还装有鸽子的笼子拿了过去。

“放这里。”伊夫斯指了指第一辆货车，示意水手们把金盆放上去，“轻点……”

“我想看……”玛莉扯了扯伊夫斯的衣服。

那边，贵族们的最后一批马车也渐渐远去，车夫的吆喝和马车震动的声音混合在一起，在码头上方回荡。

盆里的怪兽受到了惊吓，发出了凄厉的叫声。所有人都被吓到了，连马儿都不安起来，挣扎着想要跑开。

“小心！”伊夫斯再次告诫水手。

玛莉被吓得说不出话来。不过好奇心还是战胜了恐惧，她靠近金盆，俯下身子，想要看清楚里面的怪物。“嘘！安静，别动！”她想要让怪物安静下来，可惜事与愿违，怪物又一次尖叫起来。

水手们受不了了，他们扔下金盆，撒腿就跑。金盆重重地摔在地上，水洒了一地，怪物又咆哮起来。听到叫声，水手们跑得更快了，差点撞倒了信鸽掌管官。后者眼疾手快，把他的宝贝鸽子都塞进了衣服里，而小学徒也吓得丢掉了空鸽笼。

“回来，都给我回来！”伊夫斯急了。可是水手们头也不回，径直向大船跑去。那些抬着行李的水手们也把东西往地上一扔，一溜烟地逃回了船上。

看着伊夫斯一脸狼狈的样子，玛莉费了好大劲才没让自己笑出声。现在场面就比较尴尬了，谁来搬东西呢？车夫要驾驶马车，卫兵们也不会干这种有失身份的事，至于尊贵的吕西安就更不会干了。

伊夫斯一气之下，准备自己亲自上阵。他试着抬了一下金盆，却发现金盆纹丝不动。正在众人一筹莫展之时，突然传来了笑声。众人抬头一看，只见围墙上坐着一群衣衫褴褛的男孩，正在嬉笑打闹。

“嘿，那边的孩子们！”吕西安冲他们叫道。

男孩们显然被吓了一跳，正准备要跑，却见吕西安扔过来一枚硬币。

“这是一块钱。还想要的话，就过来帮克鲁瓦神父一起抬东西。”吕西安的声音很柔和。

听闻此话，男孩们纷纷从墙上跳了下来，光着脚跑到伊夫斯跟前，想要帮忙。像他们这么贫穷的人，给他们一些面包屑就能使唤得动，更别提硬币了。男孩们很卖力，很快就把金盆抬到了第一辆马车上，把行李放上了第二辆马车，然后把那个人形的包裹放进了一个装满了冰块的马车上。

那 定是哥哥自己想要拿来研究的标本。玛莉心想，两只怪兽，一只献给国王，一只留给自己做研究。真聪明！

“哥，过来和我一起吧。”玛莉·约瑟芬提议。

让她失望的是，伊夫斯果断拒绝了她。“不行，我要看着海妖。”伊夫斯爬上了第一辆马车，牢牢地看管着怪兽。

玛莉穿过码头，来到了那辆看上去很普通的马车前。侍从打开了车门，旁边的吕西安很绅士地伸出手来，想要扶她上马车。玛莉有些吃惊，吕西安的手温暖而又有力，他的手指也出乎意料地细长，让玛莉不由自主地想多摸几下。

吕西安为什么不和国王一起走呢？玛莉心里疑惑，但是她也不敢发问，毕竟伯爵大人的身份尊贵。面对着比自己还要矮一头的吕西安，玛莉也很是纠结，站也不是，蹲也不是。好在，她很快就爬进了马车，化解了这个尴尬的局面。

“十分感谢，吕西安大人。”她向吕西安表示诚挚的谢意。

“不用谢，克鲁瓦小姐。”

“您已经看过海怪了吗？”玛莉好奇地问道。

“我对奇闻轶事向来不感兴趣，克鲁瓦小姐。现在，请恕我不能久留。”

玛莉的脸腾地一下就红了。她知道吕西安不高兴了，不过她并没有任何要冒犯吕西安的意思。

吕西安对着他的小灰马下了个指令，后者很听话地跪下一条腿。吕西安上了马，小灰马稍微趔趄了一下，很快恢复了平衡，然后载着吕西安向国王陛下离开的方向飞奔而去。

第2章

夕阳西下，将落日的余晖洒满凡尔赛宫外的花园。黑暗慢慢降临，一轮新月升到了空中。

酷热散去，拉着马车的马儿也恢复了精神。它们沿着被晒得硬邦邦的泥土路，穿过树林向马厩飞奔而去。

玛莉·约瑟芬把头抵着车厢的内壁，心里有些失落。要是当时能和公爵夫人一起返程该多好！挤在公爵的车厢里虽然有些不舒服，但是她能听到很多有趣的言论。公爵夫人一定又在发表她对今天旅程的评价，公爵和洛林骑士时不时地也会插科打诨，而骑着马跟随在车厢外面的沙特尔公爵可能又会和玛莉讲起他的化学实验。玛莉可能是唯一一个能听懂他在讲什么的女性。除了她以外，整个宫廷之内可能都没有人能理解沙特尔所做的化学实验。沙特尔公爵有一位妻子，他对自己的妻子呵护备至，不过妻子既不懂他所钟爱的化学实验，也不感兴趣。她甚至都不愿意从巴黎的宫殿过来随国王一起出行。

如果沙特尔公爵和她聊天的话，玛莉美滋滋地想着，那缅因公爵也可能和她攀谈，国王陛下的孙子勃艮第公爵和他的几个弟弟也都可能会注意到她的存在。

缅因公爵也已成家。勃艮第公爵刚刚成年，他的几个弟弟更是年幼。他们的身份都十分尊贵，也不是玛莉这小小的侍女所能企及的。所以就算她能得到这些人的关注，也毫无意义。她出身卑微，一辈子也不可能和这些王室成员有任何交集。

玛莉不敢有非分之想，不过如果王室成员能注意到她，她还是很开心的。

马车还在路上飞奔。玛莉既无聊又孤独，还有些烦躁。她把目光投向窗外的树林。这片树林离国王的住处较远，不需要清理，所以这里的植物不受拘束，长得十分茂盛。灌木丛中到处都是掉落的树枝，道路上时不时能看到剑蕨垂下的叶子。金红色的阳光照射在树林中，形成了条纹状的阴影。唉，玛莉又轻叹了一口气。如果这时她能骑着马该多好。这样她就能停下来，投身于大自然中，去倾听鸟儿的鸣叫，去欣赏蝙蝠的舞蹈。可现在呢，她只能独自坐在车厢中，连个说话的人都没有。车夫、侍从甚至连哥哥都不会注意到大自然中那些美妙的声音。

随着马车的前行，路况变得好了起来。灌木丛消失了，树木之间的间距更大了，地面上也没了树枝：这里可能是猎人们经常通行的区域。玛莉·约瑟芬又开始神游了，她的脑海中浮现出自己追随着国王，在这条小路上捕鹿的画面。

突然，森林中响起了刺耳的叫声，声音充满了愤怒和挑衅。玛莉·约瑟芬一手抓住车门，一手抓着座位的边缘，保持身体的稳定。拉车的马匹明显受到了惊吓，它们喷着鼻息向前跃了一大步，车厢也随之剧烈地震动了一下。这些马儿虽然已经筋疲力尽，但仍然疯狂地奔跑起来，想要远离这可怕的叫声。车夫不得不拉紧马缰，拼命地想要控制住它们。

皇家动物园中的老虎也发出了咆哮，惊醒了动物园里的其他动物。大象发出喇叭般的声音，狮子和野牛也都怒吼起来。

海妖愤怒的叫声萦绕在森林之中。

怪异的声音，既遥远又清晰，充满热情而又略带诱惑，仿佛雄鹰翱翔时发出的鸣叫。玛莉·约瑟芬开始心跳加速，不知怎地就回想起了马提尼克岛上的森林。那里树木参天，树林间光影的结合和眼前的景象竟有几分相似。

海妖又发出了凄厉的叫声。这一次皇家动物园里的动物全都陷入了沉默。海妖的歌声在一阵低语中消失了。

马车驶出了森林，沿着大运河的两岸继续前行。一层薄雾笼罩在运河之上，河面闪烁着点点微光。国王的小型船队停泊在岸边，在浪花的拍打下轻轻晃动。装货的马车驶离了王后大道，向着阿波罗喷泉的方向前进，而玛莉·约瑟芬的马车则继续驶向凡尔赛宫。

“车夫，等等！”玛莉大声喊停。

“吁！”车夫勒停了马车。

玛莉·约瑟芬从窗户探出头去，窗外弥漫着马儿喷吐的气息。凡尔赛宫外的花园安静得有些异乎寻常，连喷泉都没有打开。

“请跟上我哥哥。”玛莉有礼貌地说道。

“但是……”车夫面露难色。

“把我送到哥哥那里，之后的事就不用你操心了。”

“没问题！”车夫继续策马前行。

货车那边，伊夫斯同时指挥着两辆车上的人，忙得不可开交。

“你，过来搬盆，很重，小心！那边那个，别碰那块冰！”

玛莉·约瑟芬打开车门。侍从慢吞吞地下了马车，准备扶她下来。她可等不及了，直接下了马车就向着哥哥那边奔去。

眼前的景象让玛莉有些吃惊。只见花园中的阿波罗喷泉被一顶巨大的帐篷所覆盖，帐篷里点起了蜡烛，从远处看上去就像是一只大灯笼。

花园中的草坪向远处延伸，就像一片绿色的地毯直接铺到了山上的宫殿前，也将拉唐纳喷泉和阿波罗喷泉分隔开来。草坪中间有数条石子铺成的道路，道路的两边排列着诸神和英雄的雕像。夜幕已然降临，草坪边上成排的蜡烛散发出柔和的光芒，照亮了整个花园。

玛莉提起裙角，急匆匆地向货车那里跑去。又得照看好金盆，又得顾着自己的标本，一心二用的伊夫斯看上去有些焦头烂额。

“玛莉·约瑟芬，看着我的标本，别让他们乱动。我一会儿就回来。”伊夫斯扔下一句话就急匆匆地离开了。玛莉突然有些恍惚，仿佛又回到了他们一起在马提尼克度过的时光。那时，伊夫斯还不是牧师，她也一直陪伴在伊夫斯的身边，帮助他做各种各样稀奇古怪的实验。

帐篷的门帘上绣着国王的纹章，本应该放射着金色光芒的太阳现在看上去有些暗淡。伊夫斯快步走近帐篷，门口站着的卫兵为他拉起了门帘。

“把冰块移到这里来，把标本上裹着的布松开。动作要轻。”玛莉·约瑟芬对旁边的仆人下令。

“可是，神父大人说……”

“现在由我来做主！”

仆人们仍然有些犹豫。

“我哥哥可能到明天早晨才能想起这具标本。你们就等吧！”

仆人们不再说话。他们小心翼翼地解开了裹在标本上的布，里面的冰块散落一地。玛莉在旁边看着，确保他们不会损坏标本。从小她就帮着哥哥一起做实验，那时哥哥才十二岁，她的年龄更小。他们还一起学习希腊语和拉丁语，阅读希罗多德写的史书和伽林写的医书，研究牛顿的力学定律。当然，看什么书都由伊夫斯做主，不过看到妹妹这么喜欢《数学原理》一书，连睡觉都要枕着这本书，他也就默许了。玛莉还有一个小小的遗憾，就是弄丢了牛顿的著作，没能深入了解牛顿研究光、星球和引力的过程。她一直想着能再找一本。

仆人们抬起标本向帐篷走去，沿途不断有冰块掉落在地。玛莉也跟着他们进了帐篷。既然看不到活的海妖，那能看标本也行啊，她有些迫不及待，想要一睹为快。

巨大的帐篷将阿波罗喷泉完全包裹在内。而喷泉的四周赫然罩上了一个纯银打造的笼子。笼子中央是太阳神阿波罗的雕像，形状宏伟而引人注目。他乘坐一辆四马战车跃出水面，身边是跳跃的海豚和吹着海螺的海妖，预示着黎明即将到来。

若是旁人看到这座宏伟的雕像，一定会对它的精美大气赞叹不已。可玛莉·约瑟芬的关注点却有些奇怪，她觉得雕塑家弄错了阿波罗跳跃的方向，太阳从东边升起，可是阿波罗却在向西方跳跃。

喷泉的外沿还搭起了木头做成的台阶，一直延伸到池子的内部。台阶、帐篷和笼子破坏了喷泉的美感，不过为了方便伊夫斯放置海妖，只好先这样了。

玛莉正准备走近笼子，就在这时，帐篷的门帘又一次被打开了，只见一个仆人拎了一个篮子走了进来。他把篮子里的活鱼和海藻往喷泉里一倒，然后扭头就跑。陆续又有仆人进来把冰块和木屑倒进了泉水中，然后也飞快地逃离了此地。

玛莉的心里也打起了退堂鼓。看来海妖真的挺可怕，那还是去看海妖的标本吧。她走近标本，想把裹在外面的帆布解开，可转念一想，这种脏活累活还是留给那些仆人去做好了。

“你们两个，过来。把冰块拿过来，盖在标本上，再往上面撒上一些木屑。其余的人，去马车那边把克鲁瓦神父的东西搬过来。”玛莉扫了一眼那群瑟瑟发抖的仆人们，下了命令。

仆人们依令而行。浸泡在保存液中的标本散发出一种腐烂的气息，和保存液的味道混合在一起，弥漫在空气中。仆人们不敢大意，小心翼翼地移动着标本。

玛莉皱了皱眉头。伊夫斯得抓紧时间了，如果不尽快解剖这具标本，很快它就会腐烂，变成一堆没用的烂肉和白骨。

玛莉·约瑟芬之前经常和哥哥一起做实验，所以对这些难闻的气味早已习以为常。不过这些仆人们就有些受不了了，他们喘着粗气，偶尔交换一下不满的眼神，心有怨气却不敢表现出来。不论是伊夫斯还是咆哮的海妖都令他们感到恐惧。

仆人们在实验台上盖满了隔热的木屑。

“记住，一定要勤换冰块，不可怠慢。”玛莉叮嘱他们。

一个仆人对他鞠了一躬，说道：“好的，小姐。吕西安已经吩咐过我们了。”

“好，你们可以退下了。”

仆人们如释重负，争先恐后地逃离了帐篷。一方面，腐尸的味道令他们窒息；另一方面，海妖的惨叫也让他们胆寒。金盆中的海妖还在唱着忧伤的歌曲，玛莉凑上前去，想要一探究竟。此时，伊夫斯正指挥着工人们把金盆抬到了喷泉中。他们把金盆放倒，喷泉里的水缓缓地汇入了金盆之中。

“伊夫斯，我要看……”玛莉急忙冲到了喷泉的旁边。

伊夫斯揭开了盖在金盆上的帆布。这时喷泉的出水口突然发出了巨大的响声，喷泉开始喷水了！巨大的水柱直冲天空，直达帐篷的顶部，像一朵盛开的鸢尾花。水柱落下后，冲刷着阿波罗的战车，在喷泉池子中激起阵阵涟漪。海妖也被喷泉的水柱打中，它发出一声尖叫，尾巴一下就抽打在伊夫斯的身上。伊夫斯一个趔趄，差点摔倒在水中。

“关上喷泉！”伊夫斯大叫道。

海妖扭动着身体，从金盆中爬了出来。伊夫斯急忙闪开身子，避开了海妖的牙齿和爪子。工人们赶紧跑去关喷泉。

海妖终于摆脱了它的囚笼，跌跌撞撞地游入喷泉中。

玛莉·约瑟芬紧紧地抓住了哥哥的胳膊。伊夫斯此时正踩在喷泉里的台阶上，看上去就好像站在水面上一样。随着海妖的入水，他的脚底泛起一圈涟漪，袍子的边缘也早已经被水浸湿。

哥哥会水上漂。玛莉·约瑟芬咧嘴一笑，水淹不到他。

工人们关闭了喷泉的阀门，出水口的声响戛然而止。巨大的水柱逐渐变小，变成了咕嘟嘟的水泡，最终消失不见。水面又恢复了平静。

伊夫斯用袖子抹了把脸。玛莉·约瑟芬也站上了水中的台阶，不过她站得比伊夫斯要高两级，这时他俩看上去就一样高了。她把手搭在了伊夫斯的肩膀上。

“哥哥，你成功啦！”

“希望如此吧！”

玛莉·约瑟芬俯下身向水池中看去。清澈的水面下蛰伏着一团阴影，在烛光的照耀下显得有些模糊不清。

“虽然现在它还活着，但谁知道它能活多久呢……”伊夫斯的声音渐渐低了下来，透露出担忧。

“现在活着不就行了吗？我想看看它，你快把它叫过来！”

“我可叫不动它。它就是一头怪兽，听不懂人话。”

“我的猫都能听懂我的命令。在海上这么多天，你都没训练过它吗？”

“我哪有时间训练它啊，”伊夫斯皱起了眉头，“再说，它不吃不喝，我还得把吃的塞到它嘴里，强迫它进食。”

伊夫斯抱起胳膊，目光灼灼地看着水面。海妖一动不动地漂浮在水里，好像死了一般。

“不过我没有辜负国王陛下，完成了他的愿望。四百年间，从未有人抓到过海妖，而我做到了！我把一只活的海妖带了回来！”伊夫斯的语气中带着一丝自豪。

玛莉·约瑟芬又向前探了探身子，迫切地想看到海妖的真容。海妖有着一头乱糟糟的头发，皮肤光滑，身体又长又细，比马提尼克岛海域里的那些海豚还要纤细。

“哇，我还没见过长头发的鱼呢！”玛莉大为惊叹。

“海妖不是鱼，它们需要呼吸空气才能存活。如果长时间呼吸不到空气的话……”

伊夫斯猛地停住了。他越过水池的边缘，向外走去。玛莉还待在那里，好奇地注视着海妖。

海妖也在看着玛莉。它的瞳孔中反射着怪异的光芒。它伸开了自己的胳膊，手上的蹼清晰可见。

伊夫斯又回来了，手里紧紧攥着一根棒子。他的阴影投射在海妖的身上，海妖向后游去，害怕地闭上了金色的眼睛。

“不准死！我绝不会让你淹死！”伊夫斯拿起棒子戳在海妖身上，想让它动起来。

“该死，快给我游起来，浮起来！”伊夫斯有些气急败坏。

海妖的头发散落在脸上，尾巴轻轻颤抖，显出一副痛苦的模样。

“别戳了，你弄疼它了！”玛莉·约瑟芬跪在台阶上，把手伸进水中，对着海妖说道：“来，到我这来，我不会伤害你的。”

海妖游了过来，用带蹼的手指抓住了玛莉的手腕。玛莉甚至能感受到它手指上传来的热度。海妖抓得很紧，但是它锋利的爪子并没有弄疼玛莉。

突然，海妖把玛莉拽下了水！

伊夫斯又惊又怒。他怒吼着，使劲戳着海妖。海妖向远处游去，远离了伊夫斯的怒火。玛莉挣扎着站了起来。她浑身湿透，还喝了好几口水，一时间咳个不停。玛莉的裙子浮了起来，像一朵莲花一样漂浮在水面。她急忙把裙子按下。

“来，抓着我的手，快上来！”

“等一下！”

海妖从玛莉的身边游开了，扭头看着她，发出阵阵低鸣。

“别再吓它了！”玛莉把手伸向海妖，“来，过来，别害怕！”

“小心，它力气很大的，还很凶残……”

“它只是很害怕！”

海妖的声音像一团薄雾一样笼罩在水面。它似乎放下了戒心，开始一点一点地向玛莉·约瑟芬靠近。

“乖，听话，真是个好孩子！”玛莉继续鼓励道。

“国王陛下即将驾到！”帐篷里突然传来了吕西安的声音。

玛莉吓了一跳，她扭过头去，发现吕西安就站在水池的边缘上。他是什么时候进到帐篷里来的？伊夫斯此时还站在喷泉里的台阶上，两个人就这样面对面地看着对方。

在帐篷的那头，卫兵们掀开了门帘。外面燃起了一排火炬，一直延伸到国王的宫殿。

“可是我还没准备好。”伊夫斯说道。

两人说话之间，玛莉·约瑟芬又把注意力转向海妖。此刻，他俩之间还有一定的距离，海妖有些畏缩不前。玛莉告诫自己一定不要心急，如果这时伸出手去抓它的话，它一定会逃开的。

“王命不可违抗，准备好迎驾！”吕西安的语气中没有丝毫回转的余地。

“遵命！”伊夫斯回答道。

水中，海妖伸出胳膊，用爪子触碰着玛莉的手指。

“克鲁瓦小姐，请自重。如此衣冠不整，怎能面见国王陛下？”吕西安转向玛莉。

玛莉吸了一口冷气，得罪了国王可是死罪啊。她立马转身，拖着湿漉漉的裙子，费劲地向池边走去。水池中的台阶并不平稳，再加上她今天穿了高跟鞋，好几次都险些摔倒。

海妖在她的身边游弋，吐出一大团气泡。它拍打起水花，静静地盯着她。玛莉看着近在眼前的海妖，虽然有些害怕，却也被它奇特的样貌所吸引。

海妖的手和胳膊虽然和人类的类似，却非常怪异，而本该是腿的地方却长出了一条鱼的尾巴。它的指间有蹼，指甲锋利，长长的头发垂在胸前——扁平的胸前还长着黑色的乳头。海妖光洁的皮肤上挂满了大大小小的水珠，在烛光的照射下熠熠发光。

海妖此刻正目不转睛地盯着玛莉，它金黄色的眼睛散发出奇异的光彩。海妖的脸和教堂中滴水兽的脸有些相像，额头上还有一圈一圈的条纹，看上去既诡异又威严。它的鼻子扁平，鼻孔很小，犬齿外凸。

“妙极妙极！没想到天下还有如此怪物！”路易十四走了进来，对着海妖啧啧称奇。他的声音很悦耳，却也不失威严。吕西安和伊夫斯急忙给国王请安。路易十四换了一身衣服，来观看海妖了。他的视线落在了海妖的身上，刻意避开了仍然站在水池里的玛莉·约瑟芬。国王的身后站着一堆皇亲国戚，公爵、公爵夫人、曼特农夫人等人都在其中。他们也向喷泉看来，有人为海妖所震撼，更多的人却在看着玛莉，心里很是诧异。

海妖受到了惊吓，低吼一声潜入了水底。

玛莉·约瑟芬陷入了困境，如果此时她从水池中走出来，就会直面国王，惊了圣驾。夏洛特小姐绝不会容忍如此有失体统的事，一定会把她赶走。玛莉进退不得，流下了羞愧的泪水。她踉踉跄跄地向后退去，想把自己藏在阴影当中，却差点被自己的裙摆绊倒。

这时，吕西安站了出来。他脱下自己的斗篷，挡在了玛莉·约瑟芬的身前。

暂时是安全了。玛莉·约瑟芬静静地站在水中，松了口气。潜在水中的海妖如一抹黑影，向外游去。它抓住笼子上的栏杆使劲地摇晃，却发现栏杆纹丝不动，只好又游了回去，边游边愤怒地拍打着水花。海妖从水中探出头来，向外界张望。水面上只能看到它乱糟糟的头发和金黄色的眼睛。

即使有了吕西安的斗篷，大部分王室成员还是能很清楚地看到玛莉。不过没关系，只要国王陛下看不到就好。

公爵夫人看到了玛莉求救的眼神，摇了摇头以示责备。不过她的嘴角却流露出一丝笑意。公爵还是秉持着绅士风度，不去看玛莉。洛林骑士却一直在盯着她看，这让玛莉大为窘迫。她真不想在这样一位英俊潇洒的大人面前丢脸。

唉，真是丢人丢到家了。我现在这个样子真可笑，要不是站在水里太冷，我都忍不住要笑话自己。玛莉心想。

“你果然没有辜负大家对你的期望，克鲁瓦神父！”路易十四走了过来，和伊夫斯一起站在水池边的平台上，“你捉到了一只活的海妖！”

“此乃您天威所赐！”伊夫斯恭敬地说道。

“布尔森先生，你有何高见啊？适不适合放在我们的庆典上呢？”路易十四扭头对布尔森说道。

布尔森先生又高又瘦，衣着寒酸，挤在一群皇亲贵族中显得有些格格不入。听到国王的召唤，他快步走上前来，两只手攥在一起，对着国王深深地鞠了一躬。

“它很健康吗？能进食否？”

布尔森向水池中看去，海妖正在阿波罗的雕像旁徘徊，唱着忧伤的歌曲。

“它吃得不多。”伊夫斯答道。

“那可不行，得让它多吃长胖才行。”

“你是耶稣会的会士，聪明如你，定有妙计。”路易十四热切地看着伊夫斯。

这时，海妖又开始撞击笼子，溅起了阵阵水花。

“快，让它停下，别弄伤了它的皮肤。”布尔森发话了。

玛莉·约瑟芬希望安抚海妖，可是国王陛下就在身边，她不敢出声。

“不行，这只海妖和森林里的那些野兽毫无区别，没人能驯服它。”伊夫斯也很无奈。

“等它熟悉环境后，自然就会安静了。”路易十四说道。

路易十四从水池边上的平台上走了下来，伊夫斯和布尔森紧随其后。

“吕西安！”路易十四亲切地唤了一句。

“臣在！”

“克鲁瓦小姐。”路易十四转身向外走去。

玛莉·约瑟芬的心提到了嗓子眼：“陛下有何吩咐？”

“你还待在那里干什么？难不成想去拜访阿波罗？”

周围的人全都笑了起来。玛莉·约瑟芬羞愧难当，恨不得立马找个地缝钻下去。

“陛下，我并无此意。”

“那还不赶紧出来？你想等刽子手把你拖走吗？”

“是，陛下！”

玛莉跌跌撞撞地向平台走去。吕西安仍然拿着斗篷替她遮掩，在她爬上台阶时，还特意用手杖挑起了斗篷的下沿，以防斗篷上沾了水。玛莉跨过水池的边沿，湿漉漉地走了出来，身上的水还在不停地向下滴。尽管被冻得浑身发抖，她还是加快了脚步，从皇亲国戚们的身边溜了过去，躲到了那堆实验器材中。

路易十四又转向了曼特农夫人。

“亲爱的，喜欢我的海妖吗？”

洛林骑士离开人群，迈着他的大长腿向玛莉·约瑟芬走了过来。他越过吕西安，解下了自己的斗篷。洛林骑士里面也穿着一件金丝蓝衣，和吕西安身上的那件是一个款式，这象征着洛林也是国王的亲信之一，只不过他衣服上的金丝并没有吕西安那么多。洛林一动，公爵也受到了影响。他的眼神频频扫向洛林，心思明显已经不在国王身上。

“这头怪物真是太吓人了。陛下，在我看来，这就是传说中的恶魔吧！”曼特农夫人回答道。

洛林骑士把斗篷披在了玛莉的肩上，毛茸茸的斗篷上还带着他的体温和香水味。

“谢谢您！”玛莉的牙齿还在打战。

洛林向她鞠了一躬，又重新回到了公爵的身边。公爵拍了拍洛林的胳膊，手上的钻戒在烛光下闪烁着光芒。

“夫人，它并不是恶魔，而是自然界的一种生物。圣母教堂的书籍中对这种生物也有所记载。它和陛下动物园里的鳄鱼和大象也没什么区别。”伊夫斯解释道。

“不过，克鲁瓦神父，你要是能捉到一只漂亮的海妖就好了。”路易十四发话了。

伊夫斯大步走向实验台，玛莉不得不又向后缩了缩。吕西安仍然拿着斗篷，避免让国王看到玛莉。洛林的斗篷遮住了玛莉湿漉漉的裙子，可是她之前精心梳理的头发已经乱作一团，漂亮的头饰也歪在了一旁。

伊夫斯解开了裹在标本上的帆布，里面的冰块洒落了一地。

“陛下请看，这是另外一只海妖。它们的长相不分男女，毫无差别。”

皇亲国戚还有大臣们纷纷拥到伊夫斯的身边，争先恐后地想看看那只已经死去的海妖。伊夫斯的身边挤满了人，连一丝阴影都插不进来。如果说路易十四是法国的太阳，那此时伊夫斯就是他身边的月亮。这些贵族们也想沾上他的光彩。

“真臭啊！”公爵嚷嚷了一句。

玛莉·约瑟芬从吕西安的斗篷后向外瞄，正好看到公爵拿着手帕捂住了鼻子。玛莉十分理解公爵的做法，对于这些没接触过尸体和解剖的人来说，不习惯腐尸的气味也是正常的。

“别靠近，藏好点！”吕西安克制着自己的情绪，对看得津津有味的玛莉发出了警告。他向来不离国王左右，而这次因为玛莉他只能站在人群之外，而正在兴头上的国王似乎也忘记了他的存在。

玛莉·约瑟芬赶紧缩了回去。躲在斗篷之下的她现在只能看到人群的影子。

“保存标本的液体确实有很浓的味道，先生。”伊夫斯解释道。

“神父，我要向你忏悔……”斗篷外传来了路易十四的声音。玛莉看到国王的影子向伊夫斯的影子点了点头，而伊夫斯的影子深深地鞠了一躬。

“克鲁瓦神父啊，我向你忏悔，我不该质疑你的发现。你前往未知的海域为我们带回了海妖，你的猜想是对的。”路易十四的声音里流露着真诚。

伊夫斯谦逊地解释道：“我并不知道海妖的藏身之处。在翻阅了大量的文献记载后，我才得知它们的行踪。海妖们会在仲夏日发生白虹贯日的时候，聚集在埃克苏马岛进行交配。”

玛莉听到伊夫斯口中吐出“交配”一词，心中大呼不妙。果不其然，所有人都陷入了沉默。

“神父大人，勿要再说此类亵渎之辞。”曼特农夫人开口了，语气极其严厉。

“这也是他研究的内容，要不然我们怎么能够认识这个世界呢？”沙特尔公爵突然插了一句。他的话语中带着极大的热情，显然对这个话题十分感兴趣。殊不知他的态度却惹恼了周围的贵族们，连仆人们看他的眼神都带上了怀疑。

“自然哲学家研究的东西可能会给别人带来不适，或者把我们带入歧途。”国王发话了。

“但是，真理……”沙特尔公爵还想分辩。

“别说了，孩子！”曼特农夫人的语气既温柔又带上了一些迫切。

玛莉·约瑟芬竟然有些同情沙特尔公爵了。他的出身决定了他不能全身心地投入到科学研究之中。如果他能像她一样，可能会更快乐吧。

不过，玛莉转念一想，如果沙特尔公爵变成了平民，他又怎能买得起那些昂贵的科学器材呢?

“克鲁瓦神父，你值得嘉奖。因为你完成了从未有人能完成的创举，把一只活的海妖带回了法国。”路易十四突然改变了话题，缓解了现场紧张的气氛。

“我的成就全都仰仗您的支持。”伊夫斯回答道。

“我会在教皇那里称赞你。”

“谢谢您，陛下。”

“你在解剖、研究这只海妖的时候，我也会在旁观看。”

“这……”伊夫斯突然有些结巴。

玛莉·约瑟芬为哥哥捏了把汗，心中暗暗祈祷，希望他能很得体地向国王谢恩。

“陛下，您对我工作的关注是我最大的荣幸。”

路易十四转向吕西安。两人商讨了一会儿，然后国王点了点头。

“研究工作于明日弥撒之后进行。”路易十四对伊夫斯说道。

“明天? 陛下，可是海妖的尸体已经开始腐烂了……”

“明天弥撒之后。”路易十四用不容置疑的语气又重复了一遍，完全忽略伊夫斯的回答。

玛莉此时恨不得从斗篷后跳出来，和伊夫斯一起求情，她想告诉国王解剖标本的急迫性。可惜她现在衣冠不整，这已是对国王的不敬，再要出来说话简直就是大逆不道。

伊夫斯对着国王深深地鞠了一躬。

“陛下，我太过激动，请您原谅我的失礼。如您所愿，我们明天开始。”

国王和曼特农夫人带着群臣向外走，人群的影子开始移动。

“像克鲁瓦神父这么大的时候，我还能看清黑夜里的东西呢。”路易十四打趣自己。

众人附和着他也都笑了起来。吕西安的使命也终于结束了。他把斗篷重新系在了自己的身上。

洛林在经过玛莉的身边时停了下来。

“斗篷暂时不用还我，克鲁瓦小姐。”

“十分感谢，先生。”玛莉冷得牙齿直打战，不过她还是很诚挚地向洛林道谢。

“不过还给我的时候是不是也得给我带点奖励啊？”洛林露出一抹邪魅的笑容。

玛莉的脸腾地一下就红了。正当她不知如何是好的时候，有人替她解了围。公爵走了过来，挽上了洛林的胳膊，拉走了他。他俩尾随着国王，边走边说着悄悄话，举止亲密。洛林说话的时候，公爵就看着他，脸上流露出和小女儿家一般娇羞的神态。

众人离开后，阿波罗喷泉又恢复了宁静，偶尔还能听到喷泉装置嘎吱作响的声音。明天阿波罗喷泉肯定是无法喷水了，不过幸好还有拉唐纳喷泉。

“吕西安，十分感谢……”玛莉·约瑟芬向他道谢。

“国王的威严不容冒犯，我只是尽了自己的职责。”吕西安冷冷地说道，对着玛莉微微鞠了一躬。

他向伊夫斯那里走去，经过了器材堆，又越过了试验台，手中的拐棍很好地掩饰了自己轻微的跛脚。玛莉·约瑟芬搓着胳膊，想要暖和起来。

吕西安掏出一个皮袋子递给伊夫斯。这个皮袋子看上去沉甸甸的，比他给船长的那个要大得多。

“这是国王给你的奖赏。”

“谢谢您，吕西安，但请恕我无法接受。身为教会的一员，我的职责就是侍奉上帝，钱财于我来说毫无意义。”

“你们侍奉上帝的方法不就是敛财吗？”吕西安的脸上显出一副嘲弄的神情。

“马提尼克岛上爆发战乱时，是国王陛下派人救出了我的妹妹。他还尽全力支持我的研究和探索。陛下的恩情我铭记于心。因此，我别无所求。”伊夫斯正色说道。

看到伊夫斯还在拒绝，玛莉·约瑟芬待不住了。她走到两人中间，对吕西安伸出了手，后者把钱袋放到了她的手上。在这个过程中，玛莉的手指拂过了吕西安的手心。

吕西安神情自若地缩回了手，就好像什么事情都没有发生一样。他的手光滑而又细腻，而自己的则粗糙不堪，玛莉不禁有些赧然。

玛莉回想起了待在修道院的那段时间。每天她都要打上一桶水，把修道院的地板擦得干干净净。辛苦的劳作磨损了她的双手，而吕西安可能连劳动为何物都不知道吧。

“谢谢您，吕西安。”玛莉的语气很真诚，“有了这笔钱，我们就可以买一台新的显微镜，哥哥也能开展更多的研究了。”说不定哪天，哥哥也能像列文虎克[1]大人一样，取得一些了不起的成就。玛莉心里暗想。

“克鲁瓦神父，你应该向你妹妹多学着点。记住，国王陛下掌控了所有财富和生杀大权。他的赏赐，不论是何种形式，绝不容辜负。”

“我明白。但是我并不奢求任何钱财或权利，我只想做好我的实验。”

“没有人关心你的想法，神父大人。一切都要听从陛下的旨意，明天，请按时参加国王陛下的晨起仪式，你的位置在第五排。”

“遵命，吕西安。”伊夫斯向吕西安鞠了一躬。

玛莉也行了一个标准的屈膝礼。她知道对伊夫斯来说，这是一种莫大的荣誉。

吕西安对着兄妹二人微微鞠躬，然后就离开了帐篷。

“你知道这意味着什么吗？”吕西安一走，玛莉·约瑟芬就激动地叫了起来。

“这意味着国王对我的赞许，也意味着我要把本来可以做研究的时间浪费在典礼仪式上。但是国王的旨意胜于一切，不是吗？”伊夫斯苦笑了一下。

他过去把玛莉搂入怀中：“冻坏了吧？”

玛莉把头靠在他身上：“法国真挺冷的。”

“马提尼克岛上是很暖和，可惜太过偏僻！”

---

[1] 首次发现微生物的英国科学家。

“是啊，国王下令让你进宫，那你喜欢现在的生活吗？”

“那你有没有后悔离开了法兰西堡[1]呢？”

“不，我……”

两人正争执不下，水池里的海妖突然唱起了歌，声音很小，几不可闻。

“听，海妖唱歌了！”玛莉·约瑟芬说。

“是的。”

“给它条鱼吃吧，说不定它也饿了呢。”

伊夫斯耸了耸肩：“它不会吃的。”他从篮子里拿出一些海草放进了水池，然后又扔进了一条鱼，顺便还检查了下笼门，看看有没有关好。

海妖的歌声如同加勒比海岸上的清风，带着阵阵暖意，沁人心脾。玛莉正沉醉其中，突然传来了一阵水花声，美妙而奇异的歌声戛然而止。玛莉打了个冷战。

“快把衣服换了，别冻出病了！”帐篷里响起了伊夫斯急切的声音。

---

[1] 西印度群岛马提尼克岛的港口和首府，位于向风群岛。

第3章

海妖漂浮在水面，低吟着，悲鸣着，它忧伤的声音回荡在水池上方。

突然一条死鱼掉在它身边。海妖被吓了一跳，立马游开了。过了一会儿它又游了回来，小心翼翼地闻了闻，然后抓起死鱼，扔了出去。死鱼从冰冷的栏杆间飞了出去，在空中画出一条曲线，重重地摔到了地面。

水池里又响起海妖的歌声。

玛莉·约瑟芬带着伊夫斯来到了城堡。通往阁楼的走道狭小而又昏暗，他们踩着破破烂烂的地毯向上走去。洛林骑士披在她身上的斗篷现在也被弄湿了，玛莉裹着又冷又湿的裙子，冷得直哆嗦。

“这就是我们住的地方？”伊夫斯有些失望。

“这里有三间房，你可以住其中的一间。你都不知道，有多少人挤破了脑袋想住进来呢。”玛莉兴奋地介绍道。

“可这不过就是个脏兮兮的阁楼啊！”

“这可不是一般的阁楼，这是王宫里的阁楼啊！”

“我在船上的小隔间都比这里干净。”

玛莉·约瑟芬住在一间破旧的小屋子里，房间里常年不见阳光，又冷又暗。她打开房门，一丝光线从门缝中透了出来，把她吓了一跳。

“我在大学里的屋子也比这大。”伊夫斯还在絮絮叨叨。他一抬头，看到了屋里的那个人，赶紧打了个招呼：“你好，奥德蕾特！”

屋子里，椅子上正坐着一位容颜绝美的年轻女性，在昏暗的烛光下缝补衣服。看到有人来了，她缓缓地站了起来。

“晚上好，伊夫斯先生。”她向伊夫斯问好。奥德蕾特是玛莉·约瑟芬之前的土耳其奴隶，和玛莉同岁，连生日都是一天。她自幼就和玛莉一起长大，不过由于身份低微，大人们都不准玛莉和她交谈，她们之间曾经五年都没有说过话。奥德蕾特微笑着看着她的女主人，平静地说道：“你好，玛莉小姐！”

“奥德蕾特！”玛莉欢呼一声，冲到了奥德蕾特的怀中，“你怎么……从哪里……哎呀，我真是想死你了！”她激动得有些语无伦次。

“玛莉小姐，你浑身都湿透了，得快点换上干净的衣服。”奥德蕾特指了指更衣室那里的门，“伊夫斯先生，请离开这里，我要替玛莉小姐更衣了。”奥德蕾特说话还是那么直接，即使是在他们年幼时，她也不曾对伊夫斯有半点敬意。

伊夫斯揶揄地对奥德蕾特鞠了一躬，然后就进了自己的房间。

“你从哪里来的呀？又是怎么到了这里？”玛莉平复了心情，问道。

“难道不是你让我来的吗？”玛莉·约瑟芬漂亮的裙子上有很多纽扣，奥德蕾特耐心地把它们一一解开。

“我确实跟他们说过，希望你能来陪我。在离开马提尼克岛之前，我给修道院的院长、神父还有当地的长官都写过信，希望他们能帮我。后来我到了圣西尔，也和曼特农夫人说过。我甚至还给国王写了信，不过我想他可能也不会看到。不过，我真没想到你能来，我真是太高兴了！”

“也许是马提尼克岛长官帮了我。他的女儿也来法国了，我就跟着一起过来了。不过修道院院长可能还是更希望我待在修道院里吧。”

奥德蕾特解开了玛莉湿漉漉的内衣，脱下了玛莉身上的最后一件衣服。玛莉裹在一条破旧的毛毯里，不停地发抖。她漂亮的裙子早已皱成了一团，和银色的衬裙一起被堆在了一边。奥德蕾特把洛林骑士的斗篷挂在了衣架上。

“我会把这件斗篷好好清洗下，晾干后应该就没问题了。只是可惜了你这条漂亮的裙子……”奥德蕾特的语气让玛莉回想起了她们在马提尼克岛上的生活，那时奥德蕾特可是操持家务的一把好手。奥德蕾特拿起一条旧毯子给玛莉擦着身子，希望能让她快点暖和起来。玛莉的猫赫拉克勒斯蹲在窗户旁边的椅子上，静静地看着她们。

虽然奥德蕾特轻描淡写地带过了修道院院长，但是玛莉·约瑟芬知道，她能来到这里绝非易事，修道院的那个女院长可能让她吃了不少苦头。一方面，她很欣慰奥德蕾特终于来到了自己的身边；另一方面，她也对院长的做法感到愤怒。两种感情交织在心中，她哇的一声就哭了出来："她一直不让我见你……"

"嘘，别难过了，玛莉小姐，现在我们的日子不是好起来了吗？"奥德蕾特给玛莉拿来一件破旧的睡衣。薄薄的睡衣看上去一点都不暖和。"快点把睡衣穿上，进被窝。我去给你找个医生。"

玛莉·约瑟芬飞快地穿上睡衣："我不需要看医生，我又没病。阿波罗喷泉离这里好远，我又穿着湿衣服，冻死我了。"

奥德蕾特散开玛莉·约瑟芬的头饰，她金红色的鬈发垂落在脸颊两侧。玛莉·约瑟芬晃了晃身子，她已经累到了极点，快要站不住了。

"快上床，玛莉小姐，别冻坏了身子。躺下后我再给你梳理头发。"

玛莉·约瑟芬顺从地爬上了床，缩在被窝里瑟瑟发抖。

"赫拉克勒斯，过来。"奥德蕾特对着窗边的大花猫唤了一声。

赫拉克勒斯眨了眨眼，打了个大大的哈欠。它伸了个懒腰，慢吞吞地站起来，从椅子上一跃而下，然后又跳到了玛莉的被子上。玛莉感到身上一重，一团热乎乎的肉球就压了过来。赫拉克勒斯闻了闻她的手指，转了一圈，趴在被子上又进入了梦乡。

“把手也放进去。”奥德蕾特一边说一边把被子向上拉。

“不行，这有失礼仪。”玛莉抗议道。

“胡说，胸口露这么一大片在外面，你是想被冻死吗？”奥德蕾特把被子掖好，然后坐下来给玛莉整理头发。她把玛莉的头发散在枕头上，耐心地梳理着缠在一起的发丝。

“头发这么乱，还敢出门。”

“不是的，我之前的头发梳得可好看了。”玛莉·约瑟芬打了个哈欠，“可是后来海妖把我拖进了水里，头发就被弄散了。”她的意识渐渐有些模糊，“对，那只海妖，你也应该去看看它。”

我一点也不困。玛莉这样想着，可是意识却一点一点模糊起来。奥德蕾特还在梳理着玛莉的头发，把她的两根大辫子放在了肩膀上。等奥德蕾特完工后，却发现玛莉早已睡了过去。她吹熄蜡烛，屋子中弥漫着一股蜡烛燃烧后产生的油脂味。黑暗中一个阴影一闪而过，赫拉克勒斯又跳回窗户边上。

“把窗户打开。”玛莉·约瑟芬迷迷糊糊地冒出一句。

“太冷了，玛莉小姐。”

“我们得要习惯……”玛莉还处在半睡半醒的状态。

奥德蕾特不再说话。她钻进了被窝，躺在玛莉身边。玛莉感到了一丝暖意，抱紧了奥德蕾特。

“真高兴你又回到了我身边。”

“你当初还想把我卖掉呢。”奥德蕾特轻声说道。

“不可能！”玛莉·约瑟芬断然否认。不过当初她确实曾经到修道院里忏悔过，也差一点就把奥德蕾特卖掉。因为修女们告诉她，蓄养奴隶是一件不道德的事，她应当给奥德蕾特自由。现在她明白了，修女们才没有那么好心。她们并不是真心实意地想帮奥德蕾特重获自由，而是觉得奥德蕾特虽然是打理家务的一把好手，但放在修道院里也没多大用途。这么好的奴隶卖了能换一大笔钱呢。

奥德蕾特不是奴隶，我一定要给她自由。玛莉·约瑟芬这样想着，不过要是现在让她离开的话，她虽然貌美，但是又有什么用呢？一个人在外面孤苦伶仃，无依无靠，又该如何生存下去呢？她又不像我，有哥哥、公爵甚至国王可以依靠。

“我绝对不会卖掉你的！”玛莉·约瑟芬又强调了一遍，“你去哪里是你的自由，但我绝对不会把你卖给任何人的！”她说着说着就哭了起来。

这时，玛莉的耳边仿佛响起了一段悲伤的旋律。

“别哭了，玛莉小姐。”奥德蕾特轻轻地说道，擦去了玛莉脸上的泪水，“我们的苦难已经过去了。”

有人在唱歌，你听到了吗？玛莉想问问奥德蕾特，但是她的意识渐渐涣散。我是在梦里吗？这是海妖的声音吗？玛莉这样想着，进入了梦乡。

玛莉被吵醒的时候还以为自己在做梦。门外传来了急促的脚步声、刀剑碰撞的声音还有士兵们的大声喧哗。赫拉克勒斯目光灼灼地盯着门口，竖起尾巴以示不满。

“玛莉小姐？”奥德蕾特坐了起来。

“继续睡吧，没什么。”玛莉还想继续睡。

奥德蕾特裹着被子，好奇地从门缝中望去。

“克鲁瓦神父！”有人开始拍门。

玛莉·约瑟芬掀开被子，一把抓过洛林的斗篷，披在身上就去开了门。

“别吵了，你们会吵醒我哥哥的。”

国王的两个卫兵就站在门口，把通道堵得严严实实。他们帽子上的羽毛紧贴着墙顶，身上的剑抵着门框，脚下的靴子在地毯上留下斑斑泥点。他们举着燃烧的火把，火焰熏黑了墙顶，散发出浓浓的沥青味。

“小姐，情况紧急，我们必须要叫醒他。”矮个子卫兵摘下了帽子，回答道。既是在室内，又有女性在场，卫兵还是要保持礼节。“海妖那里……帐篷那里闹鬼了！”玛莉抬头看着他，虽说他是两人中个头较矮的那一个，却仍然高出她一大截。

这时，伊夫斯房间的门开了。伊夫斯睡眼惺忪地走了出来。他黑色的头发乱糟糟地堆在头顶，衣服上的扣子也只扣了一半。

“闹鬼？怎么可能？”

“我们都听到了，魔鬼拍动着翅膀的声音……”

“还有硫黄的味道……”高个子卫兵补充道。

“当时谁在场？”

卫兵们看向对方。

伊夫斯哼了一声，重重地摔上门，走了出去。卫兵们紧随其后。

“玛莉小姐……”奥德蕾特叫了一声，玛莉急忙打了个手势，示意她不要出声。玛莉就怕伊夫斯不让她去，所以此刻正躲在一个伊夫斯看不到的角落。等所有人都走了，她才走了出来，悄悄地跟着他们。

她经过后门来到了一个神秘的屋子。这间屋子位于宫殿的中心，曾经是国王的狩猎小屋。不过现在它已经没用了，里面的蜡烛也都被佣人们拿走了。整个屋子黑漆漆的，她只好伸出手，慢慢摸索着方向，好不容易才走了出来。

玛莉紧了紧身上的斗篷，急匆匆地向喷泉走去。天空中早已不见了月亮的踪影，但是太阳尚未升起，草坪两旁的蜡烛也已经燃烧殆尽，清晨的露水打湿了草坪中间的石板路。玛莉开始小跑起来，转过拉唐纳喷泉就看到了阿波罗喷泉。那里，卫士们举着的火把汇成一片海洋，照亮了天空。

突然她瞥到好像有东西正在向自己这里移动，赶紧停下脚步。

一棵橘子树正在微微颤动，满树的白花在黑暗中分外显眼。原来是园丁们在修剪树枝。他们拖着小车，正向这里走来。看到玛莉后，园丁们纷纷停下来，向她鞠躬。

玛莉也礼貌地回礼，心下暗自揣度：园丁也真辛苦，为了让花园在陛下面前呈现出最美的状态，连晚上都要工作。

园丁们拉着小车继续向前走，车轮摩擦着地面发出咯吱咯吱的声音。路易十四喜欢下午到花园里散步，看看草木，闻闻花香，所以花园里的一切都要尽善尽美。

玛莉·约瑟芬向那顶醒目的大帐篷走去。帐篷里的灯笼不见了踪影，取而代之的是围在外面的一圈火把。火把的光芒照亮了帐篷的门帘上面的太阳图案。

“神父大人，请祷告一下再进去吧。”一个卫兵说道。

“咒语也行啊！”

“对啊，驱魔咒。”

“世界上不可能有魔鬼。”伊夫斯有些不耐烦。

“可我们都听到了。”

“对，魔鬼拍打翅膀的声音。”

“像皮革一样的翅膀。”

伊夫斯不想和他们再多费口舌。他拿起一个火把，掀起门帘，大步走了进去。玛莉气喘吁吁地跑过来，趁门口的卫兵不注意，跟在伊夫斯后面悄悄地溜进了帐篷。

帐篷里的东西还保持着他们昨晚离开时的模样。实验器材还在原地，融化了的冰块滴滴答答地在往下滴水，笼子也安然无恙地罩在喷泉那里，空气中弥漫着死鱼和保存液混合在一起的味道。守卫会不会把这个味道当成了硫黄味呢？玛莉心想。

和哥哥不同的是，玛莉相信这个世界上有恶魔。她信仰上帝，既然上帝和天使都存在，那为什么就不能有魔鬼呢？不过她觉得魔鬼可能不会经常在人间晃悠。即使他们来到了人间，那为什么不去国王的大象或者狒狒那里，而非要来海妖这里呢？

如果魔鬼现身国王的动物园，该会引起多大的骚动啊！想到这里，玛莉笑出了声。

她的笑声让伊夫斯注意到了她。

“笑什么呢？不在床上待着跑来这里做什么？”

“睡不着了嘛。”

“一群傻瓜，愚蠢至极。哪来的魔鬼！”伊夫斯嘟囔着。

玛莉看着四周，突然在实验器材旁边的木板上看到了闪着亮光的水渍。

“伊夫斯，快看！”

他们急忙凑近细看，只见一条水痕从实验器材堆那里延伸出去，直接连到了喷泉那里。笼子的门居然打开了！

“糟糕！”伊夫斯急忙向解剖台那里跑去，玛莉·约瑟芬则钻进了笼子里。

玛莉在离平台不远的地方发现了海妖的身影。它披散着头发，在那里轻声哼唱着怪异的歌曲。它的瞳孔在火把的照射下熠熠发光，让玛莉联想起猫的眼睛。

“伊夫斯，海妖在这里！”

“待着别动。地面上有一些碎玻璃，你穿鞋了吗？”

“你穿了吗？”玛莉反问道。

黑暗中传来了窸窸窣窣的声音——伊夫斯把碎玻璃扫到了一起。

“我不怕。我在船上的时候天天打赤脚，脚上都是老茧。”

伊夫斯也钻进了笼子。他举起火把，照亮了水面。一颗火星掉进水里，嘶的一声熄灭了。海妖厌恶地吐了口口水，愤怒地叫了一声，潜入了水底。

“它一定是从笼子里爬了出来，一路爬到实验台那里，打碎了一个烧瓶，撑不住了又回到了喷泉里。都怪我大意，没给笼门锁严实。”

“可是昨晚你还仔细检查了一遍呢。”玛莉提出了质疑。

“怎么可能！不过没关系，明天我会拿条锁链，把笼门锁上。”伊夫斯耸了耸肩。

伊夫斯正说着，突然腿一软坐到了地上，火把也从他的手中脱了出去。玛莉眼疾手快，及时接住了火把。伊夫斯低着头，坐在地上，玛莉看着伊夫斯乱糟糟的头发，心中充满了担忧。她也坐了下来，搂着伊夫斯的肩膀。

“别担心，我只是有些累罢了。”他拍了拍玛莉的手以示安慰。

“你的工作太辛苦了，让我来帮你吧！”玛莉·约瑟芬提议。

“这不太好。”

“怎么不行？我从小时候就一直帮着你做实验了，我难道不是个好助手吗？”

玛莉等着他的回复，心里有些忐忑，生怕伊夫斯会说出拒绝的话。她突然有些忧伤，以前她就是伊夫斯肚子里的蛔虫，伊夫斯想什么、说什么，她都一清二楚。可是现在她已经完全摸不透伊夫斯的心思了。

伊夫斯抬起头，眉头紧锁。他的话语中带了几分犹豫：“那你和夏洛特小姐那里怎么交代呢？”

玛莉·约瑟芬松了一口气，咯咯地笑了起来：“夏洛特小姐的手帕都有人争着替她拿，少我一个也没人在意，她根本不会注意到的。我只需要告诉她，你需要我的帮助，而且你还是在为国王工作……”

伊夫斯的眉头舒展开来：“你要能来帮我，我当然很感激。话说，你没变娇气吧？实验室的活还干得来吧？”

“我看上去像娇气的人吗？”玛莉笑了起来。

“那你就帮我记录解剖的过程吧？”

“乐意之至。”

“还有，在我解剖的时候，能帮我照顾下活的那只海妖吗？给它喂点吃的……”

“没问题，我还准备去训练它呢。”

伊夫斯笑了起来，脸上的倦容也一扫而光。他的笑容很温暖，就像冬日里和煦的阳光。

“先别想太多，首先，让它吃东西可不是件容易的事。不过，你自小就擅长和人打交道，应该能做得比我好。”

玛莉很开心，因为她终于又重新回到了哥哥的生活和工作中。她亲了亲伊夫斯的脸颊。

伊夫斯打了个哈欠，站了起来：“走吧，还能睡一会儿呢。”他的笑容带上了一丝调皮，“我可不是早起的鸟儿。”

“你就放心地睡吧。我负责叫醒你，别误了国王的典礼。”

“你真好！”伊夫斯由衷地说道。

伊夫斯锁好笼门，和昨晚一样还特意晃了几下。确认无误后，他才带着玛莉放心地离开了笼子。

“啊！”玛莉突然大叫了一声。她好像踩到了某种滑滑的东西。

“怎么了？踩到玻璃了吗？”伊夫斯急忙询问。

“看来海妖不太喜欢你给它的鱼啊！”

第4章

晨光微熹，玛莉漫步在凡尔赛的花园中。侍卫们还在睡梦之中，园丁们也已悄然离开，连游客都还未到来，美丽的花园现在只属于玛莉一个人。百花争奇斗艳，橘花的香气扑面而来，令她沉醉其中。

沿着草坪间的小道，玛莉向阿波罗喷泉走去，边走边盘算着今天要做的事：先去喷泉那里给海妖喂食，然后回到城堡叫醒伊夫斯，一起吃一顿简单的早餐（面包和巧克力）。可惜她不能陪伊夫斯一起参加仪式，因为女性是不允许出席这种盛大的场合的。她只能和其他女眷以及那些不受宠的侍臣们待在旁边的警卫室，等仪式结束了再和大家一起去参加弥撒。

远离了朝堂上的繁文缛节，又置身在这片美景之中，玛莉的心情也雀跃起来。她飞起一脚，踢飞了路边的一块小石头。看着小石头在空中画出的弧线，玛莉的脑海中浮现出各种公式。给我一张纸和一支笔，我就能描绘出石头的运动轨迹，还能推算出它对其他石头的作用力。物理真是一门奇妙的学科，有了它，我甚至能预测日月星辰的轨迹。她自信满满地想着。

一阵微风吹过，橘子树的叶子沙沙作响。这些树叶颤动的频率是多大？该采取哪种计算方法？玛莉想啊想，没能想出答案。不过她并不气馁，她相信假以时日，自己一定能找到正确的计算方法。

她不禁想到了牛顿先生，这么简单的问题对他来说应该不在话下吧。她真想给牛顿再写一封信，可是又鼓不起勇气。牛顿并不在意玛莉卑微的身份，还曾经给她写过一封信，可是她居然把信弄丢了，也没给牛顿回信，现在想起来可真是懊恼啊！

凡尔赛宫矗立在一座小山丘上。玛莉沿着草坪间的小道，向海妖所在的帐篷走去。

终于不用摸黑绕弯路了！想起昨晚的行程，玛莉还有些心有余悸。今天她换上了轻便的骑手服，走起路来也更加方便。

快到帐篷的时候，她看到远方沿着王后大道驶来了由六辆马车组成的车队，每辆马车上都装着沉甸甸的木桶。

吕西安骑着他的灰色小马走在车队的旁边。他的灰色小马还是那样的有精神，甩着尾巴踢踢踏踏地向帐篷走去。吕西安看到了玛莉，举起手中的手杖向玛莉挥了挥，把注意力转回到车队上。到了帐篷跟前，工人们掀开门帘，车夫们也下了车，在马车旁站成一排。

玛莉·约瑟芬越过他们，直接进到帐篷里。她走到水池边，打开笼子，动作麻利地钻了进去，急切地搜寻着海妖的身影。

海妖躲在雕像的下面。它又黑又密的头发和闪闪发光的尾巴在阿波罗的马车下若隐若现。

“海妖！”玛莉试探性地喊了一声。

海妖并不理睬，甩了下尾巴，向深处游去。玛莉把手伸进篮子里，想拿条鱼来喂海妖，可随即又改变了主意。她发现篮子周围的冰已经化光，里面的鱼也都发臭了。

“来人！”玛莉叫了起来。

和海妖相比，侍从可就听话多了。他一路小跑，来到玛莉面前，垂下目光，等候玛莉的吩咐。

“小姐，请问有何吩咐？”

“把这些臭掉了的鱼拿走。我需要活鱼，活鱼在哪里？还有冰块呢？”

“您吩咐的这些东西马上就到！”侍从指了指外面，那里有几个仆人正向喷泉走来。一人手里拎着一个柳条篮，另外两个推着两车冰块。

“好的，谢谢！”

侍从对着玛莉鞠了个躬，然后就过去帮忙。他们把装满了鲜鱼的篮子放进水池，然后把推车上的冰块铲到标本上。

玛莉·约瑟芬连忙跑过去，走到了喷泉里的平台上。自从上次越狱事件发生后，海妖就老实了许多。估计它也受不了外界的干燥。

可怜的家伙，它一定吓坏了。玛莉·约瑟芬叹了一口气，有些头大。毕竟受惊的动物是很难被驯服的。

她用一只手轻轻拍打着水面：和她在呼唤赫拉克勒斯时一模一样的动作，只不过就是把被子换成了水面，呼唤的对象变成了海妖。

“来，海妖，到这里来。”

海妖从阿波罗的战车下露出一双眼睛，注视着她。

玛莉·约瑟芬拿着鱼在水里晃来晃去。海妖终于有了反应，它抬起头，张大了嘴巴。水从它的嘴里流过。

“好样的！来，快过来，来吃鱼。”

“呸！”海妖吐出了一大口口水。

“你有办法让它吃东西？”身后突然传来了吕西安的声音。

玛莉吓了一跳，连忙转身：“吕西安大人，我……我无意……不对，我是想说……我没认出是您……”

吕西安也爬到了喷泉的边缘上，看着池子里的海妖。吕西安大人什么时候来的？我怎么就没注意到呢？玛莉正暗自懊恼，却突然发现吕西安已经把目光转向了自己。

“你没认出我来，是吗？是因为我把胡子刮了？”吕西安问道，他的声音里没有任何感情色彩。

玛莉心里有些忐忑，想笑又不敢笑，因为她摸不清吕西安的心思。他是不是在开玩笑呢？

吕西安确实变了一番模样，估计是有人在回到凡尔赛宫之后，好好给他解释了宫廷里的规矩。他仍然穿着象征着自己地位的金丝蓝衣，但是却刮掉了自己的胡子——和国王保持一致。他脖子上的司坦克围巾变成了时下流行的丝绸领结，扎起来的黑发则被一顶时髦的假发所取代，假发上的发卷垂在胸前。不过他假发的颜色却有些与众不同，别人都模仿国王选择了黑色的假发，吕西安的假发却是赤褐色的，衬托出他白皙的面孔和浅灰色的眼睛。

“我不是没认出您。我以为您在为国王办事呢，没想到会在这里见到您。”玛莉·约瑟芬干巴巴地解释道。

“现在，这只海妖就是国王吩咐给我的差事，克鲁瓦小姐。你哥哥既然负责照顾这只海妖……”

“这只海妖现在归我管了，哥哥要去解剖那只海妖。”

“这样的话，我们应该会经常见面。好了，言归正传，你能让它吃东西吗？”

“我试试吧！”

“你哥哥都是强迫它吃的。”

“我想驯服它，让它吃我给的东西。”

“没必要。陛下只要求不出乱子就行。”

吕西安对着玛莉鞠了一躬，然后就离开了。他有些吃力地爬下了喷泉的边缘，拄着手杖走了出去。

一个车夫驾着马车进到了帐篷里，停在了喷泉的另一边。工人们走上前去，开始卸货。木桶滚在地上，发出轰隆隆的声响。这时，一个园丁突然冒了出来，开始清理推车压过的痕迹。

工人们把木桶搬到水池中，拿出锤子冲着桶盖用力一敲，木桶随即裂开，一股海水涌了出来，流进了水池中。

其余工人也纷纷砸开了木桶，桶中的海水全流了出来，水池中激起阵阵涟漪。空气中弥漫着一股海腥味。

那边，海妖猛地一甩尾巴，竟然挺直了身子，把上半身露出了水面。水顺着它的嘴巴和头发一点一点地向下滴。玛莉·约瑟芬注意到，海妖原本黑色的头发中居然出现了一绺绿色的头发！

它的头发怎么褪色了？是不是生病了？玛莉略微有些担忧。

这边，海妖发出一声愉悦的叫声，一头扎进了水中。

水面恢复了平静。突然，海妖又冒了出来，嘴里还叼着一条活蹦乱跳的鱼。它一仰头，把鱼抛向了空中，又一口咬住，只留一截尾巴在它的嘴边微微颤动。海妖往下一咽，整条鱼就消失在它的嘴里。

“活鱼！它喜欢活鱼！”玛莉·约瑟芬激动地叫了起来。

海妖又潜入水中，向着水池边的海水快速地游去，还没游到却被笼子挡住了去路。愤怒的它抓着栏杆，用力地晃动起来。笼子被它晃得哐哐作响，可是它还不消气，尖叫着从栏杆的缝隙伸出手去，想要抓住车夫的胳膊。

“滚开，魔鬼！”车夫吓了一跳，踉跄着向后退去，撞翻了一个木桶。木桶咕噜噜地滚到笼子边上，撞成了碎片。木条和铁皮条散落到水池中。海妖仍然很生气，它继续晃着栏杆，发出刺耳的尖叫。

车夫吓坏了，他连忙抽出马鞭，啪的一声甩到了海妖的脸前。

“该死的魔鬼！”鞭子声又响起。

海妖发出了凄厉的叫声，一头扎回水中。

“别打了！”

玛莉·约瑟芬向着车夫跑去，想要制止他的野蛮行径。水池旁，拉车的马儿不安地跺蹄子，喘着粗气。

“停下来！”玛莉·约瑟芬大叫道。海妖的悲鸣仍然在持续。

车夫已经被恐慌所笼罩，根本没在意玛莉说了什么。他扬起手，鞭子又要往下落。玛莉呆住了，一动不动地站在那里，震惊胜过了恐惧。她万万没有想到车夫居然会对她动手。

眼看鞭子就要抽打到玛莉的身上，一根檀木手杖突然伸了过来，点在了车夫的手腕上。车夫只觉得手腕一松，这一鞭子也就没打下去。发狂的车夫终于停了下来，可是他怎么也想不明白，手杖只是轻轻地一点，自己怎么就没力气了呢?

“车夫！”吕西安严厉的声音响了起来。

车夫终于清醒过来，意识到自己险些酿成大祸。

吕西安放下手杖。他缩回身子，重新又坐回到马鞍上。他的小灰马一动不动地站着，只有耳朵在转来转去。

“克鲁瓦小姐奉陛下之命，在这里照顾海妖。”

“这……这，先生，不，小姐，请你原谅……”车夫扔掉了马鞭，苦苦哀求。

“你被解雇了！”吕西安的话语中带着不容置疑的威严。车夫的使命到此结束。

车夫比吕西安要高出一头，体重是吕西安的三倍，就连他腰上挂着的刀也比吕西安的那把小匕首要大得多。即便如此，他还是要对吕西安俯首。

车夫受到的惩罚已经算很轻了。如果来的是卫兵，可能就不仅仅是丢掉饭碗这么简单了。车夫对着自己的马骂了一句脏话，牵起缰绳，带着自己的货车向外走去。园丁又赶忙过来清理地面上的车辙。

“吕西安……”玛莉有些喘不上气来，一时不知道该说些什么，她的膝盖还在微微颤抖。

“不会有人再来打扰你。”

吕西安对玛莉点了点头，骑着马向外走去。他用手杖把马鞭卷了起来，缠在了马鞍的下面。

这时，卫兵们才气喘吁吁地跑过来。

“小姐，发生什么事情了吗？”中尉问道。

“没什么，一点小意外而已。”玛莉指了指破碎的木桶。

城堡外，吕西安看着马夫把自己的小灰马泽里斯带进了马棚，然后开始沿宫殿的台阶向上走。空气中弥漫着橘花的清香。

凡尔赛宫被建在了一片沼泽之上。宫殿看上去富丽堂皇，住起来却并不舒适，夏季湿热多虫，冬季寒冷。在舒适性和美观两者之间，国王选择了后者。

走廊里，卫兵们看到吕西安，纷纷鞠躬，为他让路。吕西安沿着走廊向前，很快就到了国王的卧室。这条走廊位于国王卧室的后面，是国王的专属通道，只有国王的儿子和最亲近的侍臣才有权使用。

一位仆人为吕西安打开门。后者走进去，停在栏杆的前面。这条纯金打造的栏杆将国王的四柱大床和外界隔离开来。

屋子光线昏暗，阴冷潮湿。国王的床边早已站满他的亲信，可是房间内却安静得有些吓人。白丝和金线编织成的窗幔在微弱的光线下微微泛着金光。

吕西安向公爵、王太子和王孙们鞠躬致意。洛林骑士和他打招呼，他也有礼貌地回应。至于国王的首席御医法贡和费利克斯，吕西安只是淡淡地招呼了下。

八点的钟声准时响起，仆人们过来拉开了窗帘。清晨的阳光洒入卧室，原本昏暗的屋子一下子就亮堂起来，金丝床幔和镶金地板都闪耀出金光。墙上那幅法国地图的线条也变得清晰可见。

吕西安和洛林骑士拉开床幔。首席男仆走过来，弯下腰对国王轻声说道："陛下，该起床了。"

路易十四其实早就醒了，看上去精神抖擞，不怒自威。国王陛下绝不会允许自己像凡人一样，睡眼惺忪、衣冠不整地暴露在大家眼前。所以他通常不会在这张床上睡觉，而是在曼特农夫人的房间里睡觉，早上才回到这里来。

路易十四坐了起来，他的弟弟公爵走过来象征性地搀扶了一下。

"早安，弟弟。我醒了。"路易十四说道。

"早安，陛下，看到您一切安好，我很高兴。"

公爵端过来一杯热巧克力，递给国王。后者礼貌地接了过去，却连尝都没尝一下。国王陛下总是展现出一副胃口极好的样子，可实际上他早上从不吃饭。厨房离这里太远，他手中的热巧克力早已凉透。不光是饮料，凡尔赛宫内的食物从来没有过热着端上餐桌的。

路易十四就是这样一个人。他宁愿忍受各种不便，也要住在这金碧辉煌的宫殿中。他用自己的隐私换来对贵族们的全面监视和掌控。自从他平息了叔叔发动的叛乱之后，在他眼里，每一个贵族都变成了潜在的敌人，而他也绝不允许叛乱再度发生。吕西安之所以能深得国王器重，很大一部分原因就是他的父亲对国王绝对忠诚。

吕西安也希望像父亲一样，在上年纪后能满载荣誉地回到巴朗东。

吕西安把被子推到一边。公爵伸出手扶国王起床。路易十四扶着公爵下了床。他穿着睡衣，戴着一顶短假发，出现在众人面前。

洛林骑士为国王拿来外衣。

房间外的门童用棒子敲了敲地板，大声宣告道："国王陛下起床！"

国王开始祈祷，他的身边跪着御用神父。栏杆外候着的亲信们目睹了整个过程，一直都在窃窃私语。

在吕西安、公爵、洛林和两位首席御医的陪同下，路易十四坐上便椅，开始如厕。吕西安目不转睛地盯着国王，仔细观察着他的表情。自从手术过后，国王承受着巨大的疼痛，连每日晨浴都免了。吕西安有些担心国王的身体，因为他知道路易十四是一个十分能隐忍的人，再痛再难受他都会强撑着不说。但是大家都知道，在患病的那段时间内，他确实被疾病折磨得痛不欲生。

国王的首席御医们其实是相当残忍的人。

法贡和费利克斯确实治好了国王的肛瘘，但这是建立在大量人体实验的基础上。御医在平民和罪犯的身上做实验，害死了很多人。费利克斯不想让别人知道自己的失败，经常在天还没亮的时候，悄悄地把尸体埋了。

虽然有些实验成功了，他也成功地拯救了国王，但是一旦国王驾崩，王太子继位，谁知道又会发生些什么?

说到王太子，吕西安更是想要抱怨。都说虎父无犬子，可路易十四怎么就生出了这样一个羸弱的儿子!

不过幸好，国王现在的身体已无大碍，虽然他年事已高，但身体还算健康。

公爵端来一碗酒精，路易十四把手放进去蘸了蘸，从吕西安那里接过毛巾，把手擦干净。

法贡开始给国王进行日常的身体检查。

“国王陛下龙体安康！”法贡大声宣布。等候在外的贵族们发出一片赞美声。

“如果陛下允许，我愿意为您刮胡子。”法贡接着说道。

“那我可真是有福啊！你最近一次给别人刮胡子都是什么时候的事了？”路易十四显然心情大好，还开起了法贡的玩笑。

“当我还是个小学徒的时候。不过我向您保证，这么多年，我的手艺可没荒废。”

看着法贡和国王两人谈笑风生，国王的御用理发师默默地走到一旁，难掩失落之情。这已经不是第一次他被法贡抢了自己的“生意”。这边，法贡已经娴熟地为国王刮起了胡子。他取下国王的假发，把国王脸上的胡茬刮得干干净净。整套动作一气呵成，没有半点失误。

“您的手艺可真不错！当医生可真是屈才呀！”御用理发师还是没忍住，不痛不痒地讽刺了一句。

法贡这人何等精明老练，就算他再不高兴，也不会把自己的情绪表露出来。

“我这一身本领都属于陛下。作为陛下的奴婢，我将永远为陛下效劳。”法贡的回答不卑不亢。

卧室里，国王的晨起仪式仍在进行。卧室外，仆人们已经把一批又一批的侍臣们领了过来。等到第五批人到来时，吕西安发现克鲁瓦神父居然没来！

这样一份恩赐是所有人都梦寐以求的，克鲁瓦神父又是一名基督徒，他居然会拒绝？吕西安越想越生气，觉得这人真是不可理喻。

随着侍臣们陆续到来，国王的晨起仪式已近尾声。公爵替国王脱下睡衣，并把他的衬衫递给他。国王今天的衣饰十分华美，衬衫的领口和袖口堆满了蕾丝，袜子和马裤都是由上好的丝绸做成的，长长的外套上用金丝线绣着大朵大朵的鸢尾花。他的皮带设计精巧，上面挂着一柄宝剑，宝剑的剑鞘上镶满了珍珠。这些精美的衣饰都出自法国最好的制造商，不论是材质还是样式，皆属上乘。今天路易十四要会见来自意大利的贵宾，他打定主意要让这群自以为时髦的意大利人自愧不如。

公爵跪在国王的面前，帮他穿上高跟鞋。国王已经过了喜欢艳丽衣服的年龄，不过他还是保留了穿高跟鞋的习惯。每到正式场合，他一定会穿上红色的高跟鞋，让自己显得高大威猛（穿上了高跟鞋的国王看上去至少有170厘米）。

接下来是假发和帽子。仆人搬过来一个小梯子，吕西安踩了上去，接过御用假发师递来的假发，戴在国王的头上，并理了理假发上长长的发卷，让它们服服帖帖地垂在国王的肩膀上。国王的假发都由真人的头发做成，其原材料选自少女润泽的头发。如果哪个农民家的女孩有幸能把头发卖给国王，就能获得相当于她父亲一年收入的一大笔钱。今天国王戴的这顶假发蓬松顺滑，乌黑油亮，十分精美，显得他又高了一些。

王太子递上国王的羽帽。帽子上洁白的鸵鸟毛在晨光的照射下泛着光泽。

栏杆外传来了群臣们的赞叹声。他们一起向国王鞠躬行礼。

穿戴完毕的国王带着他的皇亲贵族们向外走去，准备开始今天的工作。

帐篷里工人们很不开心，玛莉·约瑟芬居然让他们把最后几桶海水都过滤一遍！在他们看来，这件事根本毫无意义，不过他们还是按照吩咐，把海水里的海草、海螺和小鱼捡了出来。

“直接把水倒进去不就好了，只要是活鱼，海妖直接就会过来吃的。”中尉也觉得没必要这么麻烦。

“我必须要训练它，让它吃我手里的东西。”玛莉很坚决。

“那你可得当心，小心手指头不保！”中尉做了个鬼脸。

“不可能。它要是想伤我，我可能早就淹死了或者被咬死了。所以啊，它不会伤害我的。”玛莉辩驳道。

“那也说不准，你可是在和妖怪打交道。”中尉说得就好像自己对妖怪很熟悉一样。

“能再给我拿点活鱼吗？”玛莉转向一个工人，问道。

“小姐，活鱼可不容易抓呀。”那个工人挠了挠头，显然有些为难。

“只要能抓到，吕西安就会赏给你很多钱！”玛莉抛出了吕西安这个撒手锏。

“抓不到的话就会挨鞭子！”另外一个工人戏谑的声音响了起来。玛莉循声望去，看到一个皮肤黝黑的年轻人，他的额头上除了有汗水，还有一道深深的疤痕。

“不会的，他不是那样的人！”玛莉嚷道。她很想替吕西安辩解，不过内心她也清楚，如果有人胆敢冒犯国王，吕西安绝对会狠狠地惩罚他。

“那您需要多少活鱼呢？您的出价？”之前的那个工人问道。

“多多益善，上不封顶！”

工人们把水池里的破桶捞起来，扔到马车上。他们弄出的动静有些大，海妖吓得又躲到了阿波罗的雕塑下。收拾完后，工人们坐着马车离开了。

园丁们不知从哪里又冒了出来，迅速清理完地面后又悄无声息地离开了。地面上的马粪、被压出的车辙全都不见了，就好像刚才那队马车从未来过一样。帐篷里的花花草草也被园丁们修剪得整整齐齐。

卫兵们走到帐篷的入口，放下门帘。整个世界安静了，玛莉一个人静静地坐着，阳光透过帐篷洒在她的身上，海妖潜伏在水中，慢慢地向她游来。

水罐里的鱼一直在扑腾。玛莉盯着它们，心里想着得赶紧把这些鱼喂给海妖，不然一会儿全都死光了。说干就干，玛莉撸起袖子，把手伸进罐子里捞了一条鱼出来。

鱼还有些滑溜溜的，玛莉紧紧地把它攥在手里，放在水里晃来晃去。

“来吧，来这里，海妖。”

海妖向前游了一下，很快又扭转了方向，在玛莉的手腕旁激起一圈涟漪。

“过来呀，这里有好吃的鱼！”玛莉又尝试了一下。

海妖停在了离她一米左右的地方，来来回回地游个不停。

“快来呀，你一定要吃东西。”

鱼在玛莉的手中虚弱地挣扎着。玛莉松开手，鱼掉了出去。海妖立马游过来，抓住鱼，塞进了嘴里。它的爪子碰到了玛莉的手指。

“乖海妖，真棒！”玛莉很高兴，又拿了一条鱼过来。

海妖没想到玛莉会那么胆大，它吓得又游了回去，躲到阿波罗战马的马蹄下。

玛莉看着阿波罗的雕像，突然很有感慨。也许阿波罗逆向行驶是为了逆转时间，时光倒流之后我们就可以得到永生。

她抬起头向着太阳升起的方向看了一眼，阳光透过帐篷，洒下一缕一缕的光束。

看着阳光射来的角度，玛莉突然意识到：太阳已经升起来了！糟了！她连忙丢掉手里的鱼，跑出笼子，把笼门砰地一关，向帐篷外跑去。

吕西安也去参加晨起仪式了，他是什么时候离开的？几分钟前他不是还在这里吗？玛莉的脑子乱成了一锅粥。

她沿着草坪向宫殿飞奔而去，希望一切都还能来得及。

终于回到了小阁楼，玛莉闯入伊夫斯的房间。她多么希望自己看到的是一张空床。也许他早就醒了，也许奥德蕾特已经把伊夫斯叫起来了呢？只可惜，她看到了还在熟睡中的伊夫斯，他躺在床上，发出均匀的呼吸声。

“伊夫斯，哥哥，醒醒！快醒醒！对不起，我……”

“嗯？怎么了？”伊夫斯嘟囔着，睡眼惺忪地坐了起来，头发支棱着，“已经七点了？”

“已经八点了！对不起，我去喂海妖了，忘了时间。”

伊夫斯变了脸色，不过他没说话，屋子里陷入死一般的寂静。

伊夫斯的反应让玛莉更难受了。要是伊夫斯大发雷霆，把她骂一顿也好啊，总比不说话要好。

“对不起！”玛莉只能不断地道歉。

“晨起仪式是件大事。”伊夫斯终于开口了。

此时的玛莉就像一个犯错的孩子，垂着脑袋站在那里。在这件事上，她没有什么好辩解的，全是她的错。

“我知道。”她嗫嚅道。伊夫斯沉默了片刻，然后问道：“奥德蕾特呢？她怎么没叫我起床？”

“我让她去夏洛特小姐那里替我了。我也没告诉她要叫你起床的事，都是我的错！”眼泪在玛莉的眼眶中打转转。

伊夫斯不再说话，而是把玛莉搂入怀中，露出一副很高兴的样子，说道：“没关系的，我自己也想多睡会儿。谁愿意起那么早，去看一个老男人上厕所啊！”

放在平时，这个笑话肯定能把玛莉逗得乐不可支。可是现在，玛莉只想哭。她抿紧嘴巴，想忍住眼泪。

“再说，也没人会注意到我有没有去。对了，海妖吃东西了吗？”伊夫斯转移了话题。

“吃了几条鱼。”玛莉·约瑟芬仍然沉浸在痛苦之中。

“太棒了！这可比参加晨起仪式要重要得多。我就知道你能成功。”

“你对我太好了！给你惹下麻烦，你也不生气，还表扬我。”

“这件事就让它过去吧！好了，你快出去吧，我要起床洗漱了。”

玛莉吻了吻哥哥的脸颊，走了出去，刚走到中间的换衣室，就听到伊夫斯大叫道：“妹妹，能给我弄点吃的吗？饿死我了。”

第5章

玛莉·约瑟芬拖着沉重的步伐走出宫殿，向阿波罗喷泉走去。她心里万分懊恼，不仅哥哥没能赶上晨起仪式，自己也错过了弥撒，以及和国王一起前往小教堂的机会。她轻声地念出祷告词，向上帝允诺，不管怎样，晚上一定会去做弥撒。

到达喷泉后，她掀开帐篷的门帘走了进去，一进门就听到海妖美妙的歌声。她十分想走近好好地聆听一番，不过还是按捺下自己的冲动：她不想让自己的负面情绪影响了和海妖之间的交流。于是，她走到伊夫斯的解剖台前，把实验器材整理了下，借此平复心情。海妖标本上盖的那层冰已经开始融化，水滴一点一点地滴到地面，在地面上形成了一个小小的水洼。

玛莉·约瑟芬给自己的画板添了新纸，这样当伊夫斯开始解剖的时候，她也能立刻开始。这时玛莉的思绪又回到了早上那个问题：如何计算树叶颤动的频率？她在纸上写下一个微积分公式，运算起来。几分钟后，她推翻了自己的想法，觉得还需要再琢磨一番。

水池里，海妖轻声哼唱起忧伤的歌曲。玛莉涂黑了纸上的公式，调整下情绪，走进了笼子里。海妖躲进雕像的下面，窥视着她。玛莉看到海妖黑色的长发一缕一缕地垂在胸前，其中那怪异的绿色发丝分外明显。

“过来，到我这里来。”玛莉从水罐中捞出一条鱼，鱼在她的手中有气无力地挣扎着。水罐里其余的小鱼们也都奄奄一息，翻着肚皮浮在水面上。玛莉攥紧手中湿滑的小鱼，把手伸进水中。

玛莉晃动着小鱼。海妖发出怪异的声音，小心翼翼地游了过来。

然后，它猛地向前一窜，以迅雷不及掩耳之势抢过玛莉手里的小鱼（爪子轻轻滑过玛莉的手掌），塞到嘴里，转身游走。整套动作一气呵成，十分连贯。玛莉的脸上和衣服上都被溅到了水。她赶紧掸掉了衣服上的水珠，以免身上被弄湿。海妖虽然还是没有直接从玛莉身上拿走食物，但抢走小鱼这一行为还是让玛莉备受鼓舞。她又抓起一条鱼，继续尝试。

海妖的胆子明显大了起来。虽然还是带着一丝谨慎，但是它已经敢从玛莉的手上拿走小鱼，也不再逃跑，而是停在玛莉的附近吃起了鱼。玛莉·约瑟芬一点一点地把手伸了过去，希望能摸到海妖。

突然，帐篷外传来一阵喧闹声，把两人都吓了一跳。有人骑着马飞奔而来，停在了帐篷前。受到惊吓的海妖发出含混不清的声音，向后一跃，飞快地游回了阿波罗雕像的下面——显然它已经把那里当成了避难所。功亏一篑！玛莉轻叹一声，心中万分沮丧。

沙特尔公爵掀开门帘走了进来。他走到笼子前，哗啦一声打开笼门，迈过水池边来到玛莉的身边。他的高跟鞋踩在平台上砰砰作响，鞋子上的金扣子发出耀眼的光芒。玛莉向他屈膝行礼，后者咧嘴一笑，也微微鞠躬，握住了玛莉的手。

“早上好，克鲁瓦小姐。”

玛莉受宠若惊。她的手湿漉漉的，还带着一股鱼腥味，真是冒犯了这位大人。她急忙把手抽出来，行了一个标准的屈膝礼。

“早上好，殿下！”

他今天穿了一件紫灰色的外套，衬托出他浅棕色的鬈发——他自己的头发——他还是戴着非主流的司坦克围巾，也留着小胡子。玛莉记得，夏洛特小姐曾经笑嘻嘻地告诉自己，有时沙特尔公爵还特意把夏洛特的眼影粉抹在脸上，想让自己看上去没那么白皙。

他眯着眼睛，想把海妖看得更仔细些。对于他的深度近视，玛莉深表同情。

“它在哪呢？这里？那里？”沙特尔公爵开始搜寻海妖的身影。

“就在雕像那里。如果您能不出声的话，它可能就会出来了。”

玛莉抓起一条鱼，放在水里晃来晃去。

“让我来，让我来喂它！”沙特尔公爵很是兴奋。

我哪敢让你冒这个险啊！玛莉心想，要是你被海妖咬了，公爵夫人非杀了我不可。

心里虽然这样想着，表面上她还是做出一副服从的样子，把鱼递了过去。就在沙特尔公爵伸手要接住的时候，她假装失手，把手一松，鱼就从她的指缝间掉到了水中。

“抱歉……”

“没关系，让我来！”让玛莉大为吃惊的是，沙特尔公爵居然跪了下来，把手伸进水中，想要抓住那条鱼，完全没有在意被水浸湿的袖口。接触到水的鱼又恢复了生机，兴奋地向前游去，可惜还没游出两步就被冲过来的海妖一把抓住。抓到食物后，海妖又迅速地游走了。沙特尔公爵目睹了海妖捕食的全过程，激动得差点从平台上摔下去。玛莉连忙抓住他湿漉漉的袖子，把他拽了回来。

“太神奇了！”沙特尔公爵跪在玛莉身边，兴奋地大喊大叫，“我也想参与研究，让我也来给克鲁瓦神父帮忙吧！我可以给他递工具，或者拿观察镜……”

玛莉·约瑟芬笑了：“殿下，等哥哥解剖海妖的时候，您可以坐在第一排，近距离地观察解剖的全过程。”

“好吧！”沙特尔公爵虽然有些不情愿，但是心里也清楚刚才他的请求几乎不可能实现。“不过，”他补充道，“如果你哥哥有能用到我的实验室的地方，一定要让他过来。对了，你和他说起过我的那些实验器材吗？”

“当然说过了。谢谢您，殿下！”玛莉真诚地表达了自己的谢意。沙特尔公爵的实验室里器材齐全，不仅有最新款的复式显微镜和望远镜，还有一个玛莉做梦都想拥有的算尺。

沙特尔公爵的实验室一直饱受非议。人们都认为他心术不正，成天在实验室里鼓捣着一些歪门邪术。其实大家都冤枉他了，玛莉很清楚，沙特尔公爵做的都是正常的化学实验，和妖术毒药什么的完全没关系。

“对了，殿下，您见到我哥哥了吗？”玛莉假装很随意地问了一句，其实心里十分忐忑。她担心国王会注意到伊夫斯的缺席。国王会不会把伊夫斯叫过去训问，然后一怒之下，撤了他的职？

“没有……不过，你看，他是不是来了？”

卫兵拉起门帘，沙特尔公爵的堂兄——帝国第一顺位继承人——王太子走了进来。几年前太子妃去世，王太子也没有再娶。不过据说他有一位名叫乔林的情妇。乔林夫人住在一幢私人别墅里，从未在宫廷中出现过。

跟在太子身后的是他的三个儿子——路易十四的孙子——勃艮第公爵、安茹公爵和贝里公爵。三人互相戳着胳膊，时不时还伸出头想要看一眼海妖。

公爵夫人和夏洛特也走了进来。虽然公爵夫人礼貌地问候了一下紧随其后的缅因公爵，但是她的冷淡之情显而易见。尽管缅因公爵路易·奥古斯特和他的兄弟路易·亚历山大以及姐妹们都得到了国王的承认和喜爱，但是在公爵夫人眼里，私生子就是私生子，谁也改变不了他们卑贱的出身。

据玛莉观察，对于公爵夫人的冷淡，缅因公爵一家似乎并不介意。缅因公爵今天看上去格外帅气。他穿着一件绣有金色的花纹和蕾丝的红外套，头戴一顶蓬松柔软的羽毛帽。衣服很好地掩饰了自己一高一低的肩膀，再加上他走起路来很小心，所以外人几乎看不出他的跛脚。

王室成员进来后，越来越多的侍臣和平民们拥了进来。玛莉真没想到一个小小的解剖活动居然能吸引到这么多的人，很多大臣从巴黎甚至更远的城市赶了过来，都想一睹海妖的真容。大臣们在王室成员的座位后挤来挤去，想要占据观看的最佳位置。而那些无权无势的平民们的位置就更远了，他们围着帐篷站了一圈。

有些胆大的人走到笼子前，向水池内张望。还有一个人想打开笼门。

“先生，笼子里很危险，请勿靠近。”士兵及时制止了他。

“对我危险，对她就不危险了？”那人指着玛莉·约瑟芬反问道，“还是说她是你们献给海妖的祭品？”他大笑起来。

“放尊重些，不得无礼！”

“国王陛下邀请我们……”那人还不服气。

“只是来参观解剖仪式。”卫兵强调道。

那人张了张嘴还想反驳，又把话咽了回去。他对着卫兵鞠了一躬，退后一步。

“您说得对，长官。国王陛下邀请我们来看的是解剖过程。他也会让我们看活海妖的。”

“也许要等到它被驯化之后。”卫兵说道。

玛莉·约瑟芬把一条鱼扔进了水中。海妖又冲了过来，一口咬住，津津有味地咀嚼了起来。看着小鱼消失在海妖的嘴里，最后连骨头都不剩，玛莉不禁有些同情。她抬起头在人群中看了半天，却并没有发现伊夫斯的身影，于是就和沙特尔公爵一起离开向外走去。走出笼子后，她还不忘把笼门锁了起来。

玛莉走到王室成员的面前，对着他们行了个屈膝礼。她先是亲吻了公爵夫人的衣袖，又抱了抱夏洛特小姐，后者并没有顾及自己尊贵的身份，还亲了亲她的面颊和嘴唇。夏洛特的动作很小心，生怕弄坏了自己精致的发型。她今天梳着时下最流行的方当伊高发型，发带系在头发间，蕾丝和绸缎垂在背后，看上去很优雅。

“亲爱的，早上好。今天早晨的弥撒你怎么没来呢？”公爵夫人问道。

“玛莉和吕西安在一起呢，对不对呀？”夏洛特咯咯地笑起来。

“不许胡说！”公爵夫人连忙制止夏洛特。

“很抱歉我没能及时赶到，夫人。”玛莉·约瑟芬很奇怪，不明白夏洛特在乐什么。

“没什么，不用自责。教堂里的那个老东西真能啰唆，我都受不了了！”公爵夫人宽慰玛莉。

公爵夫人总喜欢抱怨凡尔赛宫里的牧师，这点一直都让玛莉很不开心。她想，上帝他老人家应该能理解公爵夫人只是发发牢骚，并不是对他有任何不敬之意。不过，王宫里的其他人是否能理解，她就不那么确定了，尤其是曼特农夫人。和公爵夫人一样，曼特农夫人也曾经是一名新教徒。

“玛莉，看我的发型，好看吗？你的奥德蕾特真是太棒了。她是穆拉托人吗？之前怎么从来都没见过她啊？”夏洛特问道。

“小姐，她是土耳其人，最近才追随着我，从马提尼克来到了法国。”玛莉解释道。

“她可真是心灵手巧！轻轻一碰，就把这个旧的发饰改成了新样式。”

“我可没钱每天给你买新发饰！”公爵夫人冷冷地插了一句。

公爵和洛林也来了。玛莉·约瑟芬同样屈膝行礼。洛林抬起她的手，放在嘴边，亲吻了一下，稍等了片刻才放开。玛莉抽回手后，心脏狂跳。她确实被洛林这种近乎挑逗的行为吓到了，不过惊吓之余还带着一丝丝兴奋。看着玛莉的窘样，洛林微笑了起来，他那好看的睫毛微微颤动着。

相比之下，公爵对玛莉就冷淡得多了。他象征性地弯了弯腰，就带着洛林和家人前往自己的座位。坐下后，公爵还小心地理了理自己的外套。

沙特尔公爵一屁股坐到了夏洛特的身边。

“克鲁瓦小姐，海妖会吃人吗？”他问道。

“是的，它们可凶了，吃起人来连眼都不眨一下的。”玛莉·约瑟芬用无比真挚的语气说道。她可不希望这位殿下没事再跑到海妖那里转悠。

“人类也一样。”洛林加了一句。

就在这时，喷泉的出水口突然有了声响，喷泉中的水开始涌动起来。

“国王来了！”公爵发话了。

玛莉·约瑟芬有些慌乱。国王都已经来了，可是伊夫斯人呢？

他不在谁来解剖海妖？国王就是为了看解剖才来的呀。不过，也有可能是国王发现了伊夫斯今早的缺席，特别生气，于是就赶过来惩罚自己……

想什么呢？她摇了摇脑袋，把这个荒唐的想法驱逐出了脑海。你是什么身份，她自嘲地想到，国王还用得着亲自过来？他最多只会派吕西安，或者让一个仆人就把自己打发了。

“抱歉，殿下，夫人，请恕我要暂时离开一会儿。”玛莉对他们行了个屈膝礼，就离开了。她卷起袖子，挤进人群中，向门口跑去。

一个可怕的想法突然出现在玛莉的脑海中。万一，伊夫斯还在城堡里等着我来叫他怎么办呢？天哪，一天之内我居然犯了两次同样的错误？我应该一小时之前就回去叫他的！可是如果现在回去，实验台这里就完全没人管了！虽然我不能独自完成解剖，但我也会一点皮毛，不至于让国王陛下眼巴巴地等在这里。我能不能让一个卫兵去叫伊夫斯呢？

她边跑边想，差点一头撞到了吕西安身上，还好她及时停下脚步，对着他行了一个屈膝礼。

“克鲁瓦小姐，请回到你的座位坐好。”吕西安正巡视着帐篷内的情况，貌似漫不经心的扫视却将周遭事物尽数收纳眼底，任何不合礼数的东西都逃不过他的眼睛。

“但是，哥哥……”玛莉试图说明事情的紧急性。但她的话被随后进来的乐队打断了。

吕西安对着乐队做了个手势，让他们围绕着国王的位置坐下。

乐师们坐定后，叮叮咚咚地调试起音调。

“克鲁瓦神父将会如期抵达。”吕西安告诉玛莉。

这时门帘再次被卫兵拉开。号手吹起了开场号，响亮的号声响彻全场，国王陛下驾到！

两个聋哑人推着一台三轮车子走了进来，上面坐的正是伟大的太阳王路易十四。因为患有痛风，他的脚下还踩着一个柔软的垫子。伊夫斯精神抖擞地走在国王的右边，曼特农夫人的轿子则紧随其后。

号声渐渐停息。乐师们又奏起了轻快的音乐。伊夫斯一边走着一边和国王说话，一路上谈笑风生。不知道的人还以为他在和自己的好朋友聊天。

吕西安站到一边，向国王鞠躬致意。玛莉·约瑟芬也赶紧闪开，行了一个标准的屈膝礼。王室成员也纷纷起身，座位上响起裙角擦地、羽毛扇动和腰刀碰撞等细碎的声音。所有人，不论是平民百姓还是皇亲贵族，全都向国王鞠躬致敬。

路易十四环顾四周，接受大家的致敬。仆人快步上前，拿走国王的椅子，为马车腾出空间。曼特农夫人的轿子停在了国王的身边。她的轿子门窗紧闭，只在窗户上留有一丝缝隙。

“船身猛地一转，那个喝多了的水手没站稳，一下就翻过了栏杆，摔了个狗啃屎。等他起身时，发现自己……”伊夫斯正绘声绘色地和国王讲着海上趣闻，突然停顿了片刻，然后对着曼特农夫人的轿子大声说道：“夫人，请原谅我的失礼。毕竟，我和那群野蛮的海员待得太久了。刚才，我其实想说的是，那个水手坐了下来，肚子里的酒一滴也没洒。”

国王咯咯地笑了起来。轿子里的曼特农夫人却未作回应。

国王给曼特农夫人指了下王室成员所在的座位，也是他们待会儿要坐的位置。他冲着公爵笑了笑，赏给公爵一把椅子。

“对了，克鲁瓦神父，今天的晨起仪式你怎么没来呢？我很是失望啊！”路易十四又把注意力转向了伊夫斯。

听闻此言，玛莉·约瑟芬又羞又愧，脸都红到了脖子根。都是她的错，她向前一步，想要向国王解释清楚，承担起自己的责任。她刚要说话，就被吕西安拦住了，后者伸出一只手，按在她的肩膀上，示意她不要轻举妄动。

“可是，我必须要告诉陛下……”玛莉小声说道。

“不行，你现在不能和国王说话。”吕西安制止她。

那边，伊夫斯已经发话了：“请陛下恕罪。我想让您能观赏到一场完美的解剖过程，因此一直都在准备相关事宜。错过了您的晨起仪式，让您失望，我确实罪无可赦。请陛下降罪。”

“确实不可原谅！不过，”国王话锋一转，语气变得缓和起来，“这次我就宽恕于你，但明天的晨起仪式切莫再要错过！”

伊夫斯向国王深深鞠躬，后者对他报以微笑。玛莉松了一口气，身上却仍然抖个不停。

曼特农夫人突然敲了敲窗户，示意自己也有话要说，国王走过去，和她说了几句话，扭头对伊夫斯说：“对了，还有明天的弥撒也不得缺席。”

“乐意之至。”

伊夫斯又深鞠一躬，表达对国王的谢意。

吕西安对玛莉轻声说道：“这次，你必须要提醒你哥哥时间了……”

玛莉·约瑟芬打断了他：“他知道，这次的错全怪我。”

“但是他必须要为此负责。”

“殿下，你不是也错过了弥撒吗？国王也会责怪你吧！”吕西安总是揪着哥哥不放，玛莉有些火了。

“他不会的。”吕西安扔下这句话就转身走了。他一瘸一拐地走到国王身边站好。

那边，乐队还在奏乐。水池里的海妖也发出了叫声，它的声音竟然和乐声融合在了一起，毫无违和感。

“玛莉·约瑟芬！”伊夫斯叫道，“你在哪呢？我需要你！”

玛莉急忙从人群中穿过，来到了解剖台前。

“你终于来了！准备好了吗？”伊夫斯的语气有些严厉。

“嗯。”伊夫斯的语气让玛莉有些受伤，不过她还是尽量让自己的声音保持平稳，站到了画箱的旁边，拿起画笔，准备作画。她用指尖摩挲着干燥的笔头，一时有些出神。在马提尼克岛的修道院里，院长不让她画画，到了圣西尔，她又没时间画画。我的技艺没生疏吧？她暗自想着，一定要把伊夫斯的解剖过程好好地画下来。

“把冰移开！”伊夫斯发出指令。

两个仆人走上前来铲走冰块，并且把解剖台上的木屑也清理干净，露出海妖的尸体。解剖台的周围还站着几个仆人。他们把手里的大镜子对准解剖台，这样国王就能从镜子中清楚地看到解剖的过程。本来，巴黎医科大学的手术台会是解剖海妖的最佳场所，那里不仅能容纳更多的观众，人们看得也能更清楚。不过既然在凡尔赛没这样的条件，就只能先确保国王陛下能看清全过程。

沙特尔公爵坐在第一排，此时正伸长脖子目不转睛地盯着伊夫斯的一举一动，恨不得都要从观众席上跳出来。他注意到玛莉正盯着他看，向对方投去了渴望的眼神，就好像在说，你看，我应该去把冰铲走的，我应该站在那里举着镜子的。

玛莉·约瑟芬想象着尊贵的沙特尔公爵在那里做琐事的样子，差点没笑出声。

“在陛下的支持下，我得以出海寻找世界上最后一批海妖，并有幸找到了它们每年聚集的地方。”伊夫斯向大家宣布，“我们活捉了两只海妖。雄性海妖奋力抵抗，力竭而亡。雌性海妖则温顺一些，所以活了下来。”

这时，乐队演奏的四重奏突然加入了一个新的曲调，乐声高亢，却又出奇地和谐。玛莉浑身发抖，既惊讶于乐师大胆的尝试，也很享受这新鲜的乐曲。众人都有些疑惑：这音乐怎么和往常的不太一样？公爵夫人精通音律，因此早就听出了乐曲的改变。她也颇为吃惊，和夏洛特咬起了耳朵，甚至连国王都看了一眼乐队。乐队中的小提琴师有些不知所措，他们还是按着乐谱来演奏的，怎么回事呢？

原来，是水池里的雌性海妖在唱歌。

多么悦耳的声音，玛莉心想，它就像是那种模仿鸟，能模仿它听到的声音。她完全沉浸在海妖优美的歌声中。

小提琴师终于找准了音调。海妖也继续着自己的歌唱，它的声音响遏行云，又急转直下，沉入低谷。玛莉听得浑身都颤抖起来。

伊夫斯揭开了尸体身上的帆布，保存液和腐肉混合的味道飘了过来，弥漫在整个帐篷。公爵急忙举起香盒，使劲嗅了几口，然后转过身，把香盒递给了国王。国王也快受不了这难闻的味道了，他点了点头以示谢意，然后就接过香盒嗅了起来。

伊夫斯并没有被外界的气味或者音乐所干扰，他继续宣布："接下来，我要对海妖进行一个大致的解剖，解剖它的皮肤、筋膜和肌肉。"

水池里海妖的声音戛然而止。

和池子里的雌性海妖相比，雄性海妖看上去更为丑陋。它的脸更加粗犷，皮肤更绿也更粗糙。玛莉·约瑟芬并不吃惊。她帮助伊夫斯解剖过的东西可多了去了，有青蛙、蛇、老鼠、黏虫，还有狰狞的鲨鱼。所以她也算见过世面的人了，海妖再丑也吓不到她。

不过在看到雄性海妖的脖子时，她还是有些惊讶。海妖的脖子上围着一个类似项圈的东西。项圈已经破碎，但是仍能看出它由玻璃和金属组成，看上去就像是放射着光芒的太阳。玛莉的手在画纸上飞快地移动，记录下自己所见到的一切：海妖头部的形状、乱糟糟的头发以及像太阳一样的"项圈"。

伊夫斯对海妖的项圈并不在意，清理了下金属片和玻璃渣，然后拿起海妖的一缕头发，一片金属从发丝间掉了下来，也被他随手扫到了一边。

水池里的海妖透过笼子上的铁栏向这里张望，发出悲鸣。

玛莉·约瑟芬很快就画完了海妖的项圈，她撕下这页纸，放到画板的下方。

“上帝赐予海妖一头浓密的头发，这样它们就可以躲在海草丛里不被敌人发现。它们生性胆小，易受惊吓，主要以海草为食，有时也会吃些小鱼。”伊夫斯介绍道。

玛莉·约瑟芬继续挥动着画笔。海妖参差不齐的头发、强壮的下巴以及突出在外的两颗獠牙渐渐浮现在纸上。

“等你解剖完了，我们能不能把它的肉烤了吃？”王太子突然发话。

“很遗憾，殿下。”伊夫斯向王太子鞠了一躬，“这具尸体经过防腐处理，是用来解剖的，不能食用。”

“防腐处理过的海妖肉能好吃吗？”夏洛特嘀咕道。

“太子，留着你的胃口到晚宴上再吃！”路易十四想开个玩笑，不过却没收到相应的效果。此时此刻所有人的注意力都被海妖所吸引。他们屏住呼吸，盯着海妖或者镜子想看个清楚。

伊夫斯拿起手术刀，划开海妖的胸腔。

水池那边的雌海妖尖叫起来。

乐队赶紧大声奏乐，想要压住海妖刺耳的尖叫，可惜没能成功。

“海妖的皮肤呈皮质，十分厚实。”伊夫斯提高嗓门，盖过乐声和尖叫声，“能保护海妖不受天敌——例如鲨鱼和鲸鱼——的伤害。陛下请看，海妖尾巴上的皮肤最为坚硬，有利于它们在逃跑时进行自我防御。”

玛莉正在作画的手抖了起来，她的视线也模糊了。

海妖怎么了？为什么它的叫声如此悲伤？它刚吃过东西，不可能是饿了。可我现在也走不开啊，我必须要待在这里为哥哥做记录。玛莉有些着急。

海妖的脸也画完了。站在玛莉身边的仆人走上前来，拿走这张画。玛莉抬起手，想阻止他，可是他已经把画贴在了后面的画架上。

现在，每个人都能看到玛莉画的海妖的脸。画中，海妖仿佛活了一般，它睁大双眼，又大又黑的眼睛中满是忧伤与恐惧。

玛莉·约瑟芬看着海妖忧伤的表情，突然打了个寒战。不过她很快就镇定了下来。

瞎想什么呢？动物怎么会有表情？我只不过是画了一双活海妖的眼睛，仅此而已。她心中暗想。

伊夫斯的解剖还在继续，他切开了海妖的皮肤。

雌性海妖又发出刺耳的悲鸣。这一次，王太子带来的动物也躁动起来，远处传来它们含混不清的声音。路易十四扭过头，向喷泉的方向看了一眼。显然他觉得受到了打扰，有些不高兴。怎么办呢？所有人都不知道如何是好，玛莉·约瑟芬更是毫无头绪。

“这是海妖的皮下脂肪层。鲸鱼和海象身上的鲸脂也是这种皮下脂肪。”伊夫斯提高嗓门，继续介绍着，“海妖的皮下脂肪并不多，这就意味着它们一般不会潜入深海，也不会进行长途迁移。据我推测，它们一般就躲在出生地附近的浅海，每年的仲夏日，它们会顺着暖流漂流到繁殖地。”

玛莉画完了海妖的躯干。脂肪让海妖的身体看上去更加柔软，不过也掩盖不了它强健的肌肉和骨头。

“克鲁瓦小姐！”有人突然轻声唤了她一句。

玛莉·约瑟芬吓得跳了起来。她一扭头，发现吕西安就站在她的身边。吕西安本没必要那么小声，毕竟周围已经够吵了，他不会打扰到伊夫斯。至于国王和群臣那边，也没人注意到这边他们两人之间的互动。

“必须要让海妖安静下来，为了国王陛下……”

“我已经喂过它了，这不是它饥饿时会发出的叫声。也许它是被乐队的音乐吵到了？”玛莉小声说道。

“不得无礼！”

玛莉的脸倏地一下就红了：“我无意冒犯……”

不过吕西安提醒得很对。如果国王被吵得受不了，就此离开，那他一定会对伊夫斯有意见。相应地，伊夫斯的地位和工作都会受到影响。

“既然它能够像鸟儿一样歌唱，那如果我们把笼子盖上，它应该也会安静下来。”

吕西安看了笼子一眼，眼中充满了不耐烦。他可能觉得我的脑袋坏掉了吧。玛莉看着吕西安，心里想道。因为罩在喷泉外面的笼子实在是太大了，几乎碰到了帐篷的顶部。想要把笼子全盖住，得再运来一顶帐篷。

吕西安一瘸一拐地走向笼子，对仆人做了个手势，示意他们过来。

“把网拿来。”他下令道。

仆人拖来木板，上面缠绕着结实的绳索。

海妖的惨叫声还在持续。玛莉·约瑟芬心中也烦闷不已，如果他们把海妖装进网里，堵上它的嘴巴，那之前自己所做的那些努力就白费了，估计海妖再也不会靠近自己了。

玛莉的手上加快了速度，近乎疯狂地画着伊夫斯的解剖过程。真皮层、皮下脂肪层、筋膜在她的笔下一一浮现出来。她的绘画技术十分娴熟，能在大框架下把各个部分的细节画得十分精细。在我买得起一台新显微镜之前，也许沙特尔公爵会把他那台显微镜借给我用。玛莉心想。

喷泉那边，仆人们摘下帐篷的窗帘，把它抬到喷泉的旁边。在吕西安的指挥下，他们把窗帘绑在笼子的栏杆上，遮住海妖的视线。窗帘很薄，无论是声音还是光线都能很轻易地穿透。不过，也只能先凑合着用。玛莉心想，如果去附近取一块厚帆布过来，最快也得一小时，更别提从巴黎那边运过来，那得花上一天。

好在这招奏效了。海妖的叫声渐渐平息。除国王以外，所有人都向喷泉这里投来诧异的眼神。

海妖终于不叫了，观众席上的人也都松了一口气。吕西安做了个手势，示意仆人们退下。他冲着玛莉这边鞠了一躬以示谢意。玛莉倒有些不好意思，因为她觉得这可能不是她的功劳，也许就是个巧合，恰巧这时海妖就不想叫了也说不定。海妖安静后，王太子那边的野兽们也不再闹腾，一只老虎低吼了一声之后，那里就再无声响。

乐队降低音量。吕西安退回自己的位置，伊夫斯继续解剖，玛莉的心思也回到了作画上。国王正饶有兴趣地观赏伊夫斯解剖海妖胸部和肩膀上的肌肉。

玛莉飞快地画着。六张，十二张……画纸一张一张被抽走，身体、腿、脚掌……海妖的每个部位也一个个被勾勒出来。玛莉的手都要抽筋了。

“接下来，我要解剖海妖的内脏……”

国王对吕西安说了几句，后者对聋哑车夫做了个手势，示意他们各就各位。观众席上的侍臣们全都站了起来，帐篷里响起一片丝绸摩擦的声音。

“请看……”伊夫斯已经完全沉浸在解剖的世界中，对周围的动静毫无察觉。他拿起一把锋利的解剖刀，准备下手。

“克鲁瓦神父！”吕西安大声提醒他。

伊夫斯身体一震，望向吕西安，眼神里一片迷茫。好一会儿他才回过神来，意识到自己现在的处境，意识到国王陛下的在场。

“非常有趣，迷人！”路易十四赞叹道。

“谢陛下谬赞！”伊夫斯恭敬地回答道。

“吕西安！”

“臣在！”

“让科学院立刻出版克鲁瓦神父的笔记和素描。赏给他一枚奖章。”

“遵命！”

“克鲁瓦神父，”路易十四转向伊夫斯，“吕西安会告知你我下次再来的时间。也许，下次我会叫上教皇一起来参观。”

听闻此言，玛莉·约瑟芬的心沉了下去。解剖的时间又被推迟了。再拖下去的话，海妖的尸体就会腐烂，她就没法把海妖的结构全都画下来了。

伊夫斯一句话也没说，只是向国王深深鞠躬。玛莉拎起裙角也向国王屈膝行礼，手上的石墨弄脏了她的裙子。

“如您所愿，随时恭候。”伊夫斯回答道。

国王陛下起驾回宫。乐队（仍在演奏音乐）的乐师、侍臣、仆人和平民全都紧随其后。终于，整个帐篷内只剩下玛莉、伊夫斯和吕西安。

玛莉一屁股坐在了椅子上。她脚痛得厉害，实在是站不住了。当然她不敢坐在国王的椅子上，因为那样会有失礼仪。她坐的是夏洛特小姐的椅子，上面还带着余温。

“我们什么时候能继续呢，吕西安？”玛莉发问。

吕西安并没有发话，而是若有所思地看着画架上的那些素描。

“克鲁瓦小姐，如果让你画活的东西，你也能画这么好吗？”

“可以呀，活物其实更容易画。”

“如果你愿意的话，可以画一幅活海妖的画交过来，有可能会被选中印在奖章上。不过我也不能保证。”

“但是我们什么时候才能继续解剖呢？”玛莉不依不饶。

“够了，妹妹。吕西安把这么光荣的任务交给你，你应当感谢他才是。”

“好了，谢谢您，殿下，我真是受宠若惊。行了吧？但是奖章和绘画都能等，海妖可不等人，解剖……”

“什么时候解剖，由陛下决定。”伊夫斯说道。他把解剖台上的一块玻璃从台面上扫了下去。玻璃块掉进垃圾桶中，摔碎的同时发出清脆的声音。伊夫斯给已经开膛破肚的海妖重新盖上帆布。

“你自己也说过，世界上已经没有多少海妖了，如果这是你唯一的研究机会呢？”玛莉有些急了。

“那确实很遗憾，不过世界上还有很多未知的生物，不是吗？”伊夫斯边说边指挥着仆人把冰块摆在海妖周围。

“三天之内，解剖就可以继续。”吕西安突然插了一句。

“今天不行？”玛莉很失望。

“今天绝无可能。陛下还要欢迎教皇大人！”

伊夫斯点点头，对吕西安的话表示赞同：“是的，我也必须去迎接教皇大人，解剖就只能先放在一边。”

仆人们在冰块上面又撒上一层木屑。

“那明天行吗？”玛莉还不死心。

吕西安笑了起来：“我向你保证，陛下一定会从早忙到晚的。宴请，表演，还有会议。他们有很多事情要商讨，比如十字军东征的安排等等。对了，他还要为骑术比赛做准备。”

“解剖时陛下一定要在场吗？”

“陛下希望能观看解剖的全过程。”吕西安用毋庸置疑的语气回答道。

“他那么忙，应该也不会注意到伊夫斯把……”

“这样的话，你的哥哥仍然可以继续他对知识的探索。”吕西安冷淡地说道，“只不过是在巴士底狱的大牢里。”

“玛莉·约瑟芬，我不会违背陛下的旨意。”伊夫斯发话了。

“吕西安，你能向陛下解释一下吗？国王能捉到海妖，这是多么了不起的成就啊，为了能记录这份荣耀，解剖的工作刻不容缓！”玛莉继续纠缠。

“你对我的期望也太高了，克鲁瓦小姐。重启解剖最好的时间就是在骑术比赛之后，那时活海妖也不会乱叫。”吕西安有些不耐烦。

“可是到那时，海妖早已腐烂，除了寄生虫就只剩下白骨了！”玛莉的声音带上了一丝恳求。

“那可真遗憾！”吕西安不为所动。

“吕西安，请原谅我妹妹，她还不是很了解仪式的重要性。”伊夫斯说道。

玛莉脸上一热，不再说话。房间里只听见仆人们打扫地面的声音。

“那请问你又能好到哪里去呢？”吕西安反问道，“你错过了今天的晨起仪式，陛下对你很是失望。今晚的晚宴，请准时到达。不要再次辜负了国王赐给你的荣誉。”

玛莉·约瑟芬一下就跳了起来，情绪十分激动：“这是我的错，不能让陛下误会我哥哥！”

水池里的海妖也叫了起来，好像在回应她一样。

“好了好了，玛莉，别把吕西安也扯进来。再说陛下已经原谅……”

“我的过错！！”玛莉大叫道。海妖也发出呼啸般的声音，好像也在强调玛莉的过错。

“那又怎样呢？重要的是大家都没事。”

吕西安的眉头皱成一团，显然在思考着什么，然后他对玛莉说道：“克鲁瓦神父说得没错，国王没有必要再为这样的事情烦神。你要小心，别再犯同样的错误。”

说完，他对着兄妹二人鞠了一躬就离开了。他拄着自己的手杖慢慢地向外走去。站了那么长时间后，他的步伐明显有些僵硬。他走到帐篷的入口，卫兵们替他掀起门帘。门外，他的小灰马早已等候多时。他爬上马背，飞奔而去。

看到吕西安从视线中消失后，玛莉转向伊夫斯，语气中满是歉意：“抱歉，今天应该是给你庆功的日子，没想到却被我搞砸了。”

“确实如此，不过事情都已经过去了。”

玛莉心里充满了感激，她走过去，轻轻地拥抱了伊夫斯一下。

“快去喂海妖吧，让它安静下来。”伊夫斯督促她。

玛莉·约瑟芬答应一声，向笼子里走去。网里的小鱼翻着肚皮，已经奄奄一息。她将小鱼和网一并拿起，在水里晃动着。

“海妖，快来呀，晚餐来了，好吃的小鱼。”她的手指浸没在水中，甚至都能感受到海妖声音的振动。

躲在阿波罗战马下的海妖慢慢浮出水面。先是头发，然后是脑门、眼睛，海妖一点一点地冒出了水面。它远远地窥视着玛莉。

“如果我把帘子拿下来，它还会叫吗？”伊夫斯问道。

“我也不知道。说实话，那时它为什么会叫，又为什么停了下来，我也不清楚。”

伊夫斯耸了耸肩：“好吧，反正国王也离开了，无所谓了。”

那边，仆人把帐篷上的临时窗帘扯了下来，换上了正式的。

“那时它似乎很悲伤。”玛莉告诉伊夫斯，“快来呀，海妖，你还好吗？有没有受伤？”

她的呼唤终于有了回应。海妖悄无声息地游了过来。玛莉放开网里的小鱼，海妖向前一冲，用带蹼的手掌抓过正要游走的小鱼，一口就吞了下去。

“真敏捷！”玛莉赞叹道。

“可是还没能逃出我的网啊！”伊夫斯也很自信。

玛莉·约瑟芬又扔过来一条鱼。海妖尾巴一甩，跃出水面，一口就叼住了小鱼，然后又潜入水中，细细地咀嚼起自己的猎物。

“你不是说当时它们正在交配吗？”玛莉有些好奇。

“我不想和你谈论这个话题。”伊夫斯竟然脸红了。

“但是……”

“够了，我绝不会和自己的妹妹讨论这样的话题。再说，你可是从修道院出来的。”

伊夫斯严厉的语气吓到了玛莉。他们兄妹俩从小就无话不谈，小时候他们也不懂动物啊、交配啊这些事情，不过现在伊夫斯为什么不想和自己讨论交配这个话题呢？是因为无知还是震惊？想当初在修道院，玛莉刚刚得知男女之事时，确实也被吓到了。

她又抓了一条鱼，吸引海妖过来。小鱼在她的手里挣扎着。

“过来吃鱼啦，好吃的鱼。”

“于于…….”海妖居然吐出了类似“鱼”的音节。

玛莉又惊又喜：“它居然会模仿人说话！”

她松开小鱼。海妖又是一把抓过，嘎吱嘎吱地吃了起来。

“我可以训练它……”

“保持安静？”伊大斯接话。

“也许吧。”玛莉若有所思，“它的叫声太悲伤了，连我都快哭了。它为什么这么难过呢？如果我能找到原因……”

“你哭不哭无所谓，但是海妖的哭声会打扰到国王。好了，咱们赶紧走吧！”

玛莉·约瑟芬收拾好画板，伊夫斯则把笼门关好，还加上了一把大锁。玛莉把海妖脸部的画像拿了出来。

“这些玻璃渣和金属片是怎么回事？”她注视着海妖颈部的“项圈”，问道。

“一个碎了的烧杯而已，其余的都是喷泉下的杂物。”

“是海妖把它们放在这里的？昨晚它就是在弄这个？它为什么要这么做？”玛莉百思不得其解。

伊夫斯耸了耸肩：“海妖喜欢收集亮闪闪的东西，就和乌鸦一样。”

“看上去好像……”玛莉还有疑问。

“你想太多了，没有什么好像！”伊夫斯斩钉截铁地回答了她。

伊夫斯拿过海妖的画像，卷成一团，凑到了烛台上。画纸的一角被点燃了，慢慢变黑，卷了起来。伊夫斯把燃烧着的画纸扔到了坩埚里。火焰吞噬了海妖的脸。

“伊夫斯！”玛莉惊叫起来。

伊夫斯则对着她粲然一笑：“走吧。”玛莉有些头晕目眩，下一秒她就被伊夫斯拉着离开了帐篷。

身后传来了海妖的呢喃细语：“于于……”

第6章

奥德蕾特举起手里的裙子，套在玛莉·约瑟芬的身上。

这件蓝色的丝绸裙有着精美的蕾丝边，看上去十分华美。裙子本身有些宽松，紧身胸衣、马甲、衬裙等一层一层地堆在一起，也有点烦琐。不过，奥德蕾特用一双巧手加以改良，收了些腰身又调整了下花边，现在玛莉穿起来就十分合身。

本来玛莉还对那件被毁了的黄裙子耿耿于怀，有了这件蓝裙子，她也就没那么难过了。多亏了夏洛特小姐，要不是她派人送来这条裙子，玛莉都不知道该穿什么去参加教皇的欢迎仪式了。

想想马上就要见到教皇，玛莉的心里还有些小激动。我能亲吻教皇的戒指吗？她这样想着，不过很快又否定了自己的想法。怎么可能轮得到你呢？只有那些身份显贵的人才有这样的特权呀！再说，她能见到教皇就已经是莫大的荣幸，因为教皇亲自驾临法国的次数屈指可数。

教皇是一个好人，一个圣人。玛莉心想。如果他能和陛下和好，这两人在一起就能终结世界上所有的邪恶。

奥德蕾特拿出一个款式新颖的方当伊高头饰，想要给玛莉戴上。这是她用玛莉仅有的几根绸带和剪裁完裙子后剩下的蕾丝边精心制成的。

“好了，没时间再弄头饰了。我得去服侍夏洛特小姐了。”

“可这是我花了好长时间才做出来的呀。”奥德蕾特有些不情愿。

“而且这个头饰有些……把它带上吧，可以送给夏洛特小姐。”

奥德蕾特只好把精美的发饰放在一边，简单地梳理了玛莉的头发，戴上一颗假珠宝作为装饰。

“唉！”奥德蕾特叹了口气，“真希望国王能赏赐个真钻石给你。大家都知道你戴的首饰都是赝品。”

“大家也知道我穷啊。如果哪天我突然戴了个真的，你说他们会怎么想？”

“没钱也可以借钱啊，从国王、朋友、商人那都可以，大家都是这么干的。”

奥德蕾特把羊绒粉扑蘸上粉，正准备要给玛莉的脖子和胸前扑粉，却突然停了下来。

“不行，不扑粉你看上去还挺白，连皮肤下的血管都能看得到，扑了反而就给遮上了。”她若有所思地说道。

粉扑上的粉洒到了空中，玛莉打了个喷嚏。

“好吧，我很白，知道啦。”

奥德蕾特转而在她的额头、脸颊以及喉咙那里稍微扑了点粉，遮住了一些小雀斑。

“玛莉小姐，你真漂亮！整个王宫里最美的就是你了。王子们看到你，一定会说，哇，那位可爱的公主是谁啊？并且打定主意要娶你为妻。土耳其的大使也会说，我一定要娶这位公主的侍女！”

玛莉被逗乐了：“奥德蕾特，你可真可爱！”

“这是有可能发生的。所有的童话故事里不都是这么写的吗？”奥德蕾特争辩道。

“王子爱上的都是公主，而且土耳其也不会派大使过来的。”玛莉纠正她。尽管法国和土耳其曾经并肩作战过，但是国王从来没把土耳其当成过盟友。之前，士兵们要是抓到了土耳其人，就会把他们卖给别人当奴隶（就像奥德蕾特的妈妈那样）。“王子还会说，那个乡下来的姑娘是谁啊，又土又丑，除非她有丰厚的嫁妆，否则我才不要和她结婚呢。”

奥德蕾特不说话了，给玛莉拿来尖尖的高跟鞋，让玛莉穿上。

“好了，一切就绪。玛莉小姐，你看上去真美，除了你的头发。”奥德蕾特还在对那个发饰耿耿于怀。

玛莉·约瑟芬看着镜中的自己。这个白净的女孩是谁啊？她都有些认不出自己了。

收拾完毕后，玛莉和奥德蕾特急急忙忙地就出发了。她们沿着拥挤难闻的走道向下走去，奥德蕾特小心翼翼地拎着那个发饰，就好像拎着一块精美的蛋糕。

她们很快就下到了地面：王室成员的活动区。这里，地面上铺的不再是破烂的地毯，而是光滑的木板和精致的挂毯，走道也都由石雕和镀金的木头所组成。城堡里到处都是精美的艺术品，这样国王每天都能欣赏到美好的事物。法国的艺术家和工匠呕心沥血，费尽心思，把凡尔赛宫打造成了全世界的艺术和时尚的风向标，连路易十四的死对头在建造宫殿时都会模仿凡尔赛宫的布局。

平常，玛莉总是会不由自主地就被墙上的画作所吸引，沉醉在委罗内塞、提香等大师的作品中。今天比较赶时间，她强迫自己不去看，只是扫了一眼就走了过去。

到了夏洛特小姐的卧室前，一个仆人大声通告："玛莉·约瑟芬·克鲁瓦到！"然后打开半扇门，"你可以进去了。"

屋子里早已聚集了很多女孩子，全都戴着自己最好的首饰，穿着最漂亮的衣服。

"克鲁瓦！"夏洛特叫了一声，从五颜六色的人群中跑了出来，拥抱了玛莉，后退一步，上上下下地打量着。

"不错，穿得很合体。"她的语气很真挚，还有点模仿公爵夫人的意思。

"谢谢您，夏洛特小姐！"玛莉对着夏洛特和屋子里的人行了个屈膝礼。从穿着打扮上看，她们都比玛莉的地位要高。

"解剖的那天可真精彩啊！"夏洛特替玛莉理了理裙子，"不过，你靠得那么近，有没有被脏东西给喷得满身都是啊？"

"并没有，就是手上沾了点木炭灰。"

"这就是你总是挂在嘴边的那个奥德蕾特吗？她手里拿的是什

么啊？”阿马尼亚克小姐突然问道。阿马尼亚克是当下有名的大美人，其人肤如凝脂，鬓发如云，国色天香。

屋子里的女孩子们一下子全围到了奥德蕾特跟前，欣赏起她的手艺。这么精美的发饰当然非夏洛特小姐莫属。奥德蕾特替夏洛特戴上这顶高高的发饰，长长的绸带垂在了她的背后。阿马尼亚克带来的银丝带（本来是想系在夏洛特的衬裙上），也被心灵手巧的奥德蕾特系在了发饰上。

“太美了！”夏洛特叫道，“你真棒！”她抱了抱玛莉，又赏给奥德蕾特一个金路易，迫不及待地走出了房间。其余人纷纷跟上，玛莉被淹没在人群中。

公爵夫人住在一个套间中，套间的大门早已打开。等候在前厅的女官们对她行屈膝礼，夏洛特则对她们报以微笑，继续向母亲的卧室走去。快到的时候，她突然停了下来，扭过头寻找着玛莉的身影：“克鲁瓦呢？”玛莉·约瑟芬急忙上前行礼。夏洛特拉着她的胳膊，在她的脸颊上轻轻地亲了一下，小声地说道：“准备好见我妈妈了吗？陪我一起进去吧。”

“我十分敬爱您的母亲。”玛莉·约瑟芬的语气很真诚。

“是呀，她喜欢你。不过有时她有些太不通情理了。”

她们走进公爵夫人的卧室。屋子里又暗又冷，壁炉里的火已经熄灭了，屋子里唯一的光源就是桌上的那根蜡烛。公爵夫人裹着厚厚的睡衣正趴在桌子前写信。

看到有人进来，公爵夫人抬起头，把笔放在了一边。“我最亲爱的利兹洛特，快过来，让我好好看看你。”公爵夫人叫了夏洛特的小名。这同样也是她的小名。

玛莉正在对公爵夫人屈膝行礼，突然，两只小狗从公爵夫人的睡裙下钻出来，狂叫着在屋子里跑来跑去。整个房间弥漫着难闻的狗粪味。让玛莉惊恐万分的是，这两只狗冲着她跑了过来，就要往自己的新裙子上扒。

她挺直身子，连连后退，甚至都忘了公爵夫人还没让她起身。她悄悄地踢了大狗桂花一脚，逃离了它的魔爪。桂花扑了个空，叫得更凶了。不过一会儿它就失去了对玛莉的兴趣，闻了闻玛莉的裙子，哼哧哼哧地跑开了。另一条狗杨花也乖乖地跟着它一起走掉了。和桂花比起来，杨花年龄较小，看上去也更傻。

这边，玛莉正和两条傻狗作斗争。那边，公爵夫人已经站了起来。她亲昵地拍了拍夏洛特的脸颊，退后一步仔细看着。

“你穿得有些华丽了，不适合骑马。不过这套衣服还是蛮适合你的，很漂亮。”

夏洛特今天穿了一件紫灰色的低领裙子，完美地凸显出她丰满的胸部。她佩戴的宝石、衣服上的蕾丝衬托出她蔚蓝色的眼睛。夏洛特很好地继承了母亲家族德国人的优点，是一个健康、强壮、热情、善良的女孩。她那英俊的哥哥不论是从体格还是性格上来说，则更像是波旁家族的一员。

公爵夫人又开始打量起玛莉：“克鲁瓦，你身上的这套裙子看上去很眼熟呢！”

“玛莉穿这件裙子是不是很好看？心灵手巧的奥德蕾特还把裙子改了下，变得更漂亮了呢！”夏洛特替她解释道。

“确实改得不太一样了。你也可以穿呀。”公爵夫人很有节约的意识。

“才不要呢，尤其是这种场合，国外的王子都会过来，我怎么能穿一件旧裙子呢？”夏洛特撒娇道。

“对了，我上次给你的毛皮披肩呢？怎么没见你披上？”公爵夫人对玛莉说道。

玛莉立刻摆出一副惊讶和惋惜的表情：“哎呀，夫人恕罪，我一看到夏洛特小姐送来的新裙子就昏了头了，把它给忘了。”尽管她很喜欢公爵夫人，但可不想打扮得那么老气，在好端端的裙子外面还要披上一层披肩。

“你们年轻人啊，就想着赶潮流。”公爵夫人摇了摇头，就此作罢，“好了，穿得还算得体。”公爵夫人和夏洛特的语气几乎一模一样。

夏洛特也识破了玛莉善意的谎言，一直在那里憋着笑。玛莉也想笑，她赶紧屈膝行礼，掩饰起自己的笑意。

“亲爱的，你刚才去哪了？怎么来得这么迟？”公爵夫人的话题又回到了夏洛特的身上。

夏洛特笑了：“我得去把克鲁瓦从海妖那救回来啊。”

玛莉·约瑟芬快步向前，跪在胖乎乎的公爵夫人面前，亲吻了一下她的裙角：“请夫人恕罪，我并不是有意想让夏洛特小姐迟到的。”

“又恕罪？你是把我当成了牧师，想在我这里忏悔吗？你可真是咱们家的麻烦精啊！你说，我该怎么处置你？”公爵夫人佯装发怒，可是她脸上的笑意早已出卖了她。

“妈妈，别逼我把玛莉赶走嘛。吕西安会不高兴的，再说，我还有好多事要让她做呢。”夏洛特继续开启撒娇模式。

“陛下也需要她的哥哥，她的哥哥又需要她的帮助。在陛下眼里，克鲁瓦神父比我们要重要得多。”公爵夫人张开手掌，做了一个掌控全场的手势，“不过，我也并不嫉妒。”

“夫人，你真该来看看我们住的地方！”玛莉·约瑟芬急忙解释道。她的脑海中浮现出公爵夫人胖胖的身子从过道里挤过去的样子，不禁打了个寒战，衷心地希望公爵夫人千万别来。“您的一个床帷就能盖满我的整个房间，哥哥的房间也没大多少。”

“傻孩子，你哥哥都取得那么大的荣誉了，你们还能一辈子住在那里？”她接着又叹了口气，“唉，我就不一样了，有这么一大家子，真是有点入不敷出啊。”

“母亲，你就会夸张。亲爱的大公主[1]去世后不是给我们留下了好多钱吗？”夏洛特都有些听不下去了。

“她呀！”提到大公主，公爵夫人又是一肚子气，“算了，死者为大，我就不说什么了。可是她把钱都留给了公爵和你哥哥，我啥都没得到。公爵还限制我花钱，几个月过去了，连一套新衣服都不让我买。”

“妈，你不是还有一套崭新的宫装吗？快没时间了，她们怎么还不过来帮你更衣呢？”眼看公爵夫人的抱怨就要喷涌而出，夏洛

[1] 路易十四的堂姐，尊号大公主。

特赶紧岔开话题。

“我这不写信嘛，她们太吵了，就被我打发到外面去了。”

于是，屋子里的人就在夏洛特的指挥下替公爵夫人更衣。奥德蕾特拿来了公爵夫人的胸衣和长袜，玛莉·约瑟芬负责给她穿外裙。在给这位昔日的巴拉丁公主更衣时，她们的话题又转向了海妖。

“我给索菲亚写信呢，告诉她你哥哥克鲁瓦神父成功抓到了一只海鱼，而且我还亲眼目睹了他给海鱼剥皮的全过程。”

“夫人，哥哥抓到的不是鱼，而是类似于鲸或者海象一类的生物。他不是给它剥皮，而是解剖了它，这样我们就能看到海妖内部的构造……”玛莉耐心地向公爵夫人解释道。

“解剖，剥皮。好吧，也没什么区别嘛。”公爵夫人耸了耸肩。

“整个家里，就沙特尔公爵对炼金术这类东西特别在行。我真是一点都不懂，如果我也能学会，我肯定就能成仙了。”夏洛特也夸张地耸了耸肩。

“还成仙呢，除非你先学会呼风唤雨！”公爵夫人也跟着一起开玩笑。

“母亲，你又取笑我！”夏洛特发出银铃一般的笑声，“好了，现在屏住呼吸，我们要给你系胸衣了。”

这时，大狗桂花跑了过来，趴在了公爵夫人的脚上。玛莉·约瑟芬和奥德蕾特合力给公爵夫人穿上了外裙，外裙的边缘盖住了桂花。小狗杨花找不到桂花，有些惊慌，汪汪大叫着在屋子里跑来跑去。

公爵夫人没理会杨花。她弯下腰来，拉开裙摆，拍了拍桂花的长耳朵。

“它老了，越来越虚弱了。可怜的杨花，没了桂花它该怎么办呢？”

“母亲，你又犯傻了。桂花好着呢，它比你精神都好。”

“等我们老了就都去修道院里待着吧，没人问也没人管，更不会碍着别人的事。当然，我要带上我的狗，修道院应该容得下一只小狗吧？他们不会把我仅有的乐趣给剥夺了吧？”不知为何，公爵夫人突然有些伤感。

“夫人，我觉得您可能不会喜欢修道院的生活。”玛莉和奥德蕾特一起整理好公爵夫人的外裙。

“修道院里不能打猎，也不准写信。你要是去了那里，索菲亚就收不到你的信了。”玛莉很认真地说道。

“反正在修道院里，我也没什么好写的。我就戴上我的面纱，保持沉默。”

“你再也见不到国王了！”

“国王！”公爵夫人的声音突然顿住了，“现在我也见不了他几次面啊。”

“你还要给我找一门好亲事呢，你答应过我的！”夏洛特活泼的声音响了起来，冲淡了公爵夫人的悲伤。她伸出手来，紧紧地拥抱住自己的女儿。

“说得对！你的哥哥已然婚姻不幸，你看他娶的是什么人？！

我、你父亲甚至他的国王叔叔都没能帮上他，我们对不起他，所以绝不会让同样的事情发生在你身上！”公爵夫人深深地叹了口气，“唉，要是沙特尔公爵能够少点奇思异想，不去做那些奇奇怪怪的事情……”

“母亲，你忘了……”

“你想说克鲁瓦神父是吗？你想说他也和你哥哥一样有那么多古怪的想法，是吗？他们不一样，克鲁瓦神父赢得了国王的宠幸，你哥哥行吗？”

公爵夫人坐了下来。桂花顺着她的腿爬了上来，一屁股坐在了她的丝绸裙上，在她的怀里嗅个不停，甚至还邪恶地用爪子去抓她胸前的薄纱。公爵夫人爱抚着它，并不以为意。

“他是王室成员。陛下能够认可一个基督徒的研究成果，但绝不会想让他的侄子去做这些事！”

“夫人，恕我直言，您的儿子真的很热爱科学。如果您不让他去研究的话，他会很痛苦的。”玛莉鼓起勇气为沙特尔公爵辩解。

“再这样下去，他的一辈子就毁了。你和你哥哥也要小心，流言蜚语真能杀人诛心。”

“谣言！”玛莉·约瑟芬疑惑地摇了摇头，“谁在怀疑伊夫斯？有什么根据吗？谁又会造谣污蔑沙特尔公爵呢？他人又好，又聪明……”

“我的丈夫也是个好人，也很聪明，但也堵不住悠悠之口。有人说是他毒死了英格兰的亨利埃特[1]，说他应该被烧死。”

“母亲，你又在胡说了。亨利埃特是绝食而死的，见过她的人都这么说。她因为爱情，茶饭不思，相思成疾……”

“嘘，别乱说话，小心你父亲听见。”

“那时，你还在巴拉丁和索菲亚姑姑待在一起呢。”

公爵夫人弯下腰，把额头贴在了桂花柔软的毛上。她的脚下，杨花还在嗅来嗅去，想要寻找自己的伙伴。

“唉，我真希望当时能留在那里。”公爵夫人叹了口气。

公爵夫人盯着夏洛特看了好长一段时间。她的呼吸声变得沉重起来，不过她仍然保持着风度，没掉一滴眼泪。看着公爵夫人难过的样子，玛莉·约瑟芬的心也跟着痛了起来。

“我会为你挑一位如意郎君的，你会和他结婚，希望到时你不要恨我，希望你能比我过得快乐。”公爵夫人对夏洛特说道。

“母亲，你就别操心我的婚事了。我一定会替你争光的。好了，咱们现在来处理你的头发吧。你今天想梳什么发型？”

“拿根发带系上就好。”公爵夫人扫了夏洛特的发饰一眼，眼神里透露出批评的意味，“没有人会注意到我的。”

“玛莉·约瑟芬，过来给母亲梳头吧！”夏洛特扭头对玛莉喊道。

“要论梳头的手艺，我只配给奥德蕾特打下手。”

她让奥德蕾特过来给公爵夫人梳头，自己则拿着发夹和发带

[1] 公爵的第一任妻子。

站在一边。夏洛特也兴冲冲地加入了她们，帮着递东西，玩得不亦乐乎。

“母亲，笑一个嘛。你看上去真美。对了，下午你能给我们提供一些巧克力和蛋糕吗？”夏洛特趁机提出了请求。

“我笑起来一点都不好看，因为我的牙实在是太丑了。我都这么胖了，也不该吃甜食。不过为了你，我亲爱的女儿，好吧！”公爵夫人的语气中满是宠溺。

奥德蕾特刚把公爵夫人的头梳好，公爵、沙特尔公爵和洛林骑士就走了进来。他们穿着上好的衣服，戴着精美的首饰，看上去就像三只开屏的孔雀。几个仆人不知道从哪里冒了出来，送上一些甜点、水果和酒。

和往常一样，公爵夫人慢吞吞地站了起来，对公爵行了个屈膝礼。公爵也礼貌地回应了她。

“我把发型师带过来了，”公爵捋了捋脸颊旁的黑色假发，拿起银酒杯抿了一口，“让他……”

“不劳费心。”公爵夫人挥了挥手，示意发型师退下。后者有些失望，不过还是鞠了一躬，离开了。

洛林骑士和沙特尔公爵站在旁边喝着酒作壁上观。

“你新找了个发型师？这个发型看上去还不错，在这里再加一点……”公爵继续说道。

“我年龄大了，也不适合再戴那些花哨的发饰了。谢谢你的好意，我还是喜欢简单一点的发型，你的哥哥——国王陛下不也是这样吗？”

公爵和洛林交换了下眼神。国王年轻时可爱美了，这点众人皆知。

“谁帮你梳的头啊？”公爵在公爵夫人这里碰了一鼻子灰，又转向了女儿。

“是克鲁瓦，父亲。有她在我身边，我真是太幸福了。多么好的人啊，差点就被埋没在圣西尔教堂了。”

“其实是奥德蕾特给她梳的。我只是帮了点忙。”玛莉·约瑟芬很谦虚。

得到了赞扬后，奥德蕾特有些不好意思，她连忙屈膝向大家行礼。公爵把手伸进兜里，摸了半天却只找到一些面包渣。于是他解下背心上的一颗钻石，赏给奥德蕾特。

“克鲁瓦神父呢？他说很快就会来的呀。”公爵夫人发问了。

“他马上就到。”玛莉回答道。

“如果他迟到了，就由我来护送你吧！”沙特尔公爵急忙提议。

“你要护送的是自己的妹妹！”公爵夫人严厉地告诫沙特尔公爵，“还有你的妻子呢，怎么不见她的人影？”

“哎呀，夫人，布洛瓦小姐这是怕了呀，怕又踩上了一堆老鼠屎。”洛林过来插话。

“路西法夫人有更重要的事情要做，没时间过来。谢天谢地，我正求之不得呢。”沙特尔公爵回答道。

“我已经迫不及待地想听到你哥哥的冒险故事了。如果错过了，就太可惜了。”公爵夫人转向玛莉。

“如果您没听到，我向您保证，他一定会单独再给您讲一遍，讲到您满意为止。”

“真是个好孩子！”

“克鲁瓦，我有个东西要送给你。”沙特尔公爵一瘸一拐地走了过来，失明的那只眼睛在眼眶里直打转。玛莉担心沙特尔公爵可能会摔倒在她的脚下。

沙特尔公爵拿出一个精美的银色小瓶，拔出塞子后推给了她。

“殿下，这是什么？”

“香水，我自己做的。”递完瓶子后，沙特尔公爵走到她面前单膝跪下。玛莉·约瑟芬赶紧向后退了一步。

“快起来啊，殿下！”玛莉万分尴尬。

沙特尔公爵还是固执地跪在那里，抓住她的手，要把香水涂在她的手腕上。夏洛特及时制止了他。

“让她先闻一闻嘛，菲利普，也许这味道不适合她呢？”

“怎么会？”沙特尔公爵嘟囔着。

玛莉处在了一个进退两难的地步。作为一个已婚男士，沙特尔公爵送给他妹妹的侍女一瓶香水，这合适吗？玛莉也很不解，沙特尔公爵除了一只眼失明这个缺点外，其他地方都很好啊，人又帅，又健谈，他的妻子怎么就这么不待见他呢？

“这是从花朵中提取的香气，来闻闻。”沙特尔公爵拿着瓶塞在玛莉的鼻子前晃了晃，一股奇妙的青草味飘了出来。

“是玫瑰花吧，殿下，真好闻。”

听闻此言，沙特尔公爵大喜，立刻就把香水洒在了玛莉·约瑟芬的手腕上。他还想向玛莉的胸前喷点，公爵夫人突然伸过手来，一把夺走了香水瓶。沙特尔公爵有些不高兴。

“这是一个王子该做的事吗？克鲁瓦，让你的女仆来给你喷吧。”公爵夫人也很不高兴。

“我只是想向她展示我的才能，我是一个化学家，我能帮着她哥哥一起做研究。”沙特尔公爵向母亲解释道。

奥德蕾特在玛莉的耳后和胸前都喷了香水。香水洒在皮肤上凉飕飕的，玛莉不禁打了个冷战。现在她的全身上下都被好闻的花香所包围了。

“这样就是化学家了？菲利普，你也太异想天开了吧。你充其量不过是个做香水的新手。”

说话间，沙特尔公爵那只健全的眼睛一直在盯着奥德蕾特，看着她给玛莉喷香水。夏洛特笑眯眯地看着玛莉，目光里充满了同情，还有些许戏谑。她的眼睛笑成了一弯新月，看上去格外美丽。

“来见识下我的香水。”公爵突然插了进来，他把自己的手帕在玛莉的面前抖了抖。一股刺鼻的麝香味完全掩盖住了玫瑰的芳香。

“哪个更好闻啊？有没有大巫见小巫的感觉啊？”公爵洋洋自得地问道。

“请公爵恕罪，我现在鼻子里都是玫瑰的味道，根本分辨不出第二种香气。”玛莉才不会告诉他她差点被公爵的香气所熏倒。更重要的是，这种香气让他想起了洛林衣服上的味道。

“在今天如此重要的场合下，你打扮得也太朴素了些。”公爵看了看镜子中的玛莉，拿出一颗假的美人痣，贴在了玛莉的嘴角。

“谢谢您，公爵大人！”玛莉心中一阵慌乱，除了屈膝行礼，她不知如何是好。

“玛莉，我已经证明了自己的实力，对吧？你能向你哥哥推荐我吗？让我做他的助手？”玛莉正慌神呢，沙特尔公爵又跑过来给她添乱。

“她不会的，先生！”玛莉还未说话，公爵就已经替她回答了。

“每次来吃晚饭的时候，你都是一身硫黄味。现在，你还想再弄上一些鱼腥味？这么脏累的活可不是你一个堂堂王子该做的。”公爵夫人劝导他。

“别忘了还有他的名誉！”洛林插了一句，语气带着一丝警告的意味。

“好了，别说了！”公爵制止了洛林，声音里充满担忧。他转向自己的儿子：“涉足像炼金术这样的奇门邪术，对你来说实在有失身份。”

“不是炼金术，是化学！”沙特尔公爵激动地嚷了起来，“化学是很重要的一门学科，研究它我们就可以发现万物的……”

“那又如何？它能给我们的家族带来财富吗？”公爵反问道。

“我已经娶了富有的路西法夫人，这难道不是给家族带来的财富吗？”

“说得好像我们有多受益一样。”公爵夫人说道。

沙特尔公爵脸上现出怒气。公爵提高了嗓门：“你身上肩负着很多责任，你难道不明白吗？”

“请问是什么？”尽管沙特尔公爵的声音很平静，但是他那只失明的眼睛正在疯狂转动，暴露出他内心的激动。

“为国王效力，博得他的欢心。”

玛莉·约瑟芬松了一口气。公爵和公爵夫人带着一帮人正准备要出发的时候，伊夫斯终于赶到了。他站定后，对着人群彬彬有礼地鞠了一躬。队伍里的女性虽然用扇子遮住脸，装出一副害羞的样子，但还是拥上前去，把他团团围住，叽叽喳喳说个不停。没办法，伊夫斯走到哪都是人群的焦点，不仅因为他素净的长袍更因为他英俊的面庞。现在，他显然没时间给公爵夫人讲海妖的故事了。

伊夫斯挽住玛莉的胳膊，加入了队伍。玛莉走在伊夫斯的身边，感觉很自豪，不过她还是有些羡慕阿马尼亚克小姐，后者正挽着洛林骑士的胳膊，却对沙特尔公爵抛着媚眼。

“你脸上的那是什么？”伊夫斯小声问她。

“公爵给我粘上去的。”

“这不是我的妹妹该贴的东西。”伊夫斯小心翼翼地把美人痣扯了下来。

“对不起，哥哥。公爵直接就给我贴脸上，我都不知道该如何拒绝。”

“还有你的裙子……”伊夫斯皱紧了眉头。他伸出手去，把玛莉胸前的蕾丝边和背心的边缘往上拽了拽，盖住了她的胸口。玛莉连忙推开了他的手，唯恐有人看见。可惜怕什么来什么，他们的一举一动全落到了阿马尼亚克小姐的眼里。阿马尼亚克小姐扭过头去和洛林骑士说起了悄悄话。

“我这身打扮可是得到了公爵夫人的允许。你也知道，她是最注重礼仪的。”玛莉没提披肩的事。她把棉质背心的边缘又塞了回去，只留下蕾丝边。玛莉早就发现了，夏洛特小姐的背心只有露在外面的一圈是丝绸做的，其余全是棉布材质。她在吃惊之余也领略到了公爵夫人抠门的程度。

“你学得还真快。来法国不到几个月，进宫才两周，宫廷里的那一套就全学会了。”

“我确实只在王宫待了两周，可是整个暑假我都在圣西尔，听别人谈论国王、宗教和时尚。我能学不会吗？”玛莉激动地反驳他。

伊夫斯不明白她的反应为何如此激烈。他有些困惑地看着自己的妹妹：“我就是说说罢了。你已经做得很好了。现在我回来了，有我在，你什么都不用担心。”

伊夫斯说得没错。满载荣誉而归的他一跃成为国王面前的红人。和他比起来，自己在王宫里所取得的一些成就真是微不足道。以后靠着哥哥这棵大树，什么都不用愁。她可以替他管家，有机会还能继续帮他做实验。她还在痴心妄想什么呢？玛莉心里涌起一阵挫败感，她抓紧了哥哥的胳膊，把头靠在他的身上，粗糙的羊毛外套扎在她的脸上，痒痒的。伊夫斯伸出手来，轻轻地拍了拍她的手。

大理石庭院中挤满了侍臣和牧师，连一块落脚地都没有。玛莉·约瑟芬也在这群人中，她的身边是伊夫斯，前面站着夏洛特小姐。他们站在黑白相间的大理石地面上，等待着国王和教皇的到来。

凡尔赛宫上下焕然一新。褪色了的门窗被重新镀金，破损了的石雕被修补如初。大盆大盆的鲜花沿着道路一字排开，一朵比一朵大，一直延伸到荣誉之门和战神广场。广场上也站满了人，大家都想一睹教皇的风采。

巴黎大道是教皇的专属通道，道路的两侧摆满了盛开的橘子盆栽，穿过战神广场，一直延伸到凡尔赛宫的镀金大门。再往前走，盆栽就变成了更大的橘子树，分布在前庭和王宫的两侧。人们恭恭敬敬地站在橘子树的后面，把主路让了出来。

玛莉·约瑟芬从未见过这么大的场面。所有人都精心打扮，衣着华丽，男士们都按照正装的要求佩上了佩剑以及五花八门的饰品，有世代相传的传家宝、已经磨损了的战争勋章，甚至还有路边小摊租来的镀金匕首。

玛莉·约瑟芬站得脚都疼了。夕阳西下，整个前庭被宫殿的阴影所笼罩。尽管现在是夏天，刚才也走了一段路，玛莉还是感到了一丝冷意。和玛莉形成鲜明对比的是夏洛特，豆大的汗珠从她的额头上滚落了下来，玛莉赶紧拿出手帕，替她擦去汗水。

这时，远方突然响起了人群的欢呼声。玛莉激动地向前望去，把脚疼和寒冷抛在了脑后。

远方的欢呼声绵延不断，所有人都在为国王和罗马教会的和解而高兴。玛莉周围的人们也炸了锅。欢呼声最大的地方是王宫旁边的前庭，听上去就仿佛那里的雕像们也加入了人群，大声呼喊着欢迎教皇的到来。

教皇的队伍出现了。在一队衣着鲜艳的瑞士士兵的带领下，教皇的马车缓缓地通过荣誉之门。按照惯例，王宫范围内不得驾车。不过路易十四特许教皇本人可以坐车，但他的卫队必须要步行。

路易十四本可以强令教皇步行前往王宫，他不是没做过这种事。前任教皇中有一位就曾经迫于他的压力，屈尊前来，为自己卫队粗鲁的行为道歉。他也曾将教皇撇在一边，自己任命主教。不过，这次本着促成和谈的精神，他还是有所收敛。再说，现任教皇是一位虔诚而谦逊的老人，他也不忍心再让对方过多劳累。

车队缓慢前行。教皇从车厢中探出头来，对人群点头致意。欢呼的人群追随着教皇的马车，震得道路两旁的橘子树瑟瑟发抖。

凡尔赛宫的绿色大门打开了，路易十四的身影出现在门后。

路易十四慢悠悠地穿过大理石庭院。他今天穿了一件绣着金线花边的紫棕色天鹅绒外套，里面是一件袖口上缀满了钻石的绿色马甲。为了烘托出宗教的气氛，他还特意在外套上别了一枚圣灵会的徽章。他的腰带和佩剑上也镶嵌着耀眼的宝石，帽子的边缘绣着西班牙样式的针绣花边，帽子上洁白而蓬松的羽毛垂落在他的肩膀上。

玛莉·约瑟芬屈膝行礼。周围的人们也纷纷鞠躬致意，大理石庭院中响起了衣裙摩擦的沙沙的声音。玛莉·约瑟芬抬起眼睛，小心翼翼地向教皇的方向瞄去。

台阶的下方，教皇的卫队已经在教皇的马车旁列成两列。马车还在继续前行，拉车的马匹抬高步伐，跨过一个一个的台阶向上走去。

欢呼声还在继续，路易十四出现在台阶的最高处，他很享受此刻君临天下的感觉。他的身边站着他的儿子和孙子、英格兰被罢黜的詹姆斯国王和玛丽王后，以及大臣和顾问。曼特农夫人穿着朴素的衣服，站在队伍的最末端。

教皇的马车停了下来，教皇白色的袍子从车门中露了出来。玛莉·约瑟芬的心也开始狂跳起来。

教皇慢慢地走下马车。路易十四挺直了身板，目光炯炯地盯着教皇。此刻，他正在与奥格斯堡同盟交战，而眼前这位年迈的老人就是他能否取胜的关键。

西方世界最有权势的两位人物会面了。庭院里没有一点声音，时间都仿佛静止在这一刻。

跟在教皇身后的是几个主教。他们对着国王深鞠一躬，随后庭院中包括玛莉在内的人们也纷纷起身。

“欢迎你，表兄！之前的疏远真是令人痛心啊。”路易十四首先发出了问候。

“很高兴法国和罗马教会又重归于好。”

“合你我之力，我们一定能打败那群异教徒，把他们从法国、欧洲乃至全世界铲除。为了上帝的荣耀，让我们一起努力。”

国王的话音刚落，在场的人群就爆发出热烈的欢呼声。

在欢呼的人群中，曼特农夫人显得有些格格不入。她用手捂住了嘴，眼里泛出泪光。玛莉·约瑟芬注意到了曼特农夫人的异常，一丝怜悯之情油然而生。尽管她现在形同王后，但由于她和国王是秘密结婚，在世人眼中，他们的婚姻其实是不被认可的。总有人会对着她指指点点。虽然她尽到了一位贤明王后的义务——这次会谈就是在她的劝说下才得以实现——但现在她只能默默地站在人群中，连国王私生子的地位都不如。

在一片欢呼声中，一位主教拿出一个镶满了珠宝的金匣子，递给教皇。教皇虔诚地接过匣子，举到眼前，郑重地转交给路易十四。

金匣子里装的是一位圣人的圣骨，是教皇送给法国的一份珍贵的礼物。路易十四收下圣骨匣，转交给身边的吕西安，后者随手又递给了谢兹神父。教皇目睹这一幕，皱了皱眉头，不过随即又恢复了他慈祥的面目。玛莉·约瑟芬也觉得吕西安对于圣物的处置太过草率，这么珍贵的礼物应当被放在一个金圣坛上或者至少垫在一块天鹅绒上。国王陛下可以把圣物放在凡尔赛宫的小教堂里，让前去做弥撒的侍臣们都能受到圣人的感化。

吕西安做了个手势。六个仆人抬着一张檀木祷告长椅，迈着整齐的步伐走了过来。这张长椅是时下最为流行的款式，上面镶嵌着异国的木材和硕大的珍珠。长椅上还画着《圣经》中的场景。

陛下的工匠们一定花了不少工夫。玛莉·约瑟芬心想。

带着诚意，路易十四和教皇相互致意。他们两边的侍臣和主教们也纷纷向对方鞠躬。曼特农夫人的脸上终于露出了笑容，她一直在努力促成教皇和国王的和解，而现在她的心愿终于实现了。她用一把黑色的绸扇子遮住了脸，但微微颤动的扇面还是暴露了她此刻的激动之情。

不过路易十四并没有和教皇握手。唯一有资格和他握手的人只有英国国王威廉三世：欧洲唯一能和他抗衡的对手。他没有和遭到罢黜的詹姆斯国王握手，这次也并不打算为教皇破例。

按照惯例，现在是教皇伸出手给别人亲吻的时候。教皇忍住了把手递给路易十四的冲动，因为他知道这样只会自找没趣。不过他并未放弃，而是扫视着路易十四周围的人，然后把手伸向了曼特农夫人。

身着黑衣的曼特农夫人急忙走上前，她的裙角拖在地面上发出沙沙的响声。她虽然已不再年轻，但仍然像少女一般优雅地跪倒在教皇面前，托起教皇的手。大理石庭院的地板看上去就像是一个颠倒的棋盘。法国这位贤明却未被承认的王后就跪在这棋盘上亲吻着教皇的戒指。

“教皇也许会石化她。”公爵夫人压低了嗓门，声音小到只有夏洛特和夏洛特身后的玛莉·约瑟芬能听到。玛莉很震惊，公爵夫人居然能说出这样大不敬的话。夏洛特却被逗乐了，她抿紧了嘴唇，不想让自己笑出声来，可是肩膀却在微微颤动。

“妹妹请起！”教皇对曼特农夫人十分礼貌。看样子，他也默认了国王和曼特农夫人已经结婚这个事实。

路易十四、教皇和曼特农夫人三人穿过大理石庭院，向城堡的大门走去，主教们和王室亲眷紧随在后。侍臣们纷纷鞠躬，远处的人群又爆发出巨大的欢呼声，回荡在庭院中，就好像庭院里的那些英雄和圣人雕像也发出了从未有过的呼声。

第7章

玛莉·约瑟芬陪同公爵夫人和夏洛特一起返回府邸。曼特农夫人居然能得到教皇的认可，这可把公爵夫人气得不轻。回家的路上，她一直都在抱怨。

“接下来，教皇一直都会和国王待在一起，商讨战事。那我能见到陛下的时间不就更少了吗？陛下也想不起来要邀请我们去打猎或者散步了。”

“我们也可以自己去嘛。”夏洛特安慰她。

“那可不一样。”

“夫人，再说了，有教皇在，陛下应该不会去做这些闲事吧？”玛莉也加入了劝解的行列。

“他今晚的娱乐活动肯定不会变。无聊的教皇，他又管不了别人赌博喝酒！”公爵夫人叹了口气。她走进自己昏暗阴冷的卧室后，心情才稍微好点：“我得把给索菲亚的信写完。”

“你可以告诉索菲亚姑姑，曼特农夫人今天逃过一劫，没被教皇给石化了。”夏洛特打趣道。

“那个老妓女！捂住耳朵，克鲁瓦。”公爵夫人的语气里全是嫌弃。

“什么？”

“抱歉，让你听到这么难听的话。没办法，我还是忍不住，谁让我年轻时也曾是个不受拘束的人呢！”

“夫人，我没觉得有什么不合适呀。”玛莉·约瑟芬老老实实地回答道。

公爵夫人和夏洛特都笑了起来。

“不错不错，看来你还是个明事理的孩子。那个老太婆装出一副虔诚的样子，带着一堆杂种蛊惑人心。我很高兴你没受到她的蒙骗。”

“夫人，您真是谬赞了。我是真没有听懂您说的那个词是什么意思呀！”玛莉不好意思地解释道，脸上微微有点发红。

“哪个词？杂种、老太婆还是妓女？”夏洛特的语气变得十分冷淡。

“最后一个。”玛莉嗫嚅着说道，不知道自己怎么就惹面前的两位不高兴了。

“你居然不知道‘妓女’的意思，真是神奇！好了，都退下吧，我要继续写信了。”公爵夫人下了逐客令。

玛莉·约瑟芬和夏洛特对公爵夫人行了个屈膝礼，目送她回到自己的房间。

夏洛特挽着玛莉的胳膊，一起离开了公爵夫人的屋子，奥德蕾特紧随其后。天色已暗，仆人们取下大厅里的枝形水晶灯，给里面添上新蜡烛。

一回到夏洛特的房间，奥德蕾特就被女孩子们给围了起来。她们争先恐后地想让奥德蕾特给自己弄头发。夏洛特则趁机把玛莉拉到窗户边，说起了悄悄话。

“你之前过的都是与世隔绝的生活吗？”夏洛特问道。

“是呀，你知道我是从修道院里出来的！”

“妓女就是出卖自己换取金钱的那种女人。”

“在马提尼克，我们把这样的女性叫作奴隶或者奴仆。”

“不是奴隶，这两者不一样。妓女出卖的是自己的身体。”

玛莉·约瑟芬摇了摇头，露出一副困惑的表情。

“她们把自己的身体卖给男人，知道吗？性交易！”夏洛特有些恼火。

“性交易？”玛莉·约瑟芬努力想跟上夏洛特的思路，“你是说通奸吗？不结婚就发生性关系？”

“还结婚呢！你这个傻瓜！”夏洛特又好气又好笑。

“我……”玛莉·约瑟芬欲言又止。这个时候如果为自己辩解就有些不合时宜了，毕竟对面是自己的女主人。不过，她还是有些难受，她没想到夏洛特会这样取笑她。

别把自己看得有多重要。玛莉·约瑟芬在心里告诫自己。即使夏洛特小姐扇你一耳光，也是你应得的。

“我不是有意要这样说你的。对不起，玛莉·约瑟芬。但是我必须要让你了解这个世界，修道院里的那些修女怎么什么都不教你！”夏洛特觉察到玛莉的难过，急忙道歉。

“她们希望我能够保持纯真，她们自己就是这样的人，也不知道……”玛莉的声音低了下去。

“妓女！”夏洛特大声地替玛莉说出了那个词，“我给你讲讲莉亮·安卡洛斯的事吧。我还见过她呢，如果妈妈或者国王知道了这件事，非打死我不可。莉亮·安卡洛斯不是妓女，而是一个交际花！”

“交际花又是什么？”

夏洛特又开始给她解释什么是交际花。玛莉听得脑袋都大了。

在修道院的时候，修女们也会告诫她，不要怎样怎样。可是那些话她基本都听不懂。有一次，她鼓起勇气问了修女私通是什么意思，结果却换来一顿惩罚：一周之内只能待在自己的房间内，哪也不能去，除了面包和水，别的东西都吃不到。惩罚带来的是更大的好奇。虽然她知道这不是自己该研究的事，但在接下来的一段时间，她一直都在琢磨着怎么才能找到答案。这次惩罚给她留下了这样一种印象：男女之间的亲密关系是邪恶的，它只是婚姻中不得不承担的义务，并且毫无乐趣可言。

玛莉在夏洛特这么大的时候，父母就已经过世了。她的父母是一对好人，彼此深爱着对方，也十分疼爱自己和伊夫斯。玛莉哭了好久——为了生下自己和伊夫斯，父母受了太多的罪。她也为自己的将来悲伤。以后，她和丈夫也会为生孩子受苦，她担心自己是否能熬过这一劫。所以她有时就会想，这是不是上帝给人类开的一个玩笑。有一次，她在忏悔的时候把自己的想法告诉了神父。神父笑了，告诉她人们不应该去爱彼此，而是应该热爱上帝，只有这样才是最为纯洁的爱。然后，神父就让她以苦行赎罪，把她折磨得够呛。

后来，女修道院院长亲自给她们解释了什么是私通。院长用了很隐晦的语言，这些涉世未深的女孩子们虽然不是很懂，但仍然很兴奋。她们在睡觉的时候总是会小声地谈论起这方面的事情。后来，查夜的修女们听到了这些议论，对此采取了措施。很长一段时间内，修女都会和她们睡在一起，确保没人再谈论相关话题，同时规范她们的睡姿：平躺在床上，把手放在被子上。

“现在，你知道莉亮·安卡洛斯的为人了吧？她很聪明，游走于各色人等之间，是法国有名的交际花。”夏洛特终于结束了她的解释。

“她的罪孽真是深重啊！”玛莉·约瑟芬被莉亮·安卡洛斯的种种行径震惊到了。

“要真是这样的话，王宫里的所有人都要下地狱了！”夏洛特有些不以为然。

“不会的，公爵夫人就不会……”

“当然，我那可怜的母亲可不是那样的人。”

“还有国王陛下。”

“现在他可算是清心寡欲了。他年轻的时候可浪着呢！”

“嘘！你怎么能这样说国王陛下呢？”玛莉吓坏了。

“你觉得国王的那些杂种是怎么来的呢？”

玛莉·约瑟芬的脑袋乱成了一锅粥。孩子是婚姻的产物，但是缅因公爵他们又都是私生子，那就意味着国王……

“国王有权做任何他想做的事情！”玛莉最后只能得出这样的结论。

国王是上帝在人间的代表，所以上帝可能对他有优待，让私通这件事变得不那么痛苦，这样国王才会有那么多私生子吧。玛莉心想。

“可是教会并不这么认为啊。曼特农夫人显然也不这么认为。据说，她还给国王戴上了贞操带！”

玛莉·约瑟芬沉默了。虽然她比夏洛特年长，但是对这个话题，她确实是一无所知，她略微有些尴尬。

“我是绝对不会因为这种事下地狱的！你也不会……”玛莉做着最后的挣扎。

“你确定吗？”夏洛特坏坏地笑了起来。

玛莉并没有领会到夏洛特的言下之意，她向前迈了一步，继续说道：“还有我哥哥。”

“啧啧，你哥哥生得可真好。有那样一张俊俏的脸蛋，当牧师真是太浪费了。他那双眼睛不知迷倒了王宫里的多少女人呦！”夏洛特夸张地说道。

“还有……还有……”玛莉·约瑟芬结结巴巴地吐出一个名字，“吕西安。”

夏洛特盯着玛莉，好像在确认她是不是在开玩笑，然后突然爆发出一阵大笑，完全不顾及自己淑女的形象。玛莉被夏洛特笑懵了。

“哎呀，我亲爱的玛莉·约瑟芬！”夏洛特笑得上气不接下气，好不容易才停下来，“原来，你是在和我开玩笑呀。刚才有那么一会儿，我还以为你是认真的，还想着你可真无知。不过看来你也是个明白人。”她叹了口气，继续说道：“好了，我就不和你多说了，不然可是会破坏我在你心目中的形象啊！”

“不会的！”玛莉·约瑟芬坚定地说道。公爵一家在她落难时伸出了援手，这份恩情她永记在心，“这种事绝不会发生。”

“是吗？”夏洛特轻轻地说道。

玛莉·约瑟芬和伊夫斯站在大使楼梯的末端，排着队准备上楼，前往凡尔赛宫的核心区域。国王今晚就在那里设宴欢迎客人。两层的楼梯上挤满了人，遮住了楼梯上的装饰物、雕像和彩色的花纹。

玛莉今天还穿着那件蓝裙子，她也没有第二件能穿的裙子了。不过，奥德蕾特给夏洛特的头饰上又加了一些装饰，夏洛特一高兴，就把她第三好的头饰借给了她。戴着精美的头饰，玛莉·约瑟芬把头抬得高高的，对自己的打扮充满自信。

他们很快就来到了维纳斯厅。门口的典礼官重重地跺了跺地板，大声宣布：“克鲁瓦神父和克鲁瓦小姐。”

玛莉·约瑟芬走进金碧辉煌的维纳斯厅。

大厅里点起了成排的蜡烛，烛光和屋顶枝形吊灯的光芒交相辉映，形成了绚丽的光芒。墙上雕刻的金太阳——路易十四的标志——和金叶子，家具上镶嵌的名贵珠宝，柱子上摆放的金银烛台，墙上和天花板上的壁画，以及大理石地板，在烛光的映衬下熠熠生辉。烛光闪耀在来宾们佩戴的珠宝上，照亮了他们衣服上的金丝银边。

乐声回荡在偌大的屋子内，融入到人们的窃窃私语中。迷人的皇家乐曲让玛莉心醉神迷。

在天花板的壁画中，美惠女神给维纳斯戴上花冠，后者正把大把大把的花朵抛向众神。维纳斯的面容是如此的娇俏，花瓣是如此的真实，不仅迷住了她脚边的众神，也让玛莉不禁有些恍惚。她总觉得自己身上的香味就是来自那些花朵，也好想伸出手去接落下的花瓣。在爱神的注视下，一切皆有可能。即使是像玛莉这样无权无势的大龄女青年，是不是也会迎来自己的好姻缘呢？毕竟，曼特农夫人当初从马提尼克出来时也是这么的卑微，甚至比她的情况还要糟糕。

聚集在这里的人们非富即贵。能参加路易十四登基五十周年的庆祝仪式是全世界每个人梦寐以求的事情。康德、康帝以及洛林的公爵们早就从外地赶来，比教皇到得还要早。远在丝绸之路另一端的中国也派来使臣表示恭贺。

当典礼官叫到伊夫斯名字的时候，人群中起了一阵骚动。大家纷纷转向他，或微笑或点头。对于他人的问候，伊夫斯也不失礼貌地进行了回应。

人群向伊夫斯拥来，如同大海中的浪潮向着他逼近。不过这股浪潮还未到达就轰然散去，国王出现了！

路易十四缓步入场，人群自动分成两列，给国王腾出道路。所有人都弯下身子，向国王表示敬意。国王经过后，人群又聚拢起来跟在国王的后面。不过某些王室成员坚持要走在队伍的最前列，比如公爵夫人。好在她的体形完全能担当起分开人群、在前面领路的重任。

就这样，公爵夫人打头，公爵带着洛林骑士紧随其后，接下来就是挽着夏洛特的沙特尔公爵以及洛林公爵。洛林公爵是洛林骑士的远亲。和洛林骑士比起来，他有权有势，财大气粗，就是长得有些丑。他的眼光一直停留在夏洛特的身上，为她的热情和活力所吸引。

路易十四停在了离伊夫斯几步远的地方。

伊夫斯向国王表示敬意，动作优雅，彬彬有礼。玛莉·约瑟芬也屈膝行礼。

“克鲁瓦神父，看到你能来，我很高兴。”

“谢陛下！”

伊夫斯大步上前，对着国王又鞠了一躬。

“你一定要给我们讲讲你在海上的冒险，告诉我们你是怎么抓到海妖的。”

“是，陛下。”

此时此刻，路易十四所有的注意力都集中在伊夫斯的身上。他就是人群中的太阳，而伊夫斯作为他的自然哲学家，自然也跟着沾光。和满载荣誉而归的哥哥相比，玛莉就变成了一个小透明。趁着大家把伊夫斯团团围住的机会，玛莉·约瑟芬躲在一边，暗中观察。

“对呀，快和我们说吧，克鲁瓦神父！”公爵夫人紧紧地抓住伊夫斯的胳膊，就好像国王、公爵或者洛林要和他抢人一样，“你是怎么把那个海怪抓住的呢？不要漏掉一个细节。”

“乐意之至，夫人。不过海上的生活并不像故事中写得那么传奇而精彩，日子很艰苦也很无聊。”

人们争先恐后地挤到伊夫斯的身边，反而把玛莉挤了出去。随着伊夫斯的讲述，王公贵族们不停地感慨，赞叹伊夫斯的勇敢和荣耀。

“他可真英俊啊！”沙特尔公爵年轻的妻子小声说道。沙特尔公爵本人却更喜欢叫她路西法夫人。陪同在她身边的阿马尼亚克小姐也随声附和，表示赞同。

沙特尔公爵并没有理会他的妻子，公爵夫人倒是对后者投来一个冰冷的眼神。当路西法夫人正对着伊夫斯大发花痴的时候，阿马尼亚克小姐则盯上了她的丈夫，向沙特尔公爵抛了一个媚眼。

洛林骑士俯下身子，对着路西法夫人——同时也是国王的女儿——小声说道：“公主殿下，他会让你伤心的！”洛林的声音低沉而有魅力，还带着一丝戏谑。

玛莉·约瑟芬向外走去，为贵族们让路。她离开人群，走进门口的阴影中。伊夫斯大部分时间都会和我待在一起，她安慰自己，今晚注定是属于他一个人的，就让他和那些贵族们待在一起吧，这是他应得的荣誉。

空气中，烟雾、汗水和香水混合在一起形成了一股奇特的味道，不过玛莉还是闻到了丰收厅那边传来的食物的味道。她的肚子不争气地响了起来。这也不怪她，今天一天她就只吃了点巧克力和糕点。甜的东西吃多了，导致她现在有些头疼，她的肚子咕咕叫着，渴望着汤肉以及沙拉。但是，离用餐的时间还有好几个小时。

玛莉·约瑟芬贴着墙角，悄悄地溜到了戴安娜厅。那里摆放着一张台球桌，国王平时就在这里打球。一个乐队正在空旷的房间中演奏。

这时玛莉听到隔壁的战神厅也传来叮叮咚咚的乐器声。她从门缝中看去，看到另外一只管弦乐队正在调试乐器。库佩尔先生，国王的首席乐师之一，正在乐队前紧张地踱来踱去。

年幼的意大利乐师多梅尼科坐在一台大键琴的前面，颇有其父亚历山德罗·斯卡拉蒂（号称拿波里乐派之王）的风采。大键琴的两侧镶嵌着上好的木材和贝母，在烛光下闪着光芒。玛莉贪婪地看着那台大键琴，心里充满了渴望。她知道贪婪是一种罪孽，但仍然想坐在大键琴前一试身手。

战神厅中弥漫着杀伐征战的气息，房间里到处都是战争和胜利的标志。天花板的壁画上，战神坐在狼拉的战车上，正投身于一场激烈的战争。和战神厅比起来，玛莉还是希望国王能把戴安娜厅作为自己的音乐厅，那里不仅有神秘的女猎神戴安娜，还有雕刻大师贝尔尼尼为国王雕刻的半身像。国王的雕像仰视着整个大厅，目光中透露出年轻人的骄傲。每当看到这座雕像，玛莉都希望自己能够见到年轻时的国王。从雕像看来，国王年轻时真是英俊不凡。虽然他现在风采依旧，但毕竟不能和三十年前的状态相比。

历山德罗·斯卡拉蒂冲着儿子嚷嚷了起来。玛莉·约瑟芬只会一点意大利语，不过她还是听懂了一些，大意就是弹奏得不行。多梅尼科停了下来。斯卡拉蒂比画着正确的音调，用指挥棒敲打着大键琴给儿子做示范：“咚咚咚，砰！”

“知道了，父亲。”多梅尼科很快就领会了父亲的意图，继续弹奏起来。斯卡拉蒂抱起胳膊在旁边看着。多梅尼科不愧是个音乐小神童，玛莉心想。

斯卡拉蒂突然发现了玛莉：“哎呀，这不就是那个小数学老师吗？”他大步走了过来，亲吻了玛莉的手。

“晚上好，先生。”玛莉向他问好。

“看样子你是飞黄腾达了啊！”斯卡拉蒂拉着她的手不放。

“我就是换了一件衣服罢了。”

“从圣西尔到凡尔赛宫，你的地位已经在我之上了！现在我还能奢求你的一吻吗？”斯卡拉蒂充满感情地说道。

玛莉·约瑟芬脸红了：“哥哥不会同意的，再说，你都结婚了。”

“我都求你了，还不行吗？要不我去求求你哥哥或者陛下……”

“先生，我当时送你一支曲子并没有别的意思，我没想到你会……”玛莉窘得不行，连忙抽出自己的手。

斯卡拉蒂笑了起来：“看样子你入宫还没多久。”

“你应该知道我最近才来的。确实，我曾请求过你的帮助，我希望你能忘了这件事，忘了我们曾经还说过话这个事实。”玛莉急忙想撇清他们之间的关系。

“哎，你也太不友好了，让我好伤心啊！”斯卡拉蒂哀怨地说道。

“玛莉小姐！”多梅尼科飞奔过来，一把抱住了玛莉的腰，差点因为用力过猛被埋到玛莉的裙子里。

“多大师，你演奏得可真棒！”

多梅尼科听到玛莉对他的昵称，开心地笑了起来。之前，他曾经和爸爸一起在圣西尔教堂，为那里的学生演奏过。玛莉给他取了“多大师”这个绰号，一听到玛莉这样叫他，他就会乐得不行。玛莉弯下腰来抱了抱多梅尼科。

“他要是能勤加练习，会弹得更好！”斯卡拉蒂叹了口气，语气中颇有些恨铁不成钢的意味，“我们排练的次数还不够，这孩子老偷偷跑去玩。等到了给国王陛下表演的那天，他估计会表现得像个三岁小儿，而不是六岁孩子该有的水平。”

“我今年八岁了！”多梅尼科抗议道。

“闭嘴！在这里，你就是六岁，赶紧回去练习！”

多梅尼科带着玛莉回到大键琴的前面。玛莉坐在他身边。

“解剖海妖那天，我也在场，我看到你了！”小男孩告诉玛莉。

“呵呵，你被海妖吓到了吗？”玛莉温柔地问道。

“没有啊，那只雌海妖很漂亮的，它的歌声也很好听。”

“年轻人，现在该你弹奏好听的音乐了。如果我们把这次演出搞砸了，那不勒斯的总督一定会把我们赶走的。”斯卡拉蒂凑到玛莉身边，弯下腰，“不过这样我就可以留在法国，听候你的差遣，等着你给我的奖赏。”

“国王一定会对你的演奏很满意的。”玛莉安慰多梅尼科，然后对斯卡拉蒂说："国王一定会给他很多奖赏，比我能给你的要多得多。"

"那我能用国王赏赐给他的财富换你一吻吗？"斯卡拉蒂不依不饶。

玛莉·约瑟芬有些恼怒。斯卡拉蒂一味的胡搅蛮缠已经超出朋友之间的玩笑了。她提醒自己，眼前这个男人虽然有钱又有名，但作为一名淑女，她一定要和他保持距离。

于是她义正辞严地说道："等你拿到奖赏再说吧！"

斯卡拉蒂拍了拍胸脯："来，摸摸这里。你已经俘获了我的心，请把它挂在你家里的墙上作为你的战利品吧！"

"把你的心收回去，我不要。你还是把心思放在音乐里吧。"

"我已经准备好了。多梅尼科还不行，库佩尔先生对他也不满意。不过没关系，加朗先生已经认可了我们的准备。所以现在我最大的愿望就是取悦于你。"

"是取悦国王。"玛莉·约瑟芬纠正他。

"你和国王。"

玛莉·约瑟芬不再理睬他。她亲了下多梅尼科的脸颊，鼓励他："记住，你的演出一定会受到大家的欢迎。"说完，她就急匆匆地逃离这里，回到了闷热而又熏人的维纳斯厅。

玛莉注意到，路西法夫人和阿马尼亚克小姐躲在房间的角落里抽烟。

不对，应该是沙特尔公爵的夫人，玛莉提醒自己不要乱叫别人的绰号，尤其是这么讽刺的绰号。公爵夫人可能会觉得很有趣，但如果在公共场合乱叫，她也会很生气。

沙特尔夫人在窗帘的掩护下吸起了雪茄。她吐出一口烟圈，把烟蒂递给阿马尼亚克小姐，后者猛吸一口，然后满足地吐出一口烟。白色的烟圈不断地从窗帘后面冒出来。玛莉鼓起勇气，希望能加入她们。

路西法夫人说道：“那个小修女来了！”

阿马尼亚克小姐漫不经心地回答道：“是的，沙特尔夫人。”

玛莉·约瑟芬腼腆地笑了一下，希望自己能得到她们的邀请，一起品尝香烟的滋味。

“你觉得她是要去忏悔吗？”阿马尼亚克小姐根本都不理她。烟圈从她的嘴唇里冒出来，和旁边橘花的芳香混合在一起。

“也许她是要来听我们的忏悔呢！”路西法夫人走到玛莉身旁，目光炯炯地盯着她。玛莉忽然觉得路西法夫人身上的珠宝有些刺眼。

“亲爱的，你会把我们的这个小罪行报告给你哥哥或者我父亲吗？”

“我还没有资格和国王说话。至于我哥哥，他忙于自己的工作，也没时间去做祈祷或者听人忏悔。”

“他还会做别的和宗教无关的事情吗？”阿马尼亚克小姐的态度变得友好起来。

“我哥哥做的都是和宗教有关的事！”玛莉抗议道。

“真可惜！有这样一位英俊的牧师，人们想忏悔的事情可多着呢！对吧，沙特尔夫人？”阿马尼亚克小姐对沙特尔夫人说道。

“亲爱的，忏悔的事情啊，让我想想。我比你多一个！”

“我觉得至少也有两个吧！鉴于你已经结婚了……”

两人不约而同地大笑起来。阿马尼亚克小姐把雪茄递了回来，路西法夫人接过来躲在橘子树后又是一顿猛吸。

这时，传令官大步流星地走到战神厅的门口，把手里的棍子在地上重重地敲了三次：“宴会开始！”

路西法夫人扯着阿马尼亚克小姐的袖子迅速躲进了窗帘的后面。

国王向战神厅走去，教皇走在他的右手边，伊夫斯则走在他的左手边，连英格兰国王和王后都排在了伊夫斯的后面。玛莉惊呆了，像个傻子一样站在门口堵住了路。好在最后一刻，她终于清醒过来，闪到一边，屈膝行礼。

国王走到她身边时停了下来。玛莉不敢抬头，就盯着国王白色的长筒袜和红色的高跟鞋，她发现国王曾经健美的双腿，现在却因为痛风而肿了起来。

“克鲁瓦小姐，为什么你的身上有一股烟草味？”他的语气很严厉。

玛莉站起身，看到躲在窗帘后的路西法夫人向伊夫斯投去嘲弄的眼神，她真想让国王转过身去窗帘那里看看。不过她也不能算是问心无愧，毕竟如果路西法夫人刚才善心大发，邀请她一起抽烟，她也就欣然接受了。所以她还是打算替路西法夫人隐瞒。

“这……这是马提尼克岛上的一种习俗。”她也没说谎，岛上的人都很喜欢抽烟。

“是当地人从野蛮的印第安人那里学到的。”教皇对于马提尼克的风俗也略有耳闻。玛莉·约瑟芬和教皇靠得很近，她一仰头就能亲到教皇的戒指。不过教皇显然并没有这个打算。

“真是恶习。我一向不赞成吸烟，尤其是女性吸烟，成何体统！”路易十四很不高兴，他叹了口气继续说道：“就像你们现在戴的方当伊高头饰，我也不喜欢。可王宫之内又有谁听我的呢？你带着马提尼克岛上的恶习来到法国，又沾染上了法国这里的恶俗。”

“对不起，陛下。”玛莉·约瑟芬小声说道，除了道歉她也不知道该说什么了。在国王责备的目光下，她恨不得找个地洞缩进去。

好在国王并没有再说什么，继续向前走去。不过，他突然回头，走到了窗帘那里，用手杖挑开了窗帘。路西法夫人和阿马尼亚克小姐暴露在众人眼前，与此同时，一团烟也涌了出来，将路易十四和教皇团团围住。

路西法夫人睁大眼睛，不甘示弱地瞪着自己的父亲，然后才不慌不忙地站起身来行了个屈膝礼。路易十四无可奈何地摇了摇头，既难过又生气。他一句话也没说，继续向战神厅走去，身后跟着大臣贵族等一干人等。沙特尔公爵更是片刻也未停留，把令他蒙羞的妻子直接当成了空气，看也不看一眼。

既然国王已经发现了烟草真正的来源，那对于玛莉·约瑟芬的行为，他会怎么看呢？是高兴？因为玛莉试图保护路西法夫人的名誉。还是生气？因为玛莉确实是骗了他。这个问题一直萦绕在玛莉·约瑟芬的心头。

路西法夫人突然小声咒骂了一句，把烟头扔到了地上，吮吸着自己被烫伤的手指头。烟头上的火星熔化了地板上的蜡，眼看就要把木质地板烤焦。

吕西安用手杖弹起烟头，把烟头插进橘树的银质花盆里。虽然还得替路西法夫人收拾残局，他也并没有觉得烦，而是露出了好笑的表情。也难怪，路西法夫人但凡能聪明点，像吕西安那样把烟埋到土里，也不会被她的父亲抓个正着。她的母亲是蒙特斯庞夫出了名的聪明人，可惜生下来的这几个孩子却有些蠢头蠢脑。

夏洛特经过时，把玛莉拉了过来。她早已掩饰不住自己的笑意，在那里咯咯地笑个不停。公爵夫人毕竟是见过大场面的人，她很好地控制了自己的情绪，嗤笑一声后就抿紧了嘴唇。

“刚才你的反应可真够快的！”夏洛特发出由衷的赞叹，“你可真勇敢。”

“我只是实话实说罢了！”玛莉·约瑟芬老老实实地回答道。

路西法夫人还在吮着自己的手指。当她从玛莉面前经过时，玛莉本以为能看到她感激的眼神，没想到，她却皱紧了眉头，投来一个怀疑的眼神。

“如果真让我背这个罪名，我还不如当时也去吸两口呢！”玛莉·约瑟芬轻轻地对夏洛特说。

“我可不敢。要是母亲知道我吸烟，非打死我不可，你也一样。”

“小姐，你多虑了。就算夫人不罚我，修道院的修女们也不会放过我的！”

第8章

大厅内响起了音乐声。

在库佩尔先生的指挥下，皇家管弦乐队开始演奏起轻柔的序曲。多梅尼科刚才弹奏的那架漂亮的大键琴和一个诵经台就在乐队的附近。

路易十四坐在一旁欣赏着乐队的演奏。因为患有痛风，他在脚下放了一个软垫子。他本可以活动活动双腿，放松一下，但是他就那样笔直地坐在椅子上，动也不动。教皇坐在他身边，安静的程度简直可以和路易十四相媲美。他今天穿了一件纯白色法袍，外套一件大红色披风，虽无饰物，却显得贵气逼人。

国王、教皇以及英格兰国王和王后都坐在第一排的扶手椅上。他们的后面和旁边是一排没有扶手的椅子，上面坐着国王的家人。还有一些受宠的侍臣坐在旁边的垫脚软凳上。吕西安站在国王的身后，尽管他的前面有一把垫脚软凳，他却并没有要坐下的意思。玛莉·约瑟芬发现了吕西安的习惯：能站着的时候就绝不会坐下，能骑马的时候也绝不走路。

伊夫斯和年龄较小的一些侍臣站在一起。坐在他们前面的是王太子一家以及国王的私生子。沙特尔公爵不在自己座位上坐着，非要跑过来站在伊夫斯的身边。

玛莉·约瑟芬站在夏洛特小姐身后，紧张地等待着序曲的结束。大厅里的温度慢慢升高，玛莉很享受屋子里温暖的感觉，不过夏洛特却已经热得够呛，她满面通红，汗水顺着她的脸颊流了下来。玛莉·约瑟芬拿出手帕很贴心地替夏洛特擦去了脸上的汗水，夏洛特自己也拿出一把精致的檀香扇，放在脸前扇个不停。

库佩尔先生用宏大的乐声结束了序曲。

“小斯卡拉蒂，请弹奏大键琴！”典礼官大声宣布。

小小的多梅尼科·斯卡拉蒂迈着机械的步伐走到了大键琴的旁边，对着国王优雅地鞠了一躬。他今天打扮得很正式，头戴假发，身着丝绸外套，还佩戴了绶带。观众席响起了一阵窃窃私语，大家都没想到传说中的音乐神童居然如此年幼。

“安托万·加朗先生，请朗读由国王陛下亲自授权翻译的《一千零一夜》。”典礼官继续发号施令。

安托万·加朗是个毛手毛脚的年轻人。他走到朗诵台前，却差点忘了向国王鞠躬。当他打开那本薄薄的皮革书时，又差点把书掉到了地上。幸好他眼疾手快，一把抓住了正在下落的书。好不容易一切就绪，安托万·加朗定了定心神，对着国王又鞠了一躬。朗诵台上，书本上镶嵌的宝石在烛光下熠熠发光。路易十四冲着乐队亲切地点了点头，乐队在库佩尔先生的带领下，又开始了演奏。多梅尼科·斯卡拉蒂也弹着大键琴加入其中。

与此同时，安托万·加朗也大声朗读起《一千零一夜》，他的声音有些飘忽不定，如同耳语般回荡在每个人的耳边。

尽管安托万·加朗的朗诵才是表演的中心，但玛莉·约瑟芬却一个字都没听进去。她甚至希望只听乐队的演奏就好了。因为，乐队所演奏的曲子正是由她谱成的。

乐曲回荡在大厅之中，描绘出《一千零一夜》故事中的场景。烛影摇曳，乐声迷离，听者似乎置身于一片遥远的沙漠之中，开启了冒险的旅程，欣赏沿途中的异域风光。

她曾经无数次在脑海中哼唱过它的旋律，现在终于在多梅尼科的手中变成了现实，比她想象中的还要动听。只有天使才能弹出这样的天籁之音。

我之前说得没错，多梅尼科就是上帝派来的天使。玛莉心想。

玛莉·约瑟芬闭上眼睛，想象着自己处在一个四下无人的地方。侍臣们因站得脚痛而发出的小声嘀咕、花痴女人对他哥哥的赞美、人群的骚动、衣物的摩擦，这些声音在她的想象中慢慢消失。她被乐声所包围，眼前浮现出阿拉伯的异域风光。

“谢赫拉莎德，我的妻子。”加朗继续朗诵着，他的声音现在变得更加自信，“你可以再多活一天，苏丹宣布，给我讲一个故事。然后我就会把你处死，因为女性一定会对自己的丈夫不忠。”

多梅尼科用华丽的乐段结束了演奏，与此同时，加朗也读完了他的故事。

玛莉・约瑟芬睁开眼睛，她的心跳得很厉害。乐队和多梅尼科的演奏，让她的乐曲变得无与伦比的美妙。

加朗、多梅尼科和斯卡拉蒂向国王鞠躬。大厅里瞬间安静下来，大家都在等待着国王的回应。玛莉・约瑟芬目不转睛地看着国王，希望能从他身上看到享受或者愉悦的迹象。

路易十四率先为他的乐师和翻译官鼓起了掌。大家也都放下心来，纷纷开始表达（或者假装）自己对表演的欣赏之情。大厅里响起一片赞美之声。

库佩尔先生向众人介绍了多梅尼科、斯卡拉蒂以及乐队中的其他成员。加朗也对着人群再次鞠躬。

在一片欢腾声中，教皇是唯一不为所动的人。他静静地坐在那里，没有任何反应。玛莉・约瑟芬心想，像教皇这样的大圣人是不是不能享受世俗之乐呢?

如果不能，那真是太遗憾了。

夏洛特还在用力挥动着扇子。她已经热得有些不耐烦了，不断地打开又合上扇子，在扇面上留下了轻微的折痕。玛莉・约瑟芬赶紧履行自己的职责。她摘下夏洛特袖子上的手帕，小心翼翼地拭去夏洛特脸上的汗水。还好，夏洛特嘴上的口红还没有化得太厉害。

“加朗先生，真是个精彩的故事，十分感人。”路易十四对加朗说道。

“谢谢您，陛下！”加朗脸红了，对着国王深鞠一躬。他把手中的书递给一个侍者，侍者转交给典礼官，典礼官再递给吕西安，最后由吕西安呈给国王。

“没有陛下的赞助，我不可能完成此书的翻译，因此，我把书中的第一个故事抄写了下来，做成了抄本送给陛下，以示敬意。”

路易十四从吕西安手里接过抄本，对于书本上奢华的装饰很是满意：“吾心甚悦！”然后他又把书递给了吕西安。

“能得到您的认可，我荣幸之至。”加朗退到了一边。

“历山德罗·斯卡拉蒂！”路易十四转向了乐师。

历山德罗·斯卡拉蒂快步上前，深深鞠躬。

“斯卡拉蒂，请替我转达对你的赞助人马奎斯·卡皮奥先生的赞美和谢意，感谢他把你和你的儿子派了过来。”路易十四对着小多梅尼科微微一笑：“小伙子，弹得很好！”多梅尼科浑身僵硬地鞠了一躬，就好像一个提线木偶。路易十四拿出一枚金币赏给了男孩。

“库佩尔先生！”

库佩尔先生急忙上前，不停地鞠着躬。

“非常美妙的乐曲，库佩尔先生。我之前还没听过，是为了这个场合新谱的曲子吗？”

“是的，陛下。”

“不错不错，相当大胆的尝试！”

玛莉·约瑟芬一直在等国王问到乐曲的事。随着两人对话的展开，她的心中燃起了熊熊怒火。国王以为库佩尔先生创作了这个曲子，而库佩尔先生居然也就默认了！

“是玛莉小姐写的曲子。”小多梅尼科突然插话。

一个平民之子居然敢未经允许就和国王说话！在场的所有人都

震惊了！多梅尼科自己也吓坏了，他瞪大了眼睛，把国王赏赐的金币攥在胸前，就好像拿着一枚护身符一样。

“是这样吗？库佩尔先生？”

“是有这个情况，陛下。不过，我又专门修改完善了这首曲子，使它能够达到宫廷的标准。”

路易十四把目光投向了玛莉·约瑟芬。他的目光深不可测，看得玛莉心里有些发毛。她心中叫苦不迭，早知道如此当初在圣西尔的时候，就不把曲子弹给多梅尼科听了。

“克鲁瓦小姐！”

玛莉连忙屈膝，脑海中浮现出一系列疯狂的想法。我该怎么走到国王面前呢？从大臣那边绕过去，还是穿过人群，抑或是从夏洛特的椅子上跳过去？

不过她发现自己实在是多虑了。当她站起身来的时候，吕西安已经走到她面前，向她伸出手来。玛莉挽住吕西安的手腕，在后者的带领下动作优雅地穿过人群，来到了国王面前。幸亏有吕西安在旁边挽着她，不然玛莉觉得自己都快要飘起来了，一直飞到天花板上，坐着战神的马车在云端徜徉。

国王冲着玛莉微微一笑：“克鲁瓦小姐，你可真是个全才！武能驯妖，文能作曲，能与阿波罗做伴的人果然不同凡响。简直就是盖赫夫人的翻版啊！”

“您过奖了，陛下！我哪能和那位夫人相提并论。她是一位真正的天才，而我不过就是个业余爱好者罢了。”

“不必过谦。正好盖赫夫人现在就在巴黎，她可是双喜临门啊！不仅喜获麟儿，还创作了一部新歌剧。虽然我一直没见到她，但想必她会把自己的新作献给我！”

路易十四起身，小心翼翼地把自己的脚从垫子上缩了回来。坐着的人见状，也都站了起来。王室成员、外郡公爵和侍臣们全都走了过来，围在路易十四和玛莉的身边。

玛莉·约瑟芬一时有些不知所措。她现在唯一想到能做的就是行礼，毕竟，在国王面前，礼再多也不为过。于是，她弯下膝盖，对国王和教皇行礼。

教皇把手伸向玛莉。玛莉急忙跪下，亲吻了教皇的金戒指。嘴上感受到了一丝暖意，就好像是上帝通过教皇的身体送来了一股仙气。此次此刻，玛莉的大脑一片空白，泪水模糊了她的双眼。

吕西安在旁边伸出手来。敬畏之心（当然还有饥饿感）早已让玛莉头晕目眩，她抓着吕西安的胳膊才勉强站了起来。

“这首曲子是你谱写的？”教皇开口了。

“是的，教皇陛下！”

“虎父无犬女！当年，你的父母郎才女貌，俨然就是一对璧人。他们也侍奉在我的左右，深得我心。对了，你会唱歌吗？要知道，你父亲当年的歌喉真是举世无双。”

“陛下，我真心希望能有父亲般的好嗓子。”

“那么你呢？克鲁瓦神父？你有你父亲那样的音乐天赋吗？”路易十四转向伊夫斯。

“我对音乐一窍不通。”

“怎么会？”路易十四很吃惊，“不过，你的父亲还是把其他优良的品质传给了你。”

“很明显，自律并不是其中的一种。”教皇的声音冷不丁地冒了出来，“否则你就不会让克鲁瓦作出这首曲子，有失体统！”

“不好意思，教皇陛下，我不太明白，您的意思是？”玛莉·约瑟芬结结巴巴地问道。

“你应当感到羞愧！音乐的目的就是为了赞美上帝，难道你还不懂教会里的规定吗？女性应当寡言慎行！”

“可那是教会里的规定呀！”玛莉·约瑟芬委屈地辩解道。她对这个规定太熟悉不过了，在修道院的日子就是这样度过的，一天又一天，死一般的沉寂。

“在哪里都适用。女性作曲就是对上帝的不敬。路易，你一定得好好管管这种亵渎上帝的行为。”教皇的语气前所未有的严厉。

玛莉·约瑟芬的喜悦烟消云散，上一秒还在天堂，下一秒就如坠地狱。她的脸因为羞愧而变得通红，心里浮现出疯狂的念头：当初要是让公爵给我抹点粉就好了，这样别人就看不见我羞愧的样子了。

教皇是一个圣人，和他的前任一样，正直无私，高尚圣洁。如果他觉得我做得不对，那是不是就意味着我确实不该作曲呢？

玛莉的身子微微颤抖，双手因为攥得太紧而疼痛不已，眼睛也被泪水模糊了。她很沮丧也很困惑，刚才只不过是问了个问题，为什么就招来了这样的责骂呢？早知会有此番羞辱，还不如当初就待在修道院。

当初在修道院的时候，我还天真地以为是因为马提尼克岛太闭塞，离教皇太远，导致修女们都误解了上帝的旨意，才保持沉默。现在看来，我真是大错特错。玛莉的心中充满了悔恨。

面对教皇的质问，路易十四并不急于回答。他对着吕西安点点头，后者随即拿出几个鼓囊囊的钱袋，赏赐给加朗、库佩尔和斯卡拉蒂。这三人对着国王深鞠一躬，悄无声息地退了出去。

“表兄，我倒是觉得这首乐曲十分动听。”路易十四终于发话了。他的语气不失礼貌，却带着一丝寒意，在场的人都能听出，他有些不高兴了。路易十四对着玛莉笑了一下——是那种发自内心的笑容——虽然他一直抿着嘴，不想让别人注意到他光秃秃的牙龈。“它让我想起了过去那些快乐的时光，还有我曾经作过的曲子。吕西安，你还记得吗？”

“当然，在迎接从摩洛哥归来的使臣时演奏的。能听到你亲手谱曲的音乐，对他来说是一种莫大的荣誉。我们也是。”

“看来，我也曾是一个作曲家啊，岁月不饶人，这么多年都没再碰过音乐了！不过，最近我倒是又想重拾旧业了！”路易十四笑了起来。

教皇原本苍白而古板的脸上有了一丝愤怒的表情，好像觉得自己受到了冒犯一般。

“靡靡之音，放荡不堪，亵渎上帝，不可饶恕！”他的语气更加严厉。

“教皇陛下，请恕我无理，但是我向您保证，我的妹妹确实是一个纯洁的少女。”

玛莉很感激哥哥为自己的辩护，可是教皇显然不太信服，他上上下下地打量着玛莉的发饰和低胸的裙子，脸上露出了嫌恶的表情。玛莉觉得有些不可思议，她的这身打扮正常男人都会觉得赏心悦目，怎么在教皇那里就变成了厌恶呢？

“是吗？克鲁瓦神父，你真应该好好管束下她的穿着了。”

教皇的责难让玛莉陷入了绝望之中。自己没能让伊夫斯争光，反而又给他招来了麻烦。

“总之，对于女性和正直的男性来说，这首曲子并不适合他们。”教皇下了结论。

“表兄，法国的女性都很聪明，她们有明辨是非的能力。”路易十四回答道。

“聪明得有些过头，只注重享乐，不关心宗教。”教皇仍然不依不饶。

“您不也一样吗？何时又曾关心过她们呢？”吕西安不冷不热地插了一句。

教皇怒气冲冲地瞪着吕西安，不过他却对路易十四说道：“现在连小丑都能来侍奉国王了？表弟，你可真是有雅量，还把你已故王后的宠物们召过来委以重任。”

教皇话音刚落，所有人都惊呆了。之前只是两位位高权重的人为一个无名小辈的一些争执，侍臣们还都看得津津有味，可现在教皇已经把矛头对准了他们中的一个，连国王都惊愕不已。教皇傲慢地把手伸向吕西安，示意他来亲吻自己的戒指。

吕西安看着教皇的戒指，露出一副厌恶的表情。

“现在，你能为我们跳一曲吉格舞吗？小丑先生？”

“没问题，如果教皇陛下能用您神圣的竖琴为我伴奏，那我乐意之至。”吕西安愉快地说道，他的嗓音很轻快，听不出一点愤怒之情。他拄着手杖，悠然自得地站在那里。

“吕西安正替我治理着布列塔尼，你也知道，那个地区一直很难管理。他是我重要的顾问，也是值得信任的朋友，他不会跳舞的。”路易十四说道。

“布列塔尼，怪不得啊！”教皇脸上乌云密布，“一个遍地都是异教徒的地方。”他看向吕西安，脸色更加难看，似乎马上就要雷霆大怒。

吕西安毫不畏惧，坦然接受着教皇的怒火。

“对了，克鲁瓦小姐。”路易十四又说话了，现场剑拔弩张的气氛似乎对他没有任何影响，“你再写一首纪念我父亲的曲子，这首曲子将会在我的周年纪念仪式上演奏。”

“陛下！”玛莉的心中先是一惊，不过她的忧惧之情很快就被斗志所取代。国王对她的赞赏让她把教皇的不满抛到了脑后。

“就以捕捉海妖为主题吧。作为海妖猎人的妹妹，这个任务非你莫属！”路易十四继续说道。

“谢谢您，陛下！”玛莉跪了下来，她的裙子摊在地上，把她围在了中间。她低下头，感觉两条腿都在打战。

“神父不应该去捕猎，神父的妹妹也不应该作曲。”

“请原谅我，表兄。我已经是一个老头子了，我想要的不多，只要我的庆典上能有一只海妖、一首合唱、一个宴会，也就心满意足了。来吧，让我们一起共进晚餐，美味的食物会消除我们之间这点小小的不愉快。”

站起来，快站起来。玛莉在心里催促着自己，可是她现在连把头抬起来的力气都没有。

“克鲁瓦小姐，请站起来。”吕西安冷冷地说道。玛莉很诧异，她甚至都怀疑吕西安会不会读心术，他总是能正确揣测国王的心思，现在似乎也能读到自己脑海中的想法。吕西安用自己又长又细的手指抓住玛莉的手，想帮助她站起来。

“我也来帮忙！”洛林的声音从旁边响起。他抓着玛莉的另一只手，轻松地把她拽了起来。

路易十四带领着众人向丰收厅走去。教皇瞪了伊夫斯、玛莉和吕西安一眼，也跟着路易十四一起离开了。

玛莉·约瑟芬站在两人的中间，抬起头看了洛林一眼，又低头看了吕西安一眼。

“谢谢你们！”她小声说道。

吕西安松开手，鞠了一躬后就一瘸一拐地离开了。他的手杖敲击着地面，发出咚咚的响声。

“吕西安是个比国王还要注重礼节的老古板！”洛林感叹道。

这时，公爵走了过来，挽住洛林的胳膊。

“走吧，菲利普，我们得去陪着我哥哥了。”

洛林鞠了一躬，把玛莉交给伊夫斯，就和公爵一起离开了。

玛莉也想跟上他们，但是伊夫斯把她拽了回来。屋子那头，库佩尔用淬毒的目光盯着玛莉，眼神里充满了赤裸裸的嫉妒。然后他转过身，指挥乐队演奏起他自己谱写的曲子，曲调动人却稍显平淡。

“你看看你做的好事！”伊夫斯责备她。

玛莉被库佩尔的表情吓到了，再加上刚才教皇对她的一番指责，她早已心力交瘁。现在，自己最亲近的人居然又来指责她，她终于有些忍不住了，语气颇有些不善：“我能做什么？不过就是想替你争光，让国王高兴罢了。”

“你应该知道……”

“我应该知道！我怎么会知道？当初，我只不过是把这首歌弹给了小多梅尼科听，他听完后又弹给他爸爸听，然后库佩尔听到了，很喜欢……”现在，他肯定再也不会喜欢这首曲子了，她在心里默默想着。

“之前，你说过，要竭尽全力支持我的工作，现在你又爱慕虚荣，揽下了这个……”

“我才没有！我是真心实意想要帮助你的。国王的命令我能拒绝吗？”

“他就不该让你再去写什么曲子。教皇都已经明确表示反对，他应该听从教皇……”

“他是法国的国王，有权做任何自己想做的事！奉命作曲也是陛下赐予我们家族的荣誉，虽然和你的没法相提并论，但是这是我能为我们家尽的一份力，也是为了纪念我们的父亲。”

“克鲁瓦神父，克鲁瓦小姐。”

门口传来了吕西安的声音。

“我担心，你们的争吵可能会打扰到国王。另外，克鲁瓦神父，请注意你的言行，现在说不定已经有人把你刚才的那番话报告给国王了。”

“刚才只是我们兄妹两人间的争执，没有别的意思。”玛莉·约瑟芬连忙解释。

他一定是听到了伊夫斯说国王应该听从教皇，这种大逆不道的话如果传到国王的耳朵里，一定会让他龙颜大怒吧！伊夫斯一定不会有好果子吃的。玛莉心里忐忑不安。

“那如果可以的话就到别处去解决你们的问题。”吕西安说道。

“谢谢您的建议，吕西安！”玛莉松了口气，看来，吕西安不会把伊夫斯的话告诉国王，他只是想提醒下他们：小心隔墙有耳，需谨言慎行。

吕西安匆匆鞠了一躬，离开了。玛莉又饿又累，她没力气再和伊夫斯吵下去了，她现在满脑子想的都是和其他人一起去丰收厅参加晚宴，吃点东西填饱肚子。但是伊夫斯还不放过她，把她拖到了墨丘利厅，那里灯光昏暗，四下无人。玛莉都不知道，他们是否能在这里逗留。大厅顶部的壁画中，信使之神墨丘利正坐着公鸡拉着的战车在云海间穿梭，摇曳的烛光照在公鸡的羽毛上，形成了斑驳的光点。

“一旦我完成了解剖，学院那边一定会索要海妖的图片。到时你怎么办？你有时间吗？又来作画，又去作曲？”伊夫斯发问道。

“作曲不会花费我太多时间的。”

“但是作画更重要啊！”

“别担心，我一定能画出来，不会让你失望的。从小你就很信任我，难道现在就不行了吗？”

“你变了。”

“你也一样。”

“教皇反对这种行为。”

“但这是国王的命令啊。”

一番唇枪舌剑之后，玛莉和伊夫斯同时陷入了沉默。两人随后穿过墨丘利厅，向丰收厅走去。我一定会出色地完成绘画作品，缓和我和哥哥之间紧张的关系。玛莉边走边想。

战神厅中，库佩尔正指挥乐队演奏着萨拉邦德舞曲，有一对璧人正翩翩起舞。玛莉一眼就认出，那个身材高大动作优雅的身影就是洛林骑士。洛林和自己的舞伴随着音乐的节拍，时而转圈，时而分离，舞姿动人。

洛林和公爵就这样旁若无人地跳着，完全不在乎乐师投来的目光，也没有注意到克鲁瓦兄妹的闯入。公爵深情地注视着自己的舞伴，洛林则弯下腰亲吻了他，洛林黑色的假发垂落下来，遮住了公爵的侧脸。洛林转换舞步时，看到了玛莉好奇的眼神。

他冲着玛莉笑了一下，又将注意力放到了舞步上。

伊夫斯加快了步伐，带着玛莉·约瑟芬急匆匆地离开了这里。他面带怒气，抿着嘴，一路上一言不发。他们经过了戴安娜厅的台球桌，在快到维纳斯厅的时候，停了下来。维纳斯厅离丰收厅已经很近了，里面挤满了正在吃东西的客人。丰收厅那里飘来一股食物的香气，玛莉的口水都快要流下来了。

伊夫斯面对玛莉站着，蓝黑色的眼睛里全是怒气。

“刚才那一幕，你不该看的。陛下的弟弟做出如此……”

“什么样的事？公爵是我见过的最和蔼的人，他怎么就惹着你了？”

“那一吻……”伊夫斯欲言又止，“你还不知道我为什么生气？！”

“为什么公爵不能亲吻他的朋友呢？夏洛特也经常亲我啊。”玛莉替公爵辩解道。

不过说实话，夏洛特第一次亲吻她的时候，真把她吓了一跳。表达爱意在修道院是被严令禁止的行为。修女们也不厌其烦地告诫她们，要把所有的爱都献给上帝。

玛莉很珍惜她和夏洛特小姐之间的友情。伊夫斯如果一定要横加干涉的话，她一定会抗争到底。

“因为……男性之间是不能那样互相亲吻的。这个话题太尴尬了，我以后不会和你再探讨它了。”伊夫斯涨红了脸。

听到哥哥这样说，玛莉·约瑟芬心里有些难受，不禁回想起小时候那段无拘无束的时光。他们在马提尼克岛的沼泽、田野和沙滩上四处探索，什么也挡不住他们的好奇心。伊夫斯变了，玛莉难过地想，不过她自己不也一样有了改变吗？原先那个可爱的小女孩已经变成了一名成熟的女性，原先无论是什么调皮捣蛋的事情，她都愿意跟在哥哥后面去尝试，现在，她仍然敬爱自己的兄长，但对于哥哥谨小慎微的宫廷做派，她既不认同，也不想学习。

维纳斯厅里温暖而又明亮，伊夫斯领着玛莉穿过闹哄哄的人群，来到了丰收厅。终于可以吃饭了，玛莉如释重负，她饿得手都发抖了。

我应该向伊夫斯表明我的立场，我也有不认同他的时候，他不能把自己的观点全部强加于我。玛莉心里想着要不要向伊夫斯表明她的立场，可是这样一来，他们就可能吵得连晚饭都吃不上了。

丰收厅的天花板上画着丰收女神的画像。女神周围祥云环绕，她的脸上蒙上了一层薄纱，让人看不清她的容貌。天使围绕在她身边，帮助她分发酒和水果。路易十四就和这瑞泽万物的丰收之神一样慷慨，晚宴上水果、甜点、牛肉，应有尽有，桌子在食物的重压下显得有些不堪重负，不时发出一声呻吟。

玛莉坐定后，仆人走上前为她端来一盘精美的菜肴，有烤羊排、桃子和梨。玛莉抓起一块羊排，小心翼翼地咬了两口。哇，真是太美味了，烤得恰到好处，皮酥肉嫩，口感极佳。

吃完三块羊排和一个桃子后，玛莉终于觉得有些饱了。不过她还是拿起梨津津有味地啃了起来。进宫之前，她连梨都没见过。马提尼克岛的土壤并不适宜桃子、苹果和梨这些水果的生长，现在岛上种的大部分都是甘蔗。

大厅门口出现了洛林和公爵的身影。洛林扫了人群一眼，挽着公爵的胳膊，向玛莉和伊夫斯的方向走来。洛林对玛莉会心一笑，好像刚才那浪漫的一幕已经变成了他俩之间的小秘密。玛莉也向着他和公爵行了个屈膝礼。和玛莉比起来，伊夫斯的行礼就有些僵硬，他微微弯了下身子，显然还在对刚才的那一幕耿耿于怀。洛林和公爵却不以为意，前者仍然礼貌地回礼，后者则微笑着向他们点头致意。

看到大人物大驾光临，仆人们自然不敢怠慢。他们急匆匆地跑过来，给公爵面前摆上了一个金盘子，洛林面前的则是一个银盘子。仆人按照他俩的口味端上了食物：公爵的是他最爱的甜点，洛林的是一块半熟的牛肉。洛林张嘴咬了一口牛肉，用他那洁白又强健的牙齿从骨头上撕下一块肉。红色的肉汁顺着他的嘴角流到了他的手指和衣袖上。

尽管洛林已不再年轻，但看上去仍然十分英俊。国王的牙都掉光了，可是洛林骑士的牙齿都还健在。玛莉甚至觉得，洛林连头发都没掉一根。

洛林戴着时下最为流行的黑色假发，精致的发卷垂落在他的肩膀上。路易十四生病后，头发掉得厉害，不得已他才戴起了假发，没想到却引发了人们戴假发的潮流。而洛林之所以戴假发，绝不是因为脱发，纯粹就是为了追求时尚。洛林身上的衣服由上好的丝绸和蕾丝做成，他的高跟鞋很好地衬托出他的那双大长腿。洛林本来就高，再加上高跟鞋，玛莉觉得和他站在一起特别有压力，讲话都不自在。

此时，洛林正目光灼灼地看着玛莉，他的眼睛像湖水一般蔚蓝清澈。

“亲爱的菲利普，来尝尝这块甜点！”公爵唤了一声洛林的名字。

洛林收回目光，把注意力转回到公爵的身上。洛林的视线移开后，玛莉突然产生了一种错觉，好像屋子里的光线都暗淡了下去，虽然水晶灯里的蜡烛仍然烧得很旺盛，散发出浓烈的油蜡味。

公爵拿起一块还在滴着奶油的甜点，想让洛林也品尝一下。公爵显然很享受这块甜点，他的嘴唇上方还沾着碎屑，看上去就像是一颗美人痣。

“味道真不错，快尝尝！”公爵继续推销着甜点。

“待会儿，菲利普，我正吃牛肉呢，会串味的！”洛林指了指自己的牛肉。他把手中的骨头放下，温柔地擦掉了公爵脸上的碎屑。

他们的对话一字不漏地落到了玛莉的耳朵里。洛林的胆子可真大，玛莉心想，居然敢直呼公爵的教名。有趣的是，公爵和洛林两人的教名居然都一样。公爵夫人在场的时候，洛林就不会这么亲昵地称呼公爵。他也绝不会让国王听到这种有失礼仪的称呼。

洛林和公爵的关系是一个不能公开的秘密。如果国王知道此事，一定会大发雷霆，他的怒火是洛林甚至公爵都承受不起的。

玛莉甚至都无法想象吕西安在得知此事后的反应。那个奇怪的人，他对国王如此忠心耿耿，说不定会抬起自己的手杖，狠狠地在洛林的手上敲几下，就像修道院里教管修女惩罚别人时一样。

洛林身带佩剑，而吕西安身上只有一把小小的匕首，两人要真是打起来，还不知道谁会赢呢。要是当初在修道院的时候，我也有一把剑该多好！玛莉心想。那时，她只要一走神，就会被教管修女狠狠地敲手指头，如果她哼起歌曲，更是会被修女们猛扇耳光。夜里，女孩子们有时因为怕黑挤在一张床上，这种行为也会被严惩。

如果当时我有一把剑，看谁还敢欺负我！

第9章

“克鲁瓦，有进步啊！从这个角度看过去，你的脸可真白，连手都没那么黑了。对吧，菲利普？”公爵又开始谈论起玛莉的肤色。

“她不管从哪个角度看都很迷人。”洛林微笑着说道。

“我能有今天，全拜您和您的家人所赐。谢谢您！”玛莉确实很感激公爵一家，她也知道公爵说这番话也确实并无恶意，但是她衷心希望公爵不要每次一见面就拿肤色说事，无时无刻不提醒着她是一个来自乡下的女孩。

沙特尔公爵挽着公爵夫人的胳膊走了过来。他一口就喝光了手里的酒，拿起第二杯，又是一饮而尽。他的眼睛闪闪发亮，脸上也染上了红晕。

当他从仆人那里接过第三杯时，公爵夫人发话了。

“你已经喝得够多了，亲爱的儿子！”

“还不够，亲爱的妈妈！”沙特尔公爵一仰脖，第三杯酒也下了肚。

“克鲁瓦神父，再给我们讲一些冒险故事吧！解解闷！”公爵夫人索性不再理睬沙特尔公爵，转而和伊夫斯攀谈起来。

伊夫斯还没来得及说话，沙特尔公爵就抢先说道：“克鲁瓦神父，我想帮你……”

“我的儿子一直觉得自己也是科学家。”公爵的语气里带上了一丝醉意，但仍然能听出他的警告：别忘了自己的身份！

沙特尔公爵的脸变得更红了，语气却愈发坚决，和平时优柔寡断的样子判若两人。

“帮你一起解剖海妖！”

“殿下，解剖海妖只要一人足矣。”伊夫斯完全没想到沙特尔公爵会提出这样的要求。对于伊夫斯这样学识渊博的科学家来说，根本不需要一个毫无经验的助手。

“这不是你该做的事！”公爵夫人对沙特尔公爵说道，“你能在鱼肚子里掏来掏去吗？”

“夫人所言极是！”伊夫斯对公爵夫人礼貌地鞠了一躬，“通常情况下，我也不会亲自参与解剖，只会在一旁提供指导。不过这次海妖的解剖，”他摊开双手，以示敬意，“是为了国王，所以我才会亲自动手。”

“你难道不希望我为陛下服务吗？”沙特尔公爵用恶毒的口气对公爵夫人说道。

“当然希望，但也不能为此失了体统！”

“沙特尔公爵，解剖时，我并不需要多余的人手。您可以在旁边观看，研究解剖记录来学习解剖的过程。对了，”伊夫斯突然笑了一下，“你会画画吗？”

玛莉·约瑟芬倒吸了一口冷气。

他这是在惩罚我，把原本属于我的工作交给沙特尔公爵。玛莉心中冒出了这样一个念头。

“当然！”沙特尔公爵毫不迟疑地回答道，“呃，不过我可能只会一点。”在公爵夫人责备的目光下，沙特尔公爵有些心虚，他低下头，不去看公爵夫人，“好吧，我可能画得不是太好。”

“他根本就是一窍不通。”公爵夫人毫不留情地揭穿了沙特尔公爵，“好了，这件事就到此为止。”

玛莉·约瑟芬大大松了口气。不过她确实很遗憾，沙特尔公爵没能达成所愿，同时她也感激公爵夫人，虽然公爵夫人并不是为了她着想才这样说的。玛莉向沙特尔公爵投去同情的目光，后者看上去心情极为低落，只把那只失明的眼睛转向了她。

洛林突然鞠了一躬，他的目光越过玛莉·约瑟芬的肩膀，向后方看去。

玛莉随着洛林的视线看过去，发现沙特尔公爵的夫人和阿马尼亚克小姐也走了过来。她们衣服上镶嵌的珠宝和吊灯一样耀眼。沙特尔公爵的夫人不屑一顾地对洛林摆了摆手，就算是对他的回应。

“晚上好，爸爸！”路西法夫人问候公爵，然后又转向公爵夫人，“晚上好，妈妈！”

“晚上好，沙特尔公爵的夫人！”公爵点点头，冷淡之情溢于言表，“晚上好，阿马尼亚克小姐！”沙特尔公爵夫妇之间更是冷淡到连个招呼都不打，双方都把对方当成了空气。阿马尼亚克小姐则在扇子的遮掩下，向沙特尔公爵暗送秋波，当对方有了回应之后，更是放低了视线，大胆地释放出挑逗的意味。而这一切都是在她的朋友沙特尔公爵的夫人面前进行的。

玛莉·约瑟芬很难想象出路西法夫人的成长经历。她的父母虽然都健在，可是她连喊爸爸妈妈的机会都没有。她的父亲贵为国王，见面时必须要敬称，她的母亲蒙特斯潘夫人被驱逐出宫后，她就和蒙特斯潘夫人的其他孩子一起被曼特农夫人收养了。她自然也不会和自己的亲生母亲有多亲近。

据说曼特农夫人十分疼爱国王的私生子女，将他们视为己出。她会尽自己最大的努力为孩子们争取各种利益，好的婚姻就是其中一个。在她的帮助下，国王的很多私生子女都定下了好婚事。而她这样做，也惹恼了宫里的许多人，公爵夫人就是其中一个。

“我们是来‘绑架’克鲁瓦神父的，姑娘们都想见他一面呢！”路西法夫人咯咯地笑着，和阿马尼亚克小姐一起，领着伊夫斯进入了人群之中。

“不知廉耻！”公爵夫人小声唾骂了一句，然后对玛莉说道：“你一定要提醒你哥哥，以免他破了戒，做出什么有违誓言的事来。”

“夫人，您放心，他是一个虔诚的教徒，才不会做那种事呢。”

“不管遇到什么样的诱惑？”

“是的,不管遇到什么样的诱惑。”玛莉又强调了一遍。

“解剖怎么样了？”沙特尔公爵突然插了一句，“什么时候继续进行？”

“殿下，我也不知道。”玛莉·约瑟芬回答道，“这就要看国王的意思和旨意了。”

“我那位伯父可能要等到海妖都烂透了才会下旨。”沙特尔公爵也很反感国王的做法。

玛莉·约瑟芬虽然有着同样的担心，也说过类似的话，但现在她觉得最好还是能转移这个话题。

“对了，殿下。我已经给列文虎克写信了，希望能从他那里买一台显微镜。据说他的镜片看得特别清楚。”

“列文虎克！”沙特尔公爵叫了一声，“我看还是算了吧。你应该买一台带有复合镜片的法国显微镜，比列文虎克那复杂的机器好用多了。”

“如果他真愿意卖给你的话，他还得把机器偷运过来。”洛林也在旁边帮腔。

“偷运？殿下，我不太明白……”玛莉很疑惑。

“也许他还会给你打个五折，再用黄色画报把东西裹好偷运过来，哈哈！”公爵开起了玩笑。

洛林也笑了起来。

“现在是敏感时期，我们在和荷兰人打仗呢，克鲁瓦。”公爵夫人解释给玛莉听。

“明年再打一场，我们就能大获全胜，战争就结束了。”沙特尔公爵很自信。

“别想着再去指挥作战了。”公爵说道。

“但是上次我就带着自己的骑兵们取得胜利了啊。”沙特尔公爵不服气地辩解道。

“你就不该去。”公爵继续说道。

两人都不说话了。玛莉小心翼翼地插了一句：“不过，科学能跨越国界，对吧？”

“是的！”沙特尔公爵回答得很肯定。

“吕西安的线人确实能跨越国界。”洛林骑士补充道。

“所以，你能拿到那个微什么。”公爵一时忘了显微镜的称呼。

“显微镜能让我们观察到平常看不到的东西，父亲。”沙特尔公爵解释道。

“就像《圣经》一样？”公爵夫人问道。

“不，是非常小的东西。”玛莉·约瑟芬告诉她，“如果我们用显微镜观察桂花身上的跳蚤，可能就会在跳蚤身上看到更小的跳蚤。”

“真神奇，那让我们赶紧来看看吧！”洛林的语气带上了揶揄。

“别，我可一点都不想看。”公爵夫人立马回绝。

一个仆人出现在洛林的身边，沙特尔公爵伸出手去，想去拿托盘上的酒杯，可是洛林比他动作更快，抢先一步拿走了酒杯，整个动作一气呵成，十分优美。

洛林拿了酒杯，对玛莉·约瑟芬说道：“克鲁瓦小姐，你一晚上什么都没喝。来杯酒吧，喝下后你就能忘了所有关于战争和科学的烦恼。”

玛莉·约瑟芬并没有什么烦恼，不过她今晚确实一点水也没喝过，渴得厉害，于是就接过了那杯酒。高脚杯里的红酒微微泛着光泽。

她抿了一小口，棕红色的液体流淌过她的喉咙。本以为会尝到那种水水的还很苦的味道，就像之前在修道院的圣餐仪式上喝过的那样，没想到却有一股花果之香扑面而来。她闭上眼，又抿了一口，细细品味着。只是闻着这酒香就够了，她默默想着。

当她睁开眼睛时，发现洛林正笑意盈盈地盯着她。

“你喜欢这酒的味道。”洛林看着她说道。

“她当然会喜欢！”公爵说道，“这可是上好的葡萄酒。”

“您刚才给我的葡萄酒，是我的第一次。”玛莉老老实实地回到道。

“第一次！”公爵露出一副吃惊的表情。

“那我还可以在哪些方面成为你的第一次呢？”洛林温柔地说道，脸上的笑意更深了。

“您误会我的意思了！”玛莉·约瑟芬的脸刷一下就红了。

“那在来法国之前，你喝的都是些什么啊？”公爵问道。他上下打量着玛莉，就好像之前看伊夫斯的标本那样好奇。

“在修道院里，我们通常会喝一些淡啤酒和水，殿下。”

“只喝水！”公爵夸张地叫了起来，“这种生活你都能忍！”

“多么淳朴的生活！”洛林却对玛莉之前的生活表示了赞许。

玛莉·约瑟芬又喝了一口酒。她偷偷看了洛林一眼，说道：“殿下，您过奖了……”

“我只是实话实说罢了。”

“修女们经常告诫我，要远离谄媚和恭维。”

“这全是我的肺腑之言啊。请不要介意，克鲁瓦小姐，也不要疏远我。”

沙特尔公爵轻蔑地哼了一声，又喝光了一杯酒。

“别理他就行。他就是嘴贫，逗乐子罢了。如果修女们参加过国王这样无聊的宴会，也一定会谅解洛林的。”公爵夫人发话了。

“她们已经习惯了……”玛莉·约瑟芬停了下来，定了定心神，继续说道，“我们都已经习惯了修道院的冷清。”

洛林对玛莉鞠了一躬，又吻了一下她的手。

“克鲁瓦小姐，你就和你的母亲一样，为宫廷之内增添了光彩。”洛林说道。

玛莉吓了一跳，赶紧把手抽回来。公爵说她手黑那事她还一直记得呢。

“来吧，我亲爱的骑士。”公爵大声说道，“让我们在台球桌上和我哥哥一决雌雄吧。你一定要给他点颜色看看。”说完，他就挽着洛林向外走去。沙特尔公爵也跌跌撞撞地跟在他们后面，明显有些喝多了，而不仅仅是因为自己本身腿脚不灵活。玛莉·约瑟芬对着他们行了个屈膝礼，目送他们走了出去。

洛林回过头，对着她挥了挥手，发出一声几不可闻的叹息。

公爵夫人走过来，挽住了玛莉·约瑟芬的胳膊。

“既然你哥哥没能帮我解闷，那只能靠你了。走吧，咱们去个安静的地方。”

“夫人，你怎么会无聊呢？”玛莉很不解。

“怎么会不无聊呢？克鲁瓦。一个又一个漫长的宴会……算了，一年之后，你就会明白我的心情了。说真的，我宁愿在家里写信，或者就看着我的那些收藏品也好。我还挺期待克鲁瓦神父的奖章呢，希望会非常有趣。”

她在窗边的角落找了一个长椅，坐了下来，却并没有让玛莉也坐下来的意思。在公共场合下，即使她愿意和玛莉共坐一张椅子，也是不被允许的。

“我没法给您讲述哥哥旅程中的故事。自从他回来之后，我们俩几乎就没有单独相处过。”玛莉告诉公爵夫人。

“那你得给我说点别的趣闻。好让我写在信里，告诉索菲亚。”公爵夫人并没有放过她。

“嗯，让我想想。我只知道，海妖会像鸟一样唱歌，还会像鹦鹉一样学人说话。”

“是吗？那你是不是还能驯服它？陛下一定会高兴的。”

“多给我点时间，应该可以。虽然海妖比较凶猛。有一次，它把一个工人吓个半死，那个工人差点就要拿鞭子抽我和海妖。”

“拿鞭子抽你！”公爵夫人惊叫了一声。

“不不，他没伤害到我。因为吕西安，夫人，我说了，您可不准笑话我，他阻止了那个暴徒。”

“我怎么会笑话你呢？希望吕西安好好把他教训一顿。”

“是的，吕西安没拿任何武器，只用一根手杖就保护了我。”

“确实，这像是吕西安的作风。”

“夫人，我能问您一些问题吗？”

“亲爱的，你真是让我受宠若惊啊。我自己的孩子们都没怎么问过我。你看，沙特尔公爵那桩破婚事，他问过我吗？”

“我不太好意思说，感觉有些轻浮。”

“轻浮？更好了，快问。”

“吕西安到底是个什么样的人呢？是真正的勇士，还是只是一介莽夫呢？”

“莽夫？何出此言？”

“您看，他赤手空拳地就挡在了我和暴徒的中间，连剑都不用。他打扮得也不时髦，还有，他居然那样和教皇大人说话……”

“对吕西安来说，剑没有用，他又不可能拿剑去指着一个地位比他要低的人，再说，国王也不允许私下决斗。不过，那个暴徒还真是走运，吕西安完全可以叫仆人过来把他狠狠地揍一顿。”

公爵夫人冲着屋子的另外一角点了点头，那里，吕西安正在和德梅雷埃侯爵夫人交谈。他褐色的假发和衣服上的金边在烛光下闪闪发光。

“至于穿着打扮，你怎么会觉得他很土呢？你看，德梅雷埃侯爵夫人都认可了他的打扮。要知道，德梅雷埃侯爵夫人的眼光可是一直很高的。你是用马提尼克岛上的那一套审美来衡量他的吧？”

“不不不，马提尼克岛上毫无审美可言。每当有法国驶来的船只，我们都会凑过去，希望能了解到时下最流行的东西。船上的官员对于时尚一无所知，那些乘客告诉我们的往往都是过季了的消息。”

“我对这些流行的东西一点也不感兴趣。”公爵夫人所言不虚。她虽然不像曼特农夫人那样打扮得那么朴素，但也不会太夸张。她从不穿那些鲜艳颜色的衣服，也不会佩上很多珠宝，还经常披上披肩挡住自己那傲人的双峰。“这么说，我要是生活在马提尼克岛上，应该会很开心。”

“我在修道院里待了五年，修道院里也不会讨论这些。”

“既然你都不了解时尚，凭什么来评价吕西安的穿着呢？”

“是在圣西尔那段时间里学到的。虽然大部分时间内，那些年轻的女孩子都在学习宗教，但她们也会谈起王宫、国王以及当下最流行的东西。”

公爵夫人笑了起来：“那个老妓女天天把自己搞得那么虔诚，不过她没有强迫你们和她一样，还挺好的。”

“她们还说，在宫里，只有年轻的军人，而且还是在休假时才能像吕西安那样打扮，留着小胡子，绑起头发，不系领结。吕西安可能不会佩剑，不过……”

“今晚他打扮得还行啊，胡子刮了，假发也戴了。”

“也许是有人指点他了？”玛莉·约瑟芬小声说道，“让他不要打扮成那样？”

“为什么不能呢？”公爵夫人也降低了嗓门，“他在战场上就那副打扮。刚打完仗，鞋子上还沾着灰呢，就马不停蹄地前来侍奉国王。你说国王会亏待他吗？更别说去责备他穿得不好。”

“吕西安还上过战场？”

“对啊，和其他年轻的贵族一样，奉旨作战。他还率领过一个团呢。去年夏天在司坦克打过一场。几周前，他还在内尔温登指挥作战呢。为了陪同国王前往勒阿弗尔，他马不停蹄地赶到了凡尔赛。”

玛莉·约瑟芬看向不远处的吕西安，现在对方在她眼里俨然已经成了一名军人，手里拿着宝剑而不是手杖。德梅雷埃侯爵夫人说了点什么，吕西安看上去很高兴，居然还笑了。德梅雷埃侯爵夫人也微笑了起来，她的扇子歪在一边，露出脸上因为天花而留下的疤痕。

吕西安抿了一口酒。玛莉·约瑟芬真怕他向自己这里看过来，一下子就看穿了自己脑海中关于他的想法。幸好，吕西安的注意力完全放在了德梅雷埃侯爵夫人身上。他和洛林、公爵或者沙特尔公爵这些人不一样，不会在聊天时左顾右盼，看看能不能找到地位更高或者更漂亮的人去攀谈。

“你难道以为吕西安没打过仗？”

“是的，夫人。之前，我确实这样想过，没有任何根据，我却差点把这个设想当成了事实。”她想挤出一个微笑，“我哥哥一定会批评我的，做实验时可不能这样。”

“话又说回来，吕西安是勇士还是莽夫呢？他确实很勇敢，我的儿子也是。我很矛盾，一方面我不希望他总是去打仗，但另一方面我也不希望他成为一个懦夫。我的儿子在战场上负了伤，虽然伤口并不严重，但是一旦动刀子，再小的伤口也会致命啊。”公爵夫人有些伤感。

“夫人，沙特尔公爵确实很勇敢。我想，他的腿到冬天一定会养好的。”玛莉·约瑟芬宽慰她。

“腿？”

“刚才您不是说他的腿受伤了吗？”

“不，他的腿没事，是胳膊。一颗子弹击中了他的胳膊，他自己直接就把子弹挖了出来，还让吕西安帮他处理了下伤口。”公爵夫人在描述沙特尔公爵受伤时，紧紧地抓着自己的胳膊，好像也能感受到儿子的痛苦，“幸好伤口好得很快，不然我可真忍不住要数落他做的那些混账事了。”

“他怎么了？夫人。”

公爵夫人努了努嘴，示意那边的瓦伦蒂诺小姐和阿马尼亚克小姐。这两位美艳的小姐一直在暗中较劲，争夺宫廷第一美人的称号。此时她们搔首弄姿，也加入了吕西安和德梅雷埃侯爵夫人的谈话中。

“这不，老情人和新情人都在那呢。不过，这个新的真是蠢到家了，我看她也长不了。不过，最气人的还是他的信仰。”

“信仰？您是说，”玛莉压低了嗓门，“他是一个异教徒？”

“国王的顾问是一个新教徒？不不不，当然不可能，他是无神论者！”

玛莉·约瑟芬简直不敢相信自己的耳朵。她勉强露出一个笑容，希望公爵夫人也能一起笑起来，以证明这只不过是一个玩笑。不过，公爵夫人并没有露出任何要笑的意思，而是继续说了下去。

“然后他们俩就一起返回了队伍。沙特尔公爵的腿没事，腿受伤的是吕西安。”

我又犯傻了，还好公爵夫人没注意到。玛莉·约瑟芬心中暗想，我还以为沙特尔公爵的腿脚不利索是因为在战场上受了伤，而吕西安的跛脚是与生俱来的。

“沙特尔公爵受伤后，完全可以回来休养。他当然不愿意，吕西安也是。所以啊，男人真是一种奇怪的生物。”

“是的，夫人。”

“所以，你问我他是勇敢还是鲁莽，我也不知道。从圣女贞德之后就没有一个女人能知道在战场上这两者的区别了。至于圣女贞德，她的下场你也知道。”

玛莉·约瑟芬挤在人群中。屋子里烛光和珠宝的反光让她头晕目眩。

她好不容易才从人群里穿过，到了战神厅。屋子里乐队正演奏着轻柔的乐曲，靡靡之音歌颂了法兰西王国的长盛不衰，完全忽略了法国现在内忧外患的现状。她是奉了公爵夫人之命，前来寻找夏洛特。

战神厅被打造成了娱乐室，里面充斥着香烟的味道，时不时还传出疯狂的笑声。

桌面上到处都是金币和筹码，打牌的人围成一圈：有的紧紧地捏着手里的牌，似乎只有这样才能从里面抽出张好牌，有些人则漫不经心地坐在那里，手里的牌都快要拿不住了。

“该死！”路西法夫人把牌往桌上猛地一摔，“狗娘养的！”

那边，年轻的圣西蒙公爵一把搂过自己赢来的钱。没想到，居然就是这么个不起眼的小毛孩成了最后的赢家。

“夫人，您旁边还站着一位神父呢，至少尊重下他吧。”圣西蒙公爵提醒她注意自己的言行。

伊夫斯就站在沙特尔公爵夫人的身边。她又骂了一句，然后扫了伊夫斯一眼。

“可怜的伊夫斯神父，我这样说话，上帝是不是要抛弃我们了？”

“这样的话我在旅途中听水手说过太多次了，已经无感了。”

“这样看来，我很适合做一个水手嘛。”沙特尔公爵夫人吃吃地笑起来。

除了圣西蒙公爵以外，牌桌上的人全都笑了起来。

玛莉找啊找，终于在窗户边看到了夏洛特紫灰色外套的一角。玛莉急忙走过去，却在即将到达时停了下来，她发现夏洛特身边还站着一个人：查尔斯公爵。两人靠得很近，正说着悄悄话。查尔斯公爵俯下身，在夏洛特耳边说了句什么，把她逗得咯咯地笑了起来。隔这么远，玛莉都能感受到她的喜悦之情。

只可惜，夫人一定不会同意这桩婚事。玛莉遗憾地想道。不过，他们只是聊天，也没什么。我要是这样直接过去，岂不是让她很尴尬？

玛莉想了想，心里有了主意。她经过那个窗帘半掩的窗台，假装什么都没看见，扯开嗓子喊了起来：“小姐，夏洛特小姐，您在哪啊？夫人找您。”她的计谋奏效了。

“玛莉！”身后有人叫她。玛莉一转身，发现夏洛特和查尔斯公爵一起向她走了过来。玛莉行了个屈膝礼。

“我可怜的妈妈。她一定无聊死了。我这就去陪她，我知道她坐在哪里。对了，查尔斯，你愿意一起去吗？不过，这样一来，你就得和我们待在一起，哪也去不了了。”

“能侍奉公爵夫人是我的荣幸。我也希望能赢得她的喜爱。”

查尔斯公爵彬彬有礼地鞠了一躬。和法国贵族相比，这位来自外国的公爵打扮得很朴素，但看上去十分友善。

“您母亲在找您呢，希望您过去陪她。”玛莉如实向夏洛特汇报。

两人一同去找公爵夫人了。玛莉和他们分别后，一个人在大厅里闲逛。她沿着墙根走过去，欣赏着绘画和雕塑。这些艺术品皆出于名家之手，或者是别国送来的礼物。玛莉仔细观察着画中那些英雄，有宙斯、阿波罗、一位罗马帝王。他们或目光深邃，凝视远方；或身披战袍，英勇作战；或漫步云端，闲庭信步。路易十四还特意美化了很多作品，包括自己的一幅骑马戎装像。

玛莉还看到了玛丽王后和幼年王太子的画像。画中，两人穿着颜色相近的衣服，均以黑、红、黄为主调，上面还装饰着大片大片的珍珠。玛丽王后戴着面纱，似乎是不愿意在舞会上显露自己的身份。

有了面纱的遮挡，玛莉只能看到王后金色的秀发和灰色的眼睛。她裸露在外的皮肤是如此白皙，让玛莉不禁好奇面纱后面该是一副多么倾城倾国的容颜！只可惜，伊人已逝，她再也没有机会一睹王后的芳容了。玛莉怀着敬意对玛丽王后的画像行了个屈膝礼。

玛莉欣赏着墙上的画作，不知不觉就到了戴安娜厅。那里，路易十四、英国的詹姆斯国王、公爵和洛林骑士正在玩撞球。大臣和贵族们都兴奋地在旁边观战。

要不要过去行礼呢？我是不是错过了什么？玛莉心里有些犹豫。不过幸好也没人注意到她。既然国王在此，她自然不能像在战神厅那样悠闲地欣赏画作，不过能这么近距离地和国王共处一室也是莫大的荣幸啊。她决意要留下来享受这份荣誉，尽管屋子里烟味很呛，她的脚也被新鞋子磨得难受，但她还是义无反顾地留下来了，幸好屋子里很热，让她不至于冻着。

时间已经不早了。我上次在外面待到这么晚是什么时候呢？玛莉心想，应该是在伊夫斯离开马岛之前吧。那时候，我们俩会在晚上偷偷跑到海边，海水泛起了粼光，我们就在沙滩上捉那些从沙子里爬出来的海贝。后来到了修道院，她就过上了天刚黑就睡觉、天还没亮就起床的生活，再也没去过海滩。

玛莉正回想着，那边路易十四打出了漂亮的一杆，球应声入洞。公爵和洛林率先鼓掌，其余人等纷纷附和，场上瞬间响起了热烈的掌声。

英国国王把球杆往桌上一拍，大声说道："老兄，你运气真他妈好！又赢了一把。"他说话不仅有口音，让人听不清，还十分粗鲁。宫内上下除了路易十四没一个不烦他的。

"的确是场势均力敌的比赛，十分精彩。"公爵对国王说道，完全无视英国国王粗鲁的语言。

“谢谢，弟弟！”路易十四说道。大臣们也纷纷上前道贺。

玛莉站着没动。她自知身份卑微，不敢挤在一堆王公贵族中去向国王道贺。

吕西安站在离她不远的地方，靠着自己的手杖，不时呷一口红酒。玛莉想找他说说话。她很愧疚，自己之前真不该有那些不好的想法。要不是公爵夫人告诉了她，她还会一直误解下去呢。

“吕西安，您的腿还疼吗？希望您能快点好起来。”玛莉真心实意地说道。

“我已经抹上了巴兹先生的药膏，一两周之内应该就会好。多亏了他祖上流传下来的方子，我的腿就不用动手术了。”

“您救了沙特尔公爵，公爵夫人很感激。我也是。”

“救了他？”

“您今早的表现也很勇敢！”玛莉由衷地赞美道。

吕西安对她点了点头。旁边，台球桌上的人们还在对国王刚才的进球议论纷纷。玛莉有些奇怪，为什么这个时候吕西安没有陪在国王身边呢？

“您不打台球吗？”玛莉好奇地问道。

“打呀。不过今晚我忘了带上我的台球杆了。”吕西安的声音很冷淡，“我得用一根特制的球杆才行。”他又补充了一句，同时用手比画了一下球杆的形状。只有用加长版的球杆，他才能够得着球桌。

玛莉的脸倏地一下就红了，她拼命地想解释：“对不起，我，我不是这个意思。”

“克鲁瓦小姐！”

玛莉不说话了。

“很久之前，我就知道自己是个矮子。这是事实，没什么不能提的。你也没必要感到抱歉，克鲁瓦小姐。”吕西安平静地说道。

玛莉一直担心自己不小心又会冒犯了吕西安，现在听完他的这番话，更是羞愧万分，觉得自己就是个傻子。

吕西安又喝了一口酒。他的目光越过酒杯边缘，凝视着玛莉。吕西安一直都在品酒，不像沙特尔公爵那样一喝就是一大杯。吕西安站得很稳，偶尔有些细小的动作透露出他微微的醉意。他戒指上那颗硕大的蓝宝石熠熠发光，和银杯发出的光交相辉映。

“我可以给您画像吗？”不知怎地，玛莉突然冒出了这样的想法。

“为什么？是因为我这些缺陷吗？然后再把我的画像和大猩猩、海妖放在一起以供研究？”

“不不不，您误会了。我只是觉得您的手和脸都特别好看，才想画您的。”玛莉急忙辩解。

吕西安喝光了酒杯里的最后一滴酒。一个仆人悄无声息地出现了，拿走了他的空酒杯。吕西安挥了挥手，示意仆人离开，他没有再拿第二杯酒。

他一定会拒绝的。唉，我又干了一件蠢事。玛莉忐忑不安地等着吕西安的回答。

“你还有很多事要做。而我也要出席国王的入睡仪式。现在，请恕我失陪。”吕西安鞠了一躬，一瘸一拐地离开了。

奴隶会处理好我的伤口。现在多动动，活动关节，也有利于缓解背痛。吕西安这样想道。

他走到德梅雷埃侯爵夫人的身边，亲吻了她的手。两人随即说起了话。和吕西安单独相处的时候，她似乎就没那么在意自己脸上那些难看的疤痕。

“我的马车在外面恭候，你随时都可以出发，我亲爱的朱丽叶。”

“那你呢？”

“不能和你同行了，我得骑着泽里斯回家。别着急，等我们服侍国王入睡后，我就赶回去。”

“你的马夫可以替你把马骑回去呀。哦，我忘了，那可是你最亲爱的马，除了你以外没有人可以骑。”

“马夫是能把它牵回家。不过今晚我实在站了太长时间，实在是太累了。”

德梅雷埃侯爵夫人笑了，棕色的大眼睛在烛光下发出异样的光彩。

“就让我来帮你缓解疲劳吧。”她摆弄了一下手中的扇子，眨了眨眼睛，一颦一笑间尽显风情。吕西安也笑了，他再次亲吻了德梅雷埃侯爵夫人的手，然后就和其他贵族一起，准备参加国王的入睡仪式。

伊夫斯的注意力转回到沙特尔公爵夫人的身上。他实在无法理解眼前这个年轻女子的行为，她傲慢自大，目中无人，似乎完全忘了自己私生女的身份。路易十四自己是很有修养的人；王太子为人处世也十分低调；王太孙年龄太小，除了穿得好以外，看上去和普通孩子没什么区别；只有她，嚣张跋扈，王家派头十足。

“克鲁瓦神父，我今晚可真是输惨了。都怪你，给我带来了霉运，你该怎么补偿我呢？”沙特尔公爵夫人娇嗔地说道。

“夫人，我并不相信世上有运气这一说，不论是好运还是霉运。”伊夫斯冷静地回答道。

“我不管，反正今晚只有你陪在我身边，我输的都得算到你身上。”

“那如果您赢了，是不是也得算在我身上呢？”

“如果你愿意的话，我的一切都属于你。”沙特尔公爵夫人收起手中的檀香扇，直勾勾地盯着伊夫斯。她头上佩戴的发簪闪烁着摄人心魄的光芒。

沙特尔公爵夫人明显误会了伊夫斯的意思，以为他在和自己调情。一直以来，伊夫斯所接触的人群，不论是水手、神父还是学生，都是男性，他已经习惯了直接的表达，在他看来再正常不过的恭维，到了沙特尔公爵夫人这里就变成了调情。

尽管今晚对他来说是十分光荣的时刻，他得到了国王的赞赏、贵族们的恭维，还有美女们的青睐（他也很享受，毕竟这是男人的本能），不过现在他一心只想回家，好好睡上一觉，这样明天才能有充沛的精力来解剖海妖。同时，也督促下那不靠谱的妹妹，别让她为其他杂事耽误了绘制海妖的解剖图。

这时，典礼官走了进来，他将人群分开，替国王开道。沙特尔公爵夫人退到一旁，屈膝行礼，伊夫斯也弯下腰，一边行礼一边悄悄地观察着国王。

难道我还得参加国王的入睡仪式？他心中暗想。不会的，他摇了摇头，把这个不好的念头甩出了脑海。如果要去的话，沙特尔夫人一定会告诉我的。国王走了进来，他的左边是英国的詹姆斯国王，右边是教皇。吕西安尾随在他们后面。看到伊夫斯时，教皇皱起了眉头，而吕西安则毫无反应。

路易十四的威严弥漫在整个大厅。原本挤满了人的地方现在感觉居然有些空旷。再过一会儿，人们就会散去，急匆匆地向家赶，一边走一边抱怨着宴会的冗长和无聊。人群散尽后，贵族的仆人们就会一拥而入，争先恐后地掐灭蜡烛。整个大厅随即陷入黑暗之中。

“跟我来。”沙特尔公爵夫人对伊夫斯说道。

“我很荣幸能把您护送到您丈夫那里。”

“我的丈夫！我找他有什么用！”沙特尔公爵夫人大笑起来，“你让我很失望，克鲁瓦神父！”她头也不回地离开了，并不在意自己刚才那句话是否被别人听到。

伊夫斯知道她想要的是什么。他曾体验过男女之间的欢爱，虽然之后他一直很后悔，但从严格意义上来说他确实已经不是处男。不过自从成为神父之后，他一直洁身自好，信奉着禁欲主义。沙特尔公爵夫人的这种行为是对婚姻的背叛、对丈夫的不忠，也是他无法容忍的。

送走了沙特尔公爵夫人后，伊夫斯终于有了属于自己的时间。对他来说，这个晚上实在太过漫长。抓捕海妖的故事他已经讲了不下二十遍，水手呕吐的事也是。贵族们很少有出海的机会，在他们的想象中，大海是一片神秘的地方，海上生活则充满着刺激和冒险，而不是像他们天天抱怨的宫廷生活那样无聊而又乏味。可他们不知道的是，一旦遇到了风暴——这在航行时十分常见——船上人的日子将会十分难熬。

伊夫斯独自一人穿过黑暗的大厅。大厅里，贵族们的仆人收走了还未用完的蜡烛，与此同时，国王的仆人会在旧蜡烛所在的地方换上新蜡烛。国王每天用的蜡烛都是新的，所以这也算前来赴宴的贵族们的一项福利，通常情况下，两个月下来收集的蜡烛就够一大家人用上一季。

伊夫斯沿着楼梯向下走，他必须要先下到一楼，从那里的一个狭窄的楼梯才能回到自己居住的阁楼。这时黑暗中突然现出一个身着红袍的人影。

“克鲁瓦神父。”红色人影叫住了伊夫斯。

“大人。”伊夫斯向红衣主教奥托博尼鞠躬行礼。

“教皇大人召见你。”奥托博尼用意大利语说道。

“听候大人的差遣。”伊夫斯也用意大利语回答。

奥托博尼指了指花园的方向，那里，教皇正站在花坛中间，若有所思地看着远方关着海妖的帐篷顶端。

“上前来，克鲁瓦神父。”教皇开口了。

伊夫斯快步上前，奥托博尼则站在楼梯上没动。教皇显然不想让别人听到他们的谈话，他带着伊夫斯向橘园走去，橘花的香气萦绕在他们周围。两人站在成排的橘树中间，四目相对。

“我很失望。”教皇开口了。

“对不起，教皇陛下。”

“你有太多世俗的牵累。”

“我只是想寻求真理，以此追寻上帝的旨意。”

“上帝的旨意不是你能一探究竟的。”教皇的语气仍然很温和，但伊夫斯仍然听出了其中的严厉。

“还有你妹妹作的那首曲子，腐化堕落，亵渎上帝。”

“陛下，我向您保证，这首曲子并没有什么不好的内容。”

“我很担心，你们俩的灵魂已经受到了污染。”

“蒙您垂青，我感激涕零。”

“我表弟的朝廷并不适合你，乌烟瘴气，到处都是罪孽。通奸、放荡、堕落，各种异教徒云集于此，连他的顾问都是一群异教徒。”

“我已经在上帝面前立下誓言，我的信仰会伴我左右，保护我不受影响。”

“你上一次做弥撒是多久之前的事了？”

“几个月前。”

“你需要花更多的精力在你的信仰上。”

教皇年事已高，身体虚弱，因此走得很慢，伊夫斯小心翼翼地跟在后面，确保自己不会超过他。

“也许谢兹神父能让我协助他，一起做弥撒……”伊夫斯提议道。

“也许，该让他来听听你的忏悔。你好好回想下，自己最后一次忏悔是在什么时候。”

教皇扶着伊夫斯的胳膊，走上了通往宫中的台阶。

“离开这里，回到修道院里闭关精修一年，应该会对你有所帮助。”

伊夫斯按捺住想要辩解的念头。他很清楚，他若敢反抗，就一定会被驱逐出教会。这意味着他将不再会有国王的赞助，他的一切工作也会停滞。

“在这期间，我也会观察你，看看什么对你才是最好的。”

教皇对伊夫斯伸出手来，后者随即跪下，亲吻了他的戒指。

玛莉·约瑟芬沿着狭窄的走廊一路小跑。她先是和夏洛特一起陪在公爵夫人身边，等夫人入寝后，她又服侍夏洛特睡下。等到她从夏洛特的房间出来时，时间已经不早了。

不过她一点都不困，今晚的一切都让她兴奋。

她回想起洛林骑士亲吻她手背的那一幕，那种又兴奋又紧张的感觉是她从未体验过的。亲吻洛林又会是什么感觉呢？尽管修女们一直警告她，说亲吻是一件很危险的事情，会给人带来无尽的痛苦，但今晚的事情证明，至少，亲吻手背不是那么可怕的事。

这时她的身后传来了脚步声，随之而来的还有阵阵笑声。玛莉回过头，只见狭窄的通道里出现了两个纠缠在一起的身影。两人的脸上都戴着面具，女人的脸上是一张鲜艳的蜂鸟面具，男人的则是山羊，也可能是萨提尔（森林之神，具部分人身和部分马、羊身，好女色）。虽然面具遮住了他们的面庞，但玛莉还是一眼就认出了沙特尔公爵，至于那个女人，她推测应该是阿马尼亚克小姐，反正肯定不会是路西法夫人。沙特尔公爵用鼻子和面具上的角在阿马尼亚克小姐的胸脯上蹭来蹭去，后者扭过头，喘着粗气，又发出一阵笑声。

女人时髦的发饰早已歪在一边，头发也散落了下来。发饰上的丝带和她面具上鲜艳的羽毛纠缠在一起。她索性把发饰摘了下来，扔在地上，然后投入到沙特尔公爵的怀中。两人开始热烈接吻，互相爱抚。沙特尔公爵撕扯着阿马尼亚克小姐胸口的蕾丝，嘴里喘着粗气："小妞，看我的厉害！"女人的衣服在男人的动作下变得凌乱不堪，蕾丝和丝带全都拖在了地上。

玛莉·约瑟芬知道自己看到了不该看到的一幕。她正准备要逃开，却发现沙特尔公爵已经向她这里看来。她连忙行了个屈膝礼："对不起，殿下。"

阿马尼亚克小姐猛地停下了手中的动作。她把手从沙特尔公爵的裤子里抽出来，整了整自己的面具，以防被人认出来。两人现在的样子颇为不雅。沙特尔公爵的一只袜子脱落下来，缠在了膝盖旁边，阿马尼亚克小姐的整个胸脯全都敞露在外，一颗镶嵌了宝石的美人痣在她的左乳房下闪闪发光。她紧了紧自己的胸衣，把胸前遮了起来。

"我不认识你。"沙特尔公爵冷冷地说道，面具也无法遮掩住他狂热的视线。现在的他俨然就是萨提尔的化身。

“你认错人了。”沙特尔公爵突然揭开自己的面具，露出一个邪恶的微笑，“还是说，克鲁瓦小姐，你也想加入我们呢？”

“不！”玛莉·约瑟芬吓坏了。

“真遗憾。那就晚安吧。”沙特尔公爵重新戴上面具，恢复了萨提尔的模样。他迫不及待地扯开阿马尼亚克小姐的胸衣，对着她的胸脯又亲又摸。阿马尼亚克小姐也十分迎合，她散开自己长长的秀发，紧紧地抱住沙特尔公爵，不过她的目光却一直停留在玛莉的身上。沙特尔公爵亲完后抬起头，阿马尼亚克小姐胸前的那颗美人痣跑到了他的下巴上。

两人大笑起来，沿着楼梯跑了上去。玛莉仍然保持着行礼的半蹲姿势，两人经过她时把她挤在一边，似乎把她当成了空气。玛莉听到了阿马尼亚克小姐房间门打开的声音，然后是丝绸被撕裂的声音，最后房门被关上，一切又重归平静。

玛莉赶紧逃走，一头扎进自己的房间，砰的一声关上了门。屋子里点着一支蜡烛，光线昏暗。奥德蕾特从床上坐起来，睡眼惺忪地看自己的女主人。

“玛莉小姐，怎么了？”奥德蕾特麻利地从床上爬起来，急匆匆地赶到了玛莉身边。

“没事，我只是看见……”玛莉还有些惊魂未定。

“这有什么可惊讶的！”听完玛莉讲完事情的来龙去脉，奥德蕾特表现得倒是很淡定，“你还看不出来这两人的奸情吗？天天眉来眼去，就和发了情的鹦鹉一样。”

“亲爱的，别说得这么难听嘛！”

“好吧。那我换种说法。做爱这词行吗？两人根本不爱对方，只喜欢做爱。”

“呃，还是说通奸吧。”

奥德蕾特笑了起来：“玛莉小姐，这个说法确实没那么难听了。快来，让我服侍你睡觉吧。”

奥德蕾特散开玛莉的头发，帮她脱下繁琐的宫廷服饰。

“玛莉小姐，今晚你找到了自己的王子吗？”

“嗯。”

“那他也喜欢你吗？”

“也许吧。”玛莉若有所思地说道，“不过他没有自己的使臣，你介意吗？”

“没关系，童话故事中，使臣总能找到落难的公主。”奥德蕾特小声说道。玛莉·约瑟芬抱住了她，希望奥德蕾特口中的童话故事都能成真。

玛莉·约瑟芬望向窗外的花园，希望能听到海妖的歌声。奇怪的是，今晚的花园格外安静。

“快来睡吧，不然被窝又该冷了。”

“我睡不着。我还得去喂海妖，给我换上骑装，我去去就回。继续帮我暖着被窝啊。”

奥德蕾特拿出玛莉的骑装抖了抖：“说说你的那位王子呀。”

“我哥哥在他的房间吗？”

“在呢。不过他早都睡着了，门也关得很严实，他不会听到的。”

“你见过他的。就在公爵夫人房间里，特别帅。”

“我怎么不记得有长得帅的呢？”奥德蕾特替玛莉扣上衣服上的小扣子。

“沙特尔公爵倒是很帅……”

“他长得可畸形了。”

“对、对，他不帅，那公爵……”

“很漂亮。”

“对，公爵说不上帅气，只能说很柔美。”

“所以我说嘛，哪有什么帅的呢？”

“我哪敢高攀那些王室成员啊。我说的是洛林骑士。”

“公爵的那个朋友？”

“是的。”玛莉·约瑟芬已经做好了要为洛林骑士辩护的准备。她知道奥德蕾特一定会说洛林太老，不过没想到奥德蕾特却安静了下来，一句话也没说。

“他很英俊吧？”玛莉试探性地问了一句。

“是，玛莉小姐。他很英俊。”

“看来你不喜欢他。”

“他确实很帅。”

“你到底想说什么？”玛莉·约瑟芬忍不住叫了起来，“我只是单相思罢了，我又没有嫁妆，他才看不上我呢。不过……”玛莉犹豫了一下，“他亲了我——亲了我的手。仅此而已，不像沙特尔公爵那样，居然在走道上就敢摸阿马尼亚克小姐的胸，而阿马尼亚克小姐还把手放在沙特尔公爵的……”她在脑海中搜寻着合适的词语，“他的生殖器官上。”

“她抓着沙特尔公爵的鸡巴。”奥德蕾特替她说了出来。

听到奥德蕾特嘴里吐出这么不雅的词汇，玛莉很想摆出一副受到冒犯的样子，不过她实在憋不住，笑了出来，“对，就在走道里。奥德蕾特，你什么时候懂这么多啊？我记得你在马提尼克时不像这样啊。”

“当然是在修道院里学会的啊。”奥德蕾特跳上床，钻进了被窝，“而且是从院长那里学到的哦。”

第 10 章

海妖怪异而又充满哀伤的歌声回荡在洒满了月光的花园中。玛莉·约瑟芬沿着草坪上的小道，急匆匆地向海妖所在的帐篷走去。夜色已深，花园里温度有些低，还有些潮湿，玛莉紧了紧身上的外套，顿时觉得温暖了许多。这件狼毛做的外套是当初洛林在她落水时给她披上的，上面还残留着洛林身上的檀香味——也是公爵曾经要给玛莉涂的那种香水的味道。

尽管玛莉·约瑟芬喜欢在花园里漫步，但现在已经很晚了，花园里冷飕飕的，要做的事情还有很多，所以现在她真希望自己是个有钱的贵妇，这样就能雇一辆马车接送自己，或者养一匹马，可以骑着去自己想去的地方。

不过现在她已经生活在了全世界最好的宫殿中，还有什么不知足的呢？玛莉想着想着就笑了起来。

而且我还在训练海妖。等国王下次来看的时候，我应该能让海妖保持安静。玛莉自信地想到。不过她又想到了那具还在等待解剖的雄性海妖尸体，如果国王再推迟几天，尸体就会完全腐烂，而她的训练也就没什么意义了。玛莉手中的灯笼晃了晃，在地面投射出晃动的影子。玛莉一时间童心大起，一步一步跳过灯笼的影子，她的影子紧随其后。

喂完海妖后，我再去画图。几个小时应该就够了。玛莉心里盘算着。

玛莉看了看天上的月亮，它已经落到了半空中，这意味着夜晚已经过去了一半。

前方，帐篷那里闪烁着微弱的烛光。在海神喷泉的旁边，园丁们正在为国王打理花园。他们举着火把，把一盆一盆的植物摆放在合适的地方。

突然，玛莉的眼前出现了一团黑影，黑影手上的灯笼刺痛了她的眼睛。玛莉吓了一跳。

“谁在那里？”黑影发问道。

“玛莉·克鲁瓦。”玛莉定了定心神，心里有些好笑，自己居然被看管海妖的守卫给吓到了。“我是来给海妖喂食的。”她举起自己的灯笼，照向守卫。

守卫的灯笼转了两圈，照亮了两人之间的空隙。玛莉放下灯笼。守卫的影子在两个灯笼的照射下显得有些变形。

“你有进去的资格吗？”

“当然，我哥哥让我来的。”

“我说的是写在纸上的手谕。”

玛莉笑了起来，以为守卫在和她开玩笑。可是守卫挡在门口，一点也没有要放她进去的意思。

帐篷里传来海妖的咆哮声。

“克鲁瓦神父吩咐过，任何人不得入内。”

“任何人可不包括我。”

“他特意强调过，任何人都不行。”

“他是我亲哥哥，是一家之主，我们之间还有什么彼此吗？”

“说的也是。”守卫让开了道路。“小姐，请一定小心。里面这东西就算不是妖怪，也很凶残。”

玛莉很庆幸自己说服了守卫，这样就不用大老远跑去把伊夫斯从床上叫醒，给她开个出入证。她走进帐篷，还熄灭了手里的灯笼，避免吓到海妖。灯笼一灭，一切都陷入黑暗之中。玛莉停了下来，好让自己的眼睛适应黑暗的环境。周围的东西看上去都很模糊。为了不让雌海妖看到雄海妖的尸体，解剖台上盖上了新的白布，上面还绣着金色的太阳和鸢尾花，金线在黑暗中发出微弱的光芒。

适应了环境之后，玛莉走到笼子边上，打开了笼门。一切都很平静。水罐里的小鱼还在扑通个不停。唯一奇怪的是，水池的表面闪烁着奇怪的荧光。也许是伊夫斯走的时候忘了熄灭蜡烛，烛光反射在水面上就形成了这样的光吧。玛莉心里想着合理的解释。

“海妖？”玛莉轻声呼唤着海妖，“是我，没外人。我来给你送晚饭了。”

平静的水面上起了一丝波澜。玛莉·约瑟芬屏住了呼吸。

水面的波澜扩散开来，泛着荧光，一直延伸到阿波罗雕像那里。在马提尼克法兰西堡的海滩上，玛莉也曾经见过大海发出这样的荧光，为什么凡尔赛宫的喷泉水也会发光？可能运送过来的海水里就有会发光的微生物，倒进喷泉后在那发光。

“海妖？”玛莉模仿起海妖经常哼唱的旋律，试图吸引海妖前来。海妖唱的这些歌有没有特殊含义呢？玛莉心里默默地想着。她的猫赫拉克勒斯没事也经常哼哼，其实也没什么意义。

也许它想表达从那个金盆里脱身的喜悦之情？可怜的海妖，在那个狭小的盆里待了那么长时间，一定把它吓坏了。

海妖还没出现。玛莉坐在水池边上，又轻声哼唱起另一支曲子。

她的努力没有白费。水池中出现了一道波浪，海妖摆动着尾巴，向水池边游了过来。玛莉甚至能看到它露在水面上的眼睛和头发。她坐在水池最下面的台阶上，脚踩在湿漉漉的平台上，把鱼放到了水里。

要不要把鱼拽在手里呢？它不愿意靠近我，这么做可能会吓到它。

玛莉正在犹豫要不要把鱼直接扔过去，海妖已经游了过来。它没像上次那样，一把抢过玛莉手里的鱼，然后立马转身躲进阴影之中，而是在玛莉的手边徘徊，激起的水花拍打着玛莉的手腕。

“海妖，你饿不饿呀？”玛莉耐心地引导着海妖。

海妖从不远处探出脑袋。

“于于。”海妖发出含混不清的声音。

“对对，就是鱼。你想吃鱼吗？”

海妖又潜入水中。玛莉一动不动地坐着，她的手在冰冷的水中冻得有些发麻。

水面依然闪烁着荧光，突然，一团阴影从水底浮起，是海妖！它游到了玛莉的手边，仰着头，看着玛莉。它索性把带蹼的双手直接就伸到玛莉的手指下，好像在问玛莉讨要她手里的鱼。

玛莉手一松，鱼就落入了海妖的手掌中。

海妖开心地翻滚了一圈，还拿手臂戳了戳玛莉的掌心。玛莉感受到了海妖的体温。她抚摸起海妖的背部，动作很轻柔，就好像在安抚一匹受惊的小马驹。海妖有些发抖。

“别害怕，没什么好担心的。”玛莉轻声说道。她不喜欢对别人撒谎，即使对方只是一只动物。

玛莉的安抚起了作用。海妖趴在水面上，不再抗拒玛莉的接触，慢慢平静了下来。

玛莉又理顺了海妖纠缠在一起的头发，黑绿色相间的头发在荧光下显得格外有光泽。海妖显然也很享受这个过程，甚至还舒服地哼哼了起来。玛莉在整理第三把乱发时遇到了麻烦，发丝之间缠得太紧，已经形成了一个死结。

海妖又翻了个身，它的尾巴拍打着玛莉附近的水面，头发也从玛莉的手中滑了出去。玛莉看到，海妖手中的鱼已经被吃掉了一半。玛莉弯下腰，想看得更清楚些。海妖的尾巴一直延伸到它的腰部，它的生殖器官处覆盖着浓密的毛发。海妖的尾巴和鱼一点也不像。它被分成了上下两个部分，颜色更深，皮肤也更厚。上半部的骨头相对较短，下半部的骨头更长，上面还覆盖着强健有力的肌肉。两部分之间有关节连接，活动起来十分灵活自如。海妖尾巴和脚的连接处和玛莉的手腕类似，脚趾上有蹼，长着尖尖的趾甲。

海妖用一根手指弹了下水面，水花溅到了玛莉的脸上，顺着她的脸颊流了下来。

“别闹！海妖。”玛莉又好笑又好气，“你已经毁了我一条裙子了，这条裙子可不能再折到你手里了。快去吃你的鱼吧，我还有好多事要做呢。”刚说完，她的肚子就咕咕地响了起来。玛莉笑了：“海妖啊，你可真幸福，要是现在有人能给我一条鱼吃该多好。”

这本来就是一句玩笑话，没想到海妖居然咬下了鱼头，把其余部分给她递了过来。

玛莉吓了一跳，她连忙后退几步，走到水池外才放下心来。这不过是巧合罢了，海妖怎么能听懂人说话呢？她安慰着自己，赫拉克勒斯有时也会把老鼠送到自己面前。

海妖又哼哼了几句，好像在示意玛莉来吃。

“谢谢你！”玛莉·约瑟芬就像哄赫拉克勒斯一样，对着海妖和蔼地说道，“你吃吧，我不吃。”

“于于于！”海妖一边含混不清地吐着字，一边把鱼塞进了嘴里。鱼有些大，尾巴卡在了海妖的嘴边。海妖嚼了两下，把整条鱼都吞进了肚子。

玛莉·约瑟芬拍了拍海妖，和它道别。没想到，海妖却突然抓住了她的手腕，一边哼着歌，一边把她向水里引去。

“松手！”玛莉叫道。她甩了下手，却没能挣脱。海妖又唱了起来，这一次声音更加响亮，还有一丝迫切的意味在其中。她紧紧地抓着玛莉的手，把她的手按到了水下。“放开我！”玛莉有些恐慌。她不顾海妖锋利的爪子，用力挣扎着，想把手抽回来。

海妖却突然松手了。在惯性的作用下，玛莉一屁股坐在了地上，她连忙起身，跌跌撞撞地向后退去。海妖把自己埋在水里，只留一双眼睛在水面，目光炯炯地盯着玛莉。它的歌声仍在持续，和水面、石头以及木头平台产生了奇妙的共鸣，就好像远古的敲鼓声一样，直击玛莉的心灵。她浑身都颤抖起来，连忙锁了门，拿起灯笼，走出了帐篷。

“晚安，克鲁瓦小姐。希望你已经把海妖喂饱了。”经过帐篷的门口时，守卫向她鞠躬致意。

“希望如此。”玛莉简单地回应了句，就急匆匆地走了出去。她沿着草坪中间的小道一路向前，经过了沾满露水的盆栽花，向远处的喷泉走去。她和动物一向和谐相处，没想到这次，居然被海妖给吓到了。她越想越懊恼，手腕也在隐隐作痛。不过海妖还是在她挣扎的时候松了手，不然她的手肯定要见血。

虽然离开了帐篷，但是海妖诡异的歌声还在她的耳旁萦绕。玛莉不禁打了个冷战，她的兴奋和快乐瞬间烟消云散，而周围的景物突然变得有些模糊不清，夜空中闪现出幽灵般的影子。

玛莉突然看到伊夫斯就站在前面，可这不是正常的伊夫斯。他的头上和手上都在流血，脚下是一片血海。“伊夫斯？”玛莉惊叫了一声，下一秒，伊夫斯就不见了。

海妖的歌声也戛然而止。

“伊夫斯？你在哪里？”玛莉很确信，刚才确实看到了哥哥，可是……她的眼睛里滚动着泪珠，泪水模糊了她的视线。不能哭，她告诫自己，同时用手狠狠地抹了下眼泪，提起裙子，向城堡飞奔而去。

她飞快地穿过城堡，泪水如同断了线的珠子顺着脸颊滚落了下来。她甚至还抄近道走了后门，只为能快一点回到阁楼。

玛莉现在已经毫无形象可言，满脸泪痕，鞋子湿透，一路狂奔。她知道自己现在看上去一定就像是个乡巴佬，但是她已经顾不上这些了，只想早一点见到哥哥。

等她回到阁楼时，早已累得上气不接下气。不过她不曾停留片刻，直接推开了伊夫斯更衣室的大门。桌上摆着一支蜡烛，伊夫斯正在给自己的袍子扣扣子，他的身边还站着一个人。那人穿着皇家专属的仆人制服，看上去有些不耐烦。

玛莉·约瑟芬一下子就扑到伊夫斯的怀中。

“怎么了？”伊夫斯抱住她，尝试着想让她冷静下来。

“我以为你死了，呜呜，刚才，我看到……”

“死了？”伊夫斯笑了，“我不是活得好好的吗？今晚我都没怎么合眼，尽管我很想多睡一会儿。你看到了什么？怎么怕成这样？”

“殿下。”伊夫斯身边的仆人提醒他。

“嘘，我马上就好。”

伊夫斯用力抱了抱玛莉，拿来一块手帕擦干了她脸上的泪痕。他的动作很温柔，就好像在哄着一个踢到了脚的小姑娘。

“我看到……”在烛光的照耀下，玛莉忽然有些恍惚，她刚想讲诉花园里那可怕的一幕，却发现自己已经记不清了，“刚才，我正在喂海妖……”

“这么晚还去？怪不得吓成这样。下次要去就白天去，记得带上奥德蕾特。”

“好吧，可能是因为太晚了。”玛莉嗫嗫地说道，心里却有些疑惑，她以前从来不会怕黑的呀。

“殿下，请您……”仆人又催促了起来。

“别叫我殿下。”伊夫斯对仆人说道，“我马上就走。”

“你要去哪里？”

“去见陛下，去海妖那里。”

水池中泛着荧光，宛若仙境。阿波罗的战马仿佛踩上了金光闪闪的祥云，嘴里还吐着仙气。

玛莉点亮灯笼，照亮水池。荧光消失了，海妖游了过来，一边哼着歌，一边用尾巴拍打着水花，想让玛莉过去。

“现在不行。国王马上就要来了，没时间陪你玩。”玛莉轻声说道。她仔细检查了下挡在水池前的厚布，确保海妖不会透过它看到解剖的场面。把海妖安顿好后，她走到解剖台前，揭开盖在雄性海妖尸体上的帆布。帆布上还沾着保存液和早已凝固的血迹。玛莉把它放到一边，然后在尸体周围的地面上撒上一层冰块和稻草。雄海妖的尸体暴露在空气中，它的整个胸腔都被打开，一条手臂和腿都已经腐烂，露出了骨头。

这时，帐篷外响起嘎吱嘎吱的声音。伴随着杂乱的脚步声，国王的小车出现在门口，后面跟着一架四抬大轿，金色的流苏和紫色的帷幔垂在轿子两侧。吕西安照例陪伴在国王的左右。玛莉的身上还披着洛林骑士的斗篷，她站在绘画箱的旁边，缩起身子，希望不要有人注意到她。

“我觉得海妖的内脏不适合在公众场合展示！”路易十四说道。

“陛下，海妖也只不过是普通的动物罢了。”伊夫斯如实相告。

推车的聋哑人把国王的小车推到解剖台的附近，后面的轿子也停了下来。抬轿人放下轿子，掀开门帘，弯腰行礼。

路易十四并没有示意聋哑人离开，对他来说，推车的这群聋哑人近乎空气。吕西安拄着手杖，站在国王身边，看上去神清气爽，他对玛莉·约瑟芬点了点头，后者则微微屈膝，作为回礼。伊夫斯把教皇从轿子上搀扶下来，领着他坐到了扶椅上。

教皇面容憔悴，似乎下一刻就要晕倒，还好有伊夫斯在旁边搀着他。路易十四下了车，和吕西安一起向解剖台走去。虽然脚步有些不稳，但能看出他的腿已经没那么肿了，整个人看上去也很有精神，一点也不像是没休息好的样子。此刻他正饶有兴趣地看着解剖台上海妖的尸体。

“从目前解剖的结果来看，我没发现海妖的构造和别的动物有什么区别。”伊夫斯如实向路易十四禀告。

“克鲁瓦神父，我让你找的是它不同的地方。”

“好的，我继续。”伊夫斯拿起最大的那把手术刀，向玛莉问道：“妹妹，你准备好了吗？”

玛莉·约瑟芬在画板上铺上一张新纸，准备开始工作。

伊夫斯切开海妖的腹部，露出了它的内脏。

海妖的胃和肠道里空荡荡的，没有一点食物，看来是绝食而死。玛莉心里很难受，不过同时她也很庆幸，如果海妖的胃里装满了食物，伊夫斯刚才在解剖的时候那些食物残渣可能就会喷到教皇和国王的脸上。

“海妖主要以海草为食，偶尔也会吃一些小鱼。它肠道很短，由此可见，那些海草应该比较容易消化。”

伊夫斯优雅地切开海妖的肠子，有条不紊地开始了研究。他取出样品，观察测量，摘取器官放进标本罐里。海妖的肾、肝、膀胱都被解剖了一遍，伊夫斯甚至还从中找到了一些肾结石。一切都很正常，海妖的肚子里没有任何奇特的地方，和普通动物的构造几乎一模一样。

路易十四有些不耐烦了，解剖的血腥场景也引起了教皇的不适，只有吕西安不为所动，看不出任何情绪的波动。

解剖完腹部后，伊夫斯又移到了胸部，手上一用力，就切开了海妖的胸腔。他分开肋骨，露出心脏和肺。

“和我设想的完全一样。”伊夫斯的手术刀游走在海妖的胸腔里，小心翼翼地避开了心脏和其他腺体。“海妖的身上并没有鱼类的特征，它看上去更像是一只海牛。陛下请看，它体内的器官和陆地上的动物并无区别。”

“克鲁瓦神父，它是鱼还是动物，对我来说都不重要，我只想找到它能永生的秘密。”

“陛下，我并未发现哪个器官有这样的功能。永生属于炼金术的范畴，违背了宗教的教义，也不符合客观规律。”

“你不相信？如果你觉得我追寻的东西都不存在，这次旅程毫无意义，那你为什么要接受我的任命？克鲁瓦神父？”路易十四的语气变得很严厉。

“能为您效命是我的荣幸。”伊夫斯有些吃惊，完全没想到国王居然会动怒，“这趟行程我们抓到了海妖，收获颇丰。至于能让人长生不老的器官是否存在，这并不取决于我的看法。”

教皇看着伊夫斯，脸上的愤怒之情甚至掩盖住了他憔悴的容颜。

伊夫斯继续解释道：“也就是说，我可能有一个设想，但这个设想必须要经过实验的检测……”伊夫斯的声音渐渐低了下去。他承认，他对科学知识的追求确实逾越了自己的身份。在教皇眼里，这种行为无异于离经叛道。

“如果你觉得它不存在，当然就找不到它。”路易十四不依不饶。

“陛下，您想想，如果吃了海妖就能长生不老，那水手们岂不是能活上数千年？”

“那不一样，永生意味着你能永远活着，不受疾病的困扰，并不能保佑你不遭到意外。海上的生活多危险，那些水手能有几个善终的？”路易十四挥了挥手，驳斥了伊夫斯的观点。

“表弟，也许你的科学顾问说的是对的。上帝把人类从伊甸园里驱逐了出来，从此人们就失去了永生。我们只能希望在死后重新回到上帝的怀抱，这样才能再次得到永生。”

“我们能驾驭动物，这是上帝的旨意。所以，如果上帝在动物的身上创造了一个能让它永生的器官，我们因此而得到永生，那也是他的旨意。”

教皇皱起眉头，若有所思：“在现世中得到的永生只会是负担，而不是幸福。”他停顿了一下，继续说道：“不过，如果有人能在世间执行他的旨意……”

“这就是我正在做的事情。”路易十四插了一句。

“……那就会受到肉体的束缚。”教皇终于说完了。

伊夫斯仍然在做心肺部分的检查。最上面一根肋骨的下方，一片位于肺部最上方的肺叶挡住了他的手术刀。他心里一惊，连忙把那片肺叶拨过来细看。

“真神奇！”伊夫斯脱口而出。

玛莉·约瑟芬的视线在海妖的尸体、伊夫斯、教皇和国王的身上转了几个来回。所有人的注意力都被那片不同寻常的肺叶所吸引。这片肺叶的颜色和组织与其余的肺叶不同，它的外面还覆盖着纠缠在一起的血管。

只有吕西安不为所动，别人都在看着海妖，只有他深情地凝视着国王，眼里充满了希望。

伊夫斯把这片肺叶从肺上切下来，举了起来。

“你找到了！这不就是传说中的不老器官吗？”路易十四

说道。

伊夫斯沿着草坪，大步流星地向前方走去。玛莉·约瑟芬跟在他后面，她紧紧地抱着画箱，盒子里面装着伊夫斯的解剖图。远处，聋哑人推着国王的小车一路小跑，教皇的轿子也只能勉强跟上。吕西安则骑着他的小灰马走在他们旁边。伊夫斯本来可以跟上国王，不过玛莉实在走不了那么快。她几乎已经小跑起来，还是跟不上国王他们的速度。不过值得庆幸的是，今天她没穿礼服，否则情况会更糟。眼看她越走越慢，伊夫斯只好在离她十步远的地方停下来，等着她。火把的光芒照亮了整个凡尔赛宫，整个花园笼罩在宫殿的阴影之下。玛莉从这个角度看过去，伊夫斯的头上似乎顶着一圈圣光。

“快点，否则今晚我们就睡不成了。你还想让我去参加起床仪式吗？”伊夫斯微笑着和玛莉开起了玩笑。

是啊，都因为她，害得伊夫斯缺席了国王的起床仪式。玛莉垂下视线，羞愧之情再次涌上心头。

兄妹两人沿着狭窄的楼梯向阁楼走去。路上，他们遇到一个披着斗篷、戴着面具的大臣。他装作没看见两人的行礼，顺着墙角溜走了。

回到阁楼后，伊夫斯打着哈欠进到了自己的卧室，离起床仪式还有几小时，他还能睡上一小会。

玛莉也回到了自己的房间。奥德蕾特抱着赫拉克勒斯，在床上睡得正香。虽然玛莉很想加入她们，但还是克制了自己的冲动。

如果我现在睡下，就没法及时把伊夫斯叫起来，而且那些解剖图也还需要润色。这注定是个不眠之夜了。

玛莉来到伊夫斯的更衣间，点起蜡烛，坐在桌子旁开启了漫长的润色工作。

她整理着草图，居然发现了自己当初写下来后来又画掉的公式。她的思绪又飘到了树叶颤动的那个问题上，如果能用数字精确地解释上帝所创造的世间万物，那该多好。她来了兴致，又写下一个公式开始推演，尽管这次她把重力的作用也考虑进去了，还是没能推导出满意的结果。

现在看来树叶的颤动就和公爵夫人的行为一样，难以预测。玛莉被自己的这个想法逗乐了。她画掉公式，把注意力转回到画图上。

早上六点，玛莉·约瑟芬把润色好的几张图纸整理好，蹑手蹑脚地回到自己的房间，换上衣服。待会儿，她和奥德蕾特得去服侍夏洛特小姐穿衣，然后再一起去公爵夫人房间，帮公爵夫人着装。穿戴打扮好后，她们会在路易十四寝室门口等候，跟随国王一起做弥撒。

这次可得好好服侍夏洛特小姐，绝不能再缺席了。还有弥撒，也要参加……

她本来打定主意一定要参加昨晚的弥撒，可还是忘了去。

房间里很安静，唯一的动静就是奥德蕾特轻微的呼吸声。赫拉克勒斯从窗户里溜了进来，伸了个懒腰，喵喵地叫了起来，看来是饿了。窗帘被赫拉克勒斯扯开了一角，微弱的晨光洒进房间，奥德蕾特醒了。她眨了眨眼睛，长长的睫毛忽闪忽闪的。睡眼惺忪的她看上去仍然十分美丽。

“玛莉小姐，你一晚上都没睡？快上床，稍微眯一会儿。”奥德蕾特轻声说道。

“时间已经不早了，快来帮我穿衣服吧，还有梳头。夏洛特小姐今早也需要你去服侍。”

奥德蕾特坐了起来，突然大叫一声。她把手从被子下抽出来，上面赫然是大团的血迹。

“快，玛莉小姐，别让我把被子弄脏了。”

玛莉·约瑟芬急忙打开柜子，抓起一些干净的棉布，递给奥德蕾特。奥德蕾特接过棉布，立刻垫在了两腿之间，来吸收经血。然后她就倒在了床上，痛苦地蜷缩成一团。奥德蕾特一来例假时就会很难受。

“对不起，玛莉小姐……”

“你就躺在床上，好好休息，什么都不要想。”玛莉·约瑟芬把赫拉克勒斯抱过来，放在奥德蕾特的身边。她轻轻地抚摸着赫拉克勒斯的背和肚子，直到它舒服地躺了下来。赫拉克勒斯依偎在奥德蕾特的身边，不再闹着要吃的。

“好的，我们的床更暖和。”奥德蕾特露出一个虚弱的微笑，她的嘴还在颤抖。

“待会儿我会给你送点肉汤，你喝过后，给赫拉克勒斯也分点。”

≈第 10 章≈

“玛莉小姐，今天出门你一定要带上一块毛巾。”奥德蕾特提醒玛莉。

当初，她俩在一起的时候，来例假的日子一直都是同一天。现在她们已经分开这么长时间了，这种联系还会有吗？玛莉在心里估算了下日期，却发现奥德蕾特没说错，自己也该来例假了。于是，她就把一卷毛巾塞进自己的骑手服里，垫在两腿之间。要是再糟蹋一条裙子，那她可真是欲哭无泪。

玛莉解开自己的头发，简单地梳理了下，既没有蕾丝也没有丝带。现在她看上去就是一个土里土气的村姑，可是没有奥德蕾特，她也没办法整好自己的头发。

玛莉走到哥哥的房间里，轻轻地摇了摇他。

“伊夫斯，起床了！”

“我醒了。”伊夫斯嘴里嘟囔着，眼睛却还没睁开。

玛莉·约瑟芬笑了，又推了推他。这一次，伊夫斯坐了起来，揉了揉眼睛，打了个哈欠。

“我真醒了。”

“我知道。”玛莉在哥哥的脸颊上亲了一口，“我得去找夏洛特小姐啦。”

玛莉顺着阁楼的台阶急匆匆地向下走去。她很庆幸，如果今天她也来了例假，那现在在床上躺着的就是她，不仅会错过问候国王的机会，连弥撒也做不成。还有海妖，如果她不在，伊夫斯说不定会把喂海妖的任务转交给沙特尔公爵。

吕西安的马车沿着巴黎大道疾驰。道路的两边排满了等着进国王花园参观的老百姓。吕西安走的就是教皇当时来的路线，一直通往大理石庭院。

凡尔赛宫的前庭禁止车马通行，大臣们每次前来觐见的时候都特别不方便，得绕上一大圈。不过命令就是命令，路易十四才不会考虑大臣们的感受。吕西安是少数几个有特权能乘车马在前庭出入的人。他有事没事都会驾车从这里经过，向世人展示国王对他的恩宠。

马车停了下来。仆人拿来小梯子，打开车门。吕西安走下马车，神清气爽地扶着他的手杖。他在车上休息了一会儿，现在感觉很好。也多亏巴兹先生的奴隶的良药，他的腿已经好得差不多了，还有朱丽叶，她的温存再加上上好的葡萄酒，缓解了他的背痛。

拉车的八匹马一动不动地站在原地，他们身上的马具闪闪发光。

“回我家去，听候夫人的差遣。”吕西安对车夫说道：“她下午要到国王的兽苑中参加下午的茶点。”

“遵命，大人。”

吕西安穿过黑白相间的大理石庭院，从大门进入宫殿。大门的正上方就是路易十四卧室的阳台。公爵此时正候在国王的床边，他打了一个大大的哈欠。公爵每次在参加完国王的晚宴后，都会返回巴黎，因为他觉得凡尔赛宫实在是太闷了。有时，吕西安也会和他一起。尽管吕西安不太认同公爵的品位，但他还是很欣赏公爵享受生活的态度。昨晚，吕西安没有回巴黎，而是陪在国王身边见证了奇迹的发生。永生器官的发现让他很是欢欣鼓舞。

今早一切正常。在场的人除了少数几个以外，没有人能想到昨晚居然发生了那么大的一件事，也没人会想到国王居然会彻夜不眠，只为寻求长生不老。起床仪式正常举行，路易十四的动作依然优雅而又得体，完全看不出熬夜的痕迹。

吕西安注意到，伊夫斯终于出现在了第五梯队中，此时正向国王鞠躬，举止十分得体，这让他很是满意。不过克鲁瓦的升职实在是太快，很多人都是奋斗了好多年才加入到第五梯队，而克鲁瓦年少骤登高位，对于他本人和他的妹妹来说，未必是件好事。

伊夫斯看上去有些憔悴，两个黑眼圈特别明显。

路易十四可能从解剖仪式回来后休息了一会儿，也可能彻夜未眠，想着该如何利用昨晚的发现。但不管怎样他现在看上去并没有倦色。

想到昨晚的发现，吕西安有些激动，因为这意味着国王可能会获得永生。这样一来，他能做的事情就很多了。不用传位给太子，也可以摆脱曼特农夫人的控制，还会恢复南特赦令，停止内战。

路易十四梳洗完毕后，带着群臣从卧室里出来，吕西安也加入了队伍。今天，路易十四的痛风发作了，不过他还是强忍着不适，保持了国王应有的威严。

路易十四从卧室出来后，玛莉和众人一起行礼。她抬起头，看着跟在国王身后的人群，有国王的弟弟、儿子、孙子以及洛林等贵族。和这群大人物相比，伊夫斯看上去就有些寒酸。有时，玛莉就会想，要是伊夫斯是一个大臣而不是神父该多好。他可以上阵杀敌，建立功勋，穿金戴银，而不是像现在这样，穿着粗布袍子，埋头研究。

不过，她转念一想，要是这样的话，我们的关系可能就不会像现在这么亲密了。哥哥肯定不会再做这些实验，自己也帮不上他什么忙。他会娶一位贵族女性，由她来帮着打理家务。哥哥的家中也容不下像自己这样的大龄未婚女子。

她叹了口气，然后又想，如果我们是富贵家庭，就会有丰厚的嫁妆，我也不至于到现在还嫁不出去。

别想了。她使劲摇了摇头，把这些不切实际的想法甩出脑海，跟着国王一行人前往教堂。沿途，不断有人挤上前来，把请愿书呈给国王。有人希望能在宫廷里谋得一官半职，有人希望能得到国王的垂青，平民在这个时候也能向国王请愿。

曼特农夫人和其他贵妇也加入了国王的行列。玛莉打量着夏洛特小姐，心里充满了愧疚。自己的手艺就是没奥德蕾特好。

前往教堂的路旁聚集了大批的参观者。他们中有骑士，也有商人和他们的妻子。所有人穿着得体，静静等待着。国王的身影一出现，人群中立刻爆发出热烈的欢呼声。国王所到之处，人群自动分开来，为他让道，在国王过去后，才又在他的身后聚拢起来。

玛莉在人群中艰难地穿行，她告诉自己不要害怕。

“陛下，请捐赠……”

“陛下，救救我的儿子吧！”

一路上，不断有人呼喊哀求，递过来请愿书。国王停了下来，接过这些书信，转手交给了吕西安。他甚至还摸了摸一个孩子的脑袋。这个孩子也患上了痔疮，他的母亲在一旁苦苦哀求，求国王救他一命。

终于，国王一行人穿过庭院，到达了小教堂。玛莉松了一口气，站到了公爵夫人的身边。公爵夫人围紧了自己的披肩，在玛莉的脸颊上亲了一下。

“说不定新教堂会暖和点。”说归说，但公爵夫人的语气里却不抱任何希望。

玛莉想笑又不敢笑。经常有人开玩笑说，新教堂一旦建成，就会是另一个地狱。还有什么地方能比地狱更冷呢？她想把这个玩笑告诉公爵夫人，她想公爵夫人应该也不会介意的。尽管公爵夫人自认为是个虔诚的人，但她的虔诚主要是对上帝，至于那些宗教仪式，她其实不是很感兴趣。她曾经还是基督教徒，是罗马天主教皇眼中的异教徒。后来，她虽然皈依了天主教，但仍然有传言说她根本就没有改变信仰，只是为了能嫁给公爵，做做样子罢了。

玛莉想把这个笑话分享给吕西安，可是吕西安现在也不知道去哪里了。

伊夫斯走到玛莉身边，玛莉撒娇地拽住了他的胳膊。

“今天早上的起床仪式是不是很棒？你能在旁边观看，多荣幸呀，真希望我也……”玛莉迫不及待地想知道起床仪式的详情。

“嘘！”伊夫斯轻声制止了她再往下说。

教堂里响起了唱诗班的吟唱。玛莉浑身一激灵，沉醉在这如同天籁般的声音中。

圣坛上铺满了簇新的布幔，银制烛台上点起了数千支蜡烛。玛莉欣赏了一下华丽的圣坛，然后和其他大臣们一起转过身来，背对着圣坛。

“你这是做什么？”伊夫斯小声说道，他自己还在傻乎乎地面对着圣坛，脸上尽是疑惑和不解。

玛莉扯着伊夫斯的袖子想让他也转过来：“我忘了告诉你了！”路易十四在弥撒的时候，他的大臣们都要朝向他，而他自己则面对着圣坛和牧师。”

伊夫斯本不想转身，但公爵夫人和王子们都在盯着他看，无奈之下他也只好转过身来。

教堂的二层，路易十四的身影出现在看台上。他看向下方面朝自己的群臣，这些人就像崇拜上帝一样崇拜着他。路易十四做了个气势威严的手势，所有人才转回去面向圣坛。这时教皇走上圣坛，开始做弥撒。

第 11 章

太阳已经升到了半空中，正午的阳光洒在屋顶上，驱散了教堂里的凉意。幸好今天很温暖，玛莉心想。

花园两侧摆满了盆栽的橘子树，橘花的香气弥漫在空气中，吸引了一群蜜蜂在花丛间嗡嗡飞舞。

喷泉发出咯吱咯吱的声音，打破了花园里的宁静。拉托那、波塞冬、尼普顿的雕像沐浴在水花中。通常情况下，喷泉只会为国王而开放，不过在马术大会之后也会向公众开放一段时间。

花园中挤满了游客。人们沿着草坪间的小道向前走去，汇集在阿波罗喷泉前。玛莉淹没在人海中，几乎是被人群推着向前走。

可怜的海妖，一定饿坏了。待会儿活鱼一送过来，我就去喂它。不过，这样可能也好，动物在饿的情况下可能更容易被驯服。玛莉揉了揉有些酸痛的腰，想着海妖被驯服的可能性。

国王的花园吸引了大批来自巴黎和凡尔赛的平民。男男女女，老老少少，所有人都对国王美丽的花园赞叹不已。男人们佩着借来的剑，女人们也破天荒地穿上了丝绸裙，所有人都打扮得漂漂亮亮，希望能亲眼看到他们的国王。

玛莉费力地在人群中穿梭着，大腿根部的毛巾磨得她生疼。

不知道例假能不能撑到明天才来。玛莉心里有些烦躁，生理期简直就是上帝对女人开的一个大玩笑。别人好笑，自己受苦。

在修道院，玛莉还向忏悔的人谈起过上帝的玩笑，把那人吓得不轻。上帝创造奇迹，给予惩罚（女人的例假就是其中之一），绝不可能开玩笑。

玛莉每每想到这里，都忍不住替上帝感到遗憾。一个无所不能、长生不老的存在，居然连一点幽默感都没有，他应该会很无聊吧。

道路前方，海妖帐篷前聚集的人越来越多，闹哄哄的。玛莉担心海妖的状况，于是提起裙角，开始小跑起来。

“别插队！”一个穿着粗布呢子外套的男人对玛莉怒吼道。

“爸爸，爸爸，我想看海妖。”男人的儿子扯了扯他的衣服，嚷嚷个不停。另外三个年龄更小的男孩，也哇哇乱叫起来。他们的妈妈想要安抚他们，但是收效甚微。

男人转过身，满面怒容，看上去想要揍人。至于是揍那个挑头的男孩，还是自己，玛莉不太确定。

“先生！”玛莉提醒他。

玛莉的穿着救了她。男人打量着玛莉，见她穿着上好的天鹅绒和蕾丝，一看就不是来参观的平民，不是自己能惹得起的人，他立马转变了态度。

“抱歉，小姐。”男人道歉后，拉着自己的妻子和孩子们走开了，消失在人群中。最大的那个男孩仍对海妖念念不忘。

“卫兵！”玛莉呼唤着帐篷门口的士兵。

过了一会儿，一个卫兵跑过来替她开道，把她带进了帐篷里。

“你们在干吗？为什么要让这么多人进来？”玛莉质问他。

“这是陛下的命令。他想让自己的子民都来看看海妖。”

帐篷里到处都是游客。他们看着昨天的解剖图（秘密解剖时画的那些图不在其中，被玛莉留在了城堡里），在笼缝间张望着，看完后就从帐篷的另一侧出去了。

水面很平静，没有一丝波澜，根本看不出还有一只怪兽潜伏在水中。

士兵把玛莉护送到喷泉旁边。

“海妖在哪呢？喷泉里除了阿波罗的雕像，什么都看不到啊。”她听到有游客这样说道。

“我们也不能命令海妖出来。”一个卫兵回复。

“打它，拿石头砸它，它不就出来了吗？”

“它很害怕。如果你周围有几千人都在盯着你看，你能不怕吗？”玛莉很气愤地反驳那个游客。

“陛下也没有强迫海妖出来。”卫兵说道。

“海妖野性难驯，就该治治它。”又有人说道。

“陛下年轻时也被人说过是野性难驯。”卫兵这番意味深长的话一出，就没人再说活了。

仆人拿来几十条还在扑腾着的活鱼。正常人就算一顿只吃鱼，都吃不了这么多。估计仆人也是考虑到海妖已经饿了那么久才一次性拿来这么多吧。玛莉欣慰地笑了，不过一想到饥肠辘辘的海妖，她的心情就暗淡了下去，她网住一条鱼，准备喂食。

“海妖，快来，好吃的鱼！”她把网里的鱼在水中晃来晃去。

水里有了动静。在阿波罗战马的马蹄下，海妖摇了摇尾巴。有些游客看到了海妖的反应，激动地叫了起来。他们指着海妖的方向，想让玛莉引出海妖。

“安静！算我求你们了！你们只有保持安静，它才可能出来。”

海妖慢慢地游了起来，在水面激起一丝波澜。它长长的黑发披散在背上，和古铜色的皮肤形成了鲜明的对比。玛莉把鱼从网里拿出来，攥在手里。

海妖并没有直接过来，看得出来，它有些犹豫。

“乖海妖，来，来我这里吃好吃的鱼。”玛莉鼓励着它。

“于于！”海妖嘴里叫着鱼，看样子饿得不轻。

然后它就浮出了水面。玛莉把鱼递给它，它一把抓过去，兴高采烈地吃了起来，几口就吃完了，水面上还浮起一些残渣。

亲眼目睹了海妖进食的全过程，人群中传出一片惊叹声。海妖受到了惊吓，一头又扎回了水中。玛莉有些遗憾，她决定下一步就是训练海妖，让它别那么胆小。国王还会再来看它，也会向各国来访的贵客展示它，到那时，国王一定希望海妖能有所表现，而不是像现在这样畏畏缩缩的。

“海妖，别害怕，这些噪声就和沙滩上的微风一样，不会伤害到你。来，过来，我再给你条鱼吃。”玛莉轻声安慰海妖。

要想让它信任我，那我首先得信任它。玛莉这样想着，把手放进了水中。海妖游了过来，玛莉甚至能感受到它的体温。

突然，海妖挺直了身子，站了起来，激起一阵水花拍打在台阶上。它乱糟糟的长发披散在肩膀上，盖住了它扁平的胸膛。那些绿色的发丝以一种很奇怪的角度支棱了起来。

游客们激动得大喊大叫，还有人大声鼓掌。卫兵们赶紧分散开来，挡在人群前面，以防发生混乱。没想到，游客们不仅没有逃走，反而争先恐后地挤到笼子前，想要看得更清楚些。小部分幸运儿还能趴在笼子前看，大部分人只能踮起脚尖，向里张望。

海妖又潜回水中。玛莉抚摸着海妖的头发，它看上去很享受。玛莉用另一只手示意了一下卫兵，后者随即又拿网装了一条鱼递给她。玛莉把装在网里还在挣扎的鱼递给海妖。海妖解了半天，也没能把鱼弄出来。

玛莉笑了起来。她拿过渔网，把鱼从里面拿了出来，递给海妖。后者接过之后，嚼了几下就全下了肚，然后眼巴巴地看着玛莉，还想吃更多。玛莉一条接一条地喂了起来，每次都把海妖引诱得又靠近她一些。到后来，海妖已经游到了平台边上，胳膊撑在平台上向玛莉索要吃的。

游客们小声地议论着，赞叹不已。

玛莉开始给海妖下指令。她先让海妖游走，然后把她再叫回来，给她一条鱼吃。重复三次之后，海妖不肯再游过来了。它停在玛莉够不着的地方，唱起了歌。有那么一瞬间，玛莉觉得自己好像听懂了海妖歌声里的含义。等她回过神来，不禁有些好笑。

想什么呢？你怎么能听懂它的歌声呢？她暗自责备自己的愚蠢。

“海妖，过来！”她把指令又重复了一遍。

海妖停止了歌唱。它吐了口口水，用尾巴拍起一阵水花，就是不愿意靠近。

“你应该打它一顿，那样它就听话了。”卫兵给玛莉提了个建议。

“不行，这样只会吓到它。只要我在，就绝不允许它受伤害。”玛莉继续晃动着手里的鱼，“快来，海妖。”

海妖不仅没动，还往平台上泼水，溅湿了玛莉的鞋子和裙角。它傲慢地哼哼了两声，潜入水中消失了。

怎么回事？玛莉心想。也许是它有些烦了吧。它已经学会了这个指令，不想老是练习。

于是玛莉放弃了再把海妖叫回来的念头，她放开手中的鱼，让海妖自己去捕捉。这时，她的脑海中出现了一个念头：如果像现在这样，海妖能自己选择是否要遵循指令，这能算驯化成功吗？

那边，海妖浮出了水面，向玛莉游来，又引起游客们的一阵骚动。

玛莉站起身，告诉海妖：“你只有听从我的指令，才能吃到鱼。”不知怎地，她又鬼使神差地加上了一句：“如果你能让大家再看你一次，我会给你很多的鱼吃。”说完她自己也笑了，奇怪自己怎么会有这么奇怪的想法。怎么可能你说什么，海妖都会照做？驯兽哪是这么简单的事。

≈第11章≈

吕西安沿着石阶向曼特农夫人的房间走去。道路的两旁摆满了盛开的鲜花，呈现出一片生机盎然的景象。

卫兵打开一扇大门，恭敬地领着吕西安来到曼特农夫人的门前。

曼特农夫人的卧室十分朴素，看上去就像是修道院里的房间。不管国王赏赐给她多么精美的礼物，她一概不用。她的卧室里黯淡无光，没有鲜花和珠宝，连国王的会议桌都是涂了一层最普通的黑漆，镀了点金，再无其他装饰。

吕西安一来到这里，就浑身难受。房间的风格太压抑，曼特农夫人也不喜欢他，他没法改变这些既有事实，就只能尽量让自己不受影响。

唯一能让这间屋子多点生气的可能就是曼特农夫人放在腿上的那块刺绣了。层层叠叠的丝绸垂落在地上，上面绣着艳丽的金红色图案。

处在这么密闭的空间下，曼特农夫人还在她的细藤椅里蜷缩成一团。她一针一线地绣着丝绸上艳丽的图案。

吕西安对着曼特农夫人鞠了一躬，语气十分恭敬："曼特农夫人，希望您一切安好。"出于一种自尊，甚至可以说是自傲，他觉得一定要有礼貌地对待曼特农夫人。不管自己有多不喜欢她，也不管曼特农夫人对自己有多不好——曼特农夫人也不是傻子，自然能察觉到他的反感。

"我还行，还能做一些事。骨头有些疼痛，在我看来也不是什么大事。"

曼特农夫人从来没问过他的身体或家庭。在吕西安的记忆里，曼特农夫人甚至都没有叫过他的头衔。因为所有人中，只有她觉得他作为一个异教徒，配不上克雷蒂安伯爵这个称号。

“冬天快要来了，没有粮食，人们怎么活下去呢？可陛下还在发动战争，夜夜笙箫！算了，你也不懂我的这些苦恼，是我唐突了。”她低下头，继续她的刺绣。

吕西安很恼火，不过也有些同情她。这个女人只活在自己的世界里，根本就不了解别人的想法。当然曼特农夫人也根本没打算要了解，她觉得所有的异教徒都是一个模样。明明还有一个丰收的秋天，她却在这忧虑着冬天，真是可笑至极。

吕西安真想问问她，斯卡隆夫人，你和你那瘸腿的前夫是不是过得太惨了，所以你才总是闷闷不乐？如果他没能用自己的智慧取悦于你，你是不是在照顾他时受了太多的苦，怒气难消，现在发泄在我们亲爱的国王身上？

但是他并没有把这番话说出口。曼特农夫人是国王的妻子，他永远不会对国王的妻子说出这般失礼的话。

“刺绣看上去是个挺复杂的活啊。”吕西安想要找些话题，心里却升起一股莫名的伤感。已故的王后也喜欢刺绣，他到现在都还珍藏着王后绣的一块手帕，虽然他也用不了，因为手帕上全是花朵的图案。那个傻乎乎又可爱的女人，在王宫中度过了悲哀的一生，虽然贵为王后，却毫无地位可言。

“这是一件礼物。”曼特农夫人温柔地说道，把刺绣举起来给吕西安看。

刺绣上的图案十分恐怖。一个男子在审讯台上哀号，旁边，审判官正在把一个女人的肠子从肚子里拽出来，血流得满地都是。画面的正中央，在行刑架上挂着一个中世纪打扮的人，痛苦地扭曲成了一团，还有人在熊熊火焰中燃烧。

吕西安不动声色地看着这幅画，并没有发表评论。

“都是些异教徒。”

“这是圣西尔的那些女孩子绣的。”曼特农夫人自豪地说道。

“令人印象深刻的画面，很适合给年轻女孩看。”

“确实，而且非常具有教育意义。这样她们在行事时，就会想着不敬畏上帝所带来的后果。我得尽快完成它。”她俯下身子，继续在火焰图案上绣红线。

“每次，我都是在最后才绣眼睛的。这次，我把眼睛都先绣上了。”她绣了一针，介绍道：“这个受火刑的是魔鬼军的首领艾特列，头号异教徒。”

“我记得他没有受过火刑啊。”

“是的，不过在我看来，他就该被烧死。这个邪恶的人，居然敢向教会宣战，抢劫僧侣，还自称为上帝之子……”

“他把从教会抢来的财富都分给了穷人。”

“那些都是他偷抢来的。”

“他最后被教会抓住，囚禁了起来，然后死在了狱中。他的信徒们都很顽强，坚持反抗到底，那群人最后都被烧死了，不过他确实没有。”吕西安回忆道。

“跟异教徒有关的这些信息，我确实没你熟悉，不过没关系，这种罪大恶极的人就是该被烧死！”曼特农夫人在艾特列的脚下又绣起一团火焰。

“国王驾到！”

卫兵打开了大门，路易十四一瘸一拐地走了进来，看样子他的痛风又发作了。

吕西安弯腰行礼，跟随在国王身边的谢兹神父和巴伯齐厄侯爵也向他行礼。巴伯齐厄侯爵是卢瓦老侯爵的儿子，为人极具野心，冷酷无情，他承袭了父亲的职位，现在是国王的军事顾问。曾经，巴伯齐厄侯爵在他面前提起过异教徒这个话题，含沙射影地想在国王面前打击吕西安，结果却发现国王根本不接茬。他还没有蠢到家，立刻就知道了吕西安在国王心中的地位，绝对不是自己能惹得起的人，于是连忙给吕西安赔不是。有了这番过节，巴伯齐厄侯爵现在的行礼看上去就有些意味深长。

谢兹神父还是和以前一样，彬彬有礼，虽然屡屡失败，仍然不放弃想劝吕西安皈依天主教的意图。

两人都带着东西前来。巴伯齐厄侯爵带来了他的计划桌，谢兹神父则带来了教皇的礼物——装着圣者遗物的盒子。他小心翼翼地捧着，生怕亵渎了如此神圣的东西。

“陛下，圣人遗物！这么珍贵的东西应该被放进教堂，有士兵守护……”曼特农夫人十分吃惊。

“奥比涅，难道你不想看一眼吗？谢兹神父拿走后，我们就只能在圣人日才有机会看到它了。”

曼特农夫人激动地想要站起来，不过体力不支又坐回了椅子。

她接过谢兹神父递过来的圣物箱，轻声说了句祷告词。

“真美！”她咬断刺绣上的最后一根红线，把刺绣递给谢兹神父。“谢兹神父，我的女孩们绣了这幅刺绣，请一定要收下。教皇大人赐给我们这么珍贵的礼物，希望这块刺绣能有幸垫在圣物的下面。”

“夫人，这块刺绣垫在下面一定会很好看。”

谢兹神父把圣物箱放在了桌子上，路易十四让他的顾问们站在会议桌旁，自己则随意地抚摸着匣子上镶嵌的珠宝。

“教皇大人的礼物真是太贵重了。”巴伯齐厄侯爵赞叹道。

吕西安对此嗤之以鼻：“圣人都死了，留着他的遗骨有什么用呢？对国王来说就更没有用了。”人死了，还要把他的尸体解剖了，装进箱子里密封好。吕西安真想知道这是哪个疯子想到的馊主意。

路易十四笑了起来，不过他还是小小地斥责了下吕西安：“收起你那异教徒的智慧。吕西安，教皇都已经和我和解了，他也是一片好意。”

路易十四叫来了他的贴身男仆昆廷。昆廷先是试喝了手中的葡萄酒，然后先后给巴伯齐厄侯爵、谢兹神父和吕西安倒上酒，等这些人也喝了一口，确认酒中无毒后，他再给路易十四倒酒。

巴伯齐厄侯爵摆弄着自己的酒杯，看上去有些迟疑。

“为了国王的健康！”吕西安举起酒杯，喝了一口。他很惊讶，巴伯齐厄侯爵居然做出这种有失体统的行为，看来他也知道了那个谣言。据说，曼特农夫人毒死了自己的父亲。巴伯齐厄侯爵这是害怕酒里有毒呢，真够可笑的，吕西安心想。

路易十四接受了对他的祝福，也饮了一杯，然后习惯性地又谈起了公事。

“吕西安，布列塔尼现在还缺一名主教，和教皇签订完协议后，如果我不任命一个的话，他肯定会派自己的人过去。所以你心中有合适的人选吗？”

“没有！”吕西安回答得很干脆。

“没有？”路易十四惊讶地抬起了眉毛。

“如果吕西安没有好的人选的话，那依我拙见，这份荣誉和责任应当……”

吕西安打断了谢兹神父后面想说的话：“空着这个位置才符合我们家族的利益。”他喝光了手中的酒，昆廷走上前来又给他斟满。

“殿下，就为了那点蝇头小利，你难道要弃布列塔尼人民的信仰于不顾？他们需要有主教的指引，再说你的家庭已经够富有了，而且布列塔尼的名声……”谢兹神父动之以情晓之以理。

“够了，不用再说了。我问的是吕西安的意见，他已经明确表态了。至于最后的决定，我会再考虑考虑。”路易十四发话了。

其实，吕西安并没有说实话。他之所以坚持不要主教并不是为了自己家族的利益。一旦布列塔尼来了主教，那他就会把该地区的大部分税收都送给教皇。没有主教，当地的农民就会向国王纳税，同时还能留下一些以备不时之需，比如说庄稼收成不好的时候。

你呀，就是太骄傲了，给自己揽下了一堆恶名。吕西安心里这样想着。你都不愿意解释一下，因为你不想让曼特农夫人太得意，你不想让曼特农夫人觉得是她对你的羞辱有效果了，你才会去做善事的。

不过话又说回来，其实也没有必要向国王解释。他也算是政治老手了，一向能顾全大局。像路易十四这样明察秋毫的君主，大臣们的心思他了解得都很透彻。

“巴伯齐厄侯爵，今天你带了什么过来？”路易十四发问道。

“将军队驻扎在新教徒聚集区的文件。”巴伯齐厄侯爵从他的指挥桌里抽出一些图纸。

“很好！”路易十四在文件上签了名。巴伯齐厄侯爵和谢兹神父看上去都很满意。曼特农夫人虽然已经在忙另一幅刺绣，但听闻此言，脸上还是露出了微笑。

吕西安一句话也没说，因为他知道自己只会是白费口舌。他已经劝过国王很多次了，这项法令本意是想促进异教徒皈依天主教，可惜并没有取得相应的作用，反而适得其反，激化了不同教派之间的矛盾。路易十四的狭隘——或者说是曼特农夫人的狭隘，吕西安更倾向于相信这一切都是曼特农夫人从中作祟——导致他没能看清这项针对新教徒的法令给法国带来的伤害。

还是做一个无神论者好，不用担心有士兵会闯入家中，抢走自己的财产，也不用担心会受到打压。

“就这些事吗？那你们可以退下了。”路易十四对谢兹神父和巴伯齐厄侯爵说道，“吕西安，你留下来，再陪我喝几杯。”

谢兹神父和巴伯齐厄侯爵各自鞠了一躬离开了。

昆廷走上前来，给路易十四和吕西安倒酒，曼特农夫人则没有让他再倒。吕西安抿了一口，确实是上乘的佳酿。

路易十四感到有些精神不济，于是闭上眼睛休息了一会儿，衰老已经悄悄地蔓延到他身体的每个部分。

“吕西安，说点轻松的话题吧。”

“那应该就是克鲁瓦神父的解剖吧，陛下。”

“他还没完成吗？”

“最重要的部分已经完成。还有些细小的肌肉组织需要检验。”

“研究昨天晚上的那个发现，是他现在的首要任务。”

“是的，陛下。”

“在这之后，如果有时间，他想怎么研究就怎么研究，不用再请示我了。”路易十四挥了挥手。

“好的，我会转告克鲁瓦神父的。他一定会很高兴。”

两人不约而同地又饮了一口，默契得好像又回到了一起在战场上度过的时光。那时，君臣之间的礼仪大大淡化，有的只是亲如兄弟般的情谊。

“你让我很困扰，吕西安。”路易十四又开口了。

“困扰？”

“你从未向我提过任何要求。”

“怪不得我让您困扰了。我别无所求，您想给都不知道要给我什么。”

路易十四笑了起来，不过他并没有那么容易就被吕西安转移了话题。

“我身边所有的人，都有求于我，要钱，要名，要地位。”

吕西安怀疑路易十四的这番话是醉翁之意不在酒。曼特农夫人总是从国王那里要钱，补贴她那不成器的兄弟。不过也有可能，路易十四根本就没想那么多。

“我担心，一旦有一天你不高兴了，就会逃出我的宫廷，又去阿拉伯探险了。”

“陛下，您放心。我上次去也是奉了您的命令，没有您的命令，我是不会轻易跑过去的。”

“你不在的那些日子，我时常想起你，想着如果你要在就能给我很多好的建议。你真的一点奖赏都不要吗？哪怕是一枚徽章？”

你已经给了我你的信任，这就是最大的奖赏，远远超过了任何财富或地位。吕西安默默地想着。

“陛下，我对现状十分满足，再无所求。”

“吕西安，我欠你一个大大的奖赏。你的要求，以后随时都可以提出来。不管是什么，我都会满足你。”

玛莉·约瑟芬小心地关好笼门，走到伊夫斯的实验台前。卫兵已经整理过解剖现场，藏起了海妖的尸体，器材和样本也都保存起来了。伊夫斯掀开门帘，发现一切东西都完好无损，这才放下心来。伊夫斯并不知道国王的命令，国王当然也不会特意告诉他，毕竟这是国王的财产，而且他也很确信，自己的卫兵能保护好这些东西，不被好奇的游客损坏。

海妖的尸体上堆上了一层冰块和木屑。不过空气还是弥漫着尸体腐烂的味道。如果路易十四能再给伊夫斯多点时间，他就能完成所有的解剖，还能取样进行保存。

玛莉在解剖台旁坐下。海妖的器官，包括那片不同寻常的肺叶都被装进了罐中，用防腐液保存了起来。不过，那片肺叶看起来也太寻常了，之前，她和伊夫斯在海滩上捡到过因为搁浅而死的海豚。他们把死掉的海豚解剖后也发现了肺叶，跟眼前这片肺叶几乎没有区别。

永生器官不应该像是传说中所说的那样，闪着金光？玛莉心中有些疑惑。如果永生器官存在的话，那是不是意味着炼金术所鼓吹的那些都是真的呢？点石成金，长生不老……

玛莉不相信这个世界上会有永生，也不相信随随便便就能把石头转变成黄金。通过观察和推演所得到的结果对她来说才是可信的。

她从海妖的肝、肾、胰、肺中各取出一些样本，放在伊夫斯那台破旧的显微镜下观察起来。伊夫斯这台显微镜已经是一个老古董，再加上海上生活的摧残，变得愈发不好用。玛莉热切地希望列文虎克能卖给她一台显微镜。据说他的显微镜虽然比较难用，但是却装配了世界上最好的镜片。

玛莉打开最后一个罐子，小心地从里面取出肺叶的样本。确实，它的质地比其他肺叶都要厚实，组织也更加紧凑。

用显微镜观察时，玛莉又发现了更多奇特的地方。海妖肺叶中的组织并不是中空的肺泡，而是层层叠叠地堆在一起。玛莉拿起笔，开始记录自己观察到的情况。

“克鲁瓦小姐！”有人叫了她的名字。

玛莉从显微镜前抬起头，发现吕西安也进到了这临时搭建起来的实验室，和他一贯的风格一样，动作优雅，神情冷淡。他们互相致意，吕西安不仅鞠了一躬，还行了个脱帽礼。

“原来你还是个学者。”

“不不不，我还没那个水平。我只不过在帮伊夫斯准备样品罢了。”

“你哥哥去哪里了？我带来了陛下的旨意。”

“他一定是在记录昨晚……”

话一出口，玛莉就意识到自己的失误，永生器官的消息可是要严格保密的，她连忙把后半句话咽了回去。吕西安随后也做了个手势，示意她不要继续再说下去了。

“昨晚的那个东西。”玛莉换了种说法，“请问，国王陛下有没有确定下次解剖的时间？”

“陛下希望你哥哥能专心研究那个东西。如果还有时间的话，他可以随时进行解剖，不必征求陛下的同意。”

“太好了。谢谢您，吕西安！”

“我会向国王转达你的谢意。”

“你看，我向您提的要求不过分吧，国王也同意了。”玛莉开心极了。

“这和我没关系，完全是国王陛下的意思。对了，克鲁瓦小姐，说到请求，你是不是忘了一件事？”

“什么事？”

“国王奖章上的图案设计。”

“那个啊，就快完成了。”我没有撒谎，玛莉在心中对自己说道，想要压抑住自己的慌乱。虽然她还没动工，但是毕竟已经画了这么多海妖的图，再多画一张活的海妖图应该是轻车熟路了吧。

“我什么时候能拿到？”

“明天，我保证。”

“很好。”

“殿下，我能请您帮个忙吗？嗯，其实就是想问您一下，不是什么大事，不会占用您很多时间的。”

“说吧。”

“在我去修道院之前……”玛莉停了下来，感觉自己有些啰唆，吕西安可没时间听你讲之前的故事。她重新组织了下语言：“我想和一个人再次取得联系……”她有些犹豫，担心吕西安会嘲笑她的放肆。

“是你的爱慕者？”没想到，吕西安居然笑了起来，他的笑容看上去很暧昧，“你们之间有秘密的信件来往？”

“不是，您误会了！我的哥哥不会允许我给他写信的，因为他觉得有失礼仪。不过，我只是想写信询问一些关于运动、光学和引力的问题。我想知道，谁能替我把信带给牛顿爵士呢？”

“牛顿爵士。”吕西安重复了一遍这个名字。

“是的，殿下。”

“那个英国人？”

“他是一个数学家，同时也是个哲学家。”

吕西安被她的这句话逗乐了，笑了起来。玛莉的脸一下就红了。

“让您见笑了，一个女人居然敢给这样的人物写信……”

“不。我不是嘲笑你。”吕西安摇了摇头，“你哥哥会因为你和爱慕者通信而责怪于你，如果你连这都怕，那你肯定不想看到国王陛下在知道你和一个英国人通信之后的反应，不管这个人的知识有多渊博。”

“可我只是想问一些数学方面的问题啊。”

“克鲁瓦小姐，你要清楚，和牛顿通信会把你置于险地，牛顿也是。我们正在和英国交战，你觉得信件监管员能看得懂你的那些数学问题？他只会把他看不懂的东西理解成你们两人之间的暗号，觉得牛顿是个间谍。”

“就像修女们觉得我在写咒语一样。”玛莉喃喃地说道。

“什么？”吕西安没听清。

“没什么。我绝不希望牛顿爵士有任何危险。抱歉，我没想到……”

“放弃这个念头吧。”吕西安的语气带上了一丝同情，“如果我们之间没有战争，那你们之间就可以互通有无。不过，战争就是战争。”

“谢谢您的建议！”玛莉垂头丧气地向他道谢。

“请恕我不能久留。”

“吕西安……”吕西安正要离开，玛莉叫住了他。

他回过头来。

“如果我给列文虎克先生写了一封信，会给他带来麻烦吗？”玛莉怯生生地问道。

吕西安用怀疑的目光打量着她，不过还是耐心听完了她的解释，得知她在马提尼克的时候写了一封信，拜托船上的一个官员送给列文虎克。然后，吕西安告诉玛莉，这封信最好在路途中就丢了，如果没有的话，他会去想想办法。

玛莉道谢不迭，吕西安鞠了一躬就离开了。

送走了吕西安，玛莉的心中充满了沮丧，早已没有了干活的心思。她盯着实验桌，心里五味杂陈。一方面，她对吕西安充满了感激，要不是他，自己险些酿成大错；另一方面，她也十分愤怒，仅仅只是知识的交流，居然还会招来叛国的罪名。

她正闷闷不乐，突然听到外面传来人群的欢呼声。一定是吕西安在人群中施舍财物，玛莉心想，她伸出头去张望，却发现吕西安早就走远了，而游客们全都围在了海妖的笼子旁边，观看海妖在水中扑打水花，聆听海妖的歌声。

海妖刚才一直都在唱歌，引起了人群的阵阵欢呼。不过刚才她工作实在太过投入，以至于忽略了外面的喧闹。

海妖这是在向游客展示自己啊！我成功了。它终于不再害怕人群了。玛莉很高兴，兴奋之情冲淡了刚才的失落。

她很想去展示一下刚才的训练成果，但是时间不等人，她还要把吕西安带来的好消息告诉哥哥呢，于是她急匆匆地离开了帐篷。

帐篷外，太阳已经升到了半空。如果她不快点的话，就会误了服侍夏洛特小姐穿衣打扮的时间，下午夏洛特小姐还要去兽苑参加下午茶活动。玛莉沿着草坪小跑起来，和一大群前来参观海妖的人擦肩而过。

第12章

玛莉·约瑟芬跑到夏洛特小姐的卧室时已经是浑身湿透，上气不接下气。她在走廊里的阴凉处歇了一会儿，才敲响了夏洛特小姐的房门。

“玛莉·约瑟芬！”

夏洛特小姐的身边围着一堆女官，其中阿马尼亚克小姐正在为她整头发。看到玛莉进来了，夏洛特甩开了阿马尼亚克，如同看到救星一般向玛莉跑了过来。

“你一定要过来帮帮我，我的头发都快把阿马尼亚克小姐弄哭了。那个特别会梳头的女孩呢？你刚才又去哪了？”夏洛特小姐连珠炮似的发问，看样子确实被头发折磨得不轻。

“我去照顾海妖了。”玛莉回答道。

“随便找个人，扔条鱼进去不就得了，还需要你亲自去？快去把奥德蕾特找来吧，我真的需要她的帮助。对了，你怎么还穿着骑手服啊，哪能这样去参加国王的午宴呢？”

玛莉环顾四周，发现夏洛特的女官们全都打扮得漂漂亮亮的，夏洛特小姐的裙子更是华丽，女官们围在她的身边，有人替她打理着衬裙，有人拿丝绸手帕给她擦亮衣服上的珠宝。

“照料海妖是我的职责，哥哥把这项任务交给了我，让我在照顾它的同时研究它。”

“研究？研究能有什么用？别犯傻了，我可不希望你变成一个老学究，用拉丁文给别人说教，就跟学院里那群老头一样迂腐。”

我倒希望有机会能听上一节课呢，这样我就能知道自己对拉丁语还记得多少。玛莉心中暗想。

“抱歉，小姐，奥德蕾特病了。不过，您的头发已经很好看了。我也不会比阿马尼亚克小姐做得更好。”

“我要不要派个人过去看看她？她怎么了？有没有受伤？”夏洛特小姐关心地问道。

“也许抽她几鞭子就好了！”阿马尼亚克小姐突然插了一句，显然她还在为刚才的那一幕耿耿于怀。自己居然被一个奴隶比下去了，她越想越生气，语调也变得愈发刻薄：“在你们乡下，对偷懒的奴隶，通常不是打一顿就好了吗？”

“不！”玛莉脱口而出。她很愤怒，她们家从来不会鞭打奴隶，而且只要她在，也一定会尽全力保护奥德蕾特。

“小姐，请不要……她……”玛莉不知道该如何向眼前这位贵人——国王的侄女解释奥德蕾特来例假流血过多的情况。她搜肠刮肚，终于想了个比较隐晦的说法：“她的老朋友来了。”

“哦，是那个，对吧？”好在夏洛特也立刻就明白了她的意思。

“她今晚或者明早应该会好些，等这里的工作结束后，我就去照顾她。”

“不行，你要陪我去参加午宴呢。”

“可是……”

“来人！”夏洛特没让玛莉再继续说下去，她叫来一个仆人，让他给奥德蕾特送去干净的毛巾和温暖的法兰绒袍子。

“对了，也顺便提醒下我哥哥别忘了来，他太专注于自己的工作了，我怕他误了时间。谢谢您！”玛莉终于放下心来。

“小奴隶可以不打，那就鞭打她的哥哥好了。”阿马尼亚克小姐话中有话，她笑得花枝乱颤，为自己的机智感到自豪。

她转向玛莉：“你和你哥哥一定要来，国王的兽苑可好看了。”

“可是我没有能穿的衣服啊！”玛莉有些犯愁。

夏洛特笑了，她打开衣柜，拿出好几条裙子，挑了一件织锦裙。接下来的事情让玛莉有些措手不及，女官们齐上阵，扒光了她的衣服，给她穿上了新裙子。玛莉害羞极了，她紧紧夹着大腿根部的毛巾，生怕被别人看到。玛莉真想把这没用的东西扔了，毕竟到现在为止她都没有表现出要来例假的征兆。

“这是我去年夏天穿的最好的礼服。我那时还要更瘦一点，不过你穿着还是有些肥，把腰带系上，就很合身了。再加上今年流行的衬裙，没人会注意到这是去年的旧裙子。”夏洛特介绍道。

玛莉对夏洛特小姐的话持怀疑态度。她很感激夏洛特小姐的慷慨大方，她也知道有这样的想法不对，但在她的内心深处还是燃起了一团嫉妒的火苗，什么时候自己也能有一条新裙子呢？

夏洛特小姐的马车沿着大道，向着国王的兽苑飞奔而去。玛莉和那些盛装打扮的女官一起，坐在夏洛特的身边。一股倦意涌上玛莉的心头，她已经记不起上一次吃饭睡觉是什么时候了。

她们很快就到达了目的地，马车在兽苑的镀金大门口停了下来。苑内传来了野兽的嘶吼声，空气中也弥漫着一股动物的气息。此时，正巧，沙特尔公爵和查尔斯公爵也骑马赶到。他们俩陪着夏洛特一起，向兽苑中央的圆顶建筑走去。玛莉和其他女官紧随其后。一路上，女官们一直叽叽喳喳个不停，小声八卦着夏洛特和这位外国王子之间的暧昧关系。

她们爬上了亭子，从这里俯瞰整个兽苑。道路的两边摆放了一些鸟笼，里面装着来自新大陆的珍稀鸟类，有鹦鹉、知更鸟，全都在大声叫个不停。

圆顶楼里，仆人们拉开洁白的门帘，客人们鱼贯而入。

这里果然别有洞天。屋顶和墙壁上布满了绚丽多彩的兰花。猩红比蓝雀和红雀在树枝上拍动着翅膀，它们没有被装在笼子里，而是被线绑住了腿。有些挣脱了束缚，在屋子里飞来飞去。卫兵们也没闲着，他们跟在鸟儿的后面跑来跑去，想要在它们闯祸之前把它们“捉拿归案”。最后，逃犯们都落了网，被卫兵重新系回了树上，还被绑得更紧了。

屋子里的桌子上摆满了好吃的，有烤孔雀（盘子上还装饰着孔雀盛开的羽毛）、橘子、无花果、烤野兔、火腿和各种各样的甜点。看到这么多美味，玛莉的腿都挪不动了，她边走边咽口水，晕晕乎乎地跟着夏洛特小姐来到了观赏台，从这里她们可以看到那些被关起来的动物。

一股刺鼻的气味飘了过来，甚至盖过了食物的香气。观赏台的下方是一个被石头围起来的小片空地，里面有一只老虎正不安地走来走去。只见它向前走了两步，突然停了下来，然后咆哮着向玛莉这个方向冲来，用自己的爪子抓着观赏台下方的墙壁。夏洛特和其他女官全都尖叫起来，玛莉也吓得不轻。

老虎又咆哮了起来，这一次它甩了下尾巴，伴随着一阵尿味，它的胯下喷出一股热乎乎的液体。女士们都咯咯地笑了起来，不过她们还是装出一副吃惊的样子。她们是兽苑的常客，这种场面对她们来说已经是司空见惯了。

“你害怕吗？我第一次看见它时被吓得够呛。”夏洛特问道。

“有什么可怕的？”沙特尔公爵把从餐桌那里顺手拿来的橘子向着愤怒的老虎扔去，后者举起硕大的爪子，一掌就把橘子拍成两半，狠狠地碾碎了它。

“没什么能吓到你吧？”夏洛特转向玛莉，“我以为你还要拔下几根老虎的胡子去做研究呢。”

“我可不敢去拔它的胡子！”

“它的爪子是不是很锋利？和海妖的比起来呢？”

“比海妖要锋利很多。它的牙齿更尖，我和它说话的时候，它也不会唱歌。”

女官们都笑了起来。说来也巧，就在这时，楼下的洞穴中响起了乐声。

“乐师们都在洞穴里。那里有很多水管，一不小心就会被吸进去。如果有人敢闯进去，我叔叔就会命人放水，把他们弄得浑身湿透，可好玩了！”

老虎那边又弄出了动静，吸引了夏洛特的注意，只见焦躁不安的老虎一头撞在隔离墙上，弄伤了自己，痛苦地号叫起来。隔壁区域的骆驼吓得屁滚尿流，喷着粗气，急忙躲开。它们排出的粪便和老虎的臭味混在一起，愈发难闻。骆驼隔壁的狮子似乎也感受到了它们的恐惧，怒吼起来。狮子的吼声又刺激了老虎，老虎则回应以更恐怖的吼声。屋子的另一边传来了大象愤怒的吼声。还有一只年老的野牛，头上的角都由红色褪成了棕色，此时也摇着脑袋，嘶鸣起来。屋子里那些鸟儿拼命扇动着翅膀，发出刺耳的叫声，羽毛落了一地。

神奇的是，远处的海妖也发出了叫声，似乎在回应这里的动物。

面对着这一阵骚动，看台上的贵族们都高兴得鼓起掌来。很明显，拿石头或者桔子扔动物的人远远不止沙特尔公爵一人。

一时间，人声鼎沸，狮吟虎啸，好不热闹。突然，所有人，甚至连动物都安静了下来，路易十四驾到。

王公贵族们都集中到了屋子的中央，如众星拱月般地将路易十四围在中间。离国王最近的是一群秃顶的男性，女性们躲在人群的最后面，即使这样她们也很开心了，因为公共场合下的聚餐，她们一般是不被允许出席的。玛莉用眼睛在人群中搜索了一番，却并没有看到伊夫斯的身影。那群被拴住的鸟儿还在扑腾个不停，有一只挣脱了绳索，一头撞到了窗帘上。它在空中晕了一会儿，又毅然决然地向外冲去，这次它就没那么好运了，撞完窗帘后直接掉到地上，摔断了自己的脖子。仆人赶紧上前，拿走了它，以免让国王看见。

在一片金红色的兰花下，路易十四独自一人坐在一个精致的小桌子旁。公爵为他拿着餐巾，吕西安为他倒酒，那些最受宠的贵族们则轮番为他上菜。路易十四在用餐时也保持着国王的威严，他直视前方，从容不迫地品尝着每道菜。这顿饭是他一天之中的第二顿饭，有浓汤、鱼、粥、火腿、牛肉和沙拉。

喝完粥后，路易十四转向公爵。

“弟弟，坐下吧！”

公爵深鞠一躬，仆人急忙拿来一把扶椅。公爵坐了下去，面对着国王，手里还拿着他的餐巾，随时待命。

路易十四吃完火腿后，抬起头看了一眼缅因公爵。缅因公爵和王太子、王孙们一起站在人群的第一排。

“缅因公爵，这种天气很适合马术大会，是吧？”

缅因公爵回答了国王的问题，同样也是深深鞠躬。他旁边，法兰西帝国的正统继承人王太子看着他，一脸嫉妒。一个私生子居然也能得到国王的垂青，妒意让王太子的表情看起来很愚蠢。

路易十四还在用餐。玛莉的身后就是一盘肉，她本可以趁人不注意，偷吃一点，填填肚子，但是出于对国王的尊敬，她还是忍住了这种诱惑。如果真的偷吃了肉，嘴里全是东西，她还怎么向别人行礼呢？太丢人了吧。还有吕西安，他一定不会赞同这么失礼的举动。

海妖吃的那种鱼，我现在也能一口就给吞掉。玛莉站在那里，饿得发慌。

路易十四终于吃完了。他放下刀叉，擦了擦嘴巴，把手在水盆里蘸了几下，然后站起身。所有人都鞠躬行礼。

就在这时，教皇带着主教们还有伊夫斯，缓步走了进来。虽然这看上去只是个巧合，但其实也是经过了一番安排。于是众人再次行礼。

“欢迎，表兄！”路易十四开口了。

路易十四身边是他弟弟、儿子和孙子，教皇则在主教和伊夫斯的陪同下，走到了观景台上，观赏下方的狮子。阳台上的乐师们急忙弹奏起一首轻快的乐曲。

路易十四的侍臣们早已饥肠辘辘，这时他们也开动了。

“克鲁瓦小姐，我能为你再倒一杯酒吗？”洛林俯下身来，彬彬有礼地问道。他真是个完美的男人，玛莉心想，眼睛、笑容还有穿着全都无可挑剔。

“你来得太迟了！”玛莉调皮地说道。洛林先是愣了一下，然后也笑了起来。玛莉穿着夏洛特小姐的旧衣服，她很清楚，自己的打扮有些过时。

“谢谢您，请给我倒一杯吧。”

洛林不仅给她倒上了葡萄酒，还带来了一盘浆果、一块切好的孔雀肉和一根漂亮的孔雀羽毛。孔雀肉早已经冷了，油脂凝固在肉的表面。

洛林手上的羽毛滑过玛莉的肩膀、锁骨，一路向下，直指玛莉的胸部。玛莉急忙躲开了，洛林收回手，把羽毛插在了玛莉的头上。长长的羽毛垂在玛莉的脸颊旁。

“真美！”洛林赞美道。

玛莉饮了一口酒，浓烈的酒意直冲脑门。不过，她并没有感到难受，芳香的葡萄酒就如同冬日的暖阳、夏日的花蕊，让她沉醉其中。洛林骑士这时已经陪着查尔斯公爵又到了露台上，观看下方的长颈鹿。玛莉的身边就只剩下查尔斯公爵的亲戚——和洛林骑士同名的一个人。和查尔斯公爵比起来，他年纪更大，地位偏低，也没那么有钱，不过却更加帅气。这个洛林骑士先是戳了戳玛莉的脸颊，然后把手插入玛莉的头发中，慢慢下滑，抚摸着她的脖子。这种亲昵的动作让玛莉不禁颤抖起来，有些不知所措，既吃惊，又有些享受。看到玛莉没有抗拒，洛林骑士的动作愈发大胆，他俯下身来，贴到了玛莉身边。玛莉如同受惊的小白兔一样，急忙摆脱了他不安分的大手。

洛林轻轻地笑了起来。

在离他们不远的地方，吕西安正在和三位女士一起饮酒，瓦伦提诺小姐、德梅雷埃侯爵夫人和阿马尼亚克小姐，这三人全都是绝色美女。阿马尼亚克小姐一直在和吕西安调情，露骨到连玛莉都看不下去了。

“吕西安已经和旧人说再见了，眼前人也只不过是昙花一现，他正等待着未来人的到来。”

“您在说什么啊？我怎么听不懂呢。”

“听不懂吗？”洛林笑了，“没关系，你要学的太多了，吕西安会教你的，只不过这个未来人有些穷啊。”洛林的话更玄乎了。

洛林突然站到玛莉面前，搂住了玛莉的脖子，把两人的距离拉得很近。从这个角度看过去，玛莉发现自己正直视着洛林的眼睛。

“你得过天花吗？”洛林突然问了一个奇怪的问题。

“什么？我小的时候得过。”玛莉惊讶万分，不明白洛林为什么要问这个问题。

“很好，你真的很美丽！”洛林的回答仍然很莫名其妙。

“克鲁瓦小姐！”突然有人叫她。

玛莉吓了一跳，差点把手中的酒洒到典礼官的身上。洛林笑了，放开了玛莉。

“陛下命你演奏。”典礼官传达了国王的旨意。

“给陛下演奏？！不行啊，我不会啊。”

洛林轻轻地推了她一把：“去吧，你没问题。”

玛莉受宠若惊，忐忑不安地跟着典礼官，来到了狮苑上方的露台。她对国王行了一个标准的屈膝礼。路易十四笑眯眯地把她扶了起来。

“克鲁瓦，你又变漂亮了！头发梳得也很得体，快来吧，我已经迫不及待地想听你的演奏了。”

玛莉又行了一次礼。旁边，伊夫斯的表情看上去很纠结，教皇则漠然地看着她，脸上没有任何表情。库佩尔先生也在，他此时正面对着自己的乐队，没看到玛莉，所以也没有认出她。贵族们都向这里拥来，汇集在玛莉的身后。

小神童多梅尼科从他的大键琴前跑了过来，像个绅士一样，对着玛莉鞠了一躬。

“谢谢你，多大师！”看到小多梅尼科，玛莉情不自禁地微笑起来。可她的内心还是充满担心，在神童多梅尼科之后演奏，她这不是班门弄斧吗？再说，除了在圣西尔的时候练习过，她已经五年都没碰过钢琴了。

玛莉在钢琴前坐下，弹响第一个音符，琴键的触感就好像摸上了丝绸。

玛莉开始弹奏。一开始，她有些慌乱，手指头都不听使唤，还弹错了一个音符。她停了下来，脸颊发烫。

她重新弹奏了起来，这一次，美妙的乐曲如同行云流水般地从她的指尖倾泻出来。海妖的歌声给了她灵感，又体现在了她的演奏中。

一曲终了，她坐在大键琴前默默祈祷。她的心跳得很厉害，浑身都颤抖起来。

“好！非常好！”玛莉的耳边传来了路易十四的赞叹声。

下次喝酒可真得注意点量。玛莉提醒自己。她沿着狭窄的小道向阁楼走去，浑身都不舒服，头上的孔雀毛扎着她的脖子，裙子里的毛巾摩擦着腿上的肉。

屋子里密不透风，光线昏暗。奥德蕾特点起一支蜡烛，坐在床上缝着蕾丝和绸带，准备做一个新的头饰。

“屋里怎么这么黑啊！”

“我有点冷，就把窗帘拉上了。”

“午后的阳光很暖和的，你晒晒就不冷了。”玛莉拉开窗帘，让阳光照了进来。赫拉克勒斯跳到窗边的椅子上，躺了下来。

这时有人敲门。玛莉打开门，发现门口站着两个仆人，一个拿来了自己留在夏洛特小姐那里的骑手服，一个端来了浓汤面包和葡萄酒。玛莉·约瑟芬给每人一苏的小费，让他们把空碗带了回去，假装没看到仆人脸上嫌弃的表情。可是她也是穷人，哪里给得起更多的小费呢。

“你好起来了，真好！”玛莉·约瑟芬把孔雀羽毛插到镜框上。

“我一点也不好。”奥德蕾特的声音颤抖起来，泪水顺着她的脸颊滚了下来。玛莉连忙坐到她身边，脸上带着关切的神情，就好像这个女奴隶是她的主人一样。

“你怎么了？”玛莉问道。

“刚才米尼翁跑过来告诉我，说你觉得我懒，要打我。”

“胡说！你才不懒，我怎么可能打你！”玛莉很气愤，居然有人会造这样的谣。

“她还说……”奥德蕾特抽泣着把米尼翁转述的话说了出来。

真是以讹传讹，我什么时候说过这样的话！玛莉心想。

“唉，亲爱的……”玛莉叹了口气，拿走奥德蕾特手中还没做完的发饰，“你要换条干净的毛巾吗？”奥德蕾特点点头。玛莉拿来一块新布，把染上血的那块放到冷水里泡着。

“阿马尼亚克小姐说了一些蠢话。我告诉她，她要是敢打你，就把她的头发都揪掉！”玛莉把面包掰成小块，放进汤中。

奥德蕾特啃了一口面包，小声说道：“你才不会这样说话呢！”

“我是没这样说，不过我说了不能打你。而且她要是真敢打你，我绝对会扯掉她的头发。”

奥德蕾特挤出一丝微笑。玛莉把手帕在玫瑰水里蘸了蘸，擦掉了她脸上的泪水，然后给她喂了一口葡萄酒。

“你能帮我扣上这些扣子吗？”玛莉麻利地脱下夏洛特小姐的礼服，把那块不舒服的毛巾甩到一边，又换上了骑手服，“你还有力气吗？”

我现在都快能比上国王啦，一天要换好几次衣服。玛莉心想，不过她也知道，国王换的都是新衣服，而自己只能在这几件衣服中来来回回地换。

奥德蕾特帮着玛莉扣上了骑士服的扣子，她的视线却一直停留在玛莉刚换下来的裙子上。

“有些过时了，不过我能给它改好看一点。”

“你真棒！不过现在，给我乖乖躺好。身体不好就别去想那件裙子了。赫拉克勒斯，过来，奥黛需要你的温暖。”玛莉的猫正四脚朝天地躺在窗户边晒太阳，听到玛莉的召唤，眨了眨眼，翻过身来，伸了个懒腰，跳到了床上。

玛莉替奥德蕾特盖好被子，又喂了她几口汤和面包。

“你居然真的以为我会打你！”

“我们有很长一段时间都没见面了，我以为玛莉小姐变了。”

“我是变了，但绝不会变成那样的人。我们三个都和以前不一样了啊。”

“我们还会和以前一样吗？”

“会变得更好。”

玛莉沿着大绿毯向帐篷走去。这条路她已经走过了无数遍，每一次都会觉得又长了一点，似乎永远都没有尽头。她竖起耳朵，想要听到海妖的声音，没想到却听到了一阵音乐声。在帐篷的旁边，一些游客正在欣赏音乐和舞蹈——国王陛下为来参观的民众准备的礼物。

帐篷里，海妖尸体旁的冰块早已经化了大半，水顺着桌面流了下来，滴滴答答的水声打破了帐篷里的宁静。

伊夫斯站在解剖台前，正磨着他的解剖刀。仆人们走上前来，清理了海妖身边的冰块。

“妹妹，今天我不用你帮忙了。”

“什么？为什么？”玛莉大吃一惊。

“因为我要解剖的部位不适宜向公众展示，女性更不能看。”

玛莉笑了："凡尔赛宫的雕像全都没穿衣服。我都已经习惯了，还怕看动物的吗？"

"我是不会在女性面前解剖那里的。你也不能画。"

"那谁来画？"

"沙特尔公爵。"

"他画画的水平简直和你的唱歌有得一拼。再说，我都给你画过那么多动物的性器官了……"居然让沙特尔公爵接替自己，玛莉觉得自己受到了冒犯。

"那时我们还小，我也不懂事。"

"接下来，你是不是要说，要给马穿上马裤？"伊夫斯生气的样子让玛莉忍不住想逗逗他，"没穿裤子的马女性一律不准骑。"

"女人穿马裤？"吕西安的声音从门口传了过来。

吕西安走了进来。一个仆人跟在后面，把一副装饰精美的国王肖像画挂在了路易十四的扶椅上，深鞠一躬，就好像对着国王本人一样恭敬。做完这一切后，他就离开了。

"你们马提尼克岛上的习俗真独特。"吕西安摘下帽子，对着国王的肖像也鞠了一躬。

"马提尼克岛上的马不穿马裤。"伊夫斯的语气硬邦邦的。

"吕西安，见谅，我在和哥哥开玩笑呢。给他气得不轻。您一切安好？"

"对一个和检察员吵了半天的人来说，还可以。"

吕西安递给玛莉一封信。

"这是什么？"

“列文虎克给你的回信。”

“天哪，吕西安，您真是太好了！”

为了从国王的耳目那里拿到这封信，天知道他使了多少手段，可面对着玛莉，他只用一句吵架轻描淡写地带过。

玛莉迫不及待地读起了列文虎克的来信：列文虎克很高兴，有个年轻的法国小伙子对他的工作感兴趣；但同时他也很抱歉，不能把镜片卖给他……

列文虎克怎么会把自己当成了小伙子呢？是看错了我的名字吗？玛莉有些失望，继续向下看去。

不过，等两国间的战事结束后，他希望能邀请克鲁瓦先生去他的工作室参观。

玛莉叹了口气，对着吕西安露出一个悲伤的笑容：“我不会为了镜片铤而走险的。”她知道自己基本和这些镜片无缘了，也不会看到公爵曾经谈到过的淫秽小册子。内心深处，她发现自己居然冒出了个很无耻的想法：她想看那些小册子。

“我知道。”吕西安回答道，“很抱歉，不过我必须要看到信的内容，这样才能说服检察官放行。”看到玛莉诧异的表情，吕西安随后又补充了一句。

“谢谢您，殿下！我是不会向您提过分的要求的。”

吕西安鞠了一躬，然后指挥仆人们重新调整了窗帘的角度，既让观众能看到海妖的解剖过程，又能挡住水池里那只海妖的视线。

也许吕西安只有在海妖的哭声干扰到国王时，才会去考虑海妖的感受吧。玛莉心想。

“陛下还来吗？”玛莉扶住了自己的发型，上面的发卡摇摇欲坠。

“他就在这里。”吕西安冲着国王的肖像点了点头，“这次他不会注意到你的头发。”

音乐大师库佩尔先生穿过前来观看海妖解剖的人群，来到伊夫斯的身边。

“克鲁瓦神父，我能和你妹妹聊一会儿吗？”

“她有事。”

“我很焦虑，克鲁瓦神父，吕西安，克鲁瓦小姐！我很焦虑，国王的大合唱还没着落，我们必须要谈一谈。”库佩尔先生已经激动到语无伦次。

“我已经动工了。我可以在晚上作曲。”

“那你会很忙的，克鲁瓦。白天解剖，晚上写曲。”吕西安说道。

玛莉笑了起来。

“你需要什么乐器吗？”吕西安问她。

“当然要！”库佩尔先生冲着吕西安嚷嚷起来，“不然呢，你以为她光凭想就能写出曲子？怪不得到现在为止毫无进展！”

“我可以用一下大键琴吗？”玛莉紧盯着吕西安，生怕库佩尔先生惹怒了这位大神。

“只要陛下同意，你想要什么都行。”

“只要一架小小的大键琴就好，求你了，我们的房间很小，也放不下那么大的。

“妹妹，拿出你的画箱，我们准备开始。”伊夫斯打断了他们之间的对话。

玛莉对着库佩尔先生和国王的肖像各鞠一躬，然后就站到了自己的位置上。她悬着的心也放了下来，伊夫斯还是让她留下来画画了。可是库佩尔先生也不识趣地跟了过来，她真希望伊夫斯能把这讨厌的人赶走。

“我提议，由我来监管你作曲的进程。”库佩尔把视线从海妖上收了回来，开始喋喋不休，“毕竟你只是个业余的，还是个女人。没有我的帮助，你能完成任务吗？作不出曲子，你不怕国王降罪于你吗？”

“你没必要把宝贵的精力放在我身上，我的工作不值得你受累。”玛莉说得很委婉，心里却烦透了这个大师。她本来已经很紧张了，生怕辜负了国王的期望，这人还在这里说这些讨厌的话。

“好啊，好你个克鲁瓦，我一片好心想要帮你，你就这样对我？你何德何能，又是研究哲学，又是作曲，下一步你是不是要去研究古典文学？怪不得你看上去又累又蠢，这全是你咎由自取！”

“即使在法国，也有很多人认为，女性无才，她们不可能成为出色的画家、学者……”吕西安不紧不慢地说道。

吕西安居然说出了这样的话，玛莉转过脸去不再看他，希望能掩饰自己的震惊之情。

“你看，克鲁瓦小姐，吕西安也同意我的话……”库佩尔看到有人替他说话，很是高兴。

“他们也相信，矮子上不了战场！”吕西安话锋一转，对着玛莉说道。

被吕西安摆了一道后，库佩尔气坏了，可是吕西安却微笑着看着他，不屑和他计较。库佩尔突然就泄气了，他鞠了个躬，向后退了一步。

“日安，克鲁瓦小姐。”吕西安对玛莉说道。

“日安，吕西安。”玛莉的心中充满了对吕西安的感激之情。他用自己在司坦克和内尔温登的功绩类比玛莉的学术追求，替玛莉解了围，“谢谢您为我做的一切！”

吕西安离开前还不忘对国王的肖像鞠躬，并行了个标准的脱帽礼。

“注意力集中！”伊夫斯提醒玛莉。

“好的。日安，库佩尔先生，我没时间和你继续聊下去了。”

“以下场景可能不适合女士观看，请自行回避。”伊夫斯一边说着，一边将海妖的生殖器暴露在众人面前。

一些女士离开了，库佩尔先生也走了。大多数人还是留了下来，伸着脑袋，想看得更清楚些。人们小声议论着，嘲笑着伊夫斯的迂腐。

日落时分，仆人过来，取走了国王的肖像，一举一动都十分恭敬。帐篷里已经没有了观众的身影，而玛莉也完成了对海妖生殖器的描绘。现在，她正仔细检查着海妖毛茸茸的精囊，海妖的精囊能对生殖器官起到保护的作用，外观看上去和凡尔赛花园里那些裸男的没什么区别。

伊夫斯忙着整理他的笔记去了，留下玛莉在这里坐镇指挥。她让仆人安置好海妖的尸体，换上冰块和木屑。

等所有人都离开后，玛莉·约瑟芬打开了笼门，网住一条鱼，准备给海妖喂食。水池中，阿波罗和他的战马在落日的余晖下闪着金光。

“海妖！”玛莉叫了一句。

太阳已经落到了地平线以下，夜幕降临，帐篷里有些看不清了。一个仆人走过来，点燃了蜡烛后离开了。一股带着潮气的风吹了过来，蜡烛的火焰抖动了几下，还好没有熄灭。玛莉打了个冷战，帐篷也有些摇晃起来。卫兵赶紧放下了门帘，风这才停了下来。

海妖长啸了一声。

玛莉·约瑟芬在水中晃动着装鱼的网。

“海妖，快来，于于于……”她模仿着海妖的口吻说道。

水池中涌起了一道波纹，海妖来了。

突然，玛莉感到两腿间涌出了一股热流。玛莉嘴里吐出一句脏话，一个月前，她连这个词是什么意思都不知道。奥德蕾特又一次证明了自己的智慧，即使连这种大麻烦，她也能预测到。玛莉开始焦躁不安起来，大脑也不听使唤了。

我得快点喂完海妖，然后就跑回去。奥德蕾特一定会怪我弄脏了衬裙。这条衬裙肯定是没救了，连奥德蕾特都没法子弄了。我要保护好裙子，再弄坏一条，我真得哭死。

海妖浮出了水面。玛莉戳了戳它的头发，没想到海妖突然尖叫一声，向后游去，掀起一阵水花。

玛莉网中的鱼还在绝望地挣扎着，玛莉使劲挥动着渔网，想要让海妖平静下来。

“嘿，海妖，别紧张。”

海妖安静了下来。它漂在水面上，乱糟糟的头发垂在肩膀上，只有眼睛和额头露在外面。玛莉探出身，想要弄清楚海妖为什么不高兴。

海妖突然大声地哼哼起来，鼻子和嘴巴附近冒起了很多泡泡。它向着台阶的方向游去，嘴里还哼起了谜一般的歌曲。

海妖靠近玛莉，把网解开，放了里面的鱼，然后用自己带蹼的手指抓住玛莉的手。

玛莉一动不动地站着。海妖把脸凑了过来，玛莉有些发抖，心里默默祈祷，希望海妖别咬自己一口。海妖温暖的嘴唇贴上了玛莉的皮肤，然后这家伙居然伸出舌头，舔了舔玛莉的指关节。

玛莉如释重负。“你就像我之前养的那匹马一样，总想着舔我手上的盐。”玛莉笑着说道。

玛莉继续给海妖喂吃的，一边喂，一边抚摸着它，让它熟悉自己的声音和接触。

“来，说‘海妖’！”玛莉又拿出一条鱼，对海妖说道。

“于！”玛莉只能听到这一个词，后面的音调就完全听不清了。海妖抢过玛莉手里的鱼，两口就下了肚。

“说‘玛莉·约瑟芬’。”

“于！”

“说‘陛下奖赏我’。”

不管玛莉怎么教，海妖就只会那一个词。玛莉有些沮丧，她把鱼随便往水里一扔，对着海妖唱起歌来。她唱的就是她为路易十四演奏的那首曲子。

海妖静静地看着她，突然朝她游了过来，也哼起了一种奇妙的旋律。玛莉从未听过这种音调，但是这个旋律却仿佛深入到了她的灵魂，不知不觉，她已泪流满面。

我为什么要哭？玛莉自己也很不解，难道是因为我的例假？

她用手背擦掉了脸上的泪水。但是之前我来例假的时候也不会难过啊，只是会有些不便，很多事情都做不了。

海妖拉起了玛莉的手。这时，玛莉的身后传来了一阵脚步声，她以为是卫兵来了，就把手中的空网挥了挥，示意卫兵再拿一些鱼来。

她继续唱着，海妖也一起唱着，在原有的曲调上加上了一些变化。

有人把装了鱼的网递还给她。海妖也看到了网里的鱼，它停下了歌唱，欣然地接过了自己的奖赏。

“谢谢你！”玛莉转过身，对拿来鱼的人表示感谢，却发现背后站的是吕西安，自己差点和他撞了个满怀。

“你的歌声很美。”

“我还以为你是卫兵！”玛莉慌乱之中居然忘了回应吕西安的赞美。

吕西安从玛莉手里拿走网，又网起一条鱼。海妖见状，游了过来，发出一声低吼。玛莉·约瑟芬赶紧把鱼扔给它。

海妖一跃而起，在半空中就抓住了鱼，不过它并没有吃，而是放了这条鱼。玛莉被海妖的这套把戏逗乐了。

海妖开始在台阶附近翻滚起来，用尾巴溅起阵阵水花。

如果我画一幅海妖和鱼在一起嬉戏的场景，国王陛下会喜欢吗？吕西安会喜欢吗？玛莉已经为活海妖图想好了素材。

“好了，别闹了。”玛莉抖掉身上的水珠，“海妖，你怎么了？你也不饿呀。”

“它想和鱼玩耍，玩猫捉老鼠的游戏。”吕西安解释道。

玛莉舀起最后几条活鱼，扔进了水池中。鱼一进水就立刻冲了出去，海妖欢呼一声，紧随其后，在水池里激起一阵又一阵的水花。

“晚安，海妖。”玛莉轻声说道。

海妖在平台附近浮了起来，玛莉最后抚摸了它一下。海妖抓着她的手，哼哼着，还用舌头轻轻舔了下她的手指。

海妖已经生活在海水里了，为什么还要舔我的手呢？玛莉百思不得其解。

海妖沿着台阶爬到了浅水区，大声哭泣了起来，声音中满是绝望和警告。那个愚蠢而又勇敢的陆地姑娘啊，她还在流着血，就这样向着怪兽走去。这些怪兽的咆哮声响彻天地，可她却浑然不觉。如果陆地上的怪兽有鲨鱼那般敏锐的嗅觉，那这个女人就死定了。

海妖唱起了女人刚才唱的歌谣，嘴里吐着泡泡。回应它的是死一般的寂静。

海妖终于平静了下来，洗掉了眼中咸咸的泪水。它换了一支轻柔的歌曲，哼唱着游回到阿波罗战马的马蹄下。

第13章

吕西安送玛莉回去的路上，玛莉甚至能感觉到，血水已经顺着她的大腿向下流了。他们处在一个很尴尬的境地，一方面，出于礼仪，吕西安想让玛莉走到前面；另一方面，玛莉尽量避免让自己背对着吕西安。她只能在心中暗暗祈祷，血迹在自己紫红色的裤子上看上去能不那么明显。

不过，就算他看到了裤子上的污渍，也不一定意识到我在流血吧。男人们会注意到这方面吗？像吕西安这么尊贵的人物，可能更搞不清状况了吧。

帐篷外，落日的余晖洒在大运河上，运河看上去好像要燃烧起来，一轮满月挂在城堡的上方。马夫骑在一匹矮脚马上，他的手里不仅牵着吕西安的阿拉伯小灰马，还有一匹枣红色的阿拉伯马。

玛莉·约瑟芬向吕西安行了个屈膝礼。“晚安，吕西安！”她以为吕西安会骑上小灰马，绝尘而去，没想到后者却问道：“克鲁瓦小姐，你会骑马吗？”

“我很久都没有骑过马了……”玛莉如实回答道，但是她转念一想，如果给吕西安留下了不会骑马的印象，她可能永远也没有参加皇家狩猎的机会了，那可是她一直的梦想啊，于是她急忙改口：“我会骑。”

“过来试试这匹马。”吕西安冲着那匹枣红马点了点头。

玛莉有些尴尬，这要是在平时，她一定会欣喜若狂，可是现在她来了例假，据说公马在流血的女人面前会发狂。不过吕西安既然都这么说了，她还是硬着头皮走了过去。

幸好，这匹马和吕西安的小灰马一样，都是母马。

玛莉站在那里，任由枣红小马舔着她的手，感受着马儿的鼻息。吕西安的小灰马闻到了鱼的气息，打了几声响鼻。玛莉对着枣红马的鼻孔轻轻吹了口气，后者随即竖起耳朵，对着玛莉轻轻喘气。

“你还会这招？”看到玛莉很娴熟地就驯服了这匹马，吕西安很是惊讶。

玛莉的思绪飘回了童年，那是她最快乐的时光。

“我小时候养过一匹小马。它教会了我很多东西。”她微笑着冲吕西安眨了眨眼，不过很快就移开了视线，她的眼睛里不知怎地突然涌起一股泪水。

“贝都因人也是这样驯马的。有时我觉得他们对马比对人还要好。”

“这马真美！”玛莉由衷地赞叹道，“殿下，你一直骑的都是母马吗？”

玛莉伸出手，轻轻挠着枣红马的下巴，后者仰起脖子，显然十分受用。

“阿拉伯马的特点很明显。母马通常体格强健，跑得也快，虽说性格暴躁，但只要稍加调教，它们就会信任你，对你效忠。”

“所以国王陛下的公马也是这样了？”

“公马的训练就要难得多，要不断消磨它的野性，非常耗费精力。”吕西安灰色的眼睛注视着远方，一时之间好像有些走神，声音也变得空灵起来。不过他马上恢复了常态，“你需要为陛下效力，所以你的时间，每一分每一秒都很宝贵，不能浪费在往返的路上。扎基就住在陛下的马棚里，由雅克负责喂养。你需要用马的时候找他就行。”

玛莉轻轻抚摸着扎基光滑的脖子，心里有些胆怯。自己何德何能，能蒙吕西安如此照顾？而且，这么神奇的生物，她能驾驭得了吗？她正想着呢，这个神奇的生物就抬起尾巴，丢下了一坨“炸弹”，实在是大煞风景。一个园丁立刻就跑了过来，清理走了这堆马粪，动作十分迅速，好像他为了这一刻早已等候多时。不过，确实也有这个可能。

“我只在小的时候才骑过马。”玛莉老老实实地承认了自己的不足，“在修道院的时候，她们不让，因为……”

她没有继续说下去，修女们不让她骑马的理由实在是太傻了，居然说骑马会毁了一个女孩的贞洁！她不想说出来让吕西安尴尬，也不想去探究这个理由的真实性。

“她们就是不允许。”玛莉最后简单地总结了一句。

“那我们就看看，你还记得多少。”吕西安示意了下雅克，后者随即从自己的矮脚马上跳了下来，在扎基的马镫旁边摆上一个小凳子。

“如果实在不行的话，你可以坐轿子。”

玛莉实在无法想象自己坐在轿子里的情形，尤其还是在有马可骑的情况下。不过，现在她有些犹豫了，担心血迹会弄脏了马鞍。

我得找个借口，什么都行。玛莉告诉自己，可是她的脑子乱糟糟的，一时间什么都想不起。算了，只能硬着头皮上了。

玛莉之前从来没有在真正意义上骑过马。她也很惊讶，自己居然很顺利地就爬了上来，左脚蹬着马镫，右膝顶着鞍桥，姿势十分标准。

那边，吕西安的小灰马也屈下一只腿，吕西安爬上了马背。

“在马棚那里等我。”吕西安吩咐道。马夫没用凳子，也没用马镫，熟练地跳上自己的矮脚马。他把小凳子拴在鞍桥上，然后向着城堡和马棚的方向疾驰而去。

灰马和枣红马慢慢地沿着山坡向城堡走去。吕西安所言不虚，即使在缓行的情况下，母马的步伐也十分坚定有力，似乎随时都要冲出去。玛莉紧紧抓着手里的缰绳，不敢有丝毫大意。过了一会儿，她才敢稍稍放松一点马缰，扎基也缓和了许多，它的耳朵向后转动着，就待玛莉一声指令，就向前飞驰而去。

玛莉还是保持着平缓的速度，在国王的花园里纵马疾驰，有点不太合适。

“您也会借给我哥一匹马吗？”玛莉问吕西安。

“不会。”吕西安的回答很干脆。

吕西安的语气有些不善，玛莉很好奇：伊夫斯什么时候惹到吕西安了？

“为什么呢？”她继续追问道。难道他会说，是因为伊夫斯有一双大长腿，根本就用不着骑马？

“因为，我从来没见过有哪个神父能把马骑好的。骑马对他们和马来说都是一种折磨。”

玛莉很想为伊夫斯辩解，可是却开不了口，因为她知道，伊夫斯确实不擅长骑马。

暮色愈发浓重，喷泉的边缘也都看不清了，路边的大理石雕像看上去像是一个一个的白色幽灵。帐篷里，海妖的歌声还在继续，远处兽苑里传来了狮子的怒吼。

玛莉突然打了个寒战。那天晚上，她就是在这里看到了伊夫斯垂死的幻象。她不由得紧张起来，开始四处张望。

一道黑影突然出现在路旁。

“吕西安，快跑！”

兽苑里的老虎不知什么时候跑到了花园里。它的身影在昏暗的光线中显得有些模糊不清，但是它的眼睛闪着寒光，玛莉甚至能看到它带着斑点的皮毛，还有血，血从它的牙齿和爪子上一滴一滴地落到了地上。扎基不安地停了下来，嘴里喘着粗气。

慌乱中，玛莉赶紧踢了下马肚，策马狂奔，一路上扬起无数尘土。玛莉不断催促着扎基：快点，再快一点！他们经过海妖的帐篷，向兽苑飞奔而去。海妖怪异的歌声萦绕在玛莉的耳畔。

玛莉一直不敢回头。她害怕看到老虎的血盆大口，害怕看到吕西安的尸体。她知道自己不该抛下吕西安，但是她实在是太害怕了。

扎基的速度渐渐慢了下来，汗水顺着它的肩膀流了下来。但是它仍然保持着冲劲，就好像自己还能再跑几千米一样。它的脖子弓了起来，耳朵转到了后面，尾巴摇摇摆摆，它真是累坏了。玛莉在马背上蜷缩成一团，抽泣起来，在夜晚寒意的侵袭下，泪水也变得格外冰冷。

“你甩掉了它，救了我们……”玛莉对着扎基轻声说道。

扎基抬起脑袋，它已经不害怕了，但是兽苑传来的腥气还是让它有些紧张。

扎基带着玛莉在主路上走着，吕西安和他的小灰马突然冒了出来，停在了玛莉的身边。

“看来，你确实很会骑马。”吕西安的神情十分冷静。

“你没事，真是太好了！感谢上帝！”玛莉不明白吕西安怎么会如此冷静，“刚才，我不该抛下你跑掉的，对不起，但是我必须要去找到看老虎的人……”

“克鲁瓦小姐，你在说什么？”吕西安一头雾水。

“你没看到吗？那只老虎？”

“哪里来的老虎？”

“就在刚才那个地方。我看到了，扎基也看到了，它都吓坏了。”

扎基看上去没有一点受惊的迹象。

“扎基什么情况下都能跑起来。哪里有老虎呢？我和泽里斯都没有看到。”

“它一定是从笼子里跑出来了。”

“根本就没有什么老虎。”

“我在兽苑看到了啊，就在今天，午宴的时候。”

“午宴之后，屠夫就把老虎带走了，所以现在根本就没有老虎了。”

玛莉吓了一跳：“他们把老虎杀了？”

“多少人都在等着呢。皮货商需要毛皮，法贡医生需要器官入药，布尔森先生要拿它的肉准备骑术比赛的晚宴。”

“那我看到的到底是什么？”玛莉喃喃自语。

吕西安调转马头，扎基也跟着一起转到城堡的方向。

“黑暗中的阴影……”

“我看到的不是阴影！”

吕西安默不作声，没有回应。

“真不是！”玛莉又强调了一句。

“好吧。”

“我没有看到阴影或是鬼魂，我也没有……”

“我相信你。”

我到底看到了什么？当我以为伊夫斯快要死的时候，我看到的到底是什么？玛莉问自己。

吕西安拿出一个银制小酒壶，打开盖子递给她。

“我没喝醉！”玛莉抗议道。

“如果你都喝醉了，你就不会像现在这样瑟瑟发抖，我也不会给你酒喝的。”吕西安耐心地说道。

玛莉拿过酒壶，喝了一口。苹果的芳香盖过了酒精的辣感，还挺好喝的，她又喝了一口。

“你也给我留点啊！”

玛莉把酒壶还给吕西安，后者也喝了一大口。

“这是什么酒啊？”

“苹果酒，要是让他们知道我喝这玩意儿，而不是白兰地，他们一定觉得我没救了。”吕西安微笑着说道。

“他们都说你走在时尚的最前沿。”玛莉脑袋一热，把自己听到的玩笑话说了出来。

吕西安笑了起来，这时玛莉才注意到自己说的玩笑话。不过还好，虽然很失礼，吕西安也没生气，反而被玛莉逗乐了。

两匹马并排走在花园的主干道上。海妖停止了歌唱，帐篷那里静悄悄的。玛莉的视线变得清晰起来，她看到了满天的繁星。

“你喝不惯白酒。”吕西安突然说了一句。

“我喝过。”

“我只在小时候喝过一次。那时，爸爸从糖浆里提炼出酒精，为了帮伊夫斯做实验，我又提纯了一次，然后我们喝了一口，先是头昏脑涨，后来还生病了。从此以后我们就再没有碰过白酒，只把它当成保存尸体的一种液体。”

吕西安大笑起来：“不愧是学者，为朗姆酒找到了新的用途。”他把酒壶又递给玛莉。

“谢谢您，我再喝点！”

≈第13章≈

他们在经过刚才老虎出现的地方时，扎基明显有些不安，开始小跑起来，不过现在小道上空荡荡的，连一片影子都看不到。

扎基肯定是看到了什么。不是老虎，又会是什么呢？

“看来扎基还想和你兜一圈。”吕西安说道。

“现在可不想。夜里我根本都摸不清方向，刚才你也看到了……”

“这种马在夜里能看得很清楚。即使你什么都不说，扎基都会带你找到正确的方向。”

“您曾经和贝都因人居住过一段时间？还是在沙漠里？”

“我在摩洛哥、埃及和阿拉伯都待上过几年。”

“是去执行国王的秘密任务？”

“我都告诉你了，还有什么秘密？”吕西安轻笑两声，“那时我还小，陛下不会给我什么秘密任务。”

“摩洛哥、埃及、阿拉伯，”玛莉念叨着这几个地方，心里充满了向往，“多棒的冒险啊，我真羡慕您！”

远处，城堡的身影渐渐显现了出来，看上去好像挂在半山腰的一顶皇冠。烛光透过窗户，反射在玻璃和镜子上，发出夺目的光彩。玛莉和吕西安走到了靠近城堡北部的通道。

玛莉下马时费了好大一番功夫，她的裙子缠绕到了马鞍上，吕西安叫来一个仆人才帮着她下了马。玛莉站在一边，羞愧难当，不敢再看马鞍一眼。

自从父母去世后，玛莉经历过绝望和悲伤，也曾有过片刻的宁静和欢愉，但从来没有像现在这样，既无助，又忧虑。

“谢谢您的帮助，我感激不尽！”玛莉真心实意地向吕西安表示谢意。

“做好国王交给你的差事，这样他才能知道你的感激。”

玛莉把马缰递给吕西安，扎基轻轻地舔着她的袖子，一副依依不舍的样子。玛莉摸了摸它软乎乎的鼻子。

“扎基也会蹲下吗？”玛莉问道。

“是的，我所有的马都会。”吕西安的语气中透露出一股自豪之情。

玛莉蹑手蹑脚地溜进了卧室，生怕吵醒了奥德蕾特。奥德蕾特却抬起头，冲她眨了眨眼，她的眼睛在烛光下闪着绿莹莹的光芒。

她费了半天的劲才把骑手服脱了下来，幸好，经血只是弄脏了她的内衣，还没有渗透到衬裙和外裙上。玛莉松了一口气，不过她也有些奇怪，通常例假第一天她都会流很多血的。她在两腿间系上一卷毛巾，把泡在水中的内衣和棉布都洗了，挂起来晾干。

热乎乎的床铺就在玛莉眼前，但是她成功抵御住了被窝的诱惑，披上洛林的斗篷，拿着蜡烛和画箱向伊夫斯的客厅走去。

烛光照亮了一个四四方方的东西。玛莉揭开盒子上裹着的布，一架精美绝伦的大键琴显现了出来。抛光的木头闪闪发亮，呢绒装饰看上去也异常精美。玛莉打开琴盖，里面的乌木琴键反射出蜡烛的光芒。整个大键琴散发出一股原木、蜜蜡和生油混合在一起的味道。

玛莉坐在和琴配套的椅子上，手指划过琴键，丝滑圆润，像上好的丝绸，也像洛林骑士光滑的双手。

玛莉弹响一个音节，刺耳的声音让她皱起了眉头。她想找个调音器，可是找了半天一无所获。

沮丧和失望涌上心头，玛莉哭了起来，大键琴的声音也没那么走调，还能用来作曲，她可以在脑海中来纠正错误的音调，她安慰自己。可是她知道，用走调的乐器作曲，就失去了作曲的乐趣。

她突然跳了起来，一路小跑，下到了城堡中。

“吕西安在哪里？”她向第一个遇到的仆人询问道，“你见过他吗？”

“他去马车那里了，穿过大理石庭院就是。”

玛莉飞快地向那里跑去，蹑手蹑脚地穿过大理石庭院，因为国王的卧室就在庭院的正上方，惊扰到了国王可是死罪。她终于看到了吕西安的马车，挂着灯笼的那辆就是。八匹白马喷着鼻息站在车前，车夫关上车门，然后跳上自己的座位准备出发。

“驾！”车夫喊了一声，八匹马全都移动起来，马蹄踩在鹅卵石上，发出了咯噔的响声。

“等等！”玛莉轻轻地叫着。

“纪尧姆，停下！”吕西安从马车里探出身来。他的仆人从车上跳了下来，打开车门。吕西安起身，走下车来和玛莉说话。

“吕西安，请原谅我的无礼。谢谢您送过来的大键琴，很漂亮，但是音调不准，我也找不到调音器。”

“早上，我已经和库佩尔先生说了，让他去调音。”

“库佩尔先生！”玛莉吃惊地叫了起来。

“他会按照你的要求来的。”吕西安说得好像送给了玛莉一件东西一样。

“对于您的安排，我十分感激。不过，比起库佩尔先生，我更希望要一个调音器。”

吕西安笑了：“可以，明早我让人送去行吗？”

“当然可以，太好了，谢谢您！否则，伊夫斯一定会被我烦死的。”

吕西安又笑了起来。

“谢谢您，殿下！”

“不用客气，克鲁瓦小姐。”

这时，公爵的马车也驶了过来，穿过战神广场的大门，消失在巴黎大道的尽头。镀金的马车在灯笼的照射下闪闪发光。

“你要和公爵一起回巴黎吗？”玛莉知道自己不该多嘴，问出这样有失礼仪的问题，但是她的好奇心实在是太大了，再加上她对巴黎有着天生的向往之情，所以还是忍不住问了出来。

“不，我回家。”

“我还以为你就住在这里呢，在陛下身边，就住在凡尔赛宫里。”

“和那群大臣们挤在一起？我在凡尔赛宫是有自己的房间，但是我几乎从不待在那里。我喜欢待在舒服的地方，而你在凡尔赛宫里很难找到一块舒适的地方。”

“吕西安，快进来吧，外面风大，小心受凉。”德梅雷埃侯爵夫人从车厢中探出身来，把手搭在了吕西安的肩膀上——一个充满关心和爱意的动作。马车上的灯笼照亮了她脸上的疤痕。她似乎也意识到了这点，把围巾拉了上去，遮住了脸上的疤痕。

吕西安转过身，和德梅雷埃侯爵夫人低声说了两句话。玛莉没听清其中的具体内容，但却听清了他调情的语气，还有……同样的爱意。德梅雷埃侯爵夫人轻声笑了起来，又拉下了围巾，还调皮地戳了下吕西安的脸颊。

“晚安，克鲁瓦小姐。”德梅雷埃侯爵夫人对玛莉说道。

“晚……安，德梅雷埃侯爵夫人。”玛莉实在是太吃惊了，说话都有些结巴。

“晚安，克鲁瓦小姐。”吕西安鞠了一躬，回到了车厢内。马车移动起来，渐渐走远了。

玛莉·约瑟芬回到了自己狭小的房间内。现在她总算明白了，为什么公爵夫人还有那个骑士会说出那样的话。原来，德梅雷埃侯爵夫人就是“眼前人”，瓦伦提诺小姐是“旧人”，那“将来人”就是阿马尼亚克小姐了。不过在玛莉看来，阿马尼亚克小姐的可能性不大，因为她已经和夏洛特小姐的哥哥勾搭在一起了。

吕西安有情人，这也不是什么值得惊讶的事，你凭什么认为他比沙特尔公爵更好呢？毕竟，他也是没有信仰的人。

对于吕西安，玛莉又看走了眼。所有人，包括公爵夫人都曾告诉过她，说吕西安是个浪子，虽然大家说得都很隐晦。洛林骑士还警告过她，可是她就是不相信。现在不过就是验证了别人的说法罢了，她又有什么好失望的呢？她又有什么资格对她失望呢？

不过，她又想道，有没有可能阿马尼亚克小姐既是吕西安的情人又是沙特尔公爵的情人？这两人知不知道对方的存在？

玛莉走到伊夫斯的客厅，把大键琴拿毯子盖好，然后开始工作。在窗户旁边的小桌子上，她同时摊开了一张画纸和一张乐谱。唉，要是我能一手作画、一手谱曲就好了。

最终她还是选择了作画。给国王奖章绘图这件事看上去要更紧迫一些，再说，她现在对于大曲子的基调也不了解，也不太好作曲。等音调调好，作起曲来可能更顺利，多弹弹琴，说不定还能激发灵感。

她看了一眼海妖的解剖图，就把它们放到了一边。这些图只能告诉她该如何画出海妖的形状和轮廓，但吕西安想要放到奖章上的是活海妖图，看上去凶猛而危险，却又臣服在路易十四的脚下。海妖的神情和动作该怎样设计？从解剖图上，她找不到任何灵感。

玛莉想象着雄性海妖活着时候的样子，可是她却情不自禁地画起了当时尸体的模样，海妖的头部围着一圈碎玻璃和镀金的铅。画完时，她才意识到当时伊夫斯为什么要把她第一版的海妖图烧掉了，画中的海妖看上去就像是戴着玻璃王冠的恶魔。

怪不得过去人们总把海妖当成魔鬼的象征。玛莉有些害怕，连忙把这幅图塞到了画箱的最底层。

画雄海妖失败了，那就试试雌海妖吧。玛莉想象着雌海妖像海豚一样跃出水面，像夜莺一样哼唱着优美的旋律。同时，它还要像北欧巨兽一样凶残，在水中自由来往。玛莉的手在画纸上飞快移动着，海妖的形象逐渐成形。

烛光忽明忽暗，照射在画纸上，画里的海妖好像活过来了一般，不过它看上去并不凶猛，而是特别开心。

终于画完了！玛莉喘了口气，坐直了身子，高兴得浑身颤抖。

外面，一团浓雾渐渐在花园里聚集起来。玛莉透过窗户，只见花园里的大理石看上去好像在云端一样。海妖的帐篷则像是一座飘浮在空中的小岛。如同鸟鸣一样的声音充斥于夜空，橘子树间晃动着诡异的人影。

是谁？玛莉心想，是沙特尔公爵和他的情人？还是女妖和魔鬼？

诡异的人影突然转向了她。他们浑身赤裸，妖艳迷人，用愉悦诱惑着她，召唤她前去，玛莉浑身都颤抖起来，他们的召唤实在是太诱人了，她甚至都没法把他们当成魔鬼。怎么办呢？她陷入了苦恼之中。

她眨了眨眼，睡意虽然消失了，但是她还是分不清自己到底是在做梦还是在幻想。

海妖的歌声还在继续。玛莉打开窗户，午夜的冷风带着优美的音乐吹进了屋子里。玛莉赶紧拿出笔，记下这段旋律。

几小时后，夜色渐退，曙光照亮了地面上的薄雾，地面上看上去好像被镀上了一层银。

海妖停止了歌唱，树林里的人影也不见了踪影。玛莉手中的笔滑落在地，一直在写啊画啊，她的手指都抽筋了，眼睛也痛得厉害，浑身发抖，头昏脑涨。她捡起散落一地的纸片——刚才画的海妖图还有乐谱——放在了桌上，关好窗户，缩进了洛林骑士昂贵的斗篷中。

第 14 章

吕西安温柔地抚摸着德梅雷埃侯爵夫人朱丽叶的脸庞，想着昨夜的温存，她的情话，她棕色的眼睛、热情的嘴唇，还有缎子一般顺滑的秀发，都已经深深地印刻在他的心底。

德梅雷埃侯爵夫人害羞了，扭过头去。看来她还是介意自己有疤痕的皮肤。

“你还没走我就已经开始思念你了。”吕西安说道。

“我也是。”德梅雷埃侯爵夫人弯下腰亲吻了吕西安，“我会永远记住我们在一起的时光。”吕西安把她送上了马车，目送她消失在晨光中。

泽里斯半跪下来，吕西安爬上马背，向城堡出发，秋日的清晨总是令人愉悦，泽里斯撒着欢，使劲摇着尾巴，吕西安轻呵了一声，它开始奔跑起来。

尽管吕西安很享受策马疾驰的感觉，但即使是这种快感也不能完全抵消他和德梅雷埃侯爵夫人分别之后的抑郁。

泽里斯一路狂奔，到了巴黎大道。吕西安让它慢了下来，道路上行人很多，都是前往城堡参观的游客。他要小心，别撞伤了国王的子民。

*虽然今晚就要独自入睡，但昨夜的美好是朱丽叶和我都不会忘记的。我得找一个合适的婚礼礼物送给她，显示我对她的敬重。还有阿马尼亚克小姐，我很期待。*吕西安自我安慰道。

泽里斯在街上小跑着，耳朵不安分地转来转去。不论是大街上的马车和孩子，还是路边的冰淇淋小摊和佩剑出租店，它都已经司空见惯。只有在战场和猎场上，它才能精神抖擞，放飞自我。在别的地方，它总是提不起精神，连落在地上的树枝都能吓到它。

吕西安握着马缰的手稍微使了点劲，提醒泽里斯集中注意力。它可以撒欢，但是自己绝不能在众目睽睽之下从马上摔下来，尤其是在他的腿已经好得差不多的情况下，不然就太丢脸了。街上有很多平民百姓，他们不像穷人那样，接受过自己的施舍，但他们也都认识他或者听说过他，在他经过的时候，全都弯腰致意。吕西安也摘下帽子回礼致意。

吕西安本可以将德梅雷埃侯爵夫人留在身边，但这个女人渴望的是婚姻，这恰恰是他所给不了的东西，所以德梅雷埃侯爵夫人毅然决然地离开了他。尽管如此，吕西安并不后悔，只是更加坚定了自己的决心。他的健康早已受到损害，身体上的疼痛经常让他痛不欲生，有段时间他的疼痛甚至蔓延到了全身上下，除了默默忍受没有任何办法。所以他立下誓言：永不结婚，永不为父。

在城堡北部的小道上，玛莉·约瑟芬从雅克手里接过扎基的缰绳，踩在小凳子上准备上马。扎基一动不动地站着，等玛莉坐好后，才踱起步来。它跃跃欲试，准备带着玛莉一起在树林间飞驰。

有这样一匹漂亮的马，自己却只能骑着它往返于城堡之间，真是暴殄天物。玛莉·约瑟芬接过雅克递过来的画箱，不无遗憾地想着。

旁边传来了哒哒的马蹄声，玛莉扭头一看，发现吕西安正骑着马向自己靠近。

“早上好，克鲁瓦小姐。”

“早上好，吕西安。昨晚对您来说一定很愉快。”玛莉的语气很冷淡。

“是的，克鲁瓦小姐，多谢关心。”吕西安保持着他一贯的作风，彬彬有礼，不卑不亢。玛莉反倒成了那个有失礼仪的人了。她有什么资格能对吕西安的私生活说三道四？再说吕西安说的都是实话，她又为什么要生气呢？玛莉有些不好意思，可是她连道歉的机会都没有，因为吕西安看上去一点都不生气。

怀着赎罪的心态，她打开画箱，从里面抽出海妖的图纸递给了吕西安。后者仔细打量着玛莉的画作，扬起了一条眉毛。

“画这些行吗？”

“我说不好，得看陛下的意思。”

“我觉得还挺好的。”玛莉傻乎乎地说道。

“确实不错，你的绘画技巧无可挑剔，至于是否合适，只有陛下才能决定。”

“谢谢！对了，已经收到了。”玛莉微笑着向吕西安表示了谢意。一大早，仆人就送来了她急需的调音器（幸好不是库佩尔先生送来的）。“谢谢您，还有这架漂亮的大键琴。”好的乐器也大大提升了她创作的水平。

扎基弓起了脖子，两条前腿敲击着地面的鹅卵石，清脆的马蹄声回响在道路上。

“看来，泽里斯是想跑起来。”玛莉·约瑟芬说道。

“她是想比赛，这是阿拉伯马的天性。明天或者后天，它就能好好跑一圈了。陛下邀请你参加他的狩猎。”

“太棒了！”玛莉·约瑟芬高兴地叫出了声，“陛下的恩典，我不胜感激。”

起床仪式上，在路易十四祈祷的时候，吕西安把呈交上来的请愿书和报告读给他听，整整花了一个小时才读完，然后他们经由议事厅前往马术大会。

议事厅内金碧辉煌，墙面被粉刷上了金叶子，门板上则装饰着金色的太阳纹饰。桌子上烛台旁摆放着金色的花朵，和花园里的花朵保持了同一个色调。到了晚上，仆人就会把花取走，在烛台上插上蜡烛。

骑术比赛的场面就更是排场，尽管法国还在和别的国家交战，但其奢华的场面足以让前来参观的各国首脑明白，太阳王的势力和权威并非浪得虚名。

吕西安进到骑术比赛准备室。卫兵们簇拥着老当益壮的路易十四。

路易十四站在台阶上，只穿了一件衬衫和一双长筒袜。御用裁缝、假发师和鞋匠把他的服装放到了长椅上，对着国王鞠了一躬后就退了出去。

“吕西安，日安，稍等片刻。儿子，侄子，你们过来，还有我弟弟去哪里了？”

路易十四召唤的这些人急忙上前。王太子打扮成了印第安人的样子，缅因公爵穿着波斯人的裙子，沙特尔公爵则穿着埃及人的长袍。波斯服饰和埃及服饰把吕西安逗乐了，因为这两件衣服看起来和他在波斯和埃及看到的完全不同。缅因公爵的外套相当帅气，是按照拜毯的样式设计的，和他银色的头巾十分相配。和他的其他衣服一样，外套很好地掩饰了他的驼背，加长的裤腿也盖住了他那条跛腿。

路易十四可能会觉得有趣，但是曼特农夫人可不这么想，如果让她看到自己最心爱的继子居然穿着异教徒的衣服，一定会吓晕过去的。

吕西安并不打算把眼前的情形解释给曼特农夫人听，同时他也希望那些懂的人能长点脑子，别乱传。

缅因公爵在国王面前转了一圈，然后深鞠一躬，还夸张地摸了摸自己的额头和胸膛。路易十四点点头，表示很满意。

这时，公爵急急忙忙地赶了过来。仆人连忙为他更衣，给他换上戏服。洛林骑士紧随其后，他穿着得体，嘴里还叼着一根雪茄。

他对路易十四行礼之后，就去看公爵的换装了，还不忘掐灭香烟，以免被别人指责对国王不敬。

沙特尔公爵也上来向叔叔展示了自己的服装。他穿的是亚麻做成的长袍，腰带和领口都镶嵌着珠宝，头饰上画着眼镜蛇和秃鹰的图案。

他的情人们肯定会喜欢这条长袍，吕西安的想法有些恶趣味，因为这件长袍几乎是透明的。

“不错，沙特尔。”路易十四同样表示了赞赏。

缅因公爵和沙特尔公爵是死对头，争权夺势，处处针对。其实要不是他们所处的立场不同，并互相猜忌，他们可能会成为好朋友。吕西安遗憾地想道。

和这两人的落落大方比起来，王太子就有些局促不安。他穿着皮质外套和紧身裤，腰上系着厚厚的毛皮腰带，腰带上的金色流苏几乎都要垂落到地上。他的帽子也十分夸张，由一圈被涂成了金色的芦苇编织而成，上面还装饰着一些奇奇怪怪的东西，比如白鹭的羽毛、绒毛球和蕾丝。

他确实穿不出印第安人的感觉，不论是身材还是气质都不搭。他比缅因公爵大了十岁，比沙特尔公爵大五岁，这两个人不管哪一个来穿，效果都会好很多。

“太子的衣服还少了点什么。”路易十四表了态。一堆裁缝立刻上前，把王太子团团围住，有人拿着蕾丝，有人拿着羽毛，还有人拿着流苏。

“绿宝石。”路易十四说道。

一个学徒对御用裁缝小声转达了国王的话。

“可是，陛下，野蛮的印第安人是不会佩戴宝石的。”御用裁缝回答道。

“加上绿宝石，就在腰带的边缘这里，缝上一排宝石，还有帽檐这里，也来一排。”路易十四的语气不容置疑。

“是，陛下。”裁缝忙不迭地回答，一边恶狠狠地瞪了刚才传话的学徒一眼。

“太子，现在你满意了吧？”路易十四看上去也不太高兴。

乔林小姐可能会赞同国王的这番修改。吕西安坏坏地想着，想想看，她在给太子脱衣服的时候，发现裤带上居然有那么多宝石，该多开心。可是王太子看上去还是不开心。

“是的，我很满意。”他恹恹地回答道。

“我亲爱的弟弟，你换得怎样了？”路易十四又问。

公爵摇摇晃晃地走了出来。

“鞋匠把我的鞋后跟弄到了前面，恐怕他们得拿回去重新做了。”公爵脸上露出了痛苦的表情。

“日本凉鞋就是这样的，我们用的是最传统的样式。”路易十四解释道。

公爵穿着一件颜色绚丽的刺绣和服。他提起裙摆，露出下身的白色丝绸马裤。他脚蹬一双日本凉鞋，看上去像踩上了高跷，鞋上系着金色的皮带和纽扣。

“我穿着这样的鞋子还怎么骑马？陛下，袍子是很好看，不过，鞋子……”公爵还是忧心忡忡。

其实，公爵的麻烦远不止鞋子。这时假发师出现在公爵的身后，迅速取走了他的假发，给他换上一顶新的假发。和法式假发的飘逸茂盛不同，这顶假发是一根又黑又直的辫子，公爵的肩膀和脖子全都露在了外面，看上去特别怪异。

“鞋匠肯定有办法。你的眼光很不错，这套袍子很漂亮。”

公爵拉开自己一层又一层的衣领，自豪地介绍道：“看，这一层绣着金线，这一层由银线编织而成，还有这一层，用的是上好的东方丝绸。每种图案绣上去都要花上一年的时间。”公爵袍子上的刺绣图看上去确实很精致。“工匠在完成后，就自杀了。因为他们的眼睛都已经累坏了，再也做不成这样的衣服了。”

“真的吗？”路易十四很是惊奇。

“千真万确，来自我的丝绸进货商的可靠信息。”

假发师拿来一面镜子，公爵在镜子面前扭来扭去，仔细端详着自己的假发。军械师拿来了一把弯弯的长弓和一个装满了弓箭的象牙箭袋。

“镜子太小了，根本照不全。”公爵抱怨道。

仆人又拿来一面大镜子。

“亲爱的弟弟，你现在看上去就像是一个日本武士。”路易十四说道。

“陛下，还差一点。我都没戴帽子，你确定日本武士都不戴帽子吗？我的头上连一点装饰都没有，能赏赐我些金发卡之类的东西吗？”

“发卡是女人才戴的东西。”路易十四露出一副戏谑的表情，答非所问。公爵打定主意想从哥哥那捞一笔，他眼巴巴地看着国王，等着回答。

“我的那些珠宝首饰都送给我女儿了，都在你儿媳妇那里！”

“她还经常从我这里借首饰，借完也不还。”公爵有些愤愤不平。

“再说，那都是些中式头饰，和你的衣服不搭。据说日本武士戴的都是头盔，上面还有羽毛和金边。你就戴个那样的头盔吧。”路易十四发话了。

“谢谢您，陛下！”公爵的态度这才稍有缓和。

路易十四转向吕西安，脸上露出了笑容：“吕西安，你的衣服呢？准备好了吗？”

“是的，陛下。”

“一定很不错，我知道，你是舍得花钱的。不过，可不能超过我呀！”路易十四打趣道。

“希望能让您满意。”

“衣服做得还挺快。”

“尺寸小，花的时间就少。”

路易十四大笑起来，他扫了眼吕西安手上的图纸，问：“你有什么要给我看的？”

吕西安呈上玛莉的图纸，上面画着给奖章设计的图案。正面是国王的画像，年轻的国王身披古罗马铠甲，骑在马上，威风凛凛地凝视着远方，虽然是古装，倒也符合马术大赛的主题。奖章的另一面是海妖，它怪异的脸上露出了开心的表情，尾巴拍打着水面，溅起一阵浪花。

“我本来想要的是捕捉海妖的场景，不过，这幅图……也有点意思。拿去刻印吧，从印好的奖章里拿出一枚，还有我的赞许，一起送给……”

他的话还未说完，就见保姆和侍臣领着年轻的勃艮第公爵、安茹公爵和贝里公爵走了进来。三个男孩都穿着国王指定的服装，站成一排，把手放在胸口，向国王问好。

“我的小罗马军团！”路易十四开心极了，“很高兴见到你们。”

贝里公爵挥了挥手里的剑，对吕西安叫道：“吕西安，我们还有一节击剑课要上呢！”

吕西安鞠躬：“听从您的吩咐，殿下。”

“待会儿再让他陪你，现在我们还有些正事要商量。”路易十四让他的孙子们退下，继续谈起刚才的话题，“刚才我说到哪了？”

“陛下希望我送一枚奖章给……克鲁瓦小姐？”

“不，给我的弟媳，她喜欢收集奖章。你建议我也给克鲁瓦小姐赏赐一枚？”

“是的，陛下，给她，还有她哥哥。”

“他们也喜欢收集奖章？”

“我不这样认为，他们很穷，不太可能有这么奢侈的爱好。”

“这种状况不会持续很久了。”

“这样的话，”吕西安显然理解了国王的言下之意，“那就以您的名义赏赐给他们一枚奖章，表彰哥哥捕捉到了海妖，妹妹为之作画，以示亲厚。有了您的宠幸，之后他们的日子就会渐渐好起来的。”

路易十四端详着自己的肖像。

“克鲁瓦知道该如何描绘人骑马时的姿态，比贝尔尼尼画得要好。对了，她想要参加打猎吗？”路易十四问道。

“她非常乐意，陛下。”

“她有没有来奉承你啊，说些好听的话？就像对我那样？”路易十四突然发问。

“当然没有，她不是那种人。”

“吕西安，你就承认吧，你喜欢她。”路易十四笑得很开心，“不过，德梅雷埃侯爵夫人那边你打算怎么处理？”

“她已经厌倦了寡居的生活，最近接受了某人的求婚。”

“你没意见？”

“我并没有结婚的打算，德梅雷埃侯爵夫人也能理解。”

“这是你跟那些情人的托词，我很好奇，她们中有多少人曾经试图想要让你回心转意呢？”

“这是我的原则。所以，也只能让她们失望了，希望这是她们唯一对我不满意的地方。我很尊敬德梅雷埃侯爵夫人，我们分别时，也没有任何的不愉快。”

“那克鲁瓦呢？”路易十四不依不饶，继续追问下去，不让吕西安转移话题。

“她全心全意地为陛下效力，同时帮助她哥哥开展研究。她想要的只有科学仪器。”

“科学仪器？她就靠这个打发时间，看来她需要一个丈夫。这个年轻的女孩既虔诚又朴实，并没有沾染上宫廷内的恶习。曼特农夫人和我的弟媳，对她印象都很好。”

“她确实很出色，陛下。”

“吕西安，你觉得她适合和谁结婚呢？我很喜欢她的父母，因此我要给她找门好亲事。有些人可能会介意她出身贫寒，但有我给她撑腰。也许，我该期待你能改变你的想法，把她许配给你？”

“陛下，我希望你抛弃这种想法。”吕西安轻声说道，尽管他心中早已是惊涛骇浪。

路易十四叹了口气：“唉，这偌大的王宫之内，还真找不到几个合适的人选。她喜欢的应该是有志青年，这我还是能看出来的。你看，还有谁比较合适呢？现在的婚事可不比从前喽。”

路易十四偏爱有志青年，那克鲁瓦如果真想找一个丈夫，她会喜欢什么样的男人呢？吕西安心里犯起了嘀咕。她受到修道院的影响有多大？她渴望男女之情吗？

吕西安也不清楚。

喷泉再次开放，隆隆的水声回荡在空中。银质花盆中，金黄色的花朵开得正鲜艳，沿着道路的两旁一字排开。花园中挤满了慕名前来的游客，他们早已聚集在海妖的帐篷里，围绕在笼子前，指指点点，谈笑风生。

玛莉·约瑟芬暗暗祈祷，希望那些大人物都别来。其实，如果国王陛下不来的话，那些达官贵族们也没有理由前来。她今天的打扮简直就不能看。虽然奥德蕾特已经恢复了健康，但是她一大早就去帮夏洛特小姐梳头了，所以现在玛莉的头发乱糟糟的，身上连一片蕾丝或者绸带都没有，也不敢在脸上贴美人痣。

唯一让她感到欣慰的是，她的月经流量居然神奇地减少了。虽然对于这不同寻常的变化有些担心，但她还是很高兴的，因为至少不用去看医生了。她暂时把月经的事抛到了脑后。

玛莉一边哼着合唱曲子的副歌部分（这首曲子还是根据海妖的歌声创作而成的），一边走进了帐篷。她从人群中穿过，走进笼子，然后锁上了笼门。

海妖在喷泉的边缘游弋，向装活鱼的桶游了过来。眼见此景，观众们都兴奋地喊叫起来。

“等等，别着急。”玛莉·约瑟芬网出一条活鱼，来到了水池边缘。

下一步我要训练什么呢？她寻思着，海妖非常聪明，很快就能明白她的指令。

“海妖，于于，要于于！”海妖已经急不可耐地叫了起来。

海妖在水中游来游去，一会儿钻到水底，一会儿跃到空中，甩得玛莉一身水，不仅如此，它还唱起了曲子的副歌部分。

“真聪明！我知道你会唱歌，但现在你得说出来，说，于于。”

“于于。”海妖叫道，声音嘶哑。

“真棒！”

玛莉·约瑟芬扔过去一条鱼，海妖跃到空中，一口咬住，锋利的牙齿咬碎了鱼骨头。它将这条鱼吞进了肚子里。观众兴高采烈地鼓起掌来。

“现在，游近一点，从我手里拿走鱼。”

海妖听话地游过来，拿走玛莉手中的鱼。它用带蹼的手指小心翼翼地将鱼捂在手里，一双深金色的眼睛直勾勾地盯着玛莉。接下来它做了一件让玛莉有些吃惊的事：展开手掌，放走了这条鱼。

“你不饿吗？”

网里还有一条鱼，玛莉把鱼和网一起浸入水中。

海妖嚎叫起来。它把手慢慢伸了过来，穿过网，碰到了玛莉的手指。玛莉·约瑟芬没动，任由海妖抓着她的手指，虽然指间传来的力度让她有些害怕。

海妖终于松手了。玛莉的手上还留着它抓过的痕迹，不过它一点也没有伤到玛莉。

网里的鱼又开始扑腾起来。海妖轻哼了一声，把鱼从网中取了出来。网中取鱼这个动作，玛莉只向它展示过一次，没想到它这就学会了。

“你能跳起来吗？能表演吗？”玛莉轻声说道，“如果你能讨得国王的欢心，说不定他会放了你。”这话更像是玛莉在自言自语。她又给了海妖一条鱼。

“于于。”海妖又叫了起来。

“你很聪明，能学人说话，但是陛下已经有过一只鹦鹉了。”

海妖慢慢地游走了，它弓起背，头朝下扎进了水中，带蹼的脚趾在水面晃来晃去。游客们哄堂大笑，玛莉也被海妖这孩子气的行为逗乐了。可后面的事就让她有些笑不出来了。海妖突然分开了尾巴，露出自己的私密部位，红红的皮肤看上去就像是一朵盛开的鲜花。

人群开始窃窃私语，不时发出阵阵笑声。

“不行！”在玛莉的厉声呵斥中，海妖浮出了水面。*虽然你只是一只动物，但这种行为也会招致教皇或者曼特农夫人的反感。*她想起之前在圣西尔教堂的一件事，脸都红了。一只发情的小公狗在迷迷糊糊之中，把曼特农夫人的膝盖当成了小母狗。曼特农夫人费了好大力气才甩开了这只傻狗。玛莉至今还记着那只狗的样子：吐着舌头，眼睛里充满了渴望。

海妖一边哼着歌，一边向玛莉游来，还向玛莉的手上泼水。

“算了，你也不是有意的。”玛莉·约瑟芬轻声说道。

玛莉忽然想起，在马提尼克岛的海滩边上，住着一位喜欢和海豚一起玩耍的老人。他经常会把一个鼓起来的猪膀胱扔到海里，海豚们就会游过来，把膀胱传来传去，再丢回给老人，就好像在打网球一样。玛莉也想尝试一下。

“你会打网球吗，海妖？”玛莉问道。

海妖却吐了口口水，潜入水中。

这时，玛莉身后突然传来了开锁的声音。笼门打开，伊夫斯迈着他的大长腿走了进来。海妖立刻消失在水中，在水面上留下一道水纹。

≈第14章≈

“早上好！”伊夫斯说道。

“今天过得怎样？一定很成功吧？”

“是的，你把海妖喂得很好啊，看上去油光水滑的。我就知道，能让它进食的人非你莫属。”

“它已经学会听从我的指令，还学会了说话。”

“鹦鹉学舌，我知道。”伊夫斯移开了目光，脸上的表情有些纠结，“别投入太多感情，毕竟它就只是头野兽。”他在水池边缘坐了下来，“不是你的宠物。你也知道它的下场会是什么，我不希望看到你为它伤心难过。”

“不要！”玛莉·约瑟芬惊叫一声，“活海妖的数量已经很少了，就不能……”

“从被我捉到的那一刻起，它的命运就已经注定了。”

海妖慢慢地游了回来，向玛莉的裙子上泼水。

伊夫斯向玛莉伸出手去，玛莉握住了哥哥的手。海妖又拍起一团水，向他俩泼去。水珠越过玛莉的脖子和肩膀，弄湿了她的领结。

“呀！”玛莉连忙掸掉身上的水渍，生怕弄脏了自己的骑手服。

“于于。”海妖又叫起来。

玛莉·约瑟芬从木桶里舀了一网鱼，放进水池中。海妖尾巴一甩，钻进水中，追着鱼而去。

玛莉·约瑟芬的手上突然传来一阵刺痛，笔从她指缝间滑落，流出的墨水弄脏了她的画图。旁边站着的男童急忙想抓住往下掉落的笔，可惜没能成功，笔还是滚落到实验室的地面上，在地上留下一团墨迹。

“伊夫斯，等一下！”玛莉叫道。

她的哥哥正在专心致志地解剖海妖的大脑。他直起身，看上去有些疲倦：“怎么了？”

仆人收拾走掉在地上的羽毛笔，给玛莉换了一支新笔。玛莉揉了揉抽筋的手掌，那种刺痛麻木的感觉消失了。

“没事了，咱们继续吧。”

伊夫斯环顾四周。已是傍晚时分，帐篷中的物品在地面上投射下斜长的影子。仆人们在帐篷里来回走动，点起蜡烛和灯笼，放下窗帘。除了沙特尔公爵坐在国王的肖像旁边，其余观众都站在一旁，观看着伊夫斯的解剖。

伊夫斯伸了个懒腰。他使劲揉了揉眼睛：他的眼睛因为长时间暴露在保存液的气味中，已经有些充血。

“抱歉，沙特尔公爵，请明天再来吧。现在已经看不清了，不适合我妹妹作画。”他把海妖的大脑放回罐子中，然后遮住了海妖的尸体。仆人们在旁边加上冰块和木屑。

男童把玛莉·约瑟芬的终稿订到展示架上。从这幅画上，人们可以清楚地看到海妖的全貌：诡异的面孔、粗糙的皮肤、满口的牙齿、健硕的肌肉和复杂的大脑。

沙特尔公爵一下就来了精神。他从椅子上一跃而起，走到展示架前，用那只好的眼睛盯着图仔细地看着，都快要趴到图纸上去了。他的手里还举着一支蜡烛照亮，玛莉真怕他一把火把图纸给烧了。

“真神奇！太令人不可思议了！真是难忘的一天，谢谢你，克鲁瓦神父，能有幸观赏到你的解剖。”

“奇怪！”玛莉仔仔细细看着自己画的解剖图，从海妖的脸看到口腔，从皮肤到肌肉再到骨头，一层一层看下来，越看越觉得眼熟。

“哪里奇怪了？”伊夫斯问道。

“它的头骨，看上去像人类的头骨，还有脸部肌肉……”

“胡说，你什么时候见过人类头骨？我都是到了大学里才开始解剖人体的。”

“在修道院。在节日时，他们把圣人的遗骨拿出来展示过。”

“这明显就是动物的头骨。”伊夫斯指着海妖的犬齿说道，“看它的牙齿。”

“牙齿确实像动物。”

“像猴子的头骨。”沙特尔公爵也加入了讨论，“这就是上帝创造万物的神奇之处，比如说兰花就有很多品种……”他对着玛莉鞠了一躬，“这种相似性还体现在，克鲁瓦小姐，请原谅我以下要说的话……”

“殿下！”伊夫斯急忙阻止了他，“我妹妹很纯洁……”

沙特尔公爵咧开嘴笑了。

“它和猴子一点都不像。我曾经解剖过猴子的。”玛莉的回复很迅速。

“神父，我们不用在牙齿上纠结了吧。”沙特尔公爵说道，

“毕竟和别的器官相比，牙齿没那么重要，还容易脱落。雌性海妖的牙齿肯定会小很多。”

“雌海妖的牙齿也很大很锋利。”玛莉又一次反驳了沙特尔公爵。

“你的想象力还挺丰富。”伊夫斯说道。

“不过既然你这么一提，这头骨看上去还真有些像人类的头骨。”沙特尔公爵不知怎地，站到了玛莉一边。

“你怎么会接触到人类头骨呢？”伊夫斯问道。

“我真见过。有一次在战场上，下着大雨，我的马踩到了一座古坟里，在里面我找到了一个头骨。那个头骨在我的帐篷里待了整整一个暑假，我不仅仔细研究了它，还和它说话。我问它，是否曾和查理大帝或者圣路易斯并肩作战。”

“那么它回答了吗？”伊夫斯问道。

“一个头骨，还能回答问题？”沙特尔的语气中带上了一丝嘲弄，他的手指敲打着图纸的边缘，“不过，确实和画上的这个头骨很像。”

“我得赶紧回去，好在笔记中记下你的发现。”

“我和你一起。”沙特尔公爵主动提议，“我们边走边聊。”

沙特尔公爵对着他叔叔的肖像鞠了一躬，伊夫斯紧随其后。两人一起走了出去，边走边讨论起科学问题。玛莉·约瑟芬对着路易十四的画像行了个屈膝礼，整理起伊夫斯的器材。国王从画中一直盯着她看，让她浑身都不自在。直到仆人过来，恭恭敬敬地取走了画像，她才松了一口气。

第 15 章

贡多拉小船沿着大运河缓缓向前，撑船人唱起了一首难懂的意大利歌谣。玛莉·约瑟芬坐在船首，把手伸进水中。银制的百合花盘上摆放着点燃的蜡烛，打着圈，漂浮在水面上。

洛林坐在了船首的另一个座位上，公爵夫人和夏洛特占据了船中央的长凳，公爵则坐在船尾、船夫的脚旁。

贡多拉的前面是路易十四的两艘帆船，一艘小，一艘大，正在比赛之中。贡多拉小船刚出发就落到了最后，不过船上的乘客们也并不着急，大家都陶醉在船夫的歌声中。

大帆船上的工头大声呵斥着摇桨的船夫，时不时在他们的背上抽上两鞭子，催促他们再用力一点。大船的速度明显加快，很快就拔得头筹。

“这场比赛算不得公平。”洛林嘴上评论着比赛，眼睛却一直盯着玛莉·约瑟芬。在月光和烛光的映衬下，他看起来愈发英俊。

“鞭子也是有失风雅。”他的手不安分地滑到了玛莉的膝盖上，玛莉想把脚挪开，却被洛林巧妙地制止了。

算了，这也没什么。我又不反感他的接触。伊夫斯肯定不喜欢这样，但是他自己现在又在干吗呢？坐在大船上和国王、教皇一起兜风，重新又经历了一遍捕捉海妖的过程。

“他们为什么要比赛呢？”玛莉·约瑟芬发问，“可怜的……”

“这些都是有罪的人，战俘、杀人犯等等。”洛林回答道。

“不可能！”

“那不然为什么要这么对待他们呢？亲爱的，陛下举办这场比赛，是为了能让詹姆斯国王赢得赌注，这样接下来两周詹姆斯才能有钱花。”洛林继续解释。

“国王陛下真是仁慈。”玛莉·约瑟芬不由自主地赞叹道。

洛林的手从她的膝盖慢慢移到了小腿上。

那边，坐在船尾的公爵也在盯着洛林，尽管光线昏暗，但沮丧还是清清楚楚地显示在了他的脸上，即使厚厚的粉和美人痣都掩盖不住。玛莉·约瑟芬心中怀疑，这两人是闹了什么别扭了吗？

大帆船很快就到了大运河交汇处的一个人造岛，英国国王那方爆发出热烈的欢呼声。

“今晚你看上去真美！”洛林对玛莉说。

“谢谢您，殿下！这还多亏了您。”玛莉抚摸了下头上的孔雀羽毛，“奥德蕾特没时间帮我弄头发。玛丽王后点名要她服侍。她的才能有了用武之地，我也为她感到高兴。如果不是您给我的那根孔雀毛，我的头发可能就……”

“还真是根幸运的孔雀毛！”洛林骑士闭上眼睛，然后又睁开眼睛，长长的眼睫毛一扇一扇的。

在船夫高亢的歌声中，贡多拉小船终于也抵达了小岛。玛莉率先为船夫鼓起掌来。后者优雅地鞠了一躬以示谢意。洛林则扔给他一枚金币。乘客们纷纷登陆，洛林扶着玛莉登上了平台。国王的大帆船停在附近，船上的摇桨工全都累瘫在地，气喘吁吁。他们穿着破烂的麻布衣服，缠绕着铁链，身上全是斑斑血迹和汗水。洛林急忙从他们身边走过去，既不想看这些人的惨状也不想听这些人的哀号。

一扇精致的金色拱形大门吸引了客人们的注意力。数千支蜡烛在水晶的折射下，将五彩的光芒投射到门上的花环上。空气中充满了花朵的芬芳，丝竹管弦之声不绝于耳。不得不说，这座岛是一座奇迹般的存在，因为昨天它还并不存在。

“你一定要喝点酒。”洛林对玛莉说道。

岛屿的边缘出现了一群小精灵，他们拖着酒盘，挎着装满甜点的篮子，踏浪而来。这群人并不是真正的精灵，而是仆人们乔装打扮而成的。他们的脚下是浮桥，隐蔽在水中很难看见。洛林给玛莉·约瑟芬拿了一杯酒。

“第三杯了？还是第四杯？”

玛莉·约瑟芬笑了：“殿下，我真记不清了。”

他们踩着柔软的青苔小路来到了一座凉亭。夏洛特小姐从藤蔓上摘了一颗草莓，吃了一半，把嘴上弄得全是红色汁液。她将剩余的半个草莓递给玛莉·约瑟芬，玛莉咬了一口，十分香甜。夏洛特伸手在玛莉的嘴上抹了一下。

“你既不扑粉，也不涂口红。好了，这样，你的嘴唇看上去就没那么苍白了。”夏洛特很满意自己的杰作。她又摘下一颗草莓，递给了她的母亲。公爵夫人抱了下女儿，吃掉了草莓。凉亭上用金线挂满了水果和甜点。

“来吧，亲爱的。”公爵说着挽住了洛林空闲的那只手。洛林弯下腰，快速地在公爵的嘴唇上亲了一口。

“据说船里有牌局，你陪我去。“公爵完全没有顾及玛莉的存在，只是扫了她一眼，然后就对洛林近乎撒娇地说道：“我不管，今晚你居然这样对我，必须要补偿我。”

“能和您一起，是我的荣幸。”洛林一本正经地说道。

然后，他就领着公爵一家人和玛莉前往觐见国王。路易十四面带微笑，也向他们这个方向走来。他的身边站着曼特农夫人、缅因公爵、沙特尔公爵夫人和她的朋友阿马尼亚克小姐。阿马尼亚克小姐的打扮比玛莉还要夸张，她的发饰上插满了孔雀毛。

玛莉发现，吕西安居然没陪在国王身边。他去哪了？不知怎地，每次面见国王时，她总是期待能见到吕西安。

“晚上好，弟弟！”路易十四微笑着对弟弟说道。

“晚上好，陛下！”公爵也报之以微笑。兄弟之情不言而喻，虽然两人之间的问候很官方。

“克鲁瓦小姐，”路易十四扶起了玛莉，慈祥地拍了拍她的脸颊，“你太像你母亲了，简直就是一个模子里刻出来的。你能安然抵达法国，我就放心了。”

“谢谢您的关心，陛下！”玛莉也笑着回答。对于一个掉了一半牙的老人来说，路易十四还是很有魅力的。他的身上不仅保留着年轻时的风采，更有岁月打磨出的成熟和精致。

“您的这座岛真美！”公爵赞美道。

“哈哈，一个令人愉快的小东西而已。弟弟，我问你，今晚的客人之中，你觉得谁最多情呢？”公爵犹豫了，但是他的眼光还是飘向了洛林。

“哦，对了，不用考虑吕西安，他拒绝参加评比。”

“为什么？因为他不愿意坐船出海？”公爵指了指这座小岛。

“呵呵，可能是他觉得这是场不公平的评比吧。缅因公爵也很多情，是吧，我的儿子？不过，你只爱你的妻子？”路易十四乐呵呵地说道。

“我觉得克鲁瓦神父就不错。”沙特尔公爵夫人说道。

“不不，克鲁瓦神父不论从哪方面来说都算不上多情。再说，他必须要把自己的感情献给上帝。”

公爵最终说话了：“陛下，臣弟愚钝，还是你来选吧。”

“我知道你会选谁，你只是不好意思说罢了。”路易十四的话中并没有任何讽刺的意味，“你的建议对我来说很重要。现在，跟我来吧，我要把海洋的掌控权交给詹姆斯了。”

让玛莉震惊的是，曼特农夫人从她面前经过时，一直在怒视着自己，厌恶之情溢于言表。这让她很是不解，因为之前曼特农夫人对她的态度一直都很友好。

路易十四带领众人来到了岛中央的一大片空地上，地面上早已铺好了供人们跳舞的木质地板。身着华丽服饰的客人们聚在了一起，乐队演奏起音乐。人群中，教皇和他身边的红衣主教尤其鲜艳，一白一红，和周围人们穿金戴银的氛围格格不入。伊夫斯虽然还是穿着黑色的袍子，但俊秀的他也十分引人注目。奥德蕾特陪在玛丽王后的身边，用天鹅绒垫捧着王后的手帕。

路易十四和詹姆斯在舞池的中央相遇了。路易十四给詹姆斯戴上一顶皇冠，并赠给他海神波塞冬的一柄三叉戟。海神的武器上挂着一排珍珠，至少有一米多长。

“你坐着我的船，打败了我！”路易十四大笑道。

“下次，我还要召唤大风，这样两只船就不会差那么多了。”詹姆斯也笑了起来。他把三叉戟上的珍珠取下来，想放到玛丽王后的头发上，不过，玛丽王后今天的发饰实在是太高，他只好把珍珠放到了王后的怀里，在肩膀上围了一圈。

路易十四在乐队前坐了下来。一个身披金色鱼鳞的海仙女，跑过来在他的脚下放了一个垫子。路易十四让王室成员都坐了下来，其余人则站在他的身后。

戏剧展现的是一段陈年旧事，讲述了国王如何平定了投石党叛乱。玛莉・约瑟芬看着看着就走了神，想象着自己在听海妖的歌声而不是眼前这冗长的序曲。

玛莉前面，公爵夫人也正在和睡意做着艰苦卓绝的斗争。只见她的脑袋一会儿点一下，一会儿点一下，下巴慢慢地滑到了她丰满的胸脯处，似乎立刻就要打起呼噜来。玛莉把手搭到公爵夫人的肩膀上。公爵夫人吸了口气，惊醒过来，在椅子上坐直了身子。玛莉笑了下，想把注意力重新集中到戏剧上。一名舞者扮演了年轻时的国王，面对叔叔掀起的大规模叛乱临危不惧，最终挫败了他们的阴谋。

玛莉·约瑟芬真希望自己能看到国王陛下亲自跳舞。据说，国王年轻时非常擅长跳舞，他的舞姿和他的功绩一样，一直被人们所传颂。不过，他现在已经有几十年都没有跳芭蕾舞了。

表演结束了，在场的客人们纷纷表达了对国王的谢意，国王也很高兴地接受了。

这时，大典礼官（主持仪式的他已经得到了丰厚的报酬）向公爵夫人走了过来。他先是对公爵夫人鞠了一躬，然后转向玛莉·约瑟芬。

“国王陛下召见你，克鲁瓦小姐。”

玛莉吓了一跳，她飞快地向公爵夫人行了个屈膝礼，就跟在典礼官的身后，急急忙忙地穿过人群向路易十四那里走去。

路易十四坐在椅子上，正聆听着音乐，那只好腿向前伸着，另外一只则踩着一个垫子。玛莉·约瑟芬急忙屈膝，裙子拖在地上发出沙沙的响声。没想到能蒙国王单独召见，玛莉觉得自己穿得实在是太随意了，尤其是头发根本都没怎么打理。

路易十四弯下腰，抬起了她的下巴，仔细端详着她的脸庞。玛莉发现，国王有着一双美丽的深蓝色眼睛。

“像，实在是太像了！”路易十四喃喃自语道：“简直就是你母亲的翻版。她的发型也和你一样，没有那么多花里胡哨的装饰。”

路易十四站起身，把玛莉拉到他身边。

“来，让我们跳舞吧。”路易十四踩着节拍，带着玛莉在众人面前翩翩起舞。

路易十四一边跳着，一边慈爱地看着玛莉。玛莉觉得自己都快要晕倒了，血气上涌，头晕目眩。

“克鲁瓦，你的舞姿就如同你的作曲一样出色，这点也遗传了你的母亲。”

“陛下，她比我好看多了，也更有才。”

“是的，我们都能记住她的好。”

在玛莉的记忆里，她的父母就如同冬日的暖阳，带给人温暖。母亲聪明友善，父亲乐观幽默。可是一周之内，她的爸爸妈妈就都不在了。

“我的老朋友和死对头，一个一个地都在离我而去。克里斯汀娜王后、邪恶的老卢瓦侯爵、卢利和莫里哀、王奶奶，甚至还有马萨林这个暴君。”路易十四叹了口气，“唉，我也怀念克鲁瓦夫妇。”

“我也很想他们。可是，母亲那时已经病重，也只有上帝能解救她了。”

“上帝是仁慈的，带走了她，因为上帝不想让自己的天使在人间受苦。”

她真的很痛苦，不论是上帝还是医生，都丝毫没能减轻她的痛苦。看着母亲如此煎熬，我对上帝的痛恨也在那时达到了顶点。玛莉心想，当时，上帝居然没有一道雷把她劈死。

转圈时，玛莉偷偷抹掉了一滴眼泪。她以为国王不会看到，但两人靠得如此之近，国王又怎会注意不到呢？作为一个绅士，路易十四选择了沉默。

“我觉得他们不会死，如果……”

“如果我不把他们派到马提尼克岛上去？”

“不，陛下，您误会我的意思了。我是说，医生。您的任务是我们的荣幸。”玛莉的脑海中浮起一个念头：如果你真的这么喜欢我父母，为什么不把他们召回法国呢？她赶紧甩掉了这个不友好的想法。

“你的父亲是一个值得敬重的人。掌管着偌大的殖民地，他自己却那么穷，也只有亨利·克鲁瓦能做到了。”

“父亲的病情曾有过好转的迹象。我也一度以为他会好起来，可是医生们给他放血……”

路易十四的视线突然投向了远方，似乎陷入了沉思。

我说得太多了。玛莉心想，国王有更重要的事情要考虑，我不该絮絮叨叨地一直在说自己的悲伤和愤怒。

“那些苦难已经过去了。”路易十四开口了，“而你的哥哥会给我带来荣耀和青春。”

“陛下……希望如此。”

玛莉眨了眨眼，将泪水挤了出去。她挤出一个笑容，强迫自己将注意力集中在舞步上。即使如此，她的内心还是充满了担忧，担心伊夫斯一旦失败会面临的下场。

“我还要给你找个好丈夫。”路易十四很随意地说了一句。

“陛下，我不敢奢求，像我这样既无钱又无权的女孩，是没法结婚的。”

“你自己不想结婚吗？”

“陛下，我当然也想，丈夫、孩子、家庭……”

“还有科学仪器？”路易十四还开起了她的玩笑。

“在我丈夫允许的前提下。”玛莉脸红了，也不知道是谁在国王面前这样说过她，“但是，这些对我来说都只是遥不可及的梦想。”

“难道你父亲没告诉你，我曾在你出生时向他允诺，在你出嫁时，会给你置办丰厚的嫁妆？好吧，看样子他是没说。”

随着乐师弹出最后一个高亢的音符，一曲终了。路易十四优雅地鞠了一躬，人群爆发出热烈的掌声。玛莉的脸烧得很厉害，她急忙屈膝，亲吻国王的手。路易十四扶起她，绅士般地将她护送到了舞池的边缘。公爵和洛林正在那里窃窃私语。

“下一支舞，由你和克鲁瓦小姐跳。”路易十四对洛林一边说着，一边将玛莉交到了洛林的手里。

玛莉·约瑟芬沿着台阶向自己的房间跑去。走道内很黑，她举着一盏烛台，小心翼翼地用手护着。她的内心充满了狂喜，奥德蕾特呢？不知道她有没有从玛丽王后那里回来，还有伊夫斯，应该也从教皇那里回来了吧？她迫不及待地想见到他们，好把国王的这个好消息和他们分享。她会告诉奥德蕾特，自己和洛林骑士独处了好长好长的时间。他们穿过浮桥，漫步在月光下的大运河畔。不过她不会告诉伊夫斯——至少是现在——洛林几次逾越的小动作。

房间里传来了含混不清的声音。玛莉笑了，看来伊夫斯和奥德蕾特已经回来了。伊夫斯说不定又惹奥德蕾特生气了。奥德蕾特总喜欢因为一些小事责怪伊夫斯，比如说乱扔衣服。

她打开了房门。

房间里一片昏暗，虽然看得不是很清楚，她还是被眼前的一幕震惊了。

一个男人衣衫不整地趴在她的床上，裹着被单正忙得不亦乐乎。他的帽子歪到一边，和衣服缠到一起，裤子已经脱到了膝盖附近，衬衫也被掀了起来，屁股露在外面。他踢飞了一只鞋子，鞋子咕噜噜地滚落到地板上。

“你想要我，不是吗？我知道，你想要我。”男人的声音中全是渴望，听起来竟是如此熟悉。

“别……”

玛莉·约瑟芬冲了过去，一把就抓住了青年男子的肩膀。奥德蕾特在他的身下挣扎着，两只手紧紧地抓着男人的胳膊。

“滚开！”沙特尔公爵吼道，“没看到我们正忙着吗？”

“放开她！”玛莉大叫道，“你怎敢如此无礼！”拉扯中，她撕破了沙特尔公爵的蕾丝衬衫。

“克鲁瓦！”沙特尔公爵惊叫一声。

沙特尔公爵显然十分震惊，他慌慌张张地跳下床，穿好自己的衣服。奥德蕾特也坐了起来，她藏青色的头发散落在肩膀上，黑色的眼睛在烛光下熠熠发光，脸上还带着红潮。

“殿下，你竟敢骚扰我的仆人！”玛莉气得发抖。

“我以为，我本打算……”沙特尔公爵顶着一头乱发，支支吾吾地说道：“我以为她是你！”

沙特尔公爵居然笑了，玛莉一时之间竟然不知该如何回答。奥德蕾特哭了起来。

沙特尔公爵对玛莉鞠了一躬：“不过，如果能和你共度春宵，我可是会高兴的。”

奥德蕾特把自己埋到被子里，小声地抽泣起来。

“你不喜欢我？”沙特尔公爵向玛莉伸出手去，被玛莉一掌拍开。

“你已经结婚了！你居然认为我会对你感兴趣？”

玛莉·约瑟芬推开沙特尔公爵，走到奥德蕾特身边坐下，将她拥入怀中。

“如果你想赶我走，我建议你用玫瑰花砸我。”沙特尔公爵的脸皮真是厚到了极点。

“你走吧，殿下。”

“小玛莉呀，你先是引诱了我，现在你又误解了我。”沙特尔公爵理了理自己的羽毛帽，穿好衣服和高跟鞋，摔门而去。

“亲爱的，你没事吧？他没伤到你吧？我发誓，再也不会给他这样的机会……”

奥德蕾特还在哭泣，不过她用力推开了玛莉，甚至比玛莉推沙特尔公爵时还要用力。

≈第15章≈

“你为什么要掺和进来？为什么要阻止他？”

“什么？”玛莉几乎不相信自己的耳朵。

“我要是怀上了他的孩子，他就会承认我，为我赎身，带我回家，我就能有一个王室的丈夫了啊！”奥德蕾特歇斯底里地吼了出来，声音中饱含愤怒和悲伤。她坐在床上，把头埋到膝盖里，抱头痛哭起来。

过了一会儿，奥德蕾特的哭声渐渐小了下去，玛莉抚摸着她的长发，说道：“他绝不会娶你的，他已经结婚了。”

“这只是你们的规矩，在我们国家，男人三妻四妾很正常。”

玛莉咬住嘴唇。她对土耳其所知甚少，只和奥德蕾特一起听她妈妈提到过一点。在奥德蕾特眼中，土耳其就是天堂，不过玛莉并不这样认为。

“他也不会承认你的存在，还有你们的孩子。”

“他会的！他又不是没有私生子！”

“但是他只把你当成奴隶啊，到时候，他会让我把你送走，把你和你的孩子一起送走！”

奥德蕾特抬起头，眼里的怒火吓得玛莉倒退一步。

“我不是奴隶，我是一个公主！我的家族已经延续了一千年，比法国王室，比法国人的历史还要长。我们家族掌权的时候，法国人还没开化，被罗马人打得落花流水。”

“我知道！”玛莉鼓起勇气，抱住了她。

奥德蕾特蜷缩成一团，不让她抱。她的身体抖个不停，绝望和愤怒已经吞噬了她。

“我知道。”玛莉又重复了一遍，“可他是不会承认你的，他也不会带你回伊斯坦布尔。我永远不会赶你走，但如果他让国王下令驱逐你，我也没办法保住你了。”

奥德蕾特的长发散在身后，如同流水一般倾泻在床上。玛莉静静地抚摸着她的头发。

“我会给你自由的。”玛莉允诺。

奥德蕾特躲开了，直勾勾地盯着玛莉。

“她说你不会。”

“谁？”

“修女，修道院院长。我在给她做头发时，还有她的情人们过来时……”

“她的情人！”

“她有一堆情人，信不信由你！”

“我当然信你！虽然难以置信，但我还是相信你！”

“院长说，你不会给我自由，你永远都不会放过我。”

“修女们一直对我说，蓄养奴隶是一项可怕的罪孽……”

“确实是！”奥德蕾特厉声说道。

“是的！可是她们并不想让我放了你，她们让我卖了你，把卖你的钱交给修道院。”玛莉抓起奥德蕾特的手，亲了一下，“我很害怕，亲爱的奥德蕾特，我不愿意卖掉你。可是修女们一直不让我和你说话，我也不知道你到底想要什么。有时我会想，虽然修道院的生活很可怕，但外面的世界会不会更糟糕……”

“修道院的生活才不可怕！”奥德蕾特反驳道，“我给修女们弄头发。还有，我宁愿给她们做衣服，也不愿意洗你哥哥的臭袜子……”

泪水顺着玛莉的脸颊滚落了下来。对沙特尔公爵行为的震惊，对奥德蕾特终于吐露心声的释然，对自己在修道院受过的苦难，种种情绪混合在一起，让她也忍不住哭了起来。

“怪不得夏洛特小姐和玛丽王后要把你从我这里借走呢。”玛莉强颜欢笑，“但是这都不重要了，我不准备卖你……”

“很好。我不应该是个被随便买卖的奴隶，我只能是你的奴隶！”

“你不是任何人的奴隶！”玛莉·约瑟芬大声说道，“你是自由的，我们应该是好姐妹。”

奥德蕾特没说话。

“我去问问……”玛莉·约瑟芬犹豫了。她之前对沙特尔公爵的印象还挺好，没想到现在却闹出这样的事。她现在有些不敢相信自己的判断了。“我去问问吕西安。”尽管吕西安的思想很自由，虽然有些危险，但至少很诚实，“他应该知道怎么处理这件事，需要走什么样的程序。但是从这一刻起，你已经自由了，你不是奴隶，而是我的姐妹。”

“好。”

“我向你保证！”

“那你为什么等了那么长时间？”

“你之前从来没和我说过。”玛莉·约瑟芬用手背擦掉了眼中的泪水。她抓住奥德蕾特的肩膀：“现在又有什么区别呢？我们住在一个屋檐下，吃着同样的食物，你给我哥哥洗袜子，我给他洗衬衫。我从来没把你当成奴隶，真的！”

“你什么都不懂！”

“是的，我不懂。在修女们数落我的罪过之前，我真的从来都没想过。为此，我请求你的谅解。不过在那之后，我确实仔细思考过，如果我给你自由，修道院就会把你赶出去，而我什么也给不了你。你一个人流落街头，没有钱也没有亲人。”

“我自己会想办法！”奥德蕾特怒气冲冲地说道。

“是的，你可以。但是，妹妹，你看，我们的生活正在向着好的方向发展，如果你留下了，我向你保证，我会和你分享。你会过上更好的生活，而不仅仅是一个侍女。到时，如果你真的想回土耳其，你也可以去。不过你之前从未去过土耳其……”

“那你不也没来过法国？可现在你也来了啊！”

“这不一样！”

“怎么个不一样法？玛莉小姐？”

“好吧，可能也没那么不同。奥德蕾特小姐，不过如果你真想回土耳其，最好也是衣锦还乡吧，而不是作为一个女仆或者流浪汉跑回去。

“这倒是，不过，我等不了那么久。”

“我也希望不会很久！来，过来睡觉吧，我去锁门。”

“我帮你脱衣服。”

“帮我脱掉外套就行了，我还有点活儿要干。”

不过先得给奥德蕾特找件衣服。沙特尔公爵已经把她的衣服扯得不成样子了。玛莉打开衣柜，发现自己的睡衣下放着一件新衣服：一件暖和的法兰绒睡衣，上面镶着三层蕾丝边。

“这件衣服是从哪里来的啊？”

“玛丽王后赏给我的。你穿吧，我穿你的旧衣服。”

“这是你的，所以该你穿。”

两个小姐妹互相帮助，玛莉·约瑟芬帮着奥德蕾特穿上新睡衣。奥德蕾特则帮着她脱掉外衣、鞋子和胸衣，最后，玛莉帮奥德蕾特掖好被子，自己则跑到厕所，用冷水洗了把脸，洗了洗手。

玛莉洗掉大腿上早已干涸的血迹之后，才发现自己的例假提前结束了。她十分担忧，虽然她很害怕医生，但是这种情况明显不正常，要不要去看医生？内心挣扎过之后，她还是下定决心，要去看医生。

不过，她要做的事情实在是太多了，她还有更多要担心的事。再说，医生这么忙，哪有时间管她的妇科小毛病？其实，例假提前结束了也不是什么坏事，她甚至觉得很轻松，少受几天罪。玛莉把带血的毛巾泡到水盆中，又换了一条新毛巾，以防万一。

海妖会不会流血呢？玛莉的脑海中突然冒出这样一个奇怪的问题，不过她很快就有了答案：不可能。动物不会流血，因为它们不像人类，是带着原罪来到世上的。再说，如果海妖每月都会像人类女性一样流血，可能是件很危险的事，因为会引来凶残的鲨鱼。

她披上洛林骑士的斗篷，一股麝香味迎面扑来，弄得她鼻子痒痒的。洛林骑士弯腰和她说话时，假发上的发卷蹭着她的脸颊，也很痒。玛莉脱掉鞋子，在奥德蕾特床边的椅子上蜷成一团，她的脚缩进了斗篷里，大腿上摆着一张乐谱。忽明忽暗的烛光照亮了乐谱。

我以为这首乐曲已经很完美了，但是这是海妖被关在笼子里的歌声，它是那么地难过……

奥德蕾特从被子下伸出一只手，紧紧握住了玛莉的手指。玛莉就这样让奥德蕾特抓着自己，即使在对方睡着后，也没挪开。所以她就只剩下一只能用的手了。她笨拙地翻着乐谱，在上面修改。不知不觉地，她也打起了盹。

不知何时，玛莉的身体内涌起一股愉悦之情，她猛然惊醒，腿上的乐谱散落一地。

桌上的蜡烛早已熄灭，在屋子里留下一股刺鼻的气味。一片漆黑的房间内响起了诡异的歌声，如同夜晚的寒意一样，将玛莉包裹在内。玛莉看到海妖从窗户直接就游了进来，就好像窗户上的玻璃不存在一样。它徘徊在玛莉的上方，头朝下，头发却竖了起来。

我一定是在做梦！玛莉浑身颤抖着，为自己梦到的场景激动不已。在梦里，我可以做任何想做的事！

她站了起来，伸手想要抓住海妖。

歌声却突然停止了，海妖不见了。玛莉急忙跑到窗户边，花园那头，帐篷若隐若现，白布闪着奇怪的光芒。北边，园丁点燃的火把在镜泉附近闪烁着。他们推着的小货车发出吱呀吱呀的声音，打破了夜晚花园的宁静。

歌声再起，海妖在一阵光芒中出现了。它的身后跟着一群海妖，它们在空中游弋，互相爱抚，形成了一个漩涡。

玛莉向前迈了一步。她本以为自己也能像海妖一样，穿墙而过，没想到却砰的一声撞到了鼻子，痛得很。

真奇怪，我在梦里居然还不能像海妖那样穿墙漂浮，看来还是想象力不够丰富。如果我现在打开窗户，跳下去，说不定还会摔死。

于是，她改变了策略，连鞋都没穿，从楼梯上跑了下去。一路上，不断有仆人向她投来惊诧的目光。因为王宫里的侍臣们一般会睡到清晨才起床，而且，对于有些人来说，早上是他们唯一的睡觉时间。她裹紧了斗篷，好像这样别人就看不到她一样。

宫殿外面的石板路硌得她脚生疼。她使劲想象着，想象自己正坐在扎基的背上，或者穿着一双厚实的鞋子，可都没能减轻她脚底的疼痛。脚越来越痛，于是玛莉就跑进了草坪，虽然有些冷还有些潮，但至少不扎脚了。草坪旁边的蜡烛也已经熄灭，变成了一堆烛泪。

发光的海妖带着她进到了帐篷里面。这次，卫兵没有阻拦她，在海妖歌声的催眠中，他们睡得正香。

他们一路前进，穿过笼门，一直到了喷泉。水中，海妖愤怒地用尾巴拍打发着荧光的水面，水花四溅。

海妖唱起了歌。

玛莉在喷泉的边缘坐了下来。

"如果这是我的梦境，或者你的梦境，你就不会被关在这里。"

海妖开始哭泣。一只雄性海妖，也就是伊夫斯最近正在解剖的那只，突然活了过来，游到帐篷的顶部，不断徘徊。玛莉闭上眼睛，可是眼前的场景却挥之不去，歌声萦绕在耳畔，所有的东西看上去都和真的一样。

“我听懂了你的歌声。你呢，是不是也能听懂我说的话呢？你会说话吗？”玛莉问它。

“于于！”海妖说出一个单词，然后继续唱歌。

一只小鱼出现在玛莉的视线中，在海妖嘶哑的歌声中，小鱼的轮廓有些模糊不清。玛莉仔细听着，这首歌描述了这条鱼的姿态和环境、游泳时发出的声音，以及它的肉的味道。海妖虽然不会说话，但是它的歌声已经描述了一切。

玛莉哼唱起这首鱼之歌，她的脑海中闪现出一幅画面，不过转瞬即逝。“唉，海妖，我的歌声对你来说，是不是太模糊了？你是不是听不懂？下次我会尝试做得更好。对了，你叫什么名字？”

海妖唱起一首音调十分复杂的歌曲，描述了自己快乐的生活、年轻时的鲁莽和智慧。

“真好！”

海妖向玛莉游去，在身后留下一道闪闪发光的水痕，它自己全身上下也都发着荧光。它趴在水池旁最下面的台阶上，盯着玛莉，嘴里哼唱着歌曲，传递出不同的场景。

玛莉向实验室跑去，抓起纸笔，跑到海妖身边。她没有写字，也没有谱曲，而是把自己听到的东西画了下来，一边画一边哭，偶尔有眼泪滴到纸上，打湿了图画。随着海妖的歌唱，她笔下的事物也渐渐清晰起来。

玛莉听到，海妖孤零零地待在喷泉里。喷泉其实并没有想象中那么干净，肮脏之物漂浮在水面，水底还有垃圾和硬币。

海妖的歌声有了变化，眼前的水池也变了，水面变得如同蓝宝石一样纯净，垃圾和硬币也不见了踪影，取而代之的是白沙和贝壳。颜色鲜艳的鱼儿在水里游来游去，时不时还变换着颜色。

一只奇怪的海妖在热带海域中游弋。它看上去比笼子里的这只海妖要年长，皮肤呈深红色，头发浅绿，尾巴上泛着点点银光。最重要的是，它怀孕了。

它从浅水区向一座孤岛上的白沙滩游去。到岸后，它费力地爬上沙滩，躺在沙滩上，享受温暖的日光。

这时，玛莉的海妖也爬到了怀孕海妖的身边，后面跟着那只雄海妖和另外一只海妖。它们围在孕妇身边，给它梳头抓背，还轻轻抚摸着它的肚子。

海妖妈妈发出了痛苦的号叫，整个身子都绷紧起来。旁边的叔叔和姑姑连忙扶住它，让它靠着。玛莉在一旁看着，海妖的生产过程既让她着迷，又令她恐惧。她本以为海妖会像其他动物一样，很轻松地就生了下来，没想到居然是这么痛苦的过程，更像是人类女性在生孩子。一番折腾之后，海妖宝宝终于安稳地躺在了妈妈的怀抱中，大口大口地吮吸着妈妈的乳汁。亲戚们则用热水冲洗着它的身体，展开它皱巴巴的脚蹼。

随着时间的流逝，海妖宝宝慢慢长大。它经常会在岸边和妈妈、亲戚还有朋友们一起玩耍。妈妈给它喂奶，它的亲戚们给妈妈带来了海草、海贝等食物。

海妖们教孩子学会了游泳，带着它潜入水底，学习换气，领略美景。它们还告诉它，要学会躲避危险。一次，一只饥饿的鲨鱼游了过来，虎视眈眈地盯着小海妖，不过在成年海妖的威慑下，最终还是灰溜溜地溜走了，消失在蔚蓝的大海中。有时，海豚从它们身边经过，还会用叫声来回应海妖的歌声。一艘西班牙帆船里住着一只温顺的大章鱼，海妖们经常在它长长的触手间嬉戏；沉船中还有很多供国王和王后使用的珠宝首饰，海妖们拿着玩了一会儿后，觉得没什么意思，就丢下它们游走了。有时它们也会遇到巨大的危险。风暴来临时，它们会一动不动地躲在水下，嘴张得大大的，大口大口地吐着泡泡，就好像在喝水一样。

海妖宝宝学会在海底游泳后，这个小家庭就离开了它出生的岛屿。它们轮流抱着宝宝，消失在大海深处。

这时，画面突然剧烈抖动起来。笼子里海妖的声音连同它的声音一起消失了。

此时正是正午时分，灼热的阳光照耀在海水上。

玛莉浑身发抖，她已经明白发生了什么。她一只手牢牢地抓着不太平坦的纸面，另一只手迅速记录下她所听到和看到的画面。木炭笔越用越短，最后悄无声息地掉落在木板上。

“你向我展示了你的生活……你的家人。”玛莉喃喃自语。

海妖又开始唱歌。

伊夫斯的形象出现在玛莉面前。他静静地站在那里，看上去无比冷漠。和之前玛莉见到的幻象一样，他在流血。玛莉捂上眼睛，但是这幅画面仍然在眼前挥之不去。她捂住了耳朵，伊夫斯受伤的画面才慢慢地模糊了，最终消失不见。

海妖用歌声告诉玛莉，如果伊夫斯胆敢再次伤害它们，这就是他的下场，甚至有可能死无全尸。不过它不会用这样的图像来吓唬玛莉。

一只老虎出现在晨光中，接着又消失了。

海妖告诉玛莉，我用歌声告诉你有怪兽的存在。我担心它会闻到你身上的血迹，像鲨鱼一样从老远的地方追踪而来。我唱啊唱，直到嗓子唱哑了才停下来，希望你能收到我的警告。不过，你很勇敢，并不需要我的帮助。我本以为我的警告能帮助你，这样你就会成为我的盟友，看来这个方法并没有用。

笼子顶部的海妖们仍在徘徊游荡，抚摸着对方，发出愉悦的声音。

于是我不再诉说恐惧，而是用爱和热情呼唤你，最终，你听到了我的呼声。

“海妖……”

海妖大声号叫着，爬上了台阶，玛莉伸出手阻止它继续向前。玛莉手中的图画掉到了地上。

“别这样，请停下来。”

海妖发出了凄厉的叫声。它的爪子本可以将玛莉撕碎，不过它就静静地站在那里，没有动。

“我不能放了你。即使现在我放你出了笼子，你又要去哪里？大海离这里太远，附近连条河都没有。你属于国王，如果你跑了，我哥哥就会大祸临头。”

海妖开始咆哮起来，露出了它锋利的牙齿。它一头扎到水里，临走之前愤怒地拍打起一阵巨大的水花。

玛莉·约瑟芬哭了：“海妖，海的女儿！”

第16章

玛莉·约瑟芬跌跌撞撞地沿着绿草坪走回阁楼，一路上提心吊胆，生怕被人看到自己现在寒碜的样子：浑身湿透、还光着脚。要是能骑上扎基就好了，现在她的两只脚都快麻木了。她紧紧抱住画纸，把刚才这番危险的交流藏在了洛林骑士的斗篷下。海女的遭遇让她痛心不已，就好像在她的心口上插了一把刀。

回到阁楼，她偷偷地向伊夫斯的屋子里瞅了一眼，哥哥正轻声打着呼噜，鞋子、外套和衬衫胡乱摆放在地上，从门口一直延续到床边。玛莉把图纸放在桌上，就去推伊夫斯，把他弄醒了。可就在伊夫斯嘟囔着要起床的时候，她又改变了主意，把桌上的图纸收了起来。

如果我把海女的事情告诉他，他会相信我吗？不过，如果我把图给他看，给所有人看……玛莉又有些犹豫。

这时，奥德蕾特也走了进来，端着一个托盘，上面摆放了一些面包和巧克力。她穿着有蕾丝花边的新睡衣，整个人都散发出美丽的光彩。

“我会留在你的身边。”奥德蕾特表情阴郁。她把托盘放到窗户旁边的桌子上。

经历那样一晚后，玛莉·约瑟芬早已身心俱疲，她看着奥德蕾特，一时之间居然想不起奥德蕾特在说什么，还有她那身新衣服，又是从哪里来的。然后她才想起昨晚早些时候的事，沙特尔公爵的骚扰，她自己的承诺，还有玛丽王后的赏赐。

“不过等到家里富裕了或者我有实力衣锦还乡了，我立刻就走。我自己也会去赚钱！还有，玛莉小姐，你实在是太土了，如果你需要的话，我可以提供帮助，但是我不会再服侍你。不许再把我当成奴隶。”

“好的，我接受你的条件。奥德蕾特小姐，你愿意帮忙，我很感激。”玛莉·约瑟芬亲了亲奥德蕾特的脸颊。后者抱住她，把头靠在了玛莉的肩膀上。玛莉感受到奥德蕾特浑身都在颤抖。奥德蕾特突然后退一步，黑色的眼睛闪着光。

“不管你去哪里，我都会想念你的。我亲爱的妹妹。”玛莉·约瑟芬说道，“不过，我一定会努力，促成你的自由。”

奥德蕾特平复了下心情，向玛莉优雅地鞠了一躬。她走到餐桌前坐下，玛莉也跟了过去，坐在了窗户边上的位置。玛莉为两人倒上热巧克力。赫拉克勒斯在她们脚下转来转去，喵喵地叫个不停。玛莉·约瑟芬给了它一杯热牛奶。

“我是不是闻到了巧克力的味道？”伊夫斯大步走了过来。他整理着自己的头发，他的自然卷垂落在肩上，完全可以和任何一顶假发的发卷相媲美。伊夫斯瞪着奥德蕾特：“你坐这里，我坐哪？”

“你有手有腿，自己去搬把椅子呗。”奥德蕾特安然自若地坐着，并没有要起身的打算。

伊夫斯皱了皱眉头：“好了，别闹了，我都饿了，把我的位置让出来，奥德蕾特。”

“我不叫奥德蕾特，我的名字叫哈丽达。”

伊夫斯被她一本正经的样子逗乐了：“哈丽达？接下来你是不是要告诉我，你已经皈依伊斯兰教了？”

“是的。”

“我已经给予了哈丽达小姐自由，并且认她为我的妹妹。”玛莉在一旁帮腔。

“什么？”伊夫斯大吃一惊。

“我给了她自由。”玛莉又重复了一遍。

“你这是闹的哪一出？她是我们唯一的财产！”伊夫斯叫道。

“她既然是我的财产，那我就有权利释放她。”

“再过五年，等你到了法定年龄，你才有这个资格。”伊夫斯以一副不容置辩的语气说道。

“我已经向她保证过了，现在她是自由之身，是我的妹妹。”

伊夫斯耸了耸肩：“反正我是不会同意的，也不会在她的契约上签字。”他转过头对奥德蕾特说道：“别以为我不敢卖了你，只不过我们现在居住在王宫，需要一个仆人。”

奥德蕾特，或者说哈丽达猛地从椅子上站了起来，飞奔回玛莉的屋子。她起身的速度太快，带倒了身后的椅子。

“伊夫斯，你怎么能这样！”玛莉叫道。

伊夫斯摆正椅子，坐定后为自己倒了一杯巧克力：“我只是想保住我们的地位罢了。”

伊夫斯把面包蘸到热巧克力里，放入嘴里咀嚼着，一边伸出手擦去弄到脸上的汁液。

“蓄养奴隶是不对的。”还有把人关在笼子里，玛莉心想。

“满嘴胡言。你这是受到了谁的影响？她还给你灌输了什么危险的思想？”

现在不是说海女的好时机，玛莉心想，她抓起伊夫斯的手：“别生气了。你都受到国王的重用了。对了，他说要为我提供嫁妆，给我找个丈夫。我的婚事，你就不用为钱操心了，我们的妹妹……”

伊夫斯手中的湿面包一下子掉到了盘子里：“嫁妆？我怎么没听国王提起过？”

“你难道不高兴吗？”

“我不喜欢你有任何变动。你不是说过，你最大的愿望就是帮我做实验吗？但是你……”

“那当初在修道院的时候，你怎么不让我来帮你呢？”

“我出海的时候，你总得有地方住……”

“他们不让我学习，还责骂我……”

“凡尔赛宫不是未婚少女该来的地方！”

“如果我结婚了，就不是未婚少女了！”

“好吧。”伊夫斯喘了口气，“我觉得，你要是回到圣西尔……”

圣西尔这个词把玛莉吓坏了，她努力想让自己保持冷静。如果伊夫斯知道她对圣西尔的恐惧之情，一定会认为她疯了。

“曼特农夫人让所有的女教师都要遵守教会的规定，我受不了。”

“回去，把你的忠诚献给上帝！”

“我再也不要戴面纱了！”

两人正在激烈地争执，突然传来了金币碰撞的声音。哈丽达怒气冲冲地走了进来，把一把金路易向地上一摔。硬币在地毯上滚来滚去，停在了角落里。

“我要把自己买下来！如果这些还不够的话，我再去赚！”哈丽达抬起她骄傲的头颅，气势十足，看上去就像一个宫廷贵妇。她穿着一件深蓝色的丝绸裙，头发上系着一串上好的珍珠。

“这些东西都是从哪弄来的？你的裙子，还有首饰？”伊夫斯问道。

“夏洛特小姐、阿马尼亚克小姐、缅因公爵还有玛丽王后，都是他们赏给我的。”

伊夫斯收起地上的金币：“你先把你的信仰改了，我才会考虑你的请求。”

玛莉从伊夫斯手里抢过金币，又塞回到哈丽达的手里：“这是你应得的，你的自由也是。”

“好好考虑下，我说话算数。”留下这句话，伊夫斯夺门而出。

“伊夫斯在撒谎！他……”玛莉·约瑟芬说道。

“他受到了魔鬼的影响，认为所有的土耳其人都应该做奴隶。那个魔鬼，就是教皇。”

吕西安沿着王后台阶艰难地向上爬着。他的背痛得很厉害。比起爬楼梯，他更愿意在户外骑马。不过没办法，当若侯爵在宣布国王的日程时，他必须也要在场。

门口的卫兵看到他来，鞠了一躬，为他打开了曼特农夫人房间的一扇门。

路易十四正安静地坐在妻子身边说着话，曼特农夫人俯过身来，边听边点头。她的腿上放着一幅刺绣，吕西安移开视线，他可不想再看到一幅烧死异教徒的刺绣。

“吕西安，日安！昆廷，给吕西安倒一杯酒。”

吕西安对着国王鞠了一躬，对于国王的关怀，他心存感激。

“再来一杯给曼……”

外面突然起了喧闹声，打断了路易十四的吩咐。昆廷急忙跑了出去，想要制止闹事的人。

“不可能是当若侯爵！”路易十四也很吃惊。

“公爵，公爵你不能进去，陛下正在议事……”

“和他的情妇？滚开，让我进去。”

公爵用力从门卫中间挤了进来，人高马大的昆廷急忙挡在公爵面前，不让他再进一步。公爵后面，当若侯爵正站在楼梯的最高处，眼前的景象把他吓得够呛，他犹豫了一下，小心翼翼地向后退去，一眨眼就不见了踪影。

“让我弟弟进来。”路易十四对昆廷说道。这个身高两倍于公爵的男仆只忠于国王，听到命令后给公爵放行了。

“陛下，你一定要停止这场闹剧！”公爵大步走了进来，情绪激动地嚷嚷着，就像马戏团里受到惊吓后的小马。

“闹剧？”路易十四很是不解。

“那为什么我听说我的好朋友要娶一个来自殖民地的暴发户呢？”

“也许是因为你的好朋友没打算告诉你？”曼特农夫人说道。

“你可是亲眼看到我把他交到了洛林手里……”路易十四慢条斯理地说道。

“仅仅就是跳支舞而已！”

“亲爱的弟弟，你也并没有反对！”

“‘亲爱的弟弟’，我担不起这个称呼！”公爵的声音发颤，几乎就要吼出来了，“我关心的、我喜欢的、我唯一的慰藉，你都打算拿走，是不是？当着我的面，你把洛林……”

吕西安后悔莫及，他真希望自己能瞬间蒸发，眼前的闹剧不是他该看的。

当若侯爵真是个幸运儿，迟到了五分钟，反而因祸得福，没有卷入到这场纠纷中。吕西安心想，他自己也很吃惊，因为他从来没有见过公爵像今天这种歇斯底里的状态。

“你不是也很看重克鲁瓦吗？毕竟她还是你们家里的一员。”

“是我妻子那边的！我不怪她，她是无辜的。都是你，你早就策划好这一切了，是吧？撮合他俩，让洛林爱上了别人……”

“我既可以把他给你，也能把他收回，还能把他给别人，只要我愿意！”路易十四的脸都黑了。

“他不会离开我的，他……他一定会反抗的，我……”

“菲利普！”路易十四跳了起来，猛烈地摇晃着弟弟的肩膀。

公爵张了张嘴，却什么话也没说出来。他已经惊呆了。吕西安从来没听国王叫过公爵的名字，估计公爵也没有。

“我只是想保护你，弟弟！难道你不明白吗？我爱你！如果洛林娶了……”

“我不需要你的保护。”从震惊中回过神来的公爵冷淡地说道。

“你不需要？”

“还有，洛林也不需要一个妻子。”

“她可以保护洛林，还有你，免于谴责……”

“他有多少情妇，我都不在意。”

没有人反驳他。但大家都心知肚明，屋子里的所有人都曾见过洛林嘲笑公爵，在公开场合追求美女，而公爵尽管嫉妒绝望，也只能默默忍受。

“请不要塞给他一个妻子，他是唯一一个真正爱我的人。”

曼特农夫人猛地从椅子上站了起来，厉声说道：“爱！你怎么敢用这个词？你的种种行为真是罪孽深重，你让王室蒙羞！陛下一直都在暗中保护你，如果你不是他的弟弟，你和你的情人早就被送上火刑架烧死了！”

公爵一把推开国王，怒气冲冲地盯着曼特农夫人，眼里全是愤恨和绝望。

“还有你！”公爵大喊着，“你以为我不知道你的如意算盘！你把我的爱人推给她，这样她就不会抢走你的爱人了，不是吗？”

曼特农夫人一屁股坐到了椅子上。路易十四也吓了一跳，他转向曼特农夫人：“夫人，这不是真的，对吧？”

“陛下，你就别装了，行吗？承认了吧，你也迷上了她，面对她的美貌、智慧和纯真，你能不动心？对了，你觉得她会给你带来活力吗？”公爵的语气愈发尖酸刻薄。

“滚！”路易十四终于忍不住怒吼道。

“乐意之至！把我的骑兵还给我，洛林和我会像亚历山大和赫费斯提翁一样英勇作战，为你开疆拓土。说不定我还能战死沙场，就像普特洛克勒斯那样……”

“你还有脸把自己和阿喀琉斯相提并论！”

“这样，你就能永远摆脱我了！”

“不，不会的！”

“你把我圈起来，不让我做任何事，连我的儿子都没法继承我的荣耀，现在……”

“滚出去！”路易十四提高了嗓门。

公爵狂奔了出去。他砰的一声打开了门，走廊上回荡着他绝望的哀号。

“他认为我背叛了他？”路易十四痛苦地叫道，“我该怎么拯救他？我怎样才能帮到他？”

路易十四，至高无上的太阳王，此时此刻就像小孩子一样伤心地哭了起来，泪水顺着他的脸颊滚落了下来，打湿了精致的地板。他大口喘着气，想要平复自己的心情，可是他的哭声还是越来越大，悲伤的气氛弥漫到屋子里的每个角落。

“来，亲爱的。到我这里来。”他的妻子曼特农夫人轻声说道。

路易十四跪倒在地，把头埋到了曼特农夫人的胸前放声哭泣。曼特农夫人抱着他，一边安抚着他，一边对吕西安怒目而视。

吕西安也很知趣，没等国王下令，鞠了个躬就向后退去，飞快地逃离这是非之地。

玛莉·约瑟芬骑着扎基穿过大理石庭院，享受着这片刻的安宁。她甚至饶有兴趣地观察起路边的雕像，希望自己也能像它们一样平静。

换作雕像中的演说家，他肯定毫不犹豫地把海女这件事告诉所有人，而大家也都会相信他。罗马众神和演说家们绝不会为错过了弥撒这样的事耿耿于怀，他们会外出冒险，踏上危险的旅程，为正义而战，而不是每天和哥哥争吵，担心没去服侍小姐。

今天，哈丽达照样会去给夏洛特小姐梳头发，而沙特尔公爵也会赞美她。没人会注意到我不在。

在花园尽头，游客们排成长队，鱼贯而入，进入帐篷之中。他们围在阿波罗喷泉周围，大声为海女鼓掌。

她不应该像兽苑的那些动物一样被放在人们面前展览，这是对她的侮辱。玛莉的内心很痛苦，她自己要为这一切负责，因为是她教会了海女这些小把戏。

可是玛莉又没有权利下令关闭帐篷。

扎基不安分地摇晃着脑袋，跳起了小碎步，它渴望飞奔起来，让自己的鬃毛飞扬在空中，让玛莉的斗篷像一面旗帜一样飘起来。

“不行，”玛莉对扎基耳语道，“我们不能跑那么快，如果我们现在冲过去偷走海女，可能会踩到人的。”

对了，海女会骑马吗？她还没考虑过这个问题。海女在大海中会像骑马一样骑鲸鱼吗？如果她会的话……

玛莉·约瑟芬摇摇脑袋，赶走了脑海中疯狂的想法。就算她带着海女上了马，她也不可能冲过守卫的重重包围。扎基驮着两个人，根本跑不快，即使是一匹病马也比它跑得快。她是可以催促扎基跑快一点的，但这可能会要了它的命。

“唉，肯定没用，营救行动肯定不会成功。而且伊夫斯不会原谅我，他这么辛苦才捉到海妖。吕西安也不会原谅我，他这么效忠国王。我自己也不会原谅自己，如果把你累坏的话。”玛莉对着扎基自言自语。

“小姐，你打算什么时候再回来？”雅克拿着小凳子，帮助玛莉下马。

“我也说不好。”玛莉拍了拍扎基光滑的脖子，捋了捋它柔软的鬃毛，“到时候我会再来的。”

“你真了不起，小姐。”一个卫兵说道，“居然能把海妖训得服服帖帖，供游客观赏。”

“只可惜时间有点短。”另外一个卫兵补充道。

玛莉没有再听下去，她急急忙忙地跑到笼子那里，海女正在水池里游来游去，时不时和游客互动一下。

海女游着游着就不见了，水面也平静了下来。突然水池中有了动静，只见海女从水中一跃而出，甚至超过了海神雕像的高度，赤裸的皮肤闪闪发光。她拍了一下尾巴，又一头扎回水中不见了踪影。

人群中爆发出热烈的掌声。“赏它条鱼！”有人叫道，“让它再跳一次！”

玛莉自动屏蔽了这些人的要求，她绝不会让海女再做这些取悦人的把戏。玛莉轻声哼唱起海女的名字，后者也兴奋地予以回应。在海女悦耳的歌声中，玛莉看到了五彩的光线，如同北极光一般绚丽。她走在其中，就好像进入了仙境。周围人对她俩之间的交流浑然不觉，还在期待着海女更精彩的表演。

“卫兵！”玛莉叫来了守卫，“让人把这桶鱼倒进池子里。”

“把鱼给……”

玛莉气势十足地看了一眼守卫。他连忙鞠了一躬。

仆人过来把桶里的海水和鱼一起倒进了喷泉中。海女开心地叫了一声，向水池边游了过来。仆人吓了一跳，手一抖，木桶就咕噜噜地滚进水池中，海女急忙潜入水中躲闪，掀起一阵浪花。仆人们一溜烟全跑了，只留守卫在那里骂骂咧咧。

观众们又是一阵大笑。真这么喜欢看热闹，还不如去看意大利喜剧呢。玛莉很生气，她眉头紧皱，背过身去，不再看他们。

“再扔一条鱼！我们要看海妖！”有人冲着玛莉大喊道，“给它鱼！”

“她不是妖怪！”玛莉气愤地说道。可惜没有人听她的。海女有一次从水中跃出，用尾巴猛烈地拍打了下水花，同时向观众扔了一个东西。只见一条鱼从笼缝中飞过，正中刚才说话那人的胸膛。海女弄出的水花溅到玛莉的脸上和衣服上，把她的鞋子都弄湿了。

观众们兴奋不已。一个孩子蹦蹦跳跳地跑过去，一把抓起地上的鱼，又扔回给海女。海女跳到半空，抓住它，两口就下了肚。看到鱼的尾巴从海妖的嘴巴里消失后，孩子大笑起来。海女看上去也很高兴。

“海妖这是想训练我们啊！”孩子的母亲大声说道。卫兵和游客们都笑了起来。海女甩了下尾巴，游走了。

过了一会儿，只见她推着刚才那个木桶游了过来。在众人面前先是把木桶滚来滚去，然后又从木桶上跃过，扎进水中。观众爆发出热烈的掌声。

“停下！”玛莉愤怒地叫道，为海女的行为感到羞愧。不过还是没人理她。

“克鲁瓦小姐，请注意自己的言行。”

吕西安突然出现在了喷泉的后面。他手里拄着手杖，皱起了眉头。

“让他们停下！求你了，吕西安。”玛莉恳求道。

“他们怎么，就惹到你了？”

“戏弄海妖，像逗熊一样拿吃的引诱它！”

“你应该没见过真正的纵狗逗熊，没有一点相似之处。你的海妖能够取悦于你，也能够取悦这群观众。”

“不管怎么说，这样做也不合适。”

吕西安轻笑一声。

“别笑话我。”

“我并不是在取笑你，而是同情你。在修道院待久了，你都不知道游戏为何物，更不知道游戏能给人带来的乐趣，动物也一样。”

“她不是……”

玛莉的话被一阵撞击声打断了。她转头一看，发现海女正把木桶向平台边上推，发出砰砰的撞击声。海女溅起的水花打湿了玛莉的鞋。

玛莉·约瑟芬跪了下来，把手伸进水中。海女把木桶丢在一边，向玛莉游了过来。她发出一声短促的叫声，唱起一首歌，开始讲述自己的生活。她找到了吃的，在彩色的珊瑚间游弋。她一度游到了北边，从冰块上一跃而过；她循着声音游到了海底深处，和自己的朋友在一只温顺的大章鱼旁边玩耍、做爱，只为享受欢愉。她的朋友——那只雄性海妖——现在就躺在旁边的解剖台上。危险临近时，海女会潜伏到海底深处，屏住呼吸。海女和族人生活的场景就这样一点一点地呈现在玛莉面前。

“我以为你只是很害怕，没想到你也会寂寞。”玛莉喃喃自语道。她坐了下来，把头埋在膝盖间。

看到海女半天都没动静，观众不愿意了：“让它跳起来，叫一声！”

“把你的故事再唱一遍吧。”玛莉对海女轻声说道，“让大家都听到。”玛莉站起身，对观众大声说道：“海女累了，不过她会给你们讲一个故事。”

海女唱了起来。不过，这次她描述的不是自己的生活，而是他们种族的历史。玛莉有些惊讶，不过她很快就反应了过来，组织好语言把自己看到的画面描述了出来。

“三千四百年前，海里的人们和陆地上的人们相遇了。”

一艘华丽的大船在水面上航行，如一只信天翁一样优雅地滑过水面。大船的船帆上还画着章鱼和鱼。海人们不但不害怕，反而饶有兴趣地看着这艘船。船上的年轻人穿着同样的衣服，看上去很精神。他们脱掉短裤，跳进海中，和海妖一起嬉戏歌唱。他们有着黑黑的眼睛，卷卷的头发，动作优雅，玛莉从没有见过或者听说过这种人。

“我们教他们唱歌，他们给我们讲故事。”海女继续吟唱着，“我们像朋友一样，没有索取，只有给予。”

海里的人们和船一起来到了位于地中海上的一座小岛。炙热的阳光照射在岛上，小岛在蔚蓝色的海水的映衬下熠熠发光。大船驶入了港口，岛上有一座石头宫殿。海港边，穿着扇形裙子的女人们走了过来，迎接到访的客人。她们没穿鞋子，头上戴着金子做成的饰品。孩子们把花朵扔进海中，海人们把花插在了头上。

“海人们进到了亚特兰蒂斯岛上最重要的一座城市。”玛莉·约瑟芬娓娓道来，“我们来到了城市的水池里，和陆地上的人们交换贝壳和鲜花。”

歌声到这里就发生了变化，变得低沉而又危险。海女讲述了之后发生的灾难，猛烈的爆炸将大地撕开一道口子，热风席卷了整个岛屿。滚烫的石头从天而降，连海人们的水池也被灰尘埋了起来。

火山喷发结束后，整座城市毁于一旦。

“我们在废墟中寻找着我们的朋友，却没有找到。他们成为我们在和人类接触历史中的第一批遇难者。”

“故事到这里就结束了。”玛莉却没有把灾难爆发的这一部分讲出来。观众们报之以热烈的掌声。

海女愤怒地叫了一声，尾巴拍打着水面，要求玛莉做出解释。

“我怎么能告诉他们……”

“故事一定要有真实的结尾。”海女用歌声和玛莉交流，“答应我，否则我再也不会说了。”

“好吧，我保证，从现在起，你说的每一个故事我一定如实地转述出来。”

“再来一个！”观众们显然还没过瘾，叫着想再听一个故事。

这时，一个仆人穿过人群，急匆匆地走到吕西安面前，递给他一张字条。吕西安读完后，健步走到笼子和观众之间，步伐稳健，几乎看不出跛脚的痕迹。

“陛下的客人们，”他好听的嗓音回荡在帐篷上方，游客们对这位大人也很尊敬，都安静了下来，“今天的参观到此为止。”

没有抱怨，也没有抗议，人们安安静静地向帐篷外走去，走之前还不忘向吕西安行礼。女人们行了个屈膝礼，男人们则鞠躬致意。小孩子们看到这个和他们身高差不多的大人物，都十分高兴，也学着大人的样子向吕西安行礼。吕西安认识他们的父母，于是也优雅地进行了回礼。

海女浮出水面，不满地哼了一声。同时用尾巴拍打着水面。她问玛莉这些人要去哪里，没有他们，她会很无聊的。

玛莉俯过身去，呼唤着吕西安：“吕西安，您说对了。她只是想和游客玩耍，我不该让您把游客们都赶走的。”

“我不是为了你才把他们赶走的，克鲁瓦小姐。”

“我知道，您不会为了我这样做。”玛莉突然有些疲倦，一屁股坐到了台阶上，“我不敢妄想。”人群散尽后，卫兵们放下窗帘，帐篷之内又恢复了宁静。

“你还好吗，克鲁瓦小姐？”吕西安爬到水池边上，问道。

“我很好，殿下。”玛莉坐在那没动。

吕西安把自己的酒瓶递给她。玛莉感激地接了过来，喝了两口苹果酒。

海女向岸边游了过来，在玛莉的脚边徘徊着。她用带蹼的手抚摸着玛莉的腿，对玛莉的袜子和鞋十分好奇。“陆地人身上为什么还有第二层皮肤？”她用歌声询问玛莉。

酒精驱散了玛莉的倦意。她脱下自己的袜子，这样海女就能直接摸到她的皮肤。海女的鳍十分光滑，摸起来就像是上好的丝绸。

≈第16章≈

研究完玛莉的腿之后，海女又转向了玛莉的鞋子。她闭上眼睛，抓着玛莉的脚潜入水中，想要仔细研究。

“等等，海女，这双鞋子我还想再穿呢。”玛莉脱掉一只鞋子，“好了，这下你可以尽情地观察了。”

冰冷的池水没过了玛莉的膝盖。海女潜伏在水中，好奇地在她脚上闻来闻去，弄得玛莉很痒。

玛莉咯咯地笑了起来：“我也能看看你的脚吗？”

海女连头也没抬一下，直接把脚伸到了平台上。和人类相比，她的臀部和膝盖更加灵活，玛莉摸着海女的腿和尖尖的脚趾，感受着她皮肤上传来的温度。

“克鲁瓦小姐，你喝醉了。”吕西安收回了自己的酒壶，“科学院的那群学者们不会喜欢看到你现在这个光脚的样子。”

“科学院！”玛莉·约瑟芬大叫了起来。伊夫斯从来没提过这项荣誉。她急忙把脚从海女的手里抽了出来，海女被吓了一跳，她浮出水面，不满地哼哼着。

玛莉·约瑟芬突然意识到这是一个帮助海女重获自由的好机会，她用歌声告诉海女。

“海女，潜到水底，没有我的命令不要出来。”

海女不高兴地叫了一声，猛地一拍水花，优雅地潜到了水底。她的鼻子和嘴巴里不断冒出泡泡，很快她就排出了肺里的最后一丝气体，静静地躺在水底，就好像死了一样。

帐篷外传来一阵杂乱的脚步声。

玛莉·约瑟芬抓起鞋袜，向实验室跑去。她穿着鞋子的左脚把木板踩得咚咚响，光着的右脚没发出一点声音。她在解剖台旁站好，及时把鞋袜和光脚藏到了裙子下。

仆人率先进来，恭恭敬敬地摆放好国王的肖像。伊夫斯则带领着六个穿着黑袍的学者和他们的学生一起走了进来。

伊夫斯对玛莉微微点了点头，然后就和学者们一起向国王的肖像和吕西安鞠躬。所有人都围在解剖台前，吕西安的马夫给他拿来一个垫脚凳。

伊夫斯揭开了海女朋友的尸体，用意大利语和国王的科学顾问们解释着情况。

“科学家证明海妖是自然界正常的生物，虽然长相丑陋了些。它们和海牛其实有些像。”

伊夫斯一边说，一边为科学院的学者们解剖尸体。他剖开海妖的胸腔，露出肌肉、骨头和关节。

海女也累了，安静了下来。玛莉为哥哥的解剖绘画，现在既然她已经知道了海妖其实是人，她的心情再也无法保持平静了。海人长长的指骨让她想起了吕西安好看的手。

伊夫斯放下手术刀，结束了解剖。玛莉·约瑟芬也放下了手中的笔，揉了揉酸痛的手腕。一个学生把她的画作挂到了展板上。

学者们对伊夫斯的研究提出了质疑。

“这种生物长着巨大的肺，和海里那些行动较为迟缓的哺乳动物类似。我曾经看到过，有一个动物在海底里待了十到十二分钟。”他很快又转移到海妖另外的器官上，“它的心脏……”

他却始终没有提到海妖那不同寻常的肺叶。

“雄海妖的尸体已经没什么可研究的了。当然如果条件允许的话，我也会解剖雌海妖，将两者做个比较，不过估计在雌性身上就更不会有什么新发现。”

“了不起的研究，克鲁瓦先生！”一个资深学者赞叹道，他说的也是意大利语，“能让我们看一下活海妖吗？”

“妹妹，把海妖叫过来。”伊夫斯对着玛莉就不说意大利语了，好像他不清楚玛莉是否能听懂意大利语。

尽管光着一只脚，有些行动不便，玛莉还是快步向笼子走去。进到笼子里后，她锁好门，把钥匙放到兜里，双手抱膝，坐到了水池边缘。

她的心头涌起一种别样的感觉，就这样静静地坐着什么也不想，什么也不做，不用画画，不用缝缝补补，不用祈祷，这种感觉自己有多久都没有体验过了？

伊夫斯想打开笼门，不过没有成功。他大叫道：“开门！”

“不行！”玛莉用意大利语回答道。

面对兄妹俩的争执，科学院的学者们明智地选择了视而不见。他们眯起眼睛，盯着水池那边看，希望能看到海女的身影。

伊夫斯皱起了眉头。

“快点！让海妖跳给大家看。还有，让我进去，立刻，马上！”

“她正在展示自己在水底呼吸的能力。”

“这位小姐可能把你的怪兽当成了一条鱼。”一位高级学者说道，另外一个学者也笑了起来：“克鲁瓦先生，你助手的思维还停留在古代，怪不得头脑不清楚！”

伊夫斯怒气冲冲地看着玛莉。他开始猛烈地摇晃起笼门。

如果说玛莉在修道院学到了什么，有一点是一定要提到的，那就是能够平静地面对他人的怒火和辱骂。尽管她在修道院已经身经百战，但伊夫斯的怒火还是让她有些招架不住。

“海人长着一种独特的肺叶，可以帮助他们在水下呼吸。”玛莉仍然用意大利语说道。

伊夫斯僵住了：“别瞎说。”

他还以为我要把海女所谓的秘密说出来呢。其实，那根本就不是个秘密。玛莉心想。

“你们刚来时，她就潜入了水底，到现在都没出来。这是因为那片肺叶可以帮助她在水底呼吸。”

“立刻给我出来！”伊夫斯提高了嗓门。

“她准备在水下待到你们相信为止。”

“克鲁瓦先生，这种肺叶确实存在吗？”学者中有人问道。

伊夫斯犹豫了下，还是承认了：“是的。”

“为什么之前没听你说起过？”那人又问道。

“在没有充分研究之前，我不敢妄下结论。”

“认真负责的精神值得敬佩。”

“谢谢。”

“如果能让我们看上一眼活的海妖，就好了。”

伊夫斯抄起一根长矛，从笼缝间戳过去，可惜海女离得太远，他根本无可奈何。

“克鲁瓦小姐，请把门打开，好吗？”吕西安发话了，还是他一贯彬彬有礼的态度。

“不行，吕西安。请原谅我不能这样做。我不是故意要违背你的意愿，但事关海女生死……”

“她快死了吗？”

“她在拯救自己。等国王下令，她就会苏醒过来。”

第 17 章

海女躺在肮脏的水底，看着鱼群在自己身边游过，水池旁有人在说话。阳光照在身上暖洋洋的，但是她也不能浮起来小憩一会儿。现在她必须要潜伏在水底，陆地女孩要求她这样做的。每隔一会儿她就会向肺里吸进一些水，然后再慢慢地将水排出来。

自从她被捉住之后，陆地女孩是她第一个敢信任的人，也是第一个能和她沟通的人。出于对玛莉无条件的信任，她静静地躺着，浑身都被荧光所包围。

海女仰面朝天躺在水池底部，眼睛睁得大大的，胸脯一起一伏的，好像在呼吸。绿色的长发漂浮在她的周围。

路易十四驾到。

玛莉·约瑟芬起身行礼。吕西安、伊夫斯和学者们也都弯腰鞠躬。路易十四从自己的小车上挣扎着走了下来。他的痛风又发作了，走起路来都颇为费劲。国王自己一只胳膊搭在洛林身上，另一只手扶着吕西安的肩膀。公爵拿着国王的手杖跟在后面，炽热的目光却一直追寻着洛林。布尔森先生踉跄着和其余的随从们一起走进来，看上去很是紧张，颈部和袖口的白色蕾丝衬托出他瘦骨嶙峋的身材。他的手里拿着一本古书。

“它死了？真是这样的话，那我就完了！昨天它还活蹦乱跳的，早知如此，就该早一点把它给宰了！”路易十四怒吼道。

吕西安对工匠做了个手势，后者随即走上前来，小心翼翼地用锉刀开锁。帐篷里响起刺耳的金属摩擦的声音。

路易十四走到笼子前，向里张望。

“是你弄死了我的海妖吗，克鲁瓦小姐？”路易十四的语气居然出乎意料地平静。

“并没有。”玛莉也很冷静。

“那它是自己把自己给淹死了？”路易十四提高嗓门，盖过了锉刀的声音。金属屑稀稀疏疏地掉在了地上。

“也不是，陛下。”

吕西安拍了拍工匠的肩膀。工匠这才醒悟过来，在国王说话的时候停下了手里的动作。

“那它在做什么呢？”工匠停下。

“她正在水底呼吸。”工匠开动。

“它为什么要这样做？”工匠又停下。

“我叫她这样做的。”工匠又开始。

国王一说话，工匠就停下，反反复复。

“你把它训练得很好。”

“陛下，我并没有训练她。”

“但是它很听你的话啊，就和狗一样。”

“她只是在向大家展示自己在水底呼吸的能力。那个……”玛莉犹豫了下，没有说出那个所谓的秘密，“只是能让她在水底呼吸，除此以外，并没有别的用途。”

“那个器官的真正作用，你是怎么知道的？”

“陛下，是海女亲口告诉我的。”

洛林发出了几声短促的笑声，工匠敲打门锁的声音重重地响了几声，然后又停了下来。

“海女？”路易十四很惊讶，“你是说海妖居然会说话？”

“玛莉·约瑟芬，够了！不准……”伊夫斯的话和锉刀声一样戛然而止，因为路易十四举起一只手，示意他停下。

“回答我，克鲁瓦小姐。”

“是的，陛下。我听得懂她的话，她也能理解我的想法。”工匠又开始锯起门锁。“她不是怪兽，她也是人类，和我们并无区别。”

“陛下，请宽恕我妹妹。全怪我，让她……”伊夫斯急忙辩解。

“那它还会醒过来，浮出水面吗？”路易十四问道。

“她会听从您的吩咐，我也一样。”

“好了，别凿了！”路易十四下令道。工匠停下了手头的活，鞠了一躬，退下了。“克鲁瓦小姐，请开门吧。”

玛莉站起身，把钥匙插到锁孔里，轻轻一拧，门锁应声而开。

靠着克雷蒂安伯爵吕西安·巴朗东和洛林的搀扶，路易十四一瘸一拐地走到了水池边缘。

“我可以向您证明，她能听懂我们的话。”玛莉·约瑟芬从台阶下到平台上。她轻轻地拍打着水面。

“海女，陛下让你过来。”玛莉唱起歌来。

海女虚弱地舒展开身体。她睁开眼睛，猛地一甩尾巴，向水面游去。浮出水面后，她开始一阵咳嗽，吐出一大团水后大口大口地呼吸起来。她额头和脸颊上的肿块也胀大起来，让她看上去更加狰狞恐怖。

“它还活着！”布尔森先生激动地叫了起来。

“克鲁瓦，如果它不是妖怪，那是什么呢？”

“她是人类，还是一个女人，她很聪明……”

“它最多只会鹦鹉学舌，模仿人类罢了。”伊夫斯立刻站出来反驳她。

“长得这么丑陋，还能算得上女人？”

“陛下，看看海女同伴的头骨、手和体形，简直就和人类一模一样，还有海女，请您仔细听下，我会告诉你她说了什么。”

“海妖没有一点像人类的地方。”伊夫斯说道，“看看那张恐怖的脸和身体上的关节，还有私密部位。陛下，请原谅我提及这个部位。”

“狗也好，鹦鹉也好，怪兽也好，但它绝不会是女人。”路易十四下了最后的结论，然后就转过身去不再理会。

计划失败带来的震惊让玛莉如坠冰窖，浑身发冷，她好像也被关到了笼子里，抑郁到无法呼吸。海女在她的脚边徘徊，也明白了国王并没有认同她的身份，发出了悲鸣。

“布尔森先生，说说你的计划吧！”路易十四说道。

“好的，陛下，我已经有了十分周密的安排。”布尔森先生也走进笼子。他打开那本古书，向国王展示。

“不错，布尔森，我很满意。”

“克鲁瓦小姐，能扔给它一条鱼吗？让它动一动跳一跳，我好看得更清楚些。”布尔森先生目不转睛地盯着海女，眼神里全是贪婪。玛莉怀疑地看着国王和布尔森先生。

海女用带蹼的脚趾用力拍打着水面，将水花向他们身上泼去。

“陛下，教会认为这是一条鱼，比较适合周五。不过据说它的肉尝起来却像是陆地上动物的肉，十分美味，如果现在宰了它，我就能给您做出一道小菜，比如说炖鱼头之类的。晚餐上您就可以吃到，不用再等到午夜的宴会。”

“布尔森，你考虑得可真周到。”

“我会用剩余的部分做出一桌美味，重现当年查理曼大帝的盛宴。”他倚靠在喷泉边上，看上去似乎随时都要摔进水池里，眼睛不断地在书和海女之间瞟来瞟去。

然后，他把书拿给学者和伊夫斯以及玛莉看。

书中有一幅画：一个海女趴在一个大盘子上，背部不自然地弓起，膝盖弯曲，带蹼的双脚几乎都要抬到额头顶。她的胸脯高高突起，怀里抱着一只死去的鲟鱼，似乎正在给它喂奶。

“我会用虾和扇贝填充它的乳头，在身体里放满烤洋葱，用金色的鱼子酱装饰它的头发。唉，要是那只雄海妖没死该多好，这样我就能将两只放在一起摆造型。我得行动起来，抓紧时间把这只给宰了。”

版画中，那只被烤熟了的海女眼睛睁得大大的，茫然地注视着前方。

玛莉·约瑟芬尖叫起来。

“我还需要一只里海鲟鱼……”布尔森先生还在喋喋不休，他被玛莉突如其来的尖叫声吓了一跳，“克鲁瓦小姐，别害怕。我知道这怪兽看上去很吓人，但是我会尽量把它打扮得漂亮些。”

“把书合上吧，布尔森先生。”吕西安说道。

洛林一步跨上台阶，将玛莉搂入怀中，掩盖住了她的抽泣。

“克鲁瓦小姐，怎么了？你不喜欢吃海鲜吗？”

“我的嗅盐瓶呢？我记得是放在口袋里了，难道……”公爵急忙说道。

“陛下，请宽恕我妹妹。她实在是太心善了，把这只海妖当成了自己的宠物……”

玛莉·约瑟芬浑身颤抖，她紧紧抱住洛林，想要压抑住自己的哭泣。

“在这里！”公爵终于找到了他的嗅盐瓶，往玛莉的鼻子下一塞。一股辛辣的气味直冲脑门，玛莉连打了好几个喷嚏，泪水模糊了她的视线。

“我可以动手了吗，陛下？肉还要晒干，味道才会好。”布尔森显然有些迫不及待了。

“这是只鱼。”一直没作声的吕西安突然插了一句。

“鱼？”布尔森有些困惑。

“海妖如果不是人类，那它就是动物。布尔森先生告诉陛下，教会认为海妖是一种鱼。如果布尔森先生今天就把它给杀了，鱼肉很快就会变质，都赶不上陛下的宴会。”

“但是……”布尔森先生想争辩。

“吕西安说得对！”路易十四支持吕西安。

“但是……”布尔森还想说话。

“够了，布尔森。今天先不要动它。吕西安，把法贡找来，给克鲁瓦看病。”路易十四冷静地发号施令。

“是，陛下。”吕西安离开了。

洛林将玛莉拥入怀中，他身上的麝香味瞬间笼罩了玛莉，连公爵嗅盐瓶的味道都被冲淡了。

“陛下，对不起！我妹妹，我太娇惯于她，没想到……”伊夫斯竭力向国王解释。

洛林穿过人群，带着玛莉向外走去。刺眼的阳光照在玛莉脸上，刺痛了她的双眼。吕西安骑着泽里斯向城堡进发，马蹄声渐渐远去。

“放我下来！”玛莉轻声说道，“让吕西安回来，求你了。我不想去见法贡医生。”

“嘘！”洛林把玛莉抱得更紧了。

路易十四上了他的小车，舒舒服服地坐好。聋子们推着国王的小车走远了。

“别紧张，法贡医生会照顾好你的。”

洛林把玛莉·约瑟芬放到床上。哈丽达正坐在窗边的椅子上给玛丽王后做新头饰，见到此景立刻从椅子上跳了起来，头饰掉到地上都没顾得上捡。

“怎么了，玛莉小姐？”

“医生一会儿就来。”洛林只是简单地说了一句。

“不要……”玛莉有气无力地说道。

哈丽达给她擦去脸上的泪水。

“既然你都知道海妖最终的命运是什么，为什么还要这么喜欢它？就和之前那只小羊羔一样，你拦着不让爸爸杀它……”

“那都是小时候的事了，我已经长大了。”玛莉·约瑟芬辩解道。

“你的行为……”

“我对海女的感情和对你们是一样的。我爱你，我爱哈丽达，我也爱她。我之所以想救她，是因为她是一个有思想、有灵魂的人类。陛下不能吃自己的同胞啊……”

“咳咳！”法贡清了清嗓子。他和费利克斯医生不知道什么时候出现在了门口，问都没问，直接就进到了屋子里。玛莉·约瑟芬自知失言，闭上了嘴。

“一派胡言！”伊夫斯完全无法相信。

这个小小的房间里现在挤满了人，玛莉又有点走神，觉得自己的房间好像变成了国王的宴会大厅。

“看来，你确实有些问题，国王陛下对你的担心不无道理。”法贡说道。

“我很好，先生！”玛莉的声音很平稳，可是她的身体却在不受控制地颤抖。现在，她浑身发冷，头晕目眩。

“嘘！别说话了，你现在很虚弱，情绪激动。发生了什么？”法贡弯下腰来，目光灼灼地盯着玛莉。

“她太过震惊，所以晕倒了！”洛林替玛莉回答。

“胡说！玛莉小姐才不是晕倒！”

“玛莉小姐就是太累了。从伊夫斯回来后，她就没睡过一个好觉。”哈丽达愤怒地喊道。

“多嘴！”费利克斯猛地转过身来，吓得哈丽达倒退一步。

“先生！”伊夫斯站了出来，“国王派你来可不是为了让你随意恐吓我的家人。”

哈丽达冲过去，紧紧抱住玛莉。玛莉把头依靠在哈丽达的肩膀上，这才稍感心安。她实在是吓得不轻。

费利克斯和洛林费了一番力气才把哈丽达扯开。后者挣扎着跪倒在地。费利克斯把哈丽达推给伊夫斯。

“把你的仆人带走！”法贡发话了，“有两个疯女人在这里，我们怎么治病？”

伊夫斯紧紧抓住哈丽达，不让她动弹。

“哥哥……”哈丽达恳求伊夫斯。

“把这个疯女人带走。待会儿我会派人给她也放点血。”

“这都是为了你好，妹妹。”他带着哈丽达一起退了出去。

“伊夫斯，不要，求你了，还记得爸爸吗？”恐惧瞬间吞没了玛莉。

费利克斯用他强有力的大手紧紧地按住玛莉的脸，法贡则撬开了她的嘴。法贡医生的手指带着泥土和血液的腥气。玛莉连叫都叫不出来，不过她还是奋力挣扎，抗拒着法贡给她灌下的难喝的液体。

“殿下，您能过来帮忙吗？为了陛下？”

“我这可是为了自己，因为她是我的。”洛林说着就抓住了玛莉的胳膊。

“我没有晕倒，我也不会晕倒。”玛莉挣脱法贡的控制，转向洛林喊道，“我保证……”

“我要给她放血了。”费利克斯宣布，“这会让她清醒过来。”

玛莉·约瑟芬极力挣扎，甚至连咬人的方法都用上了。可是她实在抵不过三个男人的合力钳制。

“别抵抗了，我们也是为了你好。”

玛莉如同被掐住了脖子的鸡一样发出了绝望的惨叫。洛林跪在床边，他身上的麝香味包裹住了玛莉。他用尽全力按住玛莉的肩膀，长长的鬈发从脸颊上垂下来，落在了玛莉的胸口。玛莉开始用脚踢人，有人按住了她的脚。

“勇敢点！”洛林说道，“让陛下为你的勇气骄傲，别像个懦夫。”

费利克斯撸起玛莉的袖子，露出手臂。他紧紧抓住玛莉的手腕，用一把锋利的刀划开了玛莉手臂内侧的皮肤。一股浓浓的血腥味瞬间弥漫在空中，盖过了洛林身上的香气。玛莉痛苦地呻吟着，鲜红的血液顺着手臂流到了碗中，在她的衣服和床单上留下了斑斑血迹。

看到玛莉被“成功治疗”，洛林的脸上浮现出一丝微笑。他目不转睛地盯着玛莉，让玛莉躺下。

吕西安一瘸一拐地向阁楼走去。他的腿伤已经好得差不多了，可背部的疼痛却有要复发的迹象。通往阁楼的走廊又窄又暗，勾起了他很不愉快的回忆。他不喜欢城堡的阁楼。在他很小的时候，他还只是一个小小的侍者，就住在王后的寝宫之中。在出访摩洛哥之后，他受到了国王的青睐，搬到了凡尔赛的小镇上居住，后来才有了自己的府邸。他也曾遭遇过冷遇，只能在拥挤的侍臣居住区待着，那是他一生中最难熬的日子。

他刚走到门口，就见克鲁瓦的房门打开了。洛林、法贡和费利克斯一起走了出来。同时传来的还有玛莉绝望的叫声，声音之小，几不可闻。吕西安皱起了眉头。他向来看人很准，基本上能判断出一个人的品格。在他眼里，玛莉绝对算得上是个勇敢的人，可能还有些莽撞。

吕西安对法贡和菲利克斯点头致意。洛林骑士稍显冷淡地鞠躬，他也有礼貌地进行了回礼。菲利克斯搓了搓手，抹掉了手上的血迹。

“我已经治好了她的癔病。”菲利克斯向吕西安汇报。

“陛下知道后，一定会高兴的。这个小姑娘和她的家人深得陛下宠爱。”

“还有她金色的头发和洁白的胸脯。”洛林加上了一句。

“是的，她很优秀。”吕西安并没有顺着洛林的话往下说，只是说了句套话。

宫中确实流传着克鲁瓦和国王之间的流言蜚语，吕西安知道克鲁瓦是清白的，不过这种谣言其实对她也并无坏处。吕西安甚至希望国王在某种程度上能坐实这个谣言，从而抵消曼特农夫人对国王的影响：虔诚并不能帮助路易十四树立起自己的威望。

“明天再放一次血，加强下疗效。”法贡晃了晃手里的碗，里面的血液已经开始凝固了。

菲利克斯拿手指在血里搅了搅。表面的血膜破裂了，血水顺着盆的边缘流了出来，弄脏了地面。

法贡把碗放好：“你们也看到了，她的血液并不黏稠。不过她的疯病可一点也不轻，我会给她治好的，虽然她有可能咬掉我的手指头。”法贡笑了起来。

“她连我都要咬，别说你了！”洛林也笑嘻嘻地说道，“真是个小骚货，不过我喜欢，哈哈。”

三人一道走了出去，留玛莉一人躺在血迹斑斑的床上。她用手蒙着脸，看上去十分虚弱。吕西安走到床边，玛莉听到了声响，向吕西安伸出手去。

“上帝，请不要……”

玛莉的胳膊上缠着厚厚的绷带，上面的血迹看上去分外刺眼。吕西安抓住了她的手。

“啊！”玛莉惊叫一声，把手缩了回来。她的头发散落在枕头上，衬托得脸色愈发苍白。

“对不起，我以为是我哥哥来了……”

“我叫他过来。”

“不要，我不想见他！”

“感觉好点了吗？有没有平静下来？没再看到幻象了吧？”

“那不是幻觉。我真的可以和海女对话。殿下，您也是相信我的，对吧？如果您不信，当时为什么要冒那么大的风险，替海女说话？”

“这都是陛下的意思。我只是给他提出了合理的建议。”

“仅仅就是这个原因吗？”玛莉追问道。

吕西安沉默了。

“很好！除了国王，你谁都不在意吧？你之所以这样做，是因为担心国王吧？担心他因为吃人而受天谴？”玛莉喃喃自语道。

“睡吧！”吕西安不打算和她在这个话题上再继续纠缠下去，“法贡医生明天还会过来。”

“我父亲就是死于医生的放血，你是想让我也这样死去吗？”玛莉的声音因为恐惧，变得越来越小。

吕西安觉得之前可能高估了玛莉的勇气，因为内心深处，每个人都会有自己害怕的东西。不过，在吕西安看来，害怕医生并没有什么奇怪的。

“你讨厌我吗？”玛莉小声说道。

“我当然不讨厌你。”

“那就别让他来给我放血，求你了！”

“你要求得太多了。”如果国王下令要给她放血，那克雷蒂安伯爵吕西安·巴朗东也阻挡不了。毕竟，忠实地执行国王的命令是吕西安的职责，他绝不会做出违背国王的举动。

“答应我，好吗？”玛莉挣扎着坐了起来，死命抓住吕西安的手。她的脸上早已没有了智慧的光芒，只剩下绝望、恐惧和痛苦。“求你，帮帮我，我真的需要一个朋友。”

“我尽力。”

“答应我。”

“好吧。”理性告诉吕西安不能这样草率地就答应她，但是对于玛莉的恐惧，他做不到无动于衷，“我答应你。”

玛莉松了口气，瘫倒在床上，浑身颤抖，不过她仍然抓着吕西安不放。过了一会儿，她才慢慢平静了下来，闭上双眼，松开了手。

吕西安叹了口气，抚摸着她黑色的头发。

玛莉·约瑟芬失去了意识，一直处在一种半梦半醒的状态中。让她稍感安慰的是，克雷蒂安伯爵吕西安·巴朗东已经答应了她。迷迷糊糊中，海人的形象出现在脑海里，她不想在梦中看到海人，可是她也不想醒来。

当她终于清醒时，已是晚上。月光透过窗户，如流水一般倾泻到房间内。吕西安已经走了，玛莉环顾四周，一股暖意涌上心头，因为她发现哈丽达抱着自己在一旁睡得正香，幸好菲利克斯医生忘了自己说过的话，没派人过来给她放血：哈丽达的胳膊完好无损，既没缠上绷带，也没有伤口。伊夫斯正趴在一堆纸上打盹，这样睡下去，早上起来他一定会脖子疼。

伊夫斯和哈丽达一定给自己换了衣服，因为现在她身上就只有一件沾着血迹的衬衣。不知道换衣服时，吕西安在不在，她可不希望自己衣着不整地出现在这么个大人物面前。她又不是宫廷贵妇，没有裁缝替她量体裁衣。作为一个处女，还没有任何男人看过她的身子。

玛莉坐了起来，头晕晕的，一点力气都使不上。

伊夫斯也醒了：“妹妹，你好些了吗？”

“你居然让他们给我放血！你怎么能如此对我？”

“这也是为了你好。”

伊夫斯的面前摆着玛莉之前画的海妖的故事。他正面无表情地翻着那一沓图纸。

“海女和我说的——那次捕获的真相。”玛莉·约瑟芬说道，“你们其实捉到了三个海人，他们奋力抵抗，水手们杀掉了其中的一个……”

“我和你说过的！”

“你没有，你从来没告诉过我。水手们杀死了海人后，还吃了他的肉。你也……”

“只是动物的肉罢了，很美味。为什么我不能吃呢？”

“你一直说你热爱真理，但当真相出现时，你却拒绝接受。亲爱的哥哥，你为什么不相信我呢？你已经不信任我了吗？”玛莉很激动。

这时，哈丽达也醒了过来。“玛莉小姐？”她睡眼惺忪地支起身子，眨巴眨巴眼睛。玛莉紧紧抓着哈丽达的手，寻求安慰。

“海妖是动物，是为人类服务的。”伊夫斯坐到了床边，“你应该离开王宫，那里有太多的诱惑。相比起来，修道院更适合你，你能在那里获得所需要的平静。”

“不要！”

“你也会很开心的。”伊夫斯继续劝说。

“她在修道院里待着是不会开心的。”哈丽达大叫道。

“五年内，我一本书也没看过。修女们说，知识会腐蚀我的心灵。”她能原谅哥哥做出的错误决定，可是绝不能容忍他再犯同样的错误，“她们还说，女人在上帝面前要保持沉默，所以也不准我听音乐。五年了，没有书本，没有音乐。我什么都做不了，可我的思考却一直停不下来，我还是会有各种各样的问题。对了，还有数学……”玛莉爆发出一阵歇斯底里的狂笑，“他们居然把公式当成了咒语。我的脑海中一直都回响着乐声，不管我怎么祈祷和戒斋，都无法将其消除。当时我觉得自己就是个疯子、罪人……”玛莉抬起头，盯着伊夫斯，“我给牛顿先生写了封信，他也给我回信了。你知道修女们做了什么吗？当着我的面把没拆开的信件给烧了。对我来说，在修道院的每一分每一秒都是煎熬，你怎么忍心把我丢在那里？你真的爱我吗？”

“那时，我只希望你能平平安安的。”伊夫斯那双漂亮的眼睛突然涌出了泪水。他伸出手，将玛莉拥入怀中：“而现在，我又给了你那么多差事，真是难为你了。”

“我喜欢做你交给我的任务。我心甘情愿，而且我能做好。我没疯，也不傻，你一定要相信我。”

“我必须要指导你，不能让你走上歧途。你对海妖的感情是不正常的。”

“我喜欢她不是因为她说的那些故事。不过你也知道，她没有撒谎。”

伊夫斯跪在床边，拉起玛莉的手：“妹妹，来，和我一起祈祷。”

也好，玛莉心想，祈祷能让我平静下来，并且赐予我勇气。

玛莉·约瑟芬也下了床，和哥哥一起跪在地上。她双手合十，低下头，等待着和上帝的沟通。

“奥德蕾特，过来和我们一起，为玛莉的康复祈祷。”伊夫斯说道。

“不，我再也不会祈祷了。我信奉的是伊斯兰教，我是一个自由的人。还有，我的名字叫哈丽达。”哈丽达在床上缩成一团，转过身去，凝视着窗外月光下的花园。

“亲爱的上帝……”玛莉·约瑟芬开始小声祈祷。

上帝是有意让我受苦的吗？虽然自己的苦难和那些殉道者和海

女比起来，显得有些微不足道。别人被放血时都没有那么害怕，我是不是也应该欣然接受呢？玛莉心想。

不过她的挣扎倒是让洛林现出了他本来的面目。经历此事之后，玛莉对他的好感早已烟消云散。洛林的任何想法和她再无关系，现在她更在意的是吕西安对她的看法。

“亲爱的上帝……”玛莉·约瑟芬轻声说道，“请和我说话，指引我，告诉我该怎么做。”

她祈祷着，渴望着上帝的回复。面对她的请求，上帝一如既往地保持了沉默。

第18章

月光透过窗户，倾泻在地板上。玛莉·约瑟芬悄悄地爬了起来。她一动不动地站在月光里，感到有些头晕目眩。

伊夫斯早已离开，哈丽达在床上睡得正香。玛莉浑身发冷，于是她披上洛林骑士的斗篷，向更衣室走去。一路上，她扶着墙，抓着门把慢慢地挪了过去。

洛林的香水味从斗篷上散发出来，让玛莉很是反胃。她把洛林的斗篷向地上一摔，强忍着不让自己吐出来。不管这件斗篷有多暖和多舒服，以后她都绝不会再穿。如果可以的话，她真想一把火烧了它。

玛莉走到窗前，打开窗户，眺望着远方。还有两天就是满月之夜，所以今晚的月亮看上去又圆又大，正停留在海女监狱的上方。玛莉很想大声唱出来，可是一张口却变成了轻声的哼唱。

海女还是听见了，唱起歌来回应她。

≈第18章≈

她还活着！吕西安，谢谢你……

受到海女歌声的启发，玛莉·约瑟芬拿起笔，开始谱写合唱的最后一章，一个又一个的乐符从她的笔下流出，跳跃在五线谱上。时间一点一点地流逝，桌上的蜡烛慢慢地变成了一滩水。玛莉举起手中的乐谱，在空中挥舞着，想让墨迹尽快晾干。她终于完成了最后一章。

她把盖在大键琴上的挂毯扯下来，围在肩膀上，顺手打开了琴盖。

晨光熹微，玛莉开始弹奏起海人们的故事，一行清泪顺着她的脸颊流了下来。

在国王的起床仪式上，吕西安有点心不在焉。法贡医生正在帮助国王排便，他照例为国王擦去了额头的汗水。后来国王带着王公贵族们去做弥撒的时候，他就没跟去了，鞠了个躬目送他们离去。教堂是唯一一个他不会跟随国王去的地方。

“法贡医生。”

国王的卧室里现在就只剩下吕西安和国王的第一御医。法贡正详细研究着国王的粪便。

“克雷蒂安伯爵殿下。”法贡对着他鞠了一躬。

吕西安点点头作为回应。

“克鲁瓦小姐应该好点了吧？我稍后会去看望她。”

法贡摇了摇头：“身为女子，天天做一些不是女孩子家该做的事，怪不得她崩溃了。真得让她哥哥好好教育她。我准备再给她放一次血，加强疗效。”

“放血就没必要了。”吕西安说道。

“什么？”法贡很惊讶。

“不要再给克鲁瓦小姐放血了。”吕西安一字一句地说道。

“殿下，您是在教导我该怎么医治病人吗？”

“我只是告诉你，她不想再接受更多的治疗，希望你能尊重她的意愿。”

吕西安的语气虽然听上去轻描淡写，但是法贡医生不得不考虑他这番话的分量。这可是国王面前的大红人，得罪了他可不会有什么好果子吃。

于是他摊开双手：“如果陛下想让我……”

“陛下又不会盯着你治病。”

“可是陛下的人很有可能在场！”

“闲杂人员无需在场。至于菲利克斯，你还不信任他吗？”

法贡医生思考了片刻，然后又鞠了一躬：“我会遵循您的意思，只要……”

吕西安扬起了眉毛。

“国王陛下不在场。”

吕西安也鞠了一躬，以示回礼。法贡做得已经够了，他不能要求法贡抗旨不遵。他希望克鲁瓦能够理解。

玛莉弹起这首讲述了捕猎海女的奏鸣曲。一开始，她以为这是一次英勇的壮举，随着和海女的交流，她慢慢了解了事情的真相，于是几度修改，乐曲中透露出悲伤的气息。

一曲终了，玛莉合上琴盖，盯着光滑的琴板发呆，一股倦意袭上心头。

我一定要让陛下知道事情的真相。她默默地想着。音乐可能是一种方法，鉴于他很喜欢音乐。如果他能倾听海女的心声，说不定他也能看到我所看到的东西，真正地去了解海女。

更衣室的门突然开了。玛莉吓了一跳。这个时候不应该有人的，哈丽达去服侍玛丽王后了，伊夫斯也去参加国王的起床仪式了，所以会是谁呢？

是洛林。他站在门外，目光灼灼地看着玛莉。洛林看上去仍然风度翩翩，只可惜眼睛上的一圈黑眼圈让他的英俊大打折扣。

“这就是你的作风吗？一个人就闯进了女性的房间里，连门都不敲一下？”

洛林并没有回话，他径直走到角落里，捡起了那件皱巴巴脏兮兮的斗篷，拍打着上面的灰尘。

“看来，你已经用完了我的斗篷。”

“你可以把它拿回去了。”

洛林把脸贴在斗篷领上：“这上面都是你的味道。你的汗水、香水还有你身体上的秘密……”

玛莉转过身去，既尴尬又生气。洛林居然这么明目张胆地调戏她！

“唉，我现在连一个微笑都得不到了吗？陛下命我照顾你，可美丽的你却伤了我的心。我把最好的衣服送给了你，现在你却弃如敝履。”他把斗篷扔在地上，摸了摸脸上的黑眼圈：“你看，我因为担心你，憔悴成这样……”

“你憔悴是因为在巴黎的整夜狂欢！”玛莉硬邦邦地打断了他。

洛林大笑了起来：“看来，法贡医生已经治好了你的妄想症。冰雪聪明的女子啊，什么都逃不过你的眼睛。”洛林随意地依靠在大键琴上，深情地注视着玛莉。

“你帮着法贡一起，给我放血，让我变得虚弱。如果海女死了，我一辈子都不会好起来的。”

“等她死了，你的心思就会转移到别的事情上，比如说一个丈夫或者情人。”洛林靠得更近了，假装对玛莉手里的乐谱产生了兴趣。

“殿下，请自重。你不应该出现在这里。”

洛林突然挪到玛莉身后，紧紧抱住了她，双手在她的身上游走着，抚摸着她的背部、肩膀，甚至还伸进了衬衣之下，摸上了她的胸脯。玛莉又惊又怒，一时间竟然呆住了。

“克鲁瓦小姐！”门外突然响起了吕西安的声音，“看来，医生们不会再来找你了。”

玛莉这才回过神来，可吕西安鞠了一躬就消失了。她急忙挣脱洛林，追着吕西安跑了出去。

“吕西安！”她跟在后面叫道。吕西安正一瘸一拐地沿着台阶向下走。

“我，洛林……不是……”玛莉急得语无伦次。

“不是什么？真遗憾！”

“遗憾？”

吕西安转过身来，拄着手杖，嘲弄地看着玛莉。

“陛下自己也很中意这桩婚事。洛林身世显赫，却没什么钱，陛下会给你准备丰厚的嫁妆。这桩婚事中，你们俩可以各取所需。”

“我对洛林骑士没有任何感情。”

“感情和婚姻有关系吗？”

“我打心里看不起他这样的人。”

“难道你要违背国王的旨意？”

“我绝不会和他结婚。”在吕西安的注视下，玛莉·约瑟芬有些发抖。她的伤口也裂开了，血浸湿了绷带。她赶紧把右手藏进袖子里，不想让吕西安看到。

“也许你应该把你的决定告诉公爵。”

“为什么我要和国王的弟弟说呢？”

“那为什么要和我说呢？”

“因为……因为，我很在意你对我的看法。”

“我觉得你很好。”

洛林从玛莉的卧室里走了出来，砰的一声关上了房门。他把斗篷搭在一只肩膀上，慢悠悠地走了过来。

“宫廷里的小丑和野蛮的加勒比少女，真是有趣的组合。”他大笑着说道。

吕西安握紧手中的手杖，就好像拿着一柄剑一样。他向前迈出一步。洛林手里拿的是一把真剑，如果两人真打起来，吃亏的肯定是吕西安，因为他手里只有一把小匕首。

“殿下，你这样说真的很无理。”玛莉·约瑟芬也很生气。

洛林笑着说道：“吕西安，她这是在捍卫你的荣誉？”

“是的。我相信也会有人像她一样勇敢地去捍卫你。”

“陛下既然禁止私下决斗，那我自然会遵从他的旨意。其他事情上也是如此。”洛林一边说着，一边越过他们向下走去。

突然黑暗中寒光一闪，吕西安用自己的手杖挡了一下，走道里响起了手杖和剑碰撞的声音。

“洛林说得很对。”吕西安不动声色地说道，“国王禁止决斗，怪不得你刚才饶我一命……”

“殿下，您这是跟我开玩笑呢！”

“没有。”

“我只是想向你致以最诚挚的问候。”

“我也是。不过，为了你自己的幸福，你最好别把心思放在这里。”

洛林的真面目、吕西安的误解……所有美好的幻想都落了空。玛莉·约瑟芬失魂落魄地回到自己的房间，强迫自己不去想吕西安刚才的那番话。她走到大键琴旁——在这片混乱之中，这是唯一一个让她感到心安的东西——又弹奏起海女的那首曲子。

我要好好利用这首曲子。希望陛下能听出海人们的遭遇，再加上我的解释，他就会相信我说的话了。

她现在仍然有些头晕目眩，不过她用强大的意志力撑起了自己的身体，拿着谱子穿过城堡向乐室走去。到了乐室，她并没有直接就走进去，而是停在门外向屋内张望着，希望能看到两位音乐大师蒙奈特和兰德的身影。为了这次庆典，路易十四召集了四位大师和宫廷乐师，确保能为客人们带来一场音乐盛宴。

多梅尼科·斯卡拉蒂独自一人坐在大键琴前，行云流水般地弹奏起一首乐曲。尽管玛莉不太熟悉这首曲子，她还是静静地等候在门外，享受着这美妙的旋律。最后，小神童弹出了一连串花哨的装饰音，停了下来。他看向外面晴朗的天空，叹了口气，用一只手随意地弹奏起变奏曲。

“多梅尼科！”玛莉喊道。

“玛莉小姐！”小神童从椅子上跳了起来，又颓然坐下，“我都在这坐了两个多小时了。”

“我不会打扰你的。”玛莉拥抱了下小家伙，夸奖道，“刚才你弹得真好。”

“可是我又不能弹。”多梅尼科的小手又弹起另一种变奏，“爸爸只让我弹他为国王准备的那些曲子。”

“这是你自己创作的？”玛莉好奇地问道。

“你喜欢吗？”多梅尼科忐忑不安地问道。

“非常喜欢！”

“谢谢！”小家伙害羞了。

“等你再大一些，就可以弹任何自己想弹的曲子了。那时，我想就没人能拦着你啦！”

“再过两年？等我八岁的时候就可以了吗？”小家伙咯咯地笑了起来。

“再多两年，十岁。”

“你手里拿的是什么？是国王让你作的曲子吗？我能看看吗？”

玛莉把乐谱递给他。小家伙一边翻阅着乐谱，一边摇头晃脑地打着拍子，情不自禁地哼唱了起来。

“真好听，比那些要好……”多梅尼科意识到了失言，尴尬地纠正道：“额，我是说……”

“比我在圣西尔创作的那些要好？”玛莉接过了他的话。

“嗯，抱歉，确实比那些要好很多，玛莉小姐。”

“不过当时你说你很喜欢啊。”

“我……你弹得确实挺好。不过我之所以这么说，是想让你喜欢我，这样长大后我就能娶你当我的妻子。”小家伙的脸更红了。

“哦，多梅尼科！”尽管玛莉的心情十分不好，她还是被小家伙的童言无忌给逗乐了。她斟酌了下语句，避免打击到多梅尼科：“咱们俩的年龄差太多了。等你长大了，我都变成个老女人了。”

“我不介意。再说，库佩尔先生年龄也很大啊。”

“他不大啊。”玛莉刚说完，突然就明白了多梅尼科为什么要提到库佩尔：他误会了，而且还吃醋。于是她又急忙补充了一句：“他是一个自私又卑鄙的小人，哪有人会喜欢他呢？”

“我不自私，我也不卑鄙……”小家伙嗫嚅地说道。

“你当然不是那样的人了。”

“我喜欢你！”多梅尼科又重申了一遍对玛莉的喜爱之情，“你谱的曲子真棒，还有其他那些也很好，只不过……”

“我已经很久都没有弹琴或者谱曲了。她们不允许。”

“太可怕了。”多梅尼科轻声说道。

“是的。”

“你该怎么弥补呢？”

“弥补不了了。那段时光就像是被偷走了一般，永远也找不回来了。不过，我不能沉浸在过去的痛苦之中。现在，海女给了我灵感。如果说这首曲子很好的话，也完全是她的功劳。”虽然这样说，玛莉心里却打起了鼓，不知道多梅尼科的称赞是真心实意的，还是出于对她的喜爱。她不知道以自己的这点水平，能否很好地描绘出海女的生活。

库佩尔先生突然出现在练习室，后面还跟着一堆乐师，一进来就挥舞着琴弦，大声嚷嚷着要啤酒和葡萄酒喝。他们皮肤黝黑，显然在太阳下晒了很长时间，刚进来还不太适应，眨巴着眼睛四处张望。

多梅尼科主动向玛莉靠过来：“库佩尔先生说你绝对完成不了，他说你没这个能力。”

“是么！”玛莉激动地叫了起来，不过很快就释然了。确实，库佩尔好像也没错，自己差点就没完成。

多梅尼科俯下身坐好，继续弹奏。这一次，他弹起了玛莉刚刚完成的曲子。

“我的琴都被晒掉漆了，真的，不骗你。下次，如果再顶着大太阳随国王外出，我一定用最破的那把琴。”乐师中一个较为年轻的小伙子嘟囔着。

“米歇尔巴不得给他的琴都带上帽子。”旁边的人笑着打趣他。

“我要换上最新的琴弦。”另一个乐师看着小提琴上断掉的那些琴弦，脸上流露出无比痛惜的表情。

“这你可怪不了别人，那小公主的胸可真大啊，啧啧，难怪你激动了，嘿嘿。我打赌，她衣服下的……”

库佩尔先生拿着指挥棒在地板上敲了一下：“够了，米歇尔。不得对国王不敬。小斯卡拉蒂的数学老师还站在这里，收起你那些猥琐的言论。”

“对不起，小姐。”中提琴师米歇尔对玛莉鞠了一躬，不再说话，拿起一杯酒和一片起司面包，吃了起来。

“克鲁瓦小姐，有何贵干？”库佩尔问道，“是为了作曲的事吗？想让我帮你？”

“我已经写完了。”玛莉淡淡地说道。她没空理会库佩尔的挑衅，此刻她正全神贯注地听着多梅尼科的演奏，还不错，正是她想要的效果。

库佩尔耐住性子，在一旁等着。可是玛莉一点反应都没有，既不把乐谱拿来，也不说话，这样库佩尔就有些不耐烦了。他又拿指挥棒戳了下地板，咚的一声，玛莉这才回过神来。

“给我乐谱。”库佩尔说道。

“但是多梅尼科正……”玛莉原本想说多梅尼科正在用乐谱，

可是她突然发现自己的乐谱正静静地躺在多梅尼科的椅子上。这个小家伙只看了一遍就记住了！真不愧是神童！

玛莉不情愿地把乐谱递给了库佩尔。后者接过后先是在手中掂量了一下，然后飞快地翻阅着。

“你都写了些什么？歌剧？你以为你是谁？音乐大师吗？你只是个门外汉，一个女人！我难道要去指挥一部歌剧？毫无价值！”库佩尔想把乐谱撕成两半，不过由于乐谱太厚，没撕成，只拽下了乐谱的四分之一。于是他转而把乐谱窝成一团，像疯狗逮到老鼠一样，向地下一扔，纸张四下飘散，散落在光滑的木板上。

“你！”玛莉急忙跪下来，收拾着地上的纸张。

“蠢材！你以为你能比得上多梅尼科吗？”库佩尔拿指挥棒指了指多梅尼科。

多梅尼科此刻正弹着玛莉之前创作的那支曲子，肩膀因为憋笑而抖个不停，不过他的手却稳稳地弹出一个又一个的乐符。

“斯卡拉蒂也喜欢这支曲子。”

“你觉得呢？亚历山德罗·斯卡拉蒂是意大利人，他喜欢的是你白花花的胸脯……”

“先生，你为何要这样羞辱于我？”玛莉气得要走，可是库佩尔挡住了她的去路。

“陛下只是让你写一首歌，几分钟的事。你看看，你写的是个什么玩意儿？这是对我的侮辱，对陛下的不敬！”他戳了下地板，加重了语气，“我告诉你，别以为在陛下面前卖弄风骚就能交差！”

“先生，你这么说就很不公平了！”

“是吗？要不是因为我的修改，陛下能注意到你？这个任务本该属于我！”

“抱歉，修改的那个人应该是多梅尼科吧。你想窃取我的劳动成果就已经很卑鄙了，难道连一个孩子都……”

“孩子？孩子！”库佩尔已经陷入一种疯狂的状态。他拿着指挥棒指着多梅尼科厉声说道：“我清楚得很，他都已经三十岁了，是个侏儒。”

“我才六岁！”多梅尼科大声抗议道，不过他仍然没有停下弹奏。

玛莉大笑起来，真没想到库佩尔居然会有这么疯狂的想法。她的笑声犹如火上浇油，让库佩尔怒火中烧。

“你居然敢笑我？难道我不厉害吗？难道不是因为我，国王才注意到你吗？”

“又不是你想要这么做的。”

“你还敢跟我提想要？你想要得太多了吧。和意大利人调情，和国王调情，甚至连侏儒也不放过，唯独忽略了我，还看不起我……”

“再见！先生。”玛莉准备离开了，和一个疯子没什么好说的。

但是库佩尔拦住了她的去路。

“你是不是幻想着用你的音乐才能征服我，让我注意到你？就你这种门外汉，作曲也不行，弹奏也不行，真是妄想。如果你能全身心地投入到音乐学习中，我也不否认你能有一些成就。可作为一个女人，你最大的资本是什么，心里不清楚吗？再说，女人弹的曲子，那能听吗？你们只能靠死记硬背，手法笨拙。至于作曲，这就不是你们该碰的。女人就该保持沉默。你们就擅长一件事，而你甚至连那是什么都不知道，愚蠢至极。”

库佩尔已经完全陷入癫狂的状态，唾沫星子从他的嘴角喷了出来。他弯下腰，俯视着玛莉。

玛莉紧紧抓住手里的乐谱：“让我过去！”她本意是想震慑住库佩尔，可是一开口就露了怯。屋子的那一边，年轻的乐师们背对着他们，大气都不敢出。不论是玛莉还是库佩尔，都是他们惹不起的人。

“把乐谱给我！”库佩尔喊道，“我就牺牲点时间，给你改成一支曲子。前提是你必须要心存感激，而且还要让陛下知道这全都是我的功劳。”

“不了，先生。我一个女人家能写出什么好曲子？别污了陛下的眼。”

库佩尔让开了，甚至还颇具讽刺意味地给玛莉鞠了一躬。

“想走？很好，走吧，走了就别回来！我不帮忙，看你能弄出什么。你如此怠慢国王给你的任务，我一定会如实汇报给陛下。”

玛莉·约瑟芬骑着扎基向阿波罗喷泉方向走去，她抱紧了怀里的画箱，里面装着她的乐谱。乐室那里她是不敢再去了，再等等吧，等多梅尼科练完琴后再去找他。

还有必要再去找他一次吗？玛莉犹豫了，虽然他一直都有神童的美誉，可他毕竟还是个孩子啊。他知道什么是好作品吗？再说，库佩尔肯定也不会让他再弹。唉，当时真应该让库佩尔给提点建议的，也好过到国王面前丢人现眼。

不过，说实话，这是海女的音乐，她打心眼里不愿意让库佩尔染指。

阿波罗喷泉里，海女正唱着歌，时不时跃出水面，逗观众开心。一见到海女，玛莉所有的不快都烟消云散了。海女现在还面临着生命危险，和她相比，自己受的那些委屈又算什么呢？

她费力地从人群中穿过，挤到笼门前，一群衣着光鲜的贵族就坐在那里观赏着海女的表演。路西法夫人嘴里叼着一只小巧精致的黑色雪茄，正在和她的闺蜜阿马尼亚克小姐窃窃私语。阿马尼亚克小姐保持着她一贯夸张的风格，一顶颜色艳丽的孔雀羽毛发饰盖住了她的头发，看上去十分显眼。

阿马尼亚克小姐看到玛莉，立刻站了起来。座位席上的其他女性也纷纷站了起来。玛莉吓了一跳，连忙向她们行了个屈膝礼。

玛莉跪倒在喷泉旁边，唱起歌呼唤着海女的名字：“海女，你能给这些陆地上的人讲一个故事吗？”

海女游了过来，向玛莉伸出手来。玛莉抚摸着海女带璞的手指。

海女突然变得很激动，嘴里哼哼着，脸上的褶子也都舒展开来。她抓着玛莉的左手，使劲向自己这里拉来，差点把玛莉拉下了水。不仅如此，她还对着玛莉手上的绷带又抓又咬。玛莉觉得伤口更痛了。

“别这样！”玛莉抽回自己的左手，“很痛的。”

就在这时，门口传来一阵笑声，一群贵族走了进来。走在前面的是洛林骑士，后面还跟着六个年轻人。他们先是走到观众席前，对着女士们和国王的肖像鞠了个躬，动作十分浮夸，然后才到自己的座位上就座，懒洋洋地躺在那里，开始抽烟。玛莉·约瑟芬扭过头去，不去看洛林和沙特尔公爵。

“海女，讲个故事，好吗？”玛莉对海女请求道。

公爵夫人和夏洛特也来了，克雷蒂安伯爵吕西安·巴朗东陪同在侧。玛莉·约瑟芬急忙起身行礼。她看向吕西安，对着他露出一个腼腆的笑容，心里暗暗祈祷吕西安能够原谅自己今天早上愚蠢的行为。吕西安也对她回以礼貌性的微笑。座位上那几个懒散的年轻人一见到这几个人的出现，忙不迭地坐直了身子。他们怕的是谁呢？玛莉在心底默默揣测，公爵夫人还是克雷蒂安伯爵吕西安·巴朗东？

海女开始唱起一首动听的歌谣。

“她会给大家讲一个故事。”玛莉·约瑟芬也准备开始翻译。

“大海是海人们的家园，几千年来，海人和陆地上的人们一直和平共处。”

随着海女的讲述，玛莉发现自己也成了故事中的一部分。周围的观众消失了，取而代之的是海女的同胞。她也置身于蓝色的大海之中，和海人们一起游来游去，抓住小鱼一口吞下，在大章鱼的爪子间嬉戏……

“然后陆地上的人们发现，乘船捕捉海人是一项很有趣的运动……”

四周突然响起了奇怪的声音。海女和她的家人浮出水面，好奇地打量着向他们驶来的大船，船首上雕刻着龙的图案。他们一点也不害怕，而是准备去迎接船上的陆地人，就像他们之前欢迎米诺斯人一样。

“他们向我们驶来……”

船上突然撒下一张大网，海女的一个兄弟和两个姐妹猝不及防，被网了个正着。船上的人围了过来，兴奋地大叫着。他们不顾海人的哭喊，将他们捉到了船上。

“他们就这样带走了我的兄弟姐妹。”

长长的船桨动了，诺曼人的船向远方驶去。惊魂未定的海人们跟在船后，船上的伙伴们发出悲鸣，海面上回荡着他们凄厉的叫声。

“折磨他们！”

诺曼人把海男绑在船头。船在接近暗礁或者岩石时，海男就会吓得大叫起来，这样他们就会提前得知前方的危险。有时，他们甚至会故意把船驶向礁石，吓唬海男，以此为乐。

“他们还虐待了海女，手段之残忍，令人发指。”

后来，诺曼人把海女从船上丢了下来，此时的她们已是伤痕累累，浑身肿胀，私处还流着血。

“海人们……”玛莉说到这里已是泣不成声，“哦，海女，别说了……”

你必须要把故事讲完，你答应过我的。海女用歌声告诉她。

于是，玛莉强打精神，继续讲述了下去。海人们安慰着受伤的海女。可就在此时，可怕的事情发生了，远处，一群鲨鱼循着血腥味游了过来，将海人们包围起来，准备发起攻击。

海人们将受伤的伙伴和孩子们围在中间，摆出御敌的姿态。他们唱起了歌，向别的家庭发出警告：要小心陆地人和他们的船只。

伊夫斯和法贡医生一起走了进来，看到沉浸在故事之中的妹妹，大为震惊。海女的故事讲完了，玛莉捂住脸，不想让别人看到自己的眼泪。她的心脏一阵狂跳，似乎也能感受海女们的恐惧和绝望，她为自己的同类感到羞耻。

游客和大部分的贵族们都欢呼起来，为玛莉的精彩“表演”鼓掌。

“亲爱的，没事了。”公爵夫人将玛莉拥入她丰满的怀中，一边抚摸着玛莉的头发，一边柔声安慰道。夏洛特也走过来，拍了拍玛莉的手背。

“真是一个令人难过的故事，你真有想象力。”

“过度演绎，哗众取宠。”洛林冷不防插了一句。

“你也太苛刻了。”沙特尔公爵说道。

“待会儿和我们一起参加国王的打猎吧。呼吸呼吸新鲜的空气，你马上就会好起来的。”公爵夫人继续安慰玛莉。

“法贡，看来治疗还不彻底，你还要给她再放一次血。”洛林不怀好意地说道。

玛莉大吃一惊，浑身的弦都绷了起来，随时随地准备跳上马，疾驰而去。看到她紧张的样子，洛林得意地笑了起来。这个阴险的男人已经变成了玛莉的头号大敌。

克雷蒂安伯爵吕西安·巴朗东清了清嗓子。

“这个时候就没必要放血了。”法贡看上去很紧张。

第19章

围场上马嘶狗吠，人声鼎沸。在这一片混乱之中，扎基正迈着优雅的步子，沿着石子路一路向前。玛莉·约瑟芬戳了戳扎基金红色的脖子。

“亲爱的扎基，你知道我最害怕什么吗？”她轻声说道。我真的只是累了，玛莉心想，所谓的歇斯底里不过就是疲惫的一种表现罢了。不过之前，她确实都没有像现在这样疲劳过。

扎基转动着一只耳朵，然后把两只耳朵都竖了起来。它弓起脖子，步伐健硕。

那边，年轻的王子们正骑着有斑点的小马，有说有笑地走了过来。一只小猎犬在后面跃跃欲试，想要追上他们，不过却被自己的绳索给拽住了：它的绳索系在一只老猎犬的项圈上。老猎犬经验丰富，它低吼了一声，小狗就趴在了地上不敢再造次。围场上共有五十五名骑手和十二架马车，高大威猛的马匹带着它们骄傲的主人四处驰骋，场面十分热闹。

正是秋高气爽的九月，天朗气清，微凉的清风吹过，空气中弥漫着人汗、马汗、粪便、雪茄以及橘花混合在一起的味道。

公爵和洛林骑士骑着一模一样的西班牙军马走了出来。公爵脸上敷着厚厚的一层粉，闪闪发光的钻石美人痣挂在嘴角，看上去尤为显眼。他的新衣服上绣着金色的蕾丝边，羽毛帽歪在一边——时下最流行的戴帽方式——几乎快要垂到马鞍上。洛林身着蓝色刺绣外套，戴着手套，为了炫耀食指上那个崭新的钻石戒指，他把戒指套到了手套外。

玛莉·约瑟芬暗暗祈祷，希望不要在人群中遇到洛林。

“公爵居然骑马了，真是罕见！”缅因公爵突然骑着自己的高头大马出现在玛莉身边。

“他有一个好看的座位。看，他的马和他互动得多好。”玛莉不明白缅因公爵为什么突然冒出这样一句话。

“他希望能把缰绳套在洛林身上，让洛林爱上他的座位。”缅因公爵嗤笑着说道。

虽然玛莉完全没听懂，但是她仍然能感受到缅因公爵话里的嘲讽。

“我听说，公爵曾经上过战场，身先士卒，特别勇敢。”

“首先，他会在镜子前待上两小时。今天这身打扮少说也得花上四个小时。”缅因公爵的马靠得更近了，他的膝盖蹭到了玛莉的腿。扎基垂下耳朵，默默地咬着缅因公爵的马。玛莉·约瑟芬也没管它。

“殿下，公爵对我很好，公爵夫人还有小姐也是。所以，我不想听到有人说他们的不是。”

缅因突然转过脸来，面对着玛莉。这个动作暴露了缅因一高一低的肩膀。他白色的羽毛帽垂在脸前，显得他愈发英俊，完全就是国王年轻时的翻版。

“公爵和公爵夫人两人的性别应该倒过来。”缅因的声音如同淬毒了一般。

玛莉·约瑟芬震惊之下，一句话也说不出来。缅因公爵则踢了下马肚子，潇洒地策马而去。

“克鲁瓦！”公爵夫人骑着她壮实的枣红马来到了玛莉身边。她穿着一件破旧的骑马服，看上去很是寒酸。不过她并不介意，每次只要不需要穿宫廷服，她都会穿上这件衣服。

“日安，夫人！”玛莉微笑着向公爵夫人问好。快乐是会传染的，公爵夫人的热情就如同旭日一般，驱散了玛莉心中的阴霾。她这才意识到，在这明媚的秋日里，她骑着马走在户外，其实是一件多么惬意的事啊。公爵夫人也很兴奋，她骑在马上，脸上红通通的，眼睛里闪着光彩。

公爵夫人也微笑着看着玛莉，语气中满是慈爱：“你生病的那段时间，我和夏洛特都很难过。现在，你看上去还是有点发烧，需要我派个医生过去再给你看看吗？”

“我已经完全康复了，夫人，没必要麻烦您的医生。”玛莉拉下袖子，不想让公爵夫人看到自己手上的绷带和血迹。

“能骑马么？千万别逞强。”

“这可是国王的狩猎呀，我绝不会错过。别担心，扎基会照顾我的。”玛莉希望待会儿见到国王时，不会被国王给轰走。她又摸了摸扎基的脖子，阿拉伯马的皮肤摸上去又温暖又柔软，可是谁能想到皮肤下的肌肉却蕴含着无穷的力量呢？

“吕西安的马跑得又快又稳。”公爵夫人说道，“不过对我来说太小了！”她发出了爽朗的笑声，然后若有所思地盯着玛莉：“不过，我还没听说吕西安把自己的马借给别人，连他的好朋友都没有。”

“他是为了方便我哥哥出行才把马借给我们的，这样哥哥就能更好地为国王效力了。”玛莉·约瑟芬撒了个小谎，“不过，他确实是个好人，我骑他的马出来玩，他也同意了。”

“亲爱的，你确实该出来放松放松了。这段时间，你一直都在工作。”公爵夫人倒是很赞同。

“夫人，请原谅我这些日子没能尽到自己的职责。”玛莉心中充满了愧疚。

“没关系，你的哥哥不是在为国王办事嘛，他需要你，你就去。时间别太长就好，我们可离不开你的。对了，还有你的那个奥德蕾特，夏洛特已经完全离不开她了。就今天早晨，她们在那折腾了六种新发型。待会儿我们去打猎，她们估计还能编出一堆花样。”

“是的，夫人，我的妹妹哈丽达就是这么有才。”

“你的……妹妹？”公爵夫人扬起了眉毛，有些吃惊，“哈丽达？”

“我给了她自由，还认了她做妹妹。现在她已经不是奴隶了，她的真名就叫哈丽达。我们有福同享有难同当。”

公爵夫人沉吟了片刻：“你很宽容，这个决定也很正确。按理说，你是不该拥有奴隶的，不成体统。”

“是的，我也是最近才意识到这个问题。夫人，毕竟我只是个无知的乡下女孩。”

公爵夫人笑出了声，不过随即又换上了一副认真的表情：“亲爱的，不过你也不一定要和她平起平坐。把她当成仆人也许更合适。”

“夫人，那是不可能的呀。我可雇不起仆人。”

公爵夫人露出一副怀疑的表情，摸不清玛莉的话有几分玩笑的成分在里面。这时，马蹄声和孩子的打闹声传了过来，打破了两人间的尴尬，也成功地吸引了公爵夫人的注意力。国王的孙子们兴奋地催促着想象中的队伍，玩得不亦乐乎。这已经是他们绕场的第三圈。面对闹哄哄的场面，扎基就像沙漠中的酋长一样不为所动。公爵夫人的马就有些害怕，向后退去，公爵夫人笑着勒住了自己的马。

“这群小男孩啊！”公爵夫人摇了摇头，显然很不喜欢他们，“一点也不知道爱惜。小马总是在石子路上跑，会弄伤它们的马蹄。还有贝里公爵，也太没规矩了。”

公爵骑着马向这边靠近，洛林和沙特尔公爵一左一右陪在他身边。玛莉·约瑟芬疯狂地环顾四周，想找个地方躲起来。

可惜她没能成功。沙特尔公爵笑得很开心，他目光灼灼地盯着玛莉看，就好像他们之间什么都没发生过一样。公爵瞥了玛莉一眼，目光中充满同情，然后他碰了碰洛林的胳膊，凑过去和洛林说起了悄悄话。玛莉不禁感到纳闷：这两个人怎么总是有那么多悄悄话要说呢?

沙特尔公爵还算好应付，但洛林就……玛莉心里盘算着该怎样摆脱现在的困境。

“我的小岛少女，你还是那么有野性！”洛林夸张地打了个招呼。

“殿下，我不是你的少女。你的笑话在我看来也并不好笑。”玛莉·约瑟芬冷冷地说道。

“我会让你改变想法的。”洛林笑嘻嘻地说道。

“她已经做了决定。”公爵的语气中透露出少有的犀利。

正在打闹的王孙们突然勒住马，摘下了帽子。其余的王公贵族们也纷纷效仿，在荣誉之门的两旁依次站好。玛莉·约瑟芬发现自己的右边是公爵夫人，这让她很安心，不过让她没有想到的是左边居然是沙特尔公爵。沙特尔公爵旁边是公爵，再过去才是洛林。

玛莉平复了自己的心情。在众目睽睽之下，不论是沙特尔公爵还是洛林都不可能伤害到我，也不可能出言羞辱，尤其是在公爵和公爵夫人也在场的情况下。

玛莉对公爵夫妇的感激和喜爱与日俱增，和他们在一起特别有安全感。她想着缅因刚才对公爵的中伤，那会是对公爵的威胁吗?他的妹妹路西法夫人还是公爵的儿媳妇呢。

两个御用车夫驾着四匹花斑马走在前面，拉着国王的敞篷马车慢慢驶过镀金大门。路易十四的旁边是教皇，后者坐在一块绣着金线的坐垫上。伊夫斯和曼特农夫人坐在国王和教皇的对面。猎人、卫兵还有替国王拿枪的仆人跟在马车的后面。

路易十四坐在马车里，不断向两旁的人群点头致意。男士们都摘下了帽子向国王致意。玛莉坐在马鞍上，也尽自己的最大努力鞠了一躬。要是扎基也能鞠躬，该多有趣呀，玛莉差点都要被自己的想法逗乐了。也许吕西安会露一手，教自己如何让马鞠躬。

吕西安此时正骑着泽里斯，走在国王的身边，动作优雅，风度翩翩。扎基看到了自己的小伙伴，大声地喷着响鼻，而泽里斯也竖起耳朵，喷着响鼻回应它。两匹马显然都受到过良好的训练，在这种场合下并没有发出嘶鸣。玛莉·约瑟芬对着国王和吕西安分别鞠了一躬。今早的事情之后，她再见到吕西安时就有些不好意思。吕西安礼貌地回应给她一个脱帽礼。

玛莉正看着吕西安，突然腰间传来一股刺痛，痛得她差点就叫出声来。不过她还是喘了一大口气，把都到了嘴边的惊呼声给压了回去。估计是被马蝇给蜇了，玛莉赶紧拍了一下痛点，希望能拍死那只可恶的马蝇，避免自己或者扎基再次受害。

她拍到的不是马蝇，而是手指。

玛莉回头一看，只见沙特尔公爵缩回了手，笑眯眯地看着她。看到玛莉一脸震惊的样子，沙特尔公爵脸上的笑意更甚，他把手放进嘴里，吮吸着自己的手指，甚至还在被玛莉打到的地方亲个不停。玛莉恶狠狠地看了他一眼，骑着扎基后退几步，护住自己的后方。她一直觉得马鞭是对马儿的羞辱，所以骑马时从不会带上马鞭。这对她来说其实是件好事，不然现在她可能会控制不了自己，一鞭子就抽到沙特尔公爵菲利普的脸上。宫廷侍女鞭打国王侄子，这一定会成为一个大丑闻吧！

不过幸好沙特尔公爵调转马头，跟着公爵和洛林尾随国王而去。玛莉·约瑟芬这才松了一口气。

“你看到了吗？”公爵夫人突然问她。

“怎么了，夫人？”玛莉心里一紧，难道公爵夫人看到了刚才的那一幕？她会不会觉得是自己在引诱沙特尔公爵？

“陛下，他的假发，你注意到了吗？”

“很漂亮啊！”玛莉悬着的一颗心这才放了下来。

“他的假发是棕色的。”公爵夫人的情绪很是激动。

“棕色怎么了？”

“棕色，虽然是深棕色，但是也还是棕色，比他这么些年来戴的颜色要浅很多！”

公爵夫人也加入了国王身后的队列，玛莉·约瑟芬一头雾水地跟在她后面，不明白公爵夫人的兴奋来自何处。

“克鲁瓦，你来看，他今天穿的衣服，是不是更偏金色呢，而不是棕色？”

“是吧，我觉得应该是暗金色。”

“我也是这么想的！”公爵夫人兴奋地说道。

公爵夫人的前面站满了王公贵族。他们各就各位，围在国王马车的四周，替代了国王的守卫和教皇的瑞士守卫。不过，没有人想过要抢占吕西安的位置，因为他一直保持着警觉的状态，而泽里斯也像他的主人一样英勇无畏。公爵和洛林站到了马车的左侧，也就是伊夫斯那边。

“哦，克鲁瓦！”公爵夫人柔声说道，“请原谅我的冒昧，不过，在这宫廷之内，我觉得应该对你负责……”

“夫人，您一直对我照顾有加，为此我十分感激。”玛莉对公爵夫人确实是发自肺腑的感谢。

“我看你好像很喜欢洛林。”

“是的，有一段时间，是这样的。”

“你们俩会是很好的一对。”

“我们俩永远也不会成为一对。”

“怎么，吵架了吗？”

“没有。”

“那……”

“夫人，我已经看清了他的真实面目……”

“他已经跟你说了……”公爵夫人的声音陡然拔高。

“我让他——更确切地说，是苦苦哀求——不要让法贡医生给我放血。可是他不但没有阻止法贡，反而按住我，帮着法贡给我放血。我哭的时候，他在笑！”

“哦，可怜的……”

“吕西安绝不会像他这样，做出如此卑鄙的事情。”玛莉·约瑟芬眨巴着眼睛，想把泪水挤回去。她不愿意再回想起那恐怖的一晚，也不想用自己的眼泪毁了这么美好的一天。“夫人，洛林装出一副关心我的样子，可实际上，他是一个特别冷酷无情的人。”

公爵夫人紧紧抓住玛莉的手：“你是个好孩子。国王也很喜欢你，希望他能……唉，算了，你虽然不幸，但你能及时认清洛林的真面目，我很高兴。”

玛莉·约瑟芬亲吻了公爵夫人的手背。公爵夫人笑了，可是眼睛里却泛起了泪花。她向自己的丈夫和洛林看去。

“唉，我真希望他能爱上一个配得上他的人。”公爵夫人轻声说道。

“洛林？”玛莉猛地一惊，公爵夫人居然这样地羞辱自己，说自己配不上洛林？

“不是洛林。”公爵夫人叹了一口气，“洛林就是个白痴，是他配不上你。我说的是公爵，我的丈夫。”

“可是，夫人，您就配得上他啊，您可以配得上任何人。”

“唉，我亲爱的小玛莉，你就和你的妈妈一样可爱。怪不得国王喜欢你呢。”

“真的吗，夫人？”玛莉·约瑟芬其实并不期待一个回答，公爵夫人也并没有回应。

吕西安骑着泽里斯走在御驾旁，看上去心情不错。天朗气清，秋日的暖阳和微风不仅驱散了常年笼罩在凡尔赛的瘴气，也带走了他的烦恼。泽里斯精神抖擞地迈着小碎步向前走去，不论是它那长着斑纹的脖颈还是黑色的马尾，都格外引人注目。骑马缓解了吕西安背部的疼痛。自己总在宫廷里待着，久坐不动，连做爱的时间都大大减少了。吕西安真没想到他也会有今天，居然出现了空窗期，旧人已去，新人未来。他其实也知道别人给他的情人起的外号：未来人。

不过，没关系，你这不是还没发力吗？吕西安安慰自己。

而如今，吕西安对“未来人”的候选人阿马尼亚克小姐越来越不感兴趣。她确实很美，不过说话完全不过大脑。吕西安喜欢她和自己调情，却不喜欢她在公开场合大肆炫耀。吕西安有自己的原则，一次只找一个，那个时候，他还和朱丽叶在一起，对于阿马尼亚克小姐到处宣称是自己的情人这件事非常不满。

路易十四的马车缓缓行驶过来，两排站满了不断鞠躬致意的王公大臣。今天的狩猎比往年任何一次都要隆重，因为有客人的到来，国王不仅想给他们留下深刻的印象，也希望能捉到更多的野味供客人们享用。

“驾！”御用车夫一声令下，拉车的马匹加快了速度，沿着草坪间的道路向凡尔赛的森林跑去。远方响起了隆隆的鼓声，有人吹响了号角，猎犬们蓄势待发。一只矛隼长啸一声，振翅高飞，在空中盘旋了一圈后，落在了养鹰者手上，锋利的双爪牢牢抓着养鹰者厚厚的皮质手套。

马车经过了公爵一家。公爵向自己的哥哥脱帽致意，洛林也恭恭敬敬地鞠了一躬。公爵夫人完全忽略了曼特农夫人的存在，只是盯着国王，眼中满是喜悦和渴望。吕西安对着玛莉行了个脱帽礼。就在这时，沙特尔公爵又掐了一下玛莉的屁股，脸上露出了恶作剧得逞后的笑容。

众目睽睽之下，沙特尔公爵居然能做出这样的事，连一贯冷静的吕西安都被惊到了。幸运的是，国王并没有注意到这一幕。玛莉先是一惊，不过她很快就稳住了阵脚，没有窜出去挡了国王的道路。她反手重重地拍到了沙特尔公爵的手上，后者吃痛把手缩了回去。

愚蠢的家伙，你该庆幸，她没长着爪子，不然这会儿你的一根手指已经都没了。吕西安在心里默默地鄙视了一下沙特尔公爵。

御驾继续前行，公爵一家落到了后面，其他人则紧随其后。王子王孙、国王的侄子和私生子私生女挤作一团，争先恐后地想占据最靠近国王的地方。

沐浴着和煦的阳光，一行人继续前行，很快就进到了森林。参天的树木遮住了阳光，投下一片阴凉。马匹踩在新铺的草皮上，几乎没有一点声响。鼓声仍在继续，响彻森林。

人群沿着森林里的小道，逐渐来到了森林深处。泽里斯竖起一只耳朵，看样子是想奔跑起来。吕西安轻轻地勒住了它，他们可不能跑到国王的前头去了。

如果克鲁瓦能摆脱身上的束缚，她一定会是个很了不起的人。吕西安很清楚，对宗教的虔诚就是她身上的枷锁。吕西安不知道自己为什么要想起她，难道是因为她表现出喜欢自己的样子吗？我和她的结合将会是一场灾难吧。

扎基跃跃欲试，想要把其他人都甩在后面，不过却被玛莉制止了。它停了一会儿，然后才跟在王子的后面慢跑起来。几天前，这块区域还是一片泥泞，而现在已经被铺上了整洁的草皮。

扎基如此懂事，让玛莉很是欣慰，再加上她必须要集中注意力来提防洛林和沙特尔公爵，玛莉决定先不去想海女的事。既然都已经出来了，就暂时放空下自己吧，新鲜的空气、斑驳的树影还有秋日的微风都让她沉醉。

车队穿过森林，来到了一片开阔的空地。阳光直射在地面上，被踩踏过的草地散发出一股特有的清香。玛莉感受到一股暖意，就好像置身于热带海洋的旁边。车队停了下来，王公贵族们依次站定，保管枪支的仆人们也把打猎用具都拿了出来。

鼓声和木棍敲击地面的声音混合在了一起，预示着狩猎即将开始。扎基抬起头，喷着响鼻，来回踱着步，想和它的伙伴泽里斯会合。玛莉·约瑟芬很乐意放它过去，因为她也想和吕西安说说话，弥补今早犯下的过错。可惜吕西安和国王靠得太近，她身份卑微，是没有资格和国王站得那么近的，连想和伊夫斯说话都不行。

仆人把枪递给了吕西安，后者仔细检查了之后，才递给国王。教皇和曼特农夫人都没有拿枪，伊夫斯手里却拿上了一把猎枪。

从小，伊夫斯的准星就很差。玛莉默默祈祷，希望伊夫斯的枪法能有所长进，不然今天要遭殃的可能就不只猎场中的兔子了。

玛莉的思绪又飘回到了海女身上。自己身处大自然中，享受着自由自在的生活，而海女却还在肮脏狭小的水池中游来游去，玛莉一想到这点，就不由地心痛起来。海女也曾拥有自由，在大海深处自在遨游，现在只有国王才能放了她，让她重新和自己的家人团聚。

“克鲁瓦小姐……”有人叫她。

玛莉吓了一跳。刚才她想得有些入神，一时间忘了自己所处的环境。

“你得给我一个有纪念意义的东西。我会像古代那些骑士一样一直带在身边。”沙特尔公爵扯住她身上的一根蕾丝带，笑眯眯地看着她，眼神中流露出深深的渴望。微风吹皱了他帽子上长长的羽毛。

让玛莉吃惊的是，陪伴在沙特尔公爵身边的居然是贝里克公爵。公爵夫人是绝不会同意自己的儿子和一个私生子打交道的，即使对方是英国国王的儿子也不行。

“让我的朋友沙特尔公爵保护你吧。”和他父亲一样，贝里克公爵讲话也带着很重的口音，不过他说话很清晰，人长得也很帅。

“我可没什么纪念品，殿下。”玛莉冷冷地说道。

“怎么会呢？耳环、手帕，或者你胸衣上的一片蕾丝……”

“裙子上的花边。”洛林突然从玛莉的另一侧冒了出来。

三个男人骑着高头大马将玛莉围在中间。玛莉心里涌起一阵不安，扎基也一样，垂下耳朵，焦躁不安地踢踏着后腿。

“如果我把手帕给你，我都没脸见我的母亲。”

鼓声渐近。

一头欧洲野牛被从兽苑中放了出来，在森林里奔跑着，发出隆隆的响声。人群中爆发出热烈的欢呼声，异国的野兽让他们大开眼界。

野牛怒吼着，铜铃般大的眼睛中喷射出怒火。它在森林中横冲直撞，用自己长长的角把树叶撕成了碎片。猎手们举起枪支，等待着国王射出第一枪。

路易十四举枪瞄准。野牛正对着空气一通猛嗅。它好像感受到了危险的气息，低下头，向着国王的马车冲来。

路易十四开火了。

子弹击中了野牛的心脏，鲜血涌了出来，可是它仍未停下自己的脚步。

“别忘了，你的母亲已经死了，克鲁瓦小姐。”洛林提醒道。

“殿下，你不觉得自己很残忍吗？”

野牛向着路易十四飞奔而来。吕西安冷静地给国王递去另一支上好膛的猎枪。路易十四看上去还是那么地胸有成竹，瞄准开枪，一气呵成。

野牛趔趄了一下，挣扎着又站起来，继续向前冲来。

沙特尔公爵没想到洛林会有这样的提议，他犹豫了一下，不过还是没能忍住，伸出手拽住了玛莉裙子上的花边。

路易十四再次瞄准，开火命中。

这次，野牛终于轰然倒地，在惯性的作用下直接躺到了路易十四的面前。它的血溅得到处都是，地面上、马车上甚至路易十四的袍子上都沾到了血迹。猎手们欢呼起来，赞美国王精准的枪法。

“殿下，你要错过打猎了。”玛莉眼疾手快，狠狠地拍开了沙特尔公爵的手。她下手很重，打定主意要让沙特尔公爵吃点苦头。

随着动物的出现，整个森林都颤抖起来。骆驼体积庞大，走起路来慢悠悠的，牡鹿的速度则要快上很多，兔子一蹦一跳地跟在它们后面。一只狐狸窜到了空地中央，吓得瑟瑟发抖。

路易十四首杀之后，狩猎正式开始了。砰砰砰，猎手们纷纷开火，一波又一波的子弹向着场上的动物飞去，仆人们则忙着给枪上膛。骆驼和牡鹿发出悲鸣，纷纷倒地。兔子被吓得四处逃散。

公爵夫人身着红色骑手服，表现得十分冷静，瞄准，开火！那只狐狸一跃而起，然后就一动不动地倒在了公爵夫人的马前。它死前的惨叫在枪声中显得有些格格不入。

“打猎对我来说实在是太无聊了，我已经找到了比打猎要有趣得多的事。”沙特尔公爵嬉笑着说道。

沙特尔公爵伸出手去，想去拽她胸口前的蕾丝。玛莉策马向后，想躲开，却被洛林拦住了去路。她躲闪不及，胸口的花边被沙特尔扯开一个口子。洛林则趁机摘下她头上的一个卡子。

接下来是阿拉伯大羚羊。第二轮射击开始了，中枪后的羚羊蹬了几下腿就一头扑倒在地，再也无法优雅地跳跃。一群五颜六色的孔雀扑腾着出现了，它们踩在兔子和牡鹿的尸体上，晃晃悠悠地走向死亡。

一瞬间，森林中硝烟弥漫，枪声大作，完全盖住了猎手们的声音。微风吹来，搅动着如同雾气一般的硝烟。

玛莉想向前突围，可是贝里克公爵挡到了她面前。沙特尔公爵又撕扯起玛莉胸前的蕾丝，这一次，他终于得手，扯下一片蕾丝。洛林则拽着玛莉的袖子，想把上面的花边扯下来。玛莉袖子下的伤口被他拽得生疼。

灌木丛中窜出一群被吓坏了的松鸡。它们慌不择路，居然扑腾着翅膀向危险的地方跑去。贝里克公爵的马受到了惊吓，向后退去，顺带着也吓到了沙特尔公爵和贝里克公爵的马。

此时，矛隼就派上了用场。它们长啸一声，如同离弦的箭一样向猎物扑去，砰的一声就抓住了胖乎乎的松鸡。

好机会！玛莉·约瑟芬用缰绳碰了碰扎基的嘴。后者心领神会，倒退两步，脚下发力，冲出了三人的包围。沙特尔公爵和贝里克公爵也策马追了过来。前面，放兽员打开了柳藤篮，把原产自美洲的棕色火鸡扔向狩猎区。扎基并没有被满地跑的火鸡吓到，它的脚步一如既往地稳健。

身后的马蹄声越来越近，玛莉头也不敢回，只是一个劲地催促着扎基快跑。沙特尔公爵是三人中体重最轻的，因此跑得最快。他一把拽住玛莉的裙角，差点把她从马鞍上扯了下来。千钧一发之际，玛莉用右腿夹紧马肚，催促扎基再跑快一点。

扎基兴奋地飞奔了起来，渐渐拉开了和后面几匹大马的距离。马蹄声和马嘶声渐渐远去，男人们的笑声也变成了懊恼和生气的叫喊。玛莉·约瑟芬搂紧了扎基的脖子，伏在马背上，一路向前。

扎基就这样跑啊跑，将追它的人，甚至是整个猎场的喧嚣都甩到了身后。终于来到了一处无人的小径，玛莉这才放下心来，扎基也放缓了步伐，由奔跑逐渐变成了漫步。

“你是最棒的，它们都追不上你！”玛莉·约瑟芬对扎基说道，扎基的耳朵一直在转来转去，似乎也在认真地聆听。“我真不想和你分开，可是我又不像吕西安那么有钱，我根本养不起你啊……”

玛莉刚说到吕西安的名字，他本人就骑着马从旁边的小道上出现了。

“克鲁瓦小姐，如果你养成了和动物说话的习惯，最后可能会落下一个不好的名声。”

泽里斯停在了扎基面前，两匹马兴奋地打着响鼻。玛莉觉得，它们俩这是在交流，把刚才发生的事情告诉对方，而吕西安也能听懂它们的对话。

“我要真会魔法就好了。”想起刚才的事情，玛莉还心有余悸，不过她立刻意识到了自己的失言，连忙向吕西安道歉：“抱歉，我不是这个意思。”

“你没来参加狩猎。”

“您不也一样吗？”

“我打到了几只松鸡。有些人收获颇丰，我没有他们那么能吃。”

吕西安的话触动了玛莉。她的愤怒就在这一刻爆发了：“那群卑鄙小人！阴险的洛林！”她的头发全都散落下来，身上的蕾丝也被扯坏了，左手疼得厉害。她尝试着用没有受伤的右手把头发盘起来，可惜没能成功。愤怒和沮丧撕咬着玛莉的内心，她终于没忍住哭了出来。

太丢人了，玛莉心想，她调转马头，不想让吕西安看到自己狼狈的样子。

“您一定觉得我很糟糕。每次见面，我不是在哭，就是求您帮忙，或者干一些蠢事……”

“才没有。好了好了，冷静下来。”吕西安靠近了一些。

面对近在咫尺的吕西安，玛莉浑身都颤抖起来，她的脑海中突然浮现出一个疯狂的想法，沙特尔公爵追逐我，最后吕西安却抓住了我，他们会不会都觉得我是一个……

“我虽然是个危险人物，但是我绝不会伤害你，放轻松！”吕西安的话让玛莉得到了极大的安慰。

吕西安解下头上的发带，帮玛莉把头发绑了起来。他自己栗色的假发则散落下来。

“我之前还是很喜欢沙特尔公爵的。我觉得他是特别讨人喜欢的大男孩。可是……是我做错了什么吗？让他变成了现在这样？”玛莉轻声说道。

“他的行动完全取决于自己的意愿。他放纵自己，和你没有任何关系。你只是出现在了他面前，像猎场上的一只羚羊，他就扑了上来。”

玛莉·约瑟芬抚摸着扎基的肩膀：“但是我逃走了。多亏了你在冥冥之中给我的指引。”

“扎基只是一匹马，虽然跑得很快，但毕竟也只是一匹马。”

他骑着泽里斯来到了扎基的左侧，替玛莉整理了下衣领，把被扯坏的领结弄成了司坦克围巾的样式，还用自己的钻石别针固定住。

“这是最流行的款式。”玛莉·约瑟芬心里涌起一阵暖意。

“是的，你已经走到了时尚的最前沿。”

玛莉·约瑟芬用右手拽着马缰，把左手放到了大腿上。她的左手不仅隐隐作痛，而且还肿了起来，根本使不上力。

“怎么了？”吕西安注意到玛莉的异常举动。

“没事。”

“你的脸都红了，是发烧了吗？”

“是风吹的，刚才逃跑的时候……”

吕西安抓住玛莉的手，却被她挣脱了。

“没事，真的……”

“别动！”吕西安厉声说道。他揭开玛莉手上的绷带，瞬间就变了脸色。

原本红色的伤口现在已经变成了恐怖的深紫色，凝固了的血液甚至将绷带都黏在了她的皮肤上。虽然他是军人，但可能也不喜欢看到血吧。玛莉心想。

“我会派人去找巴兹先生。他手上有处理伤口感染的良药。今年夏天，那个药还救了我一命。”

“太感谢您了，殿下！”

“你还能骑马回去吗？不行的话，我过去帮你叫辆马车过来？”

“没事，不用的。”玛莉不想一个人被留在这里，可是她不好意思直接说出来，“我身体很好的，从来没生过病。”

“好的。你如果骑马的话，别人也不会看出什么异样，就不要惊动法贡了。”

只要能避开法贡，我情愿一路骑到大西洋，或者途经丝绸之路到太平洋。到了海边，扎基会变成一只海马，海女就在那里和我们会面，然后我们一起游到了马提尼克岛。

“吕西安，我并没有妄想症。”

“为什么要和我说这个？”

“当初，我在花园里看到了受伤的伊夫斯，还有逃跑的老虎，其实都是海妖的杰作。当时我也以为她就是一种动物，其实不是，她也是人，她想用这样的方式和我沟通，把她的故事讲给我听。”

“方式可真独特。”

“不过却很有效，你已经听过……”

“是的，很棒的故事。”

他们经过了猎场。人群已经散去，猎场上凌乱不堪，血迹斑斑。仆人们正在处理野味。他们剖开野兽的肚子，掏出内脏后再扔到车上。猎狗在旁边转圈，对着满地的内脏大声咆哮。空气中弥漫着硝烟的味道。血腥的场面让玛莉有些头晕，她的脸颊发烫，伤口也隐隐作痛。

“吕西安，我能问几个问题吗？”玛莉找吕西安说话，想转移下自己的注意力。

“说吧。”

“公爵夫人刚才说了句话。她说，她希望公爵能爱上一个值得他爱的人，这是什么意思？公爵夫人贵为公主，为什么她会觉得自己配不上公爵呢？”

“你误会了。她指的是洛林。公爵爱的人是洛林。”

“洛林？！”

“这些年来，公爵一直……这些年来，公爵在情感上一直很依赖洛林。”吕西安谨慎地选择着用词。

“就像阿喀琉斯和帕特罗克洛斯？”

“可能更像亚历山大和赫费斯提翁。”

“我还没发现……”

“这种危险的关系怎么能到处去说呢？”

“周围有像亚历山大这样的人呢。男性之间的爱情难道不是只在神话故事中才出现的吗？就像人马一样，现实中是没有的。等下，你刚才说什么？很危险？”

“如果不是国王陛下，公爵和洛林可能早就被烧死了。”

“烧死？就因为他们相爱？”

“他们犯了索多玛之罪。”

“索多玛是什么？”

“男性之间的欢爱，也适用于女性。”

玛莉摇了摇头，露出一副迷惑的表情。

“身体之爱。性爱。”吕西安补充道。

“同性之间？”玛莉惊讶地问道。

“是的。”

“可是，为什么呢？”玛莉并没有询问具体的内容。她对男女之事所知甚少，也并不打算在这方面多做研究。

“因为你信奉的宗教不允许。”

“不是，我是说，为什么同性之间要做这样的事呢？这样都没法生孩子了啊……”

“为了爱情和欢愉。”

玛莉笑了起来："这也太可笑了。"

"克鲁瓦小姐，你这是在嘲笑我吗？关于性爱，难道你懂得比我多？"

"我只知道修女们和我说的那些。"

"她们对性爱一无所知。"

"她们说性爱是蔓延在人类当中的瘟疫，是对女人的诅咒、男人的审判，提醒我们不要忘了夏娃在伊甸园犯下的罪孽。"

"胡说八道！"吕西安的话中带上了愠怒。

"我说什么了？您怎么生气了？"玛莉有些惴惴不安。

"你？不是不是，和你没关系。是你那些所谓的老师，满嘴谎言，都快把你教傻了。"

"她们为什么要说谎呢？"

"我也很奇怪呀。也许你该问问你们的教皇，不过我估计他也不会说实话。"

"你会告诉我真相吗？"

"你想知道吗？"

玛莉犹豫了。她一直想要探索各种事物的真相，可是这一次……

"她们一直和我说，淑女不应该去了解男女之事。"

"她们要你约束自己，约束你的研究、音乐还有智慧……"

"请告诉我吧！"玛莉终于下定了决心。

"好的。性爱是世界上最美好的体验，减轻痛苦，带走悲伤。它就像是世界上最醇厚的美酒，最动人的音乐。置身其中，你就好像沐浴在晨光之下，骑上骏马一路飞驰。所以我说，修女们说的都是谎言。”

吕西安的声音（抑或不只是声音）让玛莉面红耳赤，心跳加速。她的手臂仍然很痛，但与此同时，她的内心好像被燃起了一团火苗，烧得她心痒痒的，连呼吸也变得急促起来。

“够了，别说了。”玛莉的声音微微发颤。她体会到了第一次和海女沟通时的那种快感。

“好的。”

他们又向前骑行了一段，来到了一片阴凉之下，玛莉这才恢复了常态。

“吕西安，如果洛林喜欢男人，那他为什么还要来招惹我呢？”

“洛林骑士爱的不是男人或者女人，他最爱的是自己。”吕西安一针见血地指出了问题的本质。

“为什么这些事从来都没有人和我说过？提醒下我也好啊。”玛莉为之前自己对洛林的好感感到羞愧。

“可能是因为你没问吧。”

“小时候，我喜欢刨根问底。”玛莉看着吕西安清澈的眼睛，“不懂就问。”

“那你想知道些什么呢？克鲁瓦小姐，尽管问吧，如果我知道，一定告诉你。”吕西安温和地说道。

扎基突然喷起了响鼻，附近的灌木丛中传来一阵动静。

“看看我们找到了谁？迷路的小克鲁瓦！”

洛林、沙特尔公爵和贝里克公爵挥舞着马鞭，从灌木丛中跃了出来。沙特尔公爵冲在最前面。

“我还以为你被熊吃了呢！”沙特尔公爵夸张地叫道。他的目标很明确，就是玛莉，不过他发现自己被吕西安和泽里斯拦住了去路。他的马扭过头，嘴里吐出带血的泡沫。

“熊的胆子都很小，除非被激怒，否则不会攻击人，不像其他那些猛兽。”

“你被激怒的样子也很可爱啊，我的心都要融化了。”沙特尔公爵很是自作多情。

贝里克公爵和洛林踢了下马肚子，驱使着他们已经筋疲力尽的大马向扎基逼近。

“小心被踢！”吕西安提醒他们，因为他看到扎基的耳朵向后转动，明显是被激怒的样子。洛林和贝里克赶紧策马向后退去。

“真是匹好马啊！我还从来没见过跑得这么快的。克鲁瓦小姐，你一定得把马卖给我。”

“绝对不行，扎基并不属于我。”

“难道是国王的？那太好了，我可是他的侄子，他一定会给我的。”

贝里克公爵和路易十四的关系其实并没有那么简单，不过玛莉也记得不是很清楚。再加上贝里克私生子的身份，这关系就更乱了。

“贝里克，这些小马都是吕西安的。”沙特尔公爵装模作样地回答道。

洛林大笑起来：“是呀，除了吕西安谁还配拥有这些马呢？”

“个头是有些小，不过跑得快。君威和它交配后产下的后代一定特别棒……”

“贝里克公爵，那是不可能的。”吕西安语气十分坚定：“如果你真想要一匹阿拉伯马小马驹，可以送一匹母马过来，我在尼斯特雷有种马可供你配种。”

“你的小种马能跨上我的母马？真是可笑！”

“相信我，它可以的。”吕西安冷静地说道。

“洛林、贝里克，别忘了，这里还有一位女士呢，注意下你们的言辞。”沙特尔公爵一本正经地说道。

眼见沙特尔公爵如此虚伪，要不是怕被人当成是疯子，玛莉·约瑟芬差点就要大笑起来。她可不能授人以柄。

“抱歉，小姐。”贝里克随口说了一句，继续纠缠吕西安：“吕西安，你一定得把这匹母马卖给我。”

“一定？”

“我出一万块！”

“你把我当成什么了，马贩子？”

法国贵族通常以做生意为耻。吕西安虽然没生气，但是他的话却让在场的人感到了无形的压力。从这一刻起，玛莉确认了一个事实：吕西安确实是一个危险分子。

“不不不！”贝里克公爵极力想挽回自己的失言，“你可以把它看成是贵族之间的一个协议，或者交换……”

“我不会和我的马分开的。它们是一份珍贵的礼物。如果扎基和其他品种的马交配并且生下了小马驹，它的血统将不再纯正。”

“还有这种说法？我怎么从来都没听过？”

“酋长就是这么说的，而我选择尊重他的想法。我向他承诺过，我不会和这些马分开。”

“承诺？你居然向一个伊斯兰教徒承诺！基督徒才不会这样做吧！”贝里克的语气中充满了惊讶。

玛莉·约瑟芬难以置信地向贝里克公爵看去，连沙特尔公爵和洛林都被吓到了。

“基督徒确实不会这样做！”吕西安冷冷地说道：“不过，我不是。”

贝里克还以为吕西安在和他开玩笑，放声大笑，结果发现周围的人没一个笑的，于是他也收起了笑容。一时间无人说话，空气中弥漫着不安的气息。

“回去吧！”吕西安突然策动泽里斯，向前跑去。

玛莉也对扎基轻声下了指令。两匹阿拉伯马越过了三匹精疲力竭的大马，一同飞奔起来。

玛莉·约瑟芬跟着吕西安穿过一片狼藉的猎场。沿途不断有猎人和仆人向他们鞠躬致意，为他们让路。很快，他们就看到了国王的马车。曼特农夫人正热切地与国王和教皇交谈，她仿佛又回到了她最爱的圣西尔教堂，教导着她心爱的学生。公爵一直在和伊夫斯搭话，而伊夫斯成功地做到了一心两用，倾听曼特农夫人谈话的同时又没冷落了公爵。

公爵夫人骑着马跟在国王后面，一路上和自己的女官们谈笑风生。那些女官们就没有夫人这般豪爽，全都穿着华丽的宫廷服装，坐在马车里。

“你和公爵夫人一起。有她在，沙特尔公爵和洛林都不敢造次。”

玛莉希望吕西安的判断是准确的，不过她更希望吕西安能陪着她一起回到城堡。

“谢谢！我知道，你得去陪着国王了……”

“我得派人去巴兹先生那里拿药膏。你先回去好好休息，我会让人把药给你送去的。”

“不行，海女还在那……”

“有人会喂她的。”

“如果我不在的话，她会很孤单的，而且也会引起不必要的谣言。”

“好吧，那就去阿波罗喷泉吧。”他碰了碰自己的帽子，然后继续前行，中途停下来和卫兵说了两句，后者随即骑着马向城堡跑去。泽里斯迈着轻快的步伐把吕西安带到了国王的身边。

玛莉·约瑟芬希望吕西安的药膏真能有他说的那么神奇，因为现在她手上紫色的伤痕已经蔓延到了手掌。

玛莉也来到了公爵夫人的身边，把手缩进衣袖。绝不能让别人看到我的伤口，否则他们又要派法贡过来……

“克鲁瓦！”公爵夫人微笑着和她打了个招呼，“你在这呢。亲爱的，你看到我打的狐狸了吗？”

虽然才过了一会儿，玛莉已经完全记不清打猎的场景了，也记不清那只狐狸。摆脱了洛林和沙特尔公爵的纠缠，她悬着的一颗心终于放了下来。有公爵夫人和国王在场，她终于安全了，全身松弛下来之后，玛莉觉得特别疲惫，脸上一阵阵发烧。

“是的，夫人，您的狐狸。”玛莉用力挤出一个笑容。

“我要把它献给陛下。”公爵夫人正说着，只见一个穿着公爵家制服的仆人手捧一团红色的皮毛，向国王的马车跑去，一路上小心翼翼地躲避着各种高头大马。“不过，陛下肯定是不会要的。”公爵夫人继续说道，“它的毛能做成一条好看的披肩。我一枪就射中了它，所以它的皮毛基本上完好无损。”

仆人把狐狸递给了猎人，猎人交给伊夫斯，伊夫斯再呈交给国王。看到狐狸血淋淋的尸体，教皇往后挪了挪。路易十四摸了摸狐狸的皮毛，和送狐狸的那人说了句话。

仆人沿原路返回，带回了国王的旨意。

“陛下召夫人上前。”他站在玛莉·约瑟芬旁边说道。

“夫人。”玛莉对公爵夫人说道，“陛下……”

话未说完，只见公爵夫人已经策马向前，英姿飒爽，宛若一个骑兵，玛莉·约瑟芬也急忙跟上。出于对巴拉丁公主的尊敬，吕西安挪开了，把自己的位置让给了她。玛莉沾了公爵夫人的光，就站在和国王一人之隔的位置。

洛林、沙特尔公爵和贝里克公爵也骑着他们疲惫不堪的马儿从森林中出来。他们回到了猎场，和公爵走在一起。

玛莉直接无视了洛林的脱帽致意。站在公爵夫人和吕西安的中间，她特别有安全感。公爵的手一直在洛林的手背上摸来摸去，玛莉现在终于明白了，这是一种占有欲的表示，同时她也能理解教皇为什么要皱着眉头。没想到自己居然引起了公爵的嫉妒，玛莉实在有些不好意思。

唉，我也不能直接和他说不用担心。虽然我是好心，但他一定觉得我其实是在炫耀。

“下午好，夫人！”路易十四问候道，“好枪法！”

“陛下，能和您一同出行，我不胜荣幸！”公爵夫人的声音比往常要柔和许多。她在宫廷里针砭时事的时候一向都很直率。

“这是你的奖赏。”路易十四从死狐狸的脖子上解下一串亮晶晶的手环，系在了公爵夫人的手腕上。

“陛下！多谢您的厚爱！”公爵夫人激动地说道。她把这串金子和钻石做成的手链拿给玛莉看，手链上的钻石在阳光下折射出五彩的光芒。

“夫人，真好看！”玛莉·约瑟芬由衷地赞美道，“这是我见过的最美的手链！”

得到了国王的青睐，公爵夫人变得容光焕发，整个人都不一样了。她甚至还对着曼特农夫人微笑了一下。这一举动反倒让曼特农夫人有些不知所措，要知道公爵夫人平时对她都是淡淡的。曼特农夫人迟疑了片刻，然后礼节性地点了点头以示回应。

“我也有个礼物要送给你！”路易十四对曼特农夫人说道，“闭上眼，把手伸出来！”

“哦，陛下……”

“快点快点。”路易十四兴奋地催促着。

曼特农夫人照办了。路易十四拿出一个黑天鹅绒的小袋子，从里面倒出一套由蓝宝石和钻石做成的精美首饰：耳环、胸针和手链。珠宝在曼特农夫人的手中闪闪发光，可她还是一动不动地坐在那里，眼睛闭得紧紧的。

路易十四的兴奋之情消失了：“好吧，你可以睁开眼了。”

曼特农夫人睁开了眼睛，可是她连看都没看那些漂亮的珠宝一眼：“真美！不过，我是没资格戴的。”她把珠宝塞到教皇的手里：“教皇大人，请卖了它们，把卖得的钱分给穷人。”

“夫人，您的善举令人敬佩！”教皇把珠宝递给伊夫斯。和之前递狐狸一样，伊夫斯一句话也没说，默默地接过了珠宝。

路易十四保持了沉默，似乎已经对这种场景司空见惯。但是公爵夫人可忍不住：“你说我自私也好，世俗也好，反正我是绝对不会把陛下的赏赐送人的。我要戴着这手链去参加骑术大会。”

路易十四对公爵夫人点了点头，好像是在感谢她能仗义执言。

陛下的一个小动作中也是暗含深意啊。玛莉心想。

“其实，我真的很需要钱，卖了这串手链我就有钱付给仆人了。”公爵夫人又小声对玛莉说道，“但是，如果公爵不问我借的话，我会一直戴着它。”

“真希望能看到你戴上我送你的礼物，哪怕一次也好。”路易十四对曼特农夫人说道。他虽然没有提高嗓门，不过也没有刻意压低声音，所以很多人都听到了。公爵突然转向洛林，兴致勃勃地谈论起某个话题。公爵夫人也是，她好像迷上了这串手链，一心一意地要给玛莉展示手链精巧的扣子。每个人都假装有事要忙，顾不上听国王和曼特农夫人之间的谈话。连教皇都扭过头去，问起伊夫斯附近的人文风土。

国王从来都不会有自己的私人空间。玛莉心想，对他来说，不论是起床仪式上的那一小拨贵族还是整个宫廷的大臣，其实都一样。

“陛下，我已经老了。再戴这些花哨的东西，岂不让人耻笑。”曼特农夫人说道。

“在我眼里，你永远都是那么美丽。”

“承蒙天赐，您成为了法国的君主。为您分忧，就是我最大的魅力。”

曼特农夫人提到了国王小时的昵称。路易十四全名叫作路易·迪厄多旁，小的时候被叫作“天赐宝宝”。“天赐路易”这时摇了摇头：“你说得没错。可是，我不仅是法国的国王，更是一个男人。我很想送给自己的妻子一件礼物。”

曼特农夫人没有回应。两人之间陷入了一种令人不安的沉默。

突然，公爵的笑声打破了沉寂：“海妖？”他夸张地叫道，“你说海妖讲了个下流的故事？”

“是的，是克鲁瓦小姐翻译给大家听的。”

洛林的目光越过公爵、伊夫斯、国王和公爵夫人，直达玛莉，他还对着玛莉露出了极具诱惑的笑容。这种微笑曾让玛莉脸红心跳，不过在认清了洛林的真面目后，她已经完全无感了。

“克鲁瓦小姐，给公爵和陛下再说说你的故事吧。”洛林看似随意地说了一句。

“殿下，那不是我的故事。”玛莉冷冰冰地说道。她并不是故意想要显得无理，不过她也不后悔，对洛林她装不出好脾气。“它是属于……”

“别说了！”伊夫斯打断了她。

“……海女的。”玛莉坚持说完了。

“公爵，那个故事讲的是诺曼人绑架了海妖，还和她们交配，听起来令人不适。”

“啊，那岂不是又冷又湿，能舒服吗？”公爵夸张地耸了耸肩，“亲爱的，我还是喜欢……你懂的。”

“那根本不是人兽之间的交配，而是谋杀、强奸和背叛。”吕西安反驳道。

“是的，吕西安。”洛林继续对玛莉说道，“从你嘴唇里吐出的故事是多么地迷人，海盗蹂躏海妖……”

“殿下！”曼特农夫人的脸颊全红了，“注意你的言行，也不看看有谁在场！”

教皇原本也正听得起劲，现在则摆出了一副受到冒犯的样子。

“克鲁瓦小姐，如果你喜欢海妖，就多教它一点把戏，但不要再有这些不切实际的幻想。你的母亲是绝对不会编出这样骇人听闻的故事的。”路易十四开口了。

所有人都安静了下来，公爵也止住了笑声。

“陛下……”玛莉想要辩解。洛林打断了她，继续火上加油：“她还说陛下吃人肉。”

“还有管好你的嘴。”路易十四明显带上了愠怒。

“我从没有说过那样的话。”被扣上了这样的罪名，玛莉惊恐万分，她不顾一切地叫道：“永远也不会！”她只想摆脱洛林无端的指控。

“陛下息怒，我妹妹病得不轻，她还没有康复。”伊夫斯上前解释。

一股热血涌了上来，玛莉感觉浑身都燃烧了起来，她继续说道：“陛下，请您放了海女。她是有灵魂的人类，和你我一样。如果你杀了她，就是造下了罪孽。”

“教皇可以告诉我什么是罪孽，甚至你的哥哥也可以，至于你，我觉得没有必要听取你的看法。”路易十四冷冷地说道。

“你是说陛下是杀人犯吗？”洛林的声音好像是裹上了蜜糖的毒药。

“这不是谋杀。没有任何一条戒律禁止人们杀死动物，上帝创造了动物就是供人类使用的。克鲁瓦，你就别去研究科学了，这不是你们女性能做的事。”教皇做了一个停止的手势，“涉猎科学还不如多学学做饭。”

“可是科学证明，海女就是人类啊！”玛莉叫道。

路易十四摇了摇头：“法贡医生说你已经好了，看来他是看走了眼。”

吕西安把手放到了玛莉的肩膀上，把她吓了一跳，也阻止她再继续说下去。

“陛下！”吕西安开口了。

曼特农夫人和教皇都没有理会他。但是路易十四却开口了，话音中带着一丝好奇："吕西安，你有什么高见？"

"请考虑一下，克鲁瓦说的有可能是真的。"

"不可能，荒谬至极。"教皇反驳道。

"她已经证明了海妖能听得懂她的指令。"

"这倒不假。"路易十四表示认同，"不过我想她的猫也能听懂她的话吧？难道我要给赫拉克勒斯也封个官不成？"

所有人都笑了起来。

"你应该庆幸没有生活在古代。"教皇的脸上既有担忧也有怀疑，"过去，如果一个女人能和动物交流，可能早就被烧死了。"

人们的笑声戛然而止。伊夫斯的脸上瞬间失去了血色："教皇大人，我的妹妹只是把海妖当成了宠物。她并没有意识到……"

"放轻松，我并不是说你妹妹被附身了。把动物当成人，我觉得她更有可能是疯了。"教皇对伊夫斯说道。

"教会也曾经把动物当成了魔鬼。"吕西安可谓是拆台专业户。

"教会并没有弄错，那些就是魔鬼。宗教裁判所驱除了恶魔的影响，它们才变回成正常的动物。"教皇对吕西安怒目而视。

"它们的身份都是可以改变的，现在为什么不行呢？"吕西安对国王说道，"现在需要证明的就是这种生物是否能说人话，如果会的话，那它就不是动物。我们已经进入了科学的时代，如果我没弄错的话，克鲁瓦神父曾说过，科学需要证据。那我们不妨让克鲁瓦来证明她自己的说法。"

路易十四盯着吕西安看了很久，最终说道："好，我等着她的结果。"

第20章

玛莉·约瑟芬走进海女的监狱。黑暗笼罩了水池，她踉跄了两步，差点摔到了地上。于是她赶紧走了下来，手臂又开始隐隐作痛。

玛莉呼唤着海女的名字："陛下将会从我这里听到有关你的一切。你一定要讲一个我编造不出来的故事，用这个故事打动他，让他放了你。"

海女也轻声吟唱起来，表达了自己对国王的蔑视。那个没牙的老东西，你把他扔到水里来，看我不把他揍得屁滚尿流，看他还敢不敢关着我！

"嘘！别这么说，万一有人也能听懂怎么办？"玛莉急忙制止海女再说下去。

海女换了语调，向玛莉游了过来，激起了一圈又一圈的水纹。她的歌声中充满了孤独和绝望。玛莉把手放进水中晃动着，想要缓解伤痛。玛莉看着自己和海女弄出的水纹混合到了一起，一时有些出神。

海女抓住玛莉已经肿起来的手，向伤口上喷着气息。一阵剧痛袭来，甚至盖过了浑身发热的感觉，玛莉倒吸了口冷气。

“放手，你弄疼我了。”

海女没有放手，她的眼睛在黑暗中熠熠发光。她先是闻了闻舔了舔玛莉的手掌，然后顺着紫色的伤痕，把玛莉的袖子撸上去，露出绷带。海女先是担心地叫了一声，然后又变成了安慰的语气。水已经把绷带泡松了，她对着绷带又咬又抓，终于把这块血淋淋的亚麻布扯了下来，露出了可怕的伤口。

帐篷外传来一阵响动。马蹄声由远及近，停了下来。门口传来了说话的声音，然后有人走了进来。是吕西安，因为只有他会这样一瘸一拐地走路，手里还拄着根手杖。

海女亲吻着玛莉的伤口，用舌头舔个不停，还向伤口吐口水。伤口上的疤破裂了，血涌了出来。玛莉·约瑟芬有些头晕。

“她这是做什么？”吕西安冷静地说道，不过他语气中的紧张还是吓到了玛莉。海女放开玛莉，潜入到了水底。

“我也不知道。”玛莉回答道，“她没告诉我。”

海女游走了。这个身材矮小的男人，虽然穿得很复杂，但是并没有什么对她不利的举动，不像那个穿着黑衣服的男人。虽然说自己可能并没有那么怕他，而是想去了解他，但是看到这个人，她还是会害怕。如果说他是这个女孩子的知心伙伴的话，她才会更加信任他。可惜，她知道女孩子还没有下定决心。

躲在水下，海女开始哭泣。她希望自己能帮到女孩。刚才亲吻的时间够吗？希望是吧。她不敢告诉女孩子自己这样做是在帮助她，也不敢告诉她这样做的原因。如果陆地人发现了她做的这些事，发现了她的能力，他们一定会割下自己的舌头，然后把舌头串在海草编成的项链上，挂上自己的脖子，就像之前那些水手们做的一样。陆地人是一群傻瓜，但是令人恐惧。

*我总是很害怕，自从遇到过那艘大船之后，自从被网住之后，我一直都很害怕。可是我之前从来没有怕过任何东西。*海女悲哀地想道。

她为自己的怯懦而愤怒。如果女孩死于伤口感染，就不会有人再来帮助她。她一定要逃出去。

玛莉·约瑟芬的手在流血，可是吕西安却没采取任何措施。

“帮帮我，帮我止血。”玛莉恳求道。看着血流如注的手臂，她开始恐慌起来。

“别着急，马上。血会……”他本来想说放血能够流出体内的毒素，但是又怕吓到了玛莉，所以干脆就不说了。“我马上就会给你止血。”吕西安摘下手套，从腰包中拿出棉线、绷带和酒精。

“会很疼。”吕西安把酒精倒到伤口上。酒精冲淡了血水，和血水混合在一起变成了粉红色的液体，顺着玛莉的手臂流了下来。

玛莉·约瑟芬安静地坐着，不仅没有叫，而且连眉头都没皱一下。吕西安把一团棉线按在伤口上，吸收血水。他拿出一个小小的银盒子，里面装的是巴兹先生的药膏。他已经在自己和沙特尔公爵身上用掉了大部分的药膏，还没来得及回到布列塔尼的家里去重新补充，所以盒子里的药膏已经所剩无几。

如果爸爸能把药方留给我就好了，不给我，给盖伊也行啊，药方就这样跟着他进了坟墓，真是太可惜了。吕西安心里暗自遗憾。

“抹上这个，就会舒服很多。”吕西安把黑色的药膏抹到伤口上。

他把银盒子中剩余的药膏全都用上了。玛莉的伤口实在太深，一旦发炎腐烂，连身体强壮的年轻士兵都受不了。所以，即使抹上了药膏，吕西安的心里还是充满担忧。他抹平药膏，用绷带绑住了伤口。

“好了，我看你的伤口今天已经不怎么肿了。”吕西安希望自己不是自欺欺人。他对玛莉露出一个微笑，用肯定的语气说道：“再过一两天你就会好了。”

“谢谢您，吕西安！”玛莉伸出没受伤的那只手，放到了吕西安的手上。

“只是今天，您就已经救过我多少次了？您知道吗？我长这么大，您是唯一一个救过我的人。”

吕西安鞠了一躬，把手抽了回来，重新戴上手套。尽管他很享受玛莉摸着他手的感觉——她手心传递的温暖缓解了他关节的疼痛——但是他还是保持了克制。

“很多人都觉得凡尔赛是一个疾病多发的地方。”吕西安想转移话题。

“如果我没有弄错的话，从圣西尔把我救出来的也是您吧？”玛莉继续说道。

“是我派人把你接过来的。”

“还有，我和我的妹妹哈丽达能从马提尼克岛上的修道院出来，是不是也多亏了您？”

“是的，是陛下的旨意。”

“虽然您觉得只是完成了国王的任务，但我还是要感谢您。”

“没关系，我很荣幸能帮到你。”

“对了，吕西安。”玛莉犹犹豫豫地说道，“我可以拜托您一件私事吗？”

“乐意效劳。”

玛莉于是就把想要释放哈丽达的想法说了出来。吕西安答应为她准备文件，但是提醒她只有伊夫斯的签名才会使文件生效。他十分怀疑玛莉能不能说服伊夫斯，因为平时恭敬谨慎的伊夫斯实际上是一个非常固执的人。

“谢谢，殿下！”玛莉把手放到吕西安的手上，表示感谢。

伊夫斯急匆匆地走了进来。他拉开笼门，一步就跨到了喷泉的台阶上。玛莉急忙抽回手，拉下袖子遮住了手上的绷带。

“看在上帝的分上，妹妹，你为什么要这么做？”

“为了拯救海女，也为了拯救陛下的灵魂。”

伊夫斯气急败坏地举起双手：“我的工作、国王的恩宠，这些在你眼里又算是什么呢？为了一个宠物，你连这些都不顾了吗？如果教皇觉得你和野兽之间产生了共鸣，你会丢掉性命的！你知道吗！？”

卫兵们卷起窗帘，路易十四驾到了。

玛莉·约瑟芬站了起来，调整好状态，轻声说道：“海女，快出来吧！”

宫中的王公贵族们按照身份地位依次坐好。公爵夫人的目光和玛莉相会了，她露出一个笑容，既是鼓励，也有担忧。夏洛特特意打扮了一番，发型尤其完美，她给玛莉来了一个飞吻。即使是公爵，也对着玛莉友好地点了点头。和公爵手挽手坐在一起的洛林则满脸得意地看着玛莉。

贵族们都坐好后，卫兵才把平民们放了进来。帐篷外，小贩正在兜售小册子，上面印有海妖讲的第一个故事：拜访亚特兰蒂斯。小册子的封面上还印有海妖在海中游弋的图案。

路易十四和教皇——世界上最有权势的两个人——走进了笼子中，近距离地观察着路易十四的俘虏。

玛莉·约瑟芬行了个屈膝礼，希望用礼仪来弥补她糟糕的发型和破损的衣服。贵族们都已经换上了宫廷服装。路易十四穿着一件华丽的金色外套，上面镶嵌着珠宝，绣有金色的蕾丝边，棕色的假发上装饰着金粉。

海女浮在阿波罗雕像的旁边，用舌头把脸上的海螺吸进了肚子里，然后一头潜入水中消失了。

水面平静了下来。突然，海女从水里一跃而出，在空中翻滚了一圈才落入水中，掀起了巨大的浪花，教皇急忙后退，脚下却踩了个空，要不是伊夫斯眼疾手快，一把搀住，教皇差点就摔了一跤。路易十四没动，水花溅到他身上，像一排挂在他衣服上的珍珠。

海女兴奋地叫了一声，拍了下水面，然后又消失了。

“没教养的动物。”教皇抱怨道。

“她说……”

“住嘴！”伊夫斯打断了玛莉的话。

“别打断你妹妹的话。让她说，海妖说什么？”路易十四命令道。

“海女说，穿白色衣服的那个人就和鳗鱼一样丑。请恕她无理，不过，陛下，在海人眼里，我们其实都挺丑的，因为我们的脸都很光滑。”

“要不是我知道你天真烂漫的性子，我可能都以为你实在是太傲慢无礼了。”路易十四说道。

“那也不能由着她的性子来，成何体统！”教皇还对鳗鱼这一说法耿耿于怀。

“陛下，教皇大人，我无意冒犯，海女也是……”

“你没有？”

“我只是把她的话告诉大家。她的名字叫……”玛莉唱出了海女的名字。路易十四眯起眼睛，静静地听着。玛莉希望国王也能像她一样，敞开心胸，去接收海女发出的信息。“她不了解我们的习俗。”

“那你呢，克鲁瓦？”国王问道。

“我们的习俗，”教皇恶狠狠地说道，“就是吃它的肉。上帝创造海妖和其他动物，就是为了供人们食用，上帝创造女人是为了让她们服从男人。我很期待能吃上这只海妖的肉。”

“海妖说什么？克鲁瓦，你来翻译下吧，我想听听。”路易十四发话了。

玛莉如释重负，一阵眩晕感袭来，她跪在国王面前，抓住他的手亲吻着。“谢谢您，陛下！”

路易十四抽回自己的手，抚摸了一下玛莉的头发，然后就离开了笼子，坐到了自己的扶手椅上。教皇坐在他右手边。

我要不要把海女的话修饰一下再说出来呢？玛莉很快就否定了这个想法，因为她不善于撒谎，很容易就会被别人识破，而且，海女也不愿意她这样做。

海女浮在平台的附近，用尾巴拍散了水面上的泡沫。她沿着台阶游了上去，最后毫无戒备之心地躺在了喷泉的边缘。

海女哼哼了起来，玛莉弯下腰，亲了下她崎岖不平的前额。海女抓住玛莉的左手，把脸埋进她的手掌，笨拙地模仿刚才玛莉亲吻国王的姿势。和路易十四一样，玛莉也抽回了手。她拿出画箱，准备作画。

海女很不满，大叫了一声，声音中充满愤怒。

“别闹了，海女。”玛莉·约瑟芬小声说道，“这可能是你最后的机会了。讲一个他们喜欢的故事，海底生物、海上风暴、亚特兰蒂斯……”

海女则回答，她已经准备好了一个精彩绝伦的故事，就等玛莉开始翻译了。

玛莉·约瑟芬面对路易十四，开始将脑中的画面转换成文字，一字不落地讲诉了出来。

“你为什么要杀害我的伙伴，还把他切成了碎片？”

伊夫斯变了脸色，即使是他的皮肤晒过后也能看得很清楚。

“如果你想要看清他的内部结构，你应该用声音去感知他。”

玛莉的笔快速移动着，纸上渐渐呈现出清晰的画面，就好像海女事先就把图印了上去一样。画里，海男又活了过来，在大海中快乐地嬉戏。可以清楚地看到他身体内部的骨头和器官。

“为什么你要杀死我最好的伙伴、我的情人？我们之间曾经互相抚摸过……”玛莉尴尬地停了下来，在脑海中搜寻着适合在国王面前说的词汇，“抚摸过对方的私密部位。”

然后玛莉就看到了海男破碎的尸体向大海深处坠去。海女在他身边哭泣着，眼泪融进了海水之中，瞬间就不见了踪影。

“你夺走了他的生命。”她继续翻译道，“现在，你又亵渎了他的尸体。”

海女在海男的尸体旁边游着，把自己的头发和他的头发编在一起，海男的头发已经变成了深绿色，在水中闪耀着光泽。

“杀了他之后，你应该把他的尸体放入大海中。”

海女和自己死去的朋友一起，向着大海深处慢慢坠落。看到这一幕，玛莉心痛到无法呼吸，大颗大颗的泪珠涌了出来，模糊了她的视线，一滴又一滴，滴到画纸上，打湿了她的图画。她真担心，当时海女也会跟随海男一起走向死亡。

海女的伙伴沉到了漆黑的海底深处。他的周围却围绕着一团亮光，海底发光生物将他包围了起来，它们发出的亮光就像星星一样照亮了海底。海女拿出一柄锋利的贝壳刀，切下了海男的一绺头发。

水池中，海女指了指自己的头发，在她深色的头发中间系着一缕浅绿色的发丝——海男的头发。

“他曾送给我一个信物，一块亮晶晶的石头，可以插到我的头发里的小东西。我要把这个信物还给他。”

海女的歌声停了下来。海男的尸体不见了，所有的画面都消失了，玛莉的眼前只剩下一片黑暗。她低下头，用袖子擦去眼角的泪水，她又回到了现实世界中。

眼见众人的反应，玛莉的心沉了下去。路易十四皱起了眉头，教皇正怒视着她，而伊夫斯看上去好像随时都要昏倒一样。贵族们都在窃窃私语，显然大为震惊。不过，平民倒是为之伤心叹气，有人还流下了同情的泪水。吕西安站在国王的旁边，低着头，假发遮住了他的脸。玛莉看不到他的表情。

“故事到此为止。”玛莉轻声说道。

“异教徒！”教皇首先发难，“你是从哪里学到的这些乱七八糟的东西？野男人吗？”

路易十四站了起来：“海妖难道不想留着那个爱之印记吗？”

洛林大笑了起来，一方面他被国王的双关话逗乐了，另一方面，他也很高兴看到玛莉痛苦的样子。公爵发出一声短促的笑声，不过他看上去并没有多快乐，反而有些难过。

海妖哼唱出一段令人心碎的旋律，声音中饱含着对海男的爱以及失去他的悲痛。

“我要把石头送还给他，让我们的信物伴随着他，沉到海底。如果我做到了，可能我也会和他一起死去。”

“它刚才是说自己也会死？”

“是的，陛下。”

“我们的生命将在上帝的爱中延续下去。”教皇说道，“你的海妖也相信耶稣的重生吗？相信只有信仰上帝，才会得到永生吗？”

“生命本身就是个循环往复的过程。”玛莉平静地说道，“人的一生，从出生，到成长，再到死亡，生生世世，永不停息。”

“够了，你的小把戏已经不那么有趣了，克鲁瓦小姐，这已经可以算得上是异端邪说了。”教皇的语气中满是厌恶。

“教皇大人，请一定要相信我，这真的不是我编造出来的故事，是海女告诉我的，她连什么是邪说都不知道……”玛莉·约瑟芬恳求道。

“你难道不知道吗？”教皇严厉地说道。

“但是她能理解上帝的存在。”玛莉着急地辩解着，“如果您能教导她，您就可以拯救整个海人种族的灵魂。”

“闭嘴！”教皇吼道，“让我去改变动物的信仰？”

“她觉得耶稣当初应该对着面包和鱼去布道。”洛林自以为幽默，可是所有人都没笑。克雷蒂安伯爵吕西安·巴朗东则怒视着他。

“信物现在在哪里？”路易十四没有理会洛林和吕西安，“那个它想要还给它朋友的信物？”

海女愤怒地叫了一声。她的回答让玛莉深感震惊，不过这个回答也是在意料之中。她犹豫了片刻，希望陛下不要问得太详细，否则她可能真的需要撒谎了。

“陛下，有人拿走了信物。”

“谁？”

“水手，一个水手。”

海女大声抗议着，用尾巴拍打起巨大的水花。臭烘烘的池水浇到了玛莉的背上。

“陛下，这可以算作是她能够和我交流的证明？否则我是不会知道还有信物这回事的。”

“傻孩子，信物都不见了，我怎么知道它是否存在呢？”路易十四看着玛莉，目光中充满怜悯。玛莉知道，国王的下一句话就是要宣判海女的死刑。

“别杀它。”远处有人小声说了一句。陆续有人附和起来：“别杀它，别杀它！”路易十四皱起了眉头。玛莉暗道不妙，她真想冲那群人喊道：“难道你们不知道吗？国王绝不会受人胁迫。”虽然他们是一片好意，但是这样做只会让事态变得更为糟糕。卫兵向喧闹的平民走过去，他们的呼声停止了。

“你很聪明，把你的宠物变成了谢赫拉莎德。”路易十四对玛莉说道。

除了克雷蒂安伯爵吕西安·巴朗东，所有的贵族都笑了起来。

“《一千零一夜》，作者谢赫拉莎德·海妖。”沙特尔公爵叫道。

海女艰难地越过玛莉，爬上台阶，对国王怒目而视。

“谢赫赫赫拉莎德！”她咆哮道。

“聪明的克鲁瓦教会了它说话。可惜，学得还是没有鹦鹉像。”洛林故作惊讶。

公爵也跟着凑热闹：“谢赫拉莎德·鹦鹉。”

“因为这个故事，我决定……”路易十四开口了。所有人都安静了下来。

“让它再多活一天。”

玛莉本来都要绝望了，没想到国王却做出了这样的决定。她又惊又喜，心中充满了感激。激动的玛莉扑倒在路易十四的脚下，亲吻着他衣摆上冷冰冰的钻石。路易十四伸出手，慈爱地抚摸着玛莉的脑袋。

路易十四转身向帐篷外走去，他的步伐很矫健，根本看不出来得过痛风的痕迹。教皇和自己的侍从走在国王的旁边，贵族们跟在他们的身后。不明就里的平民们都欢呼了起来，就好像是他们的抗议影响到了国王的决定，让海女免于一死。

“女士，让海妖再讲一个故事吧。”国王离开后，观众中有人叫道。

其他人纷纷附和，他们的呼声变成了一团噪声，将玛莉包裹其中。玛莉摇摇欲坠，吕西安眼疾手快，一把抓住了玛莉的手肘。

“你还好吗？”

兴奋过后，玛莉已经筋疲力尽。吕西安卷起她的袖子，发现伤口已经消肿，那些紫色的伤痕也已经消退。

吕西安的触碰让玛莉浑身都颤抖起来，她急忙把手抽了回来。

“陛下会放过她吗？”玛莉轻声问道。

“我说不好，这只是个缓刑。”

“就一天……”

“一天之内，什么都有可能发生。”

伊夫斯避开众人，悄悄地溜了出来。他看上去心烦意乱，头发凌乱，双目通红，如果有人现在看到他，估计都得把他当成疯子。伊夫斯捏紧了手里的戒指，戒指紧紧地扣到肉里，在他手上压出了个印子。

他没有走草坪中间的道路，因为可能会在那里遇到国王一干人等。他大步流星地从方尖碑旁路过，一路向上，走进了星空花园。

伊夫斯的心狂跳个不停，他跌跌撞撞地跑进了一座早已废弃的小教堂，跪倒在祭坛上十字架的图案面前。伊夫斯的浑身都颤抖起来，他极力抑制住想哭的冲动。眼泪积聚起来，让他的胸腔和嗓子都痛了起来。他感到天旋地转，已经完全没有了时间的概念。

伊夫斯趴在地上，把他滚烫的双手按在冰冷的地面。他开始祈祷。

第21章

谢赫拉莎德唱起了歌谣。

伴随着她的歌声，玛莉被各种各样的画面围在其中。海人们躺在小岛的沙滩上晒太阳，远处是一望无际的大海；新生儿诞生了，海人们无忧无虑地和孩子一起玩耍；孩子的手上开始长出蹼，脚上的趾甲慢慢坚固，逐渐变成了锋利的爪子，头发像泡沫一样飘逸。她也学会了用歌声来创作一幅幅图片，和别人交流。她的亲人们围在她身边，赞叹着她的成长，对她的进步表示赞许。

“我们的出生地，其实并不安全。但是我们相信，只要大家都在一起，就没什么好害怕的。”

玛莉·约瑟芬尽最大努力把自己看到的画面转换成文字，说给观众听。她一边说一边还在画画，尽管木炭笔描绘不出谢赫拉莎德歌声中描绘的美好场景，但是也算是记录下了她的故事。玛莉每画好几张后，就有仆人过来拿走画纸，钉在墙上供人们欣赏。

“可是我们错了。”

海平面上出现了一艘帆船，船头一面旗帜迎风飘扬，上面闪烁着一个大大的十字。唱到这里，谢赫拉莎德的歌声开始变得凌乱起来。帆船上的大炮发出了轰鸣。

“陆地人乘着船出海，想要找到我们。”

帆船靠得更近了，海人们在岛上甚至都能看到帆船的船舷。可怕的炮声响彻天际，中间夹杂着海人们的惨叫声。陆地人用长矛扎我们，用渔网将我们网住。

“他们说我们是魔鬼，要替上帝来消灭我们。”

吕西安从海女的歌声中听到了杀伐之声。人和马垂死前的惨叫声让他浑身的血液都沸腾起来，就如同饮下了一杯烈酒，先是兴奋，随之而来的就是绝望。他想起了内尔温登和司坦克的那些战役。

“他们把我们带到了陆地上，把我们囚禁起来，折磨我们，让我们在痛苦中慢慢死去。”

玛莉的画纸上浮现出一个审判者正在拷打海人的形象。后面还有一个人影被烧死在火刑柱上。

吕西安的耳边又响起童年时其他孩子的嘘声。当时他还只是个小小的侍者，其他孩子喜欢取笑他，叫他小矮子。你的爸爸是魔鬼，你的妈妈是女巫，小矮子！他们这样叫嚣着，嘲笑着他。直到他受到了国王的青睐，这样的嘘声才不见了踪影。

“陆地人完全疯了，他们不仅要杀我们，还杀死了他们的同胞。”

教会寻找着女人和海妖通奸的证据，只要他们认定了目标，就一定能找到证据。生下侏儒孩子的女性也被判了死罪，因为这个孩子本身就是她们和恶魔通奸的证据。

“海人们认识到，陆地人是他们的敌人。”

玛莉·约瑟芬盯着自己的画图，被上面的内容吓得目瞪口呆。一个女人遭车裂后，被扔进了海里。她那小小的侏儒婴儿紧紧地抱着母亲，也一同沉入了大海。玛莉还没回过神来，仆人就拿走了这张画，准备向众人展示。正当观众们为玛莉悲伤的故事大声鼓掌时，吕西安拦下了仆人，他抓住仆人的手腕，从仆人手中拿走了那张画。

海妖停止了歌唱。

“到此为止。”玛莉·约瑟芬的声音微微发颤。她转向海女质问道：“你怎么能这样做？”

海妖尖叫一声，用尾巴把水拍得到处都是。她疯狂地大笑起来，这是人类才能发出的笑声。如果说克雷蒂安伯爵吕西安·巴朗东之前还有过怀疑，现在他则对玛莉的话深信不疑。关于海女，玛莉并没有说一句假话。

趁着自己的怒火还没有烧起来，吕西安起身走出了帐篷。他不想让别人看到他生气的样子。

吕西安坐在倒影池旁边。如果他一头扎进水中，清凉的池水可能会浇灭他的怒火。

不过，如果我跳进去，可能也会被淹死，还不如就这样坐着生闷气。吕西安自嘲地想到。

“吕西安！”玛莉惊慌失措地跑了过来，“对不起，对不起，我不是故意……没想到谢赫拉莎德会这么残忍！”她的脸上没有半点血色。

“没想到你胆子还挺大，居然还会报复我。”

“报复？我们之间有过节吗？”

“我拒绝了你的提议。”

“我是这样睚眦必报的人吗？殿下，你冤枉我了。”

吕西安的愤怒突然爆发了：“你到底有什么企图？我一个矮子，又丑又畸形，你图我什么？”

“吕西安，我爱你。”

“那你可真不幸。”

“你有一个纯洁的灵魂，在你身上我看到了善良以及……”玛莉停了下来，“你听到我说的了吗？我、爱、你！”

“很多女人都这样说过。我为人大方，知识渊博，是女人眼中完美的情人。”

“殿下，你太傲慢了！”

“我早就告诉过你，我就是这样的人。我为什么不能骄傲呢？作为一个军人，我传承了查理曼大帝的荣耀。我出身名门望族，我们家族的历史比那些公爵和伯爵要久远得多。国王信任我，我手里掌管着大片的土地和财富……”

“那些东西我都不在意。”玛莉斩钉截铁地说道，“如果你不是克雷蒂安伯爵吕西安·巴朗东，我对你的感情也依然不会改变。”

“如果我是一个无权无势的农民，经常因为交不起税而被毒打，士兵们闯进我家，将我的财物洗劫一空——这时，你还会爱我？”

“是的，我爱你，因为你是一个无神论者。”

这个可笑的回答带走了吕西安的怒火。他情不自禁地狂笑起来。最后，他终于止住笑声，恢复了常态。“克鲁瓦小姐，如果我是一个农民的儿子，恐怕早就被装在篮子里卖给了吉普赛人，又或者，像谢赫拉莎德故事里说的那样，被淹死了。”

“不会的，时代不一样了，你不会被淹死的。”玛莉拼命否认。

“克鲁瓦小姐，你需要的是丈夫。”

“是的，殿下。”玛莉轻声说道。

“我已经立下誓言，永远不会结婚，也不会生下自己的孩子。”

“可是你的生活是如此美好，国王宠信你，大家都尊敬你……”

“疼痛时时刻刻都在折磨着我。”吕西安从来不会告诉别人自己的伤痛，除了自己的情人。

“每个人的生活中都会有痛苦。”

“你根本都不了解什么是痛苦。”吕西安被她盲目的自信激怒了，“自从来到这世间的那一刻起，疼痛就缠绕着我，只有爱情的滋润才能缓解。”他顿了一下，继续说道：“如果我爱上了一个人，我又怎能忍心把自己的痛苦传给她的孩子？你想要一个丈夫，一个孩子。而我，绝不会结婚，也不会要孩子。”

“上帝在上，如果我们相爱的话，结婚和孩子不是顺理成章的事吗？”

“上帝和这件事没有任何关系。我们只有一种造人的方式，但却有上千种相爱的方式。”他又重复了一遍：“我拒绝婚姻。”

“你为什么要和我说这些？”玛莉带着哭腔说道，“你为什么不直接说，我不喜欢你？”

“因为我向你承诺过，要告诉你真相。”

玛莉沉默了，心中既有希冀也有困惑。

“你还想要我吗？要我做你的情人？”吕西安说道。

“吕西安，这不行，我不能。”玛莉脸红了，说起话来也结结巴巴。她摊开双手，似乎想从上帝那里寻求力量：“教会说……还有，我哥哥不会……”

“我才不会在乎教会和你哥哥的想法。重要的是，你怎么想？”

她并没有直接回答，而是说道：“如果你结婚了，生下的孩子会……也有可能不会……”

“我的父亲是一个矮子，他已经退休了，腿脚也不利索……”

他的父亲是路易十三最为信任的大臣，英勇善战，威震四方，还曾经跨上战马，为年幼的路易十四打下一片江山。

退役之后，他再也没骑过马。

“我就是父亲的翻版。”吕西安说道。

“可是谣言说……”

“谣言就是谣言。”

“很多人都深信不疑。”

“国王的子女中，身体有缺陷的已经够多了，不差我一个。而且，他不会不认自己的骨肉。”吕西安平静地说道。

玛莉一下子坐到了地上，她抓着吕西安的手说道：“邪恶的故事不是我编出来的，我们俩也没有合计好要来羞辱你，她唱出来了，我就跟着说出来了。我和你一样，也是第一次听到这个故事，如果我事先知道她的意图，我一定会把这个故事改一改再说的。让你痛苦，这样的事我做不出来。请一定要相信我！”

“我相信你。”吕西安温和地说道，“可是你想要的，我给不了。如果你爱上我，我只会让你心碎。如果你为了海女而忤逆了国王，他也会让你心碎，甚至还会更可怕。

“可是谢赫拉莎德是人啊，和你我一样。”

“是的，我知道。只有人才会如此残忍。”

“对不起……”

“不必抱歉，受伤的那个人其实是你。”

急促的脚步声由远及近，将伊夫斯从近乎失忆的状态中惊醒过来。一阵恐慌涌上心头，会是谁呢？除非是国王亲自驾到，否则平时宫里很少有人会过来。不行，我不能这个样子去见国王。伊夫斯试图起身，可是他已经在冰冷的大理石上趴了太久，整个身体都麻木了。

“你在这！”玛莉的声音让伊夫斯浑身一激灵。

妹妹的脸上既有关心，也有焦虑，更有深深的失望。该来的总会来，伊夫斯知道他已经躲避得太久。

玛莉坐在了忏悔凳上。“我很焦虑。请原谅我。”

伊夫斯张了张嘴，正要训斥她，却听到玛莉说道：“请宽恕我的罪过，神父。”

伊夫斯浑身一震，他挣扎着起身说道：“你是我妹妹，这样不合适……”

“可是你说过你要多听别人的忏悔，你和教皇保证过的，会履行自己的职责。”

玛莉坐直了身子，双手放在腿上。她从小就擅长静坐，曾经在森林里坐到连鸟兽都不会受到惊吓。如果伊夫斯不克服自己的恐惧，来听她的忏悔，她就会在这里一直坐下去。

伊夫斯坐在了她身边，看着自己的手说道：“我的孩子，你犯了何罪？”

“我对国王撒谎了。”

“你之前觉得这没什么啊！”伊夫斯叫道。

“有关海女的事。”

如果有关海女的一切都是她编造出来的，那她是怎么知道……不过无所谓了……

伊夫斯虽然还心存疑虑，但还是松了一口气。既然整个事情都是玛莉的谎言，那他又有什么好怕的呢？于是，他说道："感谢上帝，你已经忏悔了自己的罪行。现在……"

"我还没说完！"玛莉·约瑟芬直视着自己的哥哥："拿走谢赫拉莎德信物的人不是水手。你心里清楚，对吧？可是你什么都没说。海女说，那个人穿着一件黑色的袍子。"玛莉深吸一口气，坚定地说道："拿走信物的那个人就是我哥哥。"

"我……你看到过那个戒指的，这都是你的猜测……"

"我从来没有见过那枚戒指！你给海女强塞下海草和死鱼后，她就昏倒了。就在那时，你拿走了她的信物。"

"她确实能和你对话……"伊夫斯喃喃地说道。

"我能和国王说，说我的哥哥是小偷吗？所以，我撒谎了。现在，谢赫拉莎德却会因为我的这个谎言而丢掉性命！"

伊夫斯从兜里掏出一枚红宝石戒指，金色的指圈上镶嵌着闪亮的石头。海女的信物！

"对不起，对不起，我真不知道……"除了道歉，伊夫斯不知道自己还能说什么。

他飞一般地逃出了教堂。

伊夫斯沿着小路飞奔下山，玛莉也跟在后面，试图跟上他的步伐。他奋力从人群中挤了过去，拉开笼门，跑到了台阶下，大口大口地喘着粗气。

他走下了平台，完全不顾观众异样的眼光。水漫过了他的脚踝，浸湿了他的衣角。他费力地向阿波罗喷泉走去。

"海女！谢赫拉莎德！"伊夫斯喊道。

海女浮在海神雕像的旁边，大声嘶吼着，还拍打着水面，溅了伊夫斯一身水。

“请原谅我！我真的不知道……”

海女潜入水中，只留一双眼睛在水面静静地盯着他。

玛莉·约瑟芬也来到了喷泉旁。伊夫斯转向她：“妹妹，告诉她，我不是故意要拿走她的戒指的。当时，我看到她的头发上居然还缠着宝石，一时好奇……”

“你自己说！”玛莉·约瑟芬也是一路狂奔，到现在还没缓过劲来，“你现在吓到她了。说话温柔点。”

“我把你抓了起来，还害死了你的朋友。现在，也是因为我，你被宣判了死刑。对不起！我真的不知道会是这样的结局。看在上帝的分上，请原谅我。”他把戒指递给了海女。

谢赫拉莎德游过来，开始恸哭起来。

帐篷外，驮马等得已经有些不耐烦了。它们踢踏着小碎步，震得身上的马具叮当作响。它们的主人正等着将货物带到海边，重新装货。

玛莉坐在喷泉的边缘，把海女搂入怀中，抚摸着她粗糙的面庞。她们紧紧依偎在一起，玛莉甚至都能感受到海女身体上传来的温度。海女把脸埋进玛莉的手掌，她流下的泪水弄湿了玛莉的掌心。玛莉把她搂得更紧了，希望能安慰到她。海女悲怆的歌声让她心如刀割。

伊夫斯把一块丝绸手帕盖到了海男早已腐烂的脸上，并用帆布把他裹了起来。伊夫斯亲自动手，和三个仆人一起把海男的尸体搬到了棺材里。他把帆布裹好后，让仆人把棺材抬到了笼子里，让海女再看她的朋友最后一眼。

海女安静下来。她的伙伴就在她的面前，可是他们再也没法用歌声交流了。海女伸出带蹼的手，颤抖着抚摸海男的胸膛。

“他连临终祷告都没有做。”伊夫斯无比悔恨，“他死的时候，我就在他身边，可是我都没有……”

“没事的。海人们都不是基督徒，他们也没有上帝的概念。”玛莉安慰他。

“我本来是能救他的，还有海女和其他海人。如果早点知道……”伊夫斯陷入深深的内疚之中。

“把戒指还给她。”

伊夫斯摊开手掌，海女用爪子一下就把戒指扒拉了过去。

“我会把他送回大海。我向你保证。”伊夫斯对海女说道。

我也想去，我想送他最后一程。海女告诉玛莉。

“亲爱的谢赫拉莎德，很抱歉，这点我们帮不了你。”玛莉摇了摇头，内心充满了悲伤。她很想放声大哭，可是她必须要在痛失爱人的海女面前保持克制。

谢赫拉莎德细心地帮海男理好头发，把戒指系在了他的头发上。

海女俯下身，凝视着棺材里的海男，她的长发垂下来遮住了脸庞。玛莉想要抱住她，却被她甩开了。她转过身，跌跌撞撞地走回喷泉，悄无声息地潜入了水中。

“我害死的那个海人是她的丈夫吗？”

“是她的朋友，也是情人。海人们没有婚姻的概念，他们交配只是为了身体上的愉悦。仲夏日就是他们交配的时间……”

“我知道！我就是循着这个线索才找到他们的。他们交配的时候我也在场。我早该意识到了，动物怎么会有这种放荡的行为？也许他们真如书上所说的一样，是魔鬼……”

“教皇已经说了，他们不是。难道教皇也会骗人？”玛莉话中有刺。伊夫斯被她愤怒的语气吓到了，不敢再说话了。

伊夫斯帮着仆人把棺材抬回原地，亲自订上了棺盖。他和仆人一起把棺材抬到了外面的马车上，递给车夫一个银币，让他把棺材送到勒阿弗尔。

吕西安让泽里斯在帐篷前停了下来。他爬下马，感到背上传来一阵疼痛。这些天来，他的背痛愈发严重，就好像背上一直压着一只老虎。他很后悔，不该让朱丽叶离开自己，可是现在他已无法回头。

你真是个傻瓜，他对自己说道，还要替克鲁瓦着想。

他不屑于用欺骗的手段将玛莉哄上床。虽然，这个姑娘很好骗，只要答应娶她或者拯救海女，就一定能把她搞定。如果不是玛莉主动向他示好，他对她也不会感兴趣。

但是不得不承认，他确实很喜欢这个女孩。他喜欢和她交谈，也很同情她现在的困境。

吕西安走进帐篷。他很高兴，因为他给玛莉带来了好消息。

“你好，吕西安。”玛莉·约瑟芬扭过头来和吕西安打了个招呼，之前她一直盯着水池中海女游过后留下的水痕。玛莉冲吕西安微微一笑，羞涩中隐含着一丝悲伤。她撸起袖子，露出了自己的胳膊：“你的药膏起作用了，谢谢你。”

吕西安抓起她的手，看了一眼。她原本粗糙的双手变得柔软起来，看来，公爵送给她的护手霜还是很有用的。除此以外，她再也不用擦修道院的地板。总的来说，她的手变得更像这个年龄的女孩子该有的手了，只不过在指尖还残留着墨水的痕迹。

“康复就好。”吕西安的脸上突然一阵发热。肯定是今早上酒喝多了，跟克鲁瓦没关系。

“你还好吗？你的脸……”玛莉担心地问道。

玛莉的脸烧得厉害，觉得自己一定是又说了什么蠢话让吕西安见笑了。第一次见到吕西安时，她就是这样地害羞，到现在一点也没变。

“算了，你一大早就醉醺醺的，跟我有什么关系！”玛莉很快调整了状态，向吕西安发起反击。

“我之所以一早就起来喝酒，是因为我没有性生活啊。”

背痛发作的时候，他通常喜欢用酒精麻醉自己。从来没有人就这一点提出过疑问。是别人都看不到这点，唯独玛莉提了出来？她是无知呢还是无畏呢？

玛莉扭过头去，不看吕西安。她以为自己的话会让吕西安不好意思，没想到最后尴尬的是自己。看到玛莉不安的样子，吕西安有些后悔，早知道就不逗她了，这玩笑有些开大了。

一缕头发垂在了玛莉的脸颊上，吕西安情不自禁地涌起了想要摸一摸的冲动。如果她是宫廷里的那些女人，吕西安可能早就动手了，剩下的事情也就水到渠成了。可是，玛莉已经很清楚地表达了自己的愿望。他既然无法做到，就只能保持克制。天知道他忍得有多辛苦！

“难道你不认为回避你的痛苦并不能解决任何问题吗？你用酒精麻痹自己，可醒来后痛苦并没有减轻半分，只有精神信仰才会帮助你摆脱痛苦，你有考虑过吗？”玛莉看着水面说道。

“没有！”吕西安斩钉截铁地说道，“我可忍不了。只要能止疼，我什么方法都会尝试。”

“教会说苦难是件好事，会让我们从中受益。”

“在修道院里擦地对你有任何好处吗？海女被关在这里很开心吗？苦恼只会让你更加痛苦。”

“殿下，我不会和你探讨我的宗教信仰。你比我聪明太多，很容易就把我带偏了。”玛莉不想再和吕西安辩论下去。

“我不喜欢探讨宗教。不过，我有时还是会说点大实话。”

玛莉垂下头，没有说话。吕西安知道，她的内心现在一定十分煎熬，自己不论再讲什么道理都没法消除她的恐惧，还是把那个好消息告诉她吧。

“陛下说……”

“吕西安！我需要你帮我做件事！”伊夫斯大步走进帐篷，打断了吕西安。

“伊夫斯，吕西安正在说话呢！”玛莉觉得哥哥实在是有些无礼。

“什么事，克鲁瓦神父？”吕西安仍然礼貌地问道，尽管内心深处他也很反感伊夫斯的语气。没有人能命令他，除了国王。

“装有海人尸体的棺材已经在前往勒阿弗尔的路上了。你能负责把海人的尸体送往大海并安葬吗？”伊夫斯解释道。

“你们居然自作主张，处理了国王陛下的海妖？”吕西安的声音让人不寒而栗。

“我们只是想给他一个体面的葬礼。国王应该不会拒绝……”伊夫斯的声音很急切。

“吕西安，你不是也认为海人……”玛莉也着急起来。

兄妹两人的话同时脱口而出。

“你们还不明白吗？”吕西安被激怒了，“我相不相信并不重要，重要的是国王并不觉得海人是人。”

“可是我答应了谢赫拉莎德要妥善地安葬她的伙伴。”

“你就不该做这样的承诺！”吕西安并没有提高嗓门，可是他的愤怒确实显而易见，“而且，你也没资格让我去做这件事。”

伊夫斯摇了摇头，十分困惑：“可是，吕西安，你不是说过，只要我需要的……”

“是为了满足国王的意愿，而不是你的！”吕西安终于忍不住，叫了出来。

“国王并不关心海人的尸体。只要我能发现……”伊夫斯还想辩解。

吕西安猛地举起手，阻止伊夫斯再继续说下去。伊夫斯知趣地闭上了嘴。

“克鲁瓦小姐，是你请求国王来观察海人的骨骼的，现在国王已经同意了。”

玛莉发出一声绝望的叫声，无助地捂住了自己的脸。

“马车才走了一小时。”伊夫斯说道，“我们还能追回来。”

“陛下现在就要看到！”吕西安特意强调了“现在”两个字。

“对不起，对不起，是我害了你。”玛莉的声音中充满痛苦，“你能原谅我吗？”

“我原不原谅你，有什么意义吗？能解决现在的问题吗？”

“对了，可以告诉国王，我必须要做些准备工作，否则尸体可能会吓到……”

“你是让我对陛下撒谎吗？”吕西安怒气冲冲地说道，“很抱歉，克鲁瓦神父，克鲁瓦小姐，恕我不能从命。”

第22章

正是秋高气爽的时节，城堡的花园里人声鼎沸。游客们来回走动，寻找着大运河上烟花的最佳观赏点。王宫中，王公大臣们正悠闲地坐在那里吃着小吃。

王后寝宫区什么装饰也没有，看上去十分寒碜。

玛莉和伊夫斯跟在吕西安后面，沿着王后台阶向上走去。玛莉的内心十分忐忑。

吕西安现在一定很讨厌我。不，他从来也没喜欢过我。唉，我多希望他曾经有注意到我。这件事也不能怪他，都是我不好。

吕西安对我们兄妹一直照顾有加，可是我和伊夫斯却只会一味索取，现在又连累到他。经此一事后，国王会降罪于他吗？玛莉心里充满担忧。一种无力感油然而生，她从没有像现在这样孤立无援。吕西安在生她的气，谢赫拉莎德也不信任她，至于哥哥……她看了一眼旁边闷头走路的伊夫斯，后者一言不发，垂头丧气，脸上还带着愧疚，和他当初的意气风发形成了鲜明的对比。玛莉一直想让伊夫斯相信海妖是人，现在她终于成功了，可哥哥却变成了现在这副模样，萎靡不振，而且很有可能会丢掉他热爱的工作。

当初他把我送到修道院的时候，我就告诉自己，如果哥哥知道我在修道院里的遭遇，他一定不会把我丢在这里不管。就是这份信念支撑着我，我才得以熬了过来。可是现在呢，我知道了他的态度，幻念破灭，留下的只有痛苦。吕西安说得没错，苦难只会让人更加痛苦。

如果吕西安说的都是实话，那关于身体上的愉悦……玛莉情不自禁地想到了吕西安之前提到过的事，那会是真的吗？

不能再往下想了。玛莉告诫自己。她本应该为这些亵渎上帝的想法感到羞愧，可是她现在却有一种被人欺骗的感觉，心里特别难受。

走廊两边悬挂着精美的挂毯，沿途两侧还有橘树盆栽和蜡烛装饰。面对如此美景，玛莉却提不起任何兴趣。她迈着沉重的步伐，继续前进，去请求国王的宽恕。

我可以骑着扎基穿墙而过，踩着大使楼梯，越过阳台，直接跳到花园里，然后逃进森林。没有人能找得到我们。玛莉的脑海中又跳出这种疯狂的想法。

可是，她转念一想，我可能再也没机会骑上扎基了。

曼特农夫人门口的卫兵放他们进去。

路易十四和教皇正坐在窗前，曼特农夫人低着头坐在椅子上，腿上盖着一副红底金线的挂毯。玛莉向她望去，希望能看到曼特农夫人同情的目光。在圣西尔时，她对自己是那样地仁慈。可是，曼特农夫人连头都没抬一下，看都不看她一眼。玛莉突然感到一阵寒意。

可能这里真的是太冷了吧。可怜的曼特农夫人，风湿病一定把她折磨得不轻。

吕西安对国王鞠了一躬："陛下。"

"吕西安。"

玛莉先是对国王行了个屈膝礼，然后跪下来亲吻教皇的戒指。教皇的手很凉，和他的戒指一样散发出寒气。教皇又把手伸向吕西安，后者固执地保持了沉默。玛莉又向曼特农夫人行礼，曼特农夫人仍然没理她。

"克鲁瓦，你的脑子里到底在想些什么？"路易十四问道。

"对不起，陛下。我从未想过要冒犯您。"

"你让我查清真相。我答应了，现在你却把证据给弄没了。你让我怎么相信你？现在，你所说的是真是假，我该如何分辨？"

"陛下，都怪我。是我做出这么愚蠢的行为。当时我只想着谢赫拉莎德实在是太可怜了，忘了……"伊夫斯抢在前面说道。

"可怜？你居然同情一只动物？"教皇把注意力转向伊夫斯，他看上去很是担忧。"你和这头野兽实在是有太多牵连，我很担心，它已经把你引上了歧路。"

"我只是在寻求上帝的真理。"

"上帝的真理！你是觉得你比我懂得要多吗？"教皇觉得自己受到了冒犯。

“当然不是！上帝创造了万物，我只是遵循着他的旨意，探索这些事物背后的真理。”

“你应该专心研究他的话语，而不是这些丑陋的怪兽。”

“魔鬼会撒谎。可是谢赫拉莎德说的都是事实。”玛莉忍不住替谢赫拉莎德分辩了一句。

“孰是孰非，还轮不到你说了算，克鲁瓦。”教皇厉声说道。

“她哪里说谎了？谢赫拉莎德说的都是事实，只是你们不愿意承认罢了。”玛莉固执地替谢赫拉莎德辩解着。

“你要是生早些，就能多学到些规矩。女人就该闭嘴听话。”

“女人也是人。谢赫拉莎德也是女人，我们都有灵魂。杀了她就是造下了罪孽。”

“别和我说什么罪孽！你以为我不知道什么是罪孽？”

玛莉沉默了。一时间，无人说话，整个房间安静得可怕，只剩下曼特农夫人刺绣时衣袖和丝绸摩擦发出的沙沙声。

“陛下，教皇大人，我觉得我妹妹说得对。”伊夫斯打破了沉默。

“是吗？你和这怪物探讨过灵魂？你有没有感化它，让它信奉上帝？”教皇的语气很是不善。

“没有，教皇大人。”

“那你有什么理由觉得你妹妹是对的，而教会却错了？”

“不是错误。我觉得这是上帝的显灵，给海妖也赋予了人性，而我恰巧就是这奇迹的见证人。”

“海妖生得如此畸形，会有人长成这样吗？”

“海妖不会有我畸形吧？”吕西安突然说话了。他的话像是一朵玫瑰，迷人却又暗含刀锋。“我是人类，而且还很有钱！”

玛莉克制住跑过去拥抱吕西安的冲动。她想紧紧抱住他，告诉他他不仅不丑，还很优秀。

教皇气得从椅子上站了起来，恶狠狠地瞪着吕西安。

“你这个异教徒！审判所是对的，你和海妖都是魔鬼生出来的杂种！”

“我的父母要是听到您这样的评论，估计不会很高兴。”吕西安冷静地说道。

“吕西安，够了，别再耍嘴皮了！”路易十四制止了他。

“吕西安！你的名字就是个笑话！”教皇被愤怒冲昏了头脑，口不择言。通常，他不会说这么无理的话。

“那这么说查理曼大帝也该受到嘲笑了？毕竟我们祖上一直陪伴他征战沙场，也是他把这个名字赐给了我们家族。”

“表兄，你得原谅吕西安，他有些恃宠而骄了。”路易十四开口了。

“陛下，您是最贤明的君主，放海人一条生路吧，感化他们，所有人都会传颂您的仁慈和英明。”

“别吹捧我了，你只不过是想救你的宠物罢了。”路易十四的头脑十分清晰。

“是的，我不忍心看到她被杀，但是她确实是人，如果您吃了她，会造下杀孽的。”

路易十四靠着椅背，露出了疲倦的神色。

≈第22章≈

“玛莉·约瑟芬，亲爱的孩子。我在位已经五十年了。为了法国的荣誉，我做过许多事情，有很多比吃人还要可怕。”

玛莉震惊了，都不知道该如何回复。

“把海妖给我，表兄。一定要给我。”教皇特意强调了“一定”二字。

“一定？”

“它很危险，我们需要好好研究。如果事实证明克鲁瓦神父所说的是错的，那它就是能迷惑人心的魔鬼，必须要加以审判。如果克鲁瓦神父说对了，那它确实就是上帝创造的奇迹。以上帝之名，我们会感化它、教导它。”

“我可以把狒狒送给你，你也一样可以去感化它。”

教皇觉得自己受到了侮辱，很是气愤。他站起身说道：“恕我不能久留。我年事已高，没精力和你再做辩驳。克鲁瓦神父，你和我一起！”

他傲慢地走了出去。

“陛下，抱歉……我……”伊夫斯也很为难。

“快去！”路易十四说道，“别留在这儿烦我。”

伊夫斯向国王鞠了一躬，追随教皇而去。

玛莉·约瑟芬攥紧拳头，指甲深深地嵌进了肉中，泪水模糊了她的视线。谢赫拉莎德的歌声伴随着一阵清风，从窗户飘了进来，抚慰着她受伤的心灵。

“你真不应该激怒他的，吕西安。”路易十四对吕西安缓缓说道。

“请原谅我的无礼，陛下！不过，这位圣人居然也会恶语相向，确实让我有些吃惊。”

“你向来对宗教无感，有什么好介意的呢？”

“陛下，并没什么。只是他们的虚伪让我感到吃惊罢了。”

“我需要教皇，法国也需要他。我们结盟之后，就能借用他的军队、财富……”

“可是陛下，如果您愿意的话，您会从新教徒那里得到更多的支持……”

他的话就好像在屋子里投下了一颗重磅炸弹。曼特农夫人猛然抬头，对他怒目而视。路易十四的语气也变得冰冷起来：“吕西安，不要试图再激怒我。你应该感到庆幸，你只是不信教，而不是信新教。”

吕西安默不作声。玛莉·约瑟芬也为他感到难过。看得出来，国王是真生气了，他的怒火似乎能把他们俩一起融化。

“陛下。”玛莉怯生生地开口了，“国库现在很缺钱吗？”

“国家现在面临着很多挑战。不过我们能渡过难关，并不需要异教徒的帮助。”路易十四的目光中少了些愤怒，添了些哀伤，“如果我爱的人、我看重的人，都能支持我，而不是反对我、惹怒我，闹得我不得安生，那这些问题其实更容易解决。你可以退下了。今晚我不想再看到你。”

在曼特农夫人的门前，玛莉·约瑟芬本以为吕西安会和她告别，没想到他却陪着自己一起向阁楼走去。

“你不用再往前了，我自己能回去。”玛莉推辞道，“谢谢你的关心。”

“我送你回去。”吕西安坚持要送她，陪着她穿过狭窄的通道，来到了又黑又暗的阁楼。这里不是他该来的地方，玛莉心里涌起一股歉意，他应该在阳光下，穿着蓝金相间的制服，骑着他的小灰马，意气风发地陪在国王身边。

“为什么他就是听不进建议呢？”玛莉哀号道。

“他能听取建议，但是他有自己的打算。”

“你爱戴他，所以你一味地维护他。”

“我对他的爱只会让我更加了解他。不像你们这些教徒，号称博爱，其实谁都不爱。”

“你这是偏见。”

“在你们教皇眼里，我就是个狭隘的人。”

“吕西安。”玛莉的声音有些颤抖，“你对我就没有偏见。”话语虽短，却饱含着她的一片真心。玛莉不敢再继续说下去，她怕会控制不住自己的情感。

她打开房门，里面一个人也没有。玛莉的第一反应就是担心，哈丽达去哪了？是去服侍夏洛特小姐了，帮她扎头发、捧手帕，还是和玛丽王后一起，等待着烟花的开始？

夏洛特小姐会发现我不在吗？哈丽达会替我担心吗？算了，这都不重要，我也不关心那些娱乐活动。

“小的时候，我就住在这间阁楼。”吕西安突然说道，“我太讨厌这里了，以至于被派出宫时，我一点都不难过，反而很高兴，因为我终于可以摆脱这里了。”

吕西安越过玛莉，踩着窗边的椅子，爬到了窗户上，把躺在窗户边上睡觉的赫拉克勒斯吓了一跳，小家伙伸了个懒腰，对着吕西安发出了不满的叫声。

“吕西安！”玛莉·约瑟芬惊叫一声，连忙跑到窗户前。

吕西安站在两个音乐家雕像的旁边，他把头伸出窗外，目光越过花园，看向远方的森林。

“快回来，你会掉下去的……”

“当时，阁楼里又热又闷。每当我受不了的时候，我就会到这个地方来……”

“现在这里特别冷。”玛莉真希望现在的阁楼也能暖和点。

“……欣赏迷人的夜色和美丽的天空。”吕西安继续说道。

窗外的景色算不上美不胜收，但也确实动人心魄。花园的小道旁摆着两排蜡烛，烛光在油纸后摇曳生辉。海女的帐篷也亮了起来，大运河从它的前方延伸出去，在远处森林的映衬下，形成了一个完美的几何形状。西边的云彩反射出夕阳的最后一丝余晖。

吕西安用手摸索着石头墙壁，寻找着可用的支点。

“我从没爬过屋顶。你愿意和我一起吗？”吕西安向玛莉发出邀请。

“穿着这身衣服？”玛莉话音刚落，就见吕西安三下五除二就脱下了他华丽的外套，把这堆衣服扔在了窗户旁边的椅子上。然后，他甩掉了脚上的鞋子，摘下假发。他金色的头发在夕阳下闪烁着微弱的光芒。

吕西安和赫拉克勒斯对视了一眼，后者正用力揉搓着垫子，毫不在意自己锋利的爪子是否会把垫子抓破。吕西安把他崭新的假发戴到其中一个音乐家的头上。这个曾经装饰了窗户的雕像现在顶着一顶假发，看上去十分滑稽。

玛莉扑哧一声笑了出来。“这样他都能去参加国王的宴会了。”她转而又叹了一口气：“可惜，我爬不上去。”

“为什么？”

“衣服太碍事了。还有鞋子，也很滑。如果我只穿着衬衣爬上去，你会怎么看我？”

“我会觉得你就是想去屋顶而已。快做决定，马上他们就会到阳台上来看烟花，我可不想让陛下看到我这副衣衫不整的样子。”

玛莉深吸一口气，鼓足了勇气说道：“好，还得麻烦你给我解下衣带。”

她脱去外套、鞋子和长袜，然后背对着吕西安。后者一下就帮她解开了衬裙上的衣带，动作温柔而又娴熟。

光着脚，只着衬衣，玛莉转过身来，面对着窗外的暮光。

“快来，一点也不危险。”吕西安催促她。

玛莉拉着吕西安的手，也踏出了窗外，站在他身边。她抓着旁边弹琴的那个音乐家裸露的乳房，以防自己摔下去：这些雕像几乎都是赤身裸体的。

吕西安率先向屋顶爬去，向玛莉展示哪些地方能踩，哪些地方不要碰。到了屋顶后，他又爬了下来帮玛莉。

这时，城堡下方突然有了响动。客人们都从屋子里出来，来到了阳台上。玛莉·约瑟芬顿时丧失了勇气，缩到了音乐家雕像的后面。

“快点！”吕西安的语气也变得急促起来。

玛莉蹑手蹑脚地跟在吕西安后面，尽量躲在雕像的后面。很快，她就爬到屋顶，坐在了屋顶的斜坡上。

“你没说错，吕西安！”玛莉兴高采烈地叫道，“这里的风景真的很美。不过……”她的语气中又带上了一丝担忧，“如果国王发现我们……”她把腿缩进衬衣下，抱紧了膝盖。还好，屋顶上的瓦片在晒过一天后，感觉热乎乎的。

“陛下年轻的时候也是屋顶的常客。”吕西安轻松地说道。

“什么？他为什么要爬到屋顶呢？”

“和他的情妇以及宫女幽会。”

玛莉目瞪口呆地看着他。

“放心，克鲁瓦，我不是在暗示你什么。屋顶虽然坐着很舒服，但躺下去可就没那么舒服了。而且，我和你说过……”吕西安注意到她震惊的表情，解释道。

“你不会伤害我。我相信你。”玛莉认真地说道。

“我说过，我是一个寻求舒适的人。”吕西安一本正经地说完了。

“你带了苹果酒吗？”

“我把酒壶落在外套里了。”

“真遗憾。”

“在某些场合下，我还是宁愿保持清醒。”

“比如说……”

“爬上王宫的屋顶时。”

玛莉笑了起来，笑着笑着，她又觉得想哭。

“也许生气的时候最该保持清醒。我和哥哥今天给你惹了这么大的麻烦，对不起。不过，你对伊夫斯真的很凶。”

“他对我说话的口气，就好像我是他的仆人一样。你说，我该怎么回复他？再说，我要是真的生气起来，比这还要可怕得多。希望你永远也不用看到我发怒的样子。当然，喝醉酒时的不算。”

“对不起，我们冒犯了你……”

“是他冒犯了我。你只是要求我去完成一件不可能完成的事罢了。”

“你没有生我的气？”

“你只是想让我创造奇迹罢了！”吕西安微笑着说道。这一笑让玛莉觉得吕西安已经原谅了自己。

“对了，还有谢赫拉莎德。你也能原谅她吗？”话一出口，玛莉就后悔了，可是她也收不回自己的话了，只好硬着头皮又解释了下：“我知道，她并不是有意要……”

吕西安突然扭过头来，做了个手势阻止她再继续说下去。

“她的故事启发了我，我相信她是有意而为之，可这又有什么意义呢？”

“只有国王信了才有意义。”

“是的。”

“放了她对国王来说又没什么损失。”

“没什么损失？那国王苦苦追寻的永生该怎么办？”

“她没法给陛下带来永生。相信我，这是只有上帝才能做到的事情。”

吕西安的脸色沉了下去。他转过目光，看着下方的花园。

“抱歉！”

“我只是希望……”吕西安难过地摇了摇头，“在他死后，一切都会变得……”

“死亡是不可避免的。我们每个人都会死去。海女是无辜的，杀了她也不会有任何结果。”

“不。这是一种象征。世人会看到，连海妖都臣服在他的统治之下，这是法国繁荣昌盛的象征，也会增加他的声望和荣誉。”

“她能帮助法国取得胜利吗？她能带来丰收吗？她能弥补国库的空虚吗？对于一只小小的海妖也要求太多了吧！”

“如果她活着能有这样的效果，那陛下才会饶她一命。”

月亮在他们的身后升了起来，照亮了天空。一团形状不规则的云朵飘了过来，好像在月亮面前蒙上了一层面纱。月光透过云层，洒落到吕西安的脸上和肩膀上，照亮了他的面庞。金色的头发，精致的眉眼，玛莉突然有种似曾相识的感觉，难道是……她惊叫了一声。

吕西安回过头来，脸上露出了疑惑的表情。

“不是！你不是国王的儿子！”

“我已经告诉过你了。”

“你是……”

"我是我父亲的儿子！"吕西安猛然说道，打断了玛莉想说的话。难道她看出了什么端倪？吕西安不想让她再继续深究下去。

"……王后的儿子！"玛莉还是叫了出来，"玛丽·泰蕾丝王后！她的金发、灰色的眼睛，和你一模一样，她还很喜欢你……"

很少有人知道吕西安的真实身世，知情者也都明智地保持了沉默。像玛莉这样大呼小叫出来的还是头一个。

"她很爱我的父亲。"吕西安曾经向玛莉允诺过要说实话，所以他也就坦然地说了下去，"我的父亲爱她，也同情她的处境。我的父亲也敬爱国王。玛丽王后已经死了，可我的父亲还活着。如果你再这样嚷嚷，所有人都会知道。他会背上叛国的罪名，而我……"

"我以后绝不会再提这件事。"玛莉向吕西安保证。

两人都不说话了。下方，王公贵族们都拥到了阳台上，在地面上投下一片阴影。

"可是，这是如何做到的呢？"玛莉轻声问道。

吕西安露出一个微笑。他想了想，和玛莉讲述了这个惊心动魄的故事。

"我的出生十分具有戏剧性，任何剧作者都会觉得这是一个绝佳的创作题材。实际上，莫利先生也确实考虑过要以此为题材，写一个剧本。故事的内容就是，一个贵族女性——他不敢直接写上王后——怀上了她的情人的孩子。她的情人是一个侏儒，同时也是国王信任的大臣。侏儒在十二个人的眼皮底下，用王后宠臣的情妇生下的女孩换走了刚刚出生的男孩，然后快马加鞭，把男孩送回家中，交给自己宽宏大量的夫人，宣称这是他们的骨肉。而那个女孩则被送进了修道院。后来，那个小男孩，和其他所有年轻的贵族一样，又被送到了他的亲生母亲，也就是王后的身边当侍者……”

“哇，这可真够混乱啊！”

“是的。”

“莫利先生并没有写成这部剧本。”

“因为太过危险？”

“莫利不是贪生怕死之辈。”

“确实，他不怕审判，甚至也不怕下狱。”吕西安继续解释道，“但是他遇到的可是我的父亲，情况就完全不一样了。”

“你的父亲去找他对质了？”

“和一个平民对质？当然不会。他就派了一群马夫把莫利狠狠地鞭打了一顿，罪名是污蔑王后。被揍之后的莫利就老实了。”

“可怜的莫利。”

“他是被揍得很惨，不过如果他写出了那部剧，那我们家族的声誉就会毁于一旦，并且把国王也拖下了水。不仅如此，人们还会质疑王太子的出生……”

“确实，王太子长得不像……”

“请不要在我面前诋毁已故的王后！”

“对不起！”玛莉意识到自己的失言，连忙道歉，不过她又有了新的疑问，“为什么要如此大费周章呢？直接把你送出去不就行了吗？”

吕西安没想到她的思维居然如此敏捷，不过还是太幼稚。

“因为，王后和平民的女儿不会带来什么威胁，而王后和贵族的儿子则会牵涉到法国和西班牙王位继承权的问题。”

玛莉点点头，表示自己明白了。“那你的姐姐呢？她怎么样了？”

“我没有姐姐。你是说那个被调包的女婴吗？”

“是的。”

“她说自己现在在修道院过得很快乐。她不像我们家的人，她是一个十分虔诚的人。她的亲生父母都是西班牙人，是王后的亲信。”

“她想过要离开那里吗？”

“不想吧。因为她也是一个侏儒，虽然信奉基督教，但她其实是摩尔人。而且，她在修道院里很受尊敬。法国就是她的家，她还能去哪里呢？回到西班牙宫廷去，继承她父亲的产业？西班牙的国王会相信她吗？”

“这就是你不想要孩子的原因吗？”

“因为他们会抢走我的孩子，让他去当西班牙的国王？”吕西安大笑起来，“当然不是，我和你说过我不要孩子的原因，你怎么还会有这种奇怪的想法？”

“那你的家产，还有头衔，要传给谁呢？”

“由我的弟弟继承。”

“你的弟弟？那他……”

“像我？不不不，他和我一点都不像。”

“……也在宫里吗？”

“我会尽量让他远离朝廷。”

“为什么呢？”

“因为，”吕西安叹了口气，“他是个傻瓜。”

“不可能！”

“别误会。我不是说他的智商有问题，盖伊是一个讨人喜欢的孩子，也很善良，不过，就是没脑子，总喜欢做一些出格的事。”

“那你还要把家族的未来交到他手里。”

“我给他寻了一门好亲事。女孩家世显赫，有丰厚的嫁妆，和盖伊也不是近亲。她很喜欢盖伊，把家里打理得井井有条。他们的孩子也很优秀。等到我侄子成年后，我就会授予他克雷蒂安伯爵的称号。他一定不会让我失望。”

“你侄子的性情像你吗？”

“他会长成一个像我母亲那样的人，身体也会像我弟弟一样健康。”

“那……”玛莉犹豫了一下，不过还是问出了口，“你喊她母亲的那个人，也就是你父亲的妻子，她讨厌你吗？”

“我爱她，也尊敬她。她是我的母亲，就像她的丈夫也是我弟弟的父亲一样。”

“这只是从法律层面上来说，但是……”

“没有什么比继承权更为重要的了。我们俩都是他们合法的继承人。她对我很好，父亲对她的儿子也很好。我的父母很恩爱，他们不像大多数夫妻那样，有了情人还要遮遮掩掩，而是会向对方坦白自己的私情。”

“那你弟弟的父亲是谁？”

“这是他的事情，我无权透露。问些别的问题吧。”

玛莉想了一会儿，问道：“你是怎么离开王宫的呢？我简直没法相信你不在这里的样子。”

“不是我想离开的。我失宠了。”

“怎么可能！”

“你没看出我桀骜不驯的本性吗？”

“确实如此。”玛莉笑了起来，“你确实不愿受约束，藐视一切规定。不过，你怎么会惹怒国王的呢？不可能呀！”

“年幼无知！毕竟当时我才十五岁。”吕西安似乎陷入到深深的回忆当中。

他从来没有把事情的真相告诉过别人：其实是他弟弟犯的错。他顶下了弟弟的罪名，接受了惩罚。他从没有后悔过自己的决定，毕竟他是长兄，为弟弟在宫廷内谋得一份差事是他的责任。盖伊因为愚蠢，葬送了自己在宫内的前程，国王虽然没有流放他，但是他却受到了哥哥的惩罚。吕西安不顾他的苦苦哀求，把他送回了布列塔尼，拒绝让他再次进宫。

“陛下的惩罚其实给了我很大的帮助。他让我学习外交，派我和使团一起前往摩洛哥。我们一行人到达过阿拉伯半岛、埃及还有黎凡特。”

“牛顿先生之前最伟大的数学家就住在阿拉伯！”

“我并没能见到阿拉伯的数学家们。但是我遇见了当地的酋长、战士还有神职人员。我和贝都因人一起骑马，我的这柄剑就是在大马士革铸造的。对了，我还曾进过女子的闺房。”

“闺房！怎么会？”

“在旅途中，我们感染了可怕的瘟疫，全都病倒了。至于具体的细节我就不和你说了。”

“我知道这种病和它的症状。”

“那可真不幸。苏丹国王不仅没有嫌弃我们，还收留了我们。要不是他，我们可能都得死在那里。当然还是有些人没熬过来。当时，他派了医生来照顾成年人，他家里的女性就负责照顾孩子。对于一个虔诚的穆斯林来说，男人和女人虽然都住在一起，但是都有自己活动的区域。他们的孩子在成熟之前都是住在女性那里。

“我那时虽然已经十五岁了，按照穆斯林的风俗已经算是个成年人了，但是由于我的身高，他们把我当成了十岁的孩子。”吕西安坦率地说到了自己的残疾，“死亡的阴影笼罩着我们，一片混乱之中，使团中没有人说破这件事，也没有人把我叫回来。我们都太虚弱了。当我醒来时，我什么都不知道，一直在想着上帝是否存在，它为什么不来帮助我们……”

“上帝当然存在！”

“那上帝的名字就叫作安拉。他把我带到了他的花园里，让我欣赏到大好美景。从此我开始嘲笑自己的信仰。我在女子的闺房中觉醒了。”

“那后来她们肯定很快就把你撵了出去。”

“怎么会？如果我的身份被揭穿，那我面临的就是死刑甚至更糟糕的事情。而那些女人——苏丹的妻子、女儿，他兄弟的妻子和女儿——都会因此蒙羞。她们会被丈夫休掉，或者更惨，被石头砸死。”

“你是怎么跑出去的呢？”

“我没跑。我在那待到了最后一天，那天，我翻过屋顶，和车队一起离开了。女人们保守着我的秘密。她们聪明善良，富有活力，却被锁在闺房，不能与外界接触，只能看男人的脸色行事。”

“可是你已经成年了。”

“是的。”

“受到了她们的吸引，初尝禁果，是吗？”

吕西安笑了起来：“我还从来没这么想过。不过，我很感激她们教会我的东西。在那之前，我的背痛无时无刻不在折磨着我，和她们的肌肤之亲帮助我摆脱了疼痛。”

“你比她们的丈夫也好不到哪里去！”玛莉·约瑟芬叫道，“她们的丈夫囚禁了她们，而你却在她们身上寻找乐趣，还给她们带来了危险。”

“我们之间其实算是平等的交换。我是个新手，动作还比较笨拙，这点我确实得承认，不过她们很热情，也很耐心。那段时间内，虽然外交上并无长进，但是我学会了如何去享受肉体上的欢愉。我的技术在不断提高，给我自己和对方都带来了快乐。”

吕西安说完了，玛莉知道自己应该感到恶心或者受到了冒犯，可实际上并没有，她反而被吕西安的故事触动了。

如果当初我在修道院有这样一个秘密伙伴，我会珍惜吗？当然，不是男的，也不是为了那个，而是为了交流，为了友谊，为了被禁止的一切。在教会，我什么也做不了，因为那些事情都会引诱我背离上帝。如果一个异教徒出现在我的屋子里，乞求我的庇护，我也会把她藏起来，保护她的。

“你说你那时找到了乐趣，但为什么你看上去却有些闷闷不乐呢？”玛莉敏锐地发现吕西安的情绪有些不对。因为后者正看着远处的水面，目光飘忽，脸上现出忧郁的神色。

吕西安没有回答。玛莉等啊等，等到她以为对方不会回答她的时候，吕西安却突然开口了。

“苏丹的大儿子，也是他的太子，纳了个新王妃。新王妃才十四岁，十分想家。可是她却回不去，因为她是被卖给了太子。她生性自由，现在却像一直被困在笼子的鸟儿，整日犹豫地望着窗外。我们很快就成为了朋友。”吕西安停了下来，稳住自己的情绪。

“她和我一样也没什么经验。她第一次被叫去侍寝的时候，她的姐妹们本可以教她一些技巧，而她的丈夫也可以多听听别人的建议，学习点经验，在破处时不致让她太过痛苦。可是他并没有那么做，而是粗鲁地强暴了她。”

吕西安以手扶额，陷入回忆之中。

“可那是她的丈夫呀。”玛莉尽量让自己的语气显得很温和，“他不会强暴……”

“不要把你的无知灌输给我。”

“对不起。”

“按照他们的法律——还有你的法律——来说，这不能算是强奸。可是她所遭遇的比强奸还要可怕，她甚至都不能反抗。难道我们还能安慰她说，你丈夫的行为合情合理？”

“女性之所以遭受苦难，全都是上帝的意旨。”玛莉希望能通过自己的解释唤起吕西安的信仰，“如果她是一个基督徒，她会理解的，也会自愿接受……”

“你怎么会相信这么愚蠢的言论！如果她信奉上帝，那你又该认为她会下地狱了，因为她自杀了！”

玛莉半晌都没说话。好一会儿，她才从悲伤中缓过神来，小声说道：“对不起，真的对不起，为了你的朋友受到的伤害，还有你的痛苦。我说的那些话真是不可饶恕。”玛莉握住吕西安的手，后者扭过头去不看她，不过却没有把手抽走。

轰的一声，一簇烟花升上了天空。

烟花散落开来，像一张大毯子将凡尔赛宫和周围的建筑物笼罩其中。天空中跳动着数百种颜色的烟花。巨大的爆炸声震动了屋顶的砖瓦，人群中则爆发出一片欢呼声。

金色和蓝色的烟花布满天空，随后又被覆盖上红色的条纹。低处的云层像一面哈哈镜一样反射出变了形的烟花。爆炸声再次响彻夜空。

空气中弥漫着刺鼻的火药味。吕西安躺在温暖的瓦片上，凝视着夜空。

“战场上也是这样吗？”玛莉问道。

“这和战场比可差远了。没有泥土，没有恐惧，没有垂死士兵和战马的惨叫，没有血肉横飞，也没有死亡，更没有战胜之后的喜悦和荣耀。”

烟花还在继续绽放，在空中形成一个金色的“L”，照亮了凡尔赛的花园。

玛莉·约瑟芬突然跳了起来，爬过屋顶，消失了。吕西安吓了一跳，也急忙跟上她。玛莉已经回到房中，费力地穿着自己的衣服。椅子上那只猫正站在阴影之中，眯缝着眼睛看着吕西安。吕西安问道："需要帮忙吗？"

"我听到了谢赫拉莎德的声音。"

吕西安给她扣好扣子，抚摸着她垂在肩膀上的秀发。玛莉一时有些失神。

"她一定很害怕。"说完，她就穿上鞋子，如同一阵风一样地冲了出去。吕西安从雕像头上拿回假发戴好。你真不该把假发摘下来的。他对自己说道。

谢赫拉莎德在喷泉的中间不安地游着，叫声中充满了戒备。烟花照亮了帐篷的顶部，巨大的轰鸣声让海女误以为自己遇到了战争（海人们世世代代都经历过战争）。她尖叫着，既愤怒又悲痛。

玛莉·约瑟芬跑进帐篷。

水池中泛着诡异的光芒。阿波罗战马马蹄下的荧光更盛。谢赫拉莎德扑腾着，掀起一阵荧光闪闪的水花。每当爆炸声响起，荧光也会随之加强。

玛莉很快就跑到了平台上。爆炸声和谢赫拉莎德的叫声混合在一起，震得她耳朵发麻。她赶紧捂起耳朵，轻轻地呼唤起海女的名字。

谢赫拉莎德呻吟着向她游来，在身后留下一道发光的水纹。玛莉·约瑟芬握着她的手，盯着她的眼睛。海女用歌声诉说着自己的恐惧和愤怒。

“亲爱的谢赫拉莎德，对不起。我也没见过烟花，尤其是这么盛大的烟花。别害怕，这不是枪炮声，也不是战争，你不用担心，这只是陆地人消遣的一种形式。”

谢赫拉莎德笨拙地爬到平台上，枕着玛莉的胳膊，这才安下心来。她通体发亮，就好像体内有光源一样。玛莉·约瑟芬梳理着她乱糟糟的头发，解开纠缠在一起的发丝，小心翼翼地避过了那团曾经系着她伙伴信物的头发。

玛莉戳了戳那团头发，陷入沉思。她的手上也沾上了荧光。

“谢赫拉莎德，你的朋友是从哪里得到这枚宝石戒指的？”

第23章

周日早上，路易十四照例带着家人前往小教堂参加弥撒。玛莉·约瑟芬挤在请愿的人群中，跪倒在国王的脚下。她什么都不说，只是拿出一封信举在头顶，心里很是忐忑，不知道国王会不会接。她鼓起勇气看着路易十四，后者迎着她的目光也向她看来。国王的脸上没有任何表情，既没有因为她的出现而恼怒，也没有因为她的臣服而高兴。

他拿走了信。

吕西安觉得很好笑。他站在大理石庭院中，衣服上缝着五颜六色的彩带，垂到了脚面。如果现在是春天，我都能去当五朔节花柱了。他自嘲地想到。

“再多点彩带，吕西安。”路易十四指挥道，“你的马也要习惯这项运动。”路易十四本人也是同样的打扮。

“我的马习惯了战场上的喧嚣，陛下。它不愿意去跳那些花哨的障碍物。”

泽里斯站在庭院的台阶上，身上拴着一条缰绳。马术队伍中的选手们策马从旁边经过，彩带从他们的肩膀、膝盖和手腕处飘了起来，在马的两侧飞舞着。那些长着斑纹的外国马受到了刺激，双眼泛白，发出或兴奋或恐惧的叫声。看到此景，国王的坐骑也跃跃欲试，想要加入到伙伴们的行列。驯马师赶紧安抚住焦躁不安的马。

“再加点彩带。”路易十四下令道。

御用裁缝走上前来，在吕西安天鹅绒的猎装上又别上几条彩带。

路易十四递给吕西安一沓信件。

吕西安打开了玛莉·约瑟芬的信。他已经知道了信中的内容，还是他建议玛莉要写得简短一些的。

陛下：

谢赫拉莎德希望献上她的赎金：一艘珍宝船。

“我没太听懂，能告诉我是怎么一回事吗？”路易十四说道。

“海人们经常在一艘沉船的残骸附近玩耍。”吕西安解释道，“他们用从沉船里捡到的金银珠宝作为饰品或者孩子的玩具，孩子们玩腻了就随手扔掉，他们也不可惜，因为船上有很多，随时都能再去拿。”

“克鲁瓦说这些就是为了救海妖一命。好了，够了，别再加了。”路易十四对裁缝们命令道。裁缝们鞠了一躬后，恭恭敬敬地退了出去。

“是的。但是我相信她没有撒谎。”

“那你也相信海妖说的那些故事？”

“我认为，克鲁瓦忠实地转达了海女唱给她听的那些内容。”

“并没有证据证明。”

吕西安从口袋里拿出海女的戒指，递给国王。海男的棺材已经被追了回来，他把戒指从棺材里拿了出来。

“谢赫拉莎德在被抓到的时候，身上就带着这枚戒指。”

“我怎么知道这就是真的呢？”

“因为我说它是真的。”吕西安从未用过这种语气和国王说话。他向国王鞠了一躬，动作生硬：“现在，我可以退下了吗，陛下？”

“当然不行。队伍里没有你就排不出阵型了。”

吕西安走出大理石庭院，对泽里斯说了一句，后者随即俯下身子，让主人爬了上去。泽里斯穿过大臣庭院，踩着广场的硬土，加入到了马术队伍中。

吕西安身上的丝带飘散开来，随风飞舞。路易十四也骑着马来到了队伍中，占据了中间的位置。他的丝带也飘了起来，时不时和他赤褐色的假发发卷碰到了一起。他的马儿不安地迈着小碎步。

马术队伍出发了，整个方阵动作整齐划一，步调一致。本来排成一列的队伍旋转着，分成了两列，十六匹马为一组。路易十四率领着第一队，勃艮第公爵领着第二队。接着两队又分裂成四队。新分出来的两队分别由安茹公爵和贝里公爵带领。两个孩子骑着花纹小马驹，打扮得一模一样。四个方阵的马匹慢跑着，排出一个十分复杂的队列。

四队分列广场的四角，两两相对，飞快地向对方冲去，在广场的中央擦肩而过。四列队伍又慢慢旋转起来，变成了两列。两列骑手面对面站着，互相鞠躬致意。勃艮第公爵面对着国王，贝里对安茹，而吕西安则对着贝里克公爵。两人鞠躬的动作都很僵硬。两列队伍继续旋转，最后停了下来，变成了一列，面对着国王。

“很好！”路易十四接受了队列的致意。

尽管吕西安还在为国王对自己的质疑愤愤不平，但还是被国王的风度所折服。

路易十四下了马，带着自己那一队向外走去。其他骑手则向马棚的方向移动。这时，路易十四却突然调转了方向，对吕西安说道：“跟我来，吕西安。”

吕西安跟着国王穿过花园，向阿波罗喷泉走去。路上，路易十四取下腰带上的匕首，把能够着的彩带全都割断了。

帐篷里闷热而又潮湿，海女唱起了忧伤的歌。克鲁瓦神父在实验台旁边等着，脸色苍白，面色愈发凝重。玛莉则小声地哼唱着，和海女交流。仆人们竖起一个木框，在里面放上一个着了色的地球仪。

“赶走无关人等。吕西安，把克鲁瓦带过来。”路易十四说道。

海女潜入水中，发出了含糊不清的低吼声。玛莉立刻就听出了吕西安的脚步声。她很想做出一副惊喜的样子，可是不行，只要吕西安向她靠近，她立刻就能辨认出他。

“陛下召见你。”吕西安带来了国王的口讯。

“好的，谢谢你！我真的特别感激……”

“别再谢我了。毕竟，这是我们两人的事。”

玛莉·约瑟芬最后再拥抱了下海女以示鼓励，然后就走出笼门，拿起海图，跟着吕西安一同向实验台走去。她的裙角已然湿透，走起路来时不时拍打着她的脚踝。她今天盛装打扮，穿了一件在她自己看来有些暴露的礼服，不过和那些贵妇小姐们穿的比起来还是要好很多。

玛莉向国王行礼，后者亲手把她扶了起来。现在，实验台旁就只有国王、吕西安、伊夫斯和她自己。玛莉从未这么近距离地观察过国王，她惊讶地发现，国王其实并不比自己高很多。之前她还以为国王至少和洛林差不多高，现在看来，那些都是高跟鞋和假发，再加上国王的威望，制造出来的假象。

“有毅力的克鲁瓦，解释一下你那封信吧。”路易十四开口了。他的外套和裤子上还残留着红白色的彩带，和吕西安背上的那些一模一样。

玛莉·约瑟芬把海图展开。谢赫拉莎德一开始很不理解，这幅地图在她看来实在是大错特错，比如说只把海的边缘画出来了，这有什么意义吗？玛莉给她解释了半天，才解除了她的疑惑。

海女开始歌唱。玛莉的眼前浮现出海底的画面，长长的斜坡和海崖以及危险的礁石如同幽灵一般围绕在伊夫斯、国王和吕西安的身边。

“这里。”玛莉辨认出了这个地方，指着海图上勒阿弗尔海港附近的一处礁石区说道，“一艘帆船在这里沉没了。礁石困住了它，里面的财宝也散落到海底。”

“陛下的旗舰几小时之内就能到达这里。”吕西安插话道。

“吕西安。”路易十四的话语中带上了些许调侃的意味。“你连大运河上的船都不愿意坐，还有资格在航海方面提建议？”

“恕我唐突，陛下。”

“不过，你说得对，如果真有财宝的话。他们活动的范围这么靠近岸边？”

“她是从祖辈流传下来的故事中得知的。”玛莉犹豫了一下，继续说道：“海人中流传着那些快到岸的船的故事。”

“这是多久之前的事了？”

“我不知道。陛下，谢赫拉莎德的奶奶曾经去过那里。”

“两百年前的事了！沉船很有可能早都不在那了。”

“确实有这种可能，得去看看才知道。”吕西安分析道，“海女活着会给您带来财富，死了不过就是桌子上的一盘肉。”

“有了她的肉，这场宴席就可以和查理曼大帝的相媲美。对了，还有永生。”

“陛下，请您一定要相信我，永生只是人们的谣传。吃了谢赫拉莎德，您也不会永生。”

路易十四转向伊夫斯：“你今天倒是很安静，克鲁瓦神父。”

“是的，陛下。”

玛莉希望哥哥能说出事实，向陛下讲清谢赫拉莎德不会赋予任何人永生，不论是教皇还是国王。

“我想听听你的建议，克鲁瓦神父。”

伊夫斯还在沉默，不去看妹妹投过来的热切目光。他深深地吸了口气。

“陛下，我没办法给出确切的答案。只有杀了海妖或者抓到更多海妖，我才能收集更多证据，以此做出判断。”

“哥哥！”玛莉发出了绝望的叫声，“你总该知道谢赫拉莎德是人吧？”

“陛下，你随时都可以要了海女的命，又何必急在一时呢？”吕西安继续劝说。

“你是想让我放了她吗？”

“我只是提供建议，这是我的职责所在。”

“布尔森先生已经迫不及待地要把海妖做成一道菜了。那我就让他再等一天吧，我知道他又该抱怨了。你们只有一天的时间，明天午夜之前，找到宝藏。”

“这样您就会放了谢赫拉莎德吗？”

“我会考虑的。”路易十四不置可否地说道。

玛莉·约瑟芬急匆匆地走回到水池边。谢赫拉莎德浮在水面上，有气无力地向她漂了过来，看上去没有一点活力。我得安慰她，玛莉心想。

“吕西安已经派出了最快的马，去传达陛下的旨意。船很快就会启航，找到宝藏后，你就自由了。”

谢赫拉莎德靠着玛莉的膝盖。

她轻声地哼唱起来，在海里，我们会大声叫出自己的愿望，所有人都能听得到。而在这里，你在空中大叫的话，声音只会随风而逝。

玛莉苦笑了起来：“是啊，你说得没错。”

和我一起游泳吧。谢赫拉莎德请求道，我快死了，只有朋友的触摸才能让我活下去。

“不行啊。亲爱的谢赫拉莎德，我做不到。”玛莉小声说道。

卫兵打开门帘，把游客们放了进来。他们围拢在笼子旁边，吹着口哨，呼唤着谢赫拉莎德的名字。有人还把手从笼缝间伸了进来，想引起海女的注意。

仆人拿来了路易十四的肖像，放到了一把扶手椅上。

“我们得再说一个故事。一个快乐的故事。拜托你了，谢赫拉莎德。”

洛林、沙特尔公爵和贝里克公爵也走了进来。他们对着路易十四的肖像夸张地鞠了一躬，然后坐到了最前排。玛莉假装没看到他们，尽管这三人一直在窃窃私语，时不时还发出阵阵笑声，不断地向玛莉投来挑逗的眼神。

如果他们再敢靠前，我一定当着他们的面把门摔上！

“给我们讲个故事吧，克鲁瓦小姐！”沙特尔公爵大叫道。

虽然知道这不合礼仪，但是玛莉还是没理睬他。玛莉向谢赫拉莎德伸出手去，后者紧握双手，并没有回应。突然，海女像离弦的箭一样窜了出去，在水池里疯狂地游来游去。她游到阿波罗雕像那里，一下跳出水面，从海神的头上跃了过去。

“小心！谢赫拉莎德！停下。”玛莉惊叫起来。

“让它再来一个！”洛林大笑着说道。

“不！”玛莉再也无法保持对洛林的视而不见，愤怒和痛苦啃噬着她的内心，她冲着洛林大叫道：“笼子里的空间根本都不够她活动。”

“国王给海妖的待遇比很多大臣还要好呢，知足吧！”洛林嗤笑着说道。

海女向玛莉游了过来，再次跳出水面，这次她差点就摔到了平台上。她金色的眼睛中充满了绝望和疯狂。

“真棒！”洛林继续煽风点火。

“克鲁瓦小姐，请给我们讲故事吧。”沙特尔公爵说道。

谢赫拉莎德在水池里游来游去，每次都在快要撞到笼门时来个急刹车。这个监狱已经折磨了她太久。她潜到笼门附近，摇晃着那里的铁栏。笼门纹丝不动。喷泉中也没有任何可用的工具，那些散落在水底的金属片要么太软要么太小，一掰就弯，根本没用。

玛莉·约瑟芬在叫她的名字，谢赫拉莎德没有理睬。她用最快的速度游了起来，可是还是比不上在海里的速度。在浑浊的水中，她痛哭起来。一条小鱼正好从她面前经过，被她一把抓住撕成了碎片，只剩下鱼鳞随着水流漂了出去。

她跳了起来，双腿猛然发力，整个身体都离开了水面，然后重重砸了下来，溅起大团水花。水涌上了台阶，弄湿了玛莉的脚。玛莉惊叫一声，向后退去。为什么玛莉不想让自己的脚被弄湿呢？谢赫拉莎德很不能理解。

笼子之外，那些陆地人身上裹着各种各样奇怪的东西，闹哄哄地聚在一起。大多数人都站在那里，只有一些人是坐着的。谢赫拉莎德不明白这些人为什么能忍受站立所引起的疼痛，虽然玛莉也尝试和她解释过。之前，玛莉还让她不要直视那个连牙齿都没了的人，她也很不能理解。

今天，没牙人的画像又被放到了他的位置上。陆地人用颜色在平面上作画，根本无法真实地展现出那个物体。他们应该让某个人唱出那个没牙人的形象。

谢赫拉莎德又跳了起来。陆地人大叫起来，还不断地拍着他们的手。她又跳了几次，发现自己被陆地人的噪声包围了。这种声音虽然对她来说没有任何意义，但是却是他们表达赞赏或者感兴趣的一种方式。

那个小人也进到了帐篷里。谢赫拉莎德低吼了一声，潜入水底。她不想再信任这个小人了。他把一团黑乎乎的东西抹到了玛莉的胳膊上，他是想要害死玛莉吗？如果小人胆敢伤害玛莉，有机会她一定会狠狠地挠他几爪子。谢赫拉莎德很想警告玛莉，但是这样一来她又不得不解释玛莉的伤口是怎么愈合的，她不敢。

突然，陆地人都站了起来。一个身着白色衣服的人走进了帐篷。那人白色的衣服上还画着一个金色的十字。他坐到了没牙人的图片旁，所有人都向他鞠躬致意。玛莉也跑了出去，跪在那人脚下，亲吻了他的手。这个举动尤其让谢赫拉莎德困惑，很显然，亲吻和被亲吻的两人都没有任何愉悦的表现，那为什么还要亲吻呢?

玛莉·约瑟芬回到喷泉边，继续恳求着谢赫拉莎德给大家讲一个故事。谢赫拉莎德又跳了起来，想看看陆地人的反应。她落到了喷泉的边缘，掀起人团水花。陆地人又发出了大量的噪声。

谢赫拉莎德游向台阶，爬上平台，躺在了玛莉的旁边。

“亲爱的谢赫拉莎德，你这样跳真是吓到我了……”她听到玛莉在说话。

谢赫拉莎德看向白衣人。他的表情有时会很和蔼，不过那个金十字还是令她感到恐惧。

他会帮我吗？还是说他更愿意杀了我？谢赫拉莎德琢磨着。

玛莉又说话了。在谢赫拉莎德看来，她说的话就像是三岁小孩的牙牙学语，因为她只能发出单个的音节。谢赫拉莎德发出了一连串流畅的声音回应玛莉。她盯着教皇，开始了自己的讲述。

她讲述了自己和金十字的第一次相遇。

海人也会得到暂时的休息。有时他们会游回自己的出生地——一个位于大海中央的小岛，有时他们会躲进茂盛的海草丛中。小岛遥远，海草茂盛，人类的船只基本无法到达。

他们交配的场所一直都未改变，就在一片浅水区内。到了交配的季节，所有人都会在那一天赶到那里，交配完成后就散去。陆地人根本找不到他们的踪迹。

有一年，仲夏日那天前，一场可怕的暴风雨来临了。海面上风起云涌，海人们连觉都睡不好，可是他们却很享受这乘风破浪的感觉。当风暴实在过于强劲时，他们沉入海底，静静地等待着。风暴停息后，海人们浮上海面，沐浴在阳光之下。青少年看管着孩子，成年人在水面上准备交配。

玛莉·约瑟芬突然停了下来。谢赫拉莎德紧紧地抓住她的手腕，用尖尖的爪子挠她，对她的怯懦表示不满。“继续说下去，”谢赫拉莎德命令道，“我们也会享受欢愉，他们如果不知道这点，怎么会相信我们也是人呢？”

海人陷入了欢乐之中。他们挤在一起，形成了一个圆圈。圈子越缩越小，形成了一个巨大的漩涡。漩涡之中，他们互相亲吻抚摸，所有人都沉醉在交配的欢愉之中。

玛莉·约瑟芬看着教皇，继续谢赫拉莎德的讲述。

海人们的欢愉还在持续，突然一艘船摇摇晃晃地驶了过来。这艘船经历了风暴的摧残，风帆都已经破烂不堪。即使这样，海人们仍然能看到主帆上有一个明晃晃的金十字。

陆地人看到了海人们的狂欢，内心充满了嫉妒和恐惧。他们以为自己见到了一大群魔鬼，于是向漩涡驶来，直接冲进了还在做爱的海人当中。

海人们甚至没有意识到危险的来临，被撞得人仰马翻。水手们还向海中投下木桶，一边扔一边大叫着：“魔鬼！魔鬼！”

木桶落入海中炸裂开来，钉子、链条和木屑散落出去。海人这才回过神来，他们的欢愉变成了痛苦，鲜血染红了海水。他们交配时形成的漩涡被船只冲散，慢慢沉入了海底。海底，年轻的海人们也受到了惊吓，他们抱紧吓得哇哇大哭的孩子，眼睁睁地看着亲人死在自己的面前。

教皇冷冷地看着谢赫拉莎德，脸上没有任何怜悯的表情。他看上去就像是当时船上的那个牧师。那个牧师手持十字，站在船尾，面对着死伤一片的海人，大声宣布道：

“以上帝之名，驱逐魔鬼！”玛莉说道。

教皇站了起来。谢赫拉莎德突然放开了玛莉，玛莉失去了重心，连忙抓住栏杆，这才稳住自己。观众们爆发出热烈的掌声。

“我没有说谎。”玛莉轻声说道，“我怎么可能编造出这样的故事呢？”

“我一定要得到它！”教皇说道。

第24章

屋子里随处可见金太阳图案和摆满了鲜花的烛台。橘花的味道和浓重的香水味，以及精致的门帘和壁画，都让玛莉喘不过气来。她跟在公爵夫人和夏洛特小姐的后面，一起向阿波罗厅走去。在门口的时候，她踌躇了一下，可立刻就被后面的人推着进了门。她在人群中被挤得几乎动弹不得。

卫兵敲了敲地板。

“国王驾到！”

众人摘下帽子，退到两边为国王让道。玛莉站在公爵夫人和夏洛特的旁边，位置很是靠前，想要偷跑都很难。玛莉很想跑去找谢赫拉莎德，因为她似乎听到了谢赫拉莎德的歌声，不过她不能确定这是否只是自己的臆想。毕竟人群的喧闹声和浓重的香水味让她浑身发热头脑发昏。

来凡尔赛宫这么长时间了，我第一次没觉得冷，反而热得慌。

玛莉心想。

她从洛林肩膀上方的空隙看过去，除了女士高高的发饰和男士蓬松的假发，她什么都看不见。

众人鞠躬行礼。玛莉在弯下腰之前，偷看了一眼国王。她发现国王今天没戴那个古铜色的假发，而是换了一顶耀眼的金色假发。金色的发卷衬托出他深蓝色的眼睛。洁白的羽毛从他的帽子上垂了下来。他上身穿着一件火红色的外套，上面装饰有金色的刺绣和红宝石，下身则穿上了一件老式红色裙裤，脚蹬饰有钻石鞋扣的红色高跟鞋。

“他又变成了个年轻人。”公爵夫人在夏洛特耳边轻声说道，“简直和他年轻时一模一样，还是那样地风度翩翩……”公爵夫人眼中涌出了泪水。

公爵夫人正极力压抑内心的情感。她从不在意自己的打扮，对于那些费尽心思打扮自己，想让自己看起来年轻的人，她一向给予毫不留情的嘲笑，但今天却冒出这样一番言论。公爵夫人紧紧抓着夏洛特的手臂，看上去似乎随时都可能会晕倒。夏洛特赶紧向玛莉使了个眼色，后者上前托住了公爵夫人的手肘。

“我们送你回房间吧，妈妈。”夏洛特提议道。

“不行。”公爵夫人有气无力地说道，“我们提前离开，陛下会不高兴的。”她强撑着站直了身子，看上去还是平时那副刚硬的模样，可是玛莉看到，她的浑身都在颤抖。

路易十四走上王位。他的儿子们和孙子们也坐到了各自的位置上。

≈第24章≈

"教皇大人驾到！"

教皇身着白衣，在一群红衣主教的簇拥下走了进来。伊夫斯跟在后面，手里拿着一个精心雕刻的匣子。这个匣子叫作圣体匣，由水晶和白银打造而成，看上去像是一个放射着光芒的太阳，里面装着圣人遗体。伊夫斯把圣体匣放在了路易十四面前。透过水晶窗，圣体显得愈发神圣。

"能够成功建立起同盟，我十分高兴。"教皇说道。

"我也是。"

门卫又戳了下地板："英格兰的詹姆斯国王和玛丽王后驾到！"

詹姆斯挽着玛丽王后的手走了进来。他们穿着镶满了珍珠的白色外套：这些珍珠是之前路易十四送给他们的礼物。玛莉鼓掌时不得不把手捂在嘴上，以防自己不小心笑出了声。玛丽王后的发饰实在是太夸张了。一定是哈丽达的杰作，玛莉心想，我得抓紧时间把哈丽达送回家乡，否则玛丽王后一定会把她给带到寒冷的英格兰去。

"表兄，"詹姆斯开口了，"我给你准备了一份礼物。"这次他的发音居然很清晰。

王后身边的爱尔兰奴隶快步上前，推着一幅巨大的镀金木框画走上前来。奴隶身材矮小，看上去已经饿了好几天，在画框的重压下瑟瑟发抖。画作上还盖着一块白布，路易十四情不自禁地向前探了探身子，想看得更清楚些，可是他很快就回过神来，又坐了回去，舒舒服服地靠着椅背，做出一副只是想在座位上换个姿势的样子。路易十四热衷收藏大师杰作，他最珍视的一幅画是大师提香的作品，是意大利人送来的礼物。如果詹姆斯又送他一幅，其实也就相当于是他自己花的钱，不过也没关系。

詹姆斯揭开白布，露出一幅比真人还要大的画像——詹姆斯自己的画像。画中，他身着白袍，戴着王冠。

“这样我们会靠得更近。”詹姆斯说道。

“结成联盟，共同对抗异教徒。”玛丽王后补充道。

路易十四冲詹姆斯和玛丽点点头以示谢意。小奴隶把画像拖到一边立起来，让画中的詹姆斯也能注视全场。詹姆斯找了一个能看到画像的地方，坐了下来。

“波斯国王驾到！”

典礼官可真不容易，能把这些繁文缛节都弄得这么清楚，尤其是在还有外国君主在场的情况下。也许国王在这时也会有一些新规定吧。玛莉默默地想着。

波斯国王穿着极具东方特色的金色长袍，头戴分层金冠，出现在门口。维齐尔和其他侍从跟随其后，他们身着丝绸长袍，头上裹着白色的头巾。仆人们抬着卷成一团的毯子走了进来。他们把上好的波斯毛毯一层一层地堆在路易十四的宝座前，一层比一层大，一层比一层精美，总共五十层，堆到了半人高才停了下来。最上层的毛毯垂到地面，把下面的全都盖了起来，看上去就好像飘在了空中。这完全就是《一千零一夜》中魔毯的翻版。

波斯国王说话了，他的维齐尔在旁边为他翻译。

“伟大的路易王，基督教的国王，愿我们的同盟长盛不衰。小小礼物，以表敬意。”

卫兵继续敲击地面："日本王子驾到！"

日本王子个头不高，风度翩翩，顺滑的黑发显然经过了精心打理，看上去乌黑发亮。他身穿黄色和服、白色裤子，还佩着一对宝剑。十二个穿着红漆铠甲的武士陪在他的身边。从穿着打扮上看，法国人和日本人有着明显的不同。法国贵族们的假发和高跟鞋增加了视觉上的高度，让他们看上去高大挺拔，而日本王子的长袍则突显了他的肩膀，让他看上去更加雄伟结实。

"奉东山天皇之命，我带来了幕府纲吉将军的问候。东山天皇是东方最伟大的君主，而您是西方最伟大的君主。"

他的侍从抬上了绘有金龙图样的黑红色漆箱。箱子里装着五十匹印花丝绸、五十件精美的和服和五十件玉雕：那只小狗似乎马上就要从王子的手中跳下来，在地上奔跑玩耍；青蛙正咕咕叫着向池塘里跳。每件玉雕都栩栩如生，上面的刻纹纵横交错，不知道耗费了多少匠人的心血。

最后，日本王子从袍子里拿出一个狭长的红色漆盒。漆盒看上去并无任何特别之处。

"最珍贵的礼物，出自日本最优秀的大师之手。"两个侍从拿来一个小桌子，王子跪下来，把漆盒放在了桌面上。他小心翼翼地打开盒子，取出一个卷轴，慢慢地展开来。卷轴的背面和四周都装饰着上好的丝绸，可中间的空白处有三块潦草的墨迹，看不懂写的是什么。日本王子把卷轴捧在手里，就好像是拿着绝版的《圣经》抄本一样。周围的大臣们开始窃窃私语。公爵夫人小声对夏洛特说道："待会暹罗人来的时候，你会发现他们的礼物都比这个要好得多。”

路易十四仍然有礼貌地对着日本王子点点头，脸上没有任何不悦的表情。

“休伦人酋长驾到！”卫兵再次通报。

两个印第安人，一老一小，肩并肩走了进来。他们穿着鹿皮做的衣服，上面装饰有珠子，身上带着锋利的砍刀，头上却戴着法国的羽毛帽。他们进来后没有脱帽，也没有人告诉他们应该脱帽。他们就往那一站，也不鞠躬，也不微笑（玛莉觉得自己好像看到年轻人的嘴角上扬了一下，就权当那是微笑吧）。老人那饱经风霜的脸上布满了深深的皱纹，那是年龄和伤痛留下的痕迹。敌人摧毁了他的家园，杀害了他的家人和子民，只有少数人逃了出来。现在他们流亡在外，成为了法国的盟友。他们的境遇其实和詹姆斯国王很是相像。

两个仆人抬上来一艘桦木做成的独木舟，放在国王的脚下。年轻的那个休伦人展开一团东西：一件带流苏的白色鹿皮外套。外套由豪猪刺缝制而成，线脚十分工整。

路易十四笑了：“我小的时候，你们就给我送来鹿皮的襁褓，现在我也老了，一件鹿皮衬衫？很好，很好。”

年长的酋长打开一个较小的包裹，取出一个烟斗。烟斗上装饰着白尖黄底的羽毛。

“我们献上和平烟斗。”年轻的休伦人法语说得十分流利，“庆祝我们的结盟。”

他们把礼物放到路易十四的脚下。

≈第24章≈

“努比亚王后驾到！”

努比亚王后有着乌檀木一样的肤色，她的头发像黑色的绸缎，漆黑的眼眸中蕴藏着动人心魄的魔力。玛莉从来没见过如此美貌的女人。她的发饰由几百万个金珠和玉石组成，走动时，金石碰撞，发出悦耳的响声。她身上带着些褶皱的亚麻袍子就像丝绸一样轻便剔透，很好地衬托出了她的身段。八个人高马大的黑人抬着一顶轿子走在她身边，努比亚王后就倚靠着轿子走进屋来，后面有四个年轻貌美的女性在为她打着扇子。四五个随从牵着她的礼物走向国王。周围响起一片惊叹声，法国的贵族们从未见过这幅场景：马居然能堂而皇之地进到屋里。这些马也不同于一般的马，身上长着奇怪的黑白条纹。它们四驾并驱，拉着一辆金光闪闪的猎车。猎车的侧面画着羚羊和猎豹的图案，在阳光下闪烁着奇异的光彩。为了能让图案上的颜色保持鲜艳，努比亚人将少量的玛瑙和松石碾碎，加入到了颜料中。

突然，屋子里响起了野兽的咆哮声。玛莉心里一紧。一定是谢赫拉莎德，她怎么又叫了起来？她正心下疑虑，却见门口起了骚动，有人尖叫着向后退去。

六只猎豹走进了大厅，它们的爪子踩在木地板上，发出沙沙的声音。它们金色的皮毛比任何的金属还要闪亮。每只豹子都戴着一个项圈，每个项圈上镶满了不同的宝石。两个猎人手里各拿一条绳索，牵着这些豹子。

所有人都悄悄地向后挪去，想和豹子离得更远一些，夏洛特和玛莉也不例外。只有公爵夫人不仅不害怕，反而痴迷地看着这几头野兽。

“您擅长打猎，我早有耳闻。”努比亚王后开口了，“我从家乡给您带来了一架猎车和世界上最迅猛的猎手：平原上的猎豹！”

“伟大的王后，您的礼物就如同您的美貌一样让人惊叹。”路易十四由衷地赞叹道。

教皇和路易十四的结盟仪式开始了。

玛莉·约瑟芬低下头，这时，吕西安悄悄地来到了她身边。

“船已经出发了。”他轻声说道，“不过，也别抱太大希望。”

“我已经别无选择了，只能寄希望于此。”上面，典礼官开始用意大利语宣读起冗长的和约。在宣读声的掩盖下，玛莉小声说道：“吕西安，你为什么要替我和谢赫拉莎德说话呢？”

“因为你说得对。海女的肉并不能让国王受益，但是她的赎金却可以。”

“就这些？”

吕西安没有回答，而是转过头去，看着自己的君主向罗马教皇做出部分妥协。

玛莉·约瑟芬骑着扎基走在花园的小道上，一路上不断能看到正在野餐的游客。凡尔赛宫的贵族们已经离开了花园，去为骑术大会做准备。不知道在什么地方，乐师弹奏起欢快的音乐，喷泉的水龙头也开始嘎吱作响，随后喷出了美丽的水花。

突然，一辆马车急驶而来，打破了这一片和谐的景象。马车最终停在了阿波罗喷泉的旁边，车上跳下来六个人，每个人手里都拿着棍子。洛林骑士翻身下马，带着这些人走进了帐篷。

玛莉·约瑟芬立马策动扎基，飞快地跑到了帐篷边。她扔下手中的画箱，爬下马就向帐篷冲去。

“殿下，停下！”

洛林从实验台前转过身来：“克鲁瓦小姐，能告诉我钥匙在哪里吗？”

“现在才中午，还没到时间！陛下答应过……”玛莉不顾一切地叫了起来。

“冷静！陛下只是让它去给客人们表演。”他走过去，猛烈摇动着笼门。

“跳起来！海妖！”洛林命令道。

“不要！”

谢赫拉莎德高高地跃出水面，差点就摔到了平台上。

“你也看到了，里面根本没有多大空间。不要刺激她！”玛莉挡在笼门前，紧张地思考着对策。

“陛下有令，让海妖前去大运河里表演。”洛林宣布道。

尽管换个环境对谢赫拉莎德来说是件好事，但是玛莉却起了疑心。

“为什么是你来？吕西安呢？”

“也许他有更重要的事要做？也许国王已经不再信任他了？谁知道呢？”洛林的语气中充满了揶揄。

“为什么陛下会……为什么你不让我来和谢赫拉莎德说？还有

他们……”她指了指那些拿着棍子的人，“你没必要……”

“当然是我建议的！我知道你肯定会喜欢。至于为什么不找你？你对我避而远之，我能怎么办呢？”洛林做出一副委屈的样子。

“我有自己的理由！”玛莉涨红了脸。

“我现在是不是要回去禀告陛下，说海妖不愿意表演？”

“不要！把棍子收起来，别吓唬她。我试试看能否让她安静地跟着你们走。”

玛莉打开笼门，飞奔到谢赫拉莎德身边。后者正不安地游来游去，哼唱出一连串的问题。玛莉向她解释了目前的状况。

网兜被放进了水中。谢赫拉莎德在网兜旁绕着圈子，既紧张又害怕。她的身上还留着些被捕时弄出的伤疤，那噩梦般的经历仍令她心有余悸。

“相信我，谢赫拉莎德！”玛莉恳求道，“大运河比这里要大多了，水也更干净。”

谢赫拉莎德碰了碰网兜，不情愿地向里游去。看来她还是信任我的，玛莉看着谢赫拉莎德，心中浮出一些不好的想法，但是我能信任洛林吗？这会不会是个骗局，只是为了把谢赫拉莎德抬到布尔森先生那里？

不过，玛莉转念一想，如果他们真想杀她的话，完全可以给她一枪，根本不用这样大费周章。

她别无选择，只能催促谢赫拉莎德再游快点。那些人等急了不知道会做出什么样的事。

谢赫拉莎德上岸后，玛莉握着她的手，走在她身边。玛莉的心跳得很快，和海女一样，她的内心也充满着不安。谢赫拉莎德告诉玛莉，如果洛林胆敢欺骗她，她一定会奋力反击。

这时，布尔森从草坪那头笨拙地跑了过来。

“太棒了！终于可以动手了！跟我来，快……”布尔森的兴奋之情溢于言表。

“不！”玛莉大叫道，“还有时间！”与此同时，谢赫拉莎德也号叫了起来，用她锋利的爪子撕扯着网兜。玛莉转向洛林，怒火中烧：“你欺骗了我！”

“我没有！冷静！冷静！”洛林对着布尔森做了个手势，不让他再向前，“退后！”

“没事了，谢赫拉莎德。没事的。”玛莉握紧了海女的手安慰道。谢赫拉莎德不再吵闹，但是浑身还在颤抖个不停。看到谢赫拉莎德吓成这样，玛莉很愧疚，后悔自己实在是太过多疑。

布尔森像疯了一样地跟在她身后。“你疯了吗，居然要把它放走？”

“这是国王的旨意。他答应了要放谢赫拉莎德一条生路。去别的地方找食材吧。”

“陛下已经答应我，如果我准备的这场晚宴能超过查理曼大帝的盛宴，他就会赏给我一千块金路易！”

“谢赫拉莎德能给陛下更多的东西，来换取自己的自由。”

“也许陛下想要一箭双雕，既吃肉又得宝！”布尔森自以为是地说道。

工人们被谢赫拉莎德的愤怒吓到了。好在大运河和帐篷之间的距离并不遥远，他们一路小跑，很快就来到了大运河的岸边。网兜已经被谢赫拉莎德抓烂，工人们向河里一倒，谢赫拉莎德一边叫着一边挣扎，摔进了水里。

“小心，别弄伤了它，否则肉就不好吃了。如果为此耽误了宴会，我发誓，我一定会杀了自己！”布尔森很焦虑。

“跳起来！海妖！”洛林命令道。

海女拍了下水面，溅起的浪花弄湿了洛林锃亮的鞋子。她潜入水中，不见了踪影。

“千万别弄出伤疤！”布尔森还在喋喋不休。

“走开！”被弄湿了鞋子的洛林看上去很不高兴，“它伤成什么样，不用你管。只要别跑了就好。”

“她不可能跑的。她只会游泳。”玛莉说道。

玛莉俯下身子，在运河里寻找着谢赫拉莎德的身影。布尔森也凑在她身边，看来看去。洛林给了他一个严厉的眼神，他这才讪讪地退了下去。

“午夜。午夜时，我一定要得到它！”布尔森还不死心。

“行了行了，午夜之后。”

“多一分钟我也等不了。”布尔森丢下这句话后，就笨拙地爬上马车，和其他人一起走掉了。现在只剩下洛林和玛莉两人。

“现在满意了吧？”洛林对着玛莉露出一个迷人的微笑，“看看你的宠物，这是它最后的自由时光，你是不是要好好感谢下我呢？”他抓起玛莉的手。

玛莉奋力甩开洛林的手。“卑鄙无耻！我的朋友正处在巨大的危险之中，你还，你还……”

洛林大笑起来，对玛莉的愤怒视而不见。

“别惹我，克鲁瓦。终有一天，你会发现，我才是你唯一的盟友。”

他跳上马背离开了。大运河的水面一片平静，似乎什么事情都没有发生过一样。

谢赫拉莎德在冰冷的河水中畅游着，尽管这不是她所喜欢的海水，但是这清澈的河水仍然让她满心欢喜，尤其是在那个肮脏的水池里待了那么长时间之后。她哼着歌，用声音探测着周围的环境，四周全是光滑的墙壁，除了一些零星的水藻之外几乎没有植物生长的痕迹。河面上，游船的阴影投射在她身上。

她游进了暗流之中，去寻找地下水道。

扎基发出了轻轻的嘶鸣声。

泽里斯向玛莉奔来，马蹄声敲打着地面发出清脆的响声。泽里斯在她的面前停了下来，吕西安翻身下马，一瘸一拐地向玛莉走来。吕西安只要一着急，就走不好路，现在也是。怪不得他喜欢骑马，玛莉心想，也难怪他从来都不跳舞。在太阳王的宫廷中，动作优雅是一件十分重要的事情。

“克鲁瓦小姐。”他拿出一个银质小信囊，递给玛莉，“信鸽传来的讯息。”

“他们已经找到了宝船？”

“已经到了地方，不过，还没有找到船。”

“别告诉谢赫拉莎德。”

“好的。”

“她怎么从笼子里出来了？”吕西安又问道。

“陛下……洛林说陛下想让她在运河里给客人表演。”

吕西安听完后一句话也没说，玛莉也沉默了，两人相对无言。然后吕西安就走开了，这次他走得很慢，但是玛莉却觉得他的步伐更沉重了，比平常还要依靠他的手杖。玛莉很想把他叫回来，安慰他说，国王只是一时兴起，而当时他又正好不在，这才让洛林来办的。

尽管她很想安慰吕西安，但是她心里清楚这样做是不合适的。她已经拒绝了吕西安的提议，就不能做出这么亲密的举动。

算了，还是先管好谢赫拉莎德吧。玛莉跪在岸边，装出一副高兴的样子。谢赫拉莎德浮出水面，玛莉亲吻了她的额头。

谢赫拉莎德的皮肤摸上去怪怪的，和平常比起来更冷，也更粗糙。她的一只爪子也断了，肩膀上出现了一条恐怖的伤疤。她的头发又脏又乱，可是眼中却闪烁着狂热的光芒。

“亲爱的，你怎么了？”

谢赫拉莎德唱着告诉她自己刚才的摸索。她想穿过这些铁栅栏，沿着地下河道游出运河，回到大海中去，重新拥抱自由。

“唉，亲爱的谢赫拉莎德，你不会真以为这是一条河吧？这其实只是人工挖出的一条水渠。不过，别担心，我们马上就能找到那条船，陛下会履行承诺释放你的。”玛莉·约瑟芬碰了碰她那已经溃烂的伤口，问道：“这又是怎么来的？”

谢赫拉莎德开始抱怨起水池里肮脏的环境。

“吕西安！”玛莉急忙呼唤起吕西安，希望能在他骑马离开之前叫住他。结果她一扭头，却发现泽里斯和扎基正在王后大道的草坪边漫步。吕西安从马旁边走出来，手里拿着一个腰包和一个卷起来的毯子。

“可以给谢赫拉莎德用一下你的药膏吗？”玛莉请求道，“她受伤了。”

谢赫拉莎德在旁边叫了一声，以示抗议。她不想用吕西安的药膏。

“那药膏救了我的命！别舔伤口，不然情况会更糟糕。”

“药膏已经没了。不过我已经派人去我父亲那里拿了。”吕西安把毯子铺到草坪上，“海女，我能看一下你的伤口吗？”

谢赫拉莎德挣脱了玛莉的手，在岸边徘徊着，让他们都够不到。

“看来我的魅力对她没用。”吕西安自嘲道。

“她很害怕，也很绝望。她策划了这一切，引诱这些人把她带到这里。她以为从这里就能逃出去，可惜……唉，我真希望她的计划能成功！”

“如果她跑了，那陛下的怒火可是你承受不起的。”

“我不怕。”

“你应该怕。”

吕西安坐在毯子上，双腿伸直。他摘下手套，手上青筋暴露，指甲显然经过了精心的修理。他从腰包中掏出一瓶酒和两个银质高脚杯。

“玛莉·约瑟芬。”他的语气很严肃，“陛下掌管着所有人的生杀大权，违背他的意志是不会有好下场的。”

“他又能把我怎样呢？”

吕西安把一个拔塞器插入瓶盖中拧紧。

“收拾你的方法实在是太多了。他可以让人再来给你放血。他也可以判定你在使用巫术。他一声令下，邦唐先生就会把你送进巴士底狱。”吕西安拽出瓶盖，把酒倒了出来，“他还可以把你送进审判所……”

“他不会的……”

“或者把你放逐到修道院去。”

“不要。”玛莉一想起修道院的生活就浑身发抖。

“就像他之前放逐他的情妇那样。”吕西安递给玛莉一杯酒。

“你是在吓唬我吗？”

“是的。”

“哥哥限制我的自由，法贡医生给我放血，洛林诬陷我，他们都是打着为我好的名义。难道你也和他们一样吗？”

“你说过，你喜欢真相。反对国王是一件很危险的事，事实就是如此。你难道希望我向你撒谎吗？”

玛莉把杯中的酒一饮而尽，她已经完全丧失了品酒的心思。每个她觉得可以信任的人到头来都欺骗了她，只有吕西安一直对她实话实说。

“如果连你也骗我，我真的受不了。”玛莉想了一下，认真地说道。

“我发誓，我永远不会伤害你。谎言都很危险。”吕西安从腰包中拿出面包、芝士、甜点和水果，“但是现实已经够残酷了，让我们暂时脱离原来的生活，就当自己是一个无忧无虑的农民，没有阴谋诡计，没有繁文缛节，也没有朝廷事务……”

“没钱，没吃的，也没住的地方。”玛莉补充道。

“又是一个残酷的事实。那我们就把自己当成出来野餐的贵族。”他一口喝光了杯中的酒，然后把两人的杯子都满上。他把手伸到口袋里，掏出一沓厚厚的文件，交给了玛莉。玛莉打开读完之后，向吕西安投去了感激的目光。

“殿下，我真的很感激……”

“不过是举手之劳罢了。不过，要想释放你妹妹，还需要你哥哥在上面签字。这份文件如果没有你哥哥的署名是不会生效的。”

“他会签字的。”

谢赫拉莎德暗中窥视了一会儿，发现自己没有被抹上药膏的风险，这才游了过来，好奇地问东问西。

“你想尝尝我们的食物吗？”玛莉递给谢赫拉莎德一片面包。后者咬了一口，随即又吐了出来。真难吃，只有鱼才愿意吃这个。她告诉玛莉。芝士更令她反感，她把芝士称为连鱼都不愿意吃的东西。最后，玛莉·约瑟芬把酒杯递给了她。

谢赫拉莎德先是闻了闻，然后把脸和下巴都伸进酒杯喝了起来。酒杯被她打翻了，里面的酒流到了她的胸脯和脖子上，弄得到处都是。

“教教她该如何饮酒，克鲁瓦小姐。这可是上好的葡萄酒，喝下去没关系，浪费了可就不好了。”

谢赫拉莎德第二次喝的时候动作就娴熟许多，她喝光了杯中的酒，还要再喝。

“不行。你第一次喝酒，不能贪杯。小心，喝多了可是会变傻的。好吧好吧，再喝一点，就一点。”玛莉把杯中的酒分了一半给她。谢赫拉莎德哼哼着，说喝酒的感觉就像是吃到了深海处那些发光的小鱼，味道好极了。

谢赫拉莎德满足地躺在了运河的岸边，轻声地哼唱着。她拉过玛莉的胳膊，撸起她的袖子，露出了被法贡放过血后的伤口。伤口基本上痊愈了，炎症也消失了。

“看，吕西安的药膏很有效吧！”

谢赫拉莎德哼了一声，滑入水中游走了。阳光照在她身上，好像给她镀上了一层金边。

我也有点喝多了啊。玛莉枕着胳膊，躺了下来。

关押海女的帐篷就在不远的地方，一阵微风吹过，掀起了帐篷的一角，玛莉清楚地看到了里面的阿波罗喷泉。喷泉中，阿波罗和他的战车还是向着反方向驶去。玛莉皱起了眉头。

“你怎么了？”看到她好像有点生气的样子，吕西安的语气带上了一点责备，“我只是想让你开心一下。”

“阿波罗把方向弄反了。”她在空中画出一条轨迹，代表从日升到日落太阳运动的方向，“他应该跟随太阳，而不是面向相反的方向。”

“他面对的是国王。”

“世间万物的法则和国王没有任何关系。”玛莉拿起一个苹果，让它直直地落到了毯子上，捡起，然后又落下。“运动的规律、行星运行的规律还有光线传播的规律，最后都可以归结到引力上。牛顿先生已经证明了这一点。陛下可以下令，让这个苹果不要落地，他还可以有其他各种各样的命令，但是他就是不能阻止这个苹果的落地。”

吕西安看着玛莉，显然他已经被这一大堆科学术语弄晕了。

“我正在研究引力的本质。”玛莉骄傲地宣布，“牛顿先生之前也在做这件事。”她咬了一口苹果，香甜的汁液蔓延在口中。

“如果他一直都在研究，那为何不把这些危险的问题都留给他呢？”

玛莉热切地向他靠去：“牛顿先生发现了引力的作用，但是他并不知道引力是什么。要是能发现引力的本质就好了，它是一种力吗？还是上帝之手？”玛莉尽全力展开双臂，“通过研究，我们已知最大的东西是行星，牛顿先生发现了引力。”然后她又把手握在一起，“那我们可不可以从最小的东西入手来研究这个问题呢？假设有东西带来了这种引力，距离越大引力越小，那么距离越小，是否这种引力就越大呢？如果我能用上列文虎克先生的显微镜，说不定就能发现……”

“既然用显微镜就能看到，那列文虎克为什么没有发现呢？”吕西安插话道。

“因为他的心思不在上面啊。”玛莉突然有些不好意思。她从没有在别人面前吐露过自己的抱负。既然说了，那就说到底吧，她把两手一摊，继续说道：“他也没在意……”

“你觉得我也有科学头脑吗？能听懂你的那些理论？”吕西安温和地提醒她。

“殿下，我自己也不明白呢。”玛莉·约瑟芬扭过头去，微微有些尴尬，“研究需要时间和精力。我总是有太多的活，时间总是不够用。”

玛莉不想就这个话题再说下去，毕竟这只是个不可能实现的梦想。她站了起来，走到帐篷附近，捡起了和洛林对峙时被她匆忙之中丢在地上的画箱。她把手伸进去，翻过她的乐谱，想找一张空白的纸出来。一不小心，那些被撕过的乐谱就掉了出来，落到了地毯上。玛莉把它们收拾到一起。

“那是什么？”吕西安问道。

“给国王写的歌曲。我糟糕的作品。”

“哪里让你不满意了？”

“我原本以为，在谢赫拉莎德的启发下，我超水平发挥，写出了一部杰作。可是现在，我也不知道了。”她递给吕西安一页乐谱，“你自己看。”

吕西安没要：“我不识谱。”

“库佩尔先生说我是外行，女人写不出东西。他还说我的乐谱太长了，这点他倒是没说错。”

“那也不能称之为糟糕吧？”

看着手中的乐谱，玛莉的脑海中响起了音乐的旋律。大运河的中间，海女也唱起了歌，海女的歌声和玛莉脑海中的旋律完美地融合到了一起。

“他根本都没仔细看！”玛莉愤怒地叫道，“只是一个劲地说我是女人，说他不会指挥这首乐曲……他还提出了苛刻的要求，被我拒绝了。”

“陛下欣赏你的……”

“陛下和其他人又有什么不同吗？他是欣赏我的才华，还是纯粹只是想让我特别感激他，然后……”

“你有很多需要感谢他的地方……”吕西安耐心地说道。

玛莉抑制住了自己的怒火，硬生生地把想要反驳的话压了下去。

“……但是他有要求你回报吗？”

“他确实给予过我很多帮助。”玛莉脸红了，“我收回刚才的话。”

“即使是那些诋毁陛下的人……”

“诋毁他？在法国还有这样的人？”玛莉万分惊讶。

吕西安自知失言，干脆就沉默了。过了一会儿，他轻笑了起来：“国王在音乐上的造诣有目共睹。如果你的乐曲太长，就改短一点吧。你可以去找那个音乐神童来帮你，他还小，不会要求女性

‘特别’的感谢。”

“那你还真是小看了他。我给他看过，他也很喜欢。他还弹过，效果简直非常之好……不过话又说回来，对多梅尼科来说，即使是练习曲都能被他弹成天籁之音。”玛莉飞快地写下一张便条，派人给多梅尼科送去。然后她整理好乐谱，放回到画箱中。

“谢谢你的好建议，吕西安，幸好你不是只给国王提建议。”

“你可以报答我的……”

玛莉·约瑟芬猛地抬起头看着吕西安。

“只要你把这首曲子弹给我听。”吕西安愉快地说道。

“可是，多梅尼科的技艺……”

“非常精湛。确实如此，但是我更希望听到你的弹奏。”

“乐曲很长。”

“那就更好了。”

他又倒了些酒，凝视着大运河的水面。两人像好朋友一样坐在一起，野餐在愉快的氛围中结束了。

玛莉·约瑟芬浅浅地喝了一口酒，在最后一块甜点上咬了一口。这时，刚才送信的仆人气喘吁吁地跑了回来，带回了多梅尼科的回复。便条上的笔迹还带着稚气，但是语气却十分礼貌：“玛莉小姐，请不用担心。能够演奏你的曲子，我荣幸之至。因为我的演奏不仅可以歌颂陛下的丰功伟绩，还能令小姐高兴，我又夫复何求呢？”

玛莉·约瑟芬把便条拿给吕西安看后，折起它，塞进了衣服里。多梅尼科文绉绉的话把她逗乐了，同时她也十分感激。

太阳已经升到了半空。

“我得走了，要为骑术大会做准备了。”

“我也得去服侍夏洛特小姐了。”玛莉·约瑟芬拿起一支木炭笔，“不过，在这之前，请让我画下你的手吧。”

“它们可不是我身体上最好看的部位，不过至少还算秀气。”

“你的手真好看。”玛莉快速地画着，但是吕西安手上的那些戒指实在太碍事了。于是她抓起吕西安的手，想要把戒指一个一个地取下来。看来我比自己想的还要醉得厉害，玛莉也惊讶于自己的大胆，一定是酒精的作用。吕西安的手指拂过她的手心，玛莉感受到了他手指的温度，她的脸和脖子都红透了。吕西安很想就此抚摸上她的脸庞和胸脯。

可他忍住了这种冲动，坐在那里任她摆布，直到她碰到了那个蓝宝石戒指——那个他一直戴在手上的戒指。

“我从没摘下过这枚戒指。”吕西安说道，“这是我在回到朝廷时，陛下赏赐给我的。”

“好吧。”玛莉很失望。看来在吕西安心中，自己永远也比不上国王。她把其他戒指又套了回去，盖上了自己的画箱。画箱里不仅有刚刚整理好的乐谱，还有那幅未完成的手图。

第25章

一列长长的敞篷马车队伍汇聚在大运河的东岸附近。路易十四正慷慨地招待教皇。他们两人共乘一车，位于队伍的最中间，拥有最好的视野。他们的马车四面镶金，两侧和轮辐上还镶嵌着宝石，看上去金碧辉煌。王室成员和其他君主的马车则分散在他们的两侧。再往后则是大臣们的马车。仆人们在这些华丽马车的缝隙中穿梭，给车上的人们送去葡萄酒、甜点、水果和芝士。

玛莉·约瑟芬坐在公爵一家的马车上。她挤在公爵夫人和夏洛特小姐的中间，对面则是洛林骑士和公爵。此时，她多想骑上自己的小恶魔扎基飞奔而去，到鸽棚中去等待寻宝船的消息。

公爵后面的马车中坐着沙特尔公爵和他的妻子路西法夫人。沙特尔公爵正懒洋洋地坐在车厢里，时不时地向周围年轻的女孩子们抛一个媚眼。不过，他好像对夸张地戴着孔雀羽毛的阿马尼亚克小姐失去了兴趣，尽管对方一直热切地看着他，他却一点反应也没有。玛莉猜测沙特尔公爵一定是有了新欢。沙特尔公爵一定也感受到了玛莉对他的冷淡之情，和他对阿马尼亚克小姐的冷淡简直不相上下。不过，他可能还没注意到，或者注意到了却一直没说，玛莉再也没去过他的天文台，也没有再用过他的高级显微镜，更没有再借过他精致的计算尺。

玛莉·约瑟芬的冷漠却让洛林按捺不住了。车厢每次晃动的时候，他都会把脚向玛莉的脚靠近一点，把玛莉逼得不得不踮起了脚。他还拿脚趾头蹭着玛莉的脚踝。虽然暗地里使着小动作，表面上，他还是在和公爵窃窃私语，很随意地把手伸进了公爵的外套下，抚摸着公爵的大腿。

公爵夫人一直都在欣赏着自己的新钻石手链，这时也看不下去了。

“洛林先生，你的脚也太大了。行行好，给我们留点空间。”她用扇子猛地敲了一下洛林的膝盖。公爵夫人的仗义执言让玛莉深受感动，她刚才一直在强忍着眼泪，现在一激动眼泪差点就要掉下来。于是，她咬紧了嘴唇不让自己哭出来。

“夫人，您说话可真伤人。我的脚可是出了名的秀气啊。”洛林把脚从玛莉的脚踝旁缩了回去，“也许，您把它和我身体上另外一个部位弄混了？”

“是的。”公爵夫人厌恶地说道，“你的舌头。”

公爵扫了一眼自己的夫人，又是吃惊又是好笑。洛林竟无言以对。夏洛特想笑又不敢笑，和玛莉忍住泪水一样辛苦，憋得她浑身都颤抖起来。玛莉脸红红的，她好像突然明白了夏洛特的笑点在哪里，以及她不能笑出声的原因。而这一切的源头公爵夫人，正端庄地坐在那里，好像根本不知道自己话中的双关，也拒绝承认女儿其实听懂了她的话里有话。

“快看，玛丽王后！”夏洛特突然指着国王旁边的那辆马车叫道，“她看上去就像个海盗。我亲爱的哈丽达，你什么时候才能被那个女人放回来啊！”

“如果她站起来，我敢打赌，她一定会摔个跟头。”公爵夫人的语气中满是讽刺。

玛丽王后戴着一顶无比夸张的发饰，又高又华丽，发带和蕾丝从她的头顶一直垂到了腰间。幸好她今天坐的是敞篷马车，不然头发都塞不进车厢。

“哈丽达可以根据自己的意愿去选择雇主。”玛莉很抱歉。尽管哥哥可能不会在释放哈丽达的文件上签字，但是玛莉早已经把自己的妹妹看成了自由人。

“玛丽王后确实出手阔绰……”夏洛特悻悻地说道。

“她挥霍的可都是陛下的钱！”公爵夫人很是不满。

玛莉震惊地发现，哈丽达居然也在玛丽王后的马车里，正替王后捧着手帕。哈丽达如此受宠，是好事还是坏事呢？我是该替她高兴呢还是担心呢？玛莉一时也拿不定主意。她想了想，这应该是件喜忧参半的事吧，毕竟成功就意味着会有失败的风险。

马车停了下来，仆人们放下了脚蹬。玛莉迫不及待地从车厢里爬了出来，向河岸跑去。

“谢赫拉莎德！”玛莉呼唤着海女的名字。可是海女并没有出现，她继续唱着，过了好长一段时间，她都快要绝望的时候，一团水花突然溅到了她的脚下，海女来了！

“谢赫拉莎德，你能给陛下表演下跳跃吗？”

谢赫拉莎德在水里翻滚着，向远处游去。到了离岸边两百步左右距离的时候，她转过身来，飞快地向岸边冲来，速度惊人。然后她一跃而起，冲出了水面，重重落下，掀起了巨大的水花。她的精彩表演赢得了观众们热烈的喝彩声。

玛莉·约瑟芬看到了吕西安。后者正骑着泽里斯陪伴在国王身边。她热切地看着吕西安，希望能从他那里找到好消息的迹象。吕西安注意到了她的目光，轻轻地摇了摇头，面色凝重。

谢赫拉莎德跳了起来，在空中旋转了一圈，落下时溅激起的水花都落到国王的马车上。暮色把她黑色的皮肤衬托得更加美丽。

“再来！”路易十四大叫道。

谢赫拉莎德又跃出水面。落日的余晖洒满天空，把云彩也染成了美丽的橘色。谢赫拉莎德优美的轮廓在空中一闪而过，她在空中掉了个头，一头扎进水中，没有激起一点浪花。夕阳反射在河面上，大运河看上去像是一条黄金大道。

“再来！”

这次，谢赫拉莎德没有再跳。她游向岸边，倚靠在石头壁上，奋力撑起自己。

她对着国王唱起了动听的歌曲，哀求国王赐予她自由。玛莉闭上眼，静静地听着。周围的喧嚣都不见了，整个世界只留下海女哀婉的歌声。

我要不要把海女唱的内容告诉国王呢？告诉他海女思念她的家人和她的故乡，告诉他海女对自由的渴望和对爱人的哀悼？

可能也不需要了吧，玛莉心想，虽然没有言语，但是海女的歌声已经足够打动人心。

玛莉睁开眼，却发现路易十四正不耐烦地敲着手指。

“克鲁瓦，让她跳起来。”

“陛下，我做不到，我没法命令她。”

“跳起来，海妖！”路易十四命令道。

海女哼了一声，潜到水中消失了。

玛莉跑到国王的马车前，扑通一声跪了下来。她就这样跪着爬上了国王的马车，伸出手去触摸国王的鞋子。

“她求您放了她，陛下！您仁慈贤明，就放她一条生路吧，我求求您了，陛下！”

“只有找到财宝才能救她的命。这还是她自己的提议。”

“可是再过几小时……”

路易十四把脚从玛莉的手中移开。

“那我现在可以退下了吗？陛下。”

“不行，你还要来参加骑术大会。”路易十四敲了敲马车的边沿，示意车夫：“走吧！”

伊夫斯狠下心来，将海女和妹妹的苦苦哀求抛到了脑后。午夜很快就会到来，那时谢赫拉莎德将走向死亡。他既救不了海女，也没法抚慰妹妹的悲伤（执迷不悟的妹妹，简直就是愚蠢），那他能做的只有拯救自己。

只有取悦国王，他才会让我继续做研究。如果我惹怒了他，就会失去他的庇护，那未来我就只能在修道院里度过，像一个修士一样每日背诵经文。

他之前可能还对王权无感，可现在他已经完全领略了路易十四的权威。伟大的太阳王路易十四，他在世间的权力胜过了所有人，包括教皇。尽管饥荒和战争降低了威望，尽管他年事已高（不论是骑术大会还是海妖的肉都没法让他重获青春），但他的权威还是比任何一个国王巅峰时期的权力要大得多。

如果我能让国王获得永生，或者仅仅让他相信我能带给他永生……伊夫斯畅想着美好的未来。

马车们停在了凡尔赛宫前面的大臣庭院里，正对着大理石庭院。

大理石庭院已经改头换面，玛莉差点都没认出来。庭院的正中搭起了一个舞台，舞台背景是蓝色和金色的波浪，上方还悬挂着一层又一层的云朵。数千支蜡烛发出的光芒照亮了天空，把黄昏变成了白天。天蓝色天鹅绒悬得到处都是，遮住了城堡的门窗。兰德先生在前面指挥，愉快的乐声响了起来。

“库佩尔先生去哪了？”玛莉·约瑟芬小声问道。

“你没听说吗？”夏洛特告诉她，“啧啧啧，那可是个大丑闻啊！国王为此就把他解雇了。”

“可是，他不是……没有……”玛莉以为是自己导致了库佩尔先生的离职，心里有些愧疚。虽然他羞辱了我，但是我也不想让他被国王赶走，我不该告诉吕西安的……

“他让德马雷先生写了支曲子，然后宣称是自己写的。陛下哪能容忍这样的事呢？”

玛莉的愧疚之情瞬间烟消云散，取而代之的只有尴尬。你把自己当成谁了？冒犯了你就会有惩罚？

管弦乐队的乐声传递出危险的气息，然后场上响起了多梅尼科慷慨激昂的琴音。多梅尼科弹奏起玛莉的乐谱，为场上的芭蕾舞伴奏。

玛莉·约瑟芬屏住了呼吸。

多梅尼科技艺精湛，将谢赫拉莎德的音乐展现得淋漓尽致。玛莉钦佩之情油然而生，因为她知道多梅尼科是在凭着记忆演奏，乐谱还在玛莉的画箱里压着呢。

玛莉·约瑟芬闭上眼睛，享受着音乐。海人们即将遭受审判。

观众席中有人发出了惊叫。玛莉睁开了眼睛，她身边的夏洛特正浑身颤抖。

一只凶猛的野兽从波涛中跃了出来：魔鬼上场了。这个魔鬼看上去和谢赫拉莎德很像，不过比她还要可怕。她长着弯弯的犄角和长长的耳朵，正所谓血盆大口欲吃人，青面獠牙令人惧。扮演海妖的舞者在台上跳动着，展现出海妖在波浪中穿梭的场景。

这时，一辆金色的战车从天而降。伴随着隆隆的声响，人身鱼尾的海神特里同现身了。阿波罗的战马带着它们的主人穿过舞台，消失在波浪中。

大键琴声响起，乐声变得轻松起来。这一幕的主题是谢赫拉莎德重获自由。

阿波罗面对海妖而立，他的胸口上有一幅用宝石装饰而成的太阳图案。他用一柄短剑对抗海妖。海妖锋利的爪子先是划破了阿波罗的小圆盾，但后来，在战士们的群舞中，渐渐地它开始向阿波罗屈服，跪在神的面前，自愿戴上项圈和锁链。

这不是乐谱中的内容！玛莉在心里大喊着。尽管乐声和舞蹈并不一致，但是玛莉仍然很高兴，毕竟人们听到了这一部分，有心人自会理解。

阿波罗牵着海妖从台上走过。在大键琴旁的阴影中，一个男高音站了起来，在多梅尼科庄严的伴奏声中唱了起来：

阿波罗，伟大的太阳神，
你行走天空，掌控日升日落。
你征服大海，金光照耀海面，
你的荣耀啊，令海妖臣服。

音乐声戛然而止。男高音、阿波罗的扮演者还有多梅尼科一起起身向国王鞠躬，海妖的扮演者则匍匐在台上。路易十四微笑着点了点头，接受了他们的致意：阿波罗的胜利象征着他的胜利。周围的王公大臣全都鼓起了掌，路易十四欣然接受。

“演得真好！”公爵夫人由衷地赞叹道，“音乐也很好听，是多梅尼科谱写的吗？”

“是谢赫拉莎德写的曲子，夫人。”玛莉告诉她。

“海妖还会写曲子？”公爵夫人大笑了起来，“我知道了，一定是你写的。真是个才女。”

“好了，亲爱的玛莉，不准哭啊！”夏洛特在玛莉的耳边轻声说道。

吕西安骑着泽里斯来到红衣主教奥托博尼的马车旁，宣伊夫斯觐见。

伊夫斯来到国王的马车旁，对着国王深鞠一躬，然后亲吻了教皇的戒指。

“你成功了，我很高兴。克鲁瓦神父。”路易十四表扬了他。

“陛下，我……”

伊夫斯紧张地扫了一眼玛莉，发现她基本上听不到这边的谈话。如果玛莉知道了他的选择，可能一辈子都不会原谅他吧！

“陛下，教皇大人。”他压低声音说道，“我已经证明，证明海妖那奇怪的器官，确实有您希望的效果。”

这番话并没有对路易十四产生任何影响，他的脸上看不出任何表情，毕竟五十年的铁腕统治已经铸就了他波澜不惊的性格。教皇倒是露出一副惊慌失措的表情。

“表弟，”教皇对路易十四说道，“请慎重考虑。如果这是真的，那对我们来说，上帝又是怎样的一种存在呢？我一定要把这只怪兽带回去，让教会仔细研究。”

≈第25章≈

“我会考虑的。”路易十四转而对吕西安说道：“吕西安，给我吧。”

伊夫斯抬起头，他的目光和吕西安的视线相遇了。后者灰色的眼睛里满是鄙夷。吕西安听到了伊夫斯刚才的那番话，他知道，伊夫斯撒谎了。

伊夫斯心虚地移开了视线。吕西安也无计可施，他和别的大臣一样，对科学一窍不通，所以也没办法证明伊夫斯在撒谎。

吕西安按照国王的吩咐拿来一个扁平的小方盒。盒子由异域木材做成，上面镶嵌着一颗闪闪发光的大珍珠。路易十四打开盒子，黑色的天鹅绒上是一个小巧的金质奖章。奖章的正面是国王的骑马戎装像。画中，路易十四穿着古罗马的铠甲，骑着一匹高头大马，头发在空中飞舞。路易十四拿着沉甸甸的项链，拎起奖章。奖章反面雕刻的是玛莉的画：谢赫拉莎德在海洋中嬉戏的场景。

伊夫斯全身一震。我刚才都做了些什么？悔恨涌上心头，抽走了他的最后一丝力气。他浑身发软，抓着马车的边沿，这才勉强站稳了。他连抬头的力气都没有了，只能死死地盯着地面，看着金光闪闪的车轮。我要不要一头扎到车轮下，以死谢罪？只有下地狱才能弥补我的过错吧？这样也好，一旦玛莉知道我的所作所为，我真的没脸再见她了。我不会听到海女死前的惨叫，也不用再面对陛下，当他驾崩时，一定也会对我的谎言感到失望吧？

路易十四把奖章挂到伊夫斯的脖子上，周围的人发出了赞美的声音。伊夫斯终于抬起了头，冰冷的泪水顺着他的脸颊流了下来。路易十四微笑了起来。

“你聪明理智，虔诚谦逊。克鲁瓦神父，来，坐到我身边。”

伊夫斯虚弱地爬上国王的马车，好像发烧了一样。他坐在国王身边，用袖子擦干了眼泪，强迫自己不要匍匐在国王的脚下，把事实真相一五一十地讲出来。你不能这样做，他在内心告诫自己，这会毁了你，也会害了海女。

马车绕了一圈，从大门中驶了出去，把人们带到了战神广场。一个巨大的看台将演练场包围在内。看台上的木椅子被漆成了金色，上面摆放着天鹅绒的垫子，这样观众坐下时就不会硌到屁股。广场的每个角落都摆放着鲜花，台阶上撒满了薰衣草的花瓣，空气中弥漫着薰衣草的香气。仆人站在一边引导客人们就座，给他们端来简餐，这样客人们待会儿就可以举杯庆祝。杂技演员和吟游诗人在旁边走来走去，表演着自己的节目。

红衣主教奥托博尼和其他主教们领着教皇前往贵宾席上的座位。仆人打开了路易十四的车厢门。

“克鲁瓦神父，去贵宾席上就座，为我的队伍加油。”路易十四对伊夫斯说道。

“好的，陛下。”伊夫斯下了车。

“你是我的骄傲，我亲爱的儿子。我很自豪。”路易十四接下来的话却是伊夫斯没想到的。

伊夫斯转过身来，满脸困惑：“陛下……”

“你的母亲现在可以放心了。她的丈夫还活着的时候，她坚决不让我认你。”

伊夫斯还没回过神来，国王的马车就已经走远了。他的子孙和受宠的大臣们骑着马跟在后面，准备参加即将到来的比赛。

国王的儿子？怎么可能？

伊夫斯晕乎乎地跟着仆人向看台走去。

不过，这样一来，很多事情也就说得通了。伊夫斯的大脑终于又运作了起来。我们家被流放到马提尼克，国王的青睐，还有我在宫廷的崛起……

仆人把他引到了贵宾席。伊夫斯一屁股坐到了凳子上，内心五味杂陈，兴奋、难过、内疚交织在一起，啃噬着他的内心。

“克鲁瓦神父，”路西法夫人走过来和他搭讪，“别的男人都下场比赛去了，只留我们一帮女子在这里，真是无聊啊。幸好还有你，陪着我们。”

说话间，她随意把手放到了伊夫斯的膝盖上，好像只是为了撑起自己，好看清伊夫斯脖子上的奖章。公爵夫人、夏洛特小姐就坐在旁边，玛莉也服侍在侧。伊夫斯不敢看妹妹的眼睛。

我快受不了了。伊夫斯心想。

他的苦难还没有结束。路西法夫人和阿马尼亚克缠住了他，言语调戏，动手动脚，还有她们身上的香水味，一切的一切都挑逗着他的神经。

“你是来引诱我犯错的吗？”路西法夫人——伊夫斯同父异母的妹妹——在他的耳边吹着气说道。

吕西安急匆匆地穿上骑术大会的服装，又检查了下泽里斯的马具。雅克从信鸽棚向他跑来，脸上满是失望。

“殿下，还是没消息。”

吕西安点了点头，示意自己知道了。对于发现珍宝船他本来就没抱太大希望，这样的结果也在情理之中。一切准备完毕后，他向赛场跑去。路易十四正在一间宽敞明亮的帐篷里做准备。

“吕西安，穿得不错！”看到吕西安进来，路易十四夸赞了他一句。

“谢陛下。”

古罗马队一直穿的都是红底白边的衣服，上面装饰着红宝石和钻石。吕西安不喜欢红色，他的头发和眼睛都是浅色，和红色一点都不搭。他自己更喜欢赤褐色、金色和蓝色。他甚至会用蓝色的丝带来捆住自己的头发。

这次骑术大会上，他小小地任性了一次，在红色的皮甲下穿了一件金色外衣。他知道国王一定会让他在最后时刻把不符合规则的衣服换了。

“陛下，我曾有幸得到过您的承诺，您说可以满足我任何一个要求。”

“你非得现在提出来吗？”

“我恐怕等不到明天了。”

“说吧，如果我能做到的话。”路易十四的声音中增添了几分谨慎。

“我希望赦免海……”

“别说了！”路易十四厉声打断了他。他停顿片刻，再次开口，用他平时的语气说道：“不要请求我做不到的事情，令我为难。”

“您偶尔也会向我提出过分的要求。”

“你这是在责备我吗？吕西安，你难道不重视我的生命吗？”

“当然重视。您知道，我向来把您的安危置于首位。”

“跟克鲁瓦在一起时间长了，你也变傻了，居然相信世界上会有会说话的动物，相信那子虚乌有的宝船！吕西安，我不得不承认，我有些失望。我以为你绝对不会被女人所迷惑。你就该直接要了她……”

“陛下，我从不会违背她们的意愿，否则和禽兽有什么两样呢？”吕西安觉得受到了侮辱。

“你真是太老实了。不知道的人还以为你是一个虔诚的基督徒呢。”

吕西安强忍住想要回击的语言。虽然国王无情地嘲笑了他，但此时任何反驳都不会给自己带来半点好处，更帮不了玛莉和海女。

“陛下，克鲁瓦说的都是实话，也很公正。不像她哥哥，还打着小算盘为自己谋利。”

“你是想说，我自己的儿子也会欺骗我吗？”

“这对您来说，不是很正常的一件事吗？”

如果路易十四以为伊夫斯身世的秘密会让吕西安吃惊，那他肯定要失望了。不过，他自己心里估计也清楚，这也不能算作秘密了。毕竟，除了克鲁瓦兄妹以外，可能很多人都已经知道了。

路易十四愤然起身，突然大笑了起来，然后猛然停止，又恢复了他以往的尊严。

“我欣赏你的坦诚，吕西安。”

“我并不是说克鲁瓦神父就是个骗子。我只是认为他有充分的理由来欺骗自己，欺瞒您。”

“那玛莉·克鲁瓦就不会骗我？”

“她为什么要骗您呢？她的哥哥撒谎可以赢得您的青睐，而她所做所说的只会惹怒您。”

“我不能放了海妖。这个话题休要再提，否则别怪我翻脸无情。”

吕西安鞠了一躬。我已经尽力了。他默默地想道。

他本来也没想着能成功。他不喜欢失败，但令他惊讶的是，这次失败居然没让他失望。

他只感到了愤怒。

玛莉·约瑟芬一口就喝光了银酒杯里的酒。仆人走上前来给她斟满，她一仰脖，一杯酒又下了肚。

真是神奇，她不由自主地想到。一个星期以前，国王赏给她一个银酒杯都会让她开心不已。而现在呢，她挥了挥手，示意前来添酒的仆人离开，然后把酒杯放到了地板上。小酌可以壮胆，喝多了可是会误事的。

四周响起了喇叭声，随后鼓声大作，骑术大会开始了。杂技演员和歌手们飞快地离开了比赛场地，数百支火炬同时亮了起来，在战神广场上投下长长的影子。一时间，火光冲天，空气中弥漫着沥青和油脂的味道。天空中，太阳还未下山，正对着它的方向，一轮满月已经挂上了树梢。

谢赫拉莎德只有几个小时的生命了。

骑术队伍走到了练习场上。

路易十四打扮成古罗马皇帝奥古斯丁·凯撒的模样，走在队伍的最前列。他骑的外国马个头最大，并且经过了精心的打扮。红色的皮质马具上装饰着闪闪发光的宝石，马鞍和缰绳上的皮带和绳索也都镶上了金边。红白色的彩带从马的鬃毛里透露出来，飘舞在空中。

路易十四本人穿着一件嵌满了珠宝的外衣，外面套着一件红色的皮甲，皮甲的袖子上和下摆上也全是红宝石。他脚蹬红色高跟拖鞋，银丝鞋带上装饰着宝石。他金色的假发上撒上了一些金粉，看上去更加闪亮，白色鸵鸟毛做成的夸张发饰盖在他的头上，羽毛上系着无数的红宝石，一直垂到了马屁股上。他拿着一个罗马圆盾，上面雕刻着他的标志图案：发光的太阳驱走了乌云。太阳由金子做成，云朵则由磨光的银打造而成。

他的孙子们站在他的右边，和他打扮得几乎一模一样，两人也骑着带斑点的外国马。路易十四本人骑着一匹经验丰富的战马，勃艮第骑着军马，安茹则是一匹驯马，贝里是一匹小马驹。罗马队的其余人骑的都是有斑纹的灰马。

吕西安紧跟在国王后面。他拿着一面刻有月亮图案的圆盾，月亮在阳光的照射下发出耀眼的光芒。

罗马队绕场跑了一周。这时，公爵骑着他的西班牙黑马出场了。公爵的盾牌上镶着一面镜子，可以用来折射他哥哥太阳王的光辉。洛林骑着一匹黑色公马出现在公爵身边。两人穿着和服和涂漆铠甲，戴着夸张的帽子，共同率领着日本队。

下一个出场的是缅因公爵。他头上裹着穆斯林头巾，身上穿着长袍。他们这队人骑清一色的红棕马。银色的马缰上垂下来五颜六色的流苏。缅因公爵手里拿着一根月桂树枝，象征着太阳的神圣。

沙特尔公爵带着古埃及士兵出场了。他们全都穿着透光的亚麻长袍。沙特尔公爵拿着一束太阳花在空中挥舞着，黄色的花瓣纷纷飘落。他们队所骑的栗色马和缅因公爵的红棕马起了冲突，互不相让，最后两队并肩前行，紧跟在公爵队的后面。

王太子率领着他的战队从场上穿过。这个队伍的打扮最为花哨，骑手的身上都装饰着珠宝、羽毛、皮毛和彩带，每个人骑的马颜色和种类也各不相同。休伦人的酋长们也加入了这支队伍，穿着借来的战袍，头上却带着巴黎人的羽毛帽。

看台上，日本王子很激动，恨不得自己也加入其中。而波斯国王则恰恰相反，一点也没有参与的兴趣。努比亚王后慵懒地躺在靠垫上，她的女仆撑起了一把黑色的丝绸雨篷，替她遮挡月光。

每支队伍都有自己的特点。公爵、沙特尔公爵和缅因公爵以速度和规矩见长，王太子的队伍则擅长冒险，他们站在马鞍上，猛地俯下身子，取走了地上的金项圈，在观众席上引起了阵阵惊呼。

月亮已经升到了半空，寻宝船那边还是没有任何消息。

吕西安骑着泽里斯，和国王的罗马骑兵们一起进入了广场中。

他们迅速分成了两列，接着再变成四列，向着广场的四角移动。然后四列人马同时调转马头，面对着对方，迅速地向广场中央冲去。观众席上先是传出了激动的喊声，接着就陷入了沉默。所有人的心都悬了起来。

吕西安跟在国王的后面，心里突然浮现出一个疯狂的想法，任何人只要慢上一拍，整个阵型就会被冲散，弄得人仰马翻，再加上国王的三个孙子也在队伍中，到时整个场上一定会乱作一团。没有人会注意到海女，她就可以神不知鬼不觉地消失……

停住！自己居然想到要破坏国王的骑术大会！吕西安不敢再往下想。

轮到泽里斯了，它利索地到达了指定位置。四列队伍又合并成了两列，最后并回一列，向看台上的贵族们靠近。观众们爆发出雷鸣般的掌声，不断有人把花扔到国王的面前。

路易十四骑着马靠近了看台。他的臣子们全都恭敬地起身鞠躬，外国的君主也站起来向他致敬。路易十四做了个手势，一列运货马车进到了场地内。车厢和拉车的马身上全都系着彩带。

“表兄，一点礼物，以表敬意。”路易十四对着詹姆斯和玛丽说道。仆人从第一辆车厢中拿出一副盖着白布的巨型画框，大小约是詹姆斯送给他那幅画的两倍。揭开画布后，画中的路易十四身着古罗马铠甲，骑在马上，正威严地注视着他逃亡在外的表亲。

“这样我们就可以永远在一起了。”

“和我们相隔最远，来自岛国的兄弟……”

第二辆马车上是一张巨大的挂毯，像卷轴一样被卷了起来。仆人用滚轮展开挂毯，向日本王子展示里面的内容。挂毯的长度约两人高，上面绣着路易十四凯旋时众神守卫在他身边的场景。

“我赠予你们由哥白林厂所做，世界上品质最好的壁饰挂毯。”

第三辆马车拉来了给努比亚女王的礼物：一套三件枝形水晶灯。

“为您的宫殿增添光彩。不过在您的美貌面前，所有的东西都会黯然失色。”

给波斯国王的礼物则需要十辆马车。每辆马车上都装着几面巨大的镜子，镜子被装在了巴洛克式风格的镜框中。

“法国制作的镜子，质量上乘，晶莹剔透，可以用来装饰女性的闺房。”

送给休伦酋长的礼物虽然只占据了一辆马车，但却是最昂贵的一件：两个人体模型。他们穿着套装，白色的天鹅绒外套上镶满了钻石。为了看上去和印第安人更像一些，他们的假发上还插上了羽毛。

“我们的服饰，送给你们。”

最后，路易十四转向教皇。

“至于我们尊敬的教皇兄弟……”

两辆马车驶向前来。马车上的前面立着面板，里面传来了动物的叫声。

“异国的动物。”

吕西安燃起了希望的火苗。虽然他痛恨教皇的审判所，也不希望海女被审判，但是如果海女落到了教皇的手里，就等于获得了缓刑，总比被布尔森先生做成一道菜要好。活着就是希望。

“一个野人。”

仆人们抽走了马车上的面板。第一辆马车上现出了一只尖叫的狒狒。它露出牙齿，猛烈摇晃着笼子，还不停地从笼缝中向外拉屎。

“两条巨蟒，提醒我们不要忘了伊甸园和园中的智慧之果，不要忘了我们的罪孽。”

笼子里，两条水蟒纠缠在一起，身体从一颗橘子树上垂了下来。

“还有三匹骏马，来传递教会的旨意。”

国王的三个孙子纵马向前，来到看台前，让出了自己的马，跪在了教皇的脚下。勃艮第和安茹表现得都很淡定，但是当教皇的瑞士卫兵前来牵马时，贝里公爵还是忍不住哭了出来。

虽然吕西安比教皇还要失望，但是他不得不掩藏住自己的情绪。

“愿上帝保佑你们，亲爱的孩子。”教皇对小王子们说道。然后他站起身对路易十四说道：“表弟，我会为你的灵魂祈祷。”他的声音十分低沉，像是在葬礼上发表演讲。

路易十四策动自己的马，向场外飞奔而去。他的队伍尾随在他身后，他们的丝带飘扬在空中，马具上的金银珠宝发出夺目的光彩。一时间，场上只剩下了三匹骏马、水蟒和野人。

吕西安觉得自己再也忍不住了，必须要做些什么。这种冲动让他有些不知所措，但是也解放了他。

第26章

趁着夏洛特和公爵夫人没注意，玛莉·约瑟芬悄悄地溜走了，混进人群中不见了踪影。她准备从宫殿西侧进到花园里，然后在那里弄一辆园丁的四轮骡车过来。她必须要小心，不被他人发现。

此时，她真希望自己能骑上扎基，这样她就能在前面领着骡车，而不是坐在上面，给拉车的骡子增加负担。不过，她即将要做的这件事情太过危险，她不想连累到吕西安，所以就不能动用扎基。

玛莉心里正想着吕西安，却发现对方骑着马出现在她面前，挡住了她的去路。月光下，他身上的宝石闪闪发光。

“晚餐还未结束，你不应该在陛下之前退场。”他冲着庭院的方向点了点头。那里，食物的芳香和欢乐的舞蹈混合在一起，形成了一片欢乐的海洋。

“快到午夜了。我去陪陪谢赫拉莎德，我不想她死的时候太孤独。”

吕西安挥了挥手，显然已经识破了玛莉的谎言。

“你根本就不想让她死。你要铤而走险了，是吧？”

“我已经无计可施了。到现在寻宝船那里，还是没有任何消息……”

“一小时之前是没有，不过，现在，我再去看看。”

玛莉突然大胆地抓住了吕西安的手。

“为什么我一想你，你就会出现在我面前呢？”

“那是因为我一直都在你心里啊。”

“殿下！”

“我也一样。”吕西安弯下腰，亲吻了玛莉的手指，然后把她的手翻过来，又温柔地亲了下她的手掌。

他踢了下马肚，飞奔起来，消失在阴影之中。

月光下的大臣庭院中，晚餐开始了。菜肴并不丰盛，只上了十四道菜。因为明天的盛宴将是骑术大会的最后一项活动，国王希望自己的客人能够留着肚子品尝那时的美味。

“陪我们去吃晚餐吧，伊夫斯神父。”沙特尔公爵夫人柔声说道。她的手就放在伊夫斯的大腿上，丝毫不觉得自己的行为有多失礼，怪不得沙特尔公爵要把自己的妻子称作路西法夫人。“我的丈夫也不关心我，我只能坐在家里，给他的蛇掸灰。”

伊夫斯被她的话吓到了，过了一会儿，他才回过神来，原来，路西法夫人指的是沙特尔公爵头饰上的那条眼镜蛇。路西法夫人挽着他的右胳膊，阿马尼亚克小姐挽着他的左胳膊，两人一左一右，带着他向大臣庭院走去。大臣庭院的鹅卵石地面上支起了桌子，上面摆放着枝状大烛台。仆人们穿梭其中，开始上菜。

“多么美妙的野餐啊！”路西法夫人的语气中流露出浓浓的嘲讽，“国王考虑得可真周到，怕我们太饿，撑不到明天的盛宴。”

“给我们看看你的奖章。”路西法夫人和阿马尼亚克小姐靠得更近了些。阿马尼亚克小姐把奖章拿到手里，仔细检查着，奖章的链子扯着他的脖子。

路西法夫人比伊夫斯要矮许多。如果此时伊夫斯低下头去，不可避免地就会看到她的胸脯。路西法夫人的乳房抵着伊夫斯的肋骨，她的手不安分地滑过伊夫斯外套上的纽扣，她的肚子摩擦着伊夫斯的命根子。在外人看来，两人的姿势要多亲密有多亲密，恨不得都贴一起去了。

“夫人，抱歉……”伊夫斯受不了了。

“不要抗拒我嘛……”

“你知道我的身份——一个神父。”

“那又怎样？”

“还是你的哥哥。”

阿马尼亚克小姐把奖章递给路西法夫人。两个女人拽着奖章的链子，大笑了起来。

“伊夫斯神父，何苦要和自己过不去呢？谁还没有个兄弟姐妹呢？你的妹妹不就喜欢上了洛林骑士……”

“并没有！”

“还有臭名昭著的吕西安……”

“夫人，请不要侮辱我妹妹。”伊夫斯试图保护妹妹的清誉。说实话也算是侮辱吗？他疯狂地想道。其实内心深处，他也认同了路西法夫人的说法。我应该阻止她的，我应该把她送回修道院，我真不应该让她进宫的！伊夫斯责备着自己。

“还有国王。你真是个老实人！”路西法夫人一只手拽着他的链子，另外一只手则顺着领口滑进了他的教袍里。

在路西法夫人进一步动作之前，伊夫斯挣脱了她。路西法夫人的手还没来得及抽回来，被扯得趔趄了一下。

“你是陛下的私生子，那你的妹妹就是他的私生女。”

路西法夫人把手拿了出来。阿马尼亚克小姐在一旁大笑起来。两个人就像复仇女神一样围绕在他身边。

“你就承认了吧。”路西法夫人继续说道，“国王只会为自己的情妇设宴，这是大家公认的事实。”

伊夫斯再也听不下去了，他跌跌撞撞地想要逃开，一转身却差点和教皇以及主教们撞了个满怀。教皇的脸上乌云密布，似乎随时都要大发雷霆。

“教皇大人，我……我……”

“去教堂面壁，好好反思下罪孽的定义。”教皇命令道。

“克鲁瓦神父！”

路易十四迈着大步向伊夫斯走来。他的身后是骑术大会上的成员，他们打扮成不同时代、不同国家人的模样。国王本人的服装更是价值连城，上面镶满了闪闪发光的宝石，帽子上的羽毛垂落在肩膀上，看上去像是一个披肩。他第一次装扮成凯撒时，才二十八岁。现在，他好像又回到了那个时候。

教皇、大臣、外国元首，当着所有人的面，路易十四抓住伊夫斯的肩膀，拥抱了他。

“来，我的儿子，站在我右边。”

“去教堂，想想什么是罪孽！尤其是傲慢之罪！”教皇再次命令道。

伊夫斯向国王的方向迈了一步。

这时，他看见庭院的大门外，玛莉正站在一匹灰马的旁边，抬头看着马上的吕西安。她怎么能那样看着吕西安！伊夫斯感到一股热血冲上了脑门，接下来的一幕更是让他愤怒。他看到妹妹抓住了吕西安的手，而吕西安也举起妹妹的手亲吻了一下，看上去就像是一对亲密无间的情侣。然后，吕西安放下玛莉的手，骑着马消失在黑夜之中，玛莉也急匆匆地离开了。

“克鲁瓦神父！”教皇又叫了起来。

“走，去吃点东西。我喜欢胃口好的人。”

“抱歉，陛下。我得听从教皇的命令。”伊夫斯说完就飞一般地逃离了这里。

玛莉·约瑟芬想要溜走，但是身后的脚步声越来越近。她穿着这一身宫廷服，也很难藏到橘子树后。追她的人板着一张脸，越走越近。

他抓住了玛莉的肩膀。伊夫斯像变了个人一样，眼睛中透露着疯狂，头发乱糟糟的，衣服也扯开了。海妖的奖章挂在他的脖子上，和十字架纠缠在一起。

“伊夫斯？”玛莉迟疑地叫了一声。

“这种关系会毁了你的！”伊夫斯吼道。

“关系？”

“你是不是受到了他的蛊惑？”

“谁？你说的是谁？你不是从来都不相信巫术的吗？”

“那个不信上帝的人，卑鄙小人……”

“吕西安一直都在用他的聪明才智帮助你。你怎么能这样说他？”

“他生性风流……”

“他对我很好，我也很仰慕他……”

“他会毁了你的！”

“我爱他。如果他想要我的话，我会答应他的。”

“你简直和我们的母亲一个德性！水性杨花！”

“你怎么敢这样说她？”玛莉·约瑟芬惊叫了起来，“你疯了吗？”

“那你保持了贞操吗？我们的母亲就没有，她上了国王的床，有了我，然后是你……”

“伊夫斯，你真的疯了！”

伊夫斯眼中的疯狂渐渐消退，取而代之的是希望。如果不是看到他这么心烦意乱，玛莉可能都要嘲笑他这番可笑的言论了。

“在我出生前两年，爸爸妈妈就到了马提尼克。难道国王还能神不知鬼不觉地就横跨了整个大西洋，跑到法兰西堡？”

“可是我出生在法国。”伊夫斯说道。

“是的。”

“国王已经认我了。”伊夫斯快要崩溃了，“当着教皇，当着所有人的面，宣布了我私生子的身份。还有，路西法夫人说你是吕西安的情人，是国王的女儿，同时也是……”

“是什么？”

“国王的情人。”

“吕西安一直很尊重我，陛下也从未有过任何逾矩的行为。”她抱了抱伊夫斯，突然很同情他，“伊夫斯，我亲爱的哥哥，我明白了，很抱歉。”

玛莉忍不住想笑。原来这就是那时女眷们看到她来都要起立的原因，也怪不得阿马尼亚克小姐要模仿自己，在头上插那么多孔雀毛。

她抚摸着伊夫斯的头发，安慰道：“我哪有时间去给别人当情妇啊？你个傻子。”

花园的底部传来了海女孤独而又绝望的叫声。

“我得走了。谢赫拉莎德在呼唤我。你快回去吧，陪着国王。”

车轮滚动的声音由远及近。

“我和你一起。”伊夫斯说道，“我可以替谢赫拉莎德做临终前的祷告……”

“她不想见你！”玛莉大叫道，着急地想把伊夫斯赶走。她不想把伊夫斯也卷入到这么危险的事情中来，“再说，她也不信上帝，不需要……”

吕西安驾着一辆货车穿过橘树园。他连衣服都没换，还穿着罗马铠甲，戴着羽毛帽和白色的鹿皮手套，看上去很滑稽。

“吕西安！”玛莉跟在马车的后面喊他。

“吁！”马车停了下来。

“寻宝船有消息了吗？”

“玛莉·约瑟芬。”吕西安耐心地说道，“如果有消息的话，我还会驾着这辆破马车过来吗？”

玛莉也费力地爬了上去，穿着这身裙子行动还真不方便。她坐在吕西安的旁边。伊夫斯抓住了她的胳膊。

“你这是在做什么？”

“伊夫斯，回去！吕西安，赶紧走！”

马车驶了出去，把伊夫斯扔在了后面。

“真的很感谢。不管怎样，我们一定要拯救海女的生命，还有陛下的灵魂。”玛莉对吕西安说道。

“我不信上帝。我可没有资格去拯救任何人的灵魂。”

玛莉忍不住笑出了声，不由自主地就说出了这样一番话：“我爱你，很爱很爱你，吕西安。”

吕西安一手握着缰绳，另一只手则握住了玛莉的手。

突然，车厢剧烈地抖动起来。玛莉又惊又怕，回头一看，居然是伊夫斯，他半个身子挂在车厢外，挣扎着爬了进来。

“回去！”玛莉大叫道。

“如果现在回头，我永远也无法弥补我对谢赫拉莎德犯下的罪过。”

满月几乎已经升到了正空，玛莉对谢赫拉莎德唱起歌来，游到大运河的最远端，远离布尔森先生，不能让他看到你进到了我们的车里。

谢赫拉莎德的回应里充满了希望和兴奋。她沿着大运河飞快地游了起来，比马儿跑起来的速度还要快。

午夜到来时，布尔森先生会在一分钟之后出现在大运河的东端，等着玛莉过来，把海女叫出来。两分钟后，等不到人也见不到海女，他就会敲响警钟通知卫兵，并且向国王禀报。

玛莉回头看去。山丘上，城堡灯火通明。

一列火把正沿着小路蜿蜒而来。

“快！”玛莉·约瑟芬小声说道。

吕西安催动马匹，在碎石路上飞奔起来。

“你来拽着缰绳，吕西安，我和伊夫斯去……”

谢赫拉莎德已经爬上了大运河最西端的岸边，焦躁不安地等待着。看到马车后，她迫不及待地挪动着自己笨拙的身子，向马车靠近。拉车的马受到了惊吓，立起身来，差点把车厢掀翻。吕西安站稳后，轻声地安慰着马，马儿们不再跳跃，但仍然不安地在原地踱步。

“你去稳住马，我来安抚谢赫拉莎德。”玛莉爬下马车，向海女跑去。

“亲爱的，别着急，我们马上就来帮你。”她和伊夫斯抬起了谢赫拉莎德。

处在暴躁中的谢赫拉莎德奋力挣扎着，她还以为自己能像在水里一样活动自如。她的爪子在玛莉的身上划了好几道口子。终于，她从两人的手中滑了出去，重重地摔在了地上，大声呻吟着。玛莉·约瑟芬跪在她身边。

“谢赫拉莎德，听我说！”玛莉抓着谢赫拉莎德带蹼的手安慰道。她唱起歌来，告诉谢赫拉莎德接下来要发生的事情。那边，马儿不安地踢踏着，吕西安用声音安抚着它们，让它们安静了下来。

谢赫拉莎德一动不动地躺在地上，开始小声地哭了起来。玛莉和伊夫斯把她抬到马车上。在水里灵活自在的她现在只能笨拙地躺在那里。玛莉和伊夫斯分别坐在她的一边，扶着她，以防她从破旧的车厢中掉下去。

吕西安慢慢松开缰绳，让马慢慢地跑动起来，尽量减小车厢的震动。海女仍然惊魂未定，她紧紧地搂着玛莉的腰，不安地扭动着身体。看到玛莉身上长长的伤口，她轻声哼唱着自己的内疚之情，并且在伤口上亲了一下。

“没关系的。”

“现在怎么办？”吕西安的声音盖过了车轮滚动的轰鸣。

“去海边。”

“假设我们成功了，在那之后你有什么打算吗？”

“我还没想过那么多。”玛莉把手伸进衣服里，掏出了一个裹起来的手帕，“我这里还有一些钱，因为不用从园丁那里借车就省了下来。应该够买一些面包和水果吧。”

吕西安轻笑了几声，随后就变成了大笑。玛莉张开嘴刚想抗议，却发现自己也笑了起来。

吕西安的铠甲上满是珠宝。这些流亡者还是很富有的。

穿成这样，想保持低调是不可能的。

马车在朦胧的月色下狂奔，隆隆作响。

“我们可以去布列塔尼。”吕西安提议。

“我们也可以乘船出海，回到马提尼克。”

“和乘船相比，我宁愿落到卫兵的手里。”吕西安半开玩笑地说道。其实，他和玛莉都心知肚明，不论是马提尼克还是布列塔尼，他们哪个都去不了。

谢赫拉莎德抬起头。她喘着粗气，从玛莉的手臂里滑了出去，然后又挣脱了伊夫斯的手，往上挪了挪，靠在了椅子上。坐定之后，她伸出舌头，深吸一口气，满足地吐了出来。拉车的马开始狂奔起来。

“慢点！”马儿喷着响鼻，吕西安让它们放慢速度，“我们还有很长一段路要走。”

满月已经越过了最高点，开始下沉。马的身上也出现了越来越多的汗水。

“快看！”伊夫斯突然说道。

在他们身后，一条路全亮了起来，像一道洪流一样向他们逼近。

“国王！”吕西安说道。

“照这样下去，我们不可能赶得到海边的。”伊夫斯着急地说道。

“是的，几乎不可能了。”

“我们豁出了性命，难道要半途而废？”

“谢赫拉莎德，听好。塞纳河也能带你回家。”玛莉·约瑟芬开始叮嘱海女，“但记住，游得越快越好，一旦听到人、马或者狗的声音，立刻躲到水底，别让他们发现你。”

谢赫拉莎德听懂了，唱起歌和玛莉告别。她把头放到玛莉的肩膀上，亲吻着她在玛莉身上留下的伤痕。玛莉的脸上也弄上了血迹。

吕西安催动马匹，让它们向一个小坡跑去。身后，追兵越靠越近，灯笼和火把的光像利箭一样向他们飞来。

“吕西安，我们能找个地方先躲一下吗？让他们过去……”

“附近没有能躲的地方，月光也太亮。”

马车爬上了坡顶。月色下，远处笼罩在薄雾中的塞纳河隐约可见。谢赫拉莎德闻到了水的气息，激动地唱了起来。马车在崎岖不平的小路上颠簸着。

“几分钟，再过几分钟，你就自由了。”玛莉小声说道。

追兵们爬上了山坡，灯笼发出的光拉长了他们的身影。他们沿着山坡气势汹汹地冲了过来，速度越来越快。

马车终于来到了平坦的路面上。玛莉幻想着他们在过桥后，能堵住桥，或者烧了桥，追兵过不来，他们就能逃之夭夭了。

要想追我们，他们就要渡河，可惜了他们那身珠光宝气的好衣服。

玛莉抱住谢赫拉莎德。吕西安不断地催促着已经精疲力竭的马匹，让它们快一点，再快一点。一遇到坑洼，车厢就剧烈地抖动起来。只要到了桥上，谢赫拉莎德就可以跳进水中，重获自由。离桥还有五百步，而国王的追兵们离他们还有一千步。两百步。追兵的头巾飘荡在空中，他们手中的火炬发出嘶嘶的声音，火星四溅。

五十步。马车撞上块石头，颠到了空中，又重重地摔了下来。一个车轮裂开了，车厢也左右摇摆。伊夫斯坐在车厢里，抱紧了玛莉和海女。马车发出尖利的声音，继续向桥的方向前进，在碎石路上留下了深深的车辙，终于在上桥前卡住了，车身歪向一边。

“吁！”吕西安勒停马。一匹马踉跄着跪在了地上，另一匹马则浑身发抖，垂下了脑袋。海女也惊慌失措地吼叫了起来，把两匹马吓得不轻。但是它们实在是太过疲劳，再也跑不动了。追兵们的马蹄声越来越近，还有五百步远。

“如果我们不投降，他们会不会开枪……”伊夫斯胆怯地说道。

“不！我需要帮助。谢赫拉莎德她……”玛莉从倾斜的车厢中钻了出来，吕西安也爬下马车。谢赫拉莎德摔到了桥上，正痛苦地在地上翻滚着。

吕西安跑到路的中间，拔剑出鞘，静静地等待着。

骑术大会的队伍向他逼近，掀起一阵尘土。汗水和灰尘混合在一起，形成了一股刺鼻的味道。路易十四一马当先，冲在了最前头，他最终停到了吕西安的面前，两者距离如此之近，吕西安甚至都能感觉到马喷出的热气弄皱了他帽子上的羽毛，而他的剑都快要抵到国王的马脖子上了。国王的后面跟着长长的队伍，努比亚女王的猎车殿后，猎豹从车旁边窜了出来，露出牙齿咆哮着。

国王盾牌上的太阳在火光的照射下熠熠生辉。

“吕西安，你曾经英勇地和我并肩作战，现在你难道要和我刀剑相向吗？”

吕西安沉默了。那边玛莉和伊夫斯还在抬着海女向桥上走去。海女大声地哼哼着，表达了自己绝不放弃的决心。她的尾巴拖在了地上。

快点，吕西安内心暗暗祈祷，我不能再次做出选择。

终于，桥上传来了海女兴奋的叫声。她从桥上跳下去，一头扎进了水中。

“游起来吧！再见，亲爱的谢赫拉莎德！”玛莉大叫道。

路易十四指了指塞纳河的下游。公爵立刻沿着河岸飞奔而去，他还穿着那套和服，宽大的袖子飘舞在空中。他的队伍还有其他人都跟了过去。路易十四的身边只留下洛林和三个王孙。

吕西安用剑向国王致敬后，就投降了。勃艮第和安茹接过他的剑和剑鞘，交给了他们的祖父。路易十四把剑装入剑鞘。

“你确定，吕西安？”路易十四问道。

“是的，陛下。”

路易十四把剑还给了他。吕西安鞠了一躬。国王只是把他当成了敌人，却没有把他当成叛徒。他的内心充满了感激。

谢赫拉莎德浸没在湖水之中。湖水不像海水那样清澈，散发着动物和陆地人的臭味。她浮出水面，厌恶地吐了口口水，然后潜回水中，向前方游去。在长期的囚禁之后，她已经遍体鳞伤，而且很容易疲劳。顺流而下能帮助她节省不少力气，但是回到大海的路程还很漫长。

水里有了异动。泥沙突然变多，影响了她的视线和听觉。她腿上用力一蹬，跃出水面查看情况。透过河上的薄雾，她看到在下个转弯处，骑着马的陆地人在河中站成一排，挡住了她的去路，还顺着水流拉起了一道长网。她潜入水中，鼓起勇气，想着从马蹄的缝隙中溜过去。可是，她一碰到水里的马蹄，那些马就惊叫起来，乱踩乱踏，将骑手从背上甩了下来。她的行踪暴露了。骑手们纷纷向河里开火，还有人拿着长矛向水里扎。子弹从她身边擦肩而过，有一颗甚至带走了她的一绺头发。河水也在弹雨的作用下沸腾了起来。

她急忙潜入水底。一张装着石头的大网也沉了下来。她被湍急的水流推向网内，挣扎着想从网眼中钻出去。猎人们感受到了网里的动静，开始收网，把网向浅滩拉去。

海女跃出了水面，出现在雾气之中，也暂时脱离了网的缠绕。正当她以为能逃脱之际，一阵刺痛突然从脚上传来。她回头一看，发现一头野兽正把她向岸上拉去。野兽发出了凶猛的咆哮声，它的皮毛上满是斑点。她挣扎着向河里挪去，连野兽都被她拉下了水。鲜血在河水中蔓延开来，空气中弥漫着血腥味和野兽身上的腥臭味。

野兽被她拖进了水中，失去了部分战斗力。海女大叫一声，它那恐怖的声音从水里传递过去，直击野兽的心脏。野兽浑身抽搐着倒下了。

它的同伴立刻跳了过去，用牙齿抵在谢赫拉莎德的喉咙上。谢赫拉莎德叫不出来，也动不了，野兽锋利的犬齿就抵在她的动脉上。只要一小口，她就会因为大出血而死。如果野兽发力的话，直接就能咬断她的脊椎。

谢赫拉莎德浑身瘫软，她陷入了混乱之中，陆地人在大吼大叫，长矛不断掉落在身边。终于，陆地人赶到了她身边，赶走了野兽，把她向浅滩拖去。喧闹之中，她唯一清楚的就是被再次网住的感觉。

休伦人穿着镶满了珠宝的外套，骑着马向玛莉奔来。他们看上去很高兴。

“别动！”吕西安小声说道。

玛莉·约瑟芬现在还处于惊魂未定的状态，以至于她都忘了害怕。休伦人从他们身边经过。年长的那人用一根羽毛拂过她的头发，年轻人也照样对吕西安做出了同样的动作。年长者调转马头，再次经过，这一次他俯下身来，碰了一下吕西安。

“他们是想要我们的头发。”吕西安解释道，“不过，我无所谓，我的假发反正已经毁了，想要就拿走。”

路易十四骑着马离开了，去和他的弟弟会面。洛林则把玛莉的手绑在了马车上。玛莉已经精疲力竭，并没有反抗。伊夫斯还想反抗，不仅徒劳无益，还受到了洛林的耻笑。后来洛林叫来了卫兵，把他的手也绑到了玛莉的左手上。对于伊夫斯这种丢人现眼的行为，吕西安很是鄙视。沙特尔公爵和缅因公爵把吕西安的手和玛莉的右手绑到了一起。

“现在你知道谁能帮你了吧？”洛林扬扬得意地对玛莉说道。

玛莉抬起头怒视了他一眼。

“冥顽不灵，愚蠢至极。”

拉车的马缓缓地向前走去。吕西安踉跄地跟在后面，用剑杖支撑着身体。

“吕西安，你也有今天。”洛林讽刺道。

“那你也只配给我提鞋。”

洛林气坏了。他猛地拍了一下后面那匹马的屁股，马儿受惊跑动起来，拉着它的伙伴和马车一起向前冲去。吕西安跌跌撞撞地跟在后面，摔倒，爬起，再摔倒，再爬起……

“吁！”他轻声呼唤着。两匹马放慢了速度。它们真的是累坏了，吕西安心想。

如果我就这样被拖回凡尔赛宫，那洛林该高兴坏了。

“吕西安……”玛莉·约瑟芬叫了他。

“嘘！”吕西安没让玛莉开口。他受不了别人的同情。

玛莉努力转过身，注视着暗处。“她成功了吗？”

路易十四的身影出现在薄雾之中。公爵和其他人抬着海女，跟在后面。海女被困在了网里。玛莉唱起歌询问她，海女在网里挣扎着，她的歌声先是变成了抽泣，最后变成了恸哭，她的眼睛在黑暗中闪闪发光。

年轻的骑手们完成任务后已经精疲力竭。他们互相开着玩笑，时不时还嘲讽下吕西安，以此解闷解乏。失去了国王的宠幸，昔日同僚们的情谊瞬间就会烟消云散。吕西安已经见过太多这样的场景。他素日来谨小慎微，尽职尽责，就是为了这种羞辱不要落在自己的身上。现在看来，他多年的苦心经营就在今晚毁于一旦。

路易十四看到洛林的“杰作”时，停了下来。他的目光掠过伊夫斯、玛莉，最后停在了吕西安的身上。

“你们一定是疯了！”

太阳即将升起。国王的声音中透露出浓浓的疲惫，听上去好像瞬间老了十岁。

第 27 章

按照国王的命令，吕西安和伊夫斯被松了绑。他们骑在拉车的马上，连马鞍都没有。早已筋疲力尽的海女躺在笼子里，哼起一首忧伤而又诡异的歌曲，把骑手们和他们的马吓得够呛。玛莉·约瑟芬坐在猎车里。猎豹趴在她身边低声咆哮着，时不时会碰到她湿漉漉的外衣。有一只坐在那里，盯着她沾有血迹的胸衣看个不停。

玛莉从来没有觉得时间居然会过得这么慢。到凡尔赛宫要花那么长的时间吗？她之前怎么没感觉？既然路途漫漫，还是来做点有意义的事情吧。玛莉打起精神，开始琢磨如何逃脱。她模仿着吕西安平常的姿势：昂首挺胸，骄傲地站了起来。她的脑海中浮现出各种各样的计划，一个比一个更离谱。比如，她可以解开猎豹的项圈，放它们在队伍中引起混乱，然后趁机逃跑。不过它们也有可能第一个就撕开她的喉咙，或者直接扑到海女的身上。又比如，她可以制服猎车的车夫，驾驶着猎车逃之夭夭，但是感觉沙特尔公爵的战马要比这些傻斑马快多了。不过，在她所有的设想中，海女都绝无逃生的可能，除非阿波罗本人从天而降。还有，就算她跑掉了，吕西安和伊夫斯也会被骑兵们包围住。

我们失败了。她悲哀地想着，不仅没能救得了谢赫拉莎德，还把无辜的吕西安牵扯了进来，看看他现在成了什么样子！

玛莉拿袖子抹了把脸，虽然显得很粗鲁，但是眼下也顾不了那么多了。她希望别人只是以为她眼睛里进了沙子。

突然，毫无征兆地，背部传来了一阵刺痛，吕西安觉得自己背部好像冒起了一团火焰。

他喘着粗气，紧紧地抓住了马背上的鬃毛，手中的剑都差点滑落出去。他全身上下的感官都停止了运作，除了疼痛再也没有其他感觉。不能乱动，否则我就会摔下去，丢了自己的剑，甚至还有可能昏过去。吕西安咬紧了牙关。

“吕西安，你怎么了？”他听到伊夫斯小声问他。

“别碰我，谢谢……”

“你的脸色怎么这么苍白？”伊夫斯还在喋喋不休。

“现在就流行这种肤色。”

伊夫斯终于不说话了。吕西安心中很是欣慰。

背部的刺痛还在持续，比世界上任何的酷刑还要难熬。如果他现在是在受刑，事情反而就简单了，只要认罪，折磨就会停止，但是他的身体比世界上任何一个审判所都还要无情，疼痛一旦发作起来，不论是酒精、意志力还是爱抚，都无法阻止。

队伍缓慢地向凡尔赛宫挪动，经过了大运河和阿波罗喷泉，沿着绿草坪一路向上，直接把海女送往了宫殿。

疼痛虽然折磨着吕西安，但是他还是清楚地意识到了这条路线背后的意义，他不忍看到玛莉脸上的表情，因为他相信玛莉其实也猜到了。

看来，陛下已经决定要结束海女的生命。

队伍在宫殿的北侧停了下来。伊夫斯跳下马背，动作僵硬地向吕西安走来。吕西安抓住鬃毛，在伊夫斯到来之前从马背上滑下来。他喘着粗气，靠着手中的剑杖才勉强站直了身体。

令他懊恼的是，他甚至都不能为背痛的发作找一个好的理由。车厢剧烈震动的时候没疼，翻车的时候也没疼。也许只是纯粹的量变引起质变，他这老毛病就是会不分时间不分场合地爆发起来。

吕西安唯一能找到的规律就是越是难受的时候，背痛就越容易发作。

生活中处处充满着不便，所以背痛也就一直存在。而现在，绝对是我最不舒服的时候了吧。

那边，国王也下了马，他的亲信们簇拥着他向宫里走去。他们没有给吕西安留位置，在他们的心目中已经没有了吕西安这号人的位置。卫兵们到来之后，其余的大臣们骑着马离开了，没有人再回头多看一眼。吕西安不怪他们，毕竟如果有谁胆敢替他求情，说不定就会落得和他一样的下场。

卫兵们将他们围在中间，押送到了议事大厅的保卫室里。吕西安拄着剑，勉强跟上了卫兵的步伐，不过这也只是因为卫兵们还要抬着海女，走得比较慢而已。海女有气无力地躺在网里，嘴里哼唱着悲伤的旋律。到了屋子里后，卫兵们立刻就丢下了海女，躲得远远的，海女的歌声让他们很是不安。

“好心的先生，给她点水喝，好吗？不然她会死的，求求你了。”

“你们就行行好，给她点水，让我们坐下休息会吧。我们已经奔波了一晚上了。”

伊夫斯低声下气的请求激怒了吕西安。

你们的教会不是说要拥抱苦难吗？吕西安真想好好讽刺他一番，不过最终他还是把这番话咽了回去。

卫队长对待他们的态度很恭敬，不仅亲自给他们送来了水和酒，还让人拿来了椅子。伊夫斯低着头一屁股窝进了椅子中，玛莉则小心翼翼地坐在椅子边上，吕西安都怀疑她是不是在刚才的翻车事故中受伤了。他很想走过去安慰她，也希望得到她的安慰，但是卫兵们一定会拦下他，他现在能做的就是保持住自己的尊严和风度。

卫队长给吕西安也拿来一把椅子。

“你认为我会在陛下面前坐下吗？”吕西安的语气很严厉。他指了指墙上路易十四的肖像画。背部的疼痛蔓延开来，已经扩展到了肩膀上。

“抱歉，吕西安。”卫队长问道，“那你要喝酒吗？”

一个卫兵在一旁倒酒。伊夫斯正口渴呢，迫不及待地喝光了杯中的酒。

“为国王干杯。”吕西安面对着国王肖像，骄傲地举起酒杯致意，然后一饮而尽。卫队长也和他一起敬酒。

“我就不用了，谢谢！”玛莉拒绝了卫兵端给她的酒，“我并无冒犯国王之意，只是我确实喝不了。”

她的嘴唇都干裂了，却仍然不愿意喝酒，别扭地坐在那里，满脸尴尬。吕西安突然明白她哪里不舒服了。

“克鲁瓦小姐需要用一下厕所。”他小声地对卫队长说。

卫队长犹豫了下。和宫里其他人一样，他很了解国王在解决生理需求方面的忍耐力，但是别人可没有那么大的膀胱啊，所以对那些和国王一同出行的女性来说，有时真的会憋得很难受。他向吕西安鞠了一躬，然后命人将他们押送到厕所。

“动作要快，国王马上就会召见他们。”

吕西安一个人待在厕所里。他倚靠在墙上，冰冷的石头带走了他脸上的温度。他打了个冷战。

卫队长还送来了水和毛巾。吕西安把身上最脏的地方弄干净了，擦掉了手套上的泥土，理了理衣服。他希望能再来一条毛巾，现在这个样子，他没法面对国王，而且浑身都被冷汗浸湿了。他的背还是火烧火燎地疼，他很不喜欢这种又冷又热的感觉。苹果酒还在他的外套里，他很想喝上一口，但还是忍住了冲动。酒精的辣度并不能缓解背部的疼痛。他还戴着骑术大会上的帽子，那顶帽子也已经湿透，软塌塌地垂了下来。他从里面抽下一条白色的丝带，把自己凌乱的假发扎了起来。

≈第27章≈

“海妖呢，吕西安？”他回来时，卫队长问他，“海妖会在地毯上撒尿吗？”

“问问克鲁瓦小姐，她是专家。”

“我不清楚。”如厕回来之后，玛莉就喝完了杯中的酒。卫兵给她满上时，她也没拒绝。

“谢赫拉莎德从来没在屋子里待过，也没见过地毯。就算到了厕所里，也不知道要做什么。”

“它不愿意喝水。”一个士兵拿着一瓶水站在谢赫拉莎德的身边。地毯上湿漉漉的，不是海女撒尿了，而是瓶里的水滴到了地毯上。

“让我和她坐一起吧。”玛莉请求道。

得到卫队长的同意后，玛莉跪在了海女身边。吕西安走到玛莉的身边，把手搭到了玛莉的肩膀上以示安慰。伊夫斯犹豫了下，也走了过来。玛莉也握上了吕西安的手，让吕西安倍感温暖，连背上的疼痛好像都因为玛莉的触碰而减少了一些。

“亲爱的谢赫拉莎德。”玛莉轻声说道。

她没有回应。玛莉的手拂过谢赫拉莎德的肩膀和淤青的臀部。谢赫拉莎德手指间的蹼都已经撕裂了，膝盖上全是血块，她的哀歌现在也几不可闻。玛莉把水瓶拿到谢赫拉莎德的嘴边，后者没有任何反应。

“先生，能给我点酒吗？”

卫队长递给玛莉一个瓶子。玛莉从瓶子里倒出一点到手指上，然后抹在了海女干裂的嘴唇上。海女如同梦游一般，舔干了嘴唇上的酒。

“陛下召见你们。”

玛莉·约瑟芬走在吕西安的身边，一起进到了阿波罗厅。伊夫斯则一个人跟在后面，低着头，两只手叠在一起，缩在衣袖中。卫兵们抬着海女走在他们的两侧。海女的悲鸣回荡在大厅之中。

吕西安看着国王。路易十四坐在宝座之上，也正凝视着他之前的宠臣。王太子、缅因公爵、洛林和沙特尔公爵围绕在国王身边，全都面色严峻。只有公爵向他们投来了同情的目光。也只有公爵敢这么做了，不过他也帮不了他们。

吕西安鞠了一躬，大颗大颗的汗珠顺着他的脸颊流了下来。他握紧了手杖，用力把自己撑了起来。

玛莉·约瑟芬弯下膝盖，行了个屈膝礼。不过她的注意力完全放在了吕西安的身上。*他怎么了？是在翻车的时候受伤了吗？我从没有见过他这么痛苦的样子。*

“我尊敬战场上的对手。”路易十四说话了，“但是我鄙视那些自称是我的朋友，最后却背叛了我的人。”

“陛下，全是我的错。”玛莉·约瑟芬抢先说道，“我哥哥和吕西安……”

“闭嘴！别以为你是女人就会有什么优待。小姐，我不是傻子，你骗不了我。”

“我并不奢求您的宽恕，陛下。”玛莉只是希望能为海女、吕西安和伊夫斯求情。

“还有你！你有什么要辩解的吗，吕西安？”

“没有，陛下。”

玛莉被吕西安如此简要的回答震惊了。

“我答应过你，要满足你的一个要求，你没有什么想要的吗？”

国王的羞辱让吕西安怒火中烧。他平复了下心情，冷冷地回答道：“我已经向您提过了，陛下。”

“让她闭嘴。”路易十四对着玛莉吼道，海女的哀号让他心烦意乱。

“我做不到，她快要死了，这是她为自己唱的挽歌。”

“很好，布尔森！”

瘦骨嶙峋的布尔森先生迈着小碎步急匆匆地走了过来。

“把它拖下去，现在就给我宰了它。”

“但是，陛下，盛宴马上就要开始了，我没有时间来处理它了。如果这次宴会没能让您满意，我一定会杀了我自己……”布尔森先生却有些犹豫了。

“你想怎么做都行。少废话，生吃也行。”

“好的好的，陛下，我会想出方法的……”布尔森先生很是惶恐。

眼见海妖死期将至，玛莉·约瑟芬默默地流下了泪水。

吕西安握住了她的手。虽然她还是忍不住要哭，但她还是很感激别人在这时给她的安慰。

“停下！你不能进来！”侍者的声音从隔壁大厅里传了过来。

“卫兵！”

一只鸽子冲了进来，在大厅里振动着翅膀，飞来飞去。透过玻璃，它看到了外面的天空，于是就像离弦的箭一般冲了过去，不过却在最后一刻，飞到了皇家养鸽人的身边。养鸽人捉住它，把它放在胸前。其他鸽子则落在了他的肩膀上。

吕西安突然动了起来。他没有征得任何人的同意，直接走向了养鸽人。他拄着手杖，向养鸽人伸出手去。

养鸽人把手伸进口袋，从口袋里掏出一把银质小信囊，放到了吕西安的手里。

吕西安没有立刻就打开信囊，而是回到了之前站的位置。泪水模糊了玛莉的视线，她握紧双手，指甲都嵌到了肉里。打开它！她在心里呼喊着。

路易十四从吕西安手上抽出一个信囊，打开后倒了一下，没有东西。他摇了摇信囊。

叮的一声，一个绿宝石掉了出来，顺着光滑的地板滚了出去，最终停在了波斯毯的边缘。一个士兵捡起宝石，跪在国王面前，把宝石递给他。

读完了信囊中的小纸片后，路易十四把信囊扔到了地上。

每一个信囊中都装着一样珠宝，一个比一个更精美，有圆润的玉珠，也有精致的金手镯。路易十四拆完一个扔一个，很快地面上就堆起了一堆小纸片。玛莉·约瑟芬把纸片上的字凑在一起，只见上面有这样的字样：“阿芝特克人的宝石。西班牙的金子。胜利的奖赏。”

路易十四把这些珠宝捧在手心。

“海妖赢得了她的生命。”他冷酷的声音让玛莉不寒而栗。

“陛下……”布尔森先生还想说点什么。

“吕西安，给他……”路易十四不自觉地又想吩咐吕西安，不过他很快就反应过来，吕西安已经不是他最信任的助手了。“布尔森，你会得到应有的奖赏，现在退下吧。”

布尔森激动地连连鞠躬，退了出去。

路易十四注视着吕西安，却失望地发现后者的脸上没有任何表情。

“吕西安，我重要的顾问，又有谁能取代你的位置呢？”

“没有，陛下。”

吕西安的话不多，可是却透露出他的悲伤和骄傲。玛莉·约瑟芬看着他，差点就要哭了出来。

路易十四把洛林叫了过来：“把海妖带回到笼子里去。”

“陛下！”玛莉叫道，“谢赫拉莎德没有欺骗您，给您献上了宝船。”

“所以我饶她一命。”

“可是您答应过要放了她的！”

“你这是在和我讨价还价吗？”

“是的，陛下。”

“我答应过不吃掉她，但是如果她的肉不能给我带来永生，她就要给法国带来财富。”

谢赫拉莎德从木头台阶上跌跌撞撞地滚落下来，一头扎进阿波罗喷泉。池水散发着恶臭，将她从梦呓中惊醒。她在网里拼命挣扎着，用自己锋利的爪子撕扯着网眼，破碎的渔网在水池里飘荡着，看上去就像一条章鱼。

现在的海女早已遍体鳞伤，她奋力一蹬，跃出水面后，又重重地落了下来。身后传来了笼门落锁的声音，然后帐篷四周的帘子也拉了下来。整个帐篷中只剩下她一人。她用受伤的爪子疯狂地抓着池壁和栏杆，血渐渐地从她的爪子上渗了出来。

她已经无路可逃。

卫兵带走了吕西安和伊夫斯，玛莉·约瑟芬连和他们说话的机会也没有。另外两个士兵则陪着玛莉一同回到了公爵夫人的房间。

公爵夫人两手侧平举，站在更衣室中，她的女官正为她系上衣服上的束带。夏洛特小姐已经打扮完毕。她穿着一件华丽的浅褐色绸裙，裙子上镶嵌着黄晶。她今天佩戴了一件饰有绸缎的方当伊高发饰，哈丽达正为她的头饰上做着最后的点缀。

看到玛莉出现在门口，哈丽达立刻丢下了手中的发饰，跑过来一句话也没说，只是紧紧地抱住了她。夏洛特也跟了过来。桂花跑过来在玛莉的脚下嗅个不停，杨花则冲着她哇啦乱叫。两只狗闻到了她身上海女的味道，狂吠起来。

“别叫了。”夏洛特踢了它们两脚，把它们赶走了。

女官们又替公爵夫人披上了绣着金线的宫服。

“你们退下吧。”公爵夫人直接就下了逐客令。

“可是，夫人……”

“照我说的做。”

卫兵们互相看了一眼，退了出去。不过他们还是在外面的走廊里等着，即使公爵夫人再强势，他们还是要执行国王的命令。

公爵夫人把脸贴在玛莉的脸上。

“亲爱的玛莉，你的事都能写成一幕悲剧了。国王气得够呛，但是他还是让你去参加宴会。”

“夫人，我该怎么办？”

“听从他的命令。大家都是这样做的。”

玛莉·约瑟芬和哈丽达一起给公爵夫人梳头，她的手里拿着发夹、一些珠宝和几条蕾丝。公爵夫人不喜欢浮夸的装饰。玛莉现在连这样正常的活儿都做不来，她的手一直抖个不停。旁边的女官们开始窃窃私语，小声议论着她不雅的动作还有脏兮兮的衣服。

谢赫拉莎德还活着。玛莉心想，只要她还活着……

但是她心里也清楚，在那个囚笼中，她撑不了多久的。

公爵夫人伸出手臂。玛莉把国王送给她的那串手镯系在她的手腕上。玛莉的泪水又涌了出来，泪光中，那串手镯看上去更加璀璨夺目。

“现在，我们该怎么打扮你呢？”公爵夫人上上下下打量着玛莉，态度十分坚决，“你可不能穿成这样去见陛下。看这衣服上的泥点。”

“别取笑她了，妈妈。”夏洛特把玛莉带到了一个衣柜前，打开了衣柜门。

玛莉从未见过如此美丽的礼服。银色的丝绸上闪烁着光泽，胸衣上还装饰着月光石。

“小姐，我不能……”

“这是吕西安送过来的，说只有这条裙子才能衬托出你的美丽。”

我毁了他，可是他还对我这么好……

夏洛特抱了抱她，在她的脸上亲了一口，用力捏了下她的手以示鼓励，然后就退了出去。公爵夫人和她的女官们也都退了出去，她们的裙角摩擦着地面，发出一片沙沙的声音。屋子里似乎还萦绕着她们的窃窃私语，空气中也还残留着她们的香水味，玛莉和哈丽达终于有了独处的时间。

哈丽达把一张小纸条放到了玛莉手里。玛莉展开纸条，倒吸了口冷气。居然是吕西安的字迹！

我们很快就会相见。我爱你！

吕

“玛莉小姐，快别哭了。你今天已经哭得够多了。来，坐这儿，我要和你头上这团乱糟糟的头发做斗争了。”

“哈丽达小姐，我得给他写个回复。可以吗？能送出去吗？”

“应该可以，吕西安有很多线人。”

≈第 27 章≈

玛莉在纸上写道：

我爱你，海枯石烂，至死不渝。

哈丽达叫来一个侍者，小声叮嘱了两句，让他把纸条送给吕西安，然后又把注意力转回到了玛莉的身上，开始服侍她穿衣。玛莉·约瑟芬穿上了吕西安送来的礼服，镜子里映出了她的身影，她似乎沐浴在一片皎洁的月色之中。

“美极了，比我想象的还要好看！”哈丽达很满意。

玛莉把吕西安的纸条塞进胸口。

“姐姐，还有你的头发。”哈丽达说道。

她从夏洛特小姐那一堆的发饰中间拿出一个，递给了玛莉。看到这个巨大无比、装饰花哨的发饰，玛莉很想笑。她想象着自己顶着这样一个东西摇摇晃晃走路的样子，还是没忍住，笑出声来。

“你不喜欢我做的这些发饰吗？”哈丽达板着脸问道。

“对不起。”玛莉捂着嘴，堵住了自己的笑声，“哈丽达小姐，我不是故意的……”然后，哈丽达自己也笑了起来。这些确实太可笑了，而那些贵妇们还喜欢得不行。

哈丽达放下发饰，给玛莉梳了一个简单的发型。

“你一定要戴上这个。”

哈丽达把一串长长的珍珠盘在了玛莉的头上。

“这是你的……”

“记得还我啊，我还要用它来换我回家的路费呢。”

玛丽王后赏给别人的东西肯定都来自路易十四。玛莉内心获得了少许的安慰：如果路易十四不放谢赫拉莎德，那至少他的钱能帮助哈丽达回家。

夕阳透过窗户，照亮了镜厅。在镜子的反射下，水晶吊灯周围泛起一圈彩虹。墙上，国王的标志——金太阳——也在绽放出耀眼的光芒。屋顶的天花板上，神仙英雄们在壁画中或嬉戏，或争斗。

长长的宴会桌占据了镜厅的大部分空间，桌子边坐满了法国的王公贵族和盟友。典礼官和他的助手们花了好几个月才安排好宴会的服饰、食物还有座位，这些在宴会结束后的好几个月内都会成为上层社会的谈资。优美的音乐回响在镜厅之中，空气中弥漫着橘花的香气。

“玛莉·约瑟芬·克鲁瓦小姐到！”传令官大声宣布。玛莉独自一人走进了大厅，屋子里的灯光让她头晕目眩。她的身边没有挽着她的男伴，后面却跟着卫兵。大厅里响起了人们小声的议论。玛莉没有理睬任何人，抬起头，步伐坚定地向前走去。

让他们说去吧。我的头发不符合他们的审美，没人护送我，我的身后还跟着卫兵，可议论的有很多吧。

玛莉很想放声大笑，*可能他们关注的还是我的发型吧。*放眼望去，大厅里那些贵妇们的头上全都是哈丽达的作品，每个人都顶着一个高高的发饰，看上去好像一片蕾丝堆叠起来的森林。

玛莉的位置在宴会桌最偏僻的地方。她也很喜欢这样的安排——可以躲开众人的目光。她现在只想和谢赫拉莎德、吕西安在一起。吕西安的纸条还在她的胸衣里，紧紧地抵着她的胸脯。

“伊夫斯·克鲁瓦神父到！”

伊夫斯没有戴上国王的奖章。他黑色的袍子上有缝补过的痕迹。卫兵跟在他身后，一起来到了玛莉的身边。

“吕西安到！”

吕西安和别人一样盛装打扮，昂首挺胸地走了进来。他没有穿那件蓝底金丝外套，而是穿了一件银色的丝绸外衣，上面还装饰着闪闪发光的珠宝，完全是外国王子的派头，他身边的卫兵就像是他的保镖。连他那离国王最远的位置，看上去也像是一个荣誉的宝座。

“你忘了给我拿脚蹬。”吕西安对卫兵里的中尉冷冷地说道。

“抱歉，吕西安。”

卫兵们面面相觑，犹豫着要不要去听一个阶下囚的命令。吕西安耐心地等待着，似乎完全没有注意到他们的反应。他对着玛莉露出了一个迷人的微笑，眼神里满是爱意。玛莉的心都快要融化了，她相信这绝不是吕西安今天的打扮所带来的错觉。

卫兵们还是给吕西安拿来了脚蹬。吕西安踩着脚蹬坐上了椅子后，卫兵退到了橘子树的后面，雪茄点燃后产生的烟雾从橘子树后飘了出来。玛莉很是羡慕他们。

伊夫斯和玛莉分别坐在吕西安的左右。离他们最近的客人们如同躲避瘟疫一样，纷纷挪动起椅子，空出一大片地方。下一步他们是不是要把烛台、小刀和盐碟堆在这里，砌一道墙出来？玛莉很想笑。

玛莉·约瑟芬把手放到了吕西安的手上。

“谢谢你所做的一切。我很抱歉，我希望……”

她的话还没说完，吕西安就举起她的手贴到了自己的嘴唇上。他亲吻了她的掌心。玛莉的心中升起一个奇妙的想法，他的亲吻令我心跳加速，那如果我亲他的话会是什么感觉呢？

“我已经很久都没有冒险了。”

“只是因为这个？”

“不，你让我看到了你的品质，我爱你。海枯石烂，至死不渝。”

“我真希望能和他们换个位置。”玛莉·约瑟芬冲着橘子树后的士兵们点点头，轻声说道。

吕西安微笑了起来。

“妹妹，注意你的言行举止。”

玛莉不顾伊夫斯愤怒的眼神，抚摸上了吕西安的脸颊。后者靠着她的手，闭上了眼。他打了个冷战。

“吕西安……”玛莉担心地问道。

“没关系。”吕西安轻声说道。他勉强坐直了身子，玛莉也放下了手。

“到底怎么了？”

“你也知道我的老毛病，时不时就会发作一下。”

“那治疗……？”

“没有治愈的希望，只能默默忍受。”

传令官又大声宣布外国君主的到来。他们一个接一个地走进镜厅，坐在了贵宾席上。他们身上佩戴的珠宝似乎能把他们压垮。玛莉从人群中看到了玛丽王后的身影。她戴着高耸入云的发饰，正努力保持着身体的平衡。她的发饰极其夸张，金色的蕾丝和绸带一层一层地垂了下来，上面镶嵌着各种各样的银饰和宝石。她的脸上涂着一层厚厚的白粉，一道细细的蓝色涂料顺着她的血管，在两鬓和胸脯的曲线处蔓延开来，愈发衬托出她煞白的脸色。

“教皇大人驾到！”

教皇没有前往贵宾席，而是径直向前走去。这可把传令官吓坏了，他频频环顾四周，发现没人能帮他，只好硬着头皮追上教皇。教皇和他小声说了句话，他听完后鞠了个躬就回到了原位。大厅中安静了下来，教皇在一片震惊的目光中，慢慢向玛莉·约瑟芬走去。玛莉起身行了个屈膝礼，还亲吻了教皇的戒指。伊夫斯跪倒在教皇脚下。只有吕西安不为所动，在自己的座位上稳如泰山。

“再拿一把椅子来。”教皇命令道。

“教皇大人！”伊夫斯惊叫道。

仆人们从震惊之中回过神来，急忙拿来了椅子。伊夫斯让教皇坐在自己的座位上，自己则坐在他的右手边——刚才被空出来的那片区域。客人们都被教皇这惊世骇俗的举动吓到了，仆人这时却迅速行动了起来，搬走了贵宾席上教皇的椅子，把路易十四的椅子摆放到了最中间的位置。可怜的传令官，他看上去可能随时随地都会晕倒。

“国王陛下，伟大的路易，法国和纳瓦拉的国王到！”

所有人都站起身向路易十四鞠躬致意。路易十四身着盛装，披金戴银，缓缓地向自己的座位走去。他面无表情地扫视着大厅，还没有意识到大厅里的变故。直到看到了玛莉、伊夫斯还有吕西安时，他才注意到了角落里的教皇。他紧紧盯着教皇，目光似乎要把教皇穿透。

“教皇大人……”伊夫斯小声说道，“您的位置……”

“上帝都愿意拯救麻风病患者，我又有何惧？”教皇看了一眼吕西安，“不过，他并不曾和不信教的人打过交道。”

玛莉涨红了脸，为教皇羞辱吕西安而气愤。

“如果他见过这些人，对他们也一定会很仁慈。”吕西安并没有生气。

“您对我们就很仁慈。”伊夫斯生怕教皇不高兴，赶紧说道，“您愿意坐在我们这群罪人的身边，我们十分感激。”

“我那位表兄看上去很生气。”

“他只是少吃了顿肉而已。我们不想让他犯下吃人的罪过。”玛莉说道。

“我们担心他的灵魂会受到伤害。”伊夫斯补充道。

“也许你只是保护了一个魔鬼。”教皇对着伊夫斯说道，“也许海妖的肉真能让他长生不老呢？”

“教皇大人，谢赫拉莎德不会给任何人带来永生。这种事只有上帝才能做到。”玛莉·约瑟芬说道。

她的话有些失礼，但是教皇并没有理会。他随着伊夫斯继续说道：“你说过海妖的肉有这种功效……”

“我说谎了。”伊夫斯的脸上露出了痛苦的表情，“我并没有做实验，教皇大人。不过真相并不重要……”

“伊夫斯！你居然会说出这样的话？”玛莉·约瑟芬简直不敢相信自己的耳朵。

“重要的是国王信了。”

“他之所以相信谢赫拉莎德的肉能带来永生，全是因为你！他不会再遵守诺言的，他会杀了谢赫拉莎德！”玛莉愤怒地说道。

吕西安也看到了她愤怒的目光，但是他什么也没说。

吕西安为什么不说话？你快说啊，你说，陛下不是那样的人，他一定会信守自己的诺言。虽然他责罚了我，但是他会放过谢赫拉莎德。

“教皇大人，只有您能救谢赫拉莎德了。”吕西安的沉默让玛莉绝望，她转向教皇，“您倡导的改革令人敬仰，是您制止了腐败……”

“别说了！”伊夫斯厉声说道。

“克鲁瓦神父，让我稍微享受下别人的赞扬。我也是有虚荣心的。确实，是我制止了腐败。”

“恕我无理，教皇大人。”

“赞美上帝，动物可供我们食用，魔鬼需要我们打败，异教徒需要我们感化。海妖是哪一种呢？”教皇问道。

“她是一个女人！”玛莉分辩道。

“我没有问你，克鲁瓦小姐。克鲁瓦神父，海妖说死亡是不可避免的，世界上并不存在来世。”

“教皇大人。”伊夫斯小心翼翼地选择着用词，“动物知道什么是死亡吗？”

“如果真有魔鬼的话，他们一定相信有来世，也相信天堂和地狱的存在。不然的话，这些魔鬼住在哪里呢？”吕西安突然插话了。

玛莉被他的话逗乐了，她强忍住要笑出来的冲动，鼓起勇气，继续向教皇说道：“教皇大人，你可以告诉谢赫拉莎德什么是来世。”

“玛莉小姐，别瞎说。”教皇的语气中带上了一丝不耐烦和怒气，“女人就要顺从安静。这是上帝的旨意。”

吕西安靠向教皇，愤怒地做了个手势。他刚想说点什么，却僵住了。等他恢复过来时，他的嘴唇上泛起了一片惨白。玛莉·约瑟芬十分担忧，生怕他下一刻就昏倒了过去。

“如果你信仰上帝的话。”吕西安的声音很刺耳，“那你就得相信，上帝把玛莉·约瑟芬·克鲁瓦打造成了一个勇敢的女性。”

“你！”教皇咬牙切齿地说道，“你和那头怪兽真是天生一对！”

窗外，太阳已经降到了地平线上，阳光也变成了赤红色。在镜子的折射下，整个镜厅像是笼罩在熊熊的火焰之中。

第 28 章

来自西班牙的珍宝在士兵们森严的戒备下抵达这里。马车在黄金的重压下嘎吱作响。玛莉·约瑟芬坐在监狱中的台阶上，她把自己也关了进来。卫兵们注视着帐篷，盯着她的房间。他们加强了戒备。

她本来可以在夜里从窗户或者屋顶逃走，就像吕西安曾经展示过的那样。但是一旦逃走了，她就无处可去了。如果她逃走了，谢赫拉莎德将孤独一人，吕西安也会受到牵连。

海女躺在玛莉·约瑟芬的膝盖上。她肩上的伤口已经溃烂，向外渗着脓水，脚踝上的伤口仍然很痛。她保持沉默，拒绝任何食物。

“拜托，谢赫拉莎德，听我说。如果你给陛下更多的宝贝，也许他会放了你……”她的声音渐渐低了下去。她自己都不会相信陛下会释放她的朋友，更别提要说服谢赫拉莎德了。

“克鲁瓦小姐。”

在火枪手的射程内，谢赫拉莎德从玛莉·约瑟芬的身边滑走，潜入水中。她躺在水下，脸朝上，呆呆地凝视着，等待着死亡。

“跟我来。”卫兵打开笼子让玛莉·约瑟芬出来，然后又把笼子锁了起来。

令她吃惊的是，扎基正等着她。这匹母马贴上来，享受着她的爱抚。

他们会剥夺我的一切，玛莉·约瑟分想，哪怕是扎基。谢赫拉莎德的性命，哥哥的爱，妹妹的陪伴。还有吕西安。

自从上次宴会结束后，她都没有见过吕西安。虽然海妖肉的缺席让客人们很是吃惊，但是宴会还是进行到了日落时分。侍者们撤掉了烛台上的花，换上了枝状大烛台，然后又过了午夜时分，服务员又撤掉了快要燃尽的蜡烛，上了另一道菜。玛莉·约瑟芬全程都吃不下一口。

宴会结束时，陛下给了洛林骑士一个钱袋，里面有一千金路易。洛林骑士就站在吕西安之前的位置上，他把钱赏给了布尔森先生。

与此同时，卫兵彬彬有礼地向吕西安鞠了一躬，并引导他离开。

“别担心。”他说。

她骑上扎基，扎基后足立地腾跃起来，想要带她逃跑，把那些守卫笨拙的坐骑甩在身后。玛莉·约瑟芬轻抚着它的脖子让它平静下来。扎基可以带着她越过凡尔赛宫的屋顶，但是她仍旧无处可去。

卫兵们护送她来到花园的尽头，进入一座城堡。

刚一进到议事厅，玛莉就倒吸一口冷气。只见路易十四坐在那里，他的周围全是金块银条，以及整箱的金币和成堆的珠宝项链。

国王把玩着一个厚实的金色酒杯。玛莉·约瑟芬行了个屈膝礼，然后跪在了他的面前。

“你的海妖说了什么？”

“什么也没说，陛下。她不说话，也不吃东西。如果您不放她走，她会死在您的手上。”

“我已经杀了很多人，克鲁瓦小姐。”

“蓄意谋杀？是我们救了您，吕西安、伊夫斯和我。我们拯救了您的灵魂。”

“你为什么一定要坚持这种妄想呢？”他叫了起来。

“我的朋友谢赫拉莎德快要绝望而死了。”

“野兽根本不懂什么是绝望。如果它惹恼了我，我会把它交给我表兄的宗教法庭去审判，让它尝尝什么是真正的绝望。”

他放下了手中的酒杯。路易十四今天穿着深色的衣服，上面只有一点金色的花边。

他向玛莉·约瑟芬伸出手，把她拉了起来。有那么一瞬间，他们好像又回到了大运河上的平台，即将开始跳舞。

“或者我也可以吃了它，这对它来说将是一个更好的命运。”

玛莉·约瑟芬很想大叫出来，您答应过的！您是一位伟大的国王，怎么能言而无信，欺骗我和谢赫拉莎德，伤了吕西安的心？

“陛下，”她尽可能镇静地说，“您有权利杀了她、杀了我、杀了我的哥哥，还有吕西安——他很爱您。”

“你说你不爱我，克鲁瓦小姐？”

“爱，但不像吕西安那样。”

“他更爱你。”

“我知道，陛下。但这并不意味着他对你的爱更少。陛下，他还好吗？”

“他还活着。”

“您没有——”

“我什么也没做，只是把他的人从我的卫兵中赶了出去。我为什么要亲自动手？他的身体已经够他受的了。”

“我能看看他么？”

“我考虑一下。”

“陛下，您明明可以宽恕我们所有人。”

“你比你的母亲还要固执！”

玛莉·约瑟芬的愤怒在那一瞬间爆发了。“她……您……我的母亲完全顺从了你！”

“她拒绝了……”

玛莉·约瑟芬惊愕地看着陛下，他的表情变得悲伤起来，眼里也泛起了泪水。

“她拒绝了我想给她的一切。”他转了过去，直到恢复了严肃的表情，“跟我来。劝劝她遵从我的旨意。”

有那么一瞬间，玛莉·约瑟芬认为国王指的是自己的母亲，而不是谢赫拉莎德。

教皇站在笼子旁。他向笼子中洒了一些圣水，用拉丁语开始了驱魔仪式。

“抛弃你的异教徒行为，”他说，“接受教会的教诲，你会获得永恒的生命。”

谢赫拉莎德咆哮起来。

“如果你违抗我，你的灵魂将永远不得安宁。”

玛莉·约瑟芬跑向了笼子：“让我进去！”

焦虑不安的谢赫拉莎德在水池里游来游去。路易十四从轮椅上起身过去，打开了笼子。玛莉·约瑟芬在国王之前冲了进去，不顾任何礼仪。

“谢赫拉莎德，别紧张，亲爱的谢赫拉莎德——”

“别干涉我，克鲁瓦小姐，”教皇说，“你忘了我对你的忠告！”

玛莉·约瑟芬跑下了平台，而国王仍旧待在楼梯的顶端。

谢赫拉莎德看着他，发出了尖锐的叫声。

“不，谢赫拉莎德！”

海妖绝望地游向了玛莉·约瑟芬。她咆哮着，伸开了爪子，径直指向国王。玛莉·约瑟芬冲向谢赫拉莎德。她们撞到一起，从台阶上咕噜噜地滚了下去。两人抱成一团，谢赫拉莎德躺在她的怀里。血液从她额头的骨槽中流了出来。玛莉·约瑟芬试图为她止血。她的手和裙子都被染红了。

“自杀是一种大罪，”伊诺桑说，“她必须在死前发誓服从和忏悔，否则我将宣布她为恶魔。”

玛莉·约瑟芬抬头看着面前的这两个男人，一个是认为谢赫拉莎德想要自杀的教皇，一个是认定谢赫拉莎德想要谋害自己的国王。也许他们俩都是对的。

谢赫拉莎德抬起头，愤怒地唱起歌来，她的脸上全是鲜血，看上去十分恐怖。

“她说什么？”

玛莉·约瑟芬迟疑了片刻。

“告诉我！”

“她说——原谅她，陛下——那个没牙的老头真是滑稽可笑。一船珍宝能赎回我的命么？”

“珍宝在哪？”

“她会告诉我的——在你放了她之后。”

“拿什么做担保？”

“我的一切，陛下。”

她以为路易十四会拒绝她，把她当成一个撒谎的贼。

“你不想为你自己求情吗？还有你的哥哥和爱人？”

玛莉·约瑟芬迟疑了一下，然后摇了摇头。

“不，陛下。”

谢赫拉莎德在水池里扑打着，水花从困着她的网中溅出来。

她哭着挣扎着，因为她闻到了大海的气息，不顾一切地想要回到大海。

“谢赫拉莎德，我亲爱的朋友，小心，别弄伤了你自己。”

玛莉·约瑟芬将手伸进粗糙的网中，抚摸着海女以示安慰。

在路易十四旗舰上的主甲板上，玛莉·约瑟芬坐在谢赫拉莎德的水池旁，上面搭着一个帆布篷。上层甲板上，国王坐在天鹅绒扶手椅上，四周挂有帷幔。他对船长说了一句话，船长转身就冲船员们吆喝了起来。船员们立马投入工作，准备起航。

这时，有一艘小艇从码头出发，向着大船驶了过来。玛莉·约瑟芬小声说着些鼓励谢赫拉莎德的话，然后她把手从网里拽了出来。小艇来到了旗舰的边上。吕西安身着一身优雅的白底金边丝绸外套，先是把他的剑杖递了上去，然后沿着梯子爬到了甲板上。玛莉·约瑟芬立刻跑了过去，握住了他的手。隔着鹿皮手套，她都能感受到他结实而有力的手。他居然会直接从监狱中出来，这一点出乎了所有人的意料。

“吕西安，我的爱人——”

“抱歉。”他说。他步履蹒跚地走到背风面的横栏处，虚弱地靠在了栏杆上。

“船还没有起锚呢！”玛莉·约瑟芬说。她给吕西安弄了点水。他接了过来却没有喝，而是把水浇到了脸上。

锚索在起锚机旁嘎吱作响。船帆打开了，被风吹得紧绷了起来。

“起锚了。”吕西安说，然后又依靠在栏杆上。

“可怜的人儿，”她说，“船开了，就会好很多。”

“不会的。”吕西安说。这时船转了方向。他叹息着：“我希望我能在战场上……在雨中……不骑马……不佩剑。我希望陛下能把我留在巴士底狱。”

“你怎么能这么说！”

“行行好，”他说，“让我一个人待会儿。”

在穿越马提尼克岛的艰苦航行中，很多年轻人都晕船了，但没人像吕西安一样严重。当帆船行驶到平静的沿海水域时，几乎没有风可以推动船前进，但是吕西安的病况却加重了。玛莉·约瑟芬现在的担心又多了个对象，除了谢赫拉莎德还有吕西安。然而国王没有展现一丁点对他们俩的同情。有时，船会整日锚泊，同时派出小艇去搜寻谢赫拉莎德所说的岩礁，即使在这时路易十四也显得很淡定。玛莉·约瑟芬知道，吕西安失去了国王的宠幸和自己的职位，身体上也痛苦不堪，国王其实很乐意看到现在这个场面。

她尝试劝说谢赫拉莎德去吃点鱼，但失败了；她也尝试劝说吕西安去喝点汤，也失败了。

这时，船长来到了她的遮棚下。他向玛莉·约瑟芬鞠了一躬。

“尊敬的小姐，陛下想见你。”

在国王奢华的小屋里，玛莉·约瑟芬行了屈膝礼。

“你答应我的宝藏在哪呢？”他说。

国王是不是因为船开得又慢又不稳而身体不适了呢？一想到这她就很开心。

“陛下，谢赫拉莎德从甲板上是看不到海洋的。请放了她。如果她能准确地听到潮汐的声音，她会带领我找到正确的地点。”

“我会考虑的。”路易十四说。

有时他确实会考虑，但更多的时候他嘴上答应但实际上不会做。不要指望去改变他的想法。玛莉·约瑟芬再次行了屈膝礼。国王转过身去，让她退下。

“陛下，”她在门口停了下来，“吕西安在这里对您没有什么用。把他留在岸上，送回凡尔赛吧。”

“把他送回有一大堆朋友的地方！”国王大叫着，“他必须留在这里，在我的视线中，直到你找到宝藏。”

玛莉·约瑟芬离开了。她已经清楚路易十四的打算，吕西安是他在船上的人质，而伊夫斯则是他城堡里的人质，为的就是确保玛莉·约瑟芬能成功找到宝藏，并且确保路易十四自己能安全返回宫廷。

在甲板上，她用一块湿布给吕西安擦着脸。

“我不想让你看到这样的我。”他说。

“你在我做完手术后照料我，”玛莉·约瑟芬说，“如果我只能和你同甘，不能共苦，我还算什么朋友？”

他勉强地笑了笑：“你是一个海枯石烂的朋友。”

“至死不渝。”她说。她握着他的手。到目前为止，他们最多也就触碰过彼此的手。她很好奇当他们可以进一步发展时能做什么。

我的心跳已经不能再快了，她想。

“你的身体好些了么？”她问道，“我是说你的旧疾。”

“我要感谢晕船。”

“怎么说？”

“它把我的注意力从另一件不幸中解脱出来。”

国王的卫兵们来到谢赫拉莎德的水池边。一人拿着步枪，另一人拿着一根棍子。船员们跟在后面，拿着一张网和一捆绳子。

玛莉·约瑟芬跳了起来：“你们在做什么？她是受到陛下保护的！”

“这是陛下的命令，小姐，”中尉说道，“退回去。”

“你们在释放她么？”玛莉·约瑟芬惊喜地叫道。“没必要吓着她。”她对着谢赫拉莎德唱了一首简单的儿歌。“安静地躺着，谢赫拉莎德，就像他们把你放生到大运河时一样。陛下履行了诺言！”

谢赫拉莎德虽然有些不安，但还是听从了她。船员们解开了带来的网，把谢赫拉莎德捆了进去。谢赫拉莎德的头发又乱又脏，她的眼睛凹陷进去，脸上的肿块缩了下去。她红褐色的皮肤变得苍白，伤口又红又肿。

玛莉·约瑟芬紧随谢赫拉莎德。船员们抬着她来到了船首。谢赫拉莎德浑身颤抖，发出了激动的号叫。

“再见。”然而就在这时她的声音止住了。

船员们并没有解开谢赫拉莎德身上的网，而是拉得更紧了，并捆住了她的胳膊和脚。谢赫拉莎德尖叫了起来。玛莉·约瑟芬哭喊着抗议，同时抓着网不放。网眼撕裂了她的皮肤。

一名卫兵走过来抓起她，无视她的挣扎把她拖到了一边。尽管还生着病，也没怎么进食，吕西安拿着他的剑步履蹒跚地走过来。他用剑杖打倒了一名守卫，跌跌撞撞地走向玛莉·约瑟芬。

中尉用手枪对准了玛莉·约瑟芬的头部。

“立即投降。”他对吕西安说。

吕西安停了下来。他放下了无用的剑，举起了双手。一名船员将他推倒在了甲板上。吕西安竟然还尝试着站起来，这时一把短刀擦伤了他的脖子。玛莉·约瑟芬踢了中尉的膝盖。他骂了一句脏话，把她推倒在地。玛莉重重地摔在了甲板上，她挣扎着爬向了谢赫拉莎德。

吕西安的剑杖在甲板上翻滚着，正好落到了玛莉·约瑟芬的手边。她一把抓住剑杖，并在身边挥舞着。火枪手笑着后退了几步。她没有注意到一把手枪已经指向了她。

“再不停下来他就会死！”中尉叫道。

血从吕西安的脖子上流了下来，染红了他的白色衬衫。

毕竟寡不敌众，玛莉·约瑟芬和吕西安都被制服了，而且被作为人质来要挟彼此的安危。

玛莉·约瑟芬放下了剑，她不得不投降。当火枪手抓住她的胳膊时，她气得浑身发抖，可是也只能眼睁睁看着船员将谢赫拉莎德从金色的船首雕像的双臂间投掷下去，然后把她悬挂在船首斜桅之下。守卫放下火枪和佩剑，让吕西安站了起来。

“现在她可以看见大海，也可以听到波涛的声音了。”路易十四从玛莉·约瑟芬的手中拿走了吕西安的剑，“你曾经对我宣过誓，吕西安。”国王把剑插在了甲板上，并踩了一脚这柄用达马斯卡钢制成的剑。剑震动了一下，剑刃在甲板上留下了槽印。国王又踩了一脚。他的脸色变得冷酷无情，接着又踩了一脚。剑被踩得啪啪作响。吕西安一点也没有退缩，一直注视着眼前的场景。

国王握住剑柄，将它丢到了甲板上，然后又把这柄破损的剑踢到了甲板的一侧。

谢赫拉莎德被捆在网里，吊在空中。网绳无情地勒入了她的胸口和臀部。船首雕像的胸口压着她的背部，令她疼痛不已。海水拍打着她的身体，让她保持着清醒。她张开嘴，想要用舌头沾点海水，这是家乡的味道。

她很快就要死了。但是她不想死。

她整个下午都保持着沉默，不去回应玛莉·约瑟芬，也不去给船导航。当夜晚来临之时，她开始吟唱起来。她的声音嘶哑而难听。

“她同意了！她会带我们去找宝藏！”玛莉·约瑟芬完全相信了海女的话。

太阳快要出来了。谢赫拉莎德一边唱着歌，一边尽可能地聆听着海底的形状。在黎明时分，风力很小，而夜晚降临时，风力就会加强。船长极力反对如此近地沿着海岸线盲目航行。但是在那只无牙的鲨鱼和国王的威慑下，他不得不遵从命令。

船继续行驶着。谢赫拉莎德突然发出了兴奋和恐惧的颤音。

一块锯齿状的大石头从海底浮现出来，把船拖住了，摩擦着它的龙骨。船底的木头撞上礁石后全都裂开了。谢赫拉莎德在网中挣扎着。粗糙的网绳割伤了她的皮肤。

但是船并没有被摧毁，他们也没有放了她。船搁浅了，船长愤怒地喊着，玛莉·约瑟芬震惊的哭喊声还有谢赫拉莎德狂野而恐怖的笑声回荡在空中。她已经做好死亡的准备了，因为她的计划失败了。

当一轮残月出现在海平面之时，他们让她继续挂在船首雕像的下方。

第 29 章

玛莉·约瑟芬在甲板上痛苦地缩成一团，她的肩膀上披着一条毯子。她已经劝说过国王，说谢赫拉莎德并不是故意把船弄搁浅的。可是她自己都不相信自己的话，她的抗议只会使得国王认为谢赫拉莎德早有图谋。

国王会怎么想呢？她很想知道，除了背叛还是背叛？

然而，搁浅也是一件好事。潮水退去，船卡在了石头缝里，虽然船体稍微损坏了，但是船上暂时也感受不到剧烈的颠簸。航行开始后，吕西安第一次能睡个好觉。他金色的头发在星光下闪闪发光。让玛莉·约瑟芬欣慰的是，他喉咙上的剑伤很浅。

一切都没有改变。这艘船也并没有被严重损坏。船长说涨潮时，船就能浮起来。

然后会发生什么呢？玛莉·约瑟芬很想知道。他们再也不会相信谢赫拉莎德来带路，他们也不会相信我了。他们会折磨她，或者杀了她，或者把她送回凡尔赛再交给伊诺桑教皇？

夜空中飘来了一阵安静的歌声。谢赫拉莎德唱了一首摇篮曲，这是海妖唱给他们孩子的歌。

玛莉·约瑟芬听出了这是谢赫拉莎德的声音。露水汇集成了小液滴，落在了她的毯子上、头发上，以及船上闪闪发光的油漆和镀金面上。

尽管困得要睡着了，玛莉·约瑟芬还是强迫自己保持清醒。她抬起头，低声哼起了歌。

在船首附近的卫兵也开始打瞌睡，然后他叫醒了自己，检查了自己的手枪，接着又打起了瞌睡。他的职责是在谢赫拉莎德尝试逃跑时射杀她。他第三次打起了瞌睡。这下他开始打呼噜了。

玛莉·约瑟芬在毯子下开始匍匐向前。她悄悄地捡起了吕西安的剑并转动了剑柄。这个动作产生的声音就像船撞上岩石一样响，然而没人觉察到。

她拿起这把破损的剑。还剩一手之宽的剑身依旧很锋利。她把剑插到自己的长袜中，唱着舒缓的摇篮曲，爬过甲板，越过守卫，爬上了船首斜桅。她沿着斜桅爬过去，担心自己的衬裙会发出窸窣声，或者她的长裙会绊到自己、惊醒守卫。谢赫拉莎德的歌声把守卫给催眠了，掩护着玛莉·约瑟芬。

谢赫拉莎德的眼睛闪烁着红光。

“不要忘了我。”玛莉·约瑟芬低声说道。

她拿起破剑从下方割着一根网绳。绳子在剑刃的摩擦下断裂了。然后她又继续一根根地去割另外的绳子。这把剑从来不是用来割绳子的。粗糙的绳子很快就把剑刃磨得越来越钝，她割得更加费力了。谢赫拉莎德开始兴奋、激动并翻滚起来，她把脚从网洞中伸出来，用爪子撕碎了网。谢赫拉莎德的歌声开始颤抖，并变成了呻吟声。这时在他们身后，火枪手醒了。

“不！”他叫了起来。

谢赫拉莎德发出胜利的尖叫声。她冲破网，翻进海中。一枚手枪子弹从玛莉·约瑟芬耳边咻的一声划过，然后射入水中。玛莉·约瑟芬屏住了呼吸，一只手牢牢地握着那把残剑，另一只手抓着船首斜桅。她注视着黑暗之处，担心谢赫拉莎德已经被射中。

这时，一阵凉凉的海水打到了她的脸庞上。谢赫拉莎德笑着出来露了个面，然后就消失得无影无踪。

船体嘎吱作响并开始移动了。玛莉·约瑟芬紧紧抓着船首桅杆，兴奋地颤抖着。

“下来到甲板上，克鲁瓦小姐。”

她遵从了国王的命令，开始往回爬，尴尬的是国王和其他男人都能看到她的整条小腿。当她到达甲板并转过身时，两名火枪手把手枪对准了她，三名船员握着长矛站在边上随时待命。

“请把我的剑交给陛下。”吕西安没有戴帽子，清醒而镇静地说道，“先把剑柄递给陛下。”

她的命，可能还有吕西安的，都依赖于她无条件的投降，尽管她的手中还有一把残剑。她按照吕西安说的做了。路易十四接受了她的投降。

船员把玛莉·约瑟芬带走了。

≈第29章≈

玛莉·约瑟芬被关在了储物舱中，她的身边是黏糊糊的长满海藻的锚链，在这里她失去了时间的概念。她觉得一天一夜都过去了，但是当船开始移动并在她的下方发出轰鸣声时，她才意识到其实只是黎明时分。

他们已经离开船去敲碎那些岩石了么？她很想知道。她希望他们能带吕西安一起。这么不喜欢海洋的人不应该被淹死。

船体嘎吱作响并开始向前冲了。它终于可以自由漂浮了。当船进入海水中时，谢赫拉莎德的声音从海中传过来，声音触碰到船体时，发出了击鼓般的回声。惊讶和狂喜之余，玛莉·约瑟芬进行了回应。谢赫拉莎德再次说话了，渴望得到她的回答。快点，快点，她叫了出来，我等不了你多久了。

玛莉·约瑟芬不顾一切地敲打着隔板，她的手本来就有伤，现在更是敲出了淤青。

舱门打开了。光线照了进来，让她瞬间产生了一种晕眩感。

“别吵了。”国王站在她的面前，“我已经对你忍耐三次了。”

“您听不见谢赫拉莎德的声音么？我放了她——她会信守她的诺言，带我去找您想要的宝藏。”

“我什么也听不见。她已经消失了。”

“嘘！听！”

国王虽然满心怀疑，但仍安静地听着。船体震动着，发动机发出了轰鸣声。在这些声音之下，谢赫拉莎德唱着精妙而低沉的歌声。

“她答应了。她说，那里的沙子上全是金子和珠宝。尽管您没有信守诺言，但看在我的分上，她仍会把那些宝藏献给您。然后……她会正式向陆地人民宣战。”

“我在想，”路易十四说，“她有没有也向你宣战。”

国王永远也不会原谅她，不管找没找到宝藏。吕西安也无法重回他之前的职位。玛莉·约瑟芬想知道吕西安是否会原谅她。

在甲板上，吕西安凝视着海面上黎明的光辉，同时搜寻着谢赫拉莎德。他已经把那把又钝又破的剑插入了剑鞘中。他倚靠着这把剑并抓着围栏，以防自己晕船。

玛莉·约瑟芬来到他的身边。

吕西安抬头瞥了一眼：“你很了不起。”

她坐在他的身旁，握住了他的手。

船长向国王鞠了一躬。“陛下，船可能要返回勒阿弗尔，”他说，“但是我不能保证航行会一切顺利。”

玛莉·约瑟芬搜寻着地平线和银色的太阳光。她呼唤着谢赫拉莎德，但是没有收到任何回应。她已经走了，玛莉·约瑟芬想。在这广阔的海域中想要找到任何东西都如此困难。

“那好吧，”陛下说，“返回勒阿弗尔。”

“远处的一片水花搅乱了平静的海面。”

“看那儿！”玛莉·约瑟芬喊道，“她在那儿。”

“那只是一条鱼。”船长咕哝道。

宝藏的诱惑并不能战胜船长的恐惧，但是国王的意愿却可以。船长开船跟着谢赫拉莎德，但是他令一名船员站在船首用探深绳测着水深。当谢赫拉莎德带领他们进入一片小海湾时，他拒绝让船进去。

“这很危险，陛下，”他说，“您看这海图、这风向。我们进去就永远出不来了。”

玛莉·约瑟芬坐立不安，当船员放下小船时她很不高兴。他们不让她去，也不让吕西安去。不过国王在爬进小艇时，命令玛莉·约瑟芬陪着他，吕西安也顺着梯子爬了下来，路易十四什么也没说。

他可能觉得吕西安在这么小的船里会更加不舒服吧，玛莉·约瑟芬想。令她欣慰的是，吕西安的不适缓解了很多。

船员们紧张地跟在谢赫拉莎德后面划桨。当他们认为船上的人听不见他们的声音时，就开始窃窃私语。他们害怕谢赫拉莎德，害怕又一次的欺骗，害怕遭遇埋伏。玛莉·约瑟芬不会去责备他们。除此之外，如果谢赫拉莎德真的如他们所担心的那样做了，她也不会责怪她。

她只是随意地瞥了一眼谢赫拉莎德。她同样很害怕，害怕网和火枪，害怕被炸药包炸晕后再次被囚禁起来。她在小海湾的入口徘徊，准备遇到危险后随时逃跑。

在一片到处是暗礁的危险水域中，玛莉·约瑟芬让小船停了下来。在小海湾的入口处，谢赫拉莎德从水中跳了起来，甩了甩尾巴，然后潜入水中消失了。

“就是这里。”玛莉·约瑟芬说。

船员们纷纷脱掉衣服，从一侧跳入水中。

“让你所有的人都下水去找。”

“陛下，”船长说，“剩下的人不能下水。他们必须活着，而且要保留体力，这样他们才能带我们划回去。”

路易十四虽然不情愿，但仍然接受了船长的意见。“那好吧。”

潜水员们先是潜入水中，然后浮上来，接着又再次潜下去。很快，他们就开始打寒战。一名潜水员浮出水面不停地咳嗽，差点被淹死。路易十四允许他休息五分钟。

“这只海妖对你开了个丑陋的玩笑，克鲁瓦小姐。”国王说。

“运宝船就在这里。”玛莉·约瑟芬说。

“再潜下去看看。”国王对那位疲惫的船员说。

玛莉·约瑟芬对谢赫拉莎德唱起来，她想要获知更具体的方向，但是没有收到回应。

“她走了。也许我再也见不到她了。”她哭泣着。只有吕西安的手能给她温暖，让她不至于心碎。

在较远的地方，海面上突然溅起了一阵小水花，然后接二连三地出现了新的水花，一时间水花四溅。

一种突如其来的恐惧让玛莉·约瑟芬瑟瑟发抖。

那名疲惫的船员在水面扑打着，他胡乱地踢着、喊着。他的同伴也在他周围浮出了水面。这时船上的船员开始用矛和船桨戳向水中，他们担心是鲨鱼来了。

“陛下万岁！”

潜水员们举起了他们的手臂，他们的手里抓着大把大把的金银珠宝。在重物的作用下，他们又落回了水下。他们奋力游向小艇，在国王面前倒出了一堆宝藏。

玛莉·约瑟芬和吕西安坐着一辆封闭的四轮马车回到了凡尔赛，在车队的末端，一辆辆货车满载着奇珍异宝。国王坐在队首的敞篷马车里。阿兹特克黄金像盔甲一般盖在了他的身上，同时也装饰着马具，甚至有黄金溢了出来掉到了车轮处。一百名火枪手护送着卫队。老百姓站在道路的两侧为国王欢呼着，同时他们也好奇地盯着那些财宝。

玛莉·约瑟芬掀开厚重的门帘偷看了一眼。灰尘和呐喊声立马涌进了马车。

“他必须承认他错了，”玛莉·约瑟芬说，“而我们是对的。”

“不，”吕西安说，“对错已经不重要了——重要的是我们违抗了他。”

“但这很荒唐。”

“他不会原谅我们的。”吕西安叹了口气，“我愿意承受陛下的怒火……只要他不把我们发配到船上，然后让我们的余生流落在大海上。”

玛莉·约瑟芬尝试着让吕西安振作起来。吕西安转动了一下剑柄，拔出了那把残剑。

“这把剑真适合我。”他说。

“还有谢赫拉莎德和我。”

他把剑插回鞘中。在微暗的马车中，他灰色的目光触动着玛莉·约瑟芬，就像他曾经握着她的手那般温柔。

玛莉·约瑟芬向吕西安的身边靠了靠。她拿起他的手，脱掉他的手套并摘掉他的戒指。当她触碰到那颗硕大的蓝宝石戒指时，她犹豫了，但是吕西安并没有阻止她。她把国王赐给吕西安的戒指从他的手指上摘掉了。她把自己的脸颊埋在了吕西安的手掌中。

他们靠向彼此，然后亲吻了起来。

玛莉·约瑟芬猛地向后退去。她用指尖触碰了一下自己的嘴唇，惊讶于这么简单的一个吻竟然能直达她的内心。

吕西安没有领会她的惊讶，伤心地笑了笑："就算是你的吻也不能把我变成一位高大的王子，同时拥有一双优雅的脚。"

"如果真的可以这样，我会说：'吕西安去哪了？把我的吕西安还给我！'"

他笑了起来，不再有悲伤之情。

马车刚到城堡，卫兵就把吕西安带走了。他们把玛莉·约瑟芬带回到她自己的阁楼中，只留下赫拉克勒斯陪她做伴。如果伊夫斯在他的卧室里，她无法和他说话，中间隔了两道锁上的门和一个更衣室。

赫拉克勒斯喵喵叫着向玛莉讨要奶酪，却把自己抓的老鼠扔在一边。

"你可以在监狱中要奶酪吃，"玛莉·约瑟芬说，"但是监狱中的老鼠可是很美味的。"

≈第29章≈

聊以慰藉的是她最后一眼看到谢赫拉莎德时，她欢快地在海面上跳跃着，还有吕西安的吻也让她久久难忘。

陛下会宽恕我们的，她想。他会原谅我，因为我做的是对的，同时他爱着我的母亲。他会原谅伊夫斯，因为伊夫斯是他的儿子。同时他也会原谅吕西安，因为他再也找不到一个更好的朋友来辅佐他，况且吕西安只违背了他一次。

她再也想不起要拯救国王灵魂的事了。

这时，钥匙在门锁中转动了。门打开了。玛莉·约瑟芬跳了起来，她的心怦怦直跳。

一名厨房女佣走了进来，她放下了一个装有葡萄酒、面包和一壶乳酪的托盘，然后面对着玛莉·约瑟芬。哈丽达已经收起了她那些华美的衣服，头发也只是简单地扎了一块布。

玛莉·约瑟芬一下子投入了哈丽达的怀抱。

如果仔细看的话，她根本都不像女佣。玛莉·约瑟芬想。但是……在凡尔赛，根本不会有人仔细去看一名女佣，他们可能连看都不屑看一眼。

她们一起坐在了窗户边的座位上。赫拉克勒斯用头蹭着哈丽达的手，继续讨要着奶酪，直到她给它喂了奶酪。

“你来这做什么？”玛莉·约瑟芬小声说道，“如果陛下知道了，他会很生气的——”

“我不怕，也不在乎，”哈丽达说，“我一脱下这些可怕的衣服，就马上要离开凡尔赛，离开巴黎，离开法国了！”她变得忧郁起来，“我帮不了你，玛莉小姐，但是我走之前一定要来看看你。”

“我让你失望了，妹妹。”玛莉·约瑟芬从她的绘画箱中拿出一份解放哈丽达的协议并伤心地看着它，“我一直没找到机会让伊夫斯在上面签字。”

哈丽达接过这份协议。“他会签的。”她亲了玛莉·约瑟芬一口，“我很抱歉不能救你出去。”

“只有国王才有这个权力。妹妹，我很担心你。你要去哪儿？去做什么？”

“别担心。我有钱，也会获得自由。我有能力在世界上闯荡。我会回到土耳其的家乡，找到我的家人和我的白马王子。”

“土耳其！在你结婚后他们会让你和其他妻妾生活在同一间闺房中——”

哈丽达坐了下来，嘲弄地看着玛莉·约瑟芬。“姐姐，这又有什么区别呢？在土耳其，我的那些共侍一夫的姐妹们会有名分，而在这里，她们通常会被自己的男人藏起来，或者随意地打发掉。”

“但是——我——”玛莉·约瑟芬沉默了，她被这个妹妹的话惊到了，不知道该如何回答。

“这又和在马提尼克有什么区别呢？”哈丽达说。

玛莉·约瑟芬的脸瞬间失去了血色。她感到一阵寒意和眩晕。

“噢，”她说，“妹妹，你的意思是……”

“我的意思是我们是真正的姐妹——你怎么会不知道呢？我们共同的父亲占有了我的母亲，她成了他的人，他随心所欲，根本不考虑什么会让她高兴、什么会让她恐惧。”

玛莉·约瑟芬垂下了头，注视着自己的手和受伤的膝盖。

“你非常恨他吧？你的母亲呢？你恨我么？”

“我不恨他。这就是命运。我爱你，玛莉小姐，尽管我再也不会来见你了。”

“我也爱你，哈丽达，尽管我再也见不到你了。”

哈丽达把一块裹起来的头巾放到了玛莉·约瑟芬的手中。

“这是你的珍珠，我不能拿！”

“我只是分了一点给你。我们说过有福同享的。好了，我得走了。”

她们亲吻了彼此。哈丽达走了。她要去面对一个未知的命运，玛莉·约瑟芬很担心，甚至超过了对自己命运的担心。

吕西安对即将到来的面谈心存畏惧。国王对他太生气太失望了，所以他不会把吕西安的命运交到卫兵或者狱卒的手中。现在，吕西安能获得一切想要的东西——干净的亚麻布、食物和葡萄酒。他受到了细心而礼貌的照料。现在，他只有背部还有一点疼。

他拥有一切，但唯独没有自由，不能和他人交流，也得不到亲密的关怀。他就像被高高地悬挂在空中，只等着路易十四来放他下来。他希望路易十四不会让玛莉·约瑟芬来和他一起忍受这份煎熬。

卫兵把吕西安带到了国王私人房间外的卫兵房，玛莉·约瑟芬和伊夫斯已经在这里等着了。

这太奇怪了，吕西安想。他很高兴能看到玛莉·约瑟芬，也喜欢和她的亲密接触。

他抓着她的手，一起去见国王。

财宝充满了整个屋子，堆叠成了一座座小山，这就像古代巨龙的宝库一样。金项链、各种胸饰、盔甲、头饰、奖章和古怪的圆筒，全都乱七八糟地摆放着，成群的玉石雕像冷漠地立在地板上。其中一座雕像比较怪诞，很像吕西安的父亲。

国王注视着一个水晶头骨的眼窝。伊诺桑教皇坐在他的身后，他对这些财宝漠不关心，手里数着一串普通的念珠。念珠敲打着他膝盖上的木箱：这是玛莉·约瑟芬的绘画箱。他的边上有一张桌子，上面堆满了各种书籍和纸张。

国王捡起了一条金胸饰戴在了脖子上，整理了一下他又黑又卷的假发。他的胸口被金光所笼罩。

各个方向都传来那些金色雕像奇怪的眼神。路易十四静静地注视着他的囚犯们。

“我爱你们所有人。”他对玛莉·约瑟芬说，“我很喜欢你的美貌、魅力和音乐。”然后他又对伊夫斯说：“我很钦佩你的探索能力。我也很荣幸能成为你的父亲。”在一段较长的沉默之后，他转向吕西安：“我很珍惜你的智慧、勇敢和忠诚。你从不会欺骗我。”

突然，他把水晶头骨扔到了地上。“你们背叛了我。”水晶头骨摔得粉碎，碎片迸得到处都是。

“克鲁瓦神父。”

“在。”伊夫斯清了清嗓子，“在，陛下。”

“我把你交给教皇，你要无条件听从他的命令。”

“遵命，陛下。”伊夫斯低声应道。

“克鲁瓦小姐。”

“在，陛下。”她的声音清澈而洪亮，就像谢赫拉莎德的歌声一样。

“你冒犯了我和我的教皇表兄。你必须接受我们双方的惩罚。”

“遵命，陛下。”

教皇把玛莉晾在一边，直到数完了念珠才开口说话。

“你不可以再作曲，”教皇说，“虽然你已无药可救，但是我仍然要给你惩罚。女人必须要学会保持安静。”

玛莉·约瑟芬低着头，盯着地面。

“很好，”路易十四说，“尽管这很遗憾。如果她是个男性，她会是一名优秀的音乐家。克鲁瓦小姐，我的惩罚是这样的：你渴望有一位丈夫、一个孩子，我原本想剥夺你的这些权利，把你送到女修道院。”

玛莉·约瑟芬的脸色苍白起来。

我会把她解救出来的，吕西安想。我会把修道院当作一座监狱来围攻，就像战争中的一座城池。

“但是那个惩罚太轻了。”路易十四说。

他转向吕西安。

“你将会离开朝堂。”

看来我想得没错，我会得到一个更重的惩罚，吕西安想。

“你要卸任布列塔尼总督一职，并把它交给缅因公爵。你还要放弃所有头衔和封地，并把它们转给你的弟弟。”

吕西安的手抖了起来，他不希望自己的家族就此衰落下去。

“同时，你还要和克鲁瓦小姐结婚。你们可以靠我答应送她的嫁妆来生活。如果你不和她生孩子，你会伤了她的心。如果你和她生孩子，你就会在她面前玷污自己的誓言——就像在我面前玷污誓言一样。”

“遵命，陛下。”吕西安骄傲的心受到了严重打击。他几乎说不出话来。

“我已经屈尊来为你们安排余生了——但是我希望以后再也不会见到你们任何人。”他向伊诺桑教皇优雅地点了点头：“这是你的神父，表亲。”

“那只海妖忏悔了么？”伊诺桑问。

“没有，教皇大人。”

“她已经对陆地人民宣战了，”玛莉·约瑟芬说，“然后就消失了。”

“我应该把你们所有人都逐出教会。”

伊夫斯跪倒在地。

“但我不会这么做。克鲁瓦神父，你还有用，因为你是神父。圣母教堂面临着严重的威胁——那些海妖。”

“他们也是人，教皇大人！”玛莉·约瑟芬说。

“是的。”伊诺桑说。

吕西安的惊讶不亚于玛莉·约瑟芬和伊夫斯。教皇竟然会承认有损自己影响力的事情。

“教皇大人，”伊夫斯说，“由于教堂的存在，他们几乎已经灭绝了。我们没有让他们臣服于神——”

“这就是为什么——”

“而是把他们当作恶魔一样折磨——”

“历史必须被——”

“同时把他们当作牲畜一样捕食。我——”伊夫斯中断了自己的话，他刚意识到自己打断了伊诺桑。

“——修正。”伊诺桑点了点头，“历史必须被修正。”他又说了一遍。

伊诺桑打开了那个绘画箱。他拿出一些纸：这是玛莉·约瑟芬画的解剖示意图。他把其中的一张纸弄皱，把它的一角放入蜡烛的火焰中，直到火焰快烧到他的手指。他把灰烬丢进了一个阿兹特克盘子。

“克鲁瓦神父，你的惩罚如下：你要找到所有提及过海妖的书。”

他从身边的桌子上一把抓过布尔森的书，扔到了地上。

“每一本书。”

他摊开一捆书信，这是路易十四的密探最近的成果，都还没有拆封，有很多封信上都留有公爵夫人粗犷的签名。

“每一封信。”

他从当若最近的一本杂志上撕下了好几页纸。

“每一本肆意颂扬怪兽的杂志。这周的骑术大会必须彻底消失。”

他把几份海报扔在了地上，上面都画着谢赫拉莎德。

“每一张油画，每一个神话，每一个关于这种生物的记忆。还有认定他们只是野兽而不是魔鬼的教会判决。”

他递给伊夫斯一卷牛皮纸，上面的字是用黑墨水所写的，牛皮纸在光线的照射下呈现金色和红色。

“你要把海妖的存在从我们的记忆中抹去，同时也不能让子孙后代知道。你该做的事你自己应该都清楚。”

伊夫斯低下了头。他展开那卷牛皮纸，用蜡烛的火焰点燃了它。牛皮纸开始冒烟、扭曲，接着燃烧起来。皮革燃烧所产生的恶臭充满了整个屋子。牛皮纸烧完了，伊夫斯的手上也被烫起了泡，他把剩余的残渣丢进了那个阿兹特克盘子里。

伊诺桑教皇站了起来。

“谁画的这个女人？”

伊夫斯保持着沉默。

“我画的。”国王说。

我结婚了，玛莉·约瑟芬想。法国和纳瓦拉王国国王赐婚，教皇主婚……不过，我对这种荣耀毫不在乎。我爱吕西安，他也爱我，这就够了。

但吕西安看上去不像一个恋爱中的男人。当她收拾着她的几件行李时，他坐在窗户边的座位上，盯着天空，心不在焉地抚摸着猫。玛莉·约瑟芬给赫拉克勒斯准备了一个篮子，赫拉克勒斯对这个不熟悉的东西投去了怀疑的目光。

“你可以和我分开生活。”吕西安说。

玛莉·约瑟芬瞪着他，感到很吃惊。

“你可以带上你的嫁妆，自由地生活并做研究。我必须离开朝堂——我再也不会打扰你——”

“你要成为我的丈夫啊，不管在任何方面！”

“但是，亲爱的，”他说，“我再也不是克雷蒂安伯爵了，我只是普通的吕西安·巴朗东。”

“我不在乎。”

“我在乎。我一无所有。我什么也给不了你。没有头衔，没有舒适的生活——没有孩子。”

“我们本可以拥有很多，但却不能在一起。但我宁愿选择一无所有地和你在一起。现在虽然我们一无所有，但我们却能拥有自由和爱情。”她抓住他的手，摘掉了他手上的戒指，“我只会在心里体验有孩子的乐趣，但是我永远不会让你感到烦恼的。”她的指尖沿着他的眉毛一直划过他的脸颊，“我希望你能改变你的想法。”

吕西安亲吻了她的手掌和嘴唇，然后不情愿地放开了她，看着她满脸期待的表情。

伊夫斯走了进来，他背着自己的包和玛莉·约瑟芬的绘画箱。他笑了。吕西安试着回忆他最后一次所看见的伊夫斯的笑容。那还是在勒阿弗尔的码头上，他把捕获的海妖交给国王之时，虽然已经过了很久但仿佛就发生在昨天。“你们准备好了么？”伊夫斯说。

“玛莉·约瑟芬，”吕西安恼怒地说，“我们怎么可能幸福？我的职位和资源都没了。你也被禁止研究乐曲——”

“伊诺桑想要折磨我，但实际上我的所有乐曲都来自谢赫拉莎德，”玛莉·约瑟芬对吕西安说，“他永远不会知道我想做的其实是不断地研究、学习和探索……而且国王还把我最爱的人赐给了我。”

吕西安看了看伊夫斯，而他耸了耸肩。

“我也有我想要的，”他说，“我会把余生都花在对知识的探索上——”

“就是为了毁了它！”

“我知道我该做什么。我会有技巧地选择服从。”

玛莉·约瑟芬的目光从伊夫斯转到吕西安。

“陛下知道他都做了什么吗？”

“陛下永远都知道。”吕西安说。

“我们都很高兴，这对吕西安来说太残忍了，妹妹，”伊夫斯说，“吕西安失去了一切——”

“但是国王失去了吕西安！”玛莉·约瑟芬说，“而吕西安却得到了我。”

尾　声

在巴黎的一个仲冬之夜，伊夫斯·克鲁瓦冒着雨夹雪快步走到他的小屋。他解开沉重的斗篷，点上蜡烛，打开秘门后进入了图书室。

他打开书包，解开手稿上的油布，取出了他的最新发现。

蜡烛照亮了手稿，海妖们正伴着蓝色的海浪在金色的阳光下嬉戏玩耍。他很喜欢这些插画，小心翼翼地合上了手稿，并把它放在了架子上，紧挨着玛莉·约瑟芬精致的歌剧配乐本（已用小牛皮装订）、布尔森先生的暗黑菜谱以及公爵夫人的信件集。

烛光照亮了海妖纪念章和玛莉·约瑟芬的两幅画：一幅画的是谢赫拉莎德，另一幅画的是一只被镀金破碎玻璃片包围着的雄性海怪。

这只雄性海怪的身躯躺在一个黑檀木圣物箱中，箱子的周围镶满了珍珠母。

现在，我必须要秘密保护海人，伊夫斯想，在我有生之年。

吕西安的“布列塔尼”号船在月光下行驶着。他站在船尾，看着水面泛起的荧光。

吕西安担心自己再次晕船。他在穿越大西洋的时候虽然还是晕船了，但情况还是比他想象的要好。法国北海岸波涛汹涌，他在那里时备受折磨，但是船一到北回归线附近风平浪静的海面，他就好了很多。

下次再面对一次飓风时，我应该提前做好准备，吕西安想。

玛莉·约瑟芬和他一起坐在甲板上，依偎在他身边，并把手搭在了他的脸颊上。吕西安亲吻了她的手心。

我不会后悔我的决定，他想。如果陛下相信自己能找到一位更好的谋士（事实上他找不到）。像我这么骄傲的人，是不会后悔离开朝堂的。不过我不能再留在布列塔尼了，因为我的财富已经大大缩水了。

虽然他失去了职位和财富，但他维护了自己的尊严。他也想不到更好的方法来维护自己的尊严了。

要想重返布列塔尼已经很困难。按照国王的规定，吕西安无法重获以前的头衔。他是个骄傲的人，因此也不会去寻求父亲的帮助。玛莉·约瑟芬所有的嫁妆和哈丽达送她的大部分珍珠礼品都已经被用来装配船只和购买一座小型马场。雅克现在负责饲养扎基和泽里斯以及其他阿拉伯马，赫拉克勒斯负责抓马厩中的老鼠。

重返布列塔尼很困难，再次离开则更加困难。他很担心自己的家，它现在被缅因公爵掌控着。

吕西安仍在和这种绝望的处境作斗争，然而这种心理斗争越来越少。

就算我失去了一切，他想，我现在却非常快乐。

他会心地一笑。

“告诉我笑什么呢？”玛莉·约瑟芬说。

“我认为我已经完成了这次冒险，”吕西安说，“我曾规划过自己的朝堂生活：在我的侄子长大成人后，我会在巴朗东过上平静的退休生活。然而我现在却在这里进行着一次疯狂的远征。我可以和家乡仍然忠诚于我的人们一起寻求新的命运，也可以和心爱的女人一起，扬帆起航去打击海盗。”

玛莉·约瑟芬笑了笑，两只手指夹着他金色的头发。他已经摘下了假发，让自己的头发散开，并用一条白丝带将头发系了起来。他的衣服材质比绸缎或天鹅绒还要更朴素，上面只装饰了一点点西班牙花边。而且，他从不穿蓝色的衣服。

玛莉·约瑟芬咯咯地笑了起来。

“告诉我笑什么呢？”吕西安说。

“我希望此时能看到凡尔赛——哪怕只有片刻——看看你心爱的弟弟正如何向陛下献殷勤。”

吕西安也笑了起来。玛莉·约瑟芬的描述很真实也很客观。她和自己都很喜欢这个荒唐的弟弟，不过盖伊现在在宫里并没有一官半职。

“如果盖伊又做出一堆荒唐事，”吕西安说，“惹恼了陛下，陛下可能会让我的侄子成为克雷蒂安伯爵，这和我计划的一样。”

“但是陛下可能会认为他是个傻瓜——”玛莉·约瑟芬叫了出来。

“嘘！嘘！他是国王。”

“——然后求你回去。那样你的注意力就不会全在我身上了。我很自私。我希望你只属于我一个人。”

吕西安笑了。他凝视着船在水面上留下的痕迹：在月光下如同牛奶般泛起了涟漪。

他紧握着围栏，密切地凝视着远方。

一艘船出现在了黑暗的月色中。

“你可能要和我共同面对海盗了。”吕西安说，他的声音冰冷无情。

那艘海盗船越来越近了。

“布列塔尼”号英勇地航行着，但是它无法甩掉一艘更大更快的海盗船。吕西安的船也无法消失在黑夜中，因为一轮满月照亮了整个海面。

我们不得不和他们作战，吕西安想。如果这是一艘英国船，他们会把我们当作战利品。如果这是一艘私掠船，他们会直接把我们抓起来。

在第一种情况中，吕西安和玛莉·约瑟芬的所有物资都会被没收。在第二种情况中，他们可能会丧生或者更加糟糕。

船长要求给大家分发武器。一名水手给吕西安拿来了短剑和手枪。

吕西安手里拿着短剑；尽管他一直带着自己的剑杖，但是只有回到大马士革这把剑才能被重新铸造。他把手枪递给了玛莉·约瑟芬。

“你能射中人么？”

“如果有必要，我能。”玛莉·约瑟芬瞥了一眼那艘海盗船。她喘了口气：“吕西安，快看——”

那艘船的帆鼓满了风却止步不前，而在原地抖动。

“搁浅了？”吕西安说，但是转念一想，这怎么可能呢？这艘船明明航行在埃克苏马岛和安德罗斯岛之间的深海中，并没有什么障碍物。

“不。”玛莉·约瑟芬说。

月亮还在地平线徘徊，饱满而明亮。美丽的星光静静地泻在那静谧的夜空中。

谢赫拉莎德在浩瀚的海洋中自由自在地游着。她的孩子紧紧地跟着她，倾听着堂兄弟们哼唱的歌声，在旅途中学着他们的语言。她用长长的蹼指抚摸着孩子的背部，让小家伙感受到了温暖的母爱。她的孩子很快就学会了游泳、呼吸和休息。她喜欢海洋。

在那次交配盛宴中，谢赫拉莎德被陆地人捉了过去，而她的兄弟姐妹们幸存了下来，但是他们的母亲、叔叔和姑妈以及家族中的长者都死了。谢赫拉莎德悲痛不已，她唱出了母亲临终前的歌声，形成了一幅画面，画中她的母亲正在照看孙女，也就是她的孩子。

谢赫拉莎德的兄弟姐妹们从她的身边游过去，潜入她的下方，他们都急于赶往海沟，海人们将在那里聚集，进行一场盛大的交配活动。谢赫拉莎德也很期待仲夏节的到来。在聚会上，其他家庭将会为谢赫拉莎德的归来而感到高兴；他们会喜爱并欢迎她的孩子。所有的孩子都将会和温顺的巨型章鱼玩耍，并去逗弄海豚。成年人则会加入混乱的交配盛会。在此期间内，交配会减轻他们的悲痛。

但是他们永远不会再在太阳底下交配了。他们再也不能冒这种巨大的危险。他们在陆地人面前太脆弱了。留下来的海人少得可怜，他们无法承受新一次的袭击。

今年他们将在日落时分聚集，因为仲夏之夜正好笼罩在黑暗的月色下。在这个一年中最短的夜晚中，月亮被遮挡住，他们才敢聚在一起浮出水面。他们在波浪中低吟着歌曲，沐浴着冷冷的夜光。他们的身体在夜色中闪闪发光，他们聚在一起体验着交配带来的短暂幸福。

这种仲夏之夜和无月之夜再次重合的机会要等到十四年后，在此期间他们不会再聚集在一起了。

在谢赫拉莎德转变自己的欲望，改变前往聚会地点的路径之前，她必须完成另一项任务。

在远处，两艘船疾驰在海面上，它们的龙骨扎进了海人们的领土。第一艘船落荒而逃，而第二艘船穷追不舍。谢赫拉莎德的妹妹曾目睹过两艘船的相遇。它们战斗了半天，把空气和海面都弄得很糟糕。它们的铁球落入水中，海人们不得不潜入水中以保安全。

最后，两艘船都沉了下去，所有的船员都溺亡了。

谢赫拉莎德的妹妹笑了起来，她希望这两艘船也会有同样的下场。她同样希望在被海人们摧毁之前，所有人类的船只都能互相摧毁。

海人们潜行在这些船的下面。很快他们就游到了追捕船的船尾下方。谢赫拉莎德唱了起来，用自己的声音进行着试探，她搜寻了半天也没有找到什么感兴趣的和值得收藏的东西。放在过去，她就会游走了。

她把孩子交给年轻的兄弟保护，自己进一步地游向了那艘追捕船。

她和同伴们将独角鲸长牙制成的长矛投向这艘加利恩帆船的底部。这些长牙扎进了船底的木板。他们抓着这些长牙，搭乘着这艘船一起游动。

谢赫拉莎德在木板边嘶吼着。她的声音强烈冲击着这些木板。她再一次嘶吼，并用长牙撬动着颤动的木板。

谢赫拉莎德和她的兄弟姐妹们齐声吼了起来。木板破裂解体了。

船底已然支离破碎。

船员们尖叫着落入水中。谢赫拉莎德和同伴们合力将他们困在水面下。

波涛拍打着甲板。海人们一边唱着胜利的歌，一边呼唤着他们的盟友。一朵玫瑰花的阴影出现了，它浑身上下发出了微小的闪光。一只章鱼在月光下伸展着它的触手，缠绕着这艘船的主桅，将它无情地拉向万丈深渊。

吕西安的小艇停在了一个小岛的沙滩上。玛莉·约瑟芬和吕西安爬出小艇，来到了月光照射下的白色沙滩上。

“我不想让你们独自留在这儿，先生，夫人。”“布列塔尼”号船长还在对那艘私掠船的沉没感到震惊，“这里有海怪和女妖，还有蛇——”

“别害怕。”吕西安说。

“我只怕蛇。”玛莉·约瑟芬说，同时她也满心欢喜和期待地笑了起来。

“黎明时分回来接我们，”吕西安说，“我相信我们不会被蛇吃掉的。”

船长鞠了一躬，划着小艇回到了大船停靠点，消失在了小岛的另一侧。

“过来，”玛莉·约瑟芬说，“跟我坐在一起。”

他们坐在一块漂流木上。玛莉·约瑟芬沉浸在温暖的月色中。她靠在吕西安身边，亲吻了他——一个又长又甜蜜的吻。她的视线模糊了，眼中充满了爱和感激的泪水。

“你唤醒了我。”她低声说。

今晚，没有什么能惊吓到她，无论是蛇还是海盗，当然更不可能有什么海怪。

他们静静地等待着。

吕西安焦躁不安地凝望着大海。“这太疯狂了，”他温柔地说，“他们已经公然宣战了。”

“并不包括我，”她说，“她答应过我，如果她还活着，就在今晚，在月盈之时，她会来这里见我。”

这时，海浪中传来一阵低沉的歌声。玛莉·约瑟芬跳了起来，踢掉她的拖鞋，沿着闪闪发光的湿沙滩向水中跑过去。

海浪打湿了她的脚趾。她呼唤起谢赫拉莎德的名字。

谢赫拉莎德回应了。

玛莉·约瑟芬喜极而泣。她把连衣裙脱掉扔到了沙滩上，穿着衬衣就跑进了大海。

海人们纷纷游向了她。谢赫拉莎德带领海人们来到玛莉·约瑟芬的身边。她围着玛莉·约瑟芬游动，将凉水泼向了她的脸庞、胳膊和胸口。玛莉·约瑟芬丢掉她已浸湿的衬衣，任由它漂走，成为幼年海人的一个玩具。她裸着身子，越走越深，直到海水淹没了她的膝盖和她的下体。

谢赫拉莎德重获新生了，她很健康，很强壮，也很美丽，肩上披着一头乌黑光滑的头发。

一名幼儿紧挨着她。谢赫拉莎德背部浮在水面上，缓缓地沉入水中，鼓励着幼儿去游泳。伴随着欢快的笑声和四溅的水花，幼儿游到了玛莉·约瑟芬身边。

玛莉·约瑟芬抱起这名幼儿，将她搂入怀中，亲吻着她柔嫩的手蹼和小而尖的爪子。

“她很可爱，亲爱的谢赫拉莎德，她是我见过的最英俊的孩子。”她转过头来。吕西安的靴子和袜子丢在沙滩上，他站在没过膝盖的水中。

“你自己就是一只野生海洋生物，”吕西安说，“你就像维纳斯一样，等待着坐在贝壳里从海中升起。”

他又往前走了点，水更深了，他停了下来。

“往岸边靠点，亲爱的，”他说，“这样我就能跟谢赫拉莎德和她的孩子打招呼。以后，我也会去学游泳的。”

她走到了吕西安的身边，和他依偎而坐，湿漉漉的胳膊搂着他的腰部。那个孩子在他们身边牙牙学语，欢乐地戏水。吕西安轻抚着玛莉·约瑟芬的头发。

谢赫拉莎德潜入水中消失了。其他海人也紧随其后，它们游向了一处危险的沙洲地带，很多船只曾在那儿遇难。

当谢赫拉莎德再次浮出水面，她的指尖在月光下闪闪发光。她的手上戴上了很多曾经遗失的珍宝。她一个一个地摘下手上的戒指、红宝石、钻石、绿宝石和珍珠，并将它们递到了玛莉·约瑟芬的手上。她的兄弟姐妹们紧随其后，身上也都戴着金色腰带、蓝宝石项链、翡翠玉珠和钻石手链。他们的象牙矛上挂着金锁链和琥珀绳。

在谢赫拉莎德的故事里，玛莉·约瑟芬想，海人们从不会使用长矛。看来他们真的开始向人类宣战了。

海人们在她面前将长矛放倒，把金子和琥珀倒在了她的腿上。谢赫拉莎德的孩子一边笑着一边抓起了那些闪亮的珍宝，在空中挥舞着她的小拳头。

海人们挤在玛莉·约瑟芬的周围，歌唱着他们对谢赫拉莎德归来的感激和对玛莉·约瑟芬的爱。

他们把那些珍宝放在了玛莉·约瑟芬的脚边，把成串的珠宝套在了她的脖子上、腰上、脚踝上以及胳膊上。同时，他们也把钻石和红宝石耳环放在了吕西安的头发上，并把它们系在了他的发带上。年幼的海人们带来了漂浮的贝壳，中间掺杂着金色的硬币，尽管他们愿意和谢赫拉莎德的朋友分享最美丽的东西，但他们还是想自己留下一些贝壳。

谢赫拉莎德将大量精雕细琢的翡翠项链倒进了吕西安的口袋。她还找到了吕西安的卡巴度斯苹果酒。她打开酒瓶，一边兴奋地吹起口哨，一边喝着酒，同时还把酒分给了兄弟姐妹们。当她拿回酒瓶时，她的哥哥已经在里面灌满了黑珍珠。

海人们一边唱歌，一边露出他们富有光泽的红皮肤。他们将珠宝挂在他们朋友的身上，这些珠宝在明亮的月光下熠熠生辉。吕西安和玛莉·约瑟芬获得了价值连城的财富。

主 要 人 物

伊夫斯·克鲁瓦神父

27岁，基督徒、科学家，玛莉·约瑟芬的哥哥。

玛莉·约瑟芬·克鲁瓦

20岁，夏洛特小姐的侍女，最近才从法国殖民地马提尼克来到凡尔赛宫，中间还曾在曼特农夫人在圣西尔的学校待过一段时间。

*** 公爵夫人**

奥尔良公爵夫人，巴伐利亚的伊丽莎白·夏洛特，巴拉丁公主，41岁，公爵的第二任妻子。

*** 公爵**

菲利普，奥尔良公爵，53岁。路易十四的弟弟。

*** 夏洛特小姐**

奥尔良的伊丽莎白·夏洛特，17岁，公爵和公爵夫人的女儿，路易十四的侄女。

*** 洛林骑士**

公爵的爱人，55岁。

吕西安 · 巴朗东

克雷蒂安伯爵，28岁。辅助路易十四的贵族之一。

*** 奥尔良的菲利普二世**

沙特尔公爵，19岁，公爵和公爵夫人的儿子，和弗朗索瓦兹·玛丽·德·波结婚，后者被称为“路西法夫人”。

*** 路易斯 · 奥古斯都**

缅因公爵，23岁，路易十四承认的私生子，由其情人蒙特斯潘侯爵夫人所生。

*** 路易斯**

勃艮第公爵，11岁，路易十四的孙子。

*** 菲利普**

安茹公爵，10岁，路易十四的孙子。

*** 查尔斯**

贝里公爵，7岁，路易十四的孙子。

*** 路易十四**

55岁，路易·迪厄多内·波旁，自号太阳王，法国国王和纳瓦拉国王。

*** 曼特农夫人**

58岁，弗朗索瓦兹·多比涅，后来的斯卡龙夫人，路易十四第二任妻子，身份低贱。

*** 王太子**

路易王太子，32岁，路易十四唯一活下来的婚生子。

谢赫拉莎德

海妖。

布尔森先生

路易十四的厨师。

*** 谢兹神父**

路易十四的御用神父。

奥德蕾特（后叫哈丽达）

20岁，玛莉·约瑟芬的土耳其奴隶，和玛莉出生在同一天。

*** 法贡医生**

国王的首席内科御医。

*** 菲利克斯医生**

国王的首席外科御医。

*** 伊诺桑十二世**

新任教皇。

*** 詹姆斯二世和摩德纳的玛丽**

流亡在外的英格兰国王和王后。

*** 外国王子**

查尔斯·洛林，康迪公爵和康德公爵。

*** 路西法夫人**

沙特尔公爵夫人，16岁，路易十四的女儿。

*** 亚历山大·斯卡拉蒂**

效力于那不勒斯总督卡皮奥侯爵的音乐大师。

*** 多梅尼科·斯卡拉蒂**

8岁，亚历山大·斯卡拉蒂的儿子，有“音乐神童”的美誉，音乐家、作曲家。

*** 阿马尼亚克小姐**

“未来人”。

*** 瓦伦提诺小姐**

“旧人”。

朱丽叶

德梅雷埃侯爵夫人，“眼前人”。

*** 安托万·加朗**

第一个将《一千零一夜》翻译成欧洲语言的人。

*** 红衣主教奥托博尼**

伊诺桑十二世的随从。

*** 贝里克公爵**

詹姆斯·菲茨詹姆斯，詹姆斯二世的私生子。

日本王子、波斯国王、努比亚王后、休伦人酋长和他们的随从。

注：有*标记的为历史中真实存在的人物。